**Knaur.**

*Im Knaur Taschenbuch Verlag sind bereits
folgende Bücher der Autorin erschienen:*
Die Wanderhure
Die Kastellanin
Das Vermächtnis der Wanderhure
Die Tochter der Wanderhure
Die Goldhändlerin
Die Kastratin
Die Tatarin
Die Löwin
Die Pilgerin
Die Feuerbraut
Dezembersturm

*Über die Autorin:*
Hinter dem Namen Iny Lorentz verbirgt sich ein Münchner Autorenpaar, dessen
erster historischer Roman *Die Kastratin* die Leser auf Anhieb begeisterte. *Die Wan-
derhure* wurde zu einem Millionenerfolg.
Seither folgt Bestseller auf Bestseller, die Iny Lorentz zur erfolgreichsten deutschen
Autorin im Bereich historische Unterhaltung machten und in zahlreiche Länder
verkauft wurden.
Besuchen Sie die Autorin auf ihrer Website www.iny-lorentz.de

# Iny Lorentz

# *Aprilgewitter*

Roman

Knaur Taschenbuch Verlag

**Besuchen Sie uns im Internet:**
**www.knaur.de**

Originalausgabe August 2010
Copyright © 2010 by Knaur Taschenbuch.
Ein Unternehmen der Droemerschen Verlagsanstalt
Th. Knaur Nachf. GmbH & Co. KG, München
Alle Rechte vorbehalten. Das Werk darf – auch teilweise –
nur mit Genehmigung des Verlags wiedergegeben werden.
Redaktion: Regine Weisbrod
Umschlaggestaltung: ZERO Werbeagentur, München
Umschlagabbildung: Christie's Images / CORBIS / James Tissot
Satz: Adobe InDesign im Verlag
Druck und Bindung: CPI – Clausen & Bosse, Leck
Printed in Germany
ISBN 978-3-426-50414-7

2 4 5 3

# Erster Teil

*Aprilgewitter*

# I.

Ein gewaltiger Donnerschlag ließ das Haus erzittern. Unwillkürlich blickte Lore zum Fenster hinaus. Der helle Sonnenschein war schwarzen Wolken gewichen, die vom Sturmwind gepeitscht über den Himmel jagten. Ein zweiter Donner ertönte, und im nächsten Moment öffneten sich die Schleusen des Himmels. Große Tropfen, vermischt mit Graupeln, prasselten gegen die Fensterscheiben.

Das Aprilgewitter, das den strahlenden Frühlingstag vertrieben hatte, spiegelte Lores Stimmungslage wider. Mit einer unwilligen Geste wandte sie sich ihrem Ehemann zu, um das unterbrochene Gespräch fortzusetzen. »Ich denke nicht daran, den Modesalon zu verkaufen! Wie kommst du auf diese Schnapsidee?«

Der scharfe Unterton hätte Fridolin von Trettin warnen sollen, doch er hatte sich zu sehr auf seine Forderung versteift, um nun noch einlenken zu können. »Der Modesalon war eine Schnapsidee! Mit dem Ding beschädigst du mein Ansehen. Als Vizedirektor des Bankhauses Grünfelder kann ich es mir nicht leisten, dass es heißt, meine Frau sei eine simple Schneiderin!«

Mit jedem Satz wurde Fridolin lauter, und wirklich, die letzten Worte schrie er Lore ins Gesicht.

So wütend hatte sie ihren Mann noch nie erlebt. Mittlerweile bedauerte sie es, dass er seinen Posten beim Norddeutschen Lloyd aufgegeben hatte, um nach Berlin zu ziehen und in das Bankhaus August Grünfelder einzutreten. In Bremen war sie von der Idee fasziniert gewesen, hatte sie sich doch nichts mehr gewünscht, als zusammen mit ihrer Freundin Mary einen eigenen Modesalon zu führen. Dieses Geschäft in der Hauptstadt des Deutschen Reiches einrichten zu können war ihr wie der Gipfel ihrer Träume erschienen. Nun war der Salon eröffnet, und in den Büchern standen bereits die ersten Aufträge. Sie und Fridolin hätten nun zufrieden leben können. Stattdessen aber warf er ihr plötzlich Knüppel zwischen die Beine.

»Würde ich deinem Wunsch willfahren und unser Geschäft aufgeben, wäre Mary schwer enttäuscht und käme überdies finanziell in arge Bedrängnis. Das wirst du sicher nicht wollen!«

»Du hättest diesen Unsinn gar nicht erst anfangen dürfen!«, fauchte Fridolin und verdrängte dabei, dass er selbst die Verhandlungen mit dem Eigentümer des Hauses in der Leipziger Straße geführt hatte, in dem sich der Modesalon nun befand.

»Das ist kein Unsinn«, widersprach Lore, die sich bemühte, Ruhe zu bewahren. »Obwohl der Salon erst vor einer guten Woche eröffnet hat, haben wir bereits so viele Kundinnen gewonnen, dass er schon Ende dieses Monats Geld abwerfen wird. Natürlich ist das vor allem Marys Verdienst. Sie stammt wie die Gemahlin des Kronprinzen aus England, und da sich die vornehmen Damen bemühen, Prinzessin Viktorias Stil nachzuahmen, kann unser Geschäft dank Mary ihre Wünsche am besten erfüllen.«

Lore hätte ebenso gut der Wand predigen können. Fridolin hatte sich in den Gedanken verrannt, sie begäbe sich mit ihrem Modegeschäft auf die Stufe einer Schneiderin oder eines Krämers herab und schade damit seiner Reputation. »Warum sollte Mary das Modegeschäft nicht allein weiterführen? Du wirst ihr deine Anteile verkaufen und dich auf die Pflichten beschränken, die dir als meiner Gattin zukommen!«

Ein weiterer Donnerschlag riss Lore die erste erbitterte Antwort von den Lippen. Stattdessen atmete sie erst einmal tief durch, ehe sie weitersprach. »Mary hat nicht das Geld, mich auszahlen zu können, und an einen Fremden werde ich meinen Anteil an dem Ladenlokal nicht verkaufen. Dir zuliebe habe ich bereits darauf verzichtet, offiziell dort in Erscheinung zu treten. Auch läuft der Modesalon deinem Wunsch gemäß auf den Namen Mary Penn. Dies wird wohl genügen!«

Lore kochte innerlich. Bisher hatte sie stets auf Fridolin Rücksicht genommen, doch nun brachte er immer neue, an den Haaren herbeigezogene Argumente vor, um sie zu überzeugen. Bestürzt fragte sie sich, wo der fröhliche, unbeschwerte junge Mann geblieben war, den sie vor fünf Jahren geheiratet hatte. Daher musterte sie ihn, als sähe sie ihn zum ersten Mal.

Er war schlank, etwas über mittelgroß und gutaussehend. Doch statt des kecken Oberlippenbärtchens, das ihr so gut gefallen hatte, trug er nun einen gestutzten blonden Kinnbart, der ihn älter und gediegener erscheinen ließ. Seine Kleidung hatte er ebenfalls den neuen Verhältnissen angepasst: Hose, Weste und Gehrock waren ebenso wie die Krawatte aus dunkelgrauem Stoff. In dieser Aufmachung hätte der Fridolin, der nun vor ihr stand, gut und gerne zwei Jahrzehnte älter sein können als sechsundzwanzig.

In Bremen hatte er sich seinen Freund und Mentor Thomas Simmern zum Vorbild genommen, doch der erschien Lore in der Erinnerung nun jünger als ihr Mann. Sie seufzte. Thomas hatte ihre erste, scheue Liebe gegolten. Da er jedoch verheiratet war, hatte sie ihre Neigung schließlich Fridolin geschenkt. Nun fragte sie sich, ob es ein Fehler gewesen war, so früh zu heiraten, nur damit sie die Repräsentationspflichten im Palais Retzmann hatte übernehmen und die Seelenruhe ihres Schützlings, Komtess Nathalia, bewahren können.

Unterdessen setzte Fridolin seinen Vortrag lautstark fort und betonte noch einmal, wie abträglich es seiner Reputation sei, wenn seiner Frau der Geruch eines Ladenlokals anhafte. »Als Vizedirektor des Bankhauses Grünfelder ist es ebenso mein Recht wie meine Pflicht, von dir zu verlangen, diese Schneiderei aufzugeben. Wenn du deiner Freundin nicht zumuten willst, den Laden mit einem fremden Geschäftspartner zu führen, bin ich in meiner Position in der Lage, ihr oder, besser gesagt, ihrem Ehemann einen Kredit zu günstigen Konditionen zu verschaffen!«

Nun wurde Lore ebenfalls laut. »Mary, die ich nach Deutschland gelockt und überredet habe, den Modesalon mit mir zu eröffnen, soll nun auch noch Zinsen für einen Kredit bezahlen? Eher schenke ich ihr das Geschäft!«

Fridolin hätte den Streit nur zu gerne beendet und ihr gesagt, dass er mit dieser Lösung einverstanden sei. Doch die eingesetzte Summe war einfach zu hoch. August Grünfelder, der Besitzer der Bank, hatte ihm tags zuvor erklärt, dass er ihn am liebsten nicht nur als Angestellten, sondern auch als Geschäftspartner sähe. Dazu aber müsse er eine größere Einlage in das Eigenkapital der Bank tätigen. Mit Lores Vermögen war dies möglich. Allerdings benötigte er dafür nicht nur ihren Anteil an Mary Penns Modegeschäft, sondern auch die weitaus größere Summe, die in Aktien des Norddeutschen Lloyd angelegt war. An die kam er ohne Lores Zustimmung ebenfalls nicht heran, und solange er darauf bestand, dass sie den Modesalon aufgab, würde er diese niemals erhalten.

Empört, weil das Gesetz ihn zwar zum Herrn und Vormund über seine Frau machte, ihm aber wegen der abgeschlossenen Verträge die Hände gebunden waren, beschloss er, das Gespräch zu einem Zeitpunkt weiterzuführen, an dem Lore zugänglicher sein würde. Daher wechselte er abrupt das Thema. »Du brauchst übrigens nicht mit dem Abendessen auf mich zu warten. Ich bin bei Grünfelder eingeladen!«

Lore zog verwundert die Augenbrauen hoch. Es war schon das dritte Mal in dieser Woche, dass ihr Mann bei Grünfelders speiste, und sie war kein einziges Mal mit ihm eingeladen worden. Wahrscheinlich, sagte sie sich, wollten die Herren beim Essen unter sich sein und über ihre Geschäfte sprechen. Dennoch fand sie, dass Fridolin sich von seinem neuen Vorgesetzten etwas zu stark vereinnahmen ließ. In Bremen war er ebenfalls beruflich und gesellschaftlich sehr eingespannt gewesen, aber dort hatten alle Abendeinladungen ihm und ihr gleichermaßen gegolten. Auch in dieser Hinsicht hatten sie dort angenehmer gelebt als hier.

Nachdem Fridolin das Haus verlassen hatte, haderte Lore noch eine Weile damit, dass er seinen guten Posten in Bremen aufgegeben hatte. Natürlich verstand sie, dass er sich hier als rechte Hand eines Bankbesitzers fühlen konnte, während er beim NDL nur ein Angestellter unter vielen gewesen war. Lore fragte sich, ob übersteigerter Ehrgeiz ihn trieb, kam dann aber zu dem Schluss, dass er all die Jahre in Bremen Sehnsucht nach seiner Heimatstadt Berlin gehabt hatte und sich deshalb hier eine geachtete Existenz aufbauen wollte.

Sie selbst war voller Neugier hierhergekommen, doch da Berlin ihr Fridolin zunehmend zu entfremden schien, wuchs in ihr die Abneigung gegen diese Stadt, und sie sehnte sich von Tag zu Tag mehr nach Bremen zurück.

## II.

Fridolin hatte dem einzigen Diener, der neben zwei Dienstmädchen bei ihnen angestellt war, befohlen, ihm eine Droschke zu besorgen. Während er wartete, sagte er sich, dass er als zukünftiger Miteigner der Bank dringend ein eigenes Gefährt und einen Kutscher brauchte. Doch das waren Anschaffungen, die er erst tätigen konnte, wenn Geld dafür übrig war. Zuerst musste er sich in die Bank einkaufen. Dieser Gedanke brachte ihn wieder auf Lore und ihr sinnloses Beharren auf diesem Schneiderladen. Damit machte sie ihn zum Gespött der Leute! Als Vizedirektor des Bankhauses Grünfelder konnte er sich keine Frau erlauben, die den ihrem Geschlecht auferlegten Regeln Hohn sprach und die für andere Leute arbeitete.

Noch immer schlecht gelaunt erreichte Fridolin die repräsentable Villa des Bankiers in der Rankestraße, bezahlte den Droschkenkutscher und schlug den Türklopfer an. Sofort öffnete ihm ein Diener. Ein weiterer nahm ihm Zylinder und Gehstock ab und ein dritter bat ihn, ihm zu folgen.

Dies war ein Leben, wie Fridolin es sich erträumte. Auch wenn August Grünfelder nicht zum Adel zählte, konnte er sich einen Herrn aus besten Kreisen nennen. Und es würde der Tag kommen, an dem König Wilhelm, der deutsche Kaiser, seine Unterschrift unter das Adelsprädikat setzen würde, welches dem bürgerlichen Herrn Grünfelder das so heiß ersehnte »von« im Namen verlieh.

Anders als früher empörte Fridolin sich nicht mehr darüber, dass das Geld der Bankiers und Industriebarone in vieler Hinsicht mehr zählte als die Abkunft aus einem adeligen Haus. Immerhin sah er sich nun selbst auf einer Stufe, die ihn ohne Neid auf den Reichtum anderer blicken ließ. Mit diesem Gefühl trat er in den mit prachtvollen Sofas ausgestatteten Empfangssalon, wo sich bereits etliche Gäste versammelt hatten.

August Grünfelder sprach gerade mit einem schneidigen Offizier, entschuldigte sich aber, als er Fridolin sah, und trat auf diesen zu. »Herzlich willkommen, Herr von Trettin! Ich freue mich, dass Sie meiner Einladung gefolgt sind.«

»Aber das war doch selbstverständlich.« Fridolin deutete eine Verbeugung an, doch da streckte der Bankier ihm die Hand entgegen. Geschmeichelt ergriff er sie und sah sich dann der Dame des Hauses gegenüber.

Juliane Grünfelder war eine kleine, übergewichtige Frau um die sechzig und, was keiner wissen durfte, drei Jahre älter als ihr Ehemann, der den Grundstein zu seinem Bankhaus mit ihrem Vermögen gelegt hatte. Das war ganz in ihrem Sinne gewesen, denn sie ging in der Rolle einer angesehenen Bankiersgattin völlig auf. Damit waren fast alle ihre Träume Wirklichkeit geworden, und mit Fridolin von Trettin als Schwiegersohn hoffte sie sich noch den letzten verbliebenen Wunsch erfüllen zu können. Sie schenkte ihm ein freundliches Lächeln und reichte ihm die Hand, die er mit Nonchalance küsste. »Ich freue mich sehr, Sie zu sehen, Herr von Trettin. Meine Wilhelmine hat schon den ganzen Tag gebangt, ob Sie kommen würden.« Juliane Grünfelder streifte ihre Tochter mit einem stolzen Blick.

Fridolin hielt Wilhelmine Grünfelder für ein eher blasses Geschöpf, das zudem die stämmige Figur von Vater und Mutter geerbt hatte. Ihr Gesicht war rundlich, die Augen blau und ihr Haar von einem Farbton, den Emil Dohnke, sein nächster Untergebener in der Bank, einmal spöttisch als mausgrau bezeichnet hatte. Emil Dohnke zählte im Übrigen nicht zu den Eingeladenen, die sich im Wesentlichen aus Geschäftsfreunden des Bankiers und Offizieren zusammensetzten, darunter auch zwei, die bereit waren, ihrem Familienstammbaum eine Wilhelmine Grünfelder zuzumuten, um sich mit deren Geld ein gutes Leben machen zu können.

Fridolin bedachte diese Herren mit einem leicht spöttischen Kopfnicken. Dabei vergaß er ganz, dass er vor wenigen Jahren wohl ebenso eifrig um die junge Dame geworben hätte, weil sie August Grünfelders gesamtes Vermögen erben würde.

Nun kam Wilhelmine auf ihn zu und senkte schamhaft den Blick. »Herr von Trettin, welche Freude, Sie zu sehen.«

Fridolin überlegte, ob die Grünfelders diesen Satz vorher abgesprochen hatten, verbeugte sich jedoch galant vor der jungen Dame und küsste ihr die Hand. »Die Freude ist ganz meinerseits, gnädiges Fräulein.«

»Oh, tatsächlich?« Wilhelmine wurde rot.

Während Fridolin das kaum wahrnahm, traten zwei Herren in schmucken Uniformen unruhig von einem Fuß auf den anderen. Zwar wussten sie, dass der junge Mann verheiratet war, hielten ihn aber dennoch für einen Störenfried. Er sah zu gut aus, um ohne Wirkung auf ein Mädchenherz zu bleiben, und er hatte ein weltmännisches Auftreten, gegen das sie mit all ihrer militärischen Zackigkeit nicht ankamen.

»Hallo, Trettin! Sehe, Sie sind auch heute solo. Wollte Ihre Gattin nicht mitkommen?« Diesen Stich konnte Rittmeister von Campe sich nicht verkneifen. Zudem wollte er Wilhelmine Grünfelder daran erinnern, dass Fridolin ein verheirateter Mann war, für den sie höchstens ein kurzzeitiges Vergnügen darstellen konnte.

Von Campes Worte machten Fridolin betroffen. Tatsächlich hatte Grünfelder bis jetzt ausdrücklich nur ihn zu sich gebeten und diese Einladung nie auf Lore ausgedehnt. Sie einfach mitzubringen, hatte er nicht gewagt, um seine Stellung in der Bank nicht durch einen gesellschaftlichen Fauxpas zu gefährden. Da der Bankier oft genug erklärt hatte, wie froh er sei, ihn als Geschäftspartner zu gewinnen, wünschte Fridolin sich, Grünfelders Frau und Tochter würden endlich Lores Gesellschaft suchen. Spätestens dann, dessen war er gewiss, würde seine Frau einsehen, wie wichtig es für ihn war, Anteilseigner des Bankhauses zu werden. Bisher hatte sie hier in Berlin nur ihre Freundin Mary als Gesprächspartnerin, und die war nicht nur eine einfache Schneiderin, sondern stammte auch noch aus der englischen Unterschicht.

»Schämen Sie sich vielleicht, Ihre Frau mitzubringen, Trettin? Sie soll ja, so heißt es, nicht von Adel sein, sondern die Tochter eines schlecht bezahlten Dorfschullehrers aus Ostpreußen.« Leutnant von Trepkow stieß mit Wonne in das gleiche Horn wie von Campe.

Dieser klatschte innerlich Beifall. Sein Konkurrent kratzte nicht nur an Fridolins Ansehen, sondern erinnerte zudem

Grünfelders Tochter daran, dass auch sie bürgerlicher Herkunft war und für einen Friedrich von Trepkow daher nicht gut genug.

Fridolin fragte sich, wie er die freche Bemerkung des Leutnants zurückzahlen könnte. Wäre er Offizier gewesen, hätte er ihn wohl zum Duell gefordert, doch als Repräsentant des Bankhauses Grünfelder durfte er sich einen Zweikampf nur dann erlauben, wenn dieser unvermeidbar war.

»Mein lieber Trepkow, ich sehe, Sie sind schlecht informiert. Meine Gattin ist die Enkelin meines Onkels, des Freiherrn Wolfhard Nikolaus von Trettin auf Trettin!« Fridolin machte aus seinem Stolz keinen Hehl. Immerhin zählten die Trettins zu den ältesten Geschlechtern Ostpreußens, während Trepkows Ahne noch als bürgerlicher Unteroffizier in der Armee Friedrichs des Großen gedient und erst dessen Enkel sich auf den Schlachtfeldern von Ligny und Waterloo das »von« im Namen verdient hatte.

Dies wusste auch Hasso von Campe, und er beschloss, August Grünfelder darauf anzusprechen. Gleichzeitig würde er seinen altadeligen Stammbaum herausstreichen, um diesen zu beeindrucken. Unwillkürlich dachte er an das, was er von seinem ehemaligen Vorgesetzten von Palkow Interessantes über Fridolins Ehefrau erfahren hatte. Diese sollte in jungen Jahren tatsächlich ihren Lebensunterhalt mit Flickschneiderei bestritten haben. Auf die adelige Herkunft, die ihr Ehemann so betonte, gab er nicht viel. Frauen, die sich in bürgerliche Schullehrer verliebten und diese heirateten, hatten in seinen Augen den Anspruch darauf verloren, als Damen von Stand behandelt zu werden, und deren Töchter ebenso.

Von Trepkow war Lores Herkunft jedoch unbekannt, und er kaute auf Fridolins Antwort herum. Bevor ihm eine entsprechende Entgegnung eingefallen war, bat August Grünfelder seine Gäste zu Tisch. Die Tafel war reich geschmückt und die Speisen waren erlesen. Doch gerade aus diesem Grund rümpften einige die Nase, weil der Gastgeber einen viel zu üppigen Aufwand betreibe.

»Grünfelder protzt mal wieder«, raunte von Trepkow einem Kameraden zu, der als verheirateter Mann keine Konkurrenz für ihn darstellte.

Fridolin hörte es und beschloss, mit dem Bankier darüber zu sprechen. Die überladene Tafel und das nur aus Spezialitäten bestehende Mahl unterstrichen zu stark, dass die Grünfelders zu den Neureichen zählten. Außerdem würde er mit Grünfelder über Lore sprechen und einfließen lassen, dass es für sie ebenso wie für ihn kränkend war, nicht zu diesen Gastlichkeiten eingeladen zu werden.

## III.

Eigentlich hatte Lore an diesem Abend noch ein wenig nähen wollen, fühlte sich aber nach dem Streit mit ihrem Mann nicht mehr dazu in der Lage. Nachdem Fridolin gegangen war, gab sie den drei Dienstboten frei und wollte selbst ohne Abendessen ins Bett gehen. Doch als sie ihr Hauskleid ablegte, überlegte sie es sich anders. Sie benötigte dringend einen Menschen, dem sie ihr Herz ausschütten konnte, sonst würde sie die ganze Nacht wach liegen und über den Zwist mit ihrem Mann nachsinnen.

Nun erwies es sich als Fehler, die Dienstmädchen weggeschickt zu haben, denn Jutta, die auch als Köchin diente, half ihr sonst beim Ankleiden. Sie musste eine Weile suchen, bis sie ein geeignetes Kleid zum Ausgehen fand, das nicht auf dem Rücken geschlossen wurde.

Nachdem die Tür hinter ihr ins Schloss gefallen war, dachte sie einen Augenblick daran, dass das Haus nun leer stand. Allerdings würde ein Dieb eine herbe Enttäuschung erleben, denn sie hatte nicht nur viele ihrer Kleider und Möbelstücke, sondern auch fast ihren gesamten Schmuck im Palais Retzmann in Bremen zurückgelassen, weil sie mit dem endgültigen Umzug hatte warten wollen, bis ihr neues Heim eingerichtet war.

In der Aufregung der letzten Zeit hatte sie jedoch keine Zeit gefunden, sich um das Nachholen dieser Sachen zu kümmern. Ihre Gedanken waren stets um das Modegeschäft gekreist. Als sie nun die Turmstraße entlang hastete, um das nur wenige hundert Meter entfernte Haus zu erreichen, in dem ihre Freundin wohnte, fragte sie sich zum ersten Mal ernsthaft, ob dies ein Fehler gewesen war. Vielleicht hätte es Fridolin und ihr gutgetan, wenn sie sich mehr um ihn als um ihre eigenen Belange gekümmert hätte. Nein, sagte sie sich im nächsten Moment. Auch dann wäre es früher oder später zum Streit gekommen.

Sie trat neben eine Straßenlaterne, deren Licht auf eine Litfaßsäule fiel. Ein großes, von einem angesehenen Grafiker gestaltetes Plakat stach Lore in die Augen, und sie blieb stehen, um es noch einmal anzusehen. Es zeigte eine in englischer Mode gekleidete Dame. Darunter stand in geschwungenen Buchstaben: »Mrs. Mary Penn gibt sich die Ehre, die Eröffnung ihres Modesalons in der Leipziger Straße, Ecke Markgrafenstraße, bekanntzugeben.«

Mary führte das Modegeschäft bewusst unter ihrem englischen Mädchennamen Penn, der die von der Kronprinzessin begeisterten Berliner Damen eher locken würde als ihr erheirateter Name Benecke. Lore vergaß ihren Unmut und lächelte. Die aufwendige Reklame hatte etliche Frauen des gehobenen Bürgertums und sogar Damen von Adel dazu gebracht, Mrs. Penns Modesalon aufzusuchen und Kleider bei ihr zu bestellen. Obwohl Mary bereits zwei Näherinnen eingestellt hatte, kamen sie mit der Arbeit kaum nach. Daher arbeitete Lore mit, wenn auch nur in ihren eigenen vier Wänden und zu jenen Zeiten, in denen Fridolin nicht zu Hause war.

Lore hörte Schritte hinter sich und ging weiter. Zwar gab es in manchen Teilen der Stadt bereits elektrische Straßenbeleuchtung, die beinahe taghelles Licht verbreitete, doch hier wurden die Laternen noch mit Gas gespeist und erleuchteten das Trottoir nur wenige Meter weit. Zu ihrer Erleichterung bogen die Schritte in die Waldstraße ab. Kurz darauf erreichte sie das Eckhaus an der Kreuzung Turmstraße und Ottostraße und schlug den Türklopfer an.

Der Hauswart öffnete ihr. Da er sie von ihren Besuchen bei Mary kannte, schüttelte er missbilligend den Kopf. »Aber Frau von Trettin! Um die Zeit sollten Sie nicht mehr ohne Begleitung ausgehen.«

Lore begrüßte ihn lächelnd und ging an ihm vorbei zu der Tür der Wohnung im Hochparterre. Als sie dort klopfte, ließ Marys Ehemann Konrad sie ein, nicht ohne sie ebenfalls zu tadeln.

»Lore, bist du allein und zu Fuß gekommen? Das solltest du

nicht tun. Berlin ist nicht Bremen. Dort konntest du um diese Zeit noch flanieren, doch hier musst du dich vor Bettlern und anderem Gesindel hüten.«

»Ich habe nicht angenommen, dass es so schnell dunkel wird«, antwortete Lore.

Kopfschüttelnd drehte Konrad Benecke sich um. »Mary, Lore ist da!«, rief er durch die halb offene Tür.

»Das ist schön! Ich hätte sie sonst morgen aufgesucht, um ihr zu sagen, dass wir heute eine neue Kundin gewonnen haben. Allerdings ist die Dame sehr kritisch«, klang es fröhlich zurück.

Lore trat ein, umarmte ihre Freundin und setzte sich auf einen Stuhl, während Konrad in die Küche eilte, um für den späten Gast etwas zu trinken zu holen. Da Mary spürte, dass Lore etwas auf dem Herzen hatte, musterte sie ihre Freundin nachdenklich.

Lore war eine schöne Frau, vielleicht etwas zu hoch gewachsen, mit einer schlanken, biegsamen Figur, einem festen, nicht zu großen, aber auch nicht zu kleinen Busen sowie weizenblonden Haaren in einer Fülle, die es ihr erlaubte, ihre Frisur ohne fremde Haare und andere Hilfsmittel aufzustecken. Blaue Augen leuchteten aus einem sanft gezeichneten Gesicht, doch eine steile Falte zwischen den Augenbrauen deutete auf Kummer hin.

»Gibt es etwas, was dich bedrückt?« Mary sprach mit starkem Akzent, war aber gut zu verstehen.

Lore lächelte verlegen. »Dir kann ich wirklich nichts verheimlichen. Es geht um Fridolin. Ich erkenne ihn nicht wieder. In Bremen war er mit all unseren Plänen einverstanden, und hier hat er uns sogar geholfen, das Ladengeschäft anzumieten. Doch jetzt verlangt er auf einmal von mir, mein Geld zurückzuziehen, damit er sich in Grünfelders Bank einkaufen kann.«

Mary wurde blass, fasste sich aber rasch. »Wir hätten doch mit einem kleineren Geschäft in einer weniger vornehmen Gegend anfangen sollen. Alleine kann ich den Laden nicht halten. Dann muss ich ihn aufgeben, bevor ich Schulden mache.«

»Gar nichts wirst du!«, rief Lore resolut. »Ich gehe keine Verpflichtung ein, um mich dann wenige Wochen später aus der Verantwortung zu stehlen. Wir bleiben Partnerinnen! Zum Glück sind unsere Verträge von Thomas Simmern aufgesetzt worden und daher unangreifbar.«

Unterdessen war Konrad aus der Küche zurückgekommen und brachte zwei Gläser mit leichtem Wein und eines mit Rum. »Ich bin nun mal ein alter Seebär«, meinte er, als Lore den Rum misstrauisch beäugte.

Schlagartig wurde er ernst. »Wenn Fridolin von dir fordert, dass du dich aus dem Modesalon zurückziehst, wirst du dich seinem Willen nicht widersetzen können.«

»Oh doch! Mary ist meine beste Freundin, und komme, was wolle: Wir halten zusammen. Fridolin kann auch ein paar Anteile weniger an Grünfelders Bank kaufen.«

Lore spürte, wie ihre Erbitterung über ihren Mann mit jedem Wort zunahm. »Wir hätten niemals nach Berlin gehen dürfen. Diese Stadt nimmt mir Fridolin weg!«

Während Mary besorgt die Hände rang, wirkte Konrad nachdenklich. »Es stimmt, er hat sich verändert. In den ersten Wochen war er fast jeden Tag bei uns und hat mit dem kleinen Jonny gespielt, doch seit einiger Zeit lässt er sich nicht mehr blicken.«

»Wo ist Jonny denn jetzt?«, fragte Lore und sah sich unwillkürlich um.

»Konrad war vorhin mit ihm draußen. Da hat unser Schatz sich so ausgetobt, dass er während des Abendessens eingeschlafen ist. Ich habe ihn dann zu Bett gebracht.« Um Marys Lippen spielte ein zärtliches Lächeln, das ebenso ihrem Sohn wie ihrem Mann galt.

In ihrer Heimatstadt Harwich hatte sie als Krüppel gegolten, und es erschien ihr jetzt noch wie ein Wunder, dass sich ein Mann für sie interessiert hatte. Zudem las Konrad ihr nach wie vor jeden Wunsch von den Augen ab. Vieles hatte sie aber auch Lore zu verdanken, die sie nach Deutschland geholt und zu den besten Ärzten gebracht hatte. Zwar konnte sie nicht springen wie ein Reh, aber mit Hilfe eines eleganten Stocks fast normal gehen. Schon aus diesen Gründen wollte sie nicht, dass ihre Freundin ihretwegen Streit mit ihrem Mann bekam.

Als sie Lore dies in ruhigen Worten zu erklären versuchte, schüttelte diese heftig den Kopf. »Hätte Fridolin von Anfang an gesagt, er wolle sich mit unserem Geld bei seinem Chef einkaufen, hätten wir den Laden tatsächlich nicht in der Haupteinkaufsstraße einrichten müssen. Doch er hat uns zugeredet, es zu tun, und will nun nichts mehr davon wissen. Der Herr Vizebankdirektor meinte sogar, er würde dir und Konrad einen günstigen Kredit einräumen, damit ihr mir meinen Anteil auszahlen könnt.«

»Aber dann ist doch alles geregelt«, fand Konrad und erntete erneut Lores Widerspruch.

»Ihr müsstet für einen Fehler Zinsen zahlen, den nicht ihr begangen habt, sondern Fridolin. Das sehe ich nicht ein!«

»Er ist dein Mann, und du hast ihn doch immer noch lieb. Und es scheint für ihn sehr wichtig zu sein.«

Auch Marys Appell verfing nicht. Lore dachte an die Jahre, die sie und Fridolin in Bremen verbracht hatten. Damals waren sie glücklich gewesen. Aber das schien eine endlos lange Zeit zurückzuliegen. Nun benahm Fridolin sich so selbstherrlich, als habe sich mit dem Umzug nach Berlin auch sein Charakter geändert.

Was sollte nun werden? Musste sie wirklich all ihre eigenen Wünsche zurückstellen, nur damit ihr Mann recht behielt? Sie wusste nicht, ob sie das auf Dauer ertragen konnte. Unter all den Menschen, die hier in Berlin lebten, fühlte sie sich einsamer als in dem alten Jagdhaus tief im Wald, in dem sie nach dem Tod ihrer Eltern und Geschwister mit ihrem Großvater hatte leben müssen. Im Grunde hatte sie nur Mary und Konrad als Gesprächspartner. Fridolin verbrachte den ganzen Tag in der Bank und war auch an den Abenden häufig außer Haus, da Grünfelder ihn immer wieder zu sich einlud.

»Ich denke nicht daran, Fridolin in allen Dingen nachzugeben!«, entfuhr es ihr. »Er lebt in seiner eigenen Welt, an der ich keinen Anteil habe. Stellt euch vor, er hat mich weder August Grünfelder noch dessen Gattin vorgestellt. Als ich ihn gefragt habe, ob wir die beiden nicht einmal zu uns einladen sollten, meinte er, es wäre unhöflich, der Frau seines Vorgesetzten eine Einladung zu schicken, bevor diese mich eingeladen habe. Und das hat Juliane Grünfelder bislang unterlassen, obwohl Fridolin in ihrem Haus ein und aus geht. Es scheint mir, als wolle die Dame mich gar nicht kennenlernen.«

Dieser Bericht gab den Gastgebern einen tiefen Einblick in Lores verwundete Seele. Während Mary noch nach Worten des Trostes suchte, schlug Konrad mit der Faust auf die Lehne seines Stuhls. »Das hätte ich von Fridolin nicht erwartet. In Bremen war er ganz anders! Wahrscheinlich hatte er dort Angst, Thomas Simmern zu verärgern. Und hier zeigt er nun unverhohlen die Seiten seines Charakters, die er dort geschickt zu verbergen wusste.«

»Du meinst, er wird sich weiterhin so benehmen?« Lore erschrak, und Hilflosigkeit erfasste sie. Gleichzeitig wuchs ihr Wille, sich nicht brechen zu lassen wie einen dünnen Zweig.

»Für dich hoffe ich, dass Fridolin bald wieder der Alte wird!« Konrads Worten fehlte es jedoch an Nachdruck.

Mary ergriff Lores Hände und drückte sie fest an ihren Busen. »Ich wünsche dir alles Gute und bete, dass du und Fridolin weiterhin in Liebe zusammenleben könnt. Doch wenn es zum Äußersten kommen sollte, dann zieh zu uns. Wir kümmern uns um dich.«

»Ich danke euch von Herzen!« Lore umarmte erst Mary und danach Konrad. Schon fühlte sie sich besser. Auch wenn sie hoffte, Fridolin würde wieder zu dem Mann, den sie einmal geliebt hatte, so war sie doch froh, einen Ort zu wissen, an dem sie stets willkommen war.

## IV.

Etwa zu der Zeit, als Konrad Lore nach Hause brachte, hob August Grünfelder in seiner prachtvollen Villa die Tafel auf. Seine Damen verabschiedeten sich mit einem Knicks, um sich zur Nachtruhe zu begeben, und die meisten Gäste verließen das Haus. Die übrigen führte Grünfelder in den Rauchsalon. Ein Diener stand bereit, Cognac und Wein einzuschenken, und auf dem Tisch warteten Kisten mit teuren Zigarren auf ihre Bestimmung.

Von Campe und von Trepkow, die in ihren Börsen meist den Boden sehen konnten, griffen sofort zu. Ersterer ließ sogar eine weitere Zigarre in seinem Ärmel verschwinden, während er sich die andere an der Kerze anzündete, die für diesen Zweck auf dem Tisch stand.

»Ein gutes Kraut, Grünfelder, wohl aus Kuba«, wandte er sich anschließend forsch an seinen Gastgeber.

Dieser schüttelte lächelnd den Kopf. »Der Tabak stammt aus Virginia in den Vereinigten Staaten.«

»Auf alle Fälle ist er ausgezeichnet«, erklärte von Trepkow, um keinen Schritt Boden an seinen Konkurrenten zu verlieren.

»Ich nehme stets nur das Beste, ob dies nun Zigarren, Getränke oder Speisen sind. Bei Letzterem gibt allerdings meine Juliane den Ton an, und das wohl nicht schlecht, oder sind Sie anderer Meinung, meine Herren?«

»Ganz und gar nicht«, beeilte sich von Campe ihm zu versichern. Auch von Trepkow nickte eifrig. »Ihre Gastmähler sind die besten in der ganzen Stadt, Herr Grünfelder.«

Obwohl der Bankier als Geschäftsmann die Menschen zu durchschauen vermochte, die zu ihm kamen, war er in seinem Privatleben plumpen Schmeicheleien zugänglich. Daher nickte er dem Leutnant freundlich zu, bevor er sich an Fridolin wandte: »Und was sagen Sie dazu, Herr von Trettin?«

Fridolin zögerte mit seiner Antwort, denn Grünfelder kaufte in seinen Augen zu sehr nach Preis als nach Geschmack.

Schließlich zuckte er mit den Schultern. »Ich bedauere, kein Urteil über die Zigarren abgeben zu können, da ich nicht rauche. Was den Cognac angeht, so gehört er sicher zu den besseren Sorten.«

»Sie rauchen nicht, Trettin? Was sind Sie nur für ein Mann?«, begann von Campe wieder zu sticheln.

Grünfelder aber blickte Fridolin durchdringend an, denn er hatte in dessen Tonfall eine leichte Kritik herausgehört und fragte sich, was dem jungen Mann an seinem Cognac missfallen mochte. Darauf würde er zurückkommen, wenn sie unter sich waren. Nun aber wiederholte er von Campes Frage, weshalb Fridolin sich den Genuss einer guten Zigarre versagte.

Fridolin hätte ihm sagen können, dass er als junger Mann nicht das Geld besessen hatte, um sich die guten Sorten leisten zu können, und später hatte ihm das Rauchen kein Vergnügen mehr bereitet. Da dies aber weder von Campe noch Grünfelder etwas anging, zuckte er mit den Achseln. »Sagen wir, es reizt mich nicht.«

»Sind Ihnen Zigarren zu stark, Trettin? Haben wohl Angst, es könnte in die Hose gehen?«

Fridolin parierte von Campes Provokation mit großer Gelassenheit. »Das kennen Sie wohl aus eigener Erfahrung?«

»Diese Beleidigung lasse ich nicht auf mir sitzen«, schäumte der Rittmeister und griff zum Säbel. Doch sein Nachbar legte ihm beruhigend die Hand auf den Unterarm.

»Sie haben Trettin heute schon ein paarmal gereizt, Campe. Deshalb müssen Sie seine Antwort jetzt schlucken. Wenn Sie ihn zum Duell fordern, sehen Sie sich hinterher an die Memel oder in ein Kaff jenseits von Posen versetzt.«

Von Campes Kiefer mahlten. Duelle fanden zwar immer wieder statt, und nur selten erhielten die Teilnehmer die darauf stehenden Strafen. Doch wenn er als Offizier einen Zivilisten forderte, müsste er dafür einen besseren Grund angeben können als eine beiläufige Bemerkung, die als Witz abgetan werden konnte. Mühsam löste er seine Hand vom Säbelgriff und zwang seinen Lippen ein Lächeln auf.

»Sie haben recht, Trettin. War ein kleiner Steppke, als mein Vater mich an seiner Zigarre ziehen ließ. Ging grandios in die Hose. Habe mich aber im Gegensatz zu Ihnen nicht davon abhalten lassen, später mit Genuss Zigarren zu rauchen!« Für sein Gefühl hatte van Campe damit Fridolin erneut eins ausgewischt und sich gleichzeitig als Mann präsentiert, der einen Scherz vertragen konnte.

Da Fridolin keinen Streit mit dem angetrunkenen Rittmeister wollte, ging er nicht darauf ein, sondern begann, über die Güte mehrerer Cognacsorten zu sprechen. »Es muss aber jeder selbst entscheiden, welcher ihm am besten schmeckt«, setzte er hinzu, damit Grünfelder es nicht als Kritik auffassen konnte.

Der Bankier nickte scheinbar gleichmütig, beschloss aber, die Sorten zu kaufen, die Fridolin eben gelobt hatte, zumal einige der Gäste ihrem Mienenspiel zufolge der gleichen Meinung waren.

Nach diesem ersten, leicht gereizten Wortwechsel wurde die Unterhaltung harmonisch. Die Herren tranken Cognac und rauchten ihre Zigarren, während die Zeiger der großen Standuhr langsam auf vierundzwanzig Uhr vorrückten. Nachdem der Stundenschlag verklungen war, brachen die meisten auf. Auch von Campe und von Trepkow verabschiedeten sich aufgrund des genossenen Alkohols ein wenig nuschelnd und versicherten Grünfelder, wie herrlich der Abend in seinem Haus gewesen sei. Nach ihnen wollte auch Fridolin aufbrechen, doch der Hausherr hielt ihn auf.

»Mein lieber Herr von Trettin, bitte bleiben Sie noch. Ich muss mit Ihnen über eine wichtige Sache reden.«

»Gerne«, antwortete Fridolin und setzte nur in Gedanken ein »Hat das nicht bis morgen Zeit?« hinzu. Nun würde er noch später als sonst nach Hause kommen und Lore am nächsten Morgen enttäuscht und zornig antreffen. Im nächsten Moment straffte er sich. Er war ihr Mann, und es war ihre Pflicht, sich ihm unterzuordnen. Immerhin bot Grünfelder ihm die unerwartete Gelegenheit, als Geschäftspartner in die Bank einzusteigen. Das ermöglichte ihm einen enormen gesellschaftlichen Aufstieg, der auch seine Frau einschloss. Daher durfte er sich von Lores Launen nicht beeinflussen lassen, zumal nicht nur von Campe sie auch heute wieder als ›Flickschneiderin‹ verspottet hatte.

Er unterdrückte einen Seufzer und setzte sich wieder. Mit zufriedener Miene schickte sein Gastgeber den Diener weg und schenkte ihm eigenhändig ein. »Es handelt sich um eine, nun ja … sehr vertrauliche Angelegenheit«, begann er.

»Will jemand aus besseren Kreisen Geld, ohne dass etwas davon an die Öffentlichkeit dringen darf?«

Grünfelder lachte nervös. »Nein, es geht um etwas ganz Privates. Sie sind doch ein Herr von Welt und wissen, dass ein Mann gelegentlich eine kleine Entspannung braucht, von der die Dame des Hauses nichts wissen sollte.«

Von dieser Seite kannte Fridolin seinen Vorgesetzten noch

nicht. Daher fragte er sich im ersten Moment, ob er sich verhört hätte. Doch Grünfelder berichtete ihm so leise, als könne
seine Frau ihn vom Schlafzimmer aus hören, dass er letztens
von einem passablen Etablissement gehört habe, in dem es
ebenso schöne wie willige Frauen gäbe.

»Sie dürfen nicht schlecht von mir denken, Herr von Trettin.
Nie bin ich meinem Weib untreu gewesen. Aber ein klein we-
nig Vergnügen dieser Art werde ich mir wohl gönnen dürfen.
Wenn Sie so gut sein würden, mich zu begleiten. Es ist …«

Fridolin hatte Mühe, nicht hell aufzulachen. Wie es aussah,
war Grünfelder auf ein erotisches Abenteuer aus, wagte es aber
nicht, den Tempel der Sünde allein zu betreten. Nun fragte er
sich, ob der Bankier wusste, dass er vor einigen Jahren für länd-
liche Gutsherren und Fabrikbesitzer den Bärenführer auf den
Pfaden käuflicher Liebe gespielt hatte. Wenn dem so war,
schien es sein Ansehen bei Grünfelder nicht zu beeinträchtigen.

»Wo ist denn dieses Etablissement zu finden?«, fragte er.

»Es liegt in der Stallschreiberstraße in der Nähe des Spittel-
markts«, erklärte der Bankier und setzte hinzu, dass es *Le Plaisir* genannt werde.

Bei diesem Namen riss es Fridolin beinahe aus dem Sessel. Im
*Le Plaisir* war er während seiner ersten Jahre in Berlin Stammgast gewesen, allerdings weniger, um sich dort selbst der Mädchen zu bedienen, sondern, um seine Landbekanntschaften
dorthin zu führen. Seit er Berlin vor Jahren verlassen hatte, waren seine Verbindungen dorthin abgerissen. Nun fragte er sich,
wie es Hede Pfefferkorn wohl gehen mochte. Vor allem die
Neugier, die Besitzerin des *Le Plaisir* wiederzusehen, brachte

29

ihn dazu, auf Grünfelders Vorschlag einzugehen. »Wenn Sie es wünschen, begleite ich Sie in dieses Haus.«

Grünfelder ergriff seine Hand. »Ich danke Ihnen, Herr von Trettin.«

An dem alkoholgeschwängerten Atem des Bankiers erkannte Fridolin, dass dieser mehr getrunken hatte, als es seiner Selbstbeherrschung guttat. Offenbar verspürte Grünfelder unter dem Einfluss des Alkohols ein ungewohnt heftiges Verlangen nach einer Frau. Amüsiert fragte Fridolin sich, ob der Bankier überhaupt noch in der Lage war, sich mit einem von Hedes Mädchen im Separee zu tummeln. Aber das war nicht sein Problem.

## V.

Das *Le Plaisir* befand sich noch an der alten Adresse und unterschied sich nach außen hin nicht von den Villen der besseren Gesellschaft, die in den umliegenden Straßen zu finden waren. Was drinnen geschah, verbargen dicke Vorhänge vor den Fenstern. Da es am Haus weder ein Schild noch einen anderen Hinweis gab, würde kein Passant ahnen, dass sich darin je nach Standpunkt ein Tempel der Lust oder der Sünde befand.

Als Fridolin aus der Droschke stieg, umspielte ein Lächeln seine Lippen, und er überlegte, wie lange er nicht mehr hier gewesen war. Es waren mehr als fünf Jahre, denn er hatte es im Dezember 1875 das letzte Mal betreten, und jetzt schrieb man April 1881.

»Was meinen Sie, Herr von Trettin, wollen wir hineingehen?«

Grünfelders Frage riss Fridolin aus seinen Gedanken. Das klang ganz danach, als wäre der Mut des Bankiers während der Droschkenfahrt deutlich geschrumpft.

Fridolin dachte jedoch nicht daran, diese Entscheidung für ihn zu treffen. »Wenn es Ihr Wunsch ist, gehen wir hinein.«

Grünfelder drehte sich nach der Droschke um. Da er den Fahrer bereits bezahlt hatte, fuhr dieser gerade davon. Für einen Augenblick wirkte der Bankier verunsichert, straffte dann aber die rundliche Gestalt und schritt auf den Eingang des *Le Plaisir* zu.

»Hoffen wir, dass die Huren auch das halten, was mir versprochen wurde!«

Fridolin lächelte. Hedes Mädchen waren nicht nur schön, sondern auch erfahren darin, einen Mann zufriedenzustellen.

Kaum hatten sie den Klopfer betätigt, als auch schon geöffnet wurde. Anton, Hedes Türsteher, musterte sie mit prüfendem Blick, erkannte Fridolin jedoch nicht, sondern schätzte die beiden späten Gäste aufgrund ihrer Kleidung als wohlhabende Geschäftsleute ein. Er selbst trug eine Phantasieuniform, die ihm in fremden Ländern den Ehrengruß einheimischer Militärs eingetragen hätte.

»Ich wünsche den Herren einen guten Abend. Darf ich erfahren, auf wessen Empfehlung sie hier erscheinen?«, fragte er leicht distanziert.

»Wir ...« Grünfelder warf Fridolin einen um Hilfe bittenden Blick zu.

»Wir wünschen einen angenehmen Abend in anregender Gesellschaft«, fuhr Fridolin an seiner statt fort.

Als Anton Fridolins Stimme hörte, zuckte er zusammen und

starrte ihn an. Dann schüttelte er den Kopf. Dieser Mann mit dem blonden Kinnbart und dem gediegenen Aussehen konnte unmöglich der fröhliche junge Bursche sein, der vor einigen Jahren häufig als Begleiter betuchter Herren ins Haus gekommen war.

Er beschloss, die Verantwortung an seine Herrin weiterzureichen, und machte eine einladende Handbewegung. »Wenn die Herren mir folgen würden!«

Für einen Augenblick sah Grünfelder so aus, als wolle er auf der Stelle umkehren. Stattdessen aber ging er steifbeinig hinter Anton her und fand sich kurz darauf in einem mit roten Teppichen und Vorhängen ausgestatteten Salon wieder, in dem bequeme Fauteuils, Ottomanen und andere Sitzgelegenheiten für die Gäste bereitstanden.

Grünfelder achtete jedoch kaum auf die Möblierung, sondern starrte auf die Bilder an der Wand. Diese zeigten griechische Göttinnen in durchsichtigen Kleidern und lasziven Posen so lebensecht, als wollten sie aus ihrem Rahmen heraussteigen und die Ankömmlinge umarmen.

Fridolin ließ den Blick über die Gäste schweifen. Ein paar von ihnen kannte er von seinem letzten Aufenthalt in Berlin, wie den Industriellen Rendlinger und zwei der Offiziere, die zusammen Karten spielten, während drei hübsche Mädchen in der Nähe darauf warteten, diese in die Separees führen zu dürfen. Andere junge Frauen hoben bei ihrem Eintritt den Kopf und blickten Grünfelder und ihm interessiert entgegen.

Von den Mädchen, die vor fünf Jahren hier gearbeitet hatten, entdeckte Fridolin keine. Allerdings kam ihm eine der Neuen bekannt vor, ohne dass er sie einordnen konnte. Sie war keine

Schönheit, sondern nur leidlich hübsch und ihrem Kleid nach eine der nachrangigen Huren.

»Darf ich die Herren im *Le Plaisir* begrüßen!« Eine dunkle, angenehme Frauenstimme klang hinter ihnen auf, und Grünfelder und Fridolin drehten sich um.

Hede Pfefferkorn musste inzwischen die dreißig überschritten haben, zählte aber immer noch zu den schönsten Frauen, die Fridolin je gesehen hatte. Im Gegensatz zu ihren Mädchen, die in aufreizenden Kleidern steckten, trug sie ein hochgeschlossenes Kostüm mit einer langen, auf Figur gearbeiteten Jacke und einem bis zu den Waden reichenden Überrock. Niemand, der sie so auf der Straße sah, würde sie für die Besitzerin eines Bordells halten.

Während Fridolin Hede musterte, raffte Grünfelder all seinen Mut zusammen. »Guten Abend. Wir sind wegen der schönen Frauen gekommen, müssen Sie wissen.«

Ein amüsierter Ausdruck huschte über Hedes Gesicht. »In mein Haus kommen die Herren im Allgemeinen wegen der schönen Frauen. Doch eines sollten Sie wissen: Wir sind kein ordinäres Bordell, sondern ein eleganter Club, in dem Herren, die sich ins Clubbuch eintragen, auf angenehme Weise Entspannung finden.«

»Was hat es mit diesem Buch auf sich?«, fragte Grünfelder mit wachsendem Misstrauen.

»Sobald die Herren ihre Namen eingetragen haben, zählen sie zu den Clubmitgliedern des *Le Plaisir* und können hier verkehren.«

»Aber was ist, wenn man seinen Namen nicht öffentlich machen will?«, wandte Grünfelder ein.

»Dann schreiben Sie einen Aliasnamen hin. Es geht nur darum, dass ein Name im Buch steht. So hat alles seine Ordnung, und die Behörden sind zufrieden.« Hedes leicht gelangweiltem Tonfall zufolge musste sie diesen Vortrag sehr oft halten, dachte Fridolin.

Eine junge, blonde Frau in einem grünen Kleid, das tiefe Einblicke in ihr Dekolleté bot, brachte ein in rotes Leder gebundenes Buch und einen Patentschreiber und reichte beides Hede.

»Wenn die Herren so gut wären«, sagte diese und schlug die Seite auf, auf der Grünfelder und Fridolin sich eintragen sollten.

Der Bankier nahm den Schreibstift, benetzte kurz die Lippen mit der Zunge und brachte dann den Namen Blauwald zu Papier. Fridolin amüsierte sich über die Phantasie seines Vorgesetzten, der bei seinem Namen die Farbe geändert und aus einem Feld einen Wald gemacht hatte. Dies brachte ihn auf eine Idee, und er schrieb sich als von Tanne ein.

Beim Anblick seiner Schrift stieß Hede einen keuchenden Laut aus und sah ihn forschend an. »Fridolin, bist du es wirklich?«

»Sie kennen die Dame?«, fragte Grünfelder verwundert.

»Aus meinen forschen Jugendtagen«, antwortete Fridolin fröhlich.

»So spricht der ergraute Greis«, spottete einer der Offiziere, der ihnen zugehört hatte, und winkte Fridolin zu. »Na, Trettin, haben Sie schon jediert, wie es sich jehört?«

Fridolin schüttelte den Kopf. »Ich bin die letzten Jahre nicht in Preußen gewesen.«

»Wird aber Zeit! Wollen doch kein alter Greis werden, ohne

des Königs Rock jetragen zu haben. Ihre Ahnen würden im Grabe rotieren.«

»Aber meine Herren! Unser Freund ist eben erst eingetroffen. Lassen Sie ihn sich doch erst einmal einleben«, versuchte Hede den Offizier und andere Stammgäste, die neugierig näher gekommen waren, davon abzuhalten, Fridolin mit Fragen zu überfallen.

»Hast du Lust, einen Cognac in meinem Büro zu trinken, oder willst du dir eines der Mädchen aussuchen?«, fragte sie ihn.

»Mein Begleiter freut sich auf die Gesellschaft einer jungen Frau. Ich hingegen habe nichts gegen einen Cognac in deinem Büro einzuwenden.«

»Vor allem, wenn es dort ein weiches Kanapee gibt, nicht wahr, Trettin?« Der Industrielle Rendlinger lachte, doch war der Neid in seiner Stimme nicht zu überhören. Wie etliche andere Gäste des *Le Plaisir* hätte er nichts gegen eine amüsante Stunde mit Hede einzuwenden gehabt.

Diese bedachte ihn mit einem vernichtenden Blick. »In meinem Büro gibt es kein Sofa, Herr Rendlinger.«

Dann fasste sie Fridolin unter und führte ihn zu einer mit Stofftapete verkleideten Tür, die vom Salon aus kaum auffiel. Bevor sie sie öffnete, gab sie einem der Mädchen den Wink, sich um Grünfelder zu kümmern.

# VI.

$\mathcal{W}$as für eine Überraschung, dich wiederzusehen! Wie ist es dir denn in den letzten Jahren ergangen?«, fragte Hede, nachdem sie zwei Gläser mit Cognac gefüllt hatte.

Dann fiel ihr wieder ein, weshalb er Berlin verlassen hatte.

»Hast du deine Verwandte damals gefunden?«

»Nicht nur das«, antwortete Fridolin trocken. »Ich habe sie mittlerweile auch geheiratet!«

»Du bist verheiratet?« Hede fing an zu lachen, entschuldigte sich aber sofort. »Ich dachte, du wolltest dir eine reiche Erbin angeln.«

Fridolin ging nicht darauf ein, sondern berichtete kurz, wie er Lore in London gefunden hatte. »Dorothea Simmern, die Ehefrau eines reichen Bremer Reeders, hat schließlich unsere Ehe gestiftet, und deren Gatte gab mir die Möglichkeit, einen repräsentativen Posten beim Norddeutschen Lloyd einzunehmen. Mittlerweile bin ich Vizedirektor der Privatbank Grünfelder.«

»Grünfelder – ist das der Blauwald im Clubbuch?«, fragte Hede spöttisch.

»Genauso wie ich von Tanne bin!« Fridolin lachte kurz und trank einen Schluck. »Dein Cognac ist ausgezeichnet. Ich glaube, ich sollte Grünfelder diese Marke empfehlen.«

Hede schüttelte immer noch den Kopf. »Vizedirektor einer Bank? Ich fasse es nicht! Wer hätte gedacht, dass du einmal ein so hohes Tier werden würdest. Damals warst du froh, wenn du genug Geld zusammenkratzen konntest, um die Miete für ein armseliges Dachstübchen zahlen zu können.«

»Ich hatte mehr Glück als Verstand.«

»Stell dein Licht nicht unter den Scheffel«, tadelte Hede ihn. »Auf alle Fälle freue ich mich, dich zu sehen – oder muss ich jetzt Sie zu dir sagen?«

»Untersteh dich!«, antwortete Fridolin lachend. »Sag, wie ist es dir ergangen? Dein Bordell wirkt vornehmer, als ich es in Erinnerung habe.«

»Dies ist nun ein Club. Mit diesem Kunstgriff halten wir uns die Beamten der Sittlichkeitsbehörden vom Hals, denen die Bordelle ein Dorn im Auge sind. Da bei mir nur bessere Herren verkehren, lassen sie uns meist in Ruhe. Allerdings ist es ein Tanz auf Messers Schneide. Wenn ein höherer Beamter einen Pik auf mich hat, sehe ich mich wie eine gemeine Kupplerin vor Gericht wieder, und mein gesamter Besitz wird beschlagnahmt. Da fällt mir etwas ein. Vielleicht kannst du mir helfen – so wie früher!«

»Wobei?«

»Beim Geld! Es ist für eine Frau meines Gewerbes nicht einfach, zu einer Bank zu gehen. Man hat mich schon einmal betrogen! Zeige du mal als Puffmutter einen hochgeachteten Bankdirektor an. Da siehst du dich schneller im Zuchthaus wieder, als du A sagen kannst.«

»Da du dich noch in Freiheit befindest, hast du diesen Bankier also nicht verklagt.«

»Ich habe es nicht gewagt. Natürlich habe ich eine fürchterliche Wut auf den Kerl, aber davon kann ich mir nichts kaufen. Jetzt habe ich wieder Geld gespart, und das würde ich ungern im Sparstrumpf unter meinem Kissen liegen lassen. Vielleicht könntest du es für mich anlegen. Du weißt, ich vertraue dir!«

»Auch wenn ich jetzt selbst so ein Bankmensch bin?« Fridolin klang amüsiert, aber auch ein wenig geschmeichelt. Um ihrer alten Freundschaft willen wollte er Hede diesen Gefallen erweisen und fragte sie nach der Summe, die sie ihm anvertrauen wollte.

Als sie ihm den Betrag nannte, stieß er die Luft aus den Lungen. »Das ist aber eine ganze Menge!«

»Das *Le Plaisir* ist ein vornehmer Club, und ich verdiene gut«, antwortete Hede selbstzufrieden.

Fridolin überlegte kurz. Die Summe, die er für Hede anlegen sollte, war kaum geringer als der gesamte Besitz seiner Frau. Es juckte ihn in den Fingern, es zu nehmen und sich damit bei Grünfelders Bank einzukaufen. Warum sollte ich es nicht tun?, fragte er sich. Hede würde die Zinsen erhalten, die ihr zustanden, und im Gegenzug brauchte Lore ihren Anteil an Mary Penns Modeladen nicht abzuziehen. Damit ließe sich ihr Streit auf einfache Art und Weise lösen. Allerdings würde er darauf dringen, dass Lore nach außen hin nicht den Hauch eines Anscheins erweckte, sie wäre an dieser Schneiderei beteiligt.

»Ich lege das Geld für dich an. Wir werden einen entsprechenden Vertrag abschließen, damit du eine Sicherheit hast«, erklärte er Hede.

Diese nickte zunächst, schüttelte aber dann den Kopf. »Es wäre mir nicht angenehm, wenn die Urkunde während einer Polizeirazzia bei mir gefunden wird. Das Gericht könnte die Hand darauf legen, und dann bin ich genauso schlecht dran, als wenn ich das Geld unter meinem Kopfkissen versteckt hätte.«

»Dieses Problem ist einfach zu lösen. Der Vertrag wird in einen Umschlag gesteckt, der nur an dich übergeben werden darf, und kommt in einen Safe der Bank«, schlug Fridolin vor.

»Das wäre eine Möglichkeit. Allerdings würde ich dir auch ohne eine solche Sicherheit trauen, denn ich glaube nicht, dass du in den letzten Jahren ein schlechterer Mensch geworden bist.«

Hede schenkte Fridolin ein herzliches Lächeln und schloss ihn in die Arme. »Lass dich drücken, Junge! Ich freue mich riesig, dass du wieder hier bist.«

Sie küsste ihn auf die Stirn, füllte die Gläser neu und prostete ihm zu. »Auf unsere Freundschaft, Fridolin! Und wenn du irgendwann einmal meine Hilfe brauchst, so scheue dich nicht, sie einzufordern.«

Obwohl Fridolin sich nicht vorstellen konnte, jemals wieder Hedes Unterstützung zu benötigen, versprach er ihr, dieses Angebot nicht zu vergessen. Während er trank, war er erleichtert, dass es in Hedes Büro tatsächlich keine Liegestatt gab. Sie erschien ihm noch begehrenswerter als früher, und er hätte einem Angebot, mit ihr zu schlafen, wohl kaum widerstehen können. Für einen Augenblick erwog er, sie um eines der Mädchen zu bitten. Dann aber dachte er an Lore, die jetzt allein in ihrem Schlafzimmer lag, und sagte sich, dass er lieber zu ihr als zu einer Hure unter die Decke kroch. Daher ließ er sich von Hede noch einen Cognac einschenken und erzählte einige Anekdoten aus seiner Zeit in der Freien Hansestadt Bremen.

# VII.

Grünfelder starrte fasziniert auf die junge Frau, die sich lächelnd zu ihm gesellte und dabei an ihrem Dekolleté zupfte, so dass auf einer Seite eine rosig schimmernde Brustwarze auftauchte. »Du bist sehr hübsch, weißt du das?«

»Es freut mich, dass ich Ihnen gefalle. Das hört man gern von solch einem stattlichen Mann wie Ihnen«, antwortete sie mit einer angenehmen Stimme, in der ein slawischer Akzent mitschwang.

Grünfelder zog unwillkürlich den Bauch ein und drückte die Brust heraus. Gleichzeitig spürte er in seinen Lenden eine Spannung, wie er sie seit langer Zeit nicht mehr erlebt hatte.

»Glaubst du, dass wir …« Er brach ab, da er nicht wusste, wie er sich ausdrücken sollte. Die Umschreibung, die er seiner Frau gegenüber immer gebraucht hatte, würde sie wahrscheinlich nicht verstehen, und alles andere erschien ihm als zu derb.

Das Mädchen verstand ihn jedoch auch ohne Worte. »Wenn Sie es wünschen, können wir uns in eines der Separees zurückziehen. Dort ist es gemütlicher als hier. Möchten Sie ein Glas Wein?«

»Nein, danke. Wasser oder Fruchtsaft wäre mir lieber.« Grünfelder spürte den Alkohol, den er an diesem Abend bereits konsumiert hatte, und wollte nicht völlig betrunken werden.

Lenka zog eine Schnute, denn sie verdiente auch an den Getränken, die im Separee ausgeschenkt wurden. Doch im nächsten Moment machte sich auf ihrem Gesicht wieder jene professionelle Freundlichkeit breit, mit der sie ihre Freier empfing. »Elsie, besorge für den Herrn eine Karaffe Wasser und einen leichten Wein zum Einmischen«, befahl sie der untersetzten Hure, die Fridolin vorhin bekannt vorgekommen war. Dann wandte sie sich wieder an den Bankier. »Wollen Sie mich begleiten?«

Grünfelder erhob sich und ließ sich von ihr zu der Tür geleiten, die zu den Separees führte. Einer der Offiziere, der noch nicht wusste, für welches Mädchen er sich entscheiden sollte, sah ihm lachend nach. »Der alte Knacker ist wohl das erste Mal im Puff. Traut sich noch nicht ganz, ein anderes Pferdchen zu reiten als das, was im heimatlichen Stall auf ihn wartet.«

»Sie führen heute eine recht derbe Sprache«, antwortete einer seiner Kameraden augenzwinkernd.

»Wo soll ein Mann denn ein Mann sein, wenn nicht hier? Können hier in einer Nacht mehr Weiber haben als ein Sauertopf in seinem ganzen Leben!« Der Major lachte und zeigte dann auf Elsie, die gerade mit einem Tablett den Raum verließ. »Werde die nehmen! Ich habe heute meinen französischen Tag.«

Während die anderen Militärs lachten, kniff die Hure die Lippen zusammen. Ihr war klar, dass sie dem Major auf diese Weise zu Willen sein musste, wenn sie nicht von Hede Pfefferkorn aus dem Haus gewiesen und ihr Leben als Rinnsteinhure fristen wollte. Bei all den Männern, von denen diese Frauen sich stoßen lassen mussten, um nicht zu verhungern, zogen sich die meisten eher früher als später eine schlimme Krankheit zu und krepierten elend.

Missmutig betrat sie Lenkas Separee. Diese hatte sich bereits ihrer Kleider entledigt und lag so nackt, wie Gott sie geschaffen hatte, vor Grünfelder auf dem Bett.

»Mische zwei Gläser an!«, befahl sie Elsie und bewegte sich

dabei in einer so lasziven Art, dass Grünfelder nicht nur seinen Durst, sondern auch alles andere außer dieser jungen, erregend schönen Frau vergaß. Mit bebenden Fingern zerrte er an seiner Kleidung und riss dabei beinahe seine Knöpfe ab.

»Elsie, hilf dem Herrn!«, befahl Lenka. »Sollte sein Gewehr noch nicht ganz geladen sein, weißt du, was du zu tun hast.«

»Ich verstehe nicht ganz«, sagte Grünfelder verwirrt.

»Sie werden es gleich verstehen, mein Herr!« Die nackte Hure sah lächelnd zu, wie Elsie den Mann auszog, bis er im Adamskostüm vor ihr stand. Obwohl sein Gewehr, wie Lenka es genannt hatte, kampfbereit nach vorne stand, gab sie Elsie einen Wink, den diese mit einem missmutigen Blick befolgte.

Mit boshaftem Lächeln sah Lenka zu, wie die andere sich vor Grünfelder hinkniete und sich ihm mit geöffnetem Mund näherte. Der Bankier stöhnte auf, als sich ihre Lippen um seinen Schaft schlossen, und er wollte ihr schon sagen, sie solle nicht aufhören, bevor er Entspannung gefunden hatte, da scheuchte Lenka Elsie aus dem Zimmer.

»Wenn Sie es wünschen, kann es gerne noch einmal auf diese Art geschehen. Doch nun sollten wir es so tun, wie die Natur es uns gewiesen hat.« Sie spreizte die Beine, damit Grünfelder das sehen konnte, was seine Ehefrau sogar beim Geschlechtsverkehr stets schamhaft vor ihm verborgen hielt.

Während er sich auf sie legte und ungeschickt in sie eindrang, dachte Lenka, dass sie diesen Freier wohl bald wiedersehen würde. Dann glitten ihre Gedanken zu Elsie. Wie die meisten Mädchen in Hedes Bordell hasste sie das Weibsstück, das versucht hatte, Kolleginnen zu bestehlen, und dabei ertappt worden war. Dabei hatte Hede sie nur aufgenommen, weil die Frau bereit gewesen war, den Kunden spezielle Dienste zu leisten, die die meisten anderen Frauen ablehnten. Hede hatte zwar darauf verzichtet, die Diebin bei der Polizei anzuzeigen, doch seither behandelten alle Elsie wie eine Magd und schoben ihr die unangenehmsten Freier und die mit den ausgefallenen Wünschen zu.

Während sie grübelte, vergaß Lenka jedoch den alten Herrn nicht, der sich keuchend auf ihr abmühte, und sorgte dafür, dass er diese Nacht mit ihr so schnell nicht vergessen würde.

# *VIII.*

*D*er Morgen graute bereits, als Fridolin den Bankier zu Hause ablieferte. Grünfelder hatte sich bei der jungen Hure völlig verausgabt und doch noch einiges an Wein getrunken. Nun lallte er einen anzüglichen Gassenhauer und beschwor seinen Begleiter zwischen den einzelnen Strophen, ihn bald wieder in Hede Pfefferkorns Bordell mitzunehmen.

Da sie bereits vor der Tür der Grünfelder-Villa standen, bat Fridolin den Bankier inständig, leiser zu sein. »Dies ist unser Geheimnis! Davon darf doch niemand etwas wissen«, setzte er hinzu.

»Ist Geheimnis!«, erklärte Grünfelder mit erhobenem Zeigefinger und stolperte dem Diener in die Arme, der eben die Tür geöffnet hatte.

»Hilf mir, deinen Herrn zu Bett zu bringen!« Fridolin wollte um jeden Preis verhindern, dass die Damen des Hauses ihren Ehemann und Vater in diesem Zustand sahen.

Der Lakai hatte seinen Herrn noch nie so betrunken erlebt, griff aber zu, ohne eine Miene zu verziehen, und bugsierte ihn zusammen mit Fridolin die Treppe hoch ins Schlafzimmer. Da Grünfelders Ehefrau im Raum nebenan schlief, in den eine Verbindungstür führte, lauschte Fridolin kurz. Leises Schnarchen war zu hören.

»Seid leise!«, schärfte er sowohl dem Bankier wie auch dessen Diener ein.

»Zum Glück ist heute Sonntag. Da kann der gnädige Herr ausschlafen«, stellte der Lakai mitfühlend fest.

Kurz darauf hatten er und Fridolin den Betrunkenen bis auf die Unterwäsche ausgezogen, ihm ein langes Nachthemd übergestreift und ihn wie einen kleinen Jungen zu Bett gebracht.

Grünfelder wollte noch etwas sagen, doch Fridolin zwinkerte ihm zu und legte den rechten Zeigefinger auf die Lippen. Das verstand der Bankier. Ein zufriedenes Lächeln erschien auf seinen Lippen, und kurz darauf war er eingeschlafen. Beim nächsten Atemzug schon begann er, um einiges lauter zu schnarchen als seine Ehefrau.

»Den hätten wir versorgt, Herr von Trettin«, meinte der Diener nun grinsend. »So 'ne Schlagseite hatte der Herr noch nie. Das muss heute Nacht ja richtig aufregend gewesen sein!«

»Wir sind unterwegs noch ein paar Herren begegnet und haben mit ihnen bis zum Morgen zusammengesessen. Dabei ist an Wein und Cognac nicht gespart worden.«

Dies reichte dem biederen Lakaien als Erklärung, und so konnte Fridolin sich endlich verabschieden. Erst auf der Straße merkte er, dass auch er nicht mehr nüchtern war. Schnell winkte er eine Droschke heran, die gerade um die Ecke bog, und ließ sich nach Hause fahren. Dort schlief um diese Zeit noch alles. Fridolin war dies ganz recht, denn er hoffte, unbemerkt in sein Bett zu kommen, auch wenn Lore und er keine getrennten Schlafzimmer hatten.

Kaum hatte er sich auf Strümpfen dem Bett genähert, richtete Lore sich auf und zündete mit einem Schwefelhölzchen die Kerze auf ihrem Nachttisch an.

»Kommst du gerade oder willst du schon gehen?«, fragte sie.

»Ich bin eben erst nach Hause gekommen«, antwortete Fridolin zerknirscht. »Ich wäre gerne eher gekommen, aber ich konnte Grünfelder nicht allein lassen. Er hatte Lust, noch ein wenig zu flanieren, und war nicht mehr ganz nüchtern, musst du wissen.«

»Das bist du wohl auch nicht!«

»Im Vergleich zu Grünfelder gewiss, wobei ich schon auch ein paar Cognacs zu viel getrunken habe. Aber das wirst du mir doch hoffentlich nicht zum Vorwurf machen wollen?«

»Wie käme ich dazu?« Lore hatte sich, als sie in der Nacht aufgewacht war und das andere Bett leer vorgefunden hatte, Sorgen gemacht und war nun vor allen Dingen erleichtert, ihn unversehrt vor sich zu sehen. Ein wenig wunderte sie sich über seine gute Laune. Anscheinend hatte er ihren Streit völlig vergessen.

Als hätte er ihre Gedanken gelesen, kam Fridolin auf den Grund ihrer Auseinandersetzung zu sprechen. »Ich habe mir ein paar Gedanken über Mary gemacht. Du hast recht! Es wäre ein schlechter Dank für ihre treue Freundschaft, wenn wir sie jetzt im Stich lassen würden. Daher solltest du das Geld für deinen Anteil nicht zurückfordern. Allerdings darf die Tatsache, dass der Salon zum größten Teil dir gehört, nicht an die Öffentlichkeit dringen. Für alle außer Mary, Konrad, dir und mir muss sie als alleinige Besitzerin des Ladens gelten. Es würde mich sonst mein Renommee als Vizedirektor der Bank kosten.« Fridolin überlegte, ob er Lore von den beleidigenden Äußerungen erzählen sollte, die er sich in Grünfelders Haus hatte anhören müssen. Da er ihr Gemüt nicht auch noch damit belasten wollte, unterließ er es jedoch und wartete angespannt auf ihre Antwort.

»Wenn es weiter nichts ist. Das tue ich gerne!« Lore war so erleichtert, dass sie Fridolin umarmte und küsste. Dieser ließ es lachend geschehen und strich ihr über den Hintern. »Was meinst du, wollen wir noch eine Kleinigkeit zusammen machen, bevor ich mich auch schlafen lege? Oder warten wir, bis ich wieder aufgewacht bin?«

»Wenn du dich nicht zu müde fühlst … Noch habe ich nur das Nachthemd an.«

Schon schnappte Fridolin nach dem Kleidungsstück und zog es ihr über den Kopf. Auch wenn er in Hedes Bordell sittsam geblieben war, so hatte ihn die schwüle Atmosphäre dort aufgeheizt, und er war Lore dankbar, dass sie ihm die Gelegenheit schenkte, sich zu entspannen. Er entkleidete sich ohne Hast und betrachtete seine Frau dabei voller Stolz. Obwohl Hede wirklich schöne Mädchen um sich versammelt hatte, konnte sich keine von ihnen mit Lore messen.

»Ich würde einen Taler dafür geben, wenn ich deine Gedanken lesen könnte«, sagte Lore.

»Ich dachte eben, dass keine Frau auf der Welt es mit dir aufnehmen kann«, antwortete Fridolin und schob sich zwischen ihre Beine. Er liebkoste ihren Busen und knabberte an ihrem Ohrläppchen, damit auch sie in die richtige Stimmung kam. Noch während sie es leise kichernd geschehen ließ, glitt er nach vorne und drang vorsichtig in sie ein. Doch schon bald packte ihn die Leidenschaft mit aller Macht, und als er nach einiger Zeit keuchend auf sie niedersank, dachte er, dass keine Hure in Hedes Bordell ihm mehr hätte geben können als seine Frau.

## IX.

Lore war erleichtert, dass die Missstimmung zwischen Fridolin und ihr geschwunden war und sie weiterhin, wenn auch im Geheimen, mit Mary zusammenarbeiten konnte. Kaum war er in ihren Armen eingeschlafen, löste sie sich vorsichtig von ihm, stieg aus dem Bett und schlüpfte in ihren Morgenmantel. Leise ging sie ins Bad, wusch sich und suchte dann das Frühstückszimmer auf.

Dort war Jutta, das ältere der beiden Dienstmädchen, dabei, den Frühstückstisch herzurichten. Als sie Lore sah, knickste sie ein wenig ungelenk. »Einen schönen guten Morgen wünsche ich, gnädige Frau!«

»Guten Morgen, Jutta. Du bist ja schon fleißig!«

Über das derbe Gesicht der untersetzten Märkerin huschte ein selbstgefälliges Lächeln. »Das muss auch so sein, gnädige Frau. Die Arbeit tut sich nämlich nicht von alleine!« In ihren Worten schwang Kritik an dem Diener Jean mit und auch an Nele, dem zweiten Dienstmädchen, die beide erst spät in der Nacht heimgekommen waren und noch schliefen.

47

»Gibt es schon etwas zu essen?«, fragte Lore, die nach der leidenschaftlichen Stunde mit Fridolin Hunger verspürte.

»Sehr wohl, gnädige Frau. Ich habe den Herd vor einer Stunde eingeheizt und Kaffee aufgebrüht. Außerdem hat der Bäckerjunge frische Brötchen gebracht. Ich kann alles auftischen!«

»Danke, das wäre mir recht!« Kaum hatte Lore dies gesagt, verschwand Jutta und kehrte kurz darauf mit einem vollen Tablett wieder.

»Ich fürchte, wir laden dir zu viel Arbeit auf. Wir sollten eine Köchin einstellen und noch ein oder zwei Mädchen, die dir zur Hand gehen können.«

Obwohl Jutta um einiges mehr tat als das andere Dienstmädchen, wiegelte sie ab. »Solange die Herrschaften keine größeren Gastereien veranstalten, komme ich schon zurecht.«

»Trotzdem sollte nicht alle Arbeit an dir hängen bleiben. Wo sind denn Nele und Jean?«

»Die sind in einem anderen Zimmer beschäftigt.« Auch wenn es Jutta nicht passte, dass die beiden noch schliefen, wollte sie sie nicht an die Herrin verpetzen.

»Sag Jean, er soll hier im Frühstückszimmer bedienen. Du hast in der Küche genug zu tun!«

»Ich werde ihn gleich holen!«

Während Lore sich immer noch gut gelaunt ihrer Tasse Kaffee widmete, eilte Jutta mit langen Schritten zu der Kammer des Dieners und klopfte.

»Was ist denn los?«, rief Jean schlaftrunken.

»Aufstehen, es ist gleich neun Uhr! Die gnädige Frau sitzt bereits beim Frühstück und will bedient werden. Ich habe in der Küche zu tun!«

»Neun Uhr? Oh Gott! Ich komme ja schon.« Es polterte, gleichzeitig klang ein Schmerzensruf auf, gefolgt von einem rüden Fluch.

Jutta grinste. »Wärst du früh genug nach Hause gekommen, müsstest du dich jetzt nicht abhetzen.«

»Wenn du weiterhin so dumme Kommentare abgibst, setzt es ein paar Ohrfeigen«, kam es verärgert zurück.

»Probiere es, und du wirst lernen, wie hart mein Nudelholz ist!« Mit diesen Worten drehte Jutta sich um und ging in die Küche, um das Mittagessen vorzubereiten. Dabei überlegte sie, ob sie nicht grundsätzlich eine bessere Köchin als ein Dienstmädchen abgeben würde, verneinte aber nach kurzem Überlegen die Frage. Zwar beherrschte sie in einem gewissen Rahmen die bürgerliche Küche, doch für festliche Diners reichten ihre Künste nicht aus. Da war es besser, der Herrin zur Hand zu gehen. Vielleicht, so sagte sie sich, würde sie hier sogar die Mamsell werden und damit die Befehlsgewalt über die gesamte Dienerschaft erhalten.

Kurze Zeit später betrat Nele, das zweite Dienstmädchen, die Küche. Sie wirkte verkatert. »Du bist schon beim Kochen«, stellte sie fest und hob neugierig den Deckel eines Topfes an.

»Finger weg! Sieh lieber zu, dass du dich an die Arbeit machst«, schnaubte Jutta.

»Dumme Kuh!«, zischte Nele, verschwand aber eilig, als Jutta drohend zum Topflappen griff, so als wolle sie ihr den um die Ohren schlagen.

Nicht zum ersten Mal sagte Jutta sich, dass die gnädige Frau sich von der Arbeitsvermittlerin übers Ohr hatte hauen lassen. In Fleißighausen war Nele wahrlich nicht zu Hause, sondern drückte sich vor allem, was Mühe machte.

»Die werde ich mir noch erziehen!«, schwor Jutta sich und probierte, ob die Bratensauce so wurde, wie sie es sich vorstellte.

Nele warf derweil einen kurzen Blick in den Frühstücksraum. Dort stand noch das von Lore benützte Geschirr samt einer halbvollen Kanne Kaffee. Das Mädchen sah sich vorsichtig um und goss rasch Lores Tasse voll. Gegen den Tisch gelehnt trank sie genüsslich und aß zwischendurch ein übrig gebliebenes Brötchen, das sie mit Butter und Honig bestrichen hatte. Als draußen ein Geräusch erklang, zuckte sie zusammen, sah aber nur den Diener an der halb offenen Tür vorbeigehen. Er schien vergessen zu haben, dass er den Tisch abräumen musste. Das übernahm Nele für ihn.

Als sie mit dem Geschirr in die Küche kam, kniff Jutta die Augen zusammen. »Wo ist Jean?«

Sie erntete von Nele nur ein Schulterzucken. Wütend drückte sie ihrer Kollegin den Kochlöffel in die Hand und wies auf den Topf mit der Suppe. »Du musst ununterbrochen rühren, damit nichts anbrennt.«

Nele folgte der Anweisung, blickte Jutta aber missmutig an. »Die Gnädige – wenn man sie so nennen will – sollte gefälligst mehr Dienerschaft einstellen. So arbeiten wir uns hier zu Tode.«

»Du gleich gar!«, spottete Jutta. »Ich will keine despektierlichen Äußerungen über die gnädige Frau mehr hören, verstanden?«

Nele lachte. »Gnädige Frau ist gut! Du weißt doch ebenso gut wie ich, dass sie gar nicht von Adel ist.«

»Aber jetzt gehört sie dazu, und damit hat sich's! Oder willst du den Dienst aufkündigen, weil du nur in einem richtig feudalen Haus Staub wischen kannst?«

Für einige Augenblicke hielt Nele den Mund, zog dann aber eine spöttische Miene. »Für eine echte Gnädige gehört es sich aber nicht, für eine Schneiderin zu arbeiten!«

Jutta wollte schon ausholen, um ihr eine Ohrfeige zu verpassen, begnügte sich aber damit, sie von oben herab anzusehen und ihr zu befehlen, schneller zu rühren. Dann ging sie in den Vorratsraum, um weitere Zutaten für das Mittagsmahl zu holen. Während sie einige Töpfe umräumte, um an das Gewünschte zu kommen, fragte sie sich, was es mit der Freifrau von Trettin und dieser englischen Modeschöpferin auf sich haben mochte. Im nächsten Moment tadelte sie sich selbst, denn das ging auch sie nichts an.

Nele starrte missmutig in den Topf und sagte sich, dass die angeheiratete Freifrau doch nur eine schlichte Schneiderin war und damit nichts Besseres als sie selbst. Dabei stieg Neid in ihr hoch. Ihr war noch kein Märchenprinz wie der Freiherr Fridolin von Trettin begegnet, der sie aus ihrem Dasein als Dienstmädchen erlösen würde.

Hätte Nele ihre Herrin in dem Augenblick sehen können, wäre sie in ihrer Meinung bestärkt worden. Lore saß in ihrem Zimmer und nähte an einem hellblauen Festkleid mit kurzer Schleppe. In ihre Arbeit vertieft, bemerkte sie nicht, dass Fridolin leise ins Zimmer trat. Er sah ihr einige Augenblicke zu, wie sie die Nadel durch den Stoff fliegen ließ, und räusperte sich schließlich.

Lore blickte lächelnd zu ihm auf. »Bevor du etwas sagst: Dieses Kleid nähe ich für mich selbst. Es wird ja hoffentlich der Tag kommen, an dem mir Frau Grünfelder oder eine andere Dame der Gesellschaft eine Einladung zukommen lässt.«

Damit hatte sie ihren Mann entwaffnet, dem seine gestrige Missstimmung wieder in den Sinn kam, als ihm klargeworden war, dass Lore immer noch nicht in die Villa des Bankiers eingeladen worden war.

»Ich werde dafür sorgen, dass du eingeladen wirst«, erklärte Fridolin mit Nachdruck, konnte sich aber eine kleine Spitze nicht verkneifen. »Musst du wirklich selbst nähen? Wozu hast du Mary diesen Modesalon denn eingerichtet? Deren Schneiderinnen könnten doch auch für dich arbeiten.«

»Wenn ich meine Festkleider selbst nähe, weiß ich, dass sie gut gemacht sind und genau so aussehen, wie ich es mir vorstelle. Das soll keine Kritik an Mary und ihren Näherinnen sein, doch in Modefragen verlasse ich mich am liebsten auf meinen eigenen Geschmack. Versuche also nicht, mich davon abzuhalten. Außerdem werde ich auch weiterhin für Mary arbeiten, wenn sie zeitlich unter Druck gerät oder eine Kundin besonders kritisch ist. Keine Angst! Davon wird niemand etwas erfahren, auch Marys Angestellte nicht.«

Fridolin spürte, dass er das, was ihm auf der Zunge lag, hinunterschlucken musste, wenn er einen weiteren Streit vermeiden wollte. Das Beste würde sein, wenn Lore eine Beschäftigung fände, die sie ausfüllen würde. Zu diesem Zweck musste er dafür sorgen, dass Juliane Grünfelder die längst überfällige Einladung an Lore aussprach und seine Frau mit anderen Damen der Gesellschaft bekannt machte.

# X.

Etwa um dieselbe Zeit, in der Lore an ihrem Kleid nähte, saß die verwitwete Freifrau Malwine von Trettin nur in einen Morgenmantel gehüllt auf einem Sessel und prostete ihrem Geliebten Heinrich von Palkow zu.

»Auf dein Wohl und darauf, dass die bessere Gesellschaft hier in Berlin dem Vetter meines toten Mannes und seiner Schneiderin weiterhin die kalte Schulter zeigt!«

»Auf dein Wohl, meine Liebe!« Heinrich von Palkow stieß mit ihr an und lauschte dem Klingen, mit dem die Gläser einander berührten. Im Gegensatz zu Malwine war er völlig nackt. Als er sich kurz von seinem Stuhl erhob, waren auf seinem Gesäß die verblassenden Spuren von Hieben zu sehen, die seine Geliebte ihm mit einer aus Seidenschnüren geflochtenen Peitsche beigebracht hatte. Auch die Arme zeigten noch Spuren des Seidenbands, mit dem er gefesselt gewesen war. Wie auch sonst in ihrer Beziehung hatte er den passiven Part beim Liebesspiel übernehmen müssen.

Sein Blick glitt über die üppige Figur seiner Geliebten und blieb auf den Schenkeln haften. Wie gerne hätte er auch dort rote Striemen gesehen, doch davon wollte Malwine nichts hören. Palkow wagte jedoch nicht, sie mit Gewalt zum Gehorsam zu zwingen. Das hatte er einmal bei einer anderen Frau gemacht und es mit dem Verlust seiner Karriere büßen müssen.

Seine bitteren Gefühle schienen sich auf seinem Gesicht abzuzeichnen, denn Malwine fixierte ihn scharf. »Was hast du, mein Lieber? Warst du nicht zufrieden mit dem, was wir eben gemacht haben?«

»Oh doch! Sehr sogar!«, beeilte sich von Palkow, ihr zu versichern. Das war nicht einmal gelogen, denn Malwine hatte ihn in leidenschaftliche Raserei versetzt. Dennoch wünschte er sich, sie würden wenigstens ein Mal die Rollen tauschen und er der Herr sein.

Malwine von Trettins Gedanken eilten derweil in eine andere Richtung. »Hast du mit den Offizieren deines ehemaligen Regiments über Fridolin und dessen Lehrerstochter gesprochen?«

»Ja, mit einigen«, antwortete von Palkow zögerlich. Im Grunde hatte er die Gerüchte, die seine Geliebte in die Welt getragen wissen wollte, bislang nur Hasso von Campe erzählen können.

Zum Glück achtete Malwine nicht auf ihn, sondern sprach selbstgefällig weiter. »Ich bin für heute Nachmittag bei Frau von Stenik eingeladen. Zwar habe ich auch ihr schon berichtet, was von dem Vizebankdirektor von Trettin zu halten ist, aber ich werde dort weitere Damen antreffen, die sich dafür interessieren dürften.«

»Warum hasst du deine Verwandten eigentlich so sehr?«

»Das weißt du doch: Lore Huppach, die sich durch ihre Heirat mit diesem Lumpen Fridolin ebenfalls von Trettin nennen kann, ist schuld am Tod meines Gatten. Auch ist ihr Ehemann seit fünf Jahren mein Vormund und der meiner Söhne. Wenn es nach dem Kerl ginge, müsste ich in Ostpreußen versauern, denn er will, dass alle Einnahmen in den weiteren Ausbau des Gutes gesteckt werden. Zum Glück ist der Gutsverwalter auf meiner Seite und sorgt dafür, dass ich genug Geld bekomme, um hier in Berlin halbwegs leben zu können. Wenn Fridolin das erfährt, wird er den Mann entlassen und mich auf Gut Trettin verbannen.«

Malwine knirschte vor Wut mit den Zähnen. Dies galt, wie ihr Geliebter wohl wusste, weniger dem Verlust ihres Ehemanns als vielmehr der Tatsache, dass sie nicht so tief in die Kasse des Gutes greifen konnte, wie es ihr gefiel. Zudem neidete sie Lore von Trettin den Adelstitel, den deren Mutter durch die Heirat mit einem simplen Dorfschullehrer verloren hatte. Außerdem verfolgte sie die Angst, von Fridolin entdeckt zu werden und Berlin auf Befehl ihres Verwandten verlassen zu müssen.

Da von Palkow sie auf keinen Fall verlieren wollte, versprach er ihr hoch und heilig, alles daranzusetzen, um das Ansehen von Fridolin und Lore von Trettin in der Gesellschaft weiter zu unterminieren.

»Gib dir Mühe!«, befahl Malwine, küsste ihn auf den Mund und begann, sich anzuziehen. Kaum hatte sie ihr Unterhemd übergestreift, sah sie ihren Liebhaber auffordernd an. »Du könntest mir helfen!«

Ohne Zögern sprang von Palkow auf und leistete ihr Zofendienste. Als sie angekleidet war, tätschelte sie ihm die Wange. »Ich sollte dir ein Häubchen und ein Schürzchen besorgen. Das wäre gewiss sehr lustig!«

Von Palkow fand diesen Vorschlag weniger lustig als erregend, und sein Körper reagierte sofort darauf.

Mit einem spöttischen Lächeln blickte Malwine auf sein sich aufrichtendes Glied, nahm die kleine Peitsche und versetzte ihm einen leichten Schlag auf seine Männlichkeit.

»Pfui! Du darfst erst wieder etwas tun, wenn ich deinen Besitzer das nächste Mal besuche«, sagte sie zu diesem Körperteil, als wäre er ein lebendes Wesen. Dann blickte sie zu dem hageren Major auf und fasste ihm ans Kinn. »Es wird einige Tage dauern, bis ich wieder Zeit für dich finde. Pass unterdessen gut auf meinen Sohn auf!«

»Das werde ich!«, versprach von Palkow, obwohl ihre Worte eine schwärende Wunde in seinem Innern berührten. Erneut dachte er an jene Frau, die er mit Gewalt zu seiner Sklavin hatte machen wollen und von der er dafür ins tiefste Elend gestoßen worden war.

Während der Major mit seinen Erinnerungen kämpfte, verließ Malwine von Trettin die kleine Wohnung, die ihnen als Liebesnest diente, und winkte auf der Potsdamer Straße eine Droschke heran. Dabei übersah sie den in unauffälliges Braun gekleideten Mann, der ihr kurz hinterhersah und dann das Haus betrat, aus dem sie eben gekommen war.

Der Fremde ging auf den Verschlag des Hausbesorgers zu und schob diesem eine Münze zu. »Wo finde ich Major von Palkow?«

»Im ersten Stock, dritte Tür links«, antwortete der Hauswart. Der Fremde lächelte und stieg die Treppe hoch. An der genannten Tür angekommen, klopfte er mit seinem Gehstock dagegen und wartete auf die Aufforderung, einzutreten.

# XI.

Von Palkow meinte die Leere, die Malwine von Trettin hinterlassen hatte, körperlich zu spüren. Seufzend stand er auf und zog seine Unterwäsche an. Als er in seine Hosen steigen wollte, klopfte es. Er zuckte zusammen, denn von dieser Wohnung wusste außer Malwine und ihm nur noch sein Bursche. Der aber hätte es niemals gewagt, so fordernd zu pochen.

»Wer da?«, fragte er angespannt.

»Ein guter Freund, mein lieber Palkow. Machen Sie auf!«

Die Ausdrucksweise ließ einen Mann der gebildeten Schicht erwarten. Doch gerade das machte Palkow misstrauisch. Schnell schlüpfte er in Hose und Hemd, knöpfte aber in der Aufregung falsch zu.

Bevor er das Malheur beheben konnte, klopfte es erneut. »Mein lieber Freund, wie lange wollen Sie mich denn noch vor Ihrer Tür warten lassen?«

»Ich komme ja schon!« Seinen Worten zum Trotz eilte der Major an den kleinen Schrank in der Ecke, zog ein Schubfach auf und holte einen geladenen Revolver hervor. Dann öffnete er mit einem Ruck.

Vor ihm stand ein Mann, der ihm im Leben noch nie begegnet war. Ein rötlicher Backenbart in der Art, wie Kaiser Wilhelm ihn trug, bedeckte den unteren Teil des Gesichts, und der obere Teil wurde von einem breitkrempigen Hut beschattet. Seiner Kleidung nach konnte der Mann ein Geschäftsmann sein oder ein Privatier, der von den Erträgen seines kleinen Vermögens lebte. Auf jeden Fall war er kein Mann, dem von Palkow besondere Höflichkeit zu schulden glaubte.

»Was wollen Sie?«, fragte er ungehalten.

Der ungebetene Besucher trat an ihm vorbei in das Zimmer und schloss die Tür hinter sich. »Mit Ihnen reden, Monsieur!« Jetzt färbte ein unzweifelhaft französischer Akzent seine Stimme und stieß bei von Palkow eine ferne Erinnerung an.

»Sie, d'Em…«

»Delaroux, Pierre Delaroux!«, unterbrach ihn der andere lächelnd. »Lassen wir den anderen Namen und sprechen über Sie!«

»Was wollen Sie von mir?«

»Reden, *mon ami*, nur reden!« Delaroux behielt seinen freundlichen Tonfall bei und nahm unaufgefordert auf dem Sessel Platz, auf dem kurz vorher noch Malwine gesessen hatte. Dabei fixierte er seinen Gastgeber mit einem forschenden Blick. »Ich bin enttäuscht, *mon ami*, Sie als schlichten Major wiederzusehen, und noch dazu als Ausbilder kleiner Jungen, die irgendwann einmal Soldaten werden wollen.«

Der schmerzliche Ausdruck, der für einen Augenblick von Palkows Gesicht beherrschte, verriet Delaroux, dass er ins Schwarze getroffen hatte.

»Daran ist nur dieser elende Schurke schuld, der zu feige war, mir im Duell gegenüberzutreten. Stattdessen hat er sich hinter Prinz Wilhelm gesteckt und dieser sich hinter den verdammten Moltke!« Von Palkow stieß die beiden Namen wie Flüche aus.

Das amüsierte seinen Gast. »Sie müssen den guten Mann verstehen, *mon ami*. Nicht jeder liebt es, seine Ehefrau in flagranti mit einem anderen zu ertappen und sich dann von diesem Kerl auch noch totschießen zu lassen. Ihr Ruf als Soldat und Schütze ist einfach zu gut.«

»Ich hätte zum Oberst befördert werden müssen und zum Kommandeur des Zweiten Garde-Ulanen-Regiments! Stattdessen wurde mir dieser verdammte Scholten vorgezogen und ich als Lehrer in diese ebenso verdammte Schule abgeschoben«, brach es aus von Palkow heraus.

»Wahrlich ein schnöder Dank für den Helden von Düppel, den Helden von Königgrätz und den Helden von Sedan, der Seine Majestät, Kaiser Napoleon III., und mich gefangen genommen hat. Damals sah es so aus, als stecke bereits der Marschallsstab in Ihrem Tornister. Stattdessen finde ich Sie als einen Mann, dessen ehrgeizige Pläne durch einen eifersüchtigen Ehemann und einen charakterschwachen Prinzen zerstört worden sind.«

»Die beiden soll der Teufel holen!«, entfuhr es dem Major.

Sein ungebetener Gast lächelte verständnisvoll, konnte aber seinen Spott nicht ganz verbergen. »Leider ist der Teufel anderswo beschäftigt. Während Sie gescheitert sind, wird Prinz Wilhelm immer weiter aufsteigen und einmal sogar der Kaiser dieses Reiches werden. Dann dürfte Ihr besonderer Freund eine sehr hohe Stellung in seinem Hofstaat einnehmen. Ist nicht die Frau, um die es ging, mittlerweile eine Hofdame von Prinzessin Auguste?«

Von Palkow nickte heftig. »Das ist sie. Verdammtes Weib! Hat mich verführt und mich dann an den eigenen Ehemann verraten.«

»Die Sache wurde zwar vertuscht, doch wie unter der Hand zu erfahren war, ist es jener Frau gelungen, sich als schuldloses Opfer eines Wüstlings auszugeben. Jeder Mann von Ehre hätte Sie dafür fordern müssen. Stattdessen müssen Sie in dieser elenden Behausung leben.« Delaroux gab seiner Stimme einen mitfühlenden Klang und deutete gleichzeitig an, dass er noch mehr über jene Sache wusste.

Von Palkow winkte ab. »Das hier ist nicht meine richtige Wohnung. Die befindet sich in der Militärschule. Hier …«

»… empfangen Sie diskreten Damenbesuch«, beendete Delaroux den Satz für ihn.

»Das wissen Sie auch?«, rief von Palkow erschrocken.

»Es ist mein Beruf, alles zu wissen. Aus diesem Grund kann ich Ihnen meine helfende Hand anbieten. Oder wollen Sie weiterhin so hausen wie jetzt?«

Von Palkow dachte an die beiden spartanisch eingerichteten Zimmer, die ihm in der Militärschule zur Verfügung standen. Eine bessere Wohnung konnte er sich nicht leisten. Selbst dieses Appartement bezahlte seine Geliebte für ihn. Daher schwankte er nur einen Augenblick, ob er dem unheimlichen Besucher weiterhin zuhören oder ihn zum Gehen auffordern sollte. »Wie wollen Sie mir helfen?«

»Mit Geld! Genau genommen mit sehr viel Geld. So viel, dass Sie den Rest Ihres Lebens wie ein Edelmann leben können.«

»Was soll ich dafür tun?«, fragte von Palkow und beugte sich gespannt vor.

»Mir einen Gefallen erweisen, *mon ami!*«

»Welcher Art soll dieser Gefallen sein?«

»Das erfahren Sie, wenn Sie mir auf Ehrenwort schwören, nichts von dem, was hier gesagt wurde, an irgendjemanden weiterzugeben!«

Spätestens zu diesem Zeitpunkt hätte von Palkow das Gespräch abbrechen müssen. Doch seine Verbitterung und sein

Hass auf jene, die er für seine Lage verantwortlich machte, brachten ihn dazu, die Hand zu heben und zu schwören.

Delaroux lächelte. »Es wird sich für Sie lohnen, *mon ami*. Außerdem können Sie sich endlich rächen, denn es wird Ihre Hand sein, die den ehrlosen Prinzen und dessen Lakaien, der Sie in den Staub getreten hat, bestraft.«

»Soll ich die beiden erschießen?« Von Palkow sah in diesem Moment so aus, als wäre er sogleich dazu bereit.

Sein Besucher wehrte lachend ab. »*Oh non*, das wäre zu primitiv! Sie haben doch viele Bekannte. Suchen Sie sich einige Männer mit Geld, möglichst ein paar aufgeblasene Industrielle und Bankiers, und machen Sie es ihnen schmackhaft, dem Prinzen Wilhelm ein Geschenk zu verehren. So etwas ist in Preußen gang und gäbe, um den jungen Herrn auf die Stützen der Gesellschaft aufmerksam zu machen.«

»Ich will den Prinzen nicht beschenken, sondern bestrafen!«, fuhr von Palkow auf.

»Dieses Geschenk wird die Bestrafung sein, und sie wird auch Ihren ganz speziellen Feind treffen. Doch seien Sie vorsichtig. Es geht für Sie um sehr viel Geld, welches Sie nur erhalten, wenn Sie Erfolg haben.«

»Ich werde Erfolg haben!«, versicherte der Major. Er hatte sehr wohl begriffen, dass er gerade dabei war, Verrat zu begehen. Die Aussicht jedoch, sich endlich an den Männern rächen zu können, die seine Karriere zerstört hatten, überwog jede vernünftige Überlegung.

Um zu beweisen, dass es ihm ernst war, zog Delaroux einen Umschlag aus der Tasche und reichte diesen dem Major. Der blickte hinein und schluckte, als er ein dickes Bündel Banknoten entdeckte. Hastig zählte er das Geld und sah dann den Franzosen an. »Das ist mehr, als man mir in drei Jahren an Sold auszahlt.«

»Und doch nur eine bescheidene Anzahlung auf die Belohnung, die Sie erhalten werden. Übrigens ist vor kurzem ein Mann nach Berlin gekommen, der Sie gewiss bald aufsuchen wird. Es handelt sich um den russischen Fürsten General Fjodor Michailowitsch Tirassow. Er war russischer Militärbeobachter beim Sturm auf die Düppeler Schanzen und von Ihrem Mut zutiefst beeindruckt.«

»Ich erinnere mich an ihn. Er hat mir damals vor lauter Begeisterung seinen eigenen Revolver geschenkt. Die Waffe besitze ich noch immer.«

»Dann tragen Sie sie, damit Tirassow sieht, dass Sie sein Geschenk in Ehren halten. Aber sehen Sie sich vor! Der Mann ist gefährlich.«

Delaroux' Warnung klang eindringlich, doch der Major verzog das Gesicht. In seiner Erinnerung war der russische Fürst ein junger, von Gefühlen überwältigter Mann, der einem preußischen Offizier wie ihm niemals das Wasser reichen konnte.

Abrupt erhob sich sein Gast. »*Au revoir, mon ami!* Bemühen Sie sich nicht, ich finde schon hinaus. Auch könnte der Hausbesorger sich wundern, wenn Sie mich mit einem falsch zugeknöpften Hemd und barfuß zur Haustür bringen. Ich melde mich wieder bei Ihnen.«

Bevor von Palkow sich's versah, hatte sein Gast das Appartement verlassen. Mit einem nervösen Zucken um die Augen starrte der Major erst die Tür an und dann die Geldscheine in seiner Hand. Ihm schwirrte der Kopf. Was Delaroux, wie er

sich jetzt nannte, von ihm verlangte, war Hochverrat. Einige
Augenblicke lang erschreckte ihn diese Vorstellung, doch dann
wurde sein Gesichtsausdruck hart. Welchen Grund hatte er,
den Hohenzollern die Treue zu halten? Sollte er ihnen die Füße
dafür küssen, dass sie seinen weiteren Aufstieg verhindert und
ihn auf den Posten eines Schullehrers abgeschoben hatten?
Mit dem Gedanken an das Geld, das Delaroux ihm versprochen hatte, schob er seine letzten Bedenken beiseite. Er hatte
sich in drei Kriegen als Held erwiesen und sah nun, wie ihn
Kameraden auf der Karriereleiter überholten, die weitaus weniger geleistet hatten als er. Aber er war nicht bereit, bis zu seiner Pensionierung ein lumpiger Major zu bleiben.

## XII.

Der Sonntag verlief harmonisch, da sowohl Lore wie auch
Fridolin es vermieden, einen Missklang aufkommen zu lassen.
Nach dem Mittagessen ließ Fridolin eine Droschke rufen, und
sie fuhren zu dem Haus in der Ottostraße, in dem Mary und
Konrad lebten. Nach allem, was Lore ihnen am Vorabend berichtet hatte, waren die beiden überrascht, ihre Gäste in fried-
licher Stimmung zu sehen. Während sie Kaffee tranken und
einen, wie Fridolin später grinsend zu Lore sagte, sehr englisch
schmeckenden Kuchen aßen, unterhielten sie sich über belang-
lose Dinge.
Erst nachdem Marys Dienstmädchen den Tisch abgeräumt
hatte und die beiden Damen ein Glas Likör, Fridolin einen
Cognac und Konrad einen Rum in den Händen hielten, kam

Lore auf das Thema zu sprechen, das ihr und ihren Gastgebern am meisten am Herzen lag.

»Fridolin und ich sind uns einig geworden, meine Beteiligung an unserem Modesalon nicht zurückzuziehen.«

Ihr Mann nickte bekräftigend. »Ich möchte mich für die Unannehmlichkeiten entschuldigen, die ich durch meine unbedachten Äußerungen verursacht habe. Doch ich war von Grünfelders Angebot, mich an seiner Bank zu beteiligen – wie sagt man da gleich wieder? – wie hypnotisiert und wollte so viel Geld wie möglich einsetzen. Dabei habe ich ganz vergessen, dass andere Verpflichtungen weitaus schwerer wiegen.«

Mary war so gerührt, dass sie ein paar Tränen abtupfen musste. Auch Lore war mit ihrem Mann zufrieden. Gerade weil er seine eigene Schuld zugegeben hatte, fiel es ihr leicht, ihm zu verzeihen. Der Einzige, der spürte, dass Fridolin nicht allein aus Liebe zu Lore und Freundschaft zu Mary und ihm auf dieses Geld verzichtete, war Konrad.

»Willst du dich nicht mehr an Grünfelders Bank beteiligen?«, fragte er.

Fridolin lächelte zufrieden. »Oh doch! Das werde ich trotzdem. Lore hat mir versprochen, an Thomas zu schreiben, damit er ihre Anteile am NDL auflöst und uns die Summe anweist. Mit diesem Geld werde ich Grünfelders Juniorpartner.«

Konrad wurde jedoch das Gefühl nicht los, dass mehr hinter der Sache steckte, als Fridolin sich anmerken ließ.

Lore hingegen schien völlig arglos zu sein, denn sie hob ihr Likörglas und stieß mit den anderen an. »Auf Marys und meinen Modesalon und auf Fridolins Beteiligung bei Grünfelder!«

»Darauf trinke ich gerne!«, rief Mary freudig und nippte an ihrem Glas. Auch die anderen tranken.

Während Konrad sein leeres Glas mit einem wohligen Brummen auf den Tisch stellte, wirkte Fridolin nachdenklich. »Um eines muss ich euch allerdings bitten! In meiner Position kann ich mir nicht erlauben, dass es Gerede um meine Frau gibt. Für die Gesellschaft muss es daher so aussehen, als wäre Mrs. Mary Penn die alleinige Inhaberin.«

»Was so auch nicht stimmt, da ich in Wirklichkeit nicht mehr Penn, sondern Benecke heiße«, erklärte Mary mit einem leisen Auflachen.

»Nur ist Benecke kein besonders englisch klingender Name. Dabei wollen wir die Damen mit englischer Mode erfreuen.«

Lore kicherte. Modesalons, deren Besitzerinnen behaupteten, Französinnen zu sein oder wenigstens in Paris gelernt zu haben, gab es genug. Doch den Damen der Gesellschaft, die sich am Hofleben orientierten, galt diese Mode als zu frivol. Da sie sich aber zu fein waren, sich von einer schlichten deutschen Schneiderin einkleiden zu lassen, waren Mary und sie mit ihrer Idee in eine Marktlücke gestoßen.

»Übrigens hat die Großherzogin von Mecklenburg-Strelitz ihren Besuch für morgen angekündigt. Ich bin schon ganz aufgeregt. Die Dame geht bei Hofe ein und aus. Wenn sie bei uns ein Kleid machen lässt, können wir in Zukunft für die höchsten Gesellschaftskreise arbeiten.« Mary bedauerte, dass sie und nicht Lore die Großherzogin empfangen würde. Ihre Freundin war leichtfüßig wie ein Reh und gewohnt, sich in vornehmen Kreisen zu bewegen. Sie selbst jedoch …

Mit einem leisen Fauchen brach sie diesen unerfreulichen Gedankengang ab. Es brachte nichts, sich wieder ins Gedächtnis zu rufen, dass sie in einer schmutzigen Hafengasse in Harwich aufgewachsen war und bis zu ihrem zwanzigsten Lebensjahr Krücken gebraucht hatte. Nun war sie Mary Penn, eine Schneiderin, die für reiche Damen arbeitete und deren Gehstock mit dem goldenen Knauf man als englischen Spleen ansah.

Lore spürte die Ängste ihrer Freundin und sprach ihr Mut zu. Dabei wurde sie von Konrad und von Fridolin unterstützt. Vor allem Letzterer wollte verhindern, dass Lore auf den Gedanken kam, ihrer Freundin aktiv beizustehen. Wenn seine Frau den Modesalon Penn betrat, so hatte dies nach außen hin als Kundin zu geschehen.

Trotz Fridolins zwiespältiger Haltung wurde es ein angenehmer Nachmittag. Er war sich nicht zu schade, ein wenig mit dem kleinen Jonny zu spielen, und Lore betrachtete den Jungen mit einem versonnenen Blick, der Mary beruhigte.

Als Fridolin und Lore sich verabschiedet hatten, stieß Mary einen Seufzer aus, der zeigte, welch großer Stein ihr vom Herzen gefallen war. »Ich bin froh, dass bei Lore und Fridolin wieder alles in Ordnung gekommen ist.«

Konrad nickte, obwohl ihm nicht ganz wohl bei der Sache war. »Ich bin auch erleichtert. Es wäre schade gewesen, wenn die beiden prächtigen Menschen nicht mehr miteinander hätten leben können.«

»Sie wissen beide, dass es nichts bringt, nur auf dem eigenen Willen zu verharren. Fridolin hat bei dem Modesalon nachgegeben und erhält dafür von Lore das restliche Geld für seinen Aufstieg. So haben beide etwas davon und können zufrieden sein.«

»Du hast wie so oft recht, mein Schatz!« Konrad küsste Mary und sagte sich, dass er ein Esel war, so viel auf Stimmungen zu geben. Aus welchem Grund Fridolin eingelenkt hatte, konnte ihm und Mary im Grunde gleichgültig sein.

## XIII.

Als Fridolin am nächsten Morgen das Bankhaus betrat, fragte er sich amüsiert, ob Grünfelder noch etwas über den Sonnabend verlauten lassen würde. Er hatte es genossen, Hede wiederzusehen. Als er vor Jahren noch in höchst unerquicklichen Verhältnissen gelebt hatte, war er oft von ihr zum Essen eingeladen worden, so dass er seine Börse hatte schonen können. Nicht zuletzt deswegen wollte er dafür sorgen, dass sie ihr Erspartes vor jedem Zugriff der Behörden sichern konnte. Allerdings durfte Grünfelder keinesfalls erfahren, woher der größte Teil des Geldes stammte, mit dem Fridolin in dessen Bank einsteigen wollte. Das Vermögen einer Bordellbesitzerin würde er wohl kaum akzeptieren, da es dem Ruf der Bank schaden könnte.

Da sein Vorgesetzter noch nicht erschienen war, setzte Fridolin sich an seinen Schreibtisch und machte sich daran, einen Vertrag zu entwerfen, der sowohl seinem wie auch Hedes Vorteil diente. Er war gerade damit fertig, als es klopfte.

»Herein!«, rief er.

Die Tür ging auf, und ein junger Mann im dunkelgrauen Anzug trat ein. »Guten Morgen, Herr von Trettin!«

»Guten Morgen, Herr Dohnke. Hatten Sie einen schönen Sonntag?«

»Den hatte ich. Ich hoffe, Sie auch.«

»Ich kann nicht klagen. Haben Sie inzwischen die Aufstellungen gemacht, um die ich Sie am Sonnabend gebeten habe?« Fridolin wechselte ansatzlos auf ein geschäftliches Thema über und sah zufrieden, wie sein Assistent eine Mappe auf den Schreibtisch legte und öffnete.

»Ich habe hier alle Ein- und Auszahlungen auf den Konten des Landrats von Stenik verglichen. Wenn Sie mich fragen: Ich würde dem Mann keinen weiteren Kredit einräumen!«

Fridolin überflog den Bericht und dachte kurz nach. Im Grunde hatte Dohnke recht. Andererseits aber besaß von Stenik großen Einfluss und nahm eine Stellung ein, in der er sich keinen Skandal leisten konnte. Daher setzte Fridolin den Satz: »Ich empfehle, dem Kreditwunsch zu willfahren!« und seine Unterschrift auf die Mappe.

Dann sah er lächelnd zu seinem Angestellten auf. »Ich glaube nicht, dass wir ein schlechtes Geschäft machen. Herr von Stenik benötigt den Kredit gewiss, um sich irgendwo einzukaufen, und wird uns die nötigen Sicherheiten überschreiben.«

»Da Sie es sagen, will ich es glauben, Herr von Trettin. Sie haben ein ausgezeichnetes Gespür für Geldanlagen. Das hat Herr Grünfelder auch schon gesagt.« In Dohnkes Stimme schwang Anerkennung mit, denn Fridolin hatte sich bei der Beurteilung der ihm zugeteilten Kunden noch nie geirrt. Allerdings war auch noch keiner so verschuldet gewesen wie von Stenik.

Auch Fridolin war nicht so sicher, wie er vorgab. Allerdings war ihm auch bewusst, dass eine Verweigerung des Kredits von Stenik zutiefst verärgern und zu unangenehmen Reaktionen verleiten würde. Dies sagte er auch eine halbe Stunde später zu Grünfelder, der mittlerweile im dunklen Anzug, weißem Hemd und einer blauen Halsbinde hinter seinem Schreibtisch thronte.

»Leider haben Sie recht, Herr von Trettin. Von Stenik ist zu einflussreich, um ihm den gewünschten Kredit verweigern zu können. Doch nun zu etwas anderem. Wir haben Sie gestern Mittag schmerzlich vermisst.«

Fridolin konnte sich nicht erinnern, eingeladen gewesen zu sein. Dies zu sagen verbot jedoch die Höflichkeit. Außerdem gab Grünfelder ihm damit die Möglichkeit, jenes Thema anzuschneiden, das ihm am meisten am Herzen lag.

»Ich habe gestern Mittag mit meiner Gattin gespeist. Da ich in der letzten Zeit sehr oft bei Ihnen zu Gast gewesen war, konnte ich sie am Sonntag nicht allein lassen.«

»Das verstehe ich!« Grünfelders Miene jedoch sprach eine andere Sprache. Tatsächlich war er ein wenig gekränkt, dass Fridolin die Ehefrau wichtiger zu sein schien als er.

Und noch war sein Vize nicht fertig: »Sie werden verstehen, dass ich auf meine Gattin Rücksicht nehmen muss. Es wäre leichter für mich, wenn sie mich begleiten könnte.« Deutlicher wagte Fridolin nicht zu werden.

Grünfelder hätte ihm am liebsten erklärt, dass er seine Frau selbstverständlich bei der nächsten Einladung mitbringen könne. Doch die Etikette erforderte es, dass seine Ehefrau Fridolins Gemahlin vorher wenigstens ein Mal in ihren eigenen Räumen zur Kaffeestunde empfing.

»Ich werde mich darum kümmern«, antwortete er ausweichend

und kam dann wieder auf den Kredit für den Landrat von Stenik zu sprechen.

Mit dieser halben Zusage musste Fridolin sich vorerst zufriedengeben.

## XIV.

In den letzten Wochen hatte Grünfelder Fridolin regelmäßig zum Mittagessen eingeladen und hätte ihn auch an diesem Tag gern mitgenommen. Da er jedoch mit seiner Frau über Lore von Trettin sprechen wollte, bat er ihn unter einem Vorwand, in der Bank zu bleiben.

»Wenn Herr von Stenik die Gelegenheit nützt, kurz in der Bank zu erscheinen, sollte einer von uns beiden hier sein! Außerdem freue ich mich, wenn Sie uns zum Abendessen beehren.«

»Ich danke Ihnen, Herr Grünfelder.« Fridolin musste sich ein Lachen verkneifen, denn er begriff die Absicht seines Vorgesetzten. Wenn es half, Lore in den Kreis der Damen aufzunehmen, war ihm das nur recht.

Kaum war der Bankier verschwunden, erschien Emil Dohnke in seinem Kontor und überreichte ihm mit säuerlicher Miene einen Brief. »Landrat von Stenik hat eben anfragen lassen, ob er über das angeforderte Geld verfügen könne.«

Während Fridolin sich daranmachte, von Steniks unverschämt forderndem Brief auf eine Weise zu beantworten, die diesen zufriedenstellen würde, ließ Grünfelder sich nach Hause fahren. Als er das Speisezimmer betrat, in dem schon alles für das Mittagessen bereitstand, sahen sowohl seine Frau wie auch seine Tochter an ihm vorbei auf die Tür und wirkten enttäuscht.

Wilhelmine stieß einen Seufzer aus. »Ist Herr von Trettin heute nicht mitgekommen?«

»Er musste aus geschäftlichen Gründen in der Bank bleiben und mich vertreten«, redete Grünfelder sich heraus und fügte hinzu, dass er ganz froh sei, unter sechs Augen mit Frau und Tochter reden zu können.

»Herr von Trettin hat mich heute sehr nachdrücklich darauf aufmerksam gemacht, dass er den Einladungen in unser Haus nicht länger Folge leisten kann, wenn seine Gattin nicht ebenfalls eingeladen wird.« Während Grünfelder noch hoffte, seine Frau werde sich nach diesem Hinweis dazu aufraffen, Lore von Trettin zum Nachmittagskaffee einzuladen, stampfte seine Tochter sehr undamenhaft mit dem Fuß auf. »Ich will diese Person hier nicht sehen! Der arme Herr von Trettin. Wie schrecklich für ihn, an solch ein Weib gefesselt zu sein.«

Erschrocken sah Grünfelder seine Frau an. Diese wirkte ebenfalls pikiert und versuchte, auf das Mädchen einzuwirken. »Beruhige dich, mein Kind! Herr von Trettin sieht mir nicht so aus, als wäre er über seine Ehe unglücklich.«

»Ist er aber. Das fühle ich ganz deutlich!«, rief Wilhelmine leidenschaftlich aus. »Seine Frau ist eine ganz gemeine, berechnende Person. Meine Freundin Kriemhild von Wesel hat mir einiges über dieses Weib erzählt. Eine nahe Verwandte des Herrn von Trettin kennt die Verhältnisse gut und ist schlichtweg entsetzt über die angeheiratete Flickschneiderin. Der arme Fridolin sollte sich von dieser Person scheiden lassen und sich eine Gattin erwählen, die zu ihm passt!«

Während Grünfelder wie erstarrt war, reichte Juliane ihrer Tochter ein Taschentuch. »Trockne deine Tränen, mein Kind! Ich verspreche dir, ich werde Herrn von Trettins Ehefrau nicht in meinem Haus empfangen.«

Während Wilhelmine aufatmete, kaute ihr Vater auf den Spitzen seines Bartes herum. »Dies wird Herrn von Trettin gar nicht gefallen, und wir laufen vielleicht sogar Gefahr, dass er sich ganz von uns zurückzieht und die Bank verlässt. Das wäre ein großer Verlust für mich.«

»Für mich auch!« Seine Tochter ließ den Tränen wieder freien Lauf und sah mit dem Blick einer sterbenden Hirschkuh zu ihm auf. »Warum muss ein Herr, der so viel Eindruck auf mich macht, mit einer so entsetzlichen Person verheiratet sein?«

Während ihr Vater den Satz noch zu begreifen suchte, riss es Juliane Grünfelder herum. »Gilt deine Neigung tatsächlich Herrn von Trettin?«

Wilhelmine senkte schamhaft den Kopf. »Ich habe versucht, dagegen anzukämpfen, aber ich …« Sie betupfte mit dem Taschentuch die feuchten Augen. »Herr von Trettin zeichnet alles aus, was ich mir von einem Gatten wünsche. Er ist von Adel, wohlgestaltet, höflich und, wie Papa sagt, eine unersetzliche Hilfe in der Bank. Ich wünschte, er wäre frei!«

»Nun, das ist …« Grünfelder fehlten die Worte. Stattdessen musterte er seine Tochter mit einem Blick, als wisse er nicht, ob er sie übers Knie legen oder trösten sollte.

Seine Frau blickte auf die Uhr. »Wir sollten Platz nehmen und speisen. Du wirst ja bald wieder in die Bank zurückkehren wollen, mein Lieber.«

Grünfelder sah aus, als wolle er am liebsten gleich dorthin

flüchten. Doch er setzte sich gehorsam und nahm das Besteck zur Hand. Juliane Grünfelder ergriff die Klingel, um den Diener zu rufen, der ihnen vorlegen sollte, und warf ihrer Tochter einen warnenden Blick zu, damit sie sich nicht vor den Bediensteten gehen ließ.

Das Mittagessen verlief in eisigem Schweigen. Danach hätte der Bankier sich am liebsten in den Rauchsalon zurückgezogen, um eine gute Zigarre zu genießen. Seine Frau machte ihm jedoch unmissverständlich klar, dass sie seine Anwesenheit in ihren Räumen wünschte.

»Wir müssen miteinander sprechen, mein Lieber«, begann sie, kaum dass sie sich und ihrem Mann ein Glas Wein und Wilhelmine eines mit Limonade eingeschenkt hatte.

»Ich … Ich weiß nicht, was ich sagen soll …« Grünfelder brach seufzend ab, er hasste Gefühlsausbrüche.

»Aber ich weiß es«, konterte seine Frau. »Wie es aussieht, ist Herr von Trettin mit einer ganz und gar unpassenden Frau verheiratet.«

»Es ist eine Megäre aus der Gosse!«, stieß Wilhelmine theatralisch aus.

»Bitte mäßige deine Wortwahl!«, tadelte die Mutter sie und wandte sich wieder ihrem Mann zu.

»Du wirst verstehen, dass ich mich nicht in der Lage sehe, eine solche Person in mein Haus einzuladen. Wilhelmines Freundin Kriemhild von Wesel stammt aus den höchsten Kreisen. Wenn sie etwas gegen Trettins Ehefrau sagt, so hat das Gewicht. Diese Sache betrifft jedoch nicht nur mich persönlich, sondern auch dich, mein Lieber. Es macht kein gutes Bild, wenn dem Vizedirektor deiner Bank eine solche Mes-

alliance nachgesagt wird. Es könnte deiner Reputation schaden.«

»Das wird es gewiss!«, behauptete Wilhelmine sofort.

Auf Grünfelders Gesicht erschien eine zornige Falte. »Wenn es
also nach euch ginge, müsste ich mich umgehend von Herrn
von Trettin trennen.«

»Nein! Das verstehst du falsch. Herr von Trettin ist ein Edelmann und – wie du selbst gesagt hast – ein Gewinn für deine
Bank. Doch um dies auf Dauer bleiben zu können, müsste er
sich von seiner jetzigen Ehefrau trennen und eine für seinen
Stand geeignete Gattin nehmen.«

Grünfelder schüttelte den Kopf. »Eine Scheidung würde einen
Skandal nach sich ziehen!«

»Nicht in einem solchen Fall. Außerdem haben sich schon
Grafen und Fürsten scheiden lassen. Da wird ein Freiherr wohl
auch das Recht dazu haben«, trumpfte seine Frau auf.

»Das solltest du Herrn von Trettin erklären!« Wilhelmines
Augen leuchteten in einem warmen Glanz und zeigten deutlich, dass sie sich für die geeignete Gattin eines adeligen Vizebankdirektors hielt.

Die Abneigung ihres Vaters gegen diese Idee schwand. Da Fridolin sich mit einer hübschen Summe an seiner Bank beteiligen wollte, wäre es tatsächlich gut, ihn noch enger an das Bankhaus und seine Familie zu binden.

»Ich kann ihn schlecht darauf ansprechen. Er ist ein Edelmann
und wäre in diesem Fall zu Recht beleidigt. Und auch ihr solltet kein Wort darüber verlieren! Herr von Campe und Herr
von Trepkow haben ihm bereits deutlich zu verstehen gegeben,
was sie von seiner Frau halten. Also sollten wir diese Herren

und einige ihrer Freunde weiterhin zu Gast bitten. Sie werden Herrn von Trettin gewiss in unserem Sinne beeinflussen.«

»Wenn er dann selbst noch kommt«, wandte seine Frau besorgt ein.

Grünfelder lächelte ihr verständnisvoll zu. »Die nächsten zwei-, dreimal wird er wohl noch erscheinen. Für uns heißt dies, rasch zu handeln und ihn davon zu überzeugen, dass seine Gattin hier in Berlin Persona non grata ist und bleiben wird!«

»Ich werde auch Kriemhild von Wesel einladen«, rief Wilhelmine aus. »Sie nimmt bestimmt kein Blatt vor den Mund.«

»Tu das!«, stimmte ihr die Mutter zu. Immerhin war jene junge Dame die einzige Freundin aus höheren Kreisen, die auch nach dem Abschluss der Höheren Töchterschule in der Schweiz engen Kontakt zu Wilhelmine hielt. Andere Mitschülerinnen meldeten sich zwar gelegentlich, doch meist nur dann, wenn deren männliche Verwandte einen Kredit vom Bankhaus Grünfelder wünschten.

»Damit wäre alles geklärt!« Grünfelder atmete auf, weil er in dieser Sache nicht selbst aktiv werden musste. Nun sehnte er sich nach einer Zigarre. Er bat Frau und Tochter, ihn zu entschuldigen, und entschwand in den Rauchsalon.

Kaum war die Tür des Boudoirs hinter ihm zugefallen, umarmte Wilhelmine ihre Mutter im Überschwang der Gefühle. »Ach, wenn es nur möglich wäre!«

»Warum sollte es nicht möglich sein?« Juliane Grünfelder hatte genug Lebenserfahrung, um zu wissen, wie leicht es war, die Meinung anderer zu steuern. Wenn Fridolin von Trettin begriff, wie wenig willkommen seine Ehefrau in den höheren Kreisen war, würde er sich über kurz oder lang von ihr trennen.

Eine Handvoll Taler würden dieser armseligen Schneiderin den Abschied leicht machen. Danach würde, wenn sie es richtig anfingen, ihre Tochter die nächste Trägerin des altehrwürdigen Namens derer von Trettin werden.

Um diese Entwicklung zu beschleunigen, machten sich die beiden Damen gleich daran, etliche Einladungen für die nächste Feier in ihrem Haus zu schreiben, und waren sicher, dass ihre Gäste Fridolin schon den richtigen Pfad weisen würden.

## XV.

Ohne zu ahnen, welche Rolle sie in den Überlegungen ihr völlig fremder Menschen spielte, beschloss Lore, an diesem Tag ihren und Marys Modesalon aufzusuchen. Um Fridolins Wunsch zu willfahren, wollte sie es als Kundin tun. Zwar nähte sie den festlichen Teil ihrer Garderobe selbst, doch zwei, drei Hauskleider konnte sie sich dort anfertigen lassen. Außerdem vertrieb sie sich damit die Langeweile. In Bremen hatte sie sich oft gewünscht, etwas mehr Zeit für sich selbst zu haben, doch nun merkte sie, wie sehr sie Nathalia von Retzmann vermisste. Fünf Jahre lang war sie deren Freundin, Erzieherin und Gouvernante gewesen und hatte das Mädchen mit Liebe und Überzeugung dazu gebracht, etliche Unarten abzulegen.

Nun hätte sie sich darüber gefreut, wieder einmal einen lebendigen Frosch in ihrem oder Fridolins Bett zu entdecken und ihn durch das Schlafzimmer hüpfen zu sehen. Mit einem Seufzer dachte sie daran, dass die Zeit nicht stehenblieb. Nathalia besuchte nun eine Höhere Töchterschule in der Schweiz und würde dort die nächsten fünf Jahre verbringen, um den letzten Schliff zu erhalten. Dann war es mit den Fröschen im Bett gewiss ein für alle Mal vorbei.

Die Ankunft der Droschke vor Marys Ladenlokal beendete Lores Gedankengang. Tief durchatmend, um den muffigen Geruch im Innern des Wagenkastens loszuwerden, bezahlte sie den Kutscher und trat dann auf die Eingangstür zu. Davor stand bereits eine junge Frau, die Hand halb ausgestreckt, als wisse sie nicht so recht, ob sie eintreten solle oder nicht. Sie trug einen Mantel, der einmal teuer gewesen war, aber schon längst nicht mehr der neuesten Mode entsprach. Auch war ihr Strohhut eher für besseres Wetter als diesen kühlen Apriltag geeignet.

Da die Dame ihr im Weg stand, sprach Lore sie an. »Entschuldigen Sie, aber bitte treten Sie doch ein, damit auch ich ins Haus gelangen kann.«

Die Unbekannte zuckte zusammen und drehte sich zu ihr um. »Verzeihen Sie, ich …«, sagte sie und trat mit ängstlichem Blick beiseite.

Lore öffnete die Tür und hielt sie einladend offen. »Kommen Sie! Oder wollten Sie nicht den Modesalon aufsuchen?«

Unwillkürlich nickte die andere, ging aber gleichzeitig einen Schritt rückwärts. Lore versuchte, die junge Frau mit dem sonderbaren Benehmen einzuschätzen. Die altmodische Kleidung war ihr sofort aufgefallen, jetzt nahm sie auch das schmale, blasse Gesicht mit den leicht vorstehenden Wangenknochen wahr. Wie es aussah, war die junge Frau entweder auf eine schlanke Linie versessen, oder sie hungerte mehr, als ihr guttat.

Lores Interesse war erwacht, und sie winkte ihr, näher zu treten. »Sie sollten nicht länger zögern, denn ich will die Tür nicht über Gebühr offen halten!«

Da sie aber im Gegensatz zu ihren Worten geduldig wartete, bis die junge Frau sich entschieden hatte, folgte diese ihr schließlich durch den Hausflur in den Vorraum des Salons. Dort drückte sie sich in die dunkelste Ecke.

Unterdessen war eine Näherin auf Lores Erscheinen aufmerksam geworden und gab ihrer Chefin Bescheid. »Verzeihen Sie, Mrs. Penn, aber soeben ist Freifrau von Trettin eingetroffen.«

»Danke!« Mary stand auf, ergriff ihren Gehstock und trat in den Vorraum, den sie bis auf Lore und die junge Frau gähnend leer fand. In Gedanken versetzte sie dem Mädchen, das sich hier aufhalten und die Kundinnen empfangen sollte, ein paar Ohrfeigen und fragte sich, wohin sie wieder verschwunden war. Sie ließ sich ihren Ärger jedoch nicht anmerken, sondern begrüßte Lore so, wie sie jede wohlhabende Dame empfing.

»Seien Sie mir willkommen, Frau von Trettin. Darf ich Ihnen eine Tasse Kaffee anbieten? Er ist eben frisch gemacht worden.«

»Guten Tag, Mrs. Penn. Ich danke Ihnen. Kaffee tut an diesem kühlen Morgen gut. Das sagen Sie doch auch?«, wandte Lore sich an die junge Frau in dem altmodischen Mantel.

Diese zuckte erneut zusammen. »Oh nein! Meinetwegen brauchen Sie sich keine Umstände zu machen.«

»Ob ich nun eine Tasse oder zwei eingieße, bleibt sich gleich«, antwortete Mary und bat beide Besucherinnen nach hinten. Dort forderte sie eine der Angestellten auf, im Vorraum zu wachen. Eine andere brachte zwei Stühle für Lore und die junge Dame herbei. Kurz darauf hatten sie je eine Tasse Kaffee in der Hand, den Lore mit sehr viel Milch verdünnte.

»Was kann ich für Sie tun, gnädige Frau?« Schon um Fridolins willen sprach Mary ihre Freundin wie eine ganz normale Kundin an. Ihre Näherinnen wussten zwar, dass Lore und ihr Mann Geld für diesen Modesalon gegeben hatten, kannten aber die Hintergründe nicht.

Lore erklärte ihr, dass sie drei Kleider benötige, die sie nur im Haus anziehen wolle.

»Besitzen Sie bereis den entsprechenden Stoff, oder wollen Sie sich anschauen, was ich vorrätig habe?«

»Ich habe im Vorzimmer schönes, blaues Tuch gesehen. Das hätte ich gerne für eines der Kleider. Die Stoffe für die beiden anderen werde ich selbst besorgen.« Lore zwinkerte Mary kurz zu, um die Sache nicht gar zu ernst werden zu lassen, und wies dann auf die junge Frau in dem unmodischen Mantel. »Ich sehe mich noch einmal um. Sie können sich daher dieser Dame widmen.«

»Gerne. Was kann ich für Sie tun?«, sprach Mary die junge Frau an.

Diese sah sich ängstlich um und flüsterte beinahe, als sie Antwort gab. »Ich hätte Sie gerne unter vier Augen gesprochen, Mrs. Penn.«

Mary hob die Augenbrauen, denn das klang nicht so, als wäre diese Frau eine neue Kundin. Da sie höflich sein wollte, bat sie die andere in ihr Büro. Dort setzte sie sich auf einen Stuhl und bat die junge Frau, auf einem anderen Platz zu nehmen.

»Danke, das ist sehr liebenswürdig, aber ich stehe lieber«, sagte diese und stellte die fast noch volle Kaffeetasse verstohlen auf eine Anrichte. Dann sah sie Mary mit einem verzweifelten Ausdruck an. »Mrs. Penn, ich bitte Sie, mein Eindringen zu verzeihen, aber ich dachte …« Sie atmete tief durch und kämpfte mit den Tränen. »Ich wollte Sie fragen, ob ich nicht für Sie nähen kann.«

Mary war perplex. Trotz der unmodischen Kleidung hatte die Frau auf sie nicht den Eindruck einer Näherin gemacht, sondern eher den einer jungen, wenn auch verarmten Dame von Stand. »Habe ich Sie richtig verstanden? Sie wollen als Näherin bei mir arbeiten?«

Die junge Frau senkte den Kopf. »Ich dachte eher, ich könnte zu Hause für Sie nähen. Wissen Sie, ich … Es soll niemand erfahren. Ich brauche dringend Geld, weiß mir aber keine andere Möglichkeit, es zu verdienen. Sie brauchen sich nicht zu sorgen! Ich kann wirklich nähen! Wenn Sie es mich nur zeigen lassen würden …«

»Nun, das lässt sich machen. Warten Sie hier.« Mary stemmte sich am Schreibtisch hoch, ergriff ihren Stock und ging gemessenen Schrittes zur Tür. Bevor sie sie öffnete, drehte sie sich noch einmal zu ihrer Besucherin um. »Trinken Sie ruhig Ihren Kaffee aus. Ich sehe inzwischen, ob ich etwas finde, an dem Sie mir Ihre Kunst demonstrieren können!« Mary sprach etwas lauter als nötig, falls Lore hinter der Tür stand und zu lauschen versuchte. Dies schien allerdings nicht der Fall zu sein, denn als sie das Zimmer betrat, stand ihre Freundin am Fenster und blickte hinaus.

Mary nahm eine Bluse an sich, der noch der Kragen fehlte, und kehrte damit in ihr Büro zurück. »Hier! Stellen Sie diese Bluse fertig!«

»Sie ist wunderschön!« Die junge Dame strich vorsichtig über die schimmernde Seide, atmete dann tief durch und nahm das Nadelkissen zur Hand. Kopfnickend beobachtete Mary, dass die Frau gezielt die richtige Nadel und auch das entsprechende Garn wählte und mit zierlichen Stichen zu nähen begann. Ihre Besucherin konnte tatsächlich etwas, und Mary bedauerte, sie nicht direkt in ihrem Geschäft beschäftigen zu können. Ihr fielen Lores Erzählungen aus ihrer Zeit in Ostpreußen ein. Ihre Freundin hatte als junges Mädchen ebenfalls versucht, sich durch Nähen ein Einkommen zu sichern, und zur Probe einen Kragen annähen müssen.

Die Parallele war so frappant, dass sie sich das Lachen verkneifen musste. Allerdings stand ihr hier kein Mädchen von fünfzehn Jahren gegenüber, sondern eine abgehärmt aussehende Frau, die gut ein Jahrzehnt mehr zählen mochte. Doch vielleicht täuschte sie sich auch. Die Fremde mochte durchaus jünger und nur von Hunger und Not gezeichnet sein.

Gerade tat diese die letzten Stiche und reichte ihr die Bluse mit furchtsamer Miene. »Ich hoffe, Sie sind zufrieden.«

»Das bin ich«, sagte Mary, nachdem sie die Nähte geprüft hatte. »Meinen Angestellten werde ich sagen, ich hätte den Kragen selbst angenäht, gnädiges Fräulein.« Sie lächelte ihr freundlich zu und sah, wie ihre Besucherin aufatmete. »Wie stellen Sie sich Ihre Mitarbeit vor? Außerdem wüsste ich doch gerne, mit wem ich es zu tun habe.«

»Ich bin Caroline von Trepkow und lebe mit meiner Mutter und unserem Dienstmädchen zusammen in der Möckernstraße. Früher haben wir ein Gut besessen, aber mein Vater war mehr Soldat als Landwirt gewesen, und so mussten wir es schließlich aufgeben. Jetzt ist er tot, und mein Bruder dient im gleichen Regiment wie er als Offizier. Seinetwegen darf nichts, was ich für Sie tue, aus diesen Mauern dringen.«

Da ihre Probearbeit Anklang gefunden hatte, war Caroline von Trepkow etwas mutiger geworden.

Mary wiegte den Kopf. »Wenn Sie hierherkommen, um die fertigen Kleider zu bringen und andere mitzunehmen, wird es sich nicht vermeiden lassen, dass meine Näherinnen auf Sie aufmerksam werden und schwatzen.«

»Ich könnte Sie in Ihrem privaten Domizil aufsuchen«, schlug Caroline von Trepkow vor.

Mary wollte ihr schon zustimmen, als ihr eine bessere Idee kam. »Warten Sie einen Augenblick! Ich muss kurz mit Freifrau von Trettin sprechen. Sie ist eine gute Freundin von mir und sicher gerne bereit, Ihnen beizustehen. Falls Sie häufig zu mir kommen, wird auch das irgendwann einmal auffallen, und Sie haben genau das Gerede am Hals, welches Sie unbedingt vermeiden wollen. Doch eine Freifrau von Trettin können Sie jederzeit besuchen. Ich werde die Sachen dort abholen lassen.«

Caroline von Trepkow sah sie erschrocken an. »Aber das kann ich nicht tun. Die Dame wird …«

»Wollen Sie Geld verdienen oder nicht?« Mary wurde die Ziererei der jungen Adeligen allmählich leid.

Caroline begriff, dass sie entweder nachgeben oder gehen musste. Ihr Magen, der auf einmal vernehmlich knurrte, ließ ihr keine Wahl. »Ich werde es so halten, wie Sie es wünschen, Mrs. Penn.«

»Sehr gut! Einen Moment, ich bitte Freifrau von Trettin herein.« Mary hegte noch einen Hintergedanken: Da ihr die junge Dame sympathisch war, mochte diese Bekanntschaft Lore helfen, ihre Isolation zu durchbrechen. Sie verließ ihr Büro und trat zu Lore. »Gnädige Frau, wenn Sie bitte die Güte hätten, mit mir zu kommen!«

Lore spürte, dass sich etwas Ungewöhnliches tat, und musterte Mary. Es wurmte sie, dass ihre Freundin sie in der Öffentlichkeit so gestelzt anreden musste, wie es die gesellschaftlichen Konventionen verlangten. In Bremen hatten sie familiärer miteinander umgehen können. Der Gedanke fachte ihre Sehnsucht an, wieder in die Hansestadt zurückzukehren. Dort hatte sie Bekannte und Freundinnen, die sie einladen oder selbst aufsuchen konnte, und würde sich nicht so einsam fühlen wie hier.

Mit diesem Gedanken folgte sie Mary ins Büro.

»Darf ich Ihnen vorstellen, diese junge Dame ist Caroline von Trepkow, die Tochter eines ehemaligen Offiziers und Gutsbesitzers.« Mary wies nun mit einer Kopfbewegung auf Lore. »Und dies ist Freifrau Lore von Trettin, eine, wie ich vorhin schon sagte, sehr enge Freundin von mir!«

Lore zog erstaunt die Augenbrauen hoch, weil Mary ihre Beziehung ausgerechnet vor einer ihnen fremden Person preisgab. Mit einer Handbewegung bat Mary um ein wenig Geduld und reichte ihr dann die Bluse, deren Kragen Caroline angenäht hatte.

»Was sagst du zu dieser Arbeit, liebe Laurie?«

Auf einen Schlag begriff Lore, was die junge Frau getrieben hatte, hierherzukommen, und weshalb ihr Mantel so unmodisch war.

Obwohl in Berlin die Spitzen der Gesellschaft lebten, gab es auch unter den Adeligen etliche verarmte Familien, deren Angehörige nicht wussten, wovon sie am nächsten Tag leben sollten. Lohnabhängige Arbeit anzunehmen verbot ihnen ihr Stand, der ihnen als einziger Besitz verblieben war und den sie in der Hoffnung auf bessere Zeiten nicht aufgeben wollten. Daher blieb den männlichen Mitgliedern solcher Familien oft nichts anderes übrig, als ihren Lebensunterhalt durch Kartenspiel und dergleichen zu bestreiten, während die Frauen und Mädchen zu Hause heimlich für Schneiderinnen und Putzmacherinnen arbeiteten.

Da Lore in ihrer Heimat Ostpreußen selbst bittere Armut kennengelernt hatte, verspürte sie Mitleid mit Fräulein von Trepkow und lächelte ihr aufmunternd zu. »Ich freue mich sehr, Sie kennenzulernen.«

Caroline knickste verlegen. »Gnädige Frau, ich … ich will Sie nicht belästigen, aber …«

»Es ist so, dass Fräulein von Trepkow aus gewissen Gründen gezwungen ist, sich eine Beschäftigung zu suchen, die sie nicht mit ihrem Stand in Einklang bringen kann. Daher habe ich ihr den Vorschlag gemacht, die fertigen Kleidungsstücke zu dir zu bringen und dort auch die neuen Arbeiten abzuholen. Ich hoffe, es macht dir nichts aus …« Zwar glaubte Mary nicht, dass Lore ablehnen würde, trotzdem war sie ein wenig unsicher, weil sie über deren Kopf hinweg entschieden hatte.

Lore begutachtete noch einmal den Kragen, den Caroline angenäht hatte, und nickte. »Ausgezeichnet! Wenn Fräulein von Trepkow weiterhin so gut arbeitet, ist sie ein Gewinn für deinen Modesalon.«

»Es freut mich, dass du es auch so siehst, liebe Laurie. Ich würde Fräulein von Trepkows Hilfe gerne annehmen, denn in dem Fall müsste ich einigen Damen, die gerne bei mir arbeiten lassen würden, nicht absagen. Was wollen wir der jungen Dame als Erstes auftragen?«

»Wie wäre es mit einem meiner Hauskleider? Nimm von dem blauen Tuchballen die entsprechende Länge, lass ihn hier zurechtschneiden und versorge das Fräulein mit dem richtigen Garn. Dann kann sie es zu Hause nähen und zu mir kommen, damit ich es anprobieren kann.«

»Ich werde das Tuch selbst vorbereiten, aber erst, wenn meine Näherinnen Feierabend gemacht haben. Die Sache geht die schwatzhaften Küken da draußen nichts an. Ich hoffe, Sie können so lange warten, Fräulein von Trepkow.«

Diese nickte, obwohl ihr nicht wohl bei dem Gedanken war, den langen Fußweg nach Hause erst bei Einbruch der Nacht antreten zu können. Doch Lore war das Problem bewusst. »Ich habe eine bessere Idee! Mary, wärst du so lieb, eine Droschke für mich und Fräulein von Trepkow rufen zu lassen? Dann fahren wir zu mir nach Hause und betreiben ein wenig Konversation.«

»Ich danke Ihnen, Frau von Trettin!« Obwohl Caroline sich schämte, auf die Hilfe fremder Leute angewiesen zu sein, war sie erleichtert. Näharbeiten brachten zwar nicht viel ein, doch schon ein paar Mark mehr im Monat konnten den Ausschlag geben, ob sie auf etliche Mahlzeiten verzichten mussten oder nicht.

Mary war ebenfalls zufrieden, denn Caroline konnte geschickt mit Nadel und Zwirn umgehen. Außerdem würde sie in Lores Gesellschaft gewiss bald auftauen und dieser vielleicht sogar die erste Freundin sein, die sie in Berlin fand.

## XVI.

Obwohl Caroline von Trepkow erklärte, es sei nicht nötig, bestand Lore darauf, ihr auch für den Heimweg eine Droschke zu besorgen. Sie bezahlte den Kutscher im Voraus, gab ihm einen Groschen als Trinkgeld und verabschiedete sich von der jungen Frau. Während sie ins Haus zurückkehrte, sann sie über die vergangenen Stunden nach. Sie hatten Kaffee getrunken und Kuchen gegessen, und nach anfänglicher großer Zurückhaltung hatte sich ihre Besucherin als recht angenehmer Gast erwiesen. Bei Tisch hatte Caroline eine bewundernswerte Beherrschung gezeigt. Obwohl sie wahrscheinlich nichts zu Mittag gegessen hatte, hatte sie ihr Kuchenstück nicht einfach in sich hineingeschlungen, sondern langsam und voller Genuss verspeist.

Da Mary erst spät gekommen war, hatte Lore Caroline noch zum Abendessen eingeladen und dort die gleiche Beobachtung gemacht. Die junge Dame mochte arm sein und in letzter Zeit oft gehungert haben, doch sie vergaß nie, was sich gehörte. Auch aus diesem Grund freute Lore sich darauf, sie bald wiederzusehen, zumal Fridolin an diesem Abend wieder einer Einladung von Grünfelder gefolgt war. Ohne Caroline hätte sie allein essen müssen und gewiss nur lustlos auf ihrem Teller herumgestochert.

Jutta, die seit fast dreißig Jahren als Dienstmädchen in verschiedensten Haushalten tätig war, hatte einen noch feineren Blick für die Not als ihre Herrin und hatte Caroline zum Abschied ein kleines Paket zugesteckt. In dem Glauben, es wäre etwas, das zu dem Kleid gehörte, hatte diese es angenommen.

Als Caroline ihre Mitbringsel jedoch in dem zwar großen, aber nur durch ein einziges Fenster in der Ecke erhellten Zimmer auspackte, das sie mit ihrer Mutter und einer alten Bediensteten teilte, entdeckte sie Leber- und Blutwürste und ein Töpfchen Schmalz. Im ersten Augenblick wusste sie nicht, ob sie zornig sein oder sich schämen sollte. Die leuchtenden Augen, mit denen die alte Fiene die Lebensmittel betrachtete, erinnerten sie jedoch daran, wie oft die treue Seele mit ihnen hatte hungern müssen. Daher packte sie den Stoff für das Kleid erst einmal zur Seite und beschloss, die Gabe so zu nützen, wie es ihr am besten erschien.

»Mama, magst du dich zum Abendessen an den Tisch setzen, oder soll ich dir ein Brot belegen und klein schneiden?«, fragte sie ihre Mutter, die in eine Decke gehüllt in dem einzigen Sessel saß, den es in dem Raum gab. Ihre Stimme übertönte kaum den Krach, den mehrere Streithähne in einem Nachbarzimmer veranstalteten. Caroline zog resigniert die Schultern hoch. Der Raum, in dem sie zur Untermiete wohnten, gehörte zu einer Zwölfzimmerwohnung, und manche Bewohner nahmen keine Rücksicht.

Frau von Trepkow versuchte aufzustehen, sank aber sofort wieder zurück. »Ich bin zu matt, mein Kind. Du wirst mir helfen müssen.« Caroline eilte zu ihr und geleitete sie zum Tisch. Während Fiene sich freute, dass das Abendessen an diesem Tag nicht ausfallen musste, betrachtete ihre Herrin das unverhoffte Mahl mit zweifelndem Blick. »Wie bist du zu diesen Sachen gekommen?«

»Ich war heute bei der englischen Schneiderin, um sie zu fragen, ob ich nicht zu Hause für sie nähen kann, und habe sofort den Auftrag bekommen, ein Kleid für eine Kundin zu nähen. Die Lebensmittel hier hat mir Freifrau von Trettin mitgegeben.« Caroline wagte es nicht, ihrer Mutter in die Augen zu sehen, da sie sich wie eine Bettlerin fühlte, der eine mitleidige Seele ein Almosen zugesteckt hatte.

Fiene betrachtete die Sache pragmatischer, schnitt mehrere Scheiben von dem Brot ab und legte sie den beiden Damen vor. Zu trinken gab es Leitungswasser, das mit einem winzigen Schuss Holundersaft veredelt wurde. Dieses an sich frugale Abendessen erschien der alten Frau wie ein Festmahl.

Caroline, die bereits bei Lore etwas zu sich genommen hatte, hielt sich zurück. Während sie langsam auf einem winzigen Stückchen Brot kaute, dachte sie nicht zum ersten Mal darüber nach, dass Fiene, die ihren siebzigsten Geburtstag bereits hinter sich hatte, trotz der schweren Arbeit, die sie zeitlebens hatte leisten müssen, jünger und gesünder aussah als ihre Mutter. Diese war gerade erst fünfzig geworden, wirkte aber mit ihrem eingefallenen Gesicht, dem abgemagerten Körper und den früh weiß gewordenen Haaren wie eine Greisin. Daran war nicht allein der Hunger schuld, sondern es waren auch die Sorgen, die ihr das Leben vergällten.

Caroline seufzte, als sie an ihren Vater dachte. Er hatte als Offizier ein fröhliches Leben geführt und nicht darauf geachtet, dass seine Ausgaben in keinem Verhältnis zu den Erträgen des Gutes standen. Da auch sein Sohn als Offizier standesgemäß hatte auftreten wollen, war das Gut schließlich überschuldet gewesen und zwangsversteigert worden. Frau von Trepkow hatte mit leeren Händen dagestanden und von Glück sagen können, dass ein entfernter Verwandter ihr wenigstens eine kleine Rente zukommen ließ, von der auch die Tochter und die ihnen treu ergebene Magd leben mussten.

Obwohl es eine Sünde war, hatte Caroline mehr Erleichterung denn Trauer verspürt, als der Vater nach einem Zechgelage vom Schlag getroffen worden war und kurz darauf verstarb. Damals hatte sie gehofft, nun werde alles besser. Sie hatte jedoch nicht mit ihrem Bruder gerechnet, der die Liebe seiner Mutter schamlos ausnützte, um ihr den größten Teil der schmalen Rente abzunehmen und für seine Zwecke zu verwenden. Von dem Geld, das sie durch ihre Näharbeiten verdienen konnte, würde er nicht einen Pfennig zu sehen bekommen. Das schwor Caroline sich in dieser Stunde.

Als hätte ihre Mutter ihre Gedanken gelesen, blickte sie in diesem Moment auf. »Weißt du, was mit Friedrich los ist? Er ist schon seit zwei Wochen nicht hier gewesen.«

»Wegen mir bräuchte er gar nicht mehr zu kommen«, murmelte Fiene, die wusste, dass der junge Herr bei seinen Besuchen der gnädigen Frau auch noch den letzten Groschen aus der Tasche holte.

Auch Caroline sehnte sich nicht gerade danach, den Bruder so schnell wiederzusehen, doch das durfte sie der Mutter nicht sagen. Daher erklärte sie nur, seit seinem letzten Besuch nichts von ihm gehört zu haben. Nach dem Essen half sie der Mutter zurück in den Sessel, setzte sich selbst auf einen schon recht wackeligen Stuhl und begann die Modezeichnungen zu studieren, die Freifrau von Trettin ihr mitgegeben hatte. Das gewünschte Kleid war recht einfach geschnitten, und so traute sie es sich zu, es in kurzer Zeit fertigzustellen.

Frau von Trepkow rümpfte zwar die Nase, als sie ihre Tochter bei so einer profanen Arbeit sah, sagte sich aber, dass es ihr auf diese Weise leichter fallen würde, ihrem Sohn die gewünschte Unterstützung zukommen zu lassen. Immerhin war er als Offizier darauf angewiesen, seinem Rang gemäß aufzutreten, und sie wollte nicht, dass er unter dem Leichtsinn des Vaters zu leiden hatte. An ihr eigenes Wohlergehen und das ihrer Tochter, die in weitaus stärkerem Maße litt, verschwendete sie keinen Gedanken.

## XVII.

Eigentlich hätte August Grünfelder zufrieden sein können. Noch nie waren so viele hochrangige Herrschaften seiner Einladung gefolgt wie an diesem Tag. Doch sein Vizedirektor bereitete ihm Sorgen. Fridolins blitzende Augen und die zusammengekniffenen Lippen deuteten auf eine tiefgehende Verstimmung. Dies lag offensichtlich an den Damen, die mit am Tisch saßen und ihn durch ihre Gegenwart ständig daran erinnerten, dass man seine Ehefrau wieder nicht eingeladen hatte.

Grünfelder wurde bewusst, dass Juliane und Wilhelmine es mit ihren Einladungen übertrieben hatten. Es waren nicht nur die Komtess Kriemhild von Wesel samt Mutter und Kusine gekommen, sondern auch zahlreiche andere Damen aus adeligen oder reichen bürgerlichen Familien. Fridolin von Trettin musste es als offene Brüskierung ansehen, dass seine Gattin in diesem Kreis nicht willkommen geheißen wurde.

Auch unter den hochrangigen Herren waren einige das erste Mal unter den Gästen, darunter Major Heinrich von Palkow, der mit General Fjodor Michailowitsch Tirassow einen echten russischen Fürsten mitgebracht hatte. Als weiteren Gast konnte Grünfelder den Industriellen Rendlinger begrüßen, der mit seinem Sohn und den beiden Töchtern samt Schwiegersöhnen aufgetaucht war. Wie es aussah, hatte Rendlinger einen höheren Kredit im Sinn, denn er sprach lautstark davon, eine neue Fabrik zu kaufen und eine andere zu vergrößern. Grünfelder beschloss, Fridolin mit den entsprechenden Verhandlungen zu beauftragen. Damit würde er seinem Vize schmeicheln und den Affront hier vergessen machen.

Das Mahl war ausgezeichnet, und auch die Weine und Liköre wurden gelobt. Doch Fridolin empfand das hier Gebotene als zu effekthascherisch und beteiligte sich anders als bei früheren Einladungen kaum an den Gesprächen. Meist antwortete er nur, wenn das Wort direkt an ihn gerichtet wurde.

Wilhelmine Grünfelder, die an seiner Seite saß, war dementsprechend unzufrieden. »Sie sind heute so stumm wie ein Fisch«, beschwerte sie sich und sah sofort den vorwurfsvollen Blick ihrer Mutter auf sich gerichtet. Es gehörte sich einfach nicht, so zu einem Herrn zu sprechen. Allerdings ärgerte auch Juliane Grünfelder sich, weil Fridolin die Ehre, die ihm in ihrem Hause erwiesen wurde, nicht zu schätzen schien.

Dieser streifte ihre Tochter mit einem kurzen Blick und deutete ein Achselzucken an. »Es gibt Zeiten, in denen man lieber schweigt, gnädiges Fräulein.«

Im Gegensatz zu Fridolin legte Rendlinger sich keine Zügel an, sondern berichtete selbstbewusst von seinen Erfolgen. Der Stolz quoll ihm aus allen Poren. »Letztens hat sogar Seine Königliche Hoheit, der Kronprinz, äh …, ich meine natürlich

Prinz Wilhelm, eine meiner Fabriken besucht. Ein prachtvoller junger Mann, muss ich sagen, und eine Hoffnung auf goldene Zeiten für unser geliebtes Preußen und natürlich für ganz Deutschland!«

Während die meisten Anwesenden Beifall klatschten, verzog der russische Gast den Mund. Bevor er jedoch etwas sagen konnte, legte Major Palkow ihm die Hand auf den Arm. »Bitte kein Aufsehen, General! Es würde hier nicht gut aufgenommen werden.«

Tirassow nickte zögernd und winkte einem Lakaien, sein Weinglas neu zu füllen. Danach hatte er sich wieder so weit in der Gewalt, Rendlingers weiteren Ausführungen mit unbewegter Miene zuhören zu können.

Für Fridolin stellten die Prahlereien des Fabrikbesitzers eine Erleichterung dar, denn nun hing Fräulein Grünfelder an den Lippen des bulligen Mannes. Er selbst achtete nicht auf Rendlingers Geschwätz, sondern grübelte darüber nach, wie er sich Grünfelder gegenüber verhalten sollte. Sein Stolz gebot ihm, am nächsten Tag das Gespräch mit ihm zu suchen und ihm ein für alle Mal klarzumachen, dass er eine weitere Missachtung seiner Frau nicht akzeptieren werde. Andererseits lockte es ihn, Anteilseigner der Bank zu werden. Einen ähnlich guten Posten wie hier würde er in Berlin mit Sicherheit nicht mehr bekommen. Wenn er sich tatsächlich von Grünfelder trennte, würde er wahrscheinlich sogar nach Bremen zurückkehren und Thomas Simmern bitten müssen, ihn wieder beim Norddeutschen Lloyd einzustellen. Eine wahrlich unangenehme Vorstellung, wie ein Hund mit eingezogenem Schwanz zu seinem früheren Gönner zurückkriechen zu müssen.

Wenn er aber Vizedirektor von Grünfelders Bank blieb, war er es Lore schuldig, dass sie von dessen Damen empfangen und in ihren Freundeskreis aufgenommen wurde. Sonst würde er selbst nur noch Einladungen in Grünfelders Villa annehmen, die geschäftlichen Zwecken dienten. Mit diesem Entschluss glaubte er, vorerst leben zu können.

Unterdessen monologisierte Rendlinger weiter. Da der Besuch Prinz Wilhelms, des ältesten Sohnes des Kronprinzen Friedrich, ein Ereignis darstellte, das auch die übrigen Gäste interessierte, berichtete er in allen Einzelheiten von dessen schneidigem Auftreten und der prachtvollen Uniform, die der Prinz bei seinem Besuch getragen hatte.

»Zuletzt hatte ich die große Ehre und Freude, Seine Königliche Hoheit in meinem Hause willkommen zu heißen«, fuhr er fort und sonnte sich in dem Neid der Gäste und des Gastgebers. Grünfelder musste erfahren, für wie wichtig der junge Prinz ihn und seine Fabriken hielt, denn er hoffte, auf diese Weise billiger und in voller Höhe an den benötigten Kredit zu kommen.

»Wie ich bereits sagte, war Seine Königliche Hoheit sehr angetan, und ich hoffe auf seine Protektion, wenn es um die Vergabe neuer Aufträge für die Armee Seiner Majestät geht.« Mit diesen Worten warf er einen weiteren Haken aus und spürte nun, wie Grünfelder anbiss. Darüber hinaus wollte er den Bankier auch für eine weitere Sache gewinnen, die ihm am Herzen lag.

»Dafür muss ich mich natürlich bei Seiner Königlichen Hoheit in Erinnerung bringen, und wie gelänge das besser als durch ein passendes Geschenk? Dies ist jedoch eine delikate Sache. Es muss sowohl den Geschmack Seiner Königlichen Hoheit treffen wie auch den gewünschten Eindruck auf ihn machen. Anders gesagt: Es sollte etwas ganz Besonderes sein, das ruhig den Rahmen sprengen darf, der mir als Einzelperson gesetzt ist.«

Damit lag das Angebot auf dem Tisch. Nun kam es darauf an, ob Grünfelder sich an dieser Aktion beteiligen würde. Selbst wenn mehrere Namen die Plakette zierten, auf denen die Stifter der Gabe verzeichnet waren, wollte Rendlinger dafür sorgen, dass sein Name an erster Stelle stand und Prinz Wilhelm ins Auge stach. Dann würden die Aufträge für seine Fabriken nur so sprudeln.

»Ein Geschenk für Seine Königliche Hoheit, Prinz Wilhelm, wäre sicher eine lohnende Investition, vielleicht sogar für einen schlichten Soldaten wie mich«, meldete sich nun Major von Palkow mit ernster Miene zu Wort. Innerlich amüsierte er sich, weil Rendlinger den Vorschlag, auf den er ihn gebracht hatte, ganz selbstverständlich als eigene Idee ausgab.

»Sie ein schlichter Soldat? Ich bitte Sie, Herr Major! Ihre Heldentaten in Schleswig, bei Königgrätz und Sedan sprechen für sich. Waren es nicht Sie, der Kaiser Napoleon III. mit eigener Hand gefangen genommen hat?« Rendlinger lächelte von Palkow freundlich zu. Da der Major ebenfalls bereit war, sich an einem gemeinsamen Geschenk für Prinz Wilhelm zu beteiligen, konnte Grünfelder sich nicht mehr verschließen.

Nach kurzem Zögern erklärte sich der Bankier bereit, sich an dieser Aktion zu beteiligen, und einige der anwesenden Herren, die dem jungen Prinzen angenehm auffallen oder sich wieder in Erinnerung bringen wollten, sagten ebenfalls zu.

Da Fridolin sich nicht gerührt hatte, verzog von Trepkow höhnisch das Gesicht. »Und was ist mit Ihnen, Trettin? Wollen Sie nicht auch an unserem Bund teilhaben, oder lassen Sie Seiner Königlichen Hoheit lieber etwas von Ihrer Frau schneidern?«

Da der Leutnant ebenfalls zu den Kreditnehmern der Bank gehörte, kannte Fridolin dessen Verhältnisse genau und wusste, dass dieser die bisher geliehene Summe wohl kaum würde zurückzahlen können. Aus diesem Grund gab er seine Antwort mit einem überlegenen Lächeln. »Ich werde mir erlauben, die gleiche Summe beizusteuern wie Sie, Leutnant!«

Von Trepkow fuhr auf. »Für einen lumpigen Zivilisten wie Sie heißt es immer noch Herr Leutnant von Trepkow!«

»Und für einen Herrn Leutnant von Trepkow heißt es immer noch Herr von Trettin«, konterte Fridolin gelassen. »Doch um die übrigen Herren zu beruhigen: Ich habe nicht vor, mich an dem Inhalt Ihrer Börse zu orientieren, sondern werde meinen Beitrag nach meinem Portemonnaie bemessen.«

War Fridolins erste Bemerkung ein Stich gewesen, stellte die zweite eine Ohrfeige dar. Von Trepkow wäre am liebsten aufgesprungen, um den Mann zum Duell zu fordern. Da Grünfelder jedoch große Stücke auf diesen elenden Zivilisten hielt, hätte er sich damit aller Chancen beraubt, von dem Bankier als möglicher Schwiegersohn in Betracht gezogen zu werden. Daher begnügte er sich mit einem verächtlichen Schnauben und fragte Rendlinger, an welche Art von Geschenk dieser gedacht habe.

»Nun, ich weiß es noch nicht so recht«, antwortete der Geschäftsmann ausweichend. »Es kommt zunächst einmal darauf an, wie viel Geld zur Verfügung stehen wird. Ist die Summe hoch genug, sollte es schon etwas Außergewöhnliches sein.«

»Ich bin dafür, dass wir diese Sache ein andermal besprechen«, meldete sich nun Major von Palkow zu Wort. »Die Entscheidung für das richtige Geschenk ist zu wichtig, um sie auf der Stelle treffen zu können. Außerdem würden wir die Damen langweilen!«

Das Argument verfing. Juliane Grünfelder stimmte sogleich zu, dass sie und die anderen weiblichen Gäste sich bereits vernachlässigt fühlten. Der Pfeil war vor allem auf Fridolin gerichtet, der schon wieder nicht auf eine Bemerkung ihrer Tochter reagiert hatte. An seiner Stelle sprang Hasso von Campe in die Bresche und verwickelte Wilhelmine in ein Gespräch, in das sich auch Leutnant von Trepkow einschaltete.

Fridolin jedoch lehnte sich zurück und beobachtete die Gäste. Selten hatte er eine ähnlich bunt zusammengewürfelte Tischgesellschaft gesehen. Grünfelder musste in Zukunft mit seinen Einladungen sparsamer sein, wenn er sich nicht dem Spott einflussreicher Kreise aussetzen wollte.

Der Industrielle Rendlinger mochte inzwischen den Titel eines Barons tragen, ein Edelmann war er deswegen noch lange nicht. Auch die Offiziere mit von Palkow an der Spitze wirkten in dieser Runde eher unpassend, und der russische Fürst gab sich erst gar nicht die Mühe, seine Verachtung für den bürgerlichen Gastgeber zu verbergen. Nicht nur aus diesem Grund war Fridolin froh, als die Tafel endlich aufgehoben wurde und die Damen Juliane Grünfelder in deren Räumlichkeiten folgten, während Grünfelder die Herren in den Rauchsalon führte.

Dort bezog der Bankier ihn sofort in die Diskussion über das richtige Geschenk für Prinz Wilhelm mit ein. Fridolin war bewusst, dass in Grünfelder die Hoffnung geweckt war, dem ersehnten ›von‹ über eine aufwendige Gabe näherzukommen.

Neben Rendlinger sprachen sich auch Major von Palkow und zwei weitere Herren für ein möglichst grandioses Präsent aus. Es war rasch deutlich, dass kritische Stimmen nicht gefragt waren. Daher ließ Fridolin die anderen reden und warf nur selten ein Wort ein. Stattdessen grübelte er weiter über diesen Abend nach und befand, dass er ihn zusammen mit Lore bei Konrad Benecke und Mary sehr viel angenehmer hätte verbringen können. Der Protz, mit dem Grünfelder seine Feste feierte, war ihm schlichtweg zuwider.

Deswegen zählte er zu den ersten Gästen, die sich verabschiedeten. Die enttäuschte Miene des Bankiers ignorierte er dabei ebenso wie eine bissige Bemerkung des Leutnants von Trepkow, den er im Grunde für einen unerzogenen Lümmel hielt, der erst einmal lernen musste, seine schlechten Manieren auf dem Exerzierplatz zurückzulassen.

# XVIII.

Nicht lange nach Fridolin verließen auch Major von Palkow und Fürst Tirassow Grünfelders Villa. Als sie in der Droschke saßen, schüttelte der Russe den Kopf. »Sind denn alle in Deutschland verrückt geworden?«

»Das müssen Sie mir erklären, mein Freund«, antwortete von Palkow verwundert und zündete sich mit einem Patenthölzchen die Zigarre an, die er unauffällig hatte mitgehen lassen. In dem kurz aufflackernden Licht sah er das Gesicht des Fürsten vor sich, das zu einer Maske des Abscheus verzerrt war.

»Ich meine den vorlauten Knaben, den dieser Rendlinger vorhin so in den Himmel gelobt hat. Hier scheint man überzeugt zu sein, Wilhelm werde nach dem Tod seines Großvaters und Vaters einmal ein akzeptabler Kaiser werden. Ich aber befürchte Schlimmes. Die Äußerungen über uns Russen, die er erst kürzlich vom Stapel gelassen hat, stellten eine gezielte Beleidigung dar. Wenn er Deutschland so regiert, wie er jetzt redet, wird das Bündnis zwischen unseren Reichen zerbrechen und es möglicherweise sogar zum Krieg kommen. Das wäre sowohl für Russland wie auch für das Deutsche Reich verheerend.«

Von Palkow lachte leise. »Ihren Eifer in Ehren, Fürst Tirassow, doch Wilhelm wird nun einmal über kurz oder lang Kaiser werden.«

Tirassow senkte die Stimme, damit der Droschkenkutscher ihn nicht verstehen konnte. »Das sollte man um jeden Preis verhindern!«

Von Palkow richtete sich auf. »Wie stellen Sie sich das vor?«

Der Russe ging nicht auf die Frage ein, sondern bedachte Rendlinger, Grünfelder und einige andere Herren, die an diesem Abend eingeladen gewesen waren, mit ätzenden Kommentaren.

Derweil gingen die Gedanken des Majors ihrer eigenen Wege. Er wusste, dass seine Karriere als Militär unter einem Kaiser Wilhelm II. ein jähes Ende nehmen würde, denn der Mann, dem er Hörner aufgesetzt hatte, zählte zu dessen engsten Freunden. Da der Kerl zu feige gewesen war, sich einem Duell zu stellen, tat er nun alles, ihn auf andere Weise zu vernichten. Palkow wollte jedoch beweisen, dass auch er zur Rache fähig war, und da kam ihm der Abscheu des Russen vor Prinz Wilhelm gerade recht.

# Zweiter Teil

## *Herrenabende*

# I.

Lore betrachtete die Modezeichnung und sah dann zweifelnd zu Mary auf, die auf ihren Stock gestützt neben ihr stand. »Dieses Kleid wird nicht leicht zu nähen sein. Ein Unterrock aus Gazestoff und darüber ein Rock mit Plisseefalten – eine wahre Herausforderung. Dagegen sind die Spitzen an Kragen und Ärmeln fast schon harmlos.«

»Meine Näherinnen können es nicht«, gab Mary zu. »Selbst ich werde mich nur daran wagen, wenn du es partout nicht machen willst.«

»Ich bin nicht besser als du«, antwortete Lore nachdenklich.

»Doch, das bist du! Sonst würde ich dich nicht bitten, mir zu helfen. Ich weiß, Fridolin sieht es nicht gerne, aber ich will diese Kundin nicht verlieren.« Mary klang verzagt, denn um dieses Kleid zu nähen, hätte sie Ruhe und Zeit gebraucht. Doch die Führung des Modesalons erforderte ihre ganze Kraft.

Das war auch Lore klar. Noch einmal blickte sie auf die Zeichnung. Wenn sie ehrlich war, reizte es sie, sich an dem schwierigen Stück zu versuchen. Sie drehte beinahe durch vor Langeweile und war um jede Herausforderung dankbar. Zwar verbrachte Fridolin seit kurzem mehr Abende als früher zu Hause, aber es verblieben immer noch genug öde Stunden, in denen sie ins Grübeln kam, welchen Sinn es für sie machte, hier in Berlin zu leben. Für längere Spaziergänge oder ausgedehnte Einkaufsbummel war das Wetter noch zu schlecht, und Einladungen erhielt sie immer noch keine, obwohl Fridolin versprochen hatte, sich bei Grünfelder dafür zu verwenden, dass dessen Gattin sie in die hiesige Gesellschaft einführte. Es schien, als wollten

Juliane und Wilhelmine Grünfelder nichts mit ihr zu tun haben. Lag es tatsächlich an den Gerüchten um ihre Beteiligung an Marys Modesalon, wie Fridolin behauptete?

»Bitte näh das Kleid für mich! Diese Arbeit wäre die beste Reklame für uns.« Marys Bitte riss Lore aus ihrem Sinnieren, und sie stieß hart die Luft aus. Wenn Mutter und Tochter Grünfelder sie für eine Schneiderin hielten, würde sie eben als solche arbeiten.

»In Ordnung! Aber dazu brauche ich mindestens eine volle Woche.«

Mary lächelte erleichtert. »Du hast alle Zeit der Welt zur Verfügung. Wie du selbst gesehen hast, sind die Stoffe, die die Dame ausgesucht hat, nicht gerade gut zu verarbeiten. Die könnte man auf keinen Fall mit einer dieser modernen Nähmaschinen nähen, die unsere Kundinnen so verabscheuen.«

Sie lachte bei dem Gedanken an die Frauen der höheren Gesellschaft, die maschinengenähte Kleider ablehnten, obwohl diese billiger waren, aber dennoch wie Marktweiber um den Preis feilschten. Schlagartig wurde sie ernst. »Ich weiß nur nicht, was wir machen sollen, wenn die Dame Änderungen wünscht. Du kannst ja schlecht die Anprobe vornehmen.«

»Fridolin würde toben, da hast du recht. Aber ich könnte ja zufällig als Kundin anwesend sein und mich für den Schnitt des Kleides interessieren.«

»Das würdest du für mich tun?« Mary fasste ihre Hände und presste sie sich gegen die Wangen. »Ach, Laurie, was täte ich ohne dich!«

»Dasselbe kann ich auch von dir sagen. Ohne dich und deine Familie hätte dieser elende Ruppert von Retzmann Nati und mich in Harwich oder spätestens in London umgebracht. Ihr aber habt uns Obdach gegeben und unsere Rettung ermöglicht. Das werde ich dir niemals vergessen.«

Lore zog ihre Freundin an sich und umarmte sie. Die entsetzlichen Stunden und Tage in England lagen mehr als fünf Jahre zurück, dennoch glaubte Lore in diesem Moment, die schnarrende Stimme von Nathalias Vetter zu hören, und schauderte. Mary blickte sie besorgt an. »Laurie, Darling, was ist mit dir?« Lore schüttelte den Kopf. »Nichts! Nur ein paar dumme Erinnerungen.«

»Du hast an diesen Schweinekerl Ruppert gedacht, nicht wahr? Damals wusstest du wenigstens, wer dein Gegner war. Hier in Berlin aber hält sich dein Feind verborgen.«

»Glaubst du wirklich, ich hätte einen Feind in dieser Stadt? Wir sind doch erst vor ein paar Wochen zugezogen. Und davor bin ich noch nie hier gewesen.«

Ihre Freundin winkte ab. »Das hat mit Berlin nichts zu tun. Es muss jemanden aus deinem früheren Leben geben, der dir schaden will. Erst letztens hat eine Kundin impertinent gefragt, ob ihr Kleid auch von dieser flickschneidernden Freifrau genäht würde. Ich habe ihr daraufhin geraten, sich an einen anderen Salon zu wenden.«

»Das muss aus derselben Quelle kommen wie die Gerüchte, die Fridolin so erzürnt haben. Irgendjemand versucht, meinem und damit auch seinem Ruf zu schaden.«

»Vielleicht solltest du ein wenig mehr Verständnis für die Sorgen deines Mannes aufbringen. Als Vizedirektor einer Bank kann er es sich nicht leisten, im Zentrum eines Skandals zu stehen.«

»Seit wann ist ehrliche Arbeit ein Skandal?«, fragte Lore herb. Innerlich bebte sie, weil sie sich eingestehen musste, dass diese Gerüchte tatsächlich der Grund dafür waren, dass sich die Damen Grünfelder nach wie vor weigerten, Kontakt zu ihr aufzunehmen. Doch dann meldete sich ihr Stolz. Wenn die beiden so kleinkariert waren, dann wollte Lore sie auch nicht kennenlernen.

Mary merkte, wie die Laune ihrer Freundin sank, und bereute schon, das Thema angesprochen zu haben. Andererseits war es besser, wenn Lore Bescheid wusste und sich auf weitere Attacken aus dem Hinterhalt vorbereiten konnte.

Um sie auf andere Gedanken zu bringen, kam sie wieder auf das Kleid zu sprechen. »Ist es dir recht, wenn Konrad dir noch heute den Stoff ins Haus bringt, Laurie? Einen Teil der Verzierungen könnten wir von einer Posamentiererin anbringen lassen.«

Nach einem weiteren Blick auf die Zeichnung schüttelte Lore den Kopf. »Das mache ich lieber selbst, denn ich habe im Kopf, wie das Kleid einmal aussehen soll. Jemand Fremdes könnte die Wirkung zerstören. Nun will ich sehen, ob Jutta Kaffee gekocht hat. Du magst doch sicher ein Stückchen Kuchen?«

»Gerne!« Mary atmete auf, weil Lore wieder guter Dinge zu sein schien. Und doch ließ auch sie die Frage nicht los, von wem die Gerüchte ausgehen mochten und was derjenige damit bezweckte.

## II.

Emil Dohnke blickte aus dem Fenster von Fridolins Kontor und verzog das Gesicht. »Alarm, Herr von Trettin! Der Feind rückt auf breiter Front vor.«

Fridolin stand auf, trat ans Fenster und sah die beiden Damen Grünfelder aus ihrem Wagen steigen. Eine Falte erschien zwischen seinen Augenbrauen. Bis vor kurzem hatten Grünfelders Frau und Tochter, so hatte es geheißen, niemals das Bankgebäude betreten, als sei die Quelle ihres Reichtums ein Hort des Teufels. Dies aber war der dritte Besuch innerhalb einer Woche, und jedes Mal hatten die beiden viel Zeit in seinem Kontor verbracht.

»Ausgerechnet heute kann ich keine Störung vertragen. Herr Grünfelder hat mich gebeten, die Akten für den Rendlinger-Kredit fertigzustellen. An seiner Stelle würde ich die geforderte Summe im Übrigen nicht bewilligen.«

»Ich glaube kaum, dass Herr Grünfelder auf Ihren Rat hören wird, Herr von Trettin. Dafür hat Rendlinger ihn zu sehr beschwatzt.« Emil Dohnke machte keinen Hehl daraus, dass er bei der Bewertung dieser Sache mit dem Vizedirektor übereinstimmte.

Fridolin ballte die Faust. »Wenn es Rendlinger nicht gelingt, die erhofften Heeresaufträge zu erhalten, setzt er seine Investitionen in den Sand und macht einen Riesenverlust. Ob er dann noch in der Lage ist, die Gelder zurückzuzahlen, halte ich für äußerst fraglich.«

»Dann wollen wir hoffen, dass es nicht so weit kommt. Wenn der Chef sich an diesem Bissen verschluckt, wird er hinterher verdammt kleine Brötchen backen müssen.« Dohnke lachte freudlos auf und sah dann Fridolin augenzwinkernd an. »Wenn Sie gestört werden, können Sie die Papiere für Rendlingers Gelder heute nicht mehr fertigstellen.«

»Aber ich muss! Erfüllen Sie Ihre Pflicht, Herr Dohnke, und halten Sie mir die Damen wenigstens so lange vom Hals, bis ich Herrn Grünfelder den Akt überreichen kann.« Damit wandte sich Fridolin wieder den Unterlagen zu.

Emil Dohnke schluckte eine weitere Bemerkung hinunter und ging den Damen bis auf die Treppe entgegen. Die füllige Juliane Grünfelder keuchte und schnaufte wie eine alte Lokomotive und zog sich mit einer Hand am Geländer hoch, während die Tochter so aussah, als würde sie am liebsten nach oben fliegen.

»Einen schönen guten Tag wünsche ich Ihnen, Frau Grünfelder, und auch Ihnen, Fräulein Grünfelder!« Leichter Spott lag in Emils Stimme. Für seinen Geschmack versuchte die Frau des Bankiers zu offensichtlich, die Spitzen der Gesellschaft zu imitieren, doch ihr Äußeres zeugte nicht von sicherem Geschmack. Die Tochter hingegen war ihm zu hochnäsig und zu sehr darauf bedacht, Abstand zu allen ihr gewöhnlich erscheinenden Leuten zu halten.

»Guten Tag, Herr Dohnke. Melden Sie uns bei Herrn von Trettin an!«, forderte Juliane Grünfelder ihn auf.

»Bedauere, doch Herr von Trettin hat mir strengstens verboten, ihn innerhalb der nächsten Stunden zu stören. Es geht um einen ungewöhnlich hohen Kredit, müssen Sie wissen. Der Herr Kommerzienrat wünscht die Unterlagen heute noch zu sehen, da die Gelder morgen früh zur Auszahlung bereitstehen müssen.« Emil genoss den erbosten Ausdruck, der sich auf den Gesichtern der Damen breitmachte.

Wilhelmine Grünfelder dachte nicht daran, so einfach aufzugeben. »Dann erledigen Sie diese Aufgabe, während wir mit Herrn von Trettin sprechen.«

Emil verneigte sich übertrieben elegant vor ihr. »Ich danke dem gnädigen Fräulein für das mir entgegengebrachte Vertrauen. Leider darf ein Kreditwunsch dieser Größenordnung nur vom Besitzer der Bank selbst und seinem Vizedirektor bearbeitet werden. Das gnädige Fräulein könnte daher höchstens seinen verehrten Herrn Vater bitten, Herrn von Trettin zu vertreten.«

Wilhelmine Grünfelder sah ganz so aus, als wolle sie ihren Vater auffordern, ihr diesen Gefallen zu tun. Doch als sie auf Grünfelders Kontor zutrat, hielt die Mutter sie auf, die nur zu gut wusste, dass ihr Mann in seinem Bankhaus keine Störungen des Geschäftsablaufs duldete.

»Komm, mein Kind, setzen wir uns einstweilen in ein Café, trinken eine Tasse Schokolade und essen ein Stück Kuchen. Herr Dohnke, wann glauben Sie, wird Herr von Trettin fertig sein?«

Am liebsten hätte Emil der Dame erklärte, dass sie heute wohl nicht mehr damit rechnen könne. Da er jedoch befürchten musste, dass die beiden den Bankier danach fragen würden, machte er eine unbestimmte Handbewegung. »Es wird noch mindestens zwei bis drei Stunden dauern, gnädige Frau!«

»Wir kommen in zwei Stunden wieder«, erklärte Juliane Grünfelder und stieg schnaufend die Treppe hinab. Ihre Tochter folgte ihr, ohne sich von Emil Dohnke zu verabschieden.

Während dieser den Damen hinterhersah, dachte er nicht zum ersten Mal, dass Menschen, die zu rasch aus einfachen Verhältnissen zu Geld gekommen waren, gegenüber denen, die hinter ihnen zurückblieben, jede Höflichkeit vermissen ließen. Mit einem Achselzucken kehrte er in Fridolins Kontor zurück.

»Die erste Attacke habe ich zurückgeschlagen, Herr von Trettin. Aber der Feind stärkt sich jetzt mit Schokolade und Kuchen für den zweiten Ansturm. Diesen werde ich Ihnen nicht mehr vom Hals halten können«, erklärte er Fridolin mit einem amüsierten Lächeln.

»Wenigstens kann ich die Angelegenheit hier in Ruhe zu Ende bringen.« Fridolin stöhnte, denn die Grünfelder-Damen wurden ihm allmählich zu anhänglich. Aus welchem Grund sie ihn so belagerten, konnte er sich denken. Bereits drei Mal hatte er eine Einladung zum Abendessen in Grünfelders Villa ausgeschlagen. Nun versuchten sie auf diese Weise, ihn dazu zu bewegen, wieder bei ihnen zu erscheinen.

»Nicht ohne Lore!«, versicherte er sich selbst und bat Emil Dohnke, ihm zusätzliche Unterlagen zu besorgen.

»Gerne, Herr von Trettin!« Beim Hinausgehen dachte Emil, dass der Freiherr sich im Umgang mit ihm und den anderen Angestellten der Bank einer Höflichkeit bediente, die auch Grünfelders Frau und Tochter gut zu Gesicht gestanden hätte. Kaum hatte der Angestellte Fridolins Kontor verlassen, da winkte Grünfelder ihn mit einer herrischen Geste zu sich.

»Herr Dohnke, habe ich Sie nicht eben mit meiner Frau sprechen hören?«

»Sehr wohl, Herr Kommerzienrat. Die gnädige Frau war zusammen mit dem gnädigen Fräulein hier.«

»Wo sind sie jetzt?«, fragte der Bankier ungehalten.

»Die gnädige Frau und das gnädige Fräulein haben beschlossen, erst ein Café aufzusuchen und später wiederzukommen, weil Herr von Trettin im Augenblick zu beschäftigt ist, sie empfangen zu können.«

Grünfelder warf einen verärgerten Blick in Richtung von Fridolins Kontor und wandte sich wieder an seinen Angestellten.

»Herr Dohnke, wenn meine Frau und meine Tochter zurückkommen, führen Sie sie zuerst in mein Büro.«

»Sehr wohl, Herr Kommerzienrat!« Emil machte seinen Diener und wollte weitergehen, um die Unterlagen für Fridolin zu holen. Doch der Bankier hielt ihn noch einmal auf. »Herr Dohnke, Ihr Vater besitzt doch eine eigene Bank.«

»Es handelt sich um ein kleines Bankhaus in einer Provinzstadt, Herr Kommerzienrat, und ist nicht im Geringsten mit Ihrer Bank zu vergleichen«, gab Emil zurück.

»Aber Sie sind der Sohn eines Bankbesitzers!« Mit diesen Worten kehrte Grünfelder in sein Kontor zurück. Emil fragte sich, was er damit wohl meinte, aber da er keine Antwort fand, zuckte er mit den Achseln und machte sich auf die Suche nach den Unterlagen.

## III.

Juliane Grünfelder und ihre Tochter erschienen auf die Minute genau zwei Stunden nach ihrem ersten Besuch und steuerten direkt Fridolins Kontor an.

Die Anweisung des Bankiers noch im Ohr, versperrte Emil

Dohnke ihnen den Weg. »Ich bitte die Damen um Entschuldigung, doch Herr von Trettin ist noch nicht fertig. Daher bittet der Herr Kommerzienrat die Damen, in seinem Kontor zu warten.«

»Gut! Lassen wir Herrn von Trettin die Zeit, die er braucht, und gehen wir zu Papa«, sagte Juliane Grünfelder zu ihrer Tochter.

Sie ließ Emil Dohnke stehen, als wäre er ein Gegenstand, und rauschte in das Büro ihres Mannes. Wilhelmine folgte mit säuerlicher Miene, denn ihr passte es gar nicht, dass Fridolin seine Arbeit wichtiger nahm als ihre Person. Sie wollte sich schon bei ihrem Vater beschweren, doch dieser schloss die Tür, deutete auf zwei Stühle, die er hatte bereitstellen lassen, und setzte sich wieder hinter seinen Schreibtisch.

»Meine Lieben, ich muss mit euch reden. Wenn ihr so weitermacht, macht ihr euch noch zum Gespött der Leute. Die Beziehung zu Herrn von Trettin verlangt viel Fingerspitzengefühl. Durch die Ablehnung seiner Frau …«

»Derzeitigen Frau!«, korrigierte die Tochter ihn, fing aber unerwartet zornige Blicke von Vater und Mutter ein.

»Durch die Nichtberücksichtigung seiner Frau bei unseren Einladungen haben wir Herrn von Trettins Ehrgefühl verletzt. Ein Mann wie er wird eine Abendgesellschaft in unserem Haus erst wieder besuchen, wenn seine Frau ihn begleiten kann. Ich muss gestehen, dass ich seine Haltung bewundere. Er ist ein Edelmann von echtem Schrot und Korn!«

»Aber Papa, wenn er uns nicht mehr besucht, werde ich seine Neigung nie erringen können!«, rief Wilhelmine so laut, dass ihre Eltern befürchteten, man könne es durch die gepolsterte Tür vernehmen.

»Die Neigung eines Fridolin von Trettin erringt man nicht, indem man ihn zu Dingen überredet, die ihm gegen den Strich gehen. Hier ist Diplomatie gefragt.«

Während Wilhelmine mit den Tränen kämpfte, hatte seine Frau längst begriffen, dass er einen Plan entworfen hatte.

»Contenance!«, flüsterte sie ihrer Tochter zu und lächelte ihren Mann erfreut an. »Mein Lieber, Wilhelmine und ich verlassen uns ganz auf deinen überlegenen Verstand.«

Grünfelder machte ein Gesicht, als wolle er sagen, dies sei auch gut so, und umriss in kurzen Worten die nächsten Schritte.

»Ich werde Herrn von Trettin für übermorgen zu einem Herrenabend einladen. Ihr werdet kurz erscheinen, um ihn und die übrigen Gäste zu begrüßen, euch aber rasch wieder zurückziehen. Gewiss erinnert ihr euch noch an Rendlingers Vorschlag, Seiner Königlichen Hoheit, dem Prinzen Wilhelm, ein Präsent zu überreichen. Ich werde die Herren, die damals zugestimmt haben, bei uns versammeln, um diese Idee weiterzuverfolgen. Da Herr von Trettin sich beteiligen wollte, wird er diese Einladung nicht ausschlagen können.«

Grünfelder erwartete Lob und Zustimmung, doch seine Tochter sah so aus, als hätte er ihren Hoffnungen eben den Todesstoß versetzt. »Aber Papa, wie soll ich Herrn von Trettin für mich gewinnen, wenn ich ihn nur kurz und in Gesellschaft anderer Herren sehen kann?«

»Kind, du willst doch nicht etwa sagen, dass du mit ihm allein sein möchtest?«, fragte Juliane Grünfelder entgeistert.

Ihre Tochter stellte wortreich klar, dass sie zwar ihre Anwesenheit und die des Vaters akzeptieren würde, weitere Personen jedoch für überflüssig hielt.

»Eine solche Zusammenkunft könnt ihr später arrangieren«, erklärte Grünfelder, um Wilhelmine zu besänftigen. »Zuerst müssen wir Herrn von Trettin dazu bewegen, unser Haus wieder häufiger zu frequentieren. Aus diesem Grund habe ich beschlossen, ihn, aber auch Herrn Dohnke und ein, zwei andere Angestellte der Bank in regelmäßigen Abständen zum Mittag- oder Abendessen einzuladen. Solange die anderen Herren dabei sind, kann Fridolin von Trettin sich uns nicht verweigern. Du, mein Kind, hast dann die Gelegenheit, mit ihm zu sprechen, wie es dir beliebt.«

Wilhelmine rümpfte die Nase. »Pah! In Gegenwart dieses Dohnke und der nach Tinte und Aktenstaub riechenden Kommis kann ich doch kein ernsthaftes Wort mit Herrn von Trettin wechseln.«

Ihr Vater bedachte sie mit einem strafenden Blick. »Du willst doch Herrn von Trettin nicht das Bild eines schwatzhaften Mädchens bieten, das weder jungfräuliche Scheu noch Zurückhaltung kennt.«

»Aber …«, begann Wilhelmine, doch der Vater schnitt ihr das Wort im Munde ab.

»Kein Aber! Ich will nicht, dass meine Tochter sich vergisst. Freiherr von Trettin würde dich dann gewiss nicht für eine Heirat ins Auge fassen.«

»Aber die Schneiderin, die hat er geheiratet!«, begehrte Wilhelmine auf.

»Wir wissen nicht, wie es dazu kam. Also schweig!« Obwohl Grünfelder seiner Tochter sonst häufig nachgab, war er nicht bereit, ein Verhalten bei ihr zu dulden, das seinen sittlichen und gesellschaftlichen Wertvorstellungen widersprach. Dies

112

erklärte er auch seiner Gattin mit dem gebotenen Nachdruck. Diese bekam ob dieser Zurechtweisung einen roten Kopf und presste die Lippen zusammen.

»Habe ich mich klar ausgedrückt?«, fragte der Bankier schließlich scharf.

Seine Ehefrau schnaubte und sah ihre Tochter an. »Du hast deinen Vater gehört! Also wirst du dich in Zukunft so verhalten, wie er es wünscht. Herr von Trettin ist ein echter Edelmann und keiner jener Adeligen, die selbst eine schief gewachsene Hässlichkeit heiraten würden, wenn diese nur genug Mitgift bekommt. Er hat es auch nicht nötig, sein wankendes Wappenschild mit fremdem Geld aufzurichten. Also sieh zu, dass du den denkbar günstigsten Eindruck auf ihn machst.«

Nun auch von der Mutter gerügt zu werden, erboste Wilhelmine. Immerhin hatte diese ihr lange genug erklärt, als Tochter des steinreichen Bankiers Grünfelder sei sie etwas Besonderes und müsse nur die Hand ausstrecken, um von einem adeligen Herrn geheiratet zu werden.

»So rein und klar ist Herrn von Trettins Wappenschild auch wieder nicht, sonst hätte er nicht diese Schneiderin geehelicht!«

Grünfelder hob schon die Hand, als wolle er sie ohrfeigen, senkte sie aber wieder, als er das Glimmen in den Augen seiner Tochter wahrnahm. Er und seine Frau würden sehr gut auf sie achtgeben müssen. Denn Wilhelmine hatte sich offensichtlich so sehr in den Kopf gesetzt, Fridolins Ehefrau zu werden, dass sie über kurz oder lang eine Dummheit begehen würde, die sich für ihren weiteren Lebensweg fatal auswirken konnte.

»Mein Kind, vertraue mir und meiner Erfahrung mit den Menschen, die im Bankgewerbe tätig sind. Ich weiß, wie du Herrn von Trettins Neigung erringen kannst. Vorher aber muss er sich darüber klarwerden, dass diese Schneiderin nicht die richtige Frau für ihn ist. Deswegen will ich ja auch die anderen Herren einladen. Von Campe und von Trepkow haben ihn schon mehrfach ihre Verachtung für seine Mesalliance spüren lassen. Wenn dies nun auch die übrigen Gäste tun, wird der stete Tropfen den Stein aushöhlen, auch wenn er jetzt noch als wahrer Edelmann zu seiner Frau steht.«

Das war ein halbes Friedensangebot und gleichzeitig seine Kapitulation als Vater. Anders wusste Grünfelder sich jedoch nicht zu helfen. Auch seine Frau atmete erleichtert auf, denn ihr war jeder Streit in der Familie zuwider.

»Bedanke dich bei deinem Vater, mein Kind! Dann wollen wir sehen, ob wir Herrn von Trettin noch kurz unsere Aufwartung machen können.«

Wilhelmine wusste zwar nicht, wofür sie ihrem Vater danken sollte, hatte er ihr doch eben verboten, sich Fridolin wirkungsvoll zu nähern. Da es sie jedoch drängte, den Freiherrn aufzusuchen, bequemte sie sich zu einem Knicks.

»Ich danke dir, Papa!« Dann flog ihr Blick zur Mutter. »Komm, lass uns zu Herrn von Trettin ins Kontor gehen!«

»Ich werde mit euch kommen. Du aber hältst brav den Mund, damit Herr von Trettin dich nicht für eine Schnatterliese hält.«

Grünfelder lachte, um die Spannung, die im Raum schwang, zu vertreiben, und öffnete Frau und Tochter eigenhändig die Tür. Seine Tochter wollte als Erste hinaus, besann sich aber darauf, dass sie eine wohlerzogene, scheue Jungfrau zu sein hatte, und ließ ihrer Mutter den Vortritt. Grünfelder folgte ihnen und klopfte kurz darauf an Fridolins Tür.

Als dieser »Herein!« rief, trat er ein und zauberte ein Lächeln auf seine Lippen. »Verzeihen Sie die Störung, Herr von Trettin, doch meine Gattin und meine Tochter haben mich besucht und wollen nun nicht eher nach Hause, als bis sie auch Ihnen guten Tag gesagt haben.«

Fridolin stand auf und vollzog eine kurze Verbeugung. »Ich danke den beiden Damen.« Dann zeigte er auf die Mappe mit den Rendlinger-Unterlagen. »Ich müsste dringend mit Ihnen sprechen, Herr Grünfelder.«

»Meine beiden Frauenzimmer gehen gleich wieder. Dann kommen Sie mit in mein Kontor, und wir reden bei einem Glas Cognac über alles, was Ihnen auf dem Herzen liegt«, antwortete Grünfelder leutselig und gab Frau und Tochter einen unauffälligen Wink, sich gleich wieder zurückzuziehen.

Ohne ein Wort mit dem Objekt ihrer Sehnsucht gesprochen zu haben, wollte dies keine von beiden tun. »Mein lieber Herr von Trettin«, flötete die Mutter. »Eigentlich müssten wir Ihnen ja böse sein, dass Sie uns so sträflich vernachlässigen. Sie sind seit über einer Woche nicht mehr bei uns zu Gast gewesen. Dabei freuen meine Tochter und ich uns jedes Mal, wenn wir Sie sehen.«

»Pardon, aber die derzeitigen Umstände machen es mir unmöglich, Ihren Wunsch zu erfüllen!« Fridolins Stimme klang eisig. Entweder gaben die beiden Frauen nach und nahmen Lore in ihren Kreis auf, oder sie würden auch bei weiteren Festlichkeiten auf ihn verzichten müssen.

Grünfelder ärgerte sich über die undiplomatische Bemerkung seiner Frau und scheuchte sie samt seiner Tochter zur Tür hinaus. »Ihr habt gehört, dass Herr von Trettin mit mir über wichtige geschäftliche Angelegenheiten sprechen will. Daher bitte ich euch, uns jetzt zu entschuldigen!«

»Selbstverständlich, Papa!« Wilhelmine knickste, drehte sich aber noch einmal zu Fridolin um. »Mama hat recht, Herr von Trettin. Wir vermissen Sie sehr!«

Grünfelder sah den beiden nach, als sie endlich den Raum verlassen hatten, und schüttelte den Kopf. »Ich hoffe, Sie verzeihen meinen Frauenzimmern ihren Überschwang. Sie haben Sie eben ins Herz geschlossen. Nun aber zu Rendlinger. Und dazu gönnen wir uns ein Gläschen Cognac in meinem Kontor.«

Erleichtert, dass die Heimsuchung vorübergegangen war, nahm Fridolin die Mappe und folgte seinem Chef in den gediegen eingerichteten Raum. Der Bankier goss eigenhändig zwei Gläser voll, reichte Fridolin eines und stieß mit ihm an. »Auf unsere Bank, Herr von Trettin!«

»Auf die Bank!«, erwiderte Fridolin den Trinkspruch und trank das leicht ölig schmeckende Getränk. Danach legte er seine Mappe auf den Tisch und schlug sie auf. »Ich habe alle Posten dieser Aufstellung dreimal nachgerechnet und bin jedes Mal zum gleichen Ergebnis gekommen.«

»Das klingt nicht danach, als wollten Sie Rendlinger den verlangten Kredit einräumen.«

»Wir gingen ein hohes Risiko ein, das wir in seinem gesamten Umfang gar nicht einschätzen können. Wenn Rendlinger die geforderte Summe in den Ausbau seiner Fabriken steckt, braucht er dringend einen Abnehmer für seine Waren. Entscheidet sich das Kriegsministerium jedoch für einen anderen Lieferanten, wird ihm dies das Genick brechen. Ihre Sicherheiten bestünden dann aus wertlosen Werkshallen, in denen nichts erzeugt wird.«

Grünfelder zog die Stirn in Falten. Der vorsichtige Geschäftsmann in ihm wollte Fridolins Ausführungen folgen und dem Industriellen den Kredit verweigern. Dann aber dachte er an das Geschenk, das Prinz Wilhelm überreicht werden sollte, und beschloss, zwei Fliegen mit einer Klappe zu schlagen. »Wenn es Rendlinger gelingt, die Gunst des zukünftigen Kaisers zu erringen, wird ihm das die erhofften Aufträge des Heeres einbringen. Daher werde ich das Wagnis eingehen. Wir werden Rendlinger allerdings helfen müssen, ein Präsent zu finden, das die Aufmerksamkeit des Prinzen in hohem Maße gewinnen wird. Sie haben sich ja zu meiner Erleichterung ebenfalls bereit erklärt, etwas zu diesem Geschenk beizutragen. Wenn die Gabe Seiner Königlichen Hoheit zusagt, wird sich dies nicht nur für Rendlinger, sondern für uns alle auszahlen.«

»Wir machen uns damit abhängig von der Laune eines Einzelnen«, gab Fridolin zu bedenken. »Vielleicht sollte Rendlinger seine Pläne mäßigen und sich mit weniger Fabriken zufriedengeben.«

»Das ist nicht möglich. Wenn er sich um die Aufträge des Heeres bewerben will, muss er beweisen, dass er sie in vollem Umfang erfüllen kann. Gelingt ihm das nicht, werden sich die Herren im Kriegsministerium nach einem anderen Fabrikanten umsehen.«

Damit hatte Grünfelder nicht unrecht. Dennoch widerstrebte es Fridolin, Rendlinger eine so hohe Summe zu überlassen. Platzte der Kredit, würde es das Bankhaus schwer treffen und Grünfelder sich von seinem Wunsch verabschieden müssen,

117

seine Tochter mit einem Herrn von Adel zu verheiraten. Da er jedoch spürte, dass der Bankier keinen weiteren Argumenten zugänglich war, trat er mit einem kurzen Kopfnicken von dessen Schreibtisch zurück und wollte den Raum verlassen.

»Einen Augenblick noch, Herr von Trettin! Sie wissen ja: Wer nichts riskiert, der nichts gewinnt. Daher erhält Rendlinger seinen Kredit. Gleichzeitig aber sorgen wir dafür, dass auch unser Name bei Prinz Wilhelm auf Sympathie stoßen wird. Aus diesem Grund möchte ich alle Herren, die sich an dem Geschenk für Seine Königliche Hoheit beteiligen wollen, morgen Abend zu mir nach Hause einladen. Anschließend können wir gemeinsam ausgehen und einen netten Herrenabend verleben.«

»Werden auch Damen anwesend sein?«

Grünfelder schüttelte den Kopf. »Nein! Auch meine Gattin und meine Tochter werden nur kurz erscheinen, um die Gäste zu begrüßen, sich dann aber wieder zurückziehen.«

Da dies keine weitere Zurücksetzung für Lore bedeutete, stimmte Fridolin nach kurzem Nachdenken zu. »Ich werde kommen, Herr Grünfelder. Sie müssen mir nur noch die Uhrzeit nennen.«

»Ich dachte an zwanzig Uhr, wenn Ihnen das recht ist.«

»Selbstverständlich.«

Bevor Fridolin sich in seinem Büro dem nächsten Kreditwunsch zuwandte, dachte er darüber nach, dass sowohl Rendlinger wie auch Grünfelder sehr viel Glück benötigen würden, um mit heiler Haut aus dieser Sache herauszukommen. Dennoch war er weiterhin bereit, sich an der Bank zu beteiligen. Denn da er zum jetzigen Zeitpunkt noch keine Einlage getätigt hatte, würde Grünfelder, wenn es schiefging, mit seinem gesamten Vermögen für diesen Kredit geradestehen müssen. Sank dessen Anteil durch Verluste aus dem Rendlinger-Geschäft, würde seine Einlage hingegen umso stärker ins Gewicht fallen, und er wäre in der Lage, Kredite zu verhindern, die mit derart hohem Risiko behaftet waren.

## IV.

Lore blickte erstaunt auf, als Fridolin ihr erklärte, er werde den nächsten Abend bei Grünfelder verbringen. Bevor sie jedoch etwas erwidern konnte, hob er die Hand. »Es handelt sich um eine reine Herrengesellschaft, der ich nicht fernbleiben kann. Immerhin arbeite ich für Grünfelder und muss einen Kompromiss zwischen unseren Belangen und denen des Bankhauses finden.«

»Da kommen wohl einige Herren zusammen, die bei eurer Bank Kredite aufgenommen haben oder welche beantragen wollen«, antwortete Lore mit einem Lächeln, das nicht ganz echt wirkte. Da die Damen Grünfelder sie immer noch ignorierten, missfiel ihr die Vorstellung, dass Fridolin weiterhin in deren Haus ein und aus ging, weil er sich in seiner Stellung Grünfelders Einladung zu einem Treffen mit Kunden nicht entziehen konnte.

Fridolin spürte ihre Verstimmung. Er würde weiter darauf hinarbeiten müssen, dass Grünfelders Frau Lore als Gast in ihrem Haus willkommen hieß. Auch aus dem Grund durfte er sie und ihren Mann nicht verärgern.

»Es kann etwas länger dauern, denn Grünfelder will hinterher noch mit einigen Herren ausgehen, und da kann ich mich schlecht drücken.« Jetzt klang Fridolins Lachen ein wenig falsch, denn er ahnte, wohin der Weg des Bankiers führen würde. Aber da er Hede Pfefferkorn im *Le Plaisir* ohnehin aufsuchen musste, um mit ihr den genauen Ablauf ihrer finanziellen Beteiligungen zu besprechen, kam ihm dieser Ausflug gelegen. Allerdings durfte Lore niemals erfahren, dass er ein Bordell betreten hatte, da sie mit Sicherheit die falschen Schlüsse ziehen würde.

»Soll ich auf dich warten?«

»Geh lieber zu Bett! Ich weiß nicht, wie lange es dauern wird. Herr Grünfelder kann sehr anhänglich sein.«

»Dann sollten wir heute früher zu Bett gehen, damit du ausschlafen kannst«, schlug Lore vor.

»Sollen wir wirklich nur schlafen?«, fragte Fridolin lächelnd. Ein wenig Betätigung im Bett würde verhindern, dass er am nächsten Abend vom Alkohol beflügelt der Versuchung von Hedes Mädchen nachgab.

Lore lachte leise auf. »Nun, die Zeit werden wir wohl noch finden. Ich freue mich, dass wir für uns sein können. Das habe ich in Bremen manchmal vermisst.«

»Es war wirklich anstrengend, Nathalia dazu zu bringen, uns ein wenig Ruhe zu gönnen«, gab Fridolin zu.

»Zum Glück hat Dorothea es verstanden, uns Nati von Zeit zu Zeit unauffällig vom Hals zu halten, und auch sonst haben wir ihr viel zu verdanken.« Bei dem Gedanken an Thomas Simmerns Frau vermisste Lore diese auf einmal so sehr, dass ihr die Tränen kamen.

Fridolin griff nach ihrer Hand. »Aber Lore, was ist mit dir?«

»Ach, nichts! Ich habe eben an Bremen gedacht und an die Freunde, die wir dort hatten.«

»Du meinst die Freundinnen, die du dort hattest!« Fridolins Miene nahm einen entschlossenen Zug an. Er war es Lore schuldig, dafür zu sorgen, dass sie auch hier Kontakte schließen konnte. Doch jetzt wollte er ihr erst einmal zeigen, wie sehr er sie liebte. Er schlang die Arme um sie und presste sie an sich.

»Jetzt gehörst du mir«, flüsterte er ihr ins Ohr.

»Ich gehöre dir doch schon die ganze Zeit«, antwortete sie kokett und ließ es gerne zu, dass er sie ins Schlafzimmer trug.

## V.

Als Fridolin am nächsten Tag das Haus verlassen hatte, zog Lore das angefangene Kleid hervor, das sie für Mary nähte, und schlug das Heft mit den Modezeichnungen auf, um das bisherige Ergebnis mit der Vorlage zu vergleichen. Nach einigen prüfenden Blicken lächelte sie zufrieden und machte sich wieder an die Arbeit.

Als Jutta ihre Herrin selbstversunken mit Nadel und Faden hantieren sah, schnaubte sie unwillig. Es gefiel ihr ganz und gar nicht, dass die Ehefrau eines Freiherrn und Vizebankdirektors für eine schlichte Schneiderin arbeitete.

Da Lore ihre Anwesenheit nicht zu bemerken schien, räusperte sie sich und fragte: »Kann ich noch etwas für Sie tun, gnädige Frau?«

»Ja! Reiche mir bitte die Schere.« Ohne von ihrer Arbeit aufzusehen, streckte Lore die Hand aus.

Jutta reichte ihr den verlangten Gegenstand und sah zu, wie Lore die Naht mit ein paar Stichen sicherte und den Faden abschnitt.

Endlich hob Lore den Blick und musterte Jutta von oben bis unten. »Ich glaube, du hast in etwa die Figur der Dame, für die dieses Staatsgewand bestimmt ist. Weißt du was? Du ziehst jetzt dein Kleid aus, und dann probieren wir, wie es dir passt.«

»Ich soll dieses Kleid anziehen?«, rief Jutta erschrocken.

»So sehe ich am besten, wie es wirkt. Komm, mach schon!«

Das Dienstmädchen schlüpfte seufzend aus seinen Sachen und hoffte inbrünstig, dass weder Nele noch der Diener den Raum betreten würden.

Als sie im Unterrock vor Lore stand, streifte diese ihr das fast fertige Gewand über und zog es glatt.

»Sehr gut! Es ist doch gleich etwas anderes, wenn ein Mensch die Sachen anprobiert, als wenn man eine Schneiderpuppe dafür nimmt. Bitte halt still!«

Während Jutta wie zum Standbild erstarrte, steckte Lore das Kleid an einigen Stellen neu ab. Danach machte sie sich Notizen und bedachte das Dienstmädchen anschließend mit einem dankbaren Blick.

»Das hast du sehr gut gemacht! Jetzt aber wollen wir dich wieder aus diesem Kleid herausschälen.«

»Da habe ich nichts dagegen. Obwohl ich sagen muss, dass es sich fabelhaft anfühlt. Man merkt eben den teuren Stoff.« Jutta lachte kurz auf, zuckte dann aber zusammen. »Verzeihen Sie, gnädige Frau, ich wollte nicht unverschämt sein.«

»Das bist du auch nicht gewesen, Jutta. Wie ich schon sagte: Du hast mir sehr geholfen. Wenn du nichts dagegen hast, würde ich gerne noch einige Male ausprobieren, wie das Kleid an dir sitzt. Der Rest sind kleine Änderungen, die auch Mary machen kann.«

»Mrs. Penn ist eine freundliche Frau, auch wenn sie Engländerin ist«, erklärte Jutta.

»Mary ist meine beste Freundin, und ohne sie wäre ich hier in Berlin sehr einsam.« Für einen Augenblick fühlte Lore sich bedrückt, wischte diesen Gedanken aber mit einer energischen Handbewegung beiseite.

»Die Leute reden arg viel dummes Zeug«, antwortete Jutta.

»Unter der Hand wird behauptet, Sie wären nur eine schlichte Schneiderin gewesen, als der gnädige Herr Sie geheiratet hat. Sogar Nele und Jean plappern diesen Unsinn nach. Allerdings sollten Sie dieses Gerede nicht auch noch befeuern, indem Sie solche Sachen wie das hier machen!«

Lore sah überrascht auf. »Ich weiß, dass es dieses Gerede gibt. Aber ich dachte, es wäre auf Kreise der höheren Gesellschaft beschränkt!«

»Wenn gewisse Leute es einander erzählen, schnappen die Dienstboten es auf und tragen es zu den Bäckern, den Gemüsehändlern und dergleichen weiter. Die wissen dann nichts Besseres zu tun, als es ihrerseits herumzuplappern.« In Juttas Augen war ihre Herrin sehr weltfremd, weil sie die Zusammenhänge nicht begriff. Berlin war nicht nur das Zentrum des Reiches, sondern auch des Klatsches, und eine angebliche Schneiderin, die von einem echten Freiherrn geheiratet worden war, stieß auf besonderes Interesse.

Lore fragte sich zum wiederholten Mal, wer diese Gerüchte über sie in Umlauf gebracht haben mochte. Hier in Berlin gab es doch keinen Menschen, der sie kannte. Sollte Komtess Nathalias angeheiratete Verwandtschaft aus Bremen dahinterstecken? Ermingarde Klampt hatte es nie verwunden, dass Nathalias Erziehung einer Fremden anvertraut worden war. Natis Großtante hatte das Verwandtschaftsverhältnis als Vorwand benutzen wollen, um die kleine Komtess in die Hand zu bekommen und sich an deren Vermögen zu bereichern. Möglicherweise hatte Ermingarde Bekannte oder Verwandte in Berlin und hatte bei diesen gehetzt. Irgendwann aber, sagte Lore sich, würde dieses Geschwätz verstummen. Sie wollte Jutta gerade danach fragen, wer ihrer Meinung nach hinter dem Gerede stand, da schlug der Türklopfer an.

»Jesus! Und ich stehe im Unterrock hier«, stöhnte das Dienstmädchen und schlüpfte rasch in ihr Kleid. Lore half ihr, es zu schließen, und wartete gespannt, welchen Besucher Jean ankündigen würde. Doch der Diener ließ sich nicht blicken. Dafür klopfte es ein zweites Mal.

»Wo steckt der Kerl denn schon wieder?«, schimpfte Jutta und stürmte aus dem Zimmer, um selbst die Tür aufzumachen. Unterdessen räumte Lore ihre Arbeit in einen kleinen Nebenraum, der die Wäscheschränke enthielt, und beseitigte alle Spuren ihrer Näharbeit. Als Jutta zurückkam, führte sie Caroline von Trepkow herein, die sich krampfhaft an ihrer alten Tasche festhielt.

Lore musste sich das Lachen verkneifen, denn wegen dieser Besucherin hätte sie nicht alles wegräumen müssen. Lächelnd ging sie der jungen Adeligen entgegen und begrüßte sie wie eine alte Freundin. Dann forderte sie Jutta auf, Kaffee und Kuchen zu bringen.

»Oder trinken Sie lieber Schokolade?«, fragte sie ihren Gast.

Caroline senkte beschämt den Kopf. »Ich bitte Sie! Machen Sie wegen mir keine Umstände.«

»Oh, es ist nicht Ihretwillen! Ich plaudere nun einmal lieber bei Kaffee und Kuchen. Gelegentlich trinke ich dabei auch ein Glas leichten Weines, doch dafür ist es wohl noch zu früh. Also, wünschen Sie nun Kaffee oder Schokolade? Ich glaube, in der Küche ist auch noch guter Tee. In Bremen habe ich öfter eine Tasse davon getrunken, und Mary liebt ihn heiß und innig. Daher lasse ich ihn jedes Mal aufbrühen, wenn sie zu mir kommt.«

Unwillkürlich leckte Caroline sich die Lippen, erstarrte aber, als sie sich dabei ertappte, und wurde rot. »Ich trinke das, was Sie trinken!«

»Also wählen wir heute Schokolade. Jutta, wärst du so lieb, uns eine Kanne voll zuzubereiten?«

»Sehr wohl, gnädige Frau!« Jutta knickste, wie es sich angesichts adeliger Damen gehörte, und verließ das Zimmer. Auch wenn es ihr nicht gefiel, dass die Besucherin nur deshalb erschien, weil sie ebenfalls für Mrs. Penn nähte, freute sie sich, dass ihre Herrin mit Caroline von Trepkow eine Gesprächspartnerin aus ihren Kreisen gefunden hatte.

Caroline schämte sich, Almosen entgegenzunehmen, und wünschte sich daher an jeden anderen Ort der Welt. Doch sie hatte keine andere Wahl, als die Gastfreundschaft der Freifrau anzunehmen. Das Geld, das sie bei Mrs. Penn verdiente, bewahrte sie, ihre Mutter und die alte Fiene vor einem langsamen Hungertod oder dem Arbeitshaus, in das Bettler, sogenannte arbeitsscheue Personen und Menschen ohne festen Wohnsitz unnachsichtig eingesperrt wurden.

Angesichts des eleganten Hauskleids, das Lore trug, erschienen ihr die eigenen Fähigkeiten mit Nadel und Zwirn stümperhaft, und sie befürchtete schon, den guten Stoff, den Frau von Trettin und Mary Penn ihr anvertraut hatten, ruiniert zu haben. Es dauerte daher eine Zeit, bis sie sich so weit gefasst hatte, dass sie mit ihrer Gastgeberin sprechen konnte.

Lore beging nicht den Fehler, nach Carolines persönlichen Verhältnissen zu fragen, sondern redete über allgemeine Dinge. Obwohl ihre Besucherin schon länger in Berlin lebte, wusste diese erschütternd wenig über die Stadt. Sie kannte weder die Nationalgalerie auf der Museumsinsel, noch hatte sie von der elektrischen Trambahn gehört, die bereits im nächsten Monat in Lichterfelde den Betrieb aufnehmen sollte. Da Lore sich für solche Dinge interessierte, hatte Fridolin ihr versprochen, sie dorthin zu begleiten und mit dem technischen Wunderwerk zu fahren. Für Lore war es unbegreiflich, dass ein Fahrzeug sich von selbst in Bewegung setzen konnte, ohne von Pferden gezogen oder einer Dampfmaschine angetrieben zu werden.

Als sie dieses Thema anschnitt, schüttelte Caroline den Kopf. »Diese Elektrizität ist ein Teufelszeug! Haben Sie schon einmal die elektrischen Straßenlaternen gesehen, durch die die Gasbeleuchtung ersetzt werden soll? Deren Licht ist so grell, dass es in die Augen sticht und man blind davon wird. Wie man mit dieser Elektrizität auch noch eine Kutsche antreiben will, kann ich mir nicht vorstellen.«

Lore lächelte, weil ihr schüchterner Gast endlich einmal eine Meinung äußerte. Als Jutta die Schokolade und mehrere Stücke Gugelhupf brachte, hatten Carolines Wangen bereits ein wenig Farbe angenommen, und während sie gemeinsam Kuchen aßen, zeigte sie eine Lebhaftigkeit, die Lore ihr nicht zugetraut hätte.

Allerdings schwand Carolines gute Laune rasch, als es darum ging, das Kleid zu präsentieren, das sie für Lore genäht hatte. Es war die erste Anprobe, und sie verging beinahe vor Angst, einen Fehler gemacht zu haben.

Lore lobte sie jedoch. »Sehr gut! Ich glaube, dieses Kleid steht mir ausgezeichnet. Vielleicht sollten wir es doch so umändern, dass ich es zum Ausgehen anziehen kann. Es ist zu schade, nur im Haus getragen zu werden.«

Caroline atmete erleichtert auf und machte ein paar Änderungsvorschläge. Die aber zeugten davon, dass sie nicht auf dem neuesten Stand der Mode war. Daher zog Lore ein paar Modemagazine hervor, sprach die vorgestellten Modelle mit ihr durch und machte sie auf wichtige Einzelheiten und Applikationen aufmerksam. Auf die Weise verging der Rest des Vormittags, und als Jutta meldete, das Mittagessen sei serviert, lud Lore Caroline kurzerhand dazu ein.

»Wissen Sie, ich würde gern noch ein wenig mit Ihnen plaudern«, sagte sie in freundlichem Ton und brachte Caroline damit in einen Zwiespalt. Sie wusste, dass sie diese Einladung niemals würde erwidern können. Andererseits war der Duft, der aus dem Speisezimmer drang, allzu verführerisch.

Als Caroline sich zwei Stunden später von Lore verabschiedete, hatten beide das Gefühl, einen angenehmen Tag verbracht zu haben. Den Vorschlag, eine Droschke für den Heimweg zu nehmen, lehnte Caroline jedoch mit der Begründung ab, einige Straßen weiter sei eine Haltestelle der Pferdetrambahn, mit der sie fast bis vor die Haustür kommen würde.

# VI.

Insgesamt acht Herren waren zum Abendessen in Grünfelders Villa erschienen. Gegen den ursprünglichen Willen ihres Vaters hatte Wilhelmine durchgesetzt, dass ihre Mutter und sie ebenfalls teilnehmen durften. Sie beherzigte jedoch die Ermahnungen ihrer Eltern und hielt sich zurück. Auch richtete sie ihre Aufmerksamkeit nicht direkt auf Fridolin, sondern unterhielt sich mit allen Gästen, von denen sie angesprochen wurde. Vor allem die beiden Offiziere Hasso von Campe und Friedrich von Trepkow überschütteten sie mit Komplimenten, die sie weitaus lieber von Fridolin gehört hätte. Dieser saß mit gleichmütiger Miene am Tisch und sprach mit Rendlinger darüber, welches Geschenk für Prinz Wilhelm am geeignetsten wäre. Zu seinem Bedauern musste der Industrielle zugeben, dass ihm noch keine vielversprechende Idee gekommen sei.

»Außerdem kommt es ganz darauf an, wie viel Geld wir zusammenbringen können«, rechtfertigte er sich.

An dieser Stelle ergriff Major von Palkow das Wort. »Ich bin der Ansicht, dass wir nicht geizen dürfen, wenn wir die Aufmerksamkeit Seiner Königlichen Hoheit erringen wollen. Geht unser Geschenk in der Masse der übrigen Präsente unter, können wir es auch bei einer Glückwunschkarte belassen.«

Seine Worte wirkten auf den Rest der Anwesenden wie ein eiskalter Guss, hatten die meisten doch geglaubt, sie kämen mit einer kleineren Summe davon.

Rendlinger fasste sich als Erster. »Sie haben recht, Herr Major! Mit Kleinigkeiten brauchen wir uns erst gar nicht abzugeben. Unser Geschenk muss schon etwas darstellen.«

»Auch sollten wir den Charakter des Prinzen berücksichtigen. Würden wir ihm ein teures Schmuckstück kaufen, dürfte dieses in einem Tresor landen und rasch vergessen sein. Um Prinz Wilhelm zu gefallen, muss unser Geschenk teuer und so groß sein, dass es nicht übersehen werden kann«, setzte von Palkow seine Ausführungen in dem Sinne fort, wie der französische Agent Delaroux es ihm aufgetragen hatte.

Rendlinger seufzte theatralisch. »Ich bedauere, dass in meinen Werken keine Lokomotive und keine Eisenbahnwaggons gebaut werden. Wir hätten ihm sonst einen Zug schenken können!«

»So etwas dürfte Seiner Königlichen Hoheit gefallen!«, rief von Palkow begeistert aus. »Aber mehr noch wird er sich über alles freuen, was mit dem Meer oder zumindest mit Wasser zu tun hat. Wie wäre es mit einer kleinen Dampfyacht? Das Schiffchen müsste allerdings so groß sein, dass man auch die Küstengewässer der Ostsee damit befahren kann.«

»Eine Dampfyacht? Größer und teurer geht es wohl nicht«, warf von Trepkow entgeistert ein.

Er hatte im Augenblick keine hundert Mark in der Tasche, geschweige denn einen Betrag, der seinem Anteil an einer Yacht auch nur nahe käme.

Von Campe rutschte nicht minder unruhig auf seinem Stuhl hin und her. Ebenso wie von Trepkow bedauerte er bereits, sich auf diese Sache eingelassen zu haben. Auch die anderen Unternehmer, die großspurig versprochen hatten, sich an dem Geschenk für den Prinzen zu beteiligen, sahen so aus, als würden sie sich am liebsten zurückziehen. Doch ähnlich wie bei den Offizieren ließ dies ihr Stolz nicht zu.

Fridolin wusste, was eine halbwegs repräsentable Dampfyacht kostete, und konnte sich daher ausrechnen, dass sein Beitrag mehrere tausend Mark betragen würde. Den Löwenanteil an der benötigten Summe würden Rendlinger und Grünfelder aufbringen müssen. Allerdings wirkte der Fabrikant in diesem Moment wie jemand, der einen zu großen Bissen geschluckt hatte und nun daran zu ersticken drohte.

Mit einem spöttischen Lächeln sah Fridolin ihn an. »Eine Yacht, wie Major von Palkow sie vorschlägt, hätte zumindest einen Vorteil: Wir können eine große Tafel mit unseren Namen im Salon des Prinzen anbringen lassen, so dass er zu jeder Tages- und Nachtzeit daran erinnert wird, von wem dieses Geschenk stammt.«

»Für die Nacht müssten wir die gleiche Tafel in seinem Schlafzimmer anbringen und elektrisch beleuchten lassen«, versuchte Grünfelder zu witzeln. Auch ihm erschien die Größenordnung dieses Geschenks reichlich übertrieben.

»Das wäre gar keine so schlechte Idee«, stimmte von Palkow ihm zu. »Auf diesen Ehrentafeln sollten die Namen der größten Spender ganz oben stehen. Darunter folgen die anderen, den Summen entsprechend, die sie zu geben in der Lage sind. Nicht jeder von uns ist ein reicher Industrieller oder Bankier, und wir sollten unsere beiden jungen Offiziere nicht deshalb ausschließen, nur weil sie nicht ebenso viel dazu beitragen können wie Rendlinger und Sie, Grünfelder.«

»Ich glaube, wir sollten jede Summe akzeptieren«, erklärte Rendlinger, der seinen Anteil auf diese Weise zu verringern hoffte. Auch Grünfelder und die beiden anderen Geschäftsleute nickten zustimmend. Sich zurückziehen und zusehen, wie die anderen mit ihrem Geschenk bei Prinz Wilhelm Ehre einlegten, wollte keiner.

Obwohl auch Fridolin die Summe schmerzte, die er auf diese Weise verlieren würde, amüsierte er sich insgeheim. Von Trepkow feilschte um hundert Mark mehr oder weniger wie ein arabischer Basarhändler aus einem Fortsetzungsroman von Karl May, und die übrigen Herren schienen angestrengt darüber nachzudenken, wie viel sie sich leisten konnten, ohne als geizig zu gelten.

Die Damen Grünfelder, die der Diskussion ohne besonderes Interesse gefolgt waren, spürten, dass sie an diesem Abend die Aufmerksamkeit der Herren nicht mehr erringen würden. Daher verabschiedeten sie sich von den Gästen. Grünfelder nickte ihnen zu und atmete auf, als sie das Speisezimmer verließen. Für sein Gefühl hatte er sich in der letzten halben Stunde nicht gerade als jener unerschütterliche Geschäftsmann gezeigt, als der er gelten wollte. »Meine Herren, lassen Sie uns doch in das Rauchzimmer gehen, eine gute Zigarre anbrennen und einen Cognac trinken. Wer weiß, vielleicht fällt uns dabei ein, wie wir unser Geschenk noch aufsehenerregender machen können.«

»Es ist schade, dass Sie den russischen Fürsten nicht für diese Sache gewinnen konnten, Herr Major. Er sah mir nach viel Geld aus«, sagte von Trepkow, der noch keine Vorstellung davon hatte, wie er seinen Anteil auftreiben sollte.

Palkow bedachte ihn mit einem amüsierten Blick. »Ginge es um ein Geschenk für den russischen Zaren, würde General Tirassow sich als Erster beteiligen. Doch an einem deutschen Prinzen, der, wenn sein Vater ähnlich alt werden sollte wie sein Großvater, irgendwann im zweiten oder dritten Jahrzehnt des zwanzigsten Jahrhunderts Kaiser werden wird, hat er kein Interesse.«

»Um die Gesundheit von Kronprinz Friedrich soll es nicht sonderlich gut stehen!«, warf Rendlinger ein, der den Sohn des Kaisers nicht mochte, weil dieser Auffassungen vertrat, die seinen eigenen widersprachen. Dagegen war Prinz Wilhelm ein Mann ganz nach seinem Sinn. Von ihm erwartete der Industrielle, dass er das Proletariergesindel unter der Knute halten würde, damit es spurte und seinen Fabrikherren keinen Ärger mehr bereitete, der den Profit schmälerte.

»Ob und wie krank der Kronprinz ist, weiß nur der englische Arzt, den seine Gemahlin aus ihrer Heimat kommen ließ!« Der Sprecher machte keinen Hehl daraus, wie wenig er von einer Bevorzugung von Ausländern gegenüber Deutschen hielt.

Es schien, als wären die Anwesenden froh, das Geschenk für Prinz Wilhelm für einen Augenblick vergessen zu können, denn es entspann sich eine angeregte Unterhaltung über den Kronprinzen und die allgemeine Lage des Reiches. Dabei rauchten die Herren Zigarren und leerten die Cognacgläser in rascher Folge.

Auch Fridolin wurde eine Zigarre aufgedrängt, und er trank mehr als sonst. Gegen dreiundzwanzig Uhr begannen sich die ersten Herren zu verabschieden, und Fridolin warf dem Bankier einen kurzen Blick zu, in der Hoffnung, er werde kein Interesse mehr daran haben, an diesem Abend das *Le Plaisir* aufzusuchen. Doch da ergriff Rendlinger das Wort. »Ich meine, nachdem wir uns die Köpfe wegen des Geschenks an Seine Königliche Hoheit heißgeredet haben, sollten wir uns ein wenig Entspannung gönnen. Wer von den Herren will noch mit mir kommen? Ich kenne einen Club mit ausgezeichneten Getränken und ebenso schönen wie willigen jungen Frauen.«

Von Palkow lachte meckernd. »Sie meinen das *Le Plaisir!* Ich muss gestehen, ich hätte Lust, es ebenfalls aufzusuchen, zumal wir dort gewiss Fürst Tirassow vorfinden werden. Um meinen Anteil an unserer Dampfyacht aufbringen zu können, werde ich ihn wohl anpumpen müssen.«

Von Trepkow seufzte. »Sie haben wenigstens jemanden, den Sie um Geld angehen können. Ich hingegen lebe von der Hand in den Mund oder, besser gesagt, von dem Sold, den Seine Majestät bereit ist, für einen einfachen Leutnant zu zahlen.«

So ganz konnte das nicht stimmen, sagte Fridolin sich. Von Trepkows Uniform war nämlich aus bestem Tuch und von einem ausgezeichneten Schneider gefertigt worden. Auch hätte er die Aufforderung, in Hedes Bordell mitzukommen, im Falle völligen Geldmangels ablehnen müssen, denn dort waren weder die Getränke noch die Mädchen billig zu haben. Von Trepkow erklärte jedoch ebenso wie von Campe und Grünfelder, den Major begleiten zu wollen. Während der Bankier einen Diener beauftragte, zwei Droschken zu besorgen, wandte Rendlinger sich an Fridolin. »Und was ist mit Ihnen, Herr von Trettin? Haben Sie auch einmal Lust, den ehelichen Trott mit einem hübschen Mädchen aufzupeppen?«

Gewiss nicht so sehr wie Sie, fuhr es Fridolin durch den Kopf. Stattdessen machte er eine unbestimmte Handbewegung und erklärte, er werde die Herren begleiten. Aus welchem Grund er Hede Pfefferkorns Haus aufsuchen wollte, ging niemanden etwas an.

# VII.

Diesmal wurde die Gruppe von Anton ohne Verzug in den großen Salon geführt. Sechs unternehmungslustige Herren versprachen guten Verdienst, und so kümmerten sich sofort einige der Mädchen um die Neuankömmlinge.

Unter ihnen war Lenka, die Grünfelder beim letzten Mal recht mühelos hatte zufriedenstellen können und sich nun bei ihm einschmeichelte. Im Gegensatz zu anderen Freiern hatte der Bankier nicht mit Trinkgeld gegeizt. Mit einem verheißungsvollen Lächeln zog Lenka sich mit Grünfelder in ihr Separee zurück.

Die beiden jungen Offiziere sahen neiderfüllt hinter ihnen her, denn Lenka zählte zu den schönsten Huren in Hedes Bordell, allerdings auch zu den teuersten. Von Campe wählte schließlich eine Dunkelhaarige mit schwellenden Formen, während von Trepkow sich an Hede wandte.

»Ich wünsche ein Weib, das etwas aushält!«

Die Bordellbesitzerin bedachte ihn mit einem kühlen Blick. Sie mochte es nicht, wenn Gäste Dinge verlangten, die ihre Mädchen ungern taten. »Sie sollten sich darüber im Klaren sein, dass die Frau hinterher noch arbeiten können muss. Fällt sie aus, müssen Sie den Verdienst ersetzen, der ihr und mir dadurch entgeht!«

Von Trepkow winkte lachend ab. »Keine Sorge, ich reite Ihnen Ihr Pferdchen schon nicht zuschanden. Immerhin bin ich Kavallerist!«

»Nun gut! Sie kennen meine Bedingungen. Elsie, komm her!«

Als Fridolin diesen Namen hörte, kam ihm eine ferne Erinnerung. Er drehte sich um und musterte die Frau, die anders als die übrigen Mädchen eine missmutige Miene zur Schau trug. Es waren zwar fünf Jahre vergangen, seit er das ehemalige Dienstmädchen seines Onkels das letzte Mal gesehen hatte, doch nun erkannte er sie. Elsie hatte Lores Gepäck und Reisegeld gestohlen und sie mittellos auf dem Ozeandampfer zurückgelassen. Dieses Weib hier in einem teuren Bordell wiederzusehen wunderte ihn. Nun, es war wohl die gerechte Strafe des Himmels, dass sie offensichtlich für die Befriedigung der perverseren Gelüste zuständig und nicht sonderlich angesehen war. Doch was geht mich ihr Schicksal an, dachte Fridolin und wandte sich mit einem Achselzucken ab.

Elsie hatte Fridolin bei dessen erstem Besuch im *Le Plaisir* nicht erkannt, aber mittlerweile erfahren, wer er war. Sie verging innerlich vor Hass auf den Mann, dem sie ebenfalls die Schuld an ihrem Schicksal gab. Ohne ihn und Lore wäre sie jetzt Zimmermädchen oder gar Zofe im Palais Retzmann in Bremen und müsste sich nicht von rücksichtslosen Freiern wie diesem Leutnant misshandeln lassen. Auch heute würden wieder etliche blaue Flecke hinzukommen, dabei war ihre Haut jetzt schon so scheckig wie das Fell eines Apfelschimmels.

Fridolin hatte inzwischen Hede entdeckt und trat auf sie zu.

»Guten Abend, meine Liebe. Hast du einen Augenblick für mich Zeit?«

»Wenn du das öfter machst, zerstörst du meinen Ruf! Meine Gäste werden denken, dass wir etwas anderes tun, als nur zu reden. Aber auf einen Cognac kannst du gern in mein Büro kommen.«

Hedes Lächeln nahm ihren Worten die Schärfe. Sie mochte

Fridolin und hätte auch nichts dagegen gehabt, sich mit ihm im Bett zu tummeln. Dazu auffordern wollte sie ihn jedoch nicht. Immerhin war er verheiratet und hatte strengere moralische Grundsätze als Rendlinger, der seit Jahren ihr Bordell aufsuchte und sich nicht im Geringsten darum scherte, dass er verheiratet war.

Sie führte Fridolin in ihr Büro, schloss die Tür und schenkte zwei Cognacs ein. »Auf dein Wohl, Fridolin, und auch auf deinen Aufstieg zum Bankdirektor!«

»Zum Vizedirektor! Der Direktor selbst ist Grünfelder.«

»So oder so ist es eine steile Karriere für einen jungen Burschen, der sich nicht einmal einen Knecht leisten konnte, der ihm die Stiefel putzt!« So ganz wusste Hede noch nicht, ob Fridolin noch derselbe war, den sie vor Jahren gekannt hatte, oder ob er sich von einem fröhlichen Saulus zu einem sauertöpfischen Paulus gewandelt hatte. Etwas beklommen stellte sie ihm daher die Frage, die ihr auf dem Herzen lag. »Wie steht es? Kannst du mein Geld sicher anlegen?«

»So sicher, wie es eben möglich ist. Ich will mich an Grünfelders Bank beteiligen. Dafür brauche ich eine größere Summe, die ich alleine nicht aufbringen kann. Mit deinem und meinem Geld zusammen aber wäre ich dazu in der Lage. Wir beide schließen einen hieb- und stichfesten Vertrag, und du bist an allen Gewinnen des Bankhauses Grünfelder zu einem gewissen Prozentsatz beteiligt.«

»Dann will ich hoffen, dass es auch weiterhin Gewinne macht«, stieß Hede verblüfft aus.

»Ich werde mein Bestes tun. Seit ich bei der Bank bin, hat sich der Gewinn um ein Drittel erhöht. Zwar will ich diesen Verdienst nicht alleine an meine Fahnen heften, doch ich glaube, ich kann gut mit Geld umgehen.«

»Auch mit deinem eigenen? Früher konntest du das nämlich nicht.«

Fridolin lachte leise auf. »Damals hatte ich kaum einen Pfennig in der Tasche. Meine Einnahmen haben gerade für ein billiges Zimmer, billiges Essen und einen billigen Schneider gereicht. Wie hätte ich unter den damaligen Umständen etwas ansparen oder gar mein Geld vermehren sollen?«

»Das weiß ich nicht. Aber diese Geldsachen sollten wir zu einem günstigeren Zeitpunkt besprechen. Am Abend ist hier einfach zu viel los. Komm doch bitte am Sonntagvormittag vorbei. Dann herrscht hier eine himmlische Ruhe, und wir können uns so lange unterhalten, wie wir Lust haben.« Die letzte Bemerkung klang selbst in Hedes Ohren zweideutig, doch Fridolin dachte nur an das Geld und hatte die halbe Einladung in ihr Bett nicht einmal wahrgenommen.

Darüber ärgerte Hede sich, doch im nächsten Moment schalt sie sich. Fridolin war für sie als guter Freund wertvoller denn als Liebhaber.

»Ich werde am Sonntag nach dem Gottesdienst kommen. Ist dir elf Uhr recht?«, antwortete Fridolin.

»Natürlich! Also nächsten Sonntag um elf. Nun sollten wir zurück in den Salon gehen. Zupfe nicht an deiner Kleidung, sonst sieht es wirklich so aus, als hätte ich mich für dich hingelegt!« Diesen leichten Hieb konnte Hede sich nicht verkneifen. Gleichzeitig fragte sie sich, wie die Frau sein mochte, die Fridolin so zufriedenstellte, dass er kein Interesse an einer lustigen Balgerei mit ihr im Bett hatte.

# VIII.

Major von Palkow hatte zugesehen, wie seine Begleiter einer nach dem anderen von hübschen Mädchen entführt wurden. Schließlich setzte er sich mit einem Glas Wein in der Hand auf eines der weichen Sofas, beobachtete interessiert die übrigen Gäste und fragte eine verrucht wirkende Hure nach dem russischen Fürsten.

»Fürst Tirassow ist heute noch nicht gekommen«, antwortete diese ein wenig missmutig, da kein Gast mehr Trinkgeld zurückließ als dieser Edelmann.

Über von Palkows Gesicht huschte ein Ausdruck der Enttäuschung. »Ich war sicher, ihn hier anzutreffen.«

»Vielleicht kommt er noch. Sie können die Wartezeit auch angenehmer genießen, als nur mit einem Glas Wein in der Hand herumzusitzen.« Die Hure beugte sich vor, damit der Major ihr gut gefülltes Dekolleté dicht vor Augen hatte, und spitzte anzüglich den Mund.

Von Palkow ging es jedoch nicht um die Befriedigung seiner Lust. Dafür hatte er Malwine von Trettin. Aber er begriff, dass er nicht gut hier herumsitzen und wie ein schlecht gelaunter Faun auf die Ankunft des Russen warten konnte, zumal es nicht sicher war, ob dieser noch erscheinen würde.

Daher stand er auf und klopfte der jungen Frau auf den Po. »Du hast recht, mein Täubchen. Man kann die Zeit angenehmer verbringen.«

Die Hure lächelte erfreut und wollte zusammen mit ihm den Salon verlassen. Da trat ein später Gast ein. Von Palkow drehte sich um, erkannte Tirassow und eilte erleichtert auf ihn zu.

»Ich wusste doch, dass ich Sie hier treffen würde, erlauchtester Fürst.«

»Mein lieber Palkow, wollen Sie heute ebenfalls der Venus opfern?« Tirassow umarmte den Major lachend und wies dann auf die Hure, die neben Palkow stand und sich über die Störung zu ärgern schien.

»Ein schönes Stutchen, das Sie da satteln wollen. Wenn noch ein zweites, ebenso feuriges zur Verfügung steht, könnten wir uns gemeinsam zurückziehen und Venus' Gaben doppelt genießen!«

»Wenn die Herren sich einen Augenblick gedulden wollen.« Die Hure winkte rasch eine ihrer Kolleginnen zu sich. Eine Liebesnacht mit Tirassow verhieß guten Gewinn und vielleicht sogar ein paar hübsche Geschenke.

Das andere Mädchen eilte sofort herbei, hakte sich bei Tirassow unter und himmelte ihn an. »Hochedler Fürst, welche Freude, Sie zu sehen! Wünschen Sie Wein oder Champagner? Sollen wir Ihnen auch eine Kleinigkeit zum Essen bringen lassen?«

»Es kann schon ein wenig mehr sein als eine Kleinigkeit. Für das, was wir vorhaben, brauchen wir Kraft!« Der Fürst verschlang die Huren mit Blicken, die keine Zweifel an seinen Absichten aufkommen ließen. Die Mädchen sahen sich kurz an. Beide Herren zufriedenzustellen war sicher nicht leicht, doch es würde sich lohnen. Daher wiesen sie ein paar nachrangigere Mädchen an, Wein, Champagner und erlesene Delikatessen in das größte Separee zu bringen, und luden die beiden Herren ein, sie zu begleiten.

Dieses wurde nur für hochrangige Gäste geöffnet. Es war mit

einem ungewöhnlich großen Bett ausgestattet, das mit Blattgold verziert war, sowie einer mit kunstvollem Schnitzwerk geschmückten Kommode, auf der die Kleidung abgelegt werden konnte. Zwei Stühle und ein zierlicher Tisch, auf dem bereits gekühlte Champagnerflaschen, Wein und Leckereien standen, vervollständigten die Einrichtung.

Von Palkow empfand für einen Augenblick brennenden Neid auf Tirassow und all die anderen Männer, die sich so etwas leisten konnten. Das hinderte ihn jedoch nicht daran, sich ein Glas Champagner einzuschenken und sowohl den beiden Mädchen wie auch dem Fürsten zuzuprosten.

»Auf diese Nacht! Mag sie uns immer in Erinnerung bleiben.«

»Das wird sie«, versprach eines der Mädchen und begann, sich mit schlangengleichen Bewegungen auszuziehen.

Auch Tirassow trank und starrte dabei die Frau an. Mit einem Mal öffnete er die Knöpfe seines Jacketts und löste seine Hosenträger. Doch bevor er sich weiter entkleiden konnte, war die andere Hure bei ihm und übernahm diese Arbeit. Ihre Hand strich dabei mehrfach über seinen Schritt, der sich immer mehr ausbeulte, und zog ihm schließlich als Letztes die Unterhose aus. Nun vermochte der Fürst sich nicht mehr zurückzuhalten. Er packte die Nackte, drückte sie in die Kissen und wälzte sich auf sie.

Als von Palkow sah, wie sein Begleiter die Hure mit harten Stößen bearbeitete, bedeutete er dem zweiten Mädchen, sich ebenfalls zu entkleiden, und begann sich selbst auszuziehen. Doch sogleich übernahm dies die Hure für ihn, und während er nackt und vor Gier zitternd vor ihr stand, schlüpfte sie aus ihren Sachen und legte sich bereit.

# IX.

Als Tirassow sich wieder ankleidete, graute bereits der Morgen. Er öffnete seinen Geldbeutel und ließ goldene Zehn- und Zwanzigmarkstücke auf die beiden Huren herabregnen. Diese kreischten, als die harten Münzen auf Busen und Bauch klatschten, rafften sie aber eifrig an sich.

In der Erwartung, auch von Palkow würde sich ähnlich großzügig zeigen, wandte sich eines der Mädchen an den Major. »Ich hoffe, Sie waren ebenfalls mit uns zufrieden!«

Von Palkow nickte verkniffen. »Ganz und gar! Nur lässt meine Börse es nicht zu, so freigiebig zu sein wie Seine fürstliche Hoheit.«

Er steckte den Frauen ein paar Scheine zu und sah Tirassow fragend an. »Wollen Sie nach Hause fahren, oder haben Sie noch Zeit für ein kurzes Gespräch?«

»Für Freunde soll man immer Zeit haben«, antwortete der Russe lächelnd, verabschiedete sich von den Mädchen und betrat den um die Zeit bereits fast leeren Salon.

Elsie, die als Rangniedrigste der Huren zumeist die schmutzigste Arbeit machen musste, beseitigte gerade die Spuren, die ein allzu betrunkener Gast hinterlassen hatte. Sie stöhnte und ächzte bei jeder Bewegung, denn von Trepkow hatte sie arg geschunden. Mehr noch als mit dem Leutnant beschäftigten sich ihre Gedanken jedoch mit Fridolin von Trettin. Sie kannte ihn aus einer Zeit, in der er so arm wie eine Kirchenmaus gewesen war. Nun schien er als Vizedirektor einer Bank dick in der Wolle zu sitzen und war, wie sie gehört hatte, inzwischen verheiratet.

Elsie fragte sich, wie seine Gattin es auffassen würde, wenn sie erfuhr, dass er Stammgast in diesem Bordell war und dessen Besitzerin sehr intim kannte. Ob sie versuchen sollte, mit der Drohung, seine Frau aufzuklären, Geld von ihm zu erpressen, damit sie ihrer entwürdigenden Stellung endlich entfliehen konnte? Von dieser Idee angetrieben, schwang sie die Wurzelbürste, um den Schmutz aus dem Teppich zu entfernen. Dabei ging sie so forsch zu Werke, dass der russische Fürst zur Seite springen musste.

»Pardon, aber meine Stiefel sind bereits gewichst«, sagte er spöttisch. Dann reichte er Hede einige Geldscheine, die den Betrag, den er und von Palkow für die Nacht hätten zahlen müssen, um ein Vielfaches übertrafen, und verließ mit einem kurzen Abschiedsgruß das *Le Plaisir*.

Der Major folgte ihm und hielt eine Droschke auf, deren Kutscher zu früher Stunde zu seinem Standplatz unterwegs war. Während der Fahrt schwiegen sie. Tirassow durchlebte in seiner Phantasie noch einmal die leidenschaftliche Nacht mit den beiden Huren, während von Palkow sich die Worte zurechtlegte, mit denen er den Russen ködern wollte.

In der Wohnung angekommen, die Tirassow für seinen Aufenthalt in Berlin gemietet hatte, halfen Diener dem Hausherrn und seinem Gast aus den Mänteln und Jacken. Tirassow ließ sich auch die Stiefel ausziehen und schlüpfte in Pantoffel. In einen bequemen Hausmantel gehüllt, führte er den Major in den Salon, dessen prachtvolle Möbel von dem einstigen Reichtum der Familie kündeten, die dieses noble Domizil nun vermieten musste. Auf dem mit wertvollen Intarsien geschmückten Tisch stand eine Kiste mit Zigarren, und ein Diener eilte herbei, um diese den Herren anzubieten, während ein anderer eine Karaffe mit Cognac und eine mit Wodka brachte.

»Was wünschen Sie zu trinken?«, fragte der Fürst.

Von Palkow beäugte den Wodka misstrauisch und wies auf den Cognac. »Ich bleibe bei dem, was ich kenne. Euer russisches Gesöff ist etwas für Bauern, aber nicht für Edelleute.«

»Dann bin ich eben für kurze Zeit ein Bauer«, antwortete Tirassow spöttisch.

Die Diener schenkten ein, zündeten die Zigarren an und zogen sich geräuschlos zurück. Für einige Augenblicke herrschte wieder Schweigen, das der Fürst als Erster brach. »Waren Sie gestern Abend bei jenen Narren, die diesen impertinenten Knaben beschenken wollen?«

Von Palkow zuckte zusammen und sagte sich dann, dass der russische Fürst auch kein besserer Diplomat war als der für seine forschen Sprüche bekannte Hohenzollernprinz. »Ich finde nicht, dass es Narretei ist, sich den zukünftigen Kaiser des Deutschen Reiches mit einem angemessenen Geschenk zum Freund zu machen!«

»Prinz Wilhelm ist unfähig, diese hohe Stellung einzunehmen. Er wird Deutschland ruinieren!«, rief Tirassow erregt. »Er wird das Bündnis zwischen unseren Reichen, das so wichtig für Russland und Deutschland ist, zerbrechen und Krieg heraufbeschwören.«

»Sie sehen zu schwarz, General. Wilhelms Ausspruch über euch Russen fiel im engen Kreis seiner Freunde und gelangte nur durch einen unglücklichen Zufall an die Öffentlichkeit.«

Der Fürst schüttelte den Kopf. »Dieser Ausspruch zeigt, was Prinz Wilhelm wirklich denkt. Wenn er als Kaiser genauso auftritt, brüskiert er die ganze Welt. Er sollte dieses Amt niemals einnehmen dürfen.«

»Wie wollen Sie das verhindern?«, fragte von Palkow mit vor Anspannung vibrierender Stimme.

»Man müsste ihn beseitigen!«, gab Tirassow wütend zurück.

»Wer ist man?«, bohrte der Major weiter.

Der Fürst erinnerte sich nun, dass ihm ein deutscher Offizier gegenübersaß, und winkte ab. »Vergessen Sie es. Es war nur ein dummer Ausspruch, ähnlich wie der des Prinzen.«

»Warum sollte ich es vergessen?«, wandte von Palkow ein. »Wissen Sie, geschätzter Fürst, ich habe keinen Grund, die Hohenzollern zu lieben. Habe ich nicht mein Blut für Preußen und Deutschland vergossen? Und was war der Dank? Weil ein Freund von Prinz Wilhelm zu feige war für ein Duell, hat man mich auf den Posten eines Schullehrers abgeschoben. Anstatt im Rang aufzusteigen und meinem Land als Oberst und General dienen zu können, muss ich den Söhnen von Krautjunkern beibringen, was es heißt, Soldat zu werden. Orden und Titel haben andere erhalten! Dabei hätte ich sie weitaus eher verdient. Ich denke nur an den Krieg in Frankreich. Bin mit meinen Soldaten vorangestürmt und habe als Erster die feindlichen Linien durchbrochen! Das Gleiche in Schleswig und bei Königgrätz. Das zählt alles nicht mehr, nur weil mich ein Freund des Prinzen auf dem Kieker hat.«

Von Palkow stand erregt auf, fasste den Fürsten bei der Schulter und starrte ihm ins Gesicht. »Warum also sollte ich Ihre Worte vergessen? Ich bekäme meine Revanche, wenn Wilhelm stirbt. Würde sein Bruder Heinrich Kaiser, gäb es niemanden mehr, der Russland vor den Kopf stieße!«

»Sie denken an ein Attentat?« Tirassow schüttelte den Kopf. »Das ist unmöglich! Würde bekannt, dass ich, ein russischer Offizier und Edelmann, meine Hände im Spiel habe, würde das sofort Krieg nach sich ziehen.«

»Warum sollte Ihr Name mit dieser Sache in Verbindung gebracht werden?«, fragte von Palkow mit einem gepressten Lachen. »Es gibt genug Leute, die es auf eigenes Risiko machen würden. Nur müssten sie hinterher entsprechend entlohnt werden.«

Tirassow dachte eine Weile nach und sah von Palkow dann durchdringend an. »Wenn Sie das vollbringen könnten, ohne dass mein und Ihr Name dabei genannt werden, wäre ich in der Lage, Ihnen den Rang eines Generalmajors in der Armee des Zaren zu verschaffen. Allerdings müssten Sie hier in Deutschland in den Ruhestand treten und nach Russland umziehen.«

»Hier hält mich nichts!« Von Palkow dachte an die Militärkadetten, die er ausbilden musste, an seine meist arg dünne Börse und an Malwine von Trettin. Würde seine Geliebte einen schlichten Major ohne Vermögen heiraten, verlöre sie ihr Einkommen aus dem Gut ihres Sohnes. Doch sie hatte gewiss nichts dagegen einzuwenden, die Ehefrau eines wohlbestallten Generalmajors in Russland zu werden.

»Ich wäre bereit, ein Attentat auf den Prinzen zu wagen. Allerdings bräuchte ich dafür eine größere Summe«, sagte er lauernd.

»Und wie würden Sie es anstellen?«

»Das müssen Sie mir überlassen. Je weniger Sie wissen, umso weniger geraten Sie in Gefahr, mit dem Anschlag in Verbindung gebracht zu werden.« Von Palkow lächelte vielsagend, während sein Gastgeber auf den Spitzen seines Schnurrbarts herumkaute.

»Und wie garantieren Sie mir, dass Sie wirklich ein Attentat planen? Sie könnten das Geld ja auch nehmen und später sagen, es hätte nicht geklappt.«

»Ihr Misstrauen beleidigt mich! Sie haben mein Ehrenwort als deutscher Offizier«, fuhr der Major auf.

»Das Wort eines deutschen Offiziers, der seinen künftigen Kaiser töten will«, rückte Tirassow die Tatsachen zurecht.

»Dies fußt auf einer ganz und gar persönlichen Angelegenheit.« Von Palkow ging an die Grenze dessen, was er riskieren konnte, um den russischen Fürsten für seinen Vorschlag zu gewinnen. Die Belohnung, die Delaroux ihm für die Beseitigung Prinz Wilhelms versprochen hatte, würde ihm zwar ein sorgenfreies Leben ermöglichen, doch der Rang eines Generalmajors in Russland reizte ihn noch weitaus mehr. Zudem würde er das Geld des Franzosen trotzdem einstreichen können.

Fürst Tirassow nickte schließlich. »Also gut! Sie bekommen das Geld, Palkow. Was Sie damit machen, ist Ihre Sache. Ich weiß von nichts.«

Das wird auch das Beste sein, fuhr es dem Major durch den Kopf. Allerdings war er nicht bereit, sich mit einem bloßen Versprechen zufriedenzugeben. »Sie werden mir bestätigen müssen, dass ich nach meiner Demission hier in Deutschland in Russland willkommen bin und dort den mir zugedachten Rang einnehmen kann.«

Tirassow bedachte ihn mit einem spöttischen Blick. »Sie werden dieses Papier erhalten. Allerdings sollten Sie sich nur dann nach Russland wagen, wenn Sie Erfolg haben. Versager leben bei uns nicht lange.«

Mit dieser Drohung konnte er von Palkow nicht schrecken. »Ich werde nicht versagen!« Der Major trank noch ein Glas Cognac und sah dann auf seine Zigarre, die während des Gesprächs erloschen war. Er überlegte, ob er sie noch einmal anbrennen sollte, legte sie dann aber in den Aschenbecher und erhob sich.

»Ich muss mich nun verabschieden. Wünsche Ihnen noch einen angenehmen Tag!«

»Den wünsche ich Ihnen auch!« Tirassow dachte für sich, dass er von Palkow in Zukunft wohl niemals mehr trauen würde. Ein Offizier, der bereit war, die Hand gegen einen Angehörigen der herrschenden Dynastie zu erheben, konnte ihm kein Freund mehr sein. Es war für den Fürsten schmerzhaft, dieses Urteil fällen zu müssen, denn er hatte von Palkow für dessen schneidige Attacke bei Düppel bewundert und ihn beinahe als Vorbild angesehen. Nun, zumindest als Werkzeug mochte der Major noch seinen Wert haben. Mehr denn je war der Fürst davon überzeugt, dass Prinz Wilhelm, der seinem erkrankten Vater über kurz oder lang folgen würde, als Kaiser das für beide Länder so wichtige Bündnis mit Russland nicht einhalten würde.

# X.

Trotz der anstrengenden Nacht schritt von Palkow kräftig aus und winkte erst drei Straßen weiter eine Droschke heran. Während er zu der kleinen Wohnung in der Potsdamer Straße fuhr, die er als Liebesnest für sich und Malwine von Trettin eingerichtet hatte, musste er an sich halten, um nicht lauthals zu lachen. General Tirassow war ihm an die Angel gegangen wie ein gieriger Hecht.

Dem Fürsten lag das vorlaute Prinzlein, wie von Palkow den jungen Wilhelm in Gedanken nannte, offensichtlich schwer auf der Seele. Möglicherweise stellte der Prinz tatsächlich ein Risiko für den Frieden zwischen Deutschland und dem Russischen Reich dar. Der Major vermochte nicht einzuschätzen, wie ernst die Aussprüche gemeint waren, die der Prinz in großer Zahl tätigte. Allerdings hielt er Wilhelm für einen ausgemachten Trottel, der keinen Funken Diplomatie besaß. Ob dieser nun Kaiser würde oder nicht, wäre ihm persönlich dennoch gleichgültig, wenn nicht sein Erzfeind zum engeren Gefolge des Prinzen gehören würde. Gelang es ihm, mit dem Prinzen zusammen auch jenen speziellen Herrn über die Klinge springen zu lassen, würde er endlich seine persönliche Rache bekommen.

Zufrieden mit den jüngsten Entwicklungen bezahlte von Palkow den Droschkenkutscher und betrat das Haus. Auf dem Flur sah er den Milchmann die Hintertreppe hinuntereilen. Dem Mann pressierte es so, dass er nicht einmal aufsah. Hätte der Bursche mich bemerkt, würde er mich wahrscheinlich beneiden, weil ich es mir leisten kann, um diese Zeit nach Hause zu kommen, dachte der Major spöttisch. Mit diesem befriedigenden Gedanken betrat er seine kleine Wohnung.

Er wollte sich gerade aus der Küche noch einen Schnaps holen, als er im Wohnraum einen Mann auf seinem Lieblingssessel sitzen sah. Sofort zog er den Säbel, senkte ihn aber wieder, als er Delaroux erkannte. »Wie kommen denn Sie hier herein?«

Der Franzose lächelte süffisant. »In meinem Metier muss man mit Nachschlüsseln umgehen können, mein Freund. Ich wollte nachfragen, ob Sie in unserer Sache schon etwas erreicht haben.«

»Sie meinen, in Ihrer Sache!«

»Schade!«, antwortete Delaroux. »Und ich hatte gedacht, die Summe, die ich Ihnen geboten habe, würde es auch zu Ihrer machen.« Noch während er sprach, stahl sich seine Hand in die Weste, bis er den Griff seines versteckten Dolches unter den Fingern spürte.

Unterdessen steckte von Palkow seinen Säbel weg, öffnete das Koppelschloss und legte die Waffe auf die Anrichte. »Nun, das ist nicht ganz so einfach, wie Sie glauben.«

Der Franzose entspannte sich wieder. »Ich dachte, ein Held, der sich für eine herbe Zurücksetzung rächen will, findet immer einen Weg.«

»Held, pah! Meine Taten sind längst vergessen oder werden vertuscht.« Von Palkow knurrte wie ein gereizter Hund, goss zwei Gläser ein und schob eines davon seinem Besucher zu.

»Zum Wohl!«

»Auf Ihren und damit auch meinen Erfolg, mein Freund!« Delaroux nippte kurz an seinem Glas und ließ den Rest in einer Blumenvase verschwinden, in der ein paar vertrocknete Maiglöckchen steckten. Von Palkow trank sein Glas leer und füllte es neu.

»Auch noch einen?«, fragte er Delaroux.

Dieser schüttelte den Kopf. »Lieber nicht! In meinem Metier ist es besser, einen klaren Kopf zu behalten. Das würde ich auch Ihnen anraten. Sie werden ihn brauchen, wenn Sie sich die Belohnung verdienen wollen!«

»Ich werde sie mir verdienen«, antwortete von Palkow selbstsicher. »Habe die Sache bereits in die Wege geleitet, genauso, wie Sie es mir bei unserem letzten Treffen vorgeschlagen haben.«

»Dann ist es ja gut!« Delaroux lächelte, sagte sich jedoch, dass er den Major überwachen lassen musste. Der Mann war ein unsteter Charakter, dem man nicht trauen konnte.

»Haben Sie Freunde gefunden, die sich an einer Dampfyacht für den Prinzen beteiligen würden?«, fragte er gespannt.

Von Palkow nickte. »Sieben Herren, die jetzt überzeugt davon sind, eine Dampfyacht werde den Prinzen am meisten entzücken. Wird anstelle von Ballast Sprengstoff im Kielraum gelagert, braucht nur jemand die lang brennende Lunte anzuzünden. Dann fährt der Prinz mit ordentlichem Getöse zur Hölle.«

»Mir geht es nicht allein um den Prinzen! Ich will seinen Großvater tot sehen und diesen verdammten Bismarck dazu. Diese Männer haben unser Versailles mit ihren dreckigen Stiefeln geschändet.« Für einen Moment wurde der Franzose laut, beruhigte sich aber rasch wieder und klopfte von Palkow auf die Schulter. »Tun Sie Ihr Bestes, mein Freund. Gelingt es Ihnen, neben Prinz Wilhelm auch noch den Kaiser zu vernichten, ver-

doppelt sich Ihre Belohnung. In Amerika werden Sie mit dieser
Summe wie ein Fürst leben können!«

Lieber in Russland als Generalmajor, fuhr es von Palkow durch
den Kopf. Kurz dachte er daran, dass Kaiser Wilhelm ihm
nach der Gefangennahme Napoleons III. die Hand geschüttelt
und er diesen immer als seinen obersten Kriegsherrn verehrt
hatte. Sofort rief er sich zur Ordnung. Das ist vorbei! Der Kaiser hatte nichts getan, um ihn zu rehabilitieren, und daher
ebenfalls seine Strafe verdient.

Mit einem grimmigen Lächeln reichte er Delaroux die Hand.
»Verlassen Sie sich auf mich!«

»Dann verabschiede ich mich jetzt.« Der Franzose stand auf
und verschwand, ohne dass von Palkow hörte, wie die Tür geöffnet und wieder geschlossen wurde.

# XI.

*W*ährend sich diese Wolken am Horizont zusammenballten,
arbeitete Lore an dem Festkleid, um das Mary sie gebeten hatte. Sie konnte mehr Zeit dafür aufwenden, als sie erwartet hatte, denn Fridolin weilte wieder jeden zweiten Abend bei
Grünfelder. Zwar behauptete er, es ginge um wichtige Belange
und es seien keine Damen anwesend. Doch Letzteres musste
eine Lüge sein, denn wenn er nachts nach Hause kam, roch
Lore ein teures, aber recht aufdringliches Parfüm an ihm. Einige Male war sie kurz davor, ihn zu fragen, woher es stammte,
aber sie fürchtete sich vor der Wahrheit und schwieg.

Ihr einziger Lichtblick in diesen Tagen waren Caroline von

Trepkows regelmäßige Besuche. Diese hatte das Hauskleid fertiggestellt und ihren Lohn samt einem kleinen Extrageld erhalten. Nun half sie Lore mit dem Prachtgewand und nähte zu Hause für eine andere Kundin. Auch an diesem Tag saßen die beiden wieder zusammen und arbeiteten, während Jutta sie mit Kaffee und Kuchen versorgte.

Da Jean ihr zu unzuverlässig war, hatte das Dienstmädchen sich angewöhnt, auch Fridolins Garderobe zu versorgen. Dabei war ihr ebenfalls das fremde Parfüm aufgefallen, und sie hatte auf einem Jackett ein langes, blondes Frauenhaar entdeckt, welches nicht von Lore stammen konnte. Seitdem tat sie alles für ihre Herrin und scheuchte Nele und Jean wie ein altgedienter Unteroffizier an die Arbeit. Sie selbst war endgültig davon überzeugt, dass alle Männer gleich waren und die Treue und Fürsorge ihrer Ehefrauen nicht verdienten.

»Jutta, die Schere, bitte!«

Das Dienstmädchen reichte Lore den verlangten Gegenstand und fragte dann, ob die Damen sonst noch etwas benötigen würden.

»Im Augenblick nicht. Halt! Wir könnten das Kleid noch einmal anprobieren. Mary erzählte, Frau von Stenik sei bei der ersten Anprobe sehr angetan gewesen, weil das Kleid bereits so gut gepasst hätte. Das haben wir Jutta zu verdanken, die fast die gleiche Figur hat wie unsere Kundin.«

Caroline wagte ein zaghaftes Kichern. »Wenn diese hochnäsige Dame wüsste, dass ein Dienstmädchen ihr Kleid getragen hat, würde sie es nicht mehr anfassen.«

Sie stand auf, half Jutta aus dem einfachen, schwarzen Kleid mit der weißen Schürze und streifte ihr dann zusammen mit

152

Lore das Festgewand über. Als sie ein paar Schritte zurücktrat, klatschte sie überrascht in die Hände.

»Bei Gott, Kleider machen wirklich Leute! Wer Jutta so sehen würde, müsste sie doch glatt für eine reiche, hochstehende Dame halten.«

»Jetzt machen Sie sich über mich lustig, gnädiges Fräulein«, maulte das Dienstmädchen.

Lore schüttelte den Kopf. »Fräulein von Trepkow hat recht. Du siehst wirklich feudal aus. Komm, stell dich vor den Spiegel!«

Zwar wollte Jutta nicht so recht, doch gegen die beiden Frauen kam sie nicht an. Kurz darauf starrte sie in den Spiegel und brachte den Mund nicht mehr zu. »Aber ... das gibt es doch nicht!«

»Adelige sind auch nur Menschen mit zwei Beinen, zwei Armen und einem Kopf, Jutta. Dass sie auf dich so anders wirken, macht zumeist nur die Kleidung aus«, erklärte ihr Lore.

»Ich sag's ja, Geld macht schön!« Jutta schnaubte kurz und stand dann still, damit Lore und Caroline Maß nehmen konnten. Als sie das Kleid wieder auszog und in ihres schlüpfte, fühlte sie sich darin jedoch wohler als in dem mit Verzierungen überladenen Prachtgewand.

Unterdessen begutachtete Lore ihr Werk und nickte Caroline zu. »Mary wird mit dem Kleid zufrieden sein. Hoffen wir, dass Frau von Stenik es auch ist.«

»Darauf würde ich nicht wetten.« Caroline schüttelte nachdenklich den Kopf. »Nach allem, was ich von dieser Dame gehört habe, findet sie immer etwas auszusetzen. Die meisten Schneiderinnen sehen sie lieber gehen als kommen.«

Unwillkürlich erinnerte diese Charakterzeichnung Lore an ihre angeheiratete Verwandte Malwine von Trettin, die auf dem Gut ihres Sohnes bei Heiligenbeil in Ostpreußen lebte. Das Weib war für jede Schneiderin eine ähnlich unangenehme Kundin, wie Frau von Stenik es sein sollte. Lore zuckte mit den Schultern. Sie hatte ihr Bestes getan. Wenn es der Dame nicht gut genug war, sollte sie sich ihr Kleid doch selbst schneidern. Das sagte sie auch ihrem Gast.

Diesmal lachte Caroline sogar. »Die Dame würde sich für so einen Vorschlag bedanken. Immerhin ist sie der Meinung, dass ihr Rang und ihr Reichtum ihr das Recht geben, alles und jeden zu kritisieren, mit Ausnahme vielleicht des Reichskanzlers und Seiner Majestät, des Kaisers und Königs von Preußen!«

»Morgen werde ich sie kennenlernen. Da ist die entscheidende Anprobe, und Mary will, dass ich dabei bin, damit ich weiß, welche Änderungen noch gewünscht werden.« Lore sagte es im lockeren Plauderton, doch Caroline sah erschrocken auf.

»Das dürfen Sie nicht, Frau von Trettin. Wenn Frau von Stenik den Eindruck gewinnt, Sie würden für Mrs. Penn arbeiten, posaunt sie dies in ganz Berlin herum!«

»Schlimmer als jetzt kann es ohnehin nicht mehr werden.« Lores Laune verschlechterte sich auf einen Schlag, und sie berichtete Caroline, wie man über sie redete.

Ihre Besucherin hörte ihr betroffen zu. »An Ihrer Stelle würde ich das nicht auf die leichte Schulter nehmen. Es gibt genug Damen, die ehemalige Bedienstete mit Geld unterstützen, wenn diese einen Laden oder ein Geschäft eröffnen. Niemand macht ihnen deshalb einen Vorwurf und nennt sie gar Krämerin oder Schneiderin. Die Person, die gegen Sie hetzt, ist gewiss eine heimtückische Feindin, die Sie und bestimmt auch Ihren Gatten ruinieren will.«

»Davon bin ich überzeugt, und ich habe auch schon einen Verdacht.« Lore erzählte nun von Nathalia von Retzmann, deren Erzieherin sie gewesen war. »Natis angeheiratete Großtante Ermingarde Klampt hätte mich am liebsten aus dem Haus getrieben, um sich selbst dort einnisten und von Natis Vermögen profitieren zu können. In Bremen hat sie versucht, mich überall zu verleumden, und das tut sie anscheinend jetzt auch in Berlin.«

Caroline wiegte zweifelnd den Kopf. »Ermingarde Klampts frühere Sticheleien erscheinen mir nach dem, was Sie mir erzählen, liebste Lore, weitaus plumper als die Verleumdungen, die jetzt im Umlauf sind.«

Lore zuckte mit den Achseln. »Wer sollte es sonst sein? Ich war vorher noch nie in Berlin und kenne hier niemanden.«

»Es mag ja sein, dass Frau Klampt Bekannte oder Verwandte in Berlin hat, die ihr nach dem Mund reden. Allerdings müssten diese Leute von Natur aus bösartig veranlagt sein.«

In diesem Moment fiel Lore ein, dass sie eine Person bislang vollkommen außer Acht gelassen hatte, Malwine von Trettin nämlich. Die mochte ebenfalls Freunde und Bekannte in Berlin haben, die ihr zu Gefallen diese Gerüchte in Umlauf brachten. Sie seufzte und dachte zum wiederholten Mal, dass Fridolin und sie wohl doch besser in Bremen geblieben wären. Im nächsten Moment schalt sie sich einen Feigling. Sie lebte nun einmal in der Reichshauptstadt und musste sich hier durchbeißen. Dies hieß aber auch, dass sie sich nicht im Haus verstecken durfte.

»Ich glaube, es reicht für heute. Jetzt habe ich Lust, ein wenig durch Berlin zu flanieren. Wenn Sie nichts dagegen haben, meine Liebe, werde ich eine Droschke rufen lassen, die uns ins Zentrum bringt. Ich würde gerne eines der neuen Cafés in der Straße Unter den Linden aufsuchen.«

In besseren Zeiten hatte Caroline mit ihrer Mutter öfter ein Café besucht, Schokolade oder Kaffee getrunken, Windbeutel gegessen und Kuchen geschlemmt. Seit weit über einem Jahr blieb ihr dieses Vergnügen jedoch versagt. Die Versuchung, dies wenigstens noch ein einziges Mal zu erleben, war groß. Ein wenig von dem Geld, das sie durch das Nähen verdiente, durfte sie doch wohl für sich ausgeben, dachte sie und blickte dann an ihrem Kleid herab. Es war eines der letzten, die ihr der Vater gekauft hatte, und noch nicht so stark aus der Mode wie die anderen. Darin würde sie sich auch in der Innenstadt sehen lassen können. Sie fasste einen Entschluss: »Wenn Sie es wünschen, komme ich gerne mit.«

»Sehr schön! Immerhin scheint die Sonne, und das Wetter ist warm genug, um gemütlich bummeln zu gehen. Jutta, kannst du Jean sagen, er soll nach einer Droschke rufen?«

»Ich bin schon unterwegs, gnädige Frau!« Das gutmütige Dienstmädchen freute sich, dass ihre Herrin sich endlich einmal in der Stadt umsehen und Neues kennenlernen wollte. Das würde ihr guttun.

## XII.

Für Lore war es eine neue Erfahrung, Berlin im Sonnenschein zu erleben. Zuerst fuhr die Droschke durch ruhige Straßen mit repräsentativen Villen und Herrschaftshäusern, später gelangten sie in lebhaftere Stadtteile, in denen es von Fahrzeugen, Fußgängern und Reitern in Uniform nur so wimmelte. Der Droschkenkutscher musste die Pferde zügeln und drehte sich kurz zu seinen Fahrgästen um. »Jetzt kommen wir nicht mehr so rasch voran, meine Damen. Hier ist immer etwas los! Aber so ist unser Berlin. Voll unter Dampf, wie unser Prinz Wilhelm zu sagen pflegt.«

»Wir haben es nicht eilig. Außerdem sehen wir auf diese Weise einiges von der Stadt«, antwortete Lore freundlich.

Der Droschkenkutscher ordnete sie als Provinzlerin ein, die zum ersten Mal in Berlin weilte, und sagte sich, dass sie ihm ein gutes Trinkgeld zahlen würde, wenn er ihr und ihrer Begleiterin ein paar Sehenswürdigkeiten zeigte. In der nächsten Stunde durchquerte er auf unterschiedlichen Wegen die Innenstadt, fuhr am königlichen Palast, dem Stadthaus und dem Roten Rathaus vorbei und gab dabei flotte Sprüche zum Besten. Zwischendurch beschimpfte er Kutscher, die ihm in die Quere kamen, auf das Übelste und raunzte Fußgänger an, die beim Überqueren der Straße nicht aufpassten.

»Nichts für ungut, Gnädigste«, entschuldigte er sich bei Lore. »Aber wer hier in Berlin nicht unter die Räder kommen will, muss sich durchsetzen können. – He, du Lümmel! Mach, dass du verschwindest!«

Der Kutscher schwang die Peitsche und ließ sie knapp über

dem Ohr eines jungen Burschen knallen. Dieser zuckte erschrocken zusammen, prallte dabei gegen eines der Pferde und wurde zu Boden gestoßen.

Ohne das Tempo zu drosseln, fuhr der Kutscher an ihm vorbei, wobei das linke Rad der Droschke das Bein des Gestürzten nur um Haaresbreite verfehlte. Dann entdeckte er vor sich ein Stück freie Straße und ließ seine Pferde antraben. Wieder drehte er sich zu Lore um. »Das wird diesem Kerl eine Lehre sein!«

Sie aber sah voller Schrecken ein Fuhrwerk aus einer Seitenstraße kommen und rief: »Vorsicht!«

Ihr Droschkenkutscher blickte nach vorne und zog rasch die Zügel an. »Brr, Kastor und Pollux! Und du Affe lernst erst einmal fahren! Wenn den beiden Damen durch deine Schuld etwas passiert wäre, würden dir die Gendarmen die Hammelbeine langziehen.«

»Du kannst mich mal!«, gab der Fuhrmann grob zurück.

Das mochte der Droschkenkutscher nicht auf sich sitzen lassen, und so lernten Lore und Caroline in den nächsten Minuten etliche Kraftausdrücke kennen, von denen keiner als stubenrein gelten konnte.

Lore stieß Caroline an. »Sind alle Droschkenkutscher in Berlin so grobe Leute, oder sind wir an ein besonders deftiges Exemplar geraten?«

»Das kann ich nicht sagen. Früher hatten wir unseren eigenen Wagen. Später bin ich meist zu Fuß gegangen oder habe die Pferdebahn oder den Pferdeomnibus benützt«, antwortete ihre Begleiterin mit schamroten Wangen.

Lore begriff, dass Caroline überwiegend die eigenen Beine bemühte und nur in Ausnahmefällen auf teurere Beförderungs-mittel zurückgriff. Es musste schrecklich sein, aus guten Ver-hältnissen in tiefste Armut gestürzt zu werden. Sie fragte sich, welche Aussichten ihre Begleiterin im Leben noch haben mochte. Wenn Caroline Glück hatte, würde irgendein Land-junker sie heiraten. Allerdings schauten auch die mehr auf das Geld, das eine Braut mitbrachte, als auf das Aussehen. Wahr-scheinlicher war, dass ein reich gewordener Emporkömmling sie als Ehefrau ins Auge fasste, um den eigenen Stammbaum zu veredeln.

Allerdings fragte Lore sich, wie Caroline in ihrer zurückgezo-genen Lebensweise einen auch nur halbwegs achtbaren Mann kennenlernen sollte. Sie hätte ihr gerne geholfen, aber ange-sichts ihrer aktuellen Situation war sie wohl die Letzte, die sie in die entsprechenden Kreise einführen konnte.

Ich werde mit Fridolin darüber sprechen müssen, sagte sie sich. Entweder sorgte er endlich dafür, dass Grünfelders Frau und Tochter sie zu sich einluden und mit anderen Damen bekannt machten, oder sie würde über kurz oder lang nach Bremen zu-rückkehren. Doch schon im nächsten Moment ließ Lore den Entschluss wieder fallen, denn sie dachte an Mary, von der sie sich unter keinen Umständen trennen wollte.

»Dort vorne streiten sich einige Studenten mit Gendarmen, und den Tumult will ich den Damen nicht zumuten!« Der Kutscher zeigte auf eine Gruppe junger Männer, die von Schutzmännern mit Schlagstöcken auseinandergetrieben wur-de, und lenkte sein Gefährt in eine Seitenstraße.

Im nächsten Moment sah Lore einen Schatten neben sich auf-tauchen. Eine Hand fasste nach dem Kutschenschlag und öffnete diesen. Dann schwang sich ein junger Mann in hellgrauen Hosen und einer blau-rot gestreiften Weste in das Fahrzeug.

»Ich bitte die Damen, diesen Überfall zu entschuldigen, und flehe Sie an, mich wenigstens ein paar Straßen weit mitzunehmen«, flüsterte er und sah sich besorgt um. Am Anfang der Straße tauchte ein Gendarm auf und musterte die Passanten mit forschendem Blick. Die davonrollende Droschke beachtete er nicht. Dennoch machte sich der junge Mann ganz klein und verschwand fast im Wagenkasten.

»Ich hoffe, Sie verwickeln uns nicht in irgendeinen schrecklichen Kriminalfall«, antwortete Lore abweisend.

»Um Gottes willen, natürlich nicht! Meine Freunde und ich wollten nur gegen die Willkür eines unserer Professoren protestieren, der uns wegen eines harmlosen Scherzes von der Universität verwiesen hat. Doch der Lump hat sofort die Gendarmen holen lassen. Wenn die mich erwischen, steckt mich der Richter wegen Aufruhrs für mindestens zwei Jahre ins Gefängnis, und ich werde danach nicht weiterstudieren können.«

»So harmlos kann der Scherz wohl nicht gewesen sein, wenn eine so strenge Strafe darauf folgt«, erklärte Caroline mit einer gewissen Schärfe. Das plötzliche Auftauchen des jungen Mannes hatte ihr einen heftigeren Schrecken versetzt als Lore, die das Ganze nun eher amüsiert verfolgte.

»Sie könnten uns wenigstens Ihren Namen nennen, mein Herr, damit wir wissen, wer unsere Droschke gekapert hat!«

Da der Gendarm außer Sicht geraten war, richtete sich der junge Mann wieder auf und nahm gegen die Fahrtrichtung Platz. Dabei deutete er eine leichte Verbeugung an. »Vergeben Sie mir dieses unverzeihliche Versäumnis. Mein Name ist Gregor

Hilgemann, Student der Juristerei oder, besser gesagt, derzeit gewesener Student. Ich werde Preußen verlassen und mein Studium an einer anderen Universität fortsetzen müssen. Doch das soll Sie nicht bekümmern. Ich bin Ihnen in jedem Fall sehr dankbar, dass Sie mich aus den Fängen der Gendarmen gerettet haben.«

»Sie sollten die Sache nicht ganz so dramatisch sehen, Herr Hilgemann. Wir haben damit überhaupt nichts zu tun. Sollten die Gendarmen uns befragen, so sind Sie unaufgefordert in unseren Wagen eingedrungen und haben uns bedroht, so dass wir zwei wehrlose Wesen nicht anders konnten, als Sie gewähren zu lassen«, erklärte Lore mit einem spöttischen Funkeln in den Augen.

»Wenn Sie das tun, meine Dame, machen Sie aus den zwei Jahren, die ich im Gefängnis sitzen würde, zwanzig«, antwortete Hilgemann bestürzt.

»Die würden Ihnen auch zustehen!« Noch immer verärgert blickte Caroline sich um, ob sie irgendwo einen Gendarmen entdeckte, den sie auf ihren unerwünschten Passagier aufmerksam machen konnte.

Lore hob begütigend die Hand. »Meine Liebe, nachdem der Herr sich so artig vorgestellt hat, sollten wir ihm die Gefälligkeit erweisen, ihn ein Stück weit mitzunehmen. Danach kann er seiner Wege gehen.«

»Ich danke Ihnen, meine Dame!« Gregor neigte den Kopf in Lores Richtung. Dabei verglich er die beiden Frauen miteinander. Beide waren kaum über fünfundzwanzig Jahre alt, eher noch jünger, und doch glaubte er große Unterschiede wahrzunehmen. Auf jeden Fall war ihm die besser Gekleidete freundlicher gesinnt als ihre Gefährtin. Auch hatte sie äußerst anziehende Gesichtszüge und eine ausgezeichnete Figur. Dazu strahlte sie eine Souveränität aus, die der anderen Frau fehlte. Die zweite war nicht hässlich, doch der bittere Zug um die Lippen und der ängstliche Blick verrieten zusammen mit dem unmodischen Kleid, dass sie nicht gerade in besten Verhältnissen lebte. Doch als er sich unwillkürlich fragte, welcher er selbst den Vorzug geben würde, wandten sich seine Augen der ärmlicher Gekleideten zu. Deren schöne Freundin wirkte für seinen Geschmack viel zu selbstbewusst und schien ihn nicht richtig ernst zu nehmen.

Da die hübschere Dame ihm jedoch aus einer schlimmen Patsche geholfen hatte, trug er ihr dies nicht nach, sondern plauderte in den nächsten Minuten mit ihr und vermochte ihr dabei die Vorzüge Berlins mit dem Brandenburger Tor und den prachtvollen Bauten besser zu erklären als der Kutscher.

»Da Sie sich so gut auskennen, Herr Hilgemann, können Sie uns sicher auch ein gutes Café raten, das für Damen geeignet ist.« Lore sah ihn fragend an.

»Es gibt Unter den Linden etliche gute Cafés, doch würde ich den Damen das Café Bauer an der Einmündung der Friedrichstraße besonders empfehlen. In die Friedrichstraße selbst sollten Sie jedoch nicht fahren. Der Berliner Volksmund nennt sie nicht zu Unrecht die Saufstraße. Ich glaube nicht, dass Sie betrunkene Männer und – wie ich leider sagen muss – auch schon am hellen Tag umhertaumelnde Frauen sehen wollen.«

»Das muss ich wirklich nicht«, erklärte Lore und rief dann dem Droschkenkutscher zu, zum Café Bauer zu fahren.

Der gute Mann war über den frechen Burschen, der sich in seinem Wagen breitgemacht hatte, vergrätzt und begann, seinen Passagieren lang und breit zu erzählen, wie wenig er von Leuten hielt, die die öffentliche Ordnung in seiner Heimatstadt störten. Gregor Hilgemann fürchtete, der Mann könne ihn deshalb verraten, und machte sich bereit, aus dem Wagen zu springen.

Lore, die mehr Menschenkenntnis besaß als er, begriff jedoch, dass es dem Droschkenkutscher nur auf ein gutes Trinkgeld ankam, und beschloss, ihn zufriedenzustellen.

Vor dem Café Bauer angekommen, verabschiedete Gregor Hilgemann sich von Lore und Caroline und tauchte rasch in der flanierenden Menge unter. Lore blickte ihm nach und schüttelte dann den Kopf. »Ein seltsamer, aber durchaus höflicher junger Mann, finden Sie nicht auch, meine Liebe?«

Caroline stieß einen verächtlichen Laut aus. »Seine Höflichkeit war mehr der Not geschuldet. Was soll man von einem Mann, der den Gendarmen entsprungen ist, auch anderes erwarten?«

»Genau das sage ich auch, Fräuleinchen«, mischte sich der Droschkenkutscher ein. »So einen Lümmel sollte man bei der Polizeiwache anzeigen. Die Schutzleute wüssten schon, was sie mit ihm anstellen sollen. Aber wir kennen nur einen Namen, der genauso gut falsch sein kann, und haben nicht die geringste Ahnung, wo der Kerl zu finden ist. Also sollten wir ihn schnell vergessen. Und wenn ich jetzt in Erinnerung bringen dürfte, dass der Droschkenlohn noch zu bezahlen ist!«

»Um den wir Sie gewiss nicht prellen werden«, rief Lore lachend und reichte ihm ein paar Münzen.

Der Kutscher zählte sie rasch und grinste. »Was soll ich der gnädigen Frau zurückgeben?«, fragte er, während er das Geld einsteckte.

»Der Rest ist für Sie. Haben Sie vielen Dank!« Damit drehte Lore dem Mann den Rücken zu und forderte Caroline auf, mit ihr ins Café zu kommen.

## XIII.

Eine heiße Schokolade und ein Stück Kuchen, das unter der Sahne fast begraben lag, ließen Lore und Caroline den Zwischenfall mit Gregor Hilgemann rasch vergessen. Während sie schlemmten, beobachteten sie die Passanten, die auf dem Trottoir flanierten, und wetzten ihre Zungen an manch modischer Verirrung.

»Diese Frau dort mit dem ausladenden Kleid gleicht eher einer Ente«, spottete Caroline, die glatte, schlichte Formen bevorzugte.

Als hätte die Frau sie gehört, blieb sie stehen und blickte durch das Fenster ins Innere des Cafés. Caroline schrumpfte förmlich, während Lore ein unbeteiligtes Gesicht machte und die Fremde dabei aus den Augenwinkeln beobachtete. Deren Aufmerksamkeit galt jedoch nicht ihnen, sondern der prangenden Dekoration, mit der die Besitzer ihr Café ausgestattet hatten. Für ein paar Augenblicke sah es so aus, als wolle die Frau ebenfalls eintreten. Dann aber wandte sie sich ab und ging weiter.

Nun erst wagte Caroline aufzuatmen. »Bei Gott, ich hatte wirklich Angst, ich hätte zu laut geredet!«, flüsterte sie.

»Das große Fenster täuscht. Man glaubt, die andere Person sei direkt in der Nähe. Dabei konnte sie uns unmöglich hören.«

»Trotzdem sollten wir uns besser beherrschen und keine abwertenden Äußerungen mehr machen«, erklärte Caroline, so als hätte nicht sie, sondern Lore jenen Ausspruch getan.

»Kennen Sie einige der Damen, die hier zu Gast sind?«, fragte Lore, um das Thema zu wechseln.

Caroline schüttelte den Kopf. »Leider nein! Meine Familie hatte kaum Kontakte in der Hauptstadt. Mama und ich haben zumeist auf unserem Gut gelebt, und wenn Besucher aus Berlin zu uns kamen, so waren es Freunde meines Vaters oder meines Bruders, mit denen wir Frauen kaum etwas zu tun hatten.«

Lore spürte die Traurigkeit in der Stimme ihrer Begleiterin. Offensichtlich sehnte diese sich nach jenen Tagen zurück, in denen sie Not nicht aus eigener Erfahrung gekannt hatte. Lore fragte sich, ob sie richtig gehandelt hatte, Caroline zu diesem Ausflug zu überreden. Das alles hier erinnerte die junge Frau viel zu stark an den Niedergang ihrer Familie und ihre jetzige Armut. Andererseits waren Carolines Wangen gerötet, und die Augen glänzten lebhaft. Auch wenn sie im Moment traurige Gedanken wälzte, so hatten ihr die Droschkenfahrt und der Besuch im Café Bauer neuen Mut und frische Kraft verliehen. Lore beschloss, sie auch in Zukunft zu solchen Ausfahrten einzuladen. Damit tat sie sich nicht zuletzt selbst einen Gefallen, denn allein und ohne eine Gesprächspartnerin waren ihr derlei Unternehmungen zu langweilig.

In diesem Augenblick tauchte Gregor Hilgemann wieder auf. Er trat in das Café, blickte sich suchend um und kam dann schnurstracks auf den Tisch zu, an dem sie und Caroline saßen.

»Darf ich die Damen noch einmal stören?«, fragte er.

Während Caroline am liebsten erschrocken abwehren wollte, wies Lore bereits auf einen freien Stuhl. »Setzen Sie sich zu uns, Herr Hilgemann. Ich kann Ihnen den Marmorkuchen empfehlen. Mit Sahne schmeckt er vorzüglich.«

Gregor Hilgemann sah zwar nicht so aus, als würde er Kuchen essen wollen, bestellte aber trotzdem ein Stück und ein Kännchen Kaffee. Dabei wirkte er ziemlich ratlos.

»Ich sehe Ihnen an, dass Ihnen etwas auf dem Herzen liegt«, begann Lore zu bohren.

Der junge Mann nickte. »Bedauerlicherweise ist dies der Fall. Wie es aussieht, hat mein Professor den Gendarmen meinen Namen und meine Anschrift genannt. Als ich eben unser Haus betreten wollte, standen zwei Beamte vor der Tür. Gott sei Dank habe ich sie rechtzeitig bemerkt. Da meine Freunde ebenfalls in diese Sache verwickelt sind, weiß ich nicht, an wen ich mich wenden soll. Ich kann schlecht ohne Gepäck und nur mit einer Weste bekleidet die Eisenbahn besteigen und hoffen, dass sie mich nach München, Stuttgart oder sonst wohin bringt – eben aus Preußen heraus! Auch fehlt mir das Geld für die entsprechende Fahrkarte.«

Jetzt wurde Caroline zornig. »Was denken Sie sich eigentlich, mein Herr, uns schon wieder zu belästigen? Sie haben uns bereits vorhin in eine unmögliche Situation gebracht! Und nun wollen Sie uns gar auch noch zu Komplizinnen machen, die Sie bei Ihrer Flucht vor den Behörden unterstützen sollen.«

»Sprechen Sie bitte ein bisschen leiser! Oder wollen Sie die Leute um uns herum aufmerksam machen?«, wies Lore sie zurecht. Sie wusste selbst nicht, ob sie es tat, um nicht in eine Polizeiaktion verwickelt zu werden, oder ob sie dem jungen Mann helfen wollte. Als sie ihre Tasse zum Mund führte und trank, musterte sie ihn über den Tassenrand hinweg. Er schien verzweifelt zu sein, wirkte aber nicht wie ein Verbrecher. In Bremen hatte sie erfahren, dass die Gesetze in Preußen strenger waren und besonders strikt gehandhabt wurden. Auch ihr väterlicher Freund Thomas Simmern hatte sich in diesem Sinne geäußert. Nun, dennoch würde sie Gregor Hilgemann nicht die Generalabsolution erteilen.

»Dann erzählen Sie uns doch erst einmal, weshalb die Herren in Uniform Sie so gerne zu Gast laden würden«, forderte sie ihn auf.

Der junge Mann sah sie an, als wisse er nicht recht, was er preisgeben sollte. »Es handelt sich um eine politische Sache, welche die Damen sicher nicht interessieren dürfte.«

»Ich würde sie trotzdem gerne hören«, beharrte Lore.

»Unser Professor hat zu Kaiser Wilhelms letztem Geburtstag ein Gedicht geschrieben und veröffentlicht, in dem er Seine Majestät verherrlicht und ihn auffordert, die demokratischen Regungen in diesem Land mit eiserner Hand auszurotten. Dies hat mir und einigen meiner Kommilitonen missfallen, und so haben wir das Gedicht umgeschrieben, drucken lassen und in der Universität verteilt. Es wurden einige, wie ich zugeben muss, recht derbe Spottverse auf den Professor daraus. Als er sie entdeckt hat, bestand er darauf, dass die Schuldigen von der Universität verwiesen werden. Wir haben ihn daraufhin aufgesucht, um dagegen zu protestieren – und schon kamen die Gendarmen, um uns wegen Rebellion zu verhaften. Ich hoffe, dass meine Freunde ihnen ebenfalls haben entkommen können.«

»Es war ehrenrührig von Ihnen, Ihren Professor in diesen Versen zu beleidigen, zumal damit auch der Anschein erweckt worden sein dürfte, Sie hätten nicht ihn, sondern Seine Majestät, den Kaiser und König, beleidigt. Schließlich sollte das Gedicht ein Loblied auf ihn darstellen.«

Als adelige Preußin war es Caroline in Fleisch und Blut übergegangen, dass der Herrscher über allem stand und jede Kritik an der göttlichen Ordnung rüttelte. Am liebsten hätte sie Lore aufgefordert, Gregor Hilgemann sogleich fortzuschicken oder besser gleich einen Kellner zu bitten, einen Schutzmann herbeizurufen.

Doch Lore überlegte bereits, wie sie dem Studenten helfen konnte. Leider waren ihre Möglichkeiten beschränkt. Wäre Fridolin noch der Gleiche gewesen wie bei ihrer Heirat, hätte sie Hilgemann zu ihm gebracht. Ihr Mann hätte sicher gewusst, was man in diesem Fall unternehmen konnte. Doch seit Fridolin wohlbestallter Vizebankdirektor war, war sie nicht mehr sicher, ob er nicht auch die Gendarmen rufen und sie selbst arg schelten würde.

Da huschte ein Lächeln über ihr Gesicht. Einen, oder besser gesagt zwei Menschen gab es, denen sie vertrauen konnte. Mary hatte nicht vergessen, dass sie aus einer Gasse in Harwich stammte, in der die Polizei auch nicht gerade zimperlich gegen die Bewohner vorging, und Konrad war lange zur See gefahren und hatte dabei etliche Abenteuer erlebt, gegen die das hier harmlos war.

»Herr Hilgemann, ich muss Sie bitten, uns jetzt zu verlassen. Seien Sie um vier Uhr heute Nachmittag in der Ottostraße, Ecke Turmstraße. Ich werde zu der Zeit eine liebe Freundin besuchen. Vielleicht weiß deren Ehemann Rat.«

Gregor Hilgemann sah sie scharf an. Er fragte sich, ob sie ihn in eine Falle locken und der Polizei übergeben wollte. Doch danach sah es nicht aus. Ihre Begleiterin aber schnaubte missbilligend. Wenn es nach deren Willen ginge, wäre er schon verhaftet worden.

Mit heimlicher Angst, aber auch voll neuer Hoffnung stand er auf, verbeugte sich vor den beiden Damen und verließ das Café. Erst auf der Straße fiel ihm auf, dass er vergessen hatte, seine Zeche zu bezahlen. Er wollte schon wieder zurückkehren, um dieses Versäumnis auszuräumen, da bog ein Gendarm um die Ecke und sah sich so gründlich um, dass Gregor Hilgemann sich mit raschen Schritten entfernte. Er konnte nur hoffen, dass die freundliche Dame das für ihn übernehmen würde. Die ausgelegte Summe würde er ihr erstatten, damit sie ihn nicht für einen lockeren Vogel hielt.


# XIV.

Caroline hätte ihrer Begleiterin am liebsten Vorwürfe gemacht, sagte sich dann aber, dass ihr dies nicht zustand. Immerhin schenkte Lore ihr die Freundschaft, obwohl sie das wirklich nicht nötig gehabt hätte. Bei dem Gedanken erinnerte Caroline sich daran, dass sie ebenfalls in ihrer prekären Lage um Hilfe hatte bitten müssen, genau wie dieser aufdringliche Student. Auch verstieß sie gegen alle gesellschaftlichen Konventionen, indem sie für eine bürgerliche Schneiderin nähte.

Nun schämte sie sich wegen ihrer harschen Worte über den Studiosus. Genauso könnte eine Dame von Stand auch über sie sprechen. Daher legte sie die Hand auf Lores Arm und blickte sie ängstlich an. »Verzeihen Sie mir, Frau von Trettin. Ich wollte Ihnen wirklich nicht zu nahe treten.«

»Wie? Bei was?« Lores Gedanken weilten ganz woanders, und es dauerte einige Sekunden, bis sie sich ihrer Begleiterin wieder bewusst wurde.

»Ich hätte Herrn Hilgemann in Ihrer Gegenwart nicht beleidigen dürfen!«, bekannte Caroline.

»Sie haben nur Ihre ehrliche Meinung geäußert. Im Grunde ist es ungezogen, wenn ein Herr zwei ihm völlig fremde Damen bittet, ihm auf diese Weise beizustehen. Da haben Sie vollkommen recht gehabt. Ich will es ihm aber nachsehen, denn Studenten neigen nun einmal zu wilden Scherzen. Sie deswegen von der Universität zu verweisen oder gar wegen Aufruhrs einzusperren ist in meinen Augen eine zu drastische Strafe.«

»Das stimmt wohl, Frau von Trettin, zumal Herr Hilgemann wirklich nicht den Eindruck eines Aufrührers macht. Ich bin nun doch froh, dass Sie ihm helfen wollen. Bitten Sie ihn, wenn Sie ihn sehen, in meinem Namen um Entschuldigung. Ich habe es nicht böse gemeint. Ich war nur über sein plötzliches Erscheinen erschrocken!«

»Das werde ich tun«, versprach Lore. »Doch nun sollten wir bezahlen, damit ich rechtzeitig zu dem Treffpunkt komme, den ich mit Herrn Hilgemann vereinbart habe. In Berlin herrscht weitaus mehr Verkehr als in Bremen, und fliegen kann eine Droschke nicht.«

»Eine fliegende Droschke! Auf welche Idee Sie nur kommen.« Während Caroline noch lächelnd den Kopf schüttelte, winkte Lore den Kellner heran, um zu zahlen. Als ihre Begleiterin ebenfalls das Portemonnaie zücken wollte, hob sie lächelnd die Hand. »Sie sind eingeladen, meine Liebe!«

»Danke!« Obwohl Caroline froh war, das Geld für ihre Mutter sparen zu können, schämte sie sich und beschloss, sich mit feinen Näharbeiten zu revanchieren.

»Kommt der Herr noch einmal zurück?«, fragte der Mann.

»Welcher Herr? Ach so, Sie meinen den jungen Mann, der vorhin hier war. Ich fürchte, ich werde den Kaffee und den Kuchen für ihn bezahlen müssen. Die jungen Herren sind auch nicht mehr das, was sie früher einmal waren!«

Während Lore dem Mann ein weiteres Markstück reichte, musste ihre Begleiterin kichern. »Liebe Frau von Trettin, Sie haben sich eben so angehört wie eine bereits etwas betagte Dame, die den Kavalieren ihrer Jugendtage nachtrauert. Dabei sind Sie sogar noch ein paar Monate jünger als ich.«

Lore lächelte nur. Ihr war in ihrem bisherigen Leben mehr widerfahren, als Caroline je erleben würde. Da war es kein Wunder, dass sie sich trotz ihrer einundzwanzig Jahre so erfahren fühlte wie eine doppelt so alte Person.

»Es schien mir das Beste, so zu tun, als würde ich der Sache keinen Wert beimessen. Der Kellner hätte sonst misstrauisch werden können, und das wollen wir doch beide nicht. Aber nun lassen Sie uns eine Droschke besorgen.« Mit diesen Worten trat Lore auf den Schutzmann zu, der noch immer die Passanten beobachtete, die Unter den Linden flanierten.

»Guter Mann, rufen Sie uns eine Droschke!« Ein dezent gereichtes Geldstück minderte die im hochmütigen Ton gesprochenen Worte.

Der Schutzmann nickte und hielt den ersten Droschkenkutscher an, der vorbeikam. »He, du da, die Damen brauchen einen Wagen!«, rief er in harschem Tonfall. Da die Droschke leer war, wartete der Kutscher, bis der Schutzmann den Schlag geöffnet hatte, damit Lore und Caroline einsteigen konnten.

»Wohin soll ich die Damen bringen?«, fragte er.

»Zum Belle-Alliance-Platz«, wies Lore ihn an, obwohl der Platz in einer ganz anderen Richtung lag als die Turmstraße in Moabit. Sie wollte den Schutzmann irreführen, damit er, wenn er erfuhr, dass sie mit Gregor Hilgemann gesprochen hatte, nicht in der Lage sein würde, ihre Spur aufzunehmen.

An der Friedenssäule angekommen, bezahlte sie den Droschkenkutscher, sah zu, wie dieser wieder losfuhr, und winkte dem nächsten Wagen, sie mitzunehmen.

Caroline amüsierte sich über ihre Vorsicht, gleichzeitig aber bewunderte sie die Freundin. Am liebsten hätte sie Lore gebeten, mitkommen zu dürfen, wenn diese sich mit dem Studenten traf, wagte aber nicht, sie zu fragen.

Lore lud Caroline an einer Stelle ab, an der sie mit dem Pferdeomnibus bis in die Nähe ihrer Wohnung in der Möckernstraße fahren konnte, wechselte kurz darauf noch einmal die Droschke und kam gerade noch rechtzeitig vor Marys und Konrads Wohnung an. Als sie sich umsah, konnte sie Gregor Hilgemann nirgends entdecken. Dann fiel ihr an der Einmündung der Ottostraße ein Mann auf. Allerdings trug er einen altmodischen, bereits etwas abgeschabten Rock und einen Zylinderhut und stützte sich auf einen Gehstock. Erst als er sich zu Lore umwandte und unsicher grinste, erkannte sie den Studenten.

»Guten Tag, gnädige Frau!«, grüßte er. »Ich habe mir erlaubt, mich unterwegs bei einem Trödler neu einzukleiden. Leider rieche ich nun arg nach Mottenkugeln.«

»Wenn es weiter nichts ist!« Lore war erleichtert, weil ihr Schützling genügend Umsicht bewiesen hatte, sich andere Kleidung zu besorgen. Er wirkte nun wie ein Provinzler aus einfachen Verhältnissen, niemand würde ihn mehr mit dem aufmüpfigen Studenten in Verbindung bringen.

»Kommen Sie mit«, befahl sie und betrat das Haus, in dem ihre Freunde wohnten. Der Portier begrüßte sie freundlich und sah Gregor fragend an.

»Der Herr will zu Herrn Benecke. Es handelt sich um einen alten Freund«, log Lore, ohne mit der Wimper zu zucken. Während der Portier sich wieder der Zeitung zuwandte, die er unter seinem Tisch versteckt hatte, stieg Lore die Stufen ins Hochparterre hinauf, trat auf Marys Wohnungstür zu und klopfte.

Das Dienstmädchen öffnete ihr und knickste. »Guten Tag, Frau von Trettin. Frau Benecke ist leider noch nicht zu Hause.«

»Ist Herr Benecke zu sprechen?«, fragte Lore.

»Für dich immer!« Konrad kam den Flur entlang und streckte ihr die Hand entgegen. »Ich freue mich, dich zu sehen. Du siehst wohl aus!« Es klang ein wenig erstaunt, denn in letzter Zeit hatte Lore eher bedrückt gewirkt. Dann sah er den jungen Mann hinter ihr und hob verwundert die Augenbrauen. Bevor er jedoch etwas sagen konnte, legte Lore den rechten Zeigefinger auf den Mund.

»Kommt herein«, forderte Konrad sie und Gregor auf und wies das Dienstmädchen an, wieder an die Arbeit zu gehen. Dann führte er die Besucher in die gute Stube, schenkte ihnen je ein Glas Wein und sich selbst eines mit Rum ein.

Er setzte sich auf seinen Lieblingssessel und sah Lore fragend an. »Willst du mir den Herrn nicht vorstellen?«

»Es ist Gregor Hilgemann, ein Student der Rechte, der leider in Schwierigkeiten geraten ist.«

»So? Und wie bist du an ihn geraten?«, fragte Konrad geradeheraus.

»Herr Hilgemann hat, um es nach Seemannsart zu sagen, meine Droschke gekapert, da ihm einige Gendarmen auf den Fersen waren. Danach bat er mich, ihm zu helfen, und das will ich jetzt tun.«

»So, der Herr hatte mit Gendarmen zu tun. Mich würde zuerst einmal interessieren, weshalb?« Konrad betrachtete den Studenten misstrauisch, fand ihn aber nicht unsympathisch.

Gregor begann nun zu erzählen und legte Konrad zwei gedruckte Zettel vor. Auf einem stand das Lobesgedicht des Professors, auf dem anderen die abgeänderte Version der Studenten.

Konrad las beide durch und rümpfte bei den schwülstigen Versen zum Ruhme des Kaisers die Nase, während beim Lesen des Spottgedichts seine Mundwinkel verdächtig zuckten.

»Das sieht mir ganz nach einem Studentenulk aus«, sagte er zu Gregor.

Dieser nickte unglücklich. »So war es auch gedacht. Doch leider hat sich der Herr Professor in seiner Ehre angegriffen gefühlt und macht nun eine Staatsaffäre daraus.«

»Jetzt drohen Herrn Hilgemann zwei Jahre Haft, obwohl er das Gedicht selbst nicht umgeändert hat«, warf Lore ein.

»Na ja, bei ein paar Stellen habe ich schon mitgeholfen! Aber keiner der an dieser Sache Beteiligten hat zwei Jahre Gefängnis verdient. In Bayern oder Württemberg hätte man uns höchstens für zwei Wochen von den Vorlesungen ausgeschlossen, doch hier in Preußen gehen die Uhren anders. Wer aufmuckt, bekommt sofort eins übergebraten.«

»In Bremen kommt man für so was auch nicht ins Gefängnis.« Konrad las den Text noch einmal laut vor.

Lore tippte sich an die Stirn. »Es ist ein Unding, für so etwas eine ehrabschneidende Strafe erleiden zu müssen!«

»Deshalb hat man uns zunächst auch nur von der Universität verwiesen und dafür gesorgt, dass wir hier in Preußen nicht weiterstudieren dürfen. Das Gefängnis drohte uns erst, als wir uns vor dem Haus des Professors versammelt hatten, da wir mit ihm reden wollten. Er hat uns jedoch nicht einmal angehört, sondern sofort die Gendarmen holen lassen und diese gegen uns aufgehetzt. Ein paar von uns wurden sofort verhaftet.«

Gregor machte sich offensichtlich Sorgen um seine Kommilitonen, aber es war nicht zu übersehen, dass er noch mehr Angst hatte, selbst in die erbarmungslosen Fänge der preußischen Justiz zu geraten.

»Siehst du eine Möglichkeit, Herrn Hilgemann zu helfen?«, fragte Lore schließlich.

Konrad dachte lange nach. So einfach war es nicht, einem von der Justiz gesuchten Menschen Obdach und Hilfe zu gewähren. Andererseits war der Student kein Staatsverbrecher. Ihn jetzt wegzuschicken war gleichbedeutend damit, ihn seinen Verfolgern auszuliefern. Außerdem hatte Lore ihn gebracht, und diese wollte Konrad nicht enttäuschen. Er musterte die beiden und fragte sich, ob mehr dahinterstecken mochte. Immerhin war Lore von Fridolin sehr enttäuscht, da mochte es sein, dass sie Hilgemann nicht nur aus Mitleid geholfen hatte. Doch nichts an ihr oder dem Studenten deutete auf eine mögliche Liebesbeziehung hin. Lore schien sich mehr in der Rolle einer älteren Schwester zu sehen, obwohl sie gewiss zwei, drei Jahre jünger war als ihr Schützling.

Natürlich konnte sich zwischen den beiden etwas entspinnen, sagte Konrad sich. Allerdings war das nicht seine Sache. Wenn es dazu kam, war es Fridolins Schuld, der über seinen beruflichen Aufstieg seine Pflichten Lore gegenüber vernachlässigte.

»Also gut! Ich werde Ihnen helfen, Herr Hilgemann. Sie bleiben jetzt erst einmal ein paar Tage bei uns. Wir haben ein Zimmer, das die Familie, die vor uns hier wohnte, untervermietet hatte. Allerdings werden Sie Papiere benötigen, wenn Sie länger bleiben wollen.«

Gregor sah ihn erleichtert und dankbar an. »Ich danke Ihnen und verspreche Ihnen, Ihnen keine Mühe zu machen. Was die Ausweise betrifft, so hoffe ich, dass mir einer meiner Kommilitonen, der nicht in diese Sache verwickelt ist, mit den seinen aushilft, damit ich Preußen verlassen kann.«

»Und wie wollen Sie sich mit diesem Freund in Verbindung setzen?«, wollte Lore wissen.

»Da ich jetzt ein wenig Zeit gewonnen habe, kann ich ihm schreiben und einen unverfänglichen Treffpunkt mit ihm vereinbaren.«

Es war offensichtlich, dass Gregor ihre Hilfe so kurz wie möglich in Anspruch nehmen wollte, das rechneten ihm Lore und Konrad hoch an.

Lore trank das Weinglas leer und stellte es auf den Tisch. »Ihr werdet erlauben, dass ich mich verabschiede. Es war ein aufregender Tag.«

Gregor sprang auf und verbeugte sich. »Ich weiß nicht, wie ich Ihnen danken soll, gnädige Frau!«

»Nicht doch! Ich habe Ihnen gerne geholfen, Herr Hilgemann. Sagen wir es einmal so: Es hat ein wenig Würze in mein Leben gebracht. Richte Mary einen schönen Gruß aus, Konrad, und teile ihr mit, dass ich morgen zur vereinbarten Stunde im Modesalon sein werde!«

Sie winkte den beiden Männern kurz zu, verließ die Wohnung und forderte den Portier auf, ihr eine Droschke zu besorgen. Zwar war der Weg nach Hause nicht weit, aber die Sonne hatte sich inzwischen verabschiedet und der Wind schob dunkle Wolken über den Himmel. Als Lore zur wartenden Droschke eilte, spürte sie die ersten Regentropfen auf dem Gesicht.

## XV.

Auch an diesem Abend blieb Lore allein. Fridolin wurde noch in der Bank von Grünfelder abgefangen und mit in dessen Haus geschleppt. Da auch Dohnke und zwei weitere Angestellte des Bankhauses eine Einladung erhalten hatten, war es ihm unmöglich, sich zu widersetzen. Diesmal aber, sagte er sich, würde er mit Juliane Grünfelder über Lore sprechen.

Schon auf dem Weg zu Grünfelders Villa war der Regen stärker geworden, so dass mehrere Diener mit Schirmen herbeieilen mussten, damit die Herren halbwegs trocken ins Haus kamen. Der Bankier führte sie zuerst in seinen Salon und befahl den wartenden Lakaien, Wein und Zigarren zu reichen. Fridolin wählte ein Glas leichten Rheinwein, lehnte aber die Zigarre ab. Die anderen taten sich weniger Zwang an. Auch Emil Dohnke ließ sich eine Zigarre anstecken, obwohl er nur gelegentlich eine Zigarette rauchte und ein so starkes Kraut nicht gewohnt war.

»Ich freue mich, Sie heute in meinem Haus begrüßen zu können. Sie haben in letzter Zeit ausgezeichnete Arbeit geleistet, und dafür möchte ich Ihnen danken«, begann Grünfelder eine kleine Ansprache, in deren Verlauf er vor allem Fridolins Verdienste herausstellte.

»Sie tun mir zu viel der Ehre an«, wehrte dieser ab.

»Nein, ganz gewiss nicht! Sie sind ein Mann mit einem scharfen Blick für Geld«, sprang Emil Dohnke dem Bankier bei. Auch die beiden anderen Herren stimmten dieser Aussage zu, denn seit Fridolin in der Bank arbeitete, waren Umsätze und Gewinne laufend gestiegen, und sie konnten sich ausrechnen, am Ende des Jahres eine hübsche Summe als Prämie zu erhalten.

»Sie sollten Ihr Licht nicht unter den Scheffel stellen, Herr von Trettin. Ich bin hochzufrieden mit Ihrer Arbeit. Ihnen aber, meine Herren, möchte ich in diesem Zusammenhang mitteilen, dass Herr von Trettin in Kürze nicht mehr nur Vizedirektor meines Bankhauses sein wird, sondern auch mein Geschäftspartner. Er wird sich vorerst mit zehn Prozent an der Bank beteiligen!« Grünfelder sah zufrieden, wie diese Nachricht bei seinen Untergebenen einschlug. Sollte es bis jetzt noch Eifersüchteleien Fridolins wegen gegeben haben, so waren diese nun vergessen. Keiner von ihnen hatte das Geld, um sich in eine Bank einkaufen zu können, vielleicht mit Ausnahme von Dohnke. Aber dieser würde das Bankhaus Grünfelder in einigen Jahren ohnehin wieder verlassen, um die kleine Provinzbank seines Vaters weiterzuführen.

»Also, meine Herren, trinken wir auf meinen neuen Geschäftspartner! Herr von Trettin, erheben Sie Ihr Glas!« Grünfelder stieß mit Fridolin an und wartete, bis die anderen es ihm gleichgetan hatten.

»Auf den weiteren Aufstieg unseres Bankhauses!«, rief Grünfelder und trank den Cognac. Dabei stellte er fest, dass Fridolin einen ausgezeichneten Geschmack hatte. Die neue Sorte war etwas billiger als die, die er bisher gekauft hatte, mundete ihm aber weitaus besser.

»Sie sind ein Mann ganz nach meinem Geschmack«, erklärte er seinem zukünftigen Partner und dachte bei sich, dass es schon mit dem Teufel zugehen müsse, wenn er diesen prächtigen jungen Herrn nicht als Schwiegersohn gewinnen würde. Zufrieden stellte er sein Glas ab und wies zur Tür.

»Meine Herren, das Abendessen und die Damen warten auf uns.« Er stutzte ein wenig und drehte sich dann lächelnd zu Fridolin um. »Ich war jetzt wohl ungezogen, weil ich das Essen vor den Damen genannt habe?«

»Verehrter Herr Grünfelder, von uns wird Sie keiner an die Damen verraten!«

»So lobe ich es mir, Herr von Trettin. Aber das nächste Mal werde ich darauf achten!« Mit diesen Worten fasste Grünfelder Fridolin am Arm und führte ihn zur Tür hinaus.

Emil Dohnke hatte nur ein paar Züge genommen und legte seine Zigarre mit einem Ausdruck der Erleichterung weg, wäh-

179

rend die anderen Angestellten noch rasch an ihren fast ausgerauchten Zigarren zogen und diese bedauernd im Aschenbecher ausdrückten.

Im Speisezimmer warteten Juliane und Wilhelmine Grünfelder bereits. Da es sich nur um eine formlose Zusammenkunft und nicht um ein festliches Abendessen handelte, waren die Plätze nicht festgelegt worden. Dennoch gelang es Grünfelders Tochter, an Fridolins rechte Seite zu gelangen. »Seien Sie mir herzlich willkommen, Herr von Trettin«, begrüßte sie ihn mit einem seelenvollen Augenaufschlag.

»Ich danke Ihnen, gnädiges Fräulein, und darf diesen Dank auch an Ihre verehrte Frau Mutter weiterreichen.«

Fridolin verneigte sich kurz vor den Damen des Hauses und richtete dann das Wort an die Frau des Bankiers. »Gnädige Frau, ich würde gerne mit Ihnen sprechen.«

»Aber gerne«, antwortete Juliane Grünfelder, die nicht ahnte, worauf Fridolin hinauswollte.

Ihr Mann aber hatte noch im Ohr, dass Fridolin sich über die Missachtung beschwert hatte, die seine Frau durch die Damen des Hauses Grünfelder erfuhr, und versuchte, vom Thema abzulenken. »Aber Herr von Trettin, Sie wissen doch, dass Sie mit mir, meiner Frau und auch meiner Tochter über alles sprechen können, was Sie bewegt. Sie sind ein Edelmann wie aus dem Bilderbuch. Allein schon Ihre Ratschläge bezüglich verschiedener Getränke! Ich bin Ihnen ja so dankbar dafür. Sehen Sie nur diesen Wein aus Jerez an. Er passt ausgezeichnet zum Beginn dieses Mahles. Und erst der Cognac! Die Marke, die Sie mir empfohlen haben, ist einfach kolossal. Einen besseren trinkt wahrscheinlich selbst der Kaiser nicht!«

»Wir hätten von den Franzosen anno 71 eher das Cognac und die Champagne verlangen sollen als Elsass-Lothringen«, warf einer der Bankangestellten witzelnd ein.

Grünfelder gab ihm sofort Kontra. »Es war unsere Pflicht, unsere unter der Knute des Franzmanns ächzenden deutschen Brüder zu befreien und an unsere Brust zu drücken!«

»Ich hoffe, wir brechen ihnen dabei nicht sämtliche Rippen«, murmelte Fridolin, der in Bremen erfahren hatte, dass beileibe nicht alle Elsässer und Lothringer begeistert gewesen waren, wieder dem Deutschen Reich angeschlossen zu werden.

»Was haben Sie gesagt?«, fragte Grünfelder nach.

Fridolin machte eine wegwerfende Handbewegung. »Nichts von Belang! Doch wenn ich jetzt meine Bitte an die gnädige Frau richten dürfte.«

Der Bankier begriff, dass Fridolin sich nicht von seinem Ziel abbringen lassen würde, und warf seiner Frau einen mahnenden Blick zu.

Juliane Grünfelder lächelte. »Was wünschen Sie, Herr von Trettin?«

»Es geht um meine Gattin. Sie ist neu in Berlin, kennt keinen Menschen und sitzt jetzt zu Hause, ohne dass jemand sie einlädt oder sie besucht. Aus diesem Grund würde es mich freuen, wenn Sie sich Lores annehmen und ihr behilflich sein könnten, sich in Berlin einzuleben und neue Freunde zu finden.«

Obwohl Fridolin seine Forderung in höfliche Worte gefasst hatte, spürte Juliane seinen festen Willen und wusste nicht, wie sie sich nun verhalten sollte.

Wilhelmine jedoch suchte gar nicht erst nach einer diplomatischen Formulierung. Sie sprang auf und blickte Fridolin empört an. »Wir werden diese Schneiderin niemals in unserem Haus dulden und unseren Freunden aufdrängen, die alle aus gutem Hause oder von Adel sind!«

»Wilhelmine!«, rief Grünfelder erschrocken, konnte seine Tochter jedoch nicht bremsen.

»Ich sage nur die Wahrheit! Alle meine Freundinnen einschließlich Fräulein von Stenik und Kriemhild von Wesel haben erklärt, dass sie unser Haus in Zukunft meiden würden, wenn diese Schneiderin hier empfangen wird.«

Fridolin war wie vor den Kopf geschlagen. Im ersten Augenblick wollte er aufstehen und gehen. Dafür aber war er bereits zu eng mit August Grünfelder und dessen Bank verbunden. Jetzt auszusteigen und nach Bremen zurückzukehren war für ihn gleichbedeutend mit eigenem Scheitern. Daher bezwang er seinen Zorn und wandte sich an Grünfelder.

»Sie werden verstehen, dass ich in einem Haus, in dem meine Gattin nicht willkommen ist, nicht mehr wie ein normaler Gast ein und aus gehen kann. Daher ist es wohl das Beste, wenn ich hier nur erscheine, wenn ein geschäftlicher Anlass meine Anwesenheit erfordert.«

»Aber Herr von Trettin, ich wollte doch Sie nicht vertreiben!« Wilhelmine brach in Tränen aus, während ihr Vater hilflos danebensaß und nicht wusste, was er sagen sollte.

»Aber Kindchen, jetzt weine doch nicht!«, flehte die Mutter und nahm Wilhelmine in die Arme.

Im Stillen aber haderte sie mit ihrer Tochter. Es wäre besser gewesen, so zu tun, als würden sie Fridolins Bitte erfüllen, und dessen Frau den spitzen Bemerkungen der anderen Damen auszusetzen. Um zu retten, was noch zu retten war, sah sie Fridolin händeringend an.

»Lieber Herr von Trettin, verzeihen Sie meinem armen Kind. Es plappert nur nach, was es von anderen gehört hat. Ich hätte Ihre Gattin schon längst eingeladen, nur macht deren Ruf es mir unmöglich. Ich darf eine derart gewöhnliche Person meinen übrigen Gästen nicht zumuten, wenn ich nicht mein Ansehen und das meiner Tochter beschädigen will.«

»Lore ist alles andere als eine gewöhnliche Person«, presste Fridolin zwischen zusammengebissenen Zähnen hervor.

»Das nehme ich an, denn ein Herr von Welt wie Sie hätte sie sonst nicht geehelicht. Nur muss ich auf meine Freundinnen und Bekannten Rücksicht nehmen. Solange sich diese Gerüchte um Ihre Gattin ranken, ist es mir unmöglich, sie so an meinen Busen zu drücken, wie sie es gewiss verdient hätte.«

»Wenn ich diejenigen, die für diese haltlosen Gerüchte verantwortlich sind, ausfindig mache, werden sie es bedauern!«, sagte Fridolin, doch seinen Worten fehlte die notwendige Schärfe. Er wusste selbst, in welch armseligen Verhältnissen Lore und deren Großvater Wolfhard Nikolaus von Trettin nach dessen Vertreibung von Gut Trettin hatten leben müssen. Damals hatte Lore sich tatsächlich nicht anders zu helfen gewusst, als für eine Schneiderin namens Lepin zu arbeiten. Irgendjemand musste davon erfahren und dies in Berlin verbreitet haben.

»Ich muss gestehen, es ist mir ein Rätsel, wie solche Gerüchte aufkommen konnten.« Fridolin nahm einen neuen Anlauf. »Meine Ehefrau ist immerhin die Enkelin meines Oheims, des Freiherrn von Trettin auf Trettin, des damaligen Majoratsherrn.«

Für Juliane Grünfelder waren diese Worte ein Schock. Wenn es sich wirklich so verhielt, würden die Träume ihrer Tochter zerplatzen wie Seifenblasen. Doch wo Rauch war, war auch Feuer. Die Gerüchte mussten zumindest zum Teil der Wahrheit entsprechen. Um dies herauszufinden, machte sie Fridolin ein Angebot.

»Wenn Sie es wünschen, werde ich mich unter meinen Bekannten umhören, von welcher Seite sie diese Informationen bekommen haben!«

»Dafür wäre ich Ihnen sehr verbunden, gnädige Frau!« Fridolin deutete eine Verbeugung an und bat, sich verabschieden zu dürfen.


## XVI.

Eigentlich hatte Grünfelder es bei dem Abendessen belassen wollen. Doch um Fridolin zu versöhnen, schlug er vor, noch gemeinsam auszugehen.

»Nur, wenn die anderen Herren es ebenfalls wünschen«, antwortete Fridolin, um Grünfelder gegenüber zu unterstreichen, dass er nicht bereit war, die Missachtung seiner Frau weiter hinzunehmen. Der Bankier fragte nun Emil Dohnke und die beiden anderen Angestellten. Für diese war sein Wunsch gleichbedeutend mit einem Befehl, und so fanden sie sich eine halbe Stunde später zu fünft in einem Bierlokal in der Friedrichstraße wieder.

Obwohl die Gaststätte von Herren besserer Kreise frequentiert wurde, ging es recht lebhaft zu. Einige junge Offiziere führten das große Wort und mischten sich, wenn ihnen eine Bemerkung nicht passte, auch in die Gespräche an den Nebentischen ein.

»Im Grunde sind diese Kerle ungezogene Lümmel«, flüsterte Emil Dohnke Fridolin zu.

Dieser nickte. »Da sie des Kaisers Rock tragen, glauben sie, die ganze Welt drehe sich um sie. Da ist mir sogar Rendlinger noch lieber. Der Mann ist zwar ebenfalls aufgeblasen bis kurz vor dem Platzen, aber er leistet wenigstens noch etwas, während diese Männer außer Saufen, Fressen und Soldatenschikanieren nichts gelernt haben.«

Grünfelder hatte Fridolin gehört und neigte sich zu ihm. »Haben Sie etwa nicht gedient, Herr von Trettin?«

Fridolin schüttelte den Kopf. »Nein! Mein Vater ist gefallen, ehe er mich in die Armee hat stecken können, mein Vormund hatte kein Interesse daran, und die letzten Jahre war ich beim NDL beschäftigt und hatte keine Zeit, ans Exerzieren zu denken.«

»Vielleicht sollten Sie in Erwägung ziehen, Ihr Freiwilligenjahr abzuleisten und dann als Leutnant a.D. auszuscheiden. Die Leute erwarten dies von einem Mann in leitender Funktion«, wandte Grünfelder ein.

»Ich könnte ein Jahr lang nicht in der Bank arbeiten«, antwortete Fridolin mit einem unwirschen Lachen. Während ihn der Umgang mit Geld zufriedenstellte, vermochte er dem Soldatensein wenig abzugewinnen.

Zu seiner Überraschung sprang Emil Dohnke dem Bankier bei. »Herr Grünfelder hat recht, Herr von Trettin. Wenn Sie als Bankier ernst genommen werden wollen, muss auf Ihrem

Schreibtisch ein Bild stehen, das Sie in Uniform zeigt. Mein Vater ist wahrlich kein Militarist, aber auch er hat darauf bestanden, dass ich mein Freiwilligenjahr ableiste. Ich bin jetzt Leutnant a.D., wenn auch bei der Artillerie, da die anderen Truppenteile keine bürgerlichen Offiziere aufnehmen.«

»Außerdem bin ich sicher, es so einrichten zu können, dass Sie einen Teil der Zeit in der Bank arbeiten können. Ich gebe einfach Ihrem Regimentskommandeur einen Kredit und erkläre Sie im Gegenzug dafür als unverzichtbar für meine Bank. Sie werden sehen, dieses eine Jahr vergeht wie im Flug!« Grünfelder drängte nicht nur wegen des Ansehens seiner Bank. Wenn Fridolin sein Schwiegersohn wurde, musste er seine Pflicht als Staatsbürger voll und ganz erfüllt haben. Außerdem, so sagte er sich, würde er während seiner Zeit bei der Armee seine Frau kaum sehen und eher bereit sein, sich von ihr zu trennen.

Auch Fridolin wusste, dass in Preußen vor allem die Uniform zählte. Als Offizier a.D. hätte er die vorlauten Lümmel zurechtweisen können, die sich eben den Spaß erlaubten, einen als Feldwebel ausgeschiedenen Bürgerlichen strammstehen zu lassen. Einen schlichten Zivilisten wie ihn konnten die Kerle sogar verprügeln, ohne eine Strafe befürchten zu müssen.

»Ich werde darüber nachdenken, Herr Grünfelder«, sagte er halb überzeugt und trank sein Bier aus. »Wenn Sie erlauben, werde ich jetzt nach Hause fahren!«

Der Bankier hob die Hand. »Aber Herr von Trettin, der Abend ist doch noch jung. Ich hatte gehofft, Sie würden mich noch zu einem gewissen Ort begleiten.«

Grünfelder war offenbar wieder danach, sich mit einer hübschen Hure zu vergnügen, und wie viele andere Männer genierte er sich, den Tempel der Sünde allein zu betreten. Doch so leicht wollte er es dem Bankier nicht machen. »Ich werde mit Ihnen kommen, sofern uns die anderen Herren begleiten!«

»Ich hätte durchaus Lust dazu«, erklärte Emil Dohnke bereitwillig.

Fridolin hoffte bereits, Grünfelder würde seine Pläne ändern, doch nach kurzem Besinnen stimmte dieser zu. »Ich glaube, Sie sind alt genug dazu, Dohnke. Außerdem haben Sie gedient.«

»Was man von mir nicht behaupten kann«, wandte Fridolin gereizt ein.

»Sie werden Ihr Jahr bei der Armee schon noch hinter sich bringen und als wertvoller Bürger in meine Bank zurückkehren, mein Lieber!«

Grünfelder hatte dem guten Bier bereits reichlich zugesprochen und fühlte sich in dieser Runde wohl. Den kleinen Zwischenfall beim Abendessen hatte er bereits vergessen und freute sich auf den Besuch im *Le Plaisir*. Er beglich die Zeche und führte seine Angestellten hinaus. Auf der Straße winkte er einen wartenden Droschkenkutscher heran und befahl ihm, sie zu Hede Pfefferkorns Etablissement in die Stallschreiberstraße zu bringen.

Als sie dort ankamen, bezahlte der Bankier den Droschkenkutscher und stiefelte dann auf die Eingangstür zu. Der Kutscher sah ihm und seinen Begleitern nach und dachte sich, dass seine Familie von dem Geld, das diese Männer in einer Nacht hier ausgaben, etliche Monate würde leben können. Dabei hätte ihn ein Besuch in diesem Nobelbordell selbst gereizt, doch das lag weit außerhalb seiner finanziellen Reichweite. Der Kutscher tröstete sich schließlich damit, dass es in der Friedrichstraße einige Puffs gab, die für seinesgleichen erschwinglich waren. Schließlich waren die Frauen unten alle gleich gestaltet. Vom Bier befeuert, trat Grünfelder in Hedes Empfangssalon und sah sich sofort nach Lenka um. Auch wenn es eine reiche Auswahl an hübschen Mädchen gab, wollte er doch nur mit ihr ins Separee. Solange er immer mit derselben Hure schlief, so redete er sich ein, würde er seine Frau nicht allzu schlimm betrügen.

Hede sah die neuen Gäste kommen und bemerkte Grünfelders suchenden Blick. Sofort rief sie Elsie zu sich. »Los, hole Lenka! Sie soll sich des Herrn dort annehmen. Du kümmerst dich um ihren jetzigen Kavalier. Sollte er unmutig werden, weißt du, was du zu tun hast.«

Elsie bleckte die Zähne. Wieder einmal musste sie für eines der anderen Mädchen einspringen und dem geprellten Kunden Gefälligkeiten erweisen, für die sich kaum eine der anderen Huren hergab. Die bekamen stattdessen die Herren mit den dicken Brieftaschen, die entsprechend viel Trinkgeld zahlten. Sie aber musste froh sein, nicht an einen Kerl zu geraten, der nur dann in Wallung kam, wenn er ihr den Hintern versohlte, so wie Fürst Tirassow, den sie aus diesem Grund bereits hassen gelernt hatte.

»Geh schon!« Hedes ungeduldige Bemerkung scheuchte Elsie auf, und sie verließ eilig den Salon. Als Lenka dann Grünfelder mit einem strahlenden Lächeln begrüßte, musste sie einen verärgerten Offizier befriedigen, der nicht die geringste Rücksicht auf sie nahm.

Unterdessen hielt Emil Dohnke sich eng an Fridolin und be-

staunte die zwar schwülstig wirkende, aber dennoch recht ge-
schmackvolle Einrichtung des Salons und die mit knappen
Miedern und schwingenden Röcken bekleideten Mädchen.
»So feudal war der Puff, in den ich während meiner Zeit beim
Barras mit meinen Kameraden gegangen bin, wahrlich nicht.
Ein Besuch hier würde mich für Monate finanziell ruinieren.
Ich glaube, ich sollte doch besser gehen. Mein alter Herr würde
explodieren, lebte ich auf so großem Fuß.«
Emil machte eine Bewegung, als wolle er tatsächlich verschwinden, doch da trat Hede auf ihn und Fridolin zu. »Willkommen
im *Le Plaisir*, meine Herren. Sie sind noch kein Clubmitglied?«,
fragte sie Emil.
Dieser schüttelte den Kopf. »Bedauerlicherweise nein, aber ich
bin mir nicht sicher, ob ich überhaupt eines werden soll.«
In dem Augenblick drehte Grünfelder, der gerade mit Lenka
ein Glas Champagner teilte, sich zu ihm um. »Jetzt seien Sie
keine Memme, Herr Dohnke! Ich habe Sie heute eingeladen,
und dazu stehe ich. Sie übrigens auch, Herr von Trettin.«
Fridolin verneigte sich mit einem spöttischen Lächeln. »Ich
weiß diese Ehre zu schätzen, Herr Grünfelder!«
Doch er hatte nicht die Absicht, dieses Angebot anzunehmen,
da ihm dies wie ein Verrat an Lore erschienen wäre.
Derweil winkte Hede eines der Mädchen heran und zeigte auf
Emil Dohnke. »Kümmere dich um diesen Herrn, Hanna. Zuerst muss er sich in das Clubbuch einschreiben. Dann trinke
ein Glas Champagner mit ihm und erweise ihm das Vergnügen, das er sich wünscht!«
Fridolin sah noch, wie das Mädchen Emil Dohnke das Buch
hinschob, dann hakte Hede ihn unter und führte ihn in ihr

Büro. »Trinken wir ein Glas Cognac und reden dabei vom Geschäftlichen.«

»Ich habe die Verträge fertiggestellt und wollte sie dir am Sonntag bringen. Da ich sie nicht im Büro liegen lassen wollte, habe ich sie eingesteckt. Hier sind sie!« Fridolin griff in seine Brieftasche, zog mehrere Papiere heraus und legte sie Hede vor.

Sie las sie aufmerksam durch und nickte. »Die Bedingungen sind ausgezeichnet. Nur darf ich diese Verträge nicht hier aufbewahren, sonst geraten sie unter Umständen in die Hände der Behörden. Diese Leute achten scharf auf unser Gewerbe und schließen oft ein Bordell, nur um ihre Macht zu beweisen. Bis jetzt habe ich mich mit Bestechung davor schützen können, doch du weißt ja: Der Krug geht so lange zum Brunnen, bis er bricht.«

»Sollte das passieren, hast du hinterher genug Geld, um dir ein neues Bordell einzurichten«, erklärte Fridolin.

Hede schüttelte den Kopf. »Ich glaube nicht, dass ich das noch will. Ich werde nicht jünger, und ich bekomme bereits Probleme, wenn ich draußen auf dem Trottoir ein Kindermädchen mit einem Kleinkind sehe. Ich würde das Kleine am liebsten an mich nehmen und herzen und küssen.«

Ihre Worte überraschten Fridolin, der sich nie hätte vorstellen können, dass Hede solch bürgerliche Vorstellungen hegen würde.

»Was würdest du sonst tun?«, fragte er.

»Vielleicht sollte ich nach Amerika gehen und dort einen braven Deutschen heiraten, der dorthin ausgewandert ist, oder …« Hede brach ab und sah Fridolin mit einem bitteren Lächeln an. »Aber ich will nicht von hier fort! Ach, schau nicht so mitleidig. Du musst mich für arg verschroben halten, nicht wahr?«

»Ganz und gar nicht. Ich verstehe, was du meinst. Aber zurück zu den Verträgen! Du wirst sie in einen Umschlag tun und diesen versiegeln. Der kommt dann in den Tresor unserer Bank und darf nur auf deine schriftliche Aufforderung hin herausgegeben werden. Der entsprechende Vertrag liegt ebenfalls bei. Du musst nur noch unterschreiben.«

»… und dir das Geld geben!« Hede lachte und setzte ihren Namenszug unter die beiden Verträge, steckte den einen in ein Kuvert und siegelte dieses mit ihrem Ring. Als sie es Fridolin reichen wollte, schüttelte dieser den Kopf. »Du musst deine Unterschrift auch auf den Umschlag setzen, damit die Leute in der Bank wissen, dass die Aufforderung, den Vertrag herauszugeben, von dir kommt!«

Hede tat es, trat dann zu einem Bild an der Wand und entfernte es. Dahinter kam ein kleiner Tresor zum Vorschein. Sie öffnete diesen mit einem Schlüssel, der an einer goldenen Kette um ihren Hals hing, und holte stapelweise Geldscheine heraus.

»Nur gut, dass ich dir vertraue. Bei jedem anderen hätte ich Angst, ihm sowohl das Geld wie auch die beiden Verträge zu übergeben«, sagte sie mit einer gewissen Anspannung.

Fridolin zählte die Banknoten und steckte sie in ein Kuvert. »Du kannst mir vertrauen, meine Liebe. Wie oft hast du mir früher aus der Patsche geholfen? Ich würde mich schämen, dich betrügen zu wollen.«

»Doch du hast dich verändert, Fridolin. Beinahe bedauere ich es. Aber wenn unsere Freundschaft noch immer für dich zählt, dann komm mit in mein Schlafzimmer. Ich will diesen Vertrag mit mehr besiegeln als nur mit Wachs und Unterschrift.«

Fridolin lag schon eine Ablehnung auf der Zunge. Dann aber sah er die Einsamkeit in ihren Augen und ihre Angst, er könne sie übers Ohr hauen wollen, weil sie doch nur eine Puffmutter war. Daher nickte er. Doch eines war ihm klar: Lore durfte von den Herrenabenden im *Le Plaisir* um Gottes willen niemals etwas erfahren.

# Dritter Teil

*Intrigen*

# I.

Um keinesfalls zu spät in Marys Modesalon zu kommen, hatte Lore die Droschke so bestellt, dass sie eine halbe Stunde vor der vereinbarten Zeit da war. Nun saß sie im Empfangssalon, trank Kaffee und aß ein Schnittchen, das eines der Lehrmädchen zubereitet hatte. Mary kontrollierte inzwischen das fast fertige Prachtkleid, lobte die ausgezeichneten Nähte und Applikationen. Im gleichen Atemzug aber brachte sie ihre Befürchtung zum Ausdruck, Frau von Stenik würde das Kleid vielleicht doch nicht gefallen.

Schließlich wurde Lore es zu dumm. »Wenn ihr das Kleid nicht gefällt, soll sie sich eins malen!«

Mary schüttelte missbilligend den Kopf. »Das verstehst du nicht, Laurie. Wenn diese Dame zufrieden ist, werden die zahlungskräftigen Kundinnen unseren Salon überrennen. Sollte sie das Kleid jedoch zurückweisen, ist unser Ruf in diesen Kreisen ruiniert, und uns bleiben nur die bürgerlichen Damen, die gerade einmal einen Bruchteil jener Summen für ihre Garderobe ausgeben können.«

Noch vor wenigen Tagen hatte Lore ähnlich gedacht. Doch nun hatte sie all ihre Kunstfertigkeit in dieses Kleid gelegt und fand es einfach perfekt. Eine Kritik daran, so gering sie auch ausfallen mochte, würde sie verletzen. Da sie dies Mary nicht sagen wollte, wies sie auf einen leeren Stuhl. »Setz dich endlich! Wenn du deine Beine zu sehr belastest, wirst du hier herumhinken, und das macht gewiss keinen guten Eindruck.«

Zuerst kniff Mary die Lippen zusammen, schalt sich dann aber eine Närrin, weil sie sich beleidigt fühlte. Immerhin hatte sie es allein Lore zu verdanken, dass sie überhaupt wieder gehen konnte. Zu Hause in England würde sie nur mit zwei Stöcken herumhumpeln und gewiss keine so hochrangige Kundin empfangen können wie die Dame, deren Wagen eben auf der Straße vorfuhr.

»Sie ist da! Bitte verwandle dich in eine Kundin, Laurie«, flüsterte sie und eilte zur Tür. Dabei merkte sie zu ihrem Ärger, dass sie tatsächlich ein wenig hinkte.

Lore setzte sich bequemer hin, nahm die Tasse zur Hand und blätterte in einem der Modemagazine, die auf dem Tisch lagen. Für ihr Gefühl bot sie genau das Bild einer sich gelangweilt fühlenden Kundin, der eben eine andere, wichtiger erscheinende Dame vorgezogen wurde.

Unterdessen trat Frau von Stenik ein und sah sich naserümpfend um. »Heute haben Sie wohl noch keine Kunden!« Ihre Stimme klang scharf, doch Mary beschloss, es zu ignorieren.

»Ich habe die anderen Kundinnen gebeten, später zu erscheinen, um mich voll und ganz Ihnen widmen zu können, gnädige Frau!«

»Und diese da?«, fragte Frau von Stenik und wies auf Lore.

»Freifrau von Trettin muss in zwei Stunden einen wichtigen Termin wahrnehmen. Daher ist sie bereits jetzt erschienen. Aber ich stehe zunächst natürlich voll und ganz zu Ihrer Verfügung.«

Heilgard von Stenik hob ihr Lorgnon vor die Augen und blickte Lore an. »So, so, das ist also diese Freifrau von Trettin!« Danach kehrte sie ihr den Rücken. »Und wo ist nun das Kleid?«

»Es liegt im Anprobezimmer für Sie bereit!« Das hochmütige Auftreten der Kundin zerrte an Marys Nerven, doch in der

Hafenstraße in Harwich, in der sie aufgewachsen war, hatte sie gelernt, dass es nichts brachte, eine Kränkung mit gleicher Münze zurückzuzahlen. Daher bat sie die Kundin in aller Ruhe, mit ihr zu kommen.

Beim Anblick des über eine Schneiderpuppe drapierten Kleides leuchteten die Augen der Dame auf. Trotzdem ging sie um die Puppe herum und prüfte jede Handbreit der Arbeit. Sie merkte jedoch rasch, dass sie nicht das Geringste auszusetzen fand. Beinahe war sie enttäuscht, denn sie liebte es, ihre Schneiderinnen, Hutmacherinnen und andere, die für sie arbeiteten, so zu kritisieren, dass sie vor ihr auf dem Boden krochen. Doch diese Engländerin arbeitete so gut, dass sie keinen Streit vom Zaun brechen wollte.

»Nun, ganz nett«, meinte sie daher und sprach damit ein Lob aus, das noch keine Schneiderin von ihr gehört hatte.

Lore, die jetzt an der Tür stand und scheinbar gelangweilt zusah, schnaubte leise und sagte sich, dass sie sich für diese impertinente Frau nicht mehr abmühen würde.

Derweil rief Mary zwei ihrer Angestellten zu sich und bat die Dame, ihr Kleid abzulegen und das neue anzuprobieren. Als Frau von Stenik schließlich in ihrem neuen Festgewand dastand, musste Lore sich das Lachen verkneifen. Die Frau glich darin ihrem Dienstmädchen Jutta wie ein Zwilling dem anderen.

Frau von Stenik bekrittelte noch dieses und jenes, aber Lore war sich sicher, dass sie das Kleid bei ihrem nächsten Besuch ohne jede Änderung als »ganz hübsch« bezeichnen und mit nach Hause nehmen würde.

»Und was sagen Sie zu diesem Kleid, Frau von Trettin?«, fragte

Mary in der Hoffnung, von Lore moralische Unterstützung zu erhalten.

»Ganz hübsch! Für eine Dame mittleren Alters bestens geeignet.« Noch während sie es sagte, hätte Lore sich am liebsten auf die Zunge gebissen, unbewusst hatte sie die affektierte Sprechweise der Kundin nachgeäfft.

Diese blickte sie verärgert an. »Die Freifrau von Schneiderin scheint wirklich vom Fach zu sein!«

Mary erbleichte und sah Lore erschrocken an. Diese hätte es Frau von Stenik am liebsten mit gleicher Münze heimgezahlt, rang sich dann aber ein spöttisches Lächeln ab.

»Madame scheinen über meine Herkunft ja gut informiert zu sein. Doch muss ich gestehen, dass ich mich nicht schäme, die Enkelin des Freiherrn Wolfhard Nikolaus von Trettin auf Trettin zu sein, und auch nicht dafür, das Schicksal der Armut mit diesem geteilt zu haben, nachdem sein Neffe Ottokar mit Hilfe willfähriger Richter das Gut Trettin an sich gebracht hatte!«

»Sie! Den willfährigen Richter lasse ich mir nicht gefallen. Mein Neffe Theodor war Vorsitzender dieses Gerichts«, fuhr die andere auf.

»Er *war* es! Und wo ist er nun?«, fragte Lore süffisant.

Die Kundin öffnete den Mund, überlegte es sich dann aber anders. Sie wandte sich an Mary und herrschte diese an: »Ich will die Änderungen bis morgen erledigt haben. Die Großherzogin von Hessen-Darmstadt veranstaltet am Abend einen Ball, und dazu will ich es tragen.« Nach diesen Worten rauschte sie ohne Abschied davon und ließ Mary ratlos und Lore im Zustand fortgeschrittener Erheiterung zurück.

»Was hatte die Dame auf einmal?«, fragte Mary.

»Ihr Neffe Theodor, von dem sie eben sprach, wurde im letzten Jahr in den vorläufigen Ruhestand geschickt. Einige seiner Urteile sind seinen Vorgesetzten doch eigenartig vorgekommen.«

»Woher weißt du das?«

»Von Caroline, sprich dem Fräulein von Trepkow. Frau von Steniks Neffe Theodor zählte nämlich zu jenen, die die Versteigerung ihres väterlichen Gutes mit besonderer Energie betrieben haben. Er hatte allerdings Pech, denn ein hoher Herr der preußischen Regierung hat mehr geboten als er.« Obwohl Lore sich immer noch über die Frau ärgerte, musste sie lachen.

Sie umarmte Mary, die konsterniert vor ihr stand, und küsste sie auf die Wangen. »Kopf hoch, meine Liebe! Diese Dame wird es nicht wagen, uns an den Karren zu fahren. Dafür hat sie viel zu viel Angst, es könnte wegen ihres ebenso bestechlichen wie gierigen Neffen zum Skandal kommen. Wahrscheinlich wird sie auch keine Gerüchte mehr über mich verbreiten. Zwar verachten die Damen der Gesellschaft jene, die sich mit ihrer Hände Arbeit ernähren müssen, doch eine Aschenputtelgeschichte von einem armen Mädchen, das mit ihrem Großvater in einer kleinen Hütte im Forst leben muss, weil diese von seinem eigenen Neffen von seinem Besitz vertrieben wurde, würde die Reputation ihres Verwandten und damit auch die ihre arg beschädigen.«

»Du glaubst also, dass du doch noch Zugang zu diesen Kreisen bekommst?«, fragte Mary hoffnungsvoll.

Lore zuckte mit den Achseln. »Ich weiß es nicht! Berlin ist nicht Bremen. Dort vermochten mir nicht einmal Ermingarde Klampts Hetzereien zu schaden. Es ist bedauerlich, dass August Grünfelder ausgerechnet in Berlin Bankier ist. In Bremen wäre ich gerne geblieben!« Mit einem Seufzen brach Lore ab, fasste sich aber rasch wieder und forderte Mary auf, mit ihr in den Empfangssalon zu gehen. Dort zeigte sie auf eine Modezeichnung, die ihr gefallen hatte.

»So ein Kleid hätte ich gerne. Auch wenn derzeit keine Aussicht besteht, dass ich irgendwohin eingeladen werde, möchte ich doch vorbereitet sein und nicht in einem meiner alten Kleider erscheinen. Was in Bremen als modisch gelten mag, ist hier in Berlin schon längst nicht mehr – wie sagst du immer so schön – *up to date!*«

## II.

Dank der Begegnung mit Frau von Stenik hatte Lore begriffen, dass die Gerüchte über sie nicht von ihrer Bremer Feindin Ermingarde Klampt, sondern von dritter Seite verbreitet wurden. Marys Kundin stammte aus dem Umkreis Ottokar von Trettins, des Neffen ihres Großvaters, der diesen von seinem Gut vertrieben hatte. Zwar hatte Ottokar bereits vor fünf Jahren das Zeitliche gesegnet, doch dessen Ehefrau Malwine lebte noch.

Der Gedanke ließ sie nicht los, und als Fridolin am nächsten Abend zu Hause blieb, brachte sie die Angelegenheit zur Sprache. »Mein Lieber, hast du in letzter Zeit etwas von Malwine von Trettin gehört?«

Fridolin sah von seiner Suppe auf und blickte sie verwirrt an. »Wie kommst du ausgerechnet auf die? Ich bin froh, wenn ich von der nichts höre und sehe. Dabei fällt mir ein, dass ich mich wieder einmal um meinen jüngeren Neffen kümmern muss. Der steckt in einer Kadettenanstalt, um zum Offizier ausgebildet zu werden. Die armen Hunde, die einmal unter seinem Kommando dienen müssen, tun mir heute schon leid!«

»Ich bin letztens Frau von Stenik begegnet. Deren Neffe war der Richter, der meinem Großvater das Gut ab- und es Ottokar zugesprochen hat. Sie nannte mich Freifrau von Schneiderin, und das kann sie nur von Malwine haben.«

»Damit magst du recht haben. Zwar besitzt jetzt ihr ältester Sohn das Gut, doch das hält sie gewiss nicht davon ab, ihr Gift zu verspritzen.«

»Wenn du August Grünfelders Frau dazu bringen könntest, mich in ihre Kreise einzuführen, wäre ich in der Lage, diesen Gerüchten entgegenzutreten«, erklärte Lore mit einer gewissen Schärfe.

Fridolin wusste nicht, was er darauf antworten sollte. Es wurden Frauen mit einer weitaus dubioseren Herkunft als Lore in höheren Kreisen geduldet, nur weil sie sich einen Titel und Reichtum erheiratet hatten. Gleichzeitig empfand er ein schlechtes Gewissen, weil er sich bisher nicht besonders energisch für Lores Belange eingesetzt hatte. Doch er hatte sich in eine ärgerliche Zwangslage katapultiert, da er sich mit Hede Pfefferkorns Geld und Lores frei gewordenem Vermögen im Bankhaus Grünfelder eingekauft hatte. Dies hätte er eigentlich erst tun dürfen, wenn seine Frau im Haus des Bankiers willkommen geheißen worden wäre. Nun konnte er nicht mehr zurück, sondern musste versuchen, das Beste aus der Angelegenheit zu machen.

Da fiel ihm Grünfelders Drängen ein, sein Pflichtjahr bei der Armee abzuleisten. »Da gibt es noch eine Sache, über die ich mir dir sprechen muss. Ich bin doch nun Vizedirektor und Anteilseigner bei Grünfelders Bank. Herr Grünfelder sagt nun zu Recht, dass meine Reputation leidet, weil ich nie des Kaisers Rock getragen habe. Wenn ich für ein Jahr in eines der in Berlin stationierten Regimenter eintrete, kann ich als Leutnant der Reserve ausscheiden. Da derzeit kein Krieg droht, besteht auch keine Gefahr, dass ich ins Feld ziehen müsste.«

»Du willst zum Militär?«, rief Lore verblüfft.

»Von Wollen kann keine Rede sein. Aber wenn ich hier in Berlin Karriere machen will, bleibt mir nichts anderes übrig. Es ist doch nur für ein Jahr.«

Lore rümpfte die Nase. »Ein Jahr ist eine lange Zeit, wenn man wie ich allein zu Hause sitzen muss.«

»So schlimm wird das nicht werden«, sagte Fridolin beschwörend. »Da ich in Berlin stationiert sein werde und zudem verheiratet bin, kann ich sicher die meisten Wochenenden und auch viele Abende hier bei dir verbringen.«

»Oder bei Grünfelder!«

Lores Ausspruch ließ Fridolin den Kopf einziehen. Den Bankier durfte er tatsächlich nicht vernachlässigen. Daher würde sich die Zeit, die er bei Lore bleiben konnte, in engen Grenzen halten. Für seinen weiteren Aufstieg schien es jedoch unabdingbar, beim Militär gewesen zu sein.

»In Bremen würde es nicht ins Gewicht fallen, ob ich gedient habe oder nicht. Dort zählen andere Werte. Doch hier sind wir im Zentrum des Preußentums. Da gilt ein Mann nur dann etwas, wenn er Soldat gewesen ist.«

»Als ob es etwas Besonderes wäre, auf andere Menschen zu schießen.«

»Ich sagte doch: Derzeit herrscht Frieden! Die Wahrscheinlichkeit, dass ich je zur Waffe greifen muss, ist sehr gering.« Jetzt hob Fridolin die Stimme und vergaß dabei ganz, weshalb er dieses Thema angeschnitten hatte. Nun ging es ihm um seinen Rang als Oberhaupt der Familie. Bei Marys Schneiderladen hatte er Lore nachgeben müssen, und das wollte er nicht noch einmal tun.

Lore maß ihn mit einem Blick, der weniger spöttisch als traurig war. »Ein Jahr, sagst du, musst du dienen, um als Offizier entlassen zu werden?«

»Ja, mehr Zeit braucht es nicht!«

»Nun, dann wundert es mich, dass einfache Soldaten drei Jahre beim Heer bleiben müssen, die Männer aber, die sie in der Schlacht anführen, nur ein Jahr. Ist nun der preußische Offizier so klug und der gemeine Mann so dumm? Oder müssen die Herren Leutnants der Reserve nicht so viel wissen?«

Fridolin ärgerte sich über Lores Spott. Immerhin ging es um seine Karriere und damit um ihre gemeinsame Zukunft. Im Grunde tat er das alles doch auch für sie. Wenn er sie den Damen der anderen Offiziere vorstellte, würde sie endlich in die Gesellschaft aufgenommen werden. In diesen Kreisen würden ein paar Hinweise auf ihren Großvater alle Türen öffnen.

Während Fridolin seinen Gedanken nachhing, hätte man im Raum eine Nadel fallen hören. Lore schwieg ebenfalls. Sie war wütend, weil Fridolin sich immer stärker von Grünfelder bestimmen ließ. Und wenn sie nun darüber nachsann, so wurde ihr klar, dass er in Bremen meist nach Thomas Simmerns Willen gehandelt hatte. Ihr Mann schien nicht in der Lage zu sein, selbst Entscheidungen zu treffen. Dabei hatte sie selbstverständlich erwartet, dass er sein und ihr Leben aus eigener Kraft gestaltete.

»In Bremen haben wir besser gelebt«, sprach sie das aus, was ihr als Nächstes in den Sinn gekommen war.

Fridolin fasste ihre Worte als Kritik auf. »Bei Gott! Ich kann Grünfelders Frau doch nicht zwingen, dich zu empfangen. Es sind nun einmal Gerüchte über dich im Umlauf, die dich in keinem guten Licht erscheinen lassen.«

»Ich schäme mich nicht, mich und meinen Großvater mit dem Geld ernährt zu haben, das ich bei Frau Lepin mit Nähen verdient habe. Schämen müssten sich die, die uns dazu gezwungen haben!« Lores Stimme klirrte, doch Fridolin machte nur eine wegwerfende Handbewegung. »Mein Vetter Ottokar kann sich nicht mehr schämen. Der ist längst tot.«

»Aber Malwine sollte es tun! Ich bin sicher, dass sie hinter diesen üblen Reden steckt«, rief Lore empört.

»Du leistest ihr aber auch Vorschub, indem du dich andauernd in Marys Schneiderladen herumtreibst! Da ist es kein Wunder, wenn die anderen Damen dich für eine Schneiderin halten.«

Lore funkelte ihren Mann wütend an. »Was bleibt mir denn anderes übrig, als Mary zu besuchen? Sie ist die einzige Frau hier in Berlin, mit der ich über alles reden kann. Deinen Bankiersdamen bin ich ja nicht einmal eine Tasse Kaffee wert!«

»Grünfelders Ehefrau ist eine dumme Pute und nur darauf bedacht, die bessere Gesellschaft nachzuäffen, in die sie durch den geschäftlichen Erfolg ihres Ehemanns aufgestiegen ist. Dabei gibt sie sich päpstlicher als der Papst und wagt es nicht, dich einzuladen, weil diese Gerüchte im Umlauf sind. Aber du wirst schon noch andere Bekannte finden«, antwortete Fridolin hilflos.

Seinen Worten entnahm Lore, dass es ihn nicht sehr interessierte, wie es ihr erging. Ihr Unmut stieg, und sie stand abrupt auf. Anscheinend war sie nur gut genug gewesen, Fridolin ihr Geld auszuhändigen, damit er sich bei Grünfelders Bank einkaufen konnte. Dabei hatte er vor ihrer Heirat in schäbigen Dachkammern gehaust und von der Hand in den Mund gelebt. Erst durch sie und Thomas Simmern hatte er einen Posten erhalten, der seinem Stand angemessen gewesen war. Ohne diesen Aufstieg hätte er niemals in Grünfelders Bank eintreten können. Nun tat er so, als wäre dies alles sein Verdienst und sie nur ein lästiges Anhängsel, das brav zu Hause hocken und Konfekt naschen sollte. Am liebsten hätte sie Fridolin einige deutliche Worte an den Kopf geworfen. Allein die Angst, einen Streit auszulösen, der vielleicht nicht mehr beigelegt werden konnte, ließ sie davon absehen.

»Gute Nacht«, sagte sie stattdessen und verschwand in Richtung Badezimmer, um sich zum Schlafengehen zurechtzumachen.

Fridolin sah ihr trotzig nach. Wie kam sie nur dazu, ihm vorzuwerfen, er setze sich nicht genug für ihre Belange ein. Dabei hatte er dies sowohl bei Grünfelder wie auch bei dessen Gattin getan. Dass er keinen Erfolg gehabt hatte, war ja wohl nicht seine Schuld. Auch die Überlegung, für ein Jahr zum Militär zu gehen, entsprang nicht zuletzt seinem Wunsch, dort Kontakte knüpfen zu können, die seiner Frau zugutekamen.

»Der Teufel soll die Weiber holen!«, sagte er mürrisch und

meinte dabei sowohl Grünfelders Gattin wie auch Lore, die ihn und seine Absichten grundsätzlich misszuverstehen schien.

An diesem Abend fühlte Fridolin sich nicht mehr in der Lage, noch einmal mit seiner Frau zu reden. Daher zog er sich an und beschloss zum ersten Mal, seit er wieder in Berlin weilte, Hede Pfefferkorns Bordell von sich aus aufzusuchen. Im Grunde ging es ihm genauso wie Lore. Außer Hede gab es hier keinen Menschen, dem er sich anvertrauen konnte. Selbst Marys Ehemann Konrad Benecke würde im Zweifelsfall auf Lores Seite stehen – und von Vorwürfen hatte er an diesem Tag die Nase voll.

## III.

Als Fridolin kurz darauf das *Le Plaisir* betrat, blickte der Türsteher zuerst an ihm vorbei, denn er erwartete, Grünfelder in dessen Kielwasser zu sehen. Dann aber richtete Anton das Augenmerk ganz auf seinen Gast. »Einen schönen guten Abend, Herr von Trettin. Sie wollen sich heute wohl allein amüsieren?«

»Guten Abend, Anton. Ist Hede hier?«

Nach Amüsieren klang das nicht gerade, schoss es dem Portier durch den Kopf. Aber ein paar Gläser Wein und ein hübsches Mädchen würden seinen Ärger schon vertreiben. Daher lächelte er und wies auf Fridolins Jackett. »Ich glaube, ich sehe ein paar Staubflusen. Ich hole rasch meine Bürste!«

Gegen seinen Willen musste Fridolin lächeln. Anton würde sich nicht mehr ändern. Er blieb stehen, bis dieser zurückkam und den Kragen seines Rocks mit der Bürste behandelte. Noch ein Bürstenstrich über den Rücken, dann durfte er eintreten.

An diesem Abend hatten die meisten Mädchen ihre Kunden gefunden und sich mit diesen in die Separees zurückgezogen. Als Fridolin sah, dass Hede nicht im Salon war, ging er zur Tür ihres Büros und klopfte. Nach ihrem »Herein« trat er ein und zog die Tür hinter sich ins Schloss.

»Hallo, Fridolin! Das ist aber eine Überraschung. So schnell hatte ich dich nicht wieder erwartet. Was gibt es?«, begrüßte ihn Hede. Dann sah sie seine angespannte Miene und richtete sich erschrocken auf. »Ist etwas mit der Bank und meinem Geld?«

Fridolin schüttelte den Kopf. »Nein, damit ist alles in Ordnung. Ich … ich bin nur gekommen, weil ich jemanden brauche, mit dem ich reden kann.«

»Ich höre dir gerne zu. Trink erst einmal einen Cognac, und dann gehen wir in mein Schlafzimmer. Ich habe die Erfahrung gemacht, dass Männer leichter reden können, wenn sie sich vorher ein wenig entspannt haben!«

Hedes Worte erinnerten Fridolin daran, dass sich, seit er das letzte Mal mit ihr im Bett gewesen war, nichts mehr mit Lore abgespielt hatte. Nun schämte er sich und hätte ihr Angebot am liebsten abgelehnt. Dann aber sagte er sich, dass Lore selbst daran schuld war, wenn sie ihn mit ihrer schlechten Laune und ihren Vorwürfen vertrieb.

Er trank den Cognac, den Hede ihm eingeschenkt hatte, und wollte sie küssen. Doch sie drehte das Gesicht weg, so dass sein Mund nur ihre Wange und nicht ihre Lippen traf.

»Wir sollten nicht so tun, als wären wir ein Liebespaar«, wies sie ihn leise, aber bestimmt zurecht. »Ich mag dich, und du bist einer der wenigen Männer, die ich in mein Bett lasse, aber mehr darf es nicht geben. Immerhin bist du verheiratet, und ich will nicht zwischen dir und deiner Frau stehen. Fast wäre es besser, ich würde dich heute zu einem der Mädchen schicken und mir hinterher anhören, was du zu sagen hast.«

»Es geht um Lore!«, antwortete Fridolin gepresst. »Seit wir hier in Berlin leben, funktioniert es nicht mehr zwischen uns. Sie fühlt sich einsam, weil sie hier keine Bekannten hat, und Grünfelders Ehefrau weigert sich wegen einiger Gerüchte, die über Lore in Umlauf sind, sie zu empfangen.«

Hede begriff, dass mehr dahintersteckten musste, und gab den Gedanken auf, Fridolin einer ihrer Huren anzuvertrauen. Diese Angelegenheit musste mit Diskretion behandelt werden. Daher führte sie Fridolin in ihr Schlafzimmer und zog sich langsam aus. Sie zählte zwar einige Jahre mehr als ihre Mädchen, stach aber die meisten von ihnen mit ihrem glatten Gesicht und ihrer guten Figur noch immer aus. Fridolin hätte aus Stein sein müssen, um dem sinnlichen Reiz zu widerstehen, der von ihr ausging. Als sie nackt vor ihm stand und an seiner Kleidung nestelte, spürte er den Drang, sie zu besitzen, fast wie einen körperlichen Schmerz.

Da Hede erfahren genug war, um ihn zu lenken, gestalteten sich die nächsten Minuten auch für sie zufriedenstellend. Während sie unter ihm lag und ihre Lust durch leises Stöhnen verriet, freute sie sich, dass er sie auf jene sanfte Weise liebte, die sie ihm vor Jahren beigebracht hatte. Das unterschied ihn von jenen, die im Bett nur ihr eigenes Vergnügen suchten. Wenn seine Frau keines von den Weibern war, für die bereits der Gedanke an Geschlechtsverkehr etwas Unziemliches bedeutete, musste sie in dieser Hinsicht mit ihm zufrieden sein. Dann verscheuchte sie diese Gedanken und gab sich ganz dem Vergnügen hin, das sie mit Fridolin teilte.

Als er befriedigt neben ihr lag, zog sie mit der Spitze des Zeigefingers eine Linie von seinem Hals bis zu seinen Schamhaaren und bedauerte, dass ihre Wege so unterschiedlich verliefen und sie nicht auf mehr hoffen konnte als einen gelegentlichen Augenblick der Lust. Vielleicht, sagte sie sich, war es diesmal sogar das letzte Mal.

Sie stemmte sich auf die Ellbogen und beugte sich über ihn. »So, mein Lieber, und jetzt erzählst du mir, was dich bedrückt.«

Zuerst glaubte Fridolin, er würde es nicht fertigbringen, sein Innerstes vor Hede auszubreiten. Dann aber flossen die Worte nur so aus seinem Mund. Er berichtete von ihrem Leben in Bremen und von seiner Entscheidung, seine wohlgeordnete Existenz unter Thomas Simmerns schützenden Fittichen zu verlassen und seinen eigenen Weg zu gehen. Auch erzählte er von Lores Plänen, einen Modesalon zu eröffnen, und von dem Streit, den es deswegen zwischen ihnen gegeben hatte.

Hede fragte geschickt nach und brachte nicht nur die Adresse des Modesalons heraus, sondern erfuhr auch von Grünfelders Ehefrau und deren Abneigung gegen Lore, die von deren Tochter in weitaus stärkerem Maße geteilt wurde. Auch verriet er ihr, wie verzweifelt er war, weil er weder Lore den ihr zustehenden Platz in der Gesellschaft verschaffen noch etwas gegen die infamen Gerüchte tun konnte.

Während er sprach, zog Hede mehr und mehr die Stirn kraus.

Kurzsichtig, wie Fridolin als Mann nun einmal war, erklärte er sich die Haltung der Grünfelder-Damen mit deren Angst, einen gesellschaftlichen Fauxpas zu begehen. Sie aber blickte tiefer. Immerhin war Fridolin ein gut aussehender Mann mit exzellenten Manieren, der einem jungen Mädchen, das unbedingt in den Adel einheiraten wollte, ins Auge stechen musste. Hede überlegte, ob sie Fridolin darauf aufmerksam machen sollte, sagte sich aber, dass sie andere Menschen nicht wegen eines Bildes, das sie nur durch ihn erhielt, verurteilen durfte. Auf jeden Fall reizte es sie, Lore kennenzulernen, und als Fridolin nebenbei erzählte, seine Frau erscheine zweimal in der Woche vor den Öffnungszeiten im Modesalon, um sich mit Mary zu beraten, stand ihr Plan fest. Fridolin aber redete sie erst einmal gut zu, sich das alles nicht so zu Herzen zu nehmen und Grünfelder gegebenenfalls auch Kontra zu geben.

»Immerhin bist du kein einfacher Angestellter mehr, sondern Anteilseigner bei seiner Bank. Dies verleiht dir das Recht, deine eigene Meinung zu vertreten. Was deine Frau betrifft, so ist es schade, dass deine alten Berliner Freunde nicht zu jenen zählen, die sie in die bessere Gesellschaft einführen können. Aber ich bin sicher, das wird dir auch so gelingen. Du magst sie vielleicht aus Mitleid und einem gewissen Pflichtgefühl heraus geheiratet haben, aber ich spüre, dass du sie mittlerweile lieb gewonnen hast!«

»Ich habe sie schon damals geliebt«, wandte Fridolin ein.

»Ja, aber in einer anderen Weise als jetzt. Damals war sie ein junges, schutzloses Ding, dem du mit einer großzügigen Geste Geborgenheit und Sicherheit schenken konntest. Inzwischen ist deine Lore jedoch keine sechzehn mehr, sondern einundzwanzig und eine selbstbewusste Frau. Damit musst du dich abfinden, mein Lieber! Oder wäre dir ein Weibchen lieber, das den ganzen Tag bewundernd zu dir aufblickt und keinen anderen Willen kennt als den deinen?«

Hede musste lachen, als sie sah, welches Gesicht Fridolin bei ihren Worten zog. Ein Teil von ihm schien sich wirklich eine Frau zu wünschen, die diesem Bild entsprach. Gleichzeitig aber schauderte er vor der Leere zurück, die sich in einer solchen Ehe rasch ausbreiten würde. Langweilig aber, das hatte sie heraushören können, war Lore von Trettin gewiss nicht.

## IV.

Bereits am nächsten Tag unternahm Hede den Versuch, Lore von Trettin kennenzulernen. Kaum hatten die letzten Kunden das *Le Plaisir* verlassen, teilte sie die Mädchen ein, die sauber machen sollten, und befahl Anton, ihr eine Droschke zu besorgen. Als sie das Haus verließ, blickte Elsie ihr hasserfüllt nach. Für das ehemalige Dienstmädchen, das immer zu jenen zählte, die mit Besen und Staubwedel bewaffnet für den Glanz des Etablissements zu sorgen hatten, war Hede genauso eine Hure wie sie, und es empörte sie, dass diese sich wie eine wohlhabende Dame aufführte. Sie selbst musste jeden Kavallerieoffizier in ihr Bett lassen, der seine Stute besser behandelte als die Frau, die er gerade beschlief. Diese Ungerechtigkeit machte sie unendlich wütend. Da sie aber keine Möglichkeit sah, ihre Situation zu verändern, grübelte sie darüber nach, wie sie Hede und auch Fridolin von Trettin eins auswischen konnte. Dafür musste sie herausfinden, wo der Mann wohnte, dann könnte sie seiner Ehefrau ein paar höchst interessante Informationen zukommen lassen. Diese würde sich gewiss freuen, wenn sie erfuhr, dass ihr Herr Gemahl sich in einem Bordell mit dessen Besitzerin vergnügte, wie sie es letztens heimlich durch den Türspalt hatte beobachten können.

Unterdessen bestieg Hede die Droschke und befahl dem Kutscher, sie in die Leipziger Straße zu fahren. Als sie Marys Modesalon erreichten, ließ sie halten und wartete. Der Zeiger auf ihrer Taschenuhr wanderte jedoch weiter, ohne dass jemand, der auch nur entfernt einer Dame von Stand ähnlich sah, das Geschäft betrat. Einmal hielt eine Droschke, und ein hagerer Mann von etwa vierzig Jahren half einer jungen Frau, deren Kleidung die erfolgreiche Geschäftsfrau verriet, fürsorglich aus dem Wagen. Dies musste Mary Penn sein, von der Fridolin erzählt hatte. Das Paar verschwand im Haus, während die Droschke wieder abfuhr. Kurz darauf kehrte der Mann zurück und schlenderte das Trottoir entlang. Als er an Hedes Droschke vorbeikam, hörte sie, dass er ein fröhliches Seemannslied sang. Also handelte es sich wohl um einen Matrosen. Nun aber wirkte er auf Hede wie ein Spießbürger, der seine wilden Tage hinter sich gelassen hatte.

Einige junge Frauen, ihrer schlichten Kleidung nach Marys Näherinnen, huschten auf die Tür zu und verschwanden darin. Kurz darauf wurde das Schild entfernt, das den Laden als geschlossen angezeigt hatte, und die ersten Kundinnen erschienen.

»Heute habe ich wohl keinen Erfolg«, murmelte Hede, ohne sehr enttäuscht zu sein. Sie wusste, dass derjenige, der sich auf die Jagd begab, viel Geduld aufbringen musste. Da sie nach der durchwachten Nacht herzlich müde war, befahl sie dem Droschkenkutscher, zu ihrem Haus zurückzufahren, und lehnte sich gegen das Rückenpolster. Das Klappern der Hufe wirkte einschläfernd, und sie musste sich zwingen, wach zu bleiben. Vor dem *Le Plaisir* bezahlte sie den Kutscher und steckte ihm ein gutes Trinkgeld zu. »Komm morgen um acht Uhr wieder hierher!«

»Det mack ick jerne, jnädige Frau!« Dem Mann war es gleichgültig, ob er eine Gräfin oder eine Puffmutter transportierte, Hauptsache, sie zahlte gut.

Im *Le Plaisir* ließ sie ihren Blick durch den Salon gleiten und rief dann Elsie zu sich. »Was soll das?«, fragte sie und wies auf einen Rotweinfleck auf einem der Sofas.

»Ich bin noch nicht dazu gekommen«, maulte diese, die ihre Arbeitsutensilien bereits weggeräumt hatte.

Hede fuhr auf. »Ich gebe dir einen guten Rat, meine Liebe! Entweder du spurst und tust alles, um mich zufriedenzustellen, oder du kannst gehen. Dann stehst du an der Straße und lässt dich hinter einem Hauseck durchficken oder musst in einem der Hinterhofbordelle in der Friedrichstraße anschaffen. Und ich glaube nicht, dass es dir dort besser gefallen würde als hier.«

Mit diesen Worten kehrte Hede ihr den Rücken und zog sich in ihre Privaträume zurück. Elsie starrte ihr nach und stieß eine französische Verwünschung aus, die sie bei einer früheren Herrin gelernt hatte.

»Sei froh, dass die Patronin dich nicht umgehend hinausgeworfen hat«, sagte Lenka verärgert. Obwohl sie zu den erfolgreichsten Mädchen im *Le Plaisir* gehörte, war sie sich nicht zu schade, ihren Anteil an der Putzarbeit zu leisten. Daher ärgerte sie sich über Elsie, die alles nur halbherzig und schlampig erledigte.

»Hättest du keine langen Finger gemacht, könnest du besser leben«, spottete eine der anderen Huren.

»Du, pass auf! Sonst setzt es Ohrfeigen«, drohte Elsie.

»Komm nur her! Ich zerkratze dir dein Gesicht so, dass du deinen nächsten Freiern nur noch den Hintern anbieten kannst.«

Einen Augenblick lang sah es so aus, als käme es tatsächlich zu Handgreiflichkeiten, da trat Lenka dazwischen. »Gebt jetzt Ruhe, alle beide! Elsie, du kümmerst dich um den Rotweinfleck. Dafür kehre ich das Separee, um das du bislang einen weiten Bogen gemacht hast, und Hanna wird das Bett neu überziehen.«

»Wie käme ich dazu?«, schimpfte Hanna.

»Weil ich dich darum bitte!« Lenka lächelte dabei so freundlich, dass die andere schnaufend zustimmte.

»Einverstanden! Aber ich tu es nur deinetwegen und nicht wegen dieser diebischen Elster.«

»Jetzt sei nicht so nachtragend. Ich kann verstehen, dass Elsie Geld haben wollte, um von hier fortzukommen. Glaubst du, mir macht es Freude, mich von jedem Kerl rammeln lassen zu müssen, der es bezahlen kann?«

»Und warum bist du dann hier?«, fragte Hanna.

»Weil meine Eltern, als ich sechzehn war, auf eine vermeintlich feine Dame hereingefallen sind, die ihnen versprochen hat, mich als Zofe in Dienst zu nehmen. Doch als ich mit der Frau in Berlin ankam, hat mich ihr Ehemann gleich in der ersten

Nacht durchgezogen, und in der nächsten Nacht fand ich mich in ihrem Hurenhaus wieder. Hätte diese Puffmutter nicht Schulden bei Frau Hede gehabt und mich ihr sozusagen in Zahlung gegeben, wäre ich schon längst vor die Hunde gegangen. Hier habe ich zumeist nur einen oder zwei Freier pro Nacht und werde gut genug bezahlt, so dass ich die Hoffnung habe, irgendwann einmal Schluss machen und ein neues Leben beginnen zu können.«

»Ein neues Leben, pah! Einmal Hure, immer Hure«, höhnte Elsie. Dann sah sie die drohenden Blicke der anderen auf sich gerichtet und machte, dass sie an die Arbeit kam.

Lenka schüttelte den Kopf. »An der ist wirklich Hopfen und Malz verloren.«

»Aber sie hat recht! Es steht alles in unseren Papieren. Wo wir auch hingehen, wird man feststellen, dass wir gefallene Frauen sind«, wandte Hanna ein.

»Wirklich?« Lenka stieß ein leises Lachen aus. »Irgendwann werde ich an Deck eines Ozeandampfers stehen und alle meine Papiere bis auf meine Geburtsurkunde und den Fahrschein über Bord werfen. Wenn ich dann drüben ankomme, hat es meine Zeit im Hurenhaus nie gegeben.«

»Du spinnst doch!« Hanna tippte sich an die Stirn und ging frisches Bettzeug holen. Lenka nahm derweil den Besen zur Hand. Während sie das Separee auskehrte, eilten ihre Gedanken weit über das Meer nach Amerika, wo sie irgendwann einmal ein neues Leben zu beginnen hoffte.

# V.

Am nächsten Tag versuchte Hede erneut, Fridolins Frau zu treffen, und diesmal hatte sie Glück. Kaum hatte der ehemalige Matrose die Schneiderin in den Modesalon geleitet, hielt eine weitere Droschke vor dem Haus, und dieser entstieg eine junge Dame in einem eleganten Kleid. Als sie auf die Tür zuging, öffnete ihr der Seemann und ließ sie ein. Dabei wechselten sie ein paar Worte miteinander und lachten.

Jetzt hielt es auch Hede nicht mehr im Wagen. Sie stieg aus, wies den Kutscher an, auf sie zu warten, und schritt auf die Tür des Modesalons zu. Als sie die Klinke drückte, war jedoch abgeschlossen. Ohne zu zögern, klopfte sie.

Der Spießbürgermatrose machte die Tür auf und musterte sie erstaunt. »Entschuldigen Sie, aber wir öffnen erst in einer Stunde.«

Hede zauberte ein Lächeln auf ihre Lippen. »So lange werden Sie mich doch nicht auf der Straße warten lassen.«

Konrad versuchte, die Besucherin einzuschätzen. Geld schien sie zu haben, denn ihr Kleid stammte gewiss von einer teuren Schneiderin. Es wirkte jedoch streng, als sei es für die Besitzerin eines Mädchenpensionats gefertigt, aber für diese Profession waren ihr Lächeln zu freundlich und ihre Gesten zu lebhaft. Um nicht unhöflich zu sein, trat er zögernd beiseite.

»Dann kommen Sie mal herein, gnädige Frau. Warten Sie bitte im Empfangssalon. Ich gebe Bescheid, dass Sie hier sind!« Mit diesen Worten schloss Konrad wieder ab und eilte mit langen Schritten nach hinten. Dort fand er Lore und Mary über ein Schnittmuster gebeugt, das aus England geliefert worden war.

»Also ich finde, dass der Schnitt die Partie um die Hüften zu sehr betont. Eine Frau, die von Natur aus einen kräftigen Hintern aufweist, wird darin wie eine Ente aussehen«, kommentierte Lore gerade kopfschüttelnd.

»Es ist aber die neueste Mode. Anscheinend wollen die besseren Damen alle Enten sein«, gab Mary mit einem unterdrückten Kichern zurück.

Konrad räusperte sich. »Entschuldigt, eben ist eine Dame gekommen, die sich nicht abweisen lassen wollte. Sie ist vorne im Empfangszimmer.«

»Ich kümmere mich um sie. Laurie, bleib du bitte hier. Sollte ich die Besucherin hierherführen müssen, bist du ebenfalls eine frühe Kundin!« Mary wandte sich bereits der Tür zu, als Lores Stimme zornig hinter ihr aufklang.

»Ich bin es leid, mich immer verstecken zu müssen. Da die feine Gesellschaft nichts von mir wissen will, kann ich genauso gut als deine Partnerin auftreten!«

Mary rang die Hände. »Um Gottes willen! Du musst an Fridolin denken. Es wäre ihm unmöglich, weiterhin Vizedirektor dieser Bank zu bleiben, wenn du das tust.«

»Mir wäre es wirklich lieber, er würde sich von Grünfelder trennen. Sonst habe ich ihn bald ganz an diese elende Bank verloren.«

Als Mary das hörte, war sie froh, dass Lore nicht zu jenen Frauen zählte, die rasche Entschlüsse ebenso rasch ausführten, und nahm sich vor, ein ernsthaftes Wort mit Lore, aber auch mit Fridolin zu sprechen. So konnte es auf Dauer nicht weitergehen.

»Bitte denke auch an mich! Es wäre mir fürchterlich peinlich, im Mittelpunkt eines Skandals zu stehen«, sagte sie.

Lore lachte bitter auf. »Ein Skandal würde unseren Modesalon erst richtig bekannt machen! Gewiss würden einige Damen allein deswegen kommen, um sich vor ihren Freundinnen brüsten zu können, dass ihr Kleid von einer echten Freifrau genäht worden ist. Obwohl, so echt bin ich nun auch wieder nicht, da mein Vater ein schlichter preußischer Beamter ohne Rang und Titel war.«

»Ich muss mich jetzt um die Kundin kümmern!« Mit diesen Worten beendete Mary das Gespräch und war erst einmal froh, nicht mehr die besorgte Freundin sein zu müssen, sondern als erfolgreiche Geschäftsfrau auftreten zu können.

Weder sie noch Lore ahnten, dass Hede das Ohr gegen das Türblatt gelegt und gelauscht hatte. Jetzt trat sie rasch ein paar Schritte zurück und musterte die junge Engländerin, die auf einen Gehstock gestützt auf sie zukam.

»Guten Tag, sind Sie die Kleidermacherin Mary Penn?«, fragte Hede.

Mary nickte. »Die bin ich! Willkommen in meinem Modesalon. Darf ich Ihre Wünsche erfahren?«

»Welchen anderen Wunsch hätte ich als ein neues Kleid«, antwortete Hede lächelnd. »Übrigens habe ich vorhin, als eine Droschke anhielt, eine Dame eintreten sehen, deren Kleid mir sehr imponiert hat. Handelt es sich dabei um eine Ihrer Kreationen, Madam?«

Zwar hatte Lore das Kleid selbst genäht, doch da Mary ihr dabei mit Rat und Tat zur Seite gestanden hatte, nickte sie. »Sehr wohl, gnädige Frau!«

Auch sie vermochte die Fremde nicht einzuordnen. Diese wirkte zwar wie eine gediegene Geschäftsfrau, aber das war sie nicht, dessen war Mary sich sicher. Wieso, hätte sie allerdings nicht zu sagen vermocht.

»Ich würde mir das Kleid Ihrer Kundin gerne einmal ansehen, wenn ich darf.«

Mary zögerte. Eigentlich hatte Lore nicht in Erscheinung treten sollen, doch es wäre äußerst unhöflich, der Bitte nicht zu entsprechen.

»Kommen Sie bitte mit«, forderte sie Hede deshalb mit leichter Abwehr in der Stimme auf.

Die Besucherin folgte ihr lächelnd und nahm dabei die Ausstattung des Modesalons in Augenschein. Alles wirkte sehr englisch, es fehlte auch das lebensgroße Porträt von Queen Victoria nicht, welche als Schwiegermutter des preußisch-deutschen Kronprinzen Friedrich auch hierzulande einen hohen Bekanntheitsgrad hatte. Auf einer Anrichte standen mehrere Vasen aus chinesischem Porzellan, auf einer zweiten das Messingstandbild einer vielarmigen Frau in exotischer Tracht. Mehr als auf die Einrichtung war Hede jedoch auf Fridolins Frau gespannt. Und so musste sie sich, als Lore vor ihr stand, direkt zwingen, sie nicht aufdringlich anzustarren.

Der erste Eindruck war beinahe ein Schock. Sie hatte sich Lore von Trettin als leidlich hübsches, aber doch eher robustes Wesen vom Land vorgestellt. Vor ihr stand jedoch eine Schönheit mit blonden Haaren, einem zart geschnittenen Gesicht und strahlend blauen Augen. Auf Rouge und farbigen Lippenbalsam hatte Lore verzichtet, doch Hede fand neidvoll, dass sie solche Hilfsmittel nicht nötig hatte. Lore war gewiss fast zehn Jahre jünger als sie und strahlte eine Energie aus, die sie sich selbst gewünscht hätte.

»Die Dame würde gerne Ihr Kleid sehen, Frau von Trettin«, meldete Mary.

»Genauso ist es, gnädige Frau!« Hede hatte sich inzwischen wieder gefasst und vermochte Lore anzulächeln.

Nun war es an Lore, ihr Gegenüber zu mustern, und ihre Blicke drangen tiefer als die von Konrad und Mary. Sie sah eine strahlende Schönheit in der Blüte ihrer Jahre, bemerkte aber auch die Schatten um die Augen, die zu viele durchwachte Nächte hinterlassen hatten, und einen leicht bitteren Zug um ihre Lippen. Dies, sagte sie sich, war eine Frau, die bereits viel erlebt hatte, und das meiste davon war gewiss nicht angenehm gewesen. Sie empfand eine gewisse Sympathie und stellte sich hilfsbereit so hin, dass diese ihr Kleid betrachten konnte.

»Es ist wirklich wunderschön, und die Farbe steht Ihnen ausgezeichnet. Ich hätte das meine jedoch gerne in einem dunklen Grau und oben am Hals etwas mehr geschlossen«, erklärte Hede.

Nun hatte Lores Kleid wahrlich kein aufregendes Dekolleté, daher wunderte sie sich über den Wunsch der Fremden. Da sie sich aber tunlichst heraushalten sollte, überließ sie es Mary, sich mit den Vorstellungen dieser Kundin zu befassen.

Hedes Aufmerksamkeit galt mehr Lore als der englischen Schneiderin, und sie konnte sich nur mühsam auf die Modezeichnungen konzentrieren, die diese vor ihr ausbreitete. Es waren wunderschöne Kleider dabei, die sie am liebsten sofort in Auftrag gegeben hätte. Doch ihr Beruf, so frivol er auch sein mochte, zwang sie dazu, eher wie eine Gouvernante denn eine moderne Bürgerin aufzutreten. Trug sie ein üppiges Dekolleté und leuchtende Farben, würden ihre Gäste, aber auch ihre

Mädchen sehr rasch die Achtung vor ihr verlieren und sie ebenfalls als käufliche Ware ansehen.

Ein Teil ihrer Gedanken spiegelte sich auf ihrem Gesicht wider, und Lore fand ihren Verdacht bestätigt, dass die Unbekannte trotz guter Kleidung nicht zu den besseren Kreisen zählte.

Auch die frühe Stunde, zu der sie hier aufgetaucht war, sprach dafür. Es war, als wolle sie den normalen Kundinnen aus dem Weg gehen. Von einer Schneiderin in Bremen, bei der sie gelegentlich etwas hatte nähen lassen, wusste Lore, dass diese, um über die Runden zu kommen, auch für Frauen arbeitete, die alles andere als Damen waren. Gehörte auch die Fremde zu diesen?, fragte sie sich. Im ersten Augenblick machte sich Abscheu in ihr breit, doch dann rief sie sich zur Ordnung. Die meisten dieser Frauen hatten sich nicht aus freien Stücken für diesen Weg entschieden, und für nicht wenige endete er in Krankheit und frühem Tod. Daher war es ihrer Besucherin wohl zu gönnen, dass sie in besseren Verhältnissen lebte als andere, die sich dem Beruf der Unmoral hatten verschreiben müssen.

Hede bemerkte den kurzen Moment, in dem Lore sie abwägend fixierte, und sagte sich, dass sie eine Närrin gewesen war, hierherzukommen. Doch da glätteten sich Lores Züge wieder, und sie machte einige Vorschläge, wie Mary den Geschmack dieser Kundin besser treffen könne. Ihre Stimme klang freundlich, ja sogar ein wenig mitfühlend und nicht so geringschätzig, wie es bei Hedes bisheriger Schneiderin der Fall war.

»Ich danke Ihnen sehr, gnädige Frau, dass Sie so freundlich waren, mich Ihr Kleid sehen zu lassen. Dies hätten nicht viele getan!« Hede gab dabei mehr von ihrem Seelenleben preis, als sie eigentlich wollte, und wurde von Lore mit einem Lächeln belohnt.

»Wenn Sie bei meiner guten Freundin Mary arbeiten lassen, werden wir uns wahrscheinlich öfter sehen«, erklärte sie und reichte der Fremden die Hand.

Hede ergriff sie und schämte sich nun, weil sie Neid auf diese Frau empfunden hatte. Im Grunde passte Lore wunderbar zu Fridolin. Das mussten die beiden nur endlich begreifen. Sie bedankte sich auch bei Mary, drängte dieser eine Anzahlung für das neue Kleid auf und verabschiedete sich mit dem Gefühl, eine interessante Bekanntschaft gemacht zu haben.

Als sie gegangen war, trat Mary ans Schaufenster und blickte ihr nach. »Sie steigt in eine wartende Droschke, besitzt also keinen eigenen Wagen«, sagte sie zu Lore.

»Allerdings kann sie es sich leisten, eine Droschke warten zu lassen, ist also nicht auf die Trambahn oder den Omnibus angewiesen«, gab Lore nachdenklich zurück.

»Wer mag sie sein? Ich kann mir einfach kein Bild von ihr machen«, setzte Mary das Gespräch fort.

Um Lores Lippen spielte ein sanftes Lächeln. »Ich glaube, diese Dame führt kein besonders ehrenwertes Haus. Allerdings scheint sie nicht arm zu sein.«

»Du meinst, sie ist die Besitzerin eines dieser Häuser, über die man nicht spricht?« Mary war ehrlich schockiert und wollte schon sagen, dass sie für so eine Person gewiss nichts nähen würde.

Da schaltete Konrad sich ein. »Lore dürfte recht haben. Meiner Schätzung nach führt diese, wie heißt sie gerade wieder …?«, er warf einen Blick auf den Zettel, den Mary beschrieben hatte,

»ah, Pfefferkorn! … eines der Nobelbordelle in Berlin. Das sieht man bereits an ihrer Kleidung. Eine gewöhnliche Puffmutter ist sie gewiss nicht. Die treten ganz anders auf, einfach ordinär, kann man sagen. Doch das ist diese Pfefferkorn ganz und gar nicht.«

»Du scheinst ja Erfahrung zu haben!«

Mary hörte sich giftig an, aber ihr Mann lachte nur. »Als Seemann kommt man weit herum, mein Schatz, und sieht in fremden Häfen vieles, um das normale Bürger einen weiten Bogen machen. Auf jeden Fall kann diese Frau es sich leisten, bei dir arbeiten zu lassen. Bestelle sie zu jenen Zeiten, in denen keine anderen Kundinnen zugegen sind, und du hast deine Ruhe und deinen Verdienst.«

»Und was ist, wenn bekannt wird, dass ich für eine Hure arbeite?«, fauchte Mary.

»Ich glaube nicht, dass dies deinen Modesalon beeinträchtigen wird. Für die paar ehrpusseligen Lieschen, die abspringen, wirst du neue Kundinnen gewinnen. Aber jetzt muss ich wieder zur Tür, denn deine Näherinnen kommen!«

Damit brachte Konrad seine Frau zum Schweigen. Als deren erste Angestellte den Raum betrat, traf sie ihre Chefin dabei an, wie sie die Freifrau von Trettin gerade das zweite Hauskleid anprobieren ließ, das diese bestellt hatte.

# VI.

Den vor ihm liegenden Gang unternahm Fridolin weniger aus Neigung denn aus Pflichtgefühl. Auch wenn die Kontakte zu seinen und Lores Verwandten in Ostpreußen nicht über das Nötigste hinausgingen, so war er doch der Vormund der beiden Söhne seines verstorbenen Vetters Ottokar von Trettin und für diese verantwortlich. Den älteren sah er einmal im Jahr bei seinem Pflichtbesuch auf Gut Trettin, doch der jüngere weilte seit einigen Monaten auf einer Kadettenschule in Berlin, und anstandshalber musste er endlich einmal nach ihm sehen.

Während der Kutscher seiner Droschke einen Weg durch das Gewühl auf den Straßen suchte, beobachtete Fridolin das rege Treiben. Vor ihnen fuhr ein mit zwei Pferden bespannter Omnibus, in dem sich die Fahrgäste wie Heringe aneinanderdrückten. Fridolin versuchte, sich die Gerüche vorzustellen, die sich dort ballten, und war froh, allein in seiner Droschke zu sitzen. Selbst früher, als er mit jedem Groschen hatte rechnen müssen, hatte er, wenn es nur irgend ging, eine Droschke der Pferdetram und dem Omnibus vorgezogen. Es ging über sein Verständnis, dass man, wenn man in eine bestimmte Straße wollte, zuerst ganz woanders hinfahren und dann mehrmals umsteigen musste.

Auf Dauer war eine Droschke jedoch nicht das Richtige für ihn. Als Vizedirektor und Miteigentümer eines Bankhauses war es seinem Ruf abträglich, wenn er nicht mit einem eigenen Wagen fuhr. So bald wie möglich würde er sich eine Kutsche und Pferde besorgen und einen Kutscher einstellen.

»Wir sind da, gnädiger Herr!« Die Stimme des Droschkenkutschers riss Fridolin aus seinen Gedanken. Sie hatten die lebhaften Straßen im Zentrum hinter sich gelassen und hielten nun in einer ruhigen Gasse, die zur Rechten von einem langen Gebäude aus rotem Backstein gesäumt wurde. Ein paar Schritte weiter befand sich ein Tor, vor dem zwei Wachtposten standen.

Fridolin bezahlte den Kutscher und ging darauf zu. Die beiden Wachen, junge Burschen um die sechzehn, rührten sich keinen Deut, als er sie ansprach.

»Mein Name ist von Trettin. Ich wünsche, Major von Palkow zu sprechen!«

Da er ihnen keinen militärischen Rang nannte, blies einer der Burschen verächtlich durch die Nase. Dann wandte er sich mit abgehackt wirkenden Bewegungen um und trat ans Tor.

»Ein Herr von Trettin wünscht den Herrn Major zu sprechen«, rief er durch eine kleine Öffnung und nahm anschließend wieder seinen Posten ein. Eine in das Tor eingelassene Tür wurde geöffnet, und ein älterer Mann in der Uniform eines Feldwebels steckte den Kopf heraus.

»Wenn der Herr mitkommen würde!«

Besonders höflich sind die Leute ja nicht, dachte sich Fridolin und gab Grünfelder im Stillen recht, dass man ihn als Leutnant der Reserve gewiss freundlicher empfinge. Dies war ein weiterer Grund, sein Pflichtjahr bei der Armee abzuleisten.

Er folgte dem Feldwebel über den Exerzierplatz und erreichte kurz darauf die Kadettenschule. Auch hier standen zwei Kadetten Wache. Als der Feldwebel auf sie zutrat, präsentierten sie das Gewehr.

Der Unteroffizier berührte kurz den Rand seiner Schirmmütze, stieg die Stufen hoch und marschierte durch einen düsteren Flur bis zur letzten Tür. Nach einem kurzen Klopfen trat er ein.

»Herr von Trettin wünscht Sie zu sprechen, Herr Major«, meldete er von Palkow, der missmutig an seinem Schreibtisch saß. Von Palkow erhob sich und trat auf Fridolin zu. »Willkommen, Trettin! Sind wohl von Grünfelder geschickt worden, was? Konnte die letzten Tage nicht zu ihm kommen. Gab einfach zu viel zu tun. Zigarre und Cognac? Vergaß, Sie rauchen ja nicht!«

Fridolin erwiderte von Palkows Händedruck und nahm nach dessen Aufforderung auf einem Stuhl Platz. Während der Major zwei Gläser mit Cognac füllte, sah er sich ein wenig um. Der Schreibtisch, ein dunkler Schrank und vier Stühle bildeten die gesamte Einrichtung des Raumes. An den Wänden hingen das obligatorische Bild des Kaisers sowie mehrere Zeichnungen und Fotografien, die Major von Palkow in den verschiedenen Phasen seiner Karriere zeigten, sowie zwei gerahmte Urkunden, die von den Orden kündeten, die der Offizier erhalten hatte.

Dies war mehr als das berühmte Foto auf dem Schreibtisch, auf das Grünfelder angespielt hatte, fuhr es Fridolin durch den Kopf. Von Palkow war eben Berufsoffizier und kein Reservist.

»Auf Ihr Wohl, Trettin! Und auf unser Vorhaben! Muss mich entschuldigen. Ich habe bislang noch nichts unternommen. Hoffe aber, die anderen Herren sind deshalb nicht aufgebracht.«

»Keine Sorge, Herr Major. Noch üben Grünfelder und die anderen Herren sich in Geduld. Ich bin auch nicht wegen des Geschenks für Prinz Wilhelm zu Ihnen gekommen, sondern um mich nach einem Ihrer Zöglinge zu erkunden.«

Der Major dachte kurz nach. »Meinen wohl den jungen Trettin. Mit Ihnen verwandt?«

»Ich bin sein Vormund.«

»Vormund, ach ja! Bin nicht in Ihre Familienverhältnisse eingeweiht.« Von Palkow lachte auf, schenkte sich und Fridolin einen weiteren Cognac ein und prostete ihm zu.

»Ein prachtvoller Bursche, der junge Trettin. Wird ein guter Offizier werden – wie zum Beispiel Ihr Vater!«

Obwohl es gewiss nicht so gemeint war, empfand Fridolin es als Stichelei, weil er selbst nicht gedient hatte.

»Ich freue mich, dass mein Neffe Ihren Ansprüchen genügt«, antwortete er und sagte sich insgeheim, dass der Junge sich anscheinend zum Besseren gewandelt hatte. Früher hatte er Wenzel im Stillen nur einen Teufelsbalg genannt. Doch wie es aussah, hatte die Zucht, die in der Kadettenanstalt herrschte, die positiven Seiten des Jungen zum Vorschein gebracht.

Von Palkow erklärte ihm, dass Wenzel von Trettin ein ausgezeichneter Schüler sei, dem das Wissen in Mathematik und Physik nur so zufliege.

»Der Beste seines Jahrgangs!«, fuhr er fort. »Er übertrifft auch in den anderen Gymnasialfächern die meisten. Allerdings ein schlechter Reiter. Dabei ist er der Sohn eines Landedelmanns!«

Fridolin hätte ihm sagen können, dass der Junge in Berlin aufgewachsen war und dessen Vater Ottokar kaum mehr als ein Jahr lang das Leben eines Landedelmanns hatte spielen können. Da diese Familieninterna den Major nichts angingen, beschränkte er sich darauf, kurz zu nicken. »Sie meinen, Wenzel ist auf einem guten Weg, ein brauchbarer Offizier Seiner Majestät, des Kaisers und Königs, zu werden?«

»Sehe ich so!«, versicherte ihm von Palkow. »Soll ich Ihnen seine Akte zeigen?«

»Ich wäre Ihnen sehr verbunden.«

Der Major ging zum Schrank, öffnete diesen und zog eine Mappe hervor, die er mit Stolz präsentierte. Fridolin nickte beeindruckt. Wie es aussah, war sein Neffe tatsächlich ein ausgezeichneter Schüler. Dabei hatte er Wenzel nicht gerade als Streber in Erinnerung.

»Das Militär scheint ihm gutzutun.«

»Erst das Militär macht einen Jungen zum Mann. Wer sich dem Dienst am Vaterland verweigert, bleibt sein Leben lang eine Kanaille. Verzeihung, sollte keine Beleidigung sein.«

Fridolin empfand es zwar als solche, hielt es jedoch für klüger, nicht auf diese Bemerkung einzugehen. Stattdessen erklärte er von Palkow, dass er in Bälde sein Freiwilligenjahr beim Militär ableisten wolle. »Bis jetzt waren die Umstände dagegen, mein lieber Major, aber mittlerweile bin ich in der Lage, meine Pflichten für das Vaterland zu erfüllen.«

»Wusste doch, Sie sind ein Mann nach meinem Geschmack! Welchem Regiment wollen Sie beitreten? Vielleicht gar dem meinen? Besser gesagt, meinem ehemaligen? Wurde abberufen und hierher versetzt. Campe und Trepkow kennen Sie ja bereits.« Während von Palkow ihm scheinbar gerührt die Hand drückte, dachte Fridolin, dass die Erwähnung dieser beiden Männer eigentlich ein Grund für ihn wäre, dieses Regiment zu meiden. Doch sein Vater hatte bei den Zweiten Garde-Ulanen gedient, und er kannte den neuen Kommandeur persönlich.

»Ich danke Ihnen für diesen Rat, Herr von Palkow. Da Sie in diesem Regiment gedient haben, dürfte es zu den besten im ganzen Heer zählen, und es wäre eine Ehre, dort aufgenommen zu werden.«

»So ist es!«, bestätigte der Major.

Fridolin wechselte das Thema. »Ich würde gerne mit meinem Neffen sprechen. Wäre das möglich?«

»Gewiss! Ich lasse den Jungen rufen. Gehen Sie mit ihm spazieren und examinieren Sie ihn.«

Während der Unteroffizier davoneilte, um Wenzel von Trettin zu holen, trank der Major seinen dritten Cognac und nötigte Fridolin, es ihm gleichzutun.


## VII.

Der Junge war gewachsen, seit Fridolin ihn das letzte Mal gesehen hatte, und sah in seiner dunkelblauen Kadettenuniform adrett aus. Auch war der freche Ausdruck auf dem Gesicht geschwunden und hatte einer eher ängstlichen Miene Platz gemacht. Die ganze Haltung verriet, dass er sich in der Gegenwart seines Vormunds nicht wohlfühlte.

»Guten Tag«, grüßte Fridolin.

Wenzel salutierte zackig. »Guten Tag, Herr Vormund.«

»Ich freue mich, dich wohl zu sehen! Major von Palkow ist sehr zufrieden mit dir.« Fridolin wusste im Grunde nicht, was er mit dem Jungen reden sollte. Bislang hatte er sich kaum um ihn gekümmert und kämpfte nun mit dem Gefühl, dass dies ein Fehler gewesen war.

»Ich bin stolz, dass Herr Major von Palkow mit meinen Leistungen zufrieden ist.«

»Er nannte dich in Mathematik und Physik sehr begabt, machte aber Einschränkungen wegen deiner Reitkünste!«

Als Fridolin dies sagte, schien der Junge zu schrumpfen. »Dabei gebe ich mir alle Mühe, mein Können als Reiter zu verbessern, Herr Vormund.«

»Das ist auch gut so! Allerdings solltest du dir überlegen, ob du wirklich zur Kavallerie gehen willst. Die hat zwar das höchste Prestige im Heer, aber gute Offiziere sind auch bei der Infanterie, beim Train und bei der Artillerie gefragt. Dort blieben dir halsbrecherische Attacken zu Pferd erspart.«

»Sie sind also nicht der Meinung, dass ich unbedingt zu den Garde-Ulanen muss, Herr Vormund?«

»Ich will, dass du den Platz einnimmst, den du zu deiner eigenen Zufriedenheit ausfüllen kannst. Deine schulischen Leistungen befähigen dich, zur Artillerie zu gehen. Dort braucht man besonders begabte Offiziere.« Fridolin wunderte sich über sich selbst, dass er sich so viele Gedanken über einen Jungen machte, dessen Existenz er bisher am liebsten vergessen hatte. Doch Wenzel wirkte so bedrückt, dass es ihm geraten schien, sich ein wenig um ihn zu kümmern.

»Ich würde gerne zur Artillerie, doch Mama verbietet es. Sie sagt, dort gäbe es vor allem bürgerliche Offiziere, und die wären für einen Freiherrn von Trettin nicht der richtige Umgang.«

Malwine steckt also dahinter, fuhr es Fridolin durch den Kopf. Das hätte er sich denken können. Obwohl sie selbst weder Titel

230

noch eigenen Besitz aufzuweisen hatte, gab sie sich hochmütiger als die Damen der alten preußischen Geschlechter. Es würde nicht leicht werden, ihr beizubringen, dass ihr Sohn nicht dazu taugte, in eines der Gardéregimenter zu Pferd einzutreten, sondern besser beim Geschützwesen aufgehoben war. Aber da ihm der Junge leidtat, war er bereit, diesen Kampf auszufechten.

»Noch habe ich zu bestimmen, was mit dir geschieht, und nicht deine Mutter. Wenn ich der Ansicht bin, du solltest zu den Kanonieren, wirst du das auch tun!«

Wenzel von Trettin atmete auf. »Es ist nicht so, dass ich überhaupt nicht reiten kann, Herr Vormund, aber die meisten meiner Kameraden stammen von großen Gütern und sind viel besser als ich. Ich habe Angst, mich während einer scharfen Attacke nicht auf meinem Pferd halten zu können. Immerhin bin ich hier schon zwei Mal aus dem Sattel gestürzt. Mama sagt aber, ich müsste es lernen, da ich als Trettin einfach Kavallerieoffizier werden muss.«

»Das ist doch Unsinn! Du bist es unserer Familie schuldig, ein guter Offizier zu werden, gleichgültig ob bei den Ulanen, bei der Gardeinfanterie oder der Artillerie. Ich werde deiner Mutter in diesem Sinne nach Ostpreußen schreiben!«

»Aber Mama ist doch hier in Berlin!«

Fridolin blickte ihn verblüfft an. »Was sagst du? Ich dachte, sie lebt auf Trettin!«

»Dort ist sie höchstens ein paar Wochen im Jahr. Gelegentlich kommt sie auch hierher, um mir ins Gewissen zu reden, und spricht mit dem Herrn Major!« Wenzel klang nicht so, als wären dies erfreuliche Gespräche für ihn. Doch Fridolin dachte jetzt weniger an den Jungen als an dessen Mutter. Malwine von Trettin lebte in Berlin, obwohl sie ihm gegenüber immer vorgegeben hatte, sie müsse auf Trettin versauern. Interessant fand er auch, dass sie mit Major von Palkow bekannt zu sein schien. Da dieser offenbar noch immer enge Kontakte zu den Offizieren seines früheren Regiments pflegte, konnte er sich plötzlich denken, aus welcher Ecke die Verleumdungen gegen Lore kamen.

Nun reizte es ihn doppelt, diesem Regiment beizutreten und den Stier bei den Hörnern zu packen. Da seine Gedanken sich mehr mit diesem Thema beschäftigten, erstarb das Gespräch, und er brachte seinen Neffen in von Palkows Zimmer zurück.

»Ich danke Ihnen, Major, dass Sie mir Gelegenheit geboten haben, mit meinem Mündel zu sprechen. Wie es aussieht, richtet Wenzels Neigung sich mehr auf das Artilleriekorps als auf die Ulanen. Ich unterstütze diesen Schritt und bitte Sie, dies in die Wege zu leiten!«

Während der Junge aufatmete, huschte ein abweisender Ausdruck über von Palkows Gesicht. Doch er hatte sich rasch wieder in der Gewalt und nickte. »Ich werde es in den Akten vermerken, Trettin. Entschuldigen Sie mich nun. Äußerst dringender Termin!«

»Ich wollte ohnehin gerade gehen«, sagte Fridolin und reichte ihm die Hand.

»Wollte Sie nicht vertreiben. Bleiben Sie ruhig noch bei Ihrem Neffen.«

Fridolin schüttelte den Kopf. »Das ist nicht nötig. Mein Junge, ich werde mich jetzt verabschieden. Lerne fleißig weiter, damit ein guter Artillerieoffizier aus dir wird!«

»Das werde ich tun, Herr Vormund. Auf Wiedersehen!« Wenzel salutierte, drehte sich um und verließ das Zimmer.

Fridolin spürte, dass der letzte Satz ernst gemeint war. Der Junge würde sich tatsächlich freuen, ihn zu sehen. In dieser Hinsicht zufriedengestellt, wandte er sich von Palkow zu. »Gott befohlen, Herr Major. Wünsche Ihnen einen guten Tag!«

Beinahe hätte er über sich selbst gelacht, weil er nun auch in jenem abgehackten Stil zu reden begann, der bei den Herren vom Militär üblich war.

»Gute Heimfahrt, Trettin! Grüßen Sie Grünfelder und die anderen Herren von mir. Ich kümmere mich umgehend um unsere gemeinsame Sache!«

Von Palkow drückte Fridolin die Hand und öffnete die Tür. Kaum war sein Gast gegangen, verließ auch er den Raum und wandte sich dem Teil des Gebäudes zu, in dem seine Unterkunft lag. Kurz darauf trat er durch einen Seiteneingang ins Freie, blickte um die Ecke und sah, wie Fridolin eine Droschke bestieg. Der Major wartete, bis dieser losgefahren war, dann eilte er zum Haltepunkt des nächsten Pferdeomnibusses und stieg in das erste Gefährt, das in die gewünschte Richtung fuhr. Seine Uniform sorgte dafür, dass ihm Platz gemacht wurde, und so saß er auf der Bank, während sich um ihn die übrigen Passagiere drängten.

# VIII.

Als von Palkow die kleine Wohnung betrat, die er als Liebesnest für sich und Malwine von Trettin angemietet hatte, wurde er erneut von Delaroux empfangen. Der französische Agent saß auf seinem Stuhl, rauchte eine seiner Zigarren und hatte eine Flasche Wein aus seinen Vorräten geöffnet.

»Willkommen, *mon ami!* Ich hatte doch richtig in Erinnerung, dass Sie heute um diese Zeit hierherkommen würden.«

»Muss sagen, Sie sind zu einer ungünstigen Zeit erschienen«, antwortete von Palkow ärgerlich.

Der Besucher hob beschwichtigend die Hand. »Mein lieber Major, ich habe nicht die Absicht, Ihr *rendezvous d'amour* mit Ihrer *maîtresse* zu stören. Ich trinke nur noch dieses Glas Wein aus und werde dann aufbrechen. Vorher will ich Ihnen noch mitteilen, dass ich fündig geworden bin. Ich habe die Schiffswerft, die für unsere Zwecke geeignet ist. Sie fertigt im Allgemeinen Schleppkähne für Kanäle und Flüsse, doch ist der Ehrgeiz des Besitzers groß genug, auch andere Schiffe zu bauen, um dadurch das Augenmerk Seiner Königlichen Hoheit auf sich zu lenken. Außerdem gibt es dort einen jungen Mann, der für uns sehr wertvoll sein wird. Es handelt sich um einen einfachen Arbeiter, der früher Student war und wegen einiger unbedachter Äußerungen von der Universität verwiesen und für fünf Jahre an diesen Ort verbannt worden ist. Gegen einen gefälschten Pass und eine Summe, die es ihm ermöglicht, in der Neuen Welt einen ebensolchen Anfang zu machen, ist er bereit, die notwendige Menge an Sprengstoff an Bord zu schmuggeln und die Zündanlage einzubauen.«

Delaroux trank einen Schluck, während von Palkows Gedanken rasten. Offenbar hatte der Franzose überall Helfer, die er nach Belieben einsetzen konnte. Im Grunde konnte ihm das gleich sein. Die Summe, die er für diesen Streich erhalten würde, war weitaus höher, als er für treue Dienste an König und Vaterland bekam. Dazu kam Tirassows Versprechen, ihm einen Generalsrang im russischen Heer zu verschaffen.

Delaroux schien seine Gedanken lesen zu können, denn mit einem Mal lachte er. »Es wäre übrigens ganz nützlich, wenn Sie dafür sorgen, dass der Verdacht nach dem Attentat auf Ihren russischen Freund fiele. Ich habe bereits entsprechende Vorarbeit geleistet und würde mich freuen, Ihre Unterstützung zu bekommen. Ein Zwist zwischen dem Deutschen Reich und Russland käme mir sehr gelegen.«

Nun, mir nicht, dachte von Palkow, der die höfische Gesellschaft in Sankt Petersburg den Zuständen im Wilden Westen bei weitem vorzog.

Der Franzose schien ihm auch diesen Gedanken an der Stirn abzulesen. »Vertrauen Sie nicht zu sehr auf Tirassows Versprechungen, *mon ami!* Die Sterne eines Generals verlieren in den Weiten Sibiriens rasch an Glanz. Oder glauben Sie, Seine Majestät, der Zar, würde einen Offizier, der mit einem Attentat auf Seine Königliche Hoheit, Prinz Wilhelm, und vielleicht sogar auf Bismarck und den Kaiser selbst in Verbindung gebracht werden könnte, an einer so exponierten Stelle wie Sankt Petersburg stationieren?«

Dass dies weniger als wohlmeinender Ratschlag denn als unmissverständliche Warnung zu verstehen war, begriff von Palkow sofort. Ihm war bewusst, dass der Franzose keinen Augenblick zögern würde, ihn aus dem Weg zu räumen, wenn dies seinen Zielen dienlich war. In ihm stiegen ernsthafte Zweifel auf, ob es klug gewesen war, sich mit Delaroux einzulassen. Doch nun war es zu spät.

»Ich brauche ebenfalls einen falschen Pass und ein Schiffsbillett nach New York«, antwortete er kurz entschlossen.

Delaroux nickte zufrieden. »Was ich an Ihnen so schätze, Major, ist Ihre rasche Auffassungsgabe. Der Zar, aber auch Tirassow würden nicht zögern, Sie zu opfern, um den Zorn der Deutschen zu besänftigen. In Amerika hingegen sind Sie so sicher wie in Abrahams Schoß. Außerdem hat ein Mann mit Ihren Fähigkeiten dort weitaus bessere Chancen als unter Kalmücken und Tataren. Doch nun *adieu*, ich höre jemanden kommen!« Im nächsten Moment ergriff der Franzose das Glas, leerte es und verschwand durch die Tür.

Malwine von Trettin sah ihn noch auf dem Flur, doch da er ihr gekonnt den Eindruck vermittelte, als sei er aus einer anderen Wohnung gekommen, achtete sie nicht weiter auf ihn, sondern öffnete die Tür des Liebesnestes und trat ein.

Von Palkow stand auf und umarmte sie. »Wie ich mich freue, dich zu sehen, Geliebte.«

»Deine Freude ist meine Freude!« Malwine sah ihn so strahlend an, dass alle, die sie kannten, verwundert den Kopf geschüttelt hätten. In ihrer Ehe mit Ottokar von Trettin war sie ihrem Mann eine eher kühle Geliebte gewesen. Dabei hatte sie in all der Zeit Heinrich von Palkow nicht vergessen können, dem ihre Liebe bereits als Backfisch gegolten hatte, aber dieser Neigung war zu jener Zeit die Erfüllung versagt geblieben. Ihre Sehnsucht nach diesem Mann war so groß gewesen, dass sie mehr als zwei Jahrzehnte überdauert hatte und noch immer nicht erloschen war.

Sie küsste von Palkow und ließ es zu, dass seine Rechte sich in ihr Dekolleté stahl und ihre Brüste knetete. »Du bist heute sehr hungrig, mein Lieber«, flüsterte sie geschmeichelt und begann sich auszuziehen.

Der Major sah ihr zu und sagte seufzend: »Nur bedauerlich, dass wir nicht heiraten können!«

»Was steht dagegen? Du bist ledig, und ich bin seit fünf Jahren Witwe!«

Malwine klang in von Palkows Ohren zu drängend. Gerade in dieser Angelegenheit durften sie nicht unvernünftig werden. »Deine Apanage als Witwe des Majoratsherrn auf Trettin ist perdu, wenn wir heiraten. Von meinem Sold als Offizier können wir nicht leben.« Er überlegte, ob er ihr unter dem Siegel der Verschwiegenheit anvertrauen sollte, dass seine Verhältnisse sich in absehbarer Zeit ändern würden, hielt dann aber lieber den Mund. Wenn er Deutschland ungehindert verlassen wollte, durfte niemand ihn mit dem Attentat auf Prinz Wilhelm in Verbindung bringen.

Mit einem Mal kam ihm in den Sinn, dass er seine Geliebte mit diesem Schritt verlieren würde. Im ersten Augenblick erschreckte ihn der Gedanke, denn er hatte gehofft, mit ihr in Russland ein neues Leben zu beginnen. Von dort aus hätte sie jederzeit ihre Söhne in Ostpreußen besuchen können. Doch Amerika war viel weiter weg, und er glaubte nicht, dass sie ihn bis dorthin begleiten würde. Und vielleicht war es ganz gut so, dachte er sich. Immerhin war Malwine kaum jünger als er. Wenn er als reicher Mann in den Vereinigten

Staaten lebte, brauchte er eine Frau, von der er sich Kinder erhoffen konnte.

Dies hinderte ihn jedoch nicht daran, Malwine voller Leidenschaft an sich zu ziehen und ihr Gesicht und ihren Busen mit Küssen zu überschütten. Danach entledigte er sich seiner Uniform und der Unterhosen, bis er schließlich nackt und mit erigiertem Penis vor ihr stand.

»Wen haben wir denn da?«, fragte Malwine lächelnd, fasste mit beiden Händen zu und presste sich mit ihrem Unterleib gegen den seinen.

Von Palkow holte tief Luft und fragte sich gleichzeitig, was sie jetzt von ihm fordern würde. Einen Augenblick lang wünschte er sich, sie würde ihm erlauben, seine Reitstiefel zu tragen und ihr mit der Reitpeitsche ein paar leichte Hiebe versetzen zu dürfen. Stattdessen aber verlangte sie von ihm, sich auf den Rücken zu legen und stillzuhalten, während sie auf ihn stieg und wie schon so oft den männlichen Part übernahm. Dabei griff sie ihm mit beiden Händen in die Brustbehaarung und zerrte so daran, dass von Palkow gleichzeitig vor Schmerz und Lust aufstöhnte. Eine Nachbarin, die an der Wohnungstür vorbeiging, schüttelte missbilligend den Kopf.

## IX.

Da Lore es interessierte, was aus Gregor Hilgemann geworden war, suchte sie Mary und Konrad in deren Wohnung auf. Fridolin weilte wieder einmal bei Grünfelder, und so hatte sie kurzerhand Jutta mitgenommen. Das Dienstmädchen hatte sich als fleißige, treue Hilfe erwiesen und war ihr weitaus lieber als Nele, die ihr gerne schnippische Antworten gab und oft genug zur Arbeit angetrieben werden musste.

Am Ziel angekommen, stellte Jutta fest, dass die Schneiderin, wie sie Mary für sich nannte, zwar kein eigenes Haus besaß, aber in einer passablen Straße wohnte und dazu noch in dem als vornehm geltenden Hochparterre. Als sie die Wohnung betrat, fand sie diese nicht nur peinlich sauber, sondern auch geschmackvoll eingerichtet. Marys Hausmädchen war ebenfalls nach ihrem Sinn, und so setzte sie sich zu dieser in die Küche, um ein wenig mehr über deren Herrin zu erfahren.

Lore wurde unterdessen von Konrad in die gute Stube geführt und fand dort zu ihrer Überraschung nicht nur ihre Freundin Mary und den jungen Studenten vor, sondern auch Caroline von Trepkow, die neben der Gaslampe saß und nähte.

Kaum sahen die drei Lore eintreten, eilten sie ihr mit ausgestreckten Händen entgegen. »Es war wirklich sehr mutig von dir, Herrn Hilgemann vor diesen schrecklichen Gendarmen zu retten!« Mary umarmte ihre Freundin herzlich. Hilgemann begnügte sich damit, ihr die Hand zu schütteln, während Caroline so aussah, als wollte sie den neuen Gast ebenfalls am liebsten umarmen.

Lore wunderte sich über die Vertrautheit, die zwischen den Anwesenden herrschte, hatte Caroline sich doch letztens noch recht abfällig über Gregor Hilgemann geäußert. Von dieser Abneigung schien nichts mehr übrig geblieben zu sein.

»Habe ich etwas verpasst?«, fragte Lore amüsiert.

Die anderen sahen sich erstaunt an. »Wieso?«, wollte Mary wissen.

»Nun, ich dachte, Herr Hilgemann wolle sich mit den Papieren eines Freundes ins Ausland begeben. Aber er ist immer noch hier, und ich habe auch nicht erwartet, Fräulein von Trepkow bei euch zu begegnen.«

»Da derzeit alle Studenten der Universität überwacht werden, wagt mein Freund es nicht, mir seinen Pass zu geben. Er meint, ich solle warten, bis die Aufregung sich gelegt hat. Mrs. Penn und Herr Benecke waren daher so freundlich, mir während dieser Zeit Obdach zu gewähren.«

»Ich habe Herrn Hilgemann als meinen Neffen aus Bremen angemeldet«, erklärte Konrad grinsend. »Der zuständige Beamte hat sich mit meiner Aussage begnügt und nicht gefordert, den Pass meines Verwandten zu sehen.«

»Trotzdem habt ihr euch oder, um ehrlich zu sein, habe ich euch in Gefahr gebracht«, wandte Lore ein.

Konrad lachte jedoch nur. »Keine Sorge! Als Seemann lernt man, mit Beamten aller Art umzugehen. Ich habe ihm meinen alten Seemannsausweis gegeben, in dem ich nur das Geburtsdatum ändern musste. Wenn wir kontrolliert werden, besitzt Gregor ein amtliches Papier, das ihn als Konrad Benecke aus Bremen ausweist. Als mein Neffe kann er den gleichen Namen tragen wie ich.«

Lore seufzte. »Ich fände es besser, wenn Herr Hilgemann sich mit Hilfe dieses Passes ins Ausland absetzen würde!«

Nun blieb dem Studenten nichts anderes übrig, als Farbe zu bekennen. »Meine verehrte Retterin, dafür fehlt mir das Geld. Ich traue mich derzeit noch nicht, meinen Eltern zu schreiben, da sie gewiss von den Behörden überwacht werden. Immerhin werde ich steckbrieflich gesucht.«

»Das wird ja immer schlimmer!« Beinahe bedauerte Lore es nun, dem jungen Mann geholfen zu haben. Damals war es ihr wie ein Spiel erschienen, über das sie ihren Ärger über Fridolin für kurze Zeit vergessen konnte.

Gregor Hilgemann missverstand sie jedoch. »Es ist wirklich schlimm, wie der freie Menschenwille in Preußen und auch im Rest von Deutschland von Tag zu Tag stärker unterdrückt wird. Wer die entsetzlichen sozialen Verhältnisse anspricht, gilt sogleich als Aufrührer und wird verhaftet. Sie haben wahrscheinlich noch nicht mit eigenen Augen gesehen, wie elend die Menschen hier leben, die mit ihrer Hände Arbeit den Reichtum der Fabrikbesitzer und Geschäftsleute erst ermöglichen. Sie hausen in finsteren Löchern, die nie ein Sonnenstrahl erreicht, oft in vier, fünf Häusern hintereinander mit Innenhöfen, die gerade groß genug sind, dass sich ein Pferd darin umdrehen kann. Viele Familien können sich keine menschenwürdige Wohnung leisten, sondern drängen sich in einem Zimmer zusammen und teilen sich mit einem Dutzend anderer Familien Küche und Abort. Sie haben weder die Möglichkeit, sich richtig sauber zu halten, noch können sie sich genug Nahrung leisten. Viel zu viele müssen daher Hunger leiden.«

»Herr Hilgemann hat recht«, stimmte Caroline ihm zu. »Die Etage, auf der wir wohnen, gehört einer Witwe von Stand, die gezwungen ist, alle Zimmer bis auf zwei zu vermieten, um vom Mietzins leben zu können. Das Zimmer, in dem ich mit meiner Mutter und unserer alten Fiene lebe, liegt im Kreuzungspunkt zweier Häuserzeilen. Wir haben daher an allen vier Wänden Nachbarn, und es gibt nur ein einziges, winziges Fenster auf einen der Innenhöfe hinaus. In dem Raum ist es so düster, dass wir den ganzen Tag die Gaslampe brennen lassen müssen. Leider sind wir zu arm, um die Lampe so hell aufzudrehen, wie es nötig wäre. Daher komme ich zum Nähen hierher.«

»Das könnten Sie doch auch bei mir tun! Sie wollten doch nicht mit dem Modesalon in Verbindung gebracht werden.« Lore konnte nicht verhehlen, dass sie enttäuscht war, hatte sie doch selbst auf Carolines Gesellschaft gehofft.

Diese wagte es nicht, sie anzusehen. »Ich wollte Sie nicht über Gebühr belästigen, Frau von Trettin. Sie hätten sonst immer die Zwischenträgerin zwischen Mrs. Penn und mir spielen müssen.«

»Das hätte ich doch gerne getan!« Lore ärgerte sich ein wenig über sich selbst, aber auch über Caroline und Mary, die sie aus übertriebener Rücksichtnahme ihrer Einsamkeit überlassen hatten.

Das schien auch Mary zu begreifen. »Es tut mir leid, liebe Laurie. Aber da dein Mann nicht gerne sieht, dass wir beide Partnerinnen sind, habe ich Fräulein von Trepkow vorgeschlagen, zu mir zu kommen. Natürlich kann sie genauso gut bei dir nähen!«

Lore überlegte kurz und schüttelte dann den Kopf. »Ich glaube, es ist besser, wenn ich ebenfalls hierherkomme. Fridolin wird mir wohl kaum verbieten können, meine beste Freundin aufzusuchen. Außerdem habe ich hier nicht unser Dienstpersonal am Hals. Wir drei können gemeinsam nähen und uns dabei unterhalten.«

»Aber du hast doch eines der Mädchen mitgebracht!«, wunderte Mary sich.

»Jutta weiß, dass ich nähe, und wird nichts herumtragen. Ich meine Nele und Jean, die so tun, als hätten sie vorher bei Herzogs gearbeitet. Die beiden geben mir das Gefühl, als müsse ich ihnen dankbar sein, weil sie sich zu meinem Haushalt herabgelassen haben!«

Lores Miene war abzulesen, dass sie die zwei am liebsten wieder losgeworden wäre. Aber die Arbeit war für Jutta allein zu viel, und ob die Stellenvermittlerin ihr etwas Besseres ins Haus schicken würde, bezweifelte sie.

Mary überlegte kurz und reichte dann Lore eine Bluse, deren Ärmelbündchen noch angenäht werden mussten. »Wärst du so lieb, dies für mich zu tun, Laurie? Sie ist für die ältere Tochter des Kommerzienrats Rendlinger. Die Dame zählt seit kurzem ebenfalls zu unseren Kundinnen.«

# X.

$E$s dämmerte bereits, als die traute Runde voneinander schied. Während Lore und Jutta nur das kurze Stück Weg vor sich hatten, welches sie von ihrem Heim trennte, musste Caroline bis zur Möckernstraße fast die halbe Stadt durchqueren. Da sie sich keine Droschke leisten konnte, erbot Gregor Hilgemann sich, sie zu begleiten.

»Das ist nicht nötig«, wehrte Caroline ab.

»Um diese Zeit würde ich weder meine Schwester noch eine andere hübsche junge Frau allein durch die Stadt gehen lassen.«

»Gregor hat recht«, stimmte Konrad ihm zu. »Hätte er Ihnen nicht seine Begleitung angeboten, würde ich es tun.«

Caroline kamen vor Rührung beinahe die Tränen. »Sie machen sich alle so viele Umstände um mich, als wäre ich eine liebe Freundin für Sie und nicht ein Mädchen, das für seine Näharbeiten bezahlt wird!«

Mary schloss sie lächelnd in die Arme und küsste sie auf die Wangen. »Sie sind uns eine gute Freundin geworden, gnädiges Fräulein. Da ist es doch selbstverständlich, dass wir Sie nicht allein in die Nacht hinausgehen lassen. Sie brauchen zu Fuß und mit der Pferdetrambahn mindestens eine Stunde, um nach Hause zu kommen, und das ist ohne Begleitung viel zu riskant.«

»Da hören Sie es, Fräulein von Trepkow. Jetzt legen Sie Ihr Schultertuch um, damit Ihnen unterwegs nicht kalt wird! Dann brechen wir auf. Ich werde Ihnen nicht zur Last fallen.« Gregor verneigte sich kurz und wies dann zur Tür.

»Sie fallen mir gewiss nicht zur Last, Herr Hilgemann. Eher ich Ihnen! Außerdem kann es gefährlich für Sie sein, wenn ein Gendarm Sie erkennt.«

Hatte Gregor Hilgemann zuerst angenommen, Caroline würde seine Begleitung ablehnen, weil er ihr unsympathisch war, stellte er nun mit heimlicher Freude fest, dass sie sich um seine Sicherheit sorgte. Beschwichtigend hob er die Hand. »Herr Benecke wird mir seine alte Matrosenmütze leihen und auch einen entsprechenden Rock. Kein preußischer Gendarm wird mich dann für einen flüchtigen Studenten halten.«

Caroline nickte dankbar, erleichtert, den Heimweg nicht alleine antreten zu müssen. Zwar achteten die Schutzmänner in Berlin streng auf Recht und Ordnung, doch sie konnten nicht überall sein. Zum Glück, dachte sie, sonst wäre Gregor ständig in Gefahr.

»Ich komme morgen zur selben Zeit wieder«, sagte sie zu Mary, darauf hoffend, dass die Freifrau von Trettin ihre kleinen Nährunde tatsächlich verstärken würde. Danach verabschiedete sie sich.

Gregor Hilgemann folgte ihr wie ein Schatten, bereit, jeden Passanten, der Caroline auch nur schräg ansah, in seine Schranken zu weisen, doch er brauchte nicht einzugreifen. Die junge Frau erreichte ungehindert das Haus, in dem sie mit ihrer Mutter und dem alten Dienstmädchen wohnte, und drehte sich an der Tür noch einmal zu ihm um.

»Herzlichen Dank, Herr Hilgemann! In Ihrer Gegenwart habe ich mich sicher gefühlt.« Dann huschte sie so rasch in den Flur, als hätte sie bereits zu viel gesagt, und ließ den jungen Mann nachdenklich zurück.

Als Caroline ihre Wohnung betrat, wartete eine Überraschung auf sie. Ihr Bruder Friedrich lümmelte sich auf dem Stuhl, hielt ein volles Weinglas in der Hand und hatte einen Teller mit Delikatessen vor sich stehen, wie sie in diesem Raum seit Wochen – seit seinem letzten Besuch – nicht mehr auf den Tisch gekommen waren. Die alte Fiene stand neben ihm, um ihn zu bedienen, während die Mutter mit einem glückseligen Ausdruck im Bett lag und die Augen nicht von ihrem Sohn abwenden konnte.

»Wo bist du so lange gewesen, Caroline?«, tadelte sie sie. »Kannst du nicht da sein, wenn uns dein Bruder besucht? Der Arme hat Schlimmes durchzumachen. Er erhält kaum Sold und muss doch als Leutnant stets adrett gekleidet sein und seinen Burschen bezahlen.«

»Ich finde, dass Friedrich durchaus gut gekleidet ist!« Tatsächlich trug ihr Bruder eine neue Uniform, die sicher kein billiger Schneider genäht hatte. Auch sein Säbel und der Ulanenhelm, die auf dem Tisch lagen, waren neu.

Mit einem zufriedenen Grinsen hob er ihr das Glas entgegen. »Auf dein Wohl, Schwesterchen!« Dann trank er und aß seelenruhig weiter.

Carolines Blick suchte Fiene, die beredt auf die Mutter zeigte, neben sie trat und flüsternd berichtete: »Die gnädige Frau hat verlangt, dass ich den Wein und die Delikatessen hole, um Herrn Friedrich etwas auftischen zu können. Ich musste ihm dann auch noch das restliche Geld aushändigen, das Ihr in der chinesischen Vase verwahrt habt.«

»Oh nein!« Caroline erbleichte.

Bei diesem Geld handelte es sich nicht nur um die geringe Rente ihrer Mutter, die sie dringend für die Miete benötigten, sondern auch um den ersten Lohn für ihre Näharbeiten. Diese Münzen hatte sie für Nahrungsmittel und andere, dringend notwendige Dinge verwenden wollen.

Mit möglichst ruhiger Stimme wandte sie sich an ihren Bruder. »Ich bin dir dankbar, dass du uns wieder einmal besuchst, Friedrich. Allerdings solltest du einen Teil der Summe, die Mama dir in ihrer Freude, dich zu sehen, zugesteckt hat, wieder zurückgeben. Sie ist für unsere Miete bestimmt. Wenn wir nicht rechtzeitig zahlen, setzt uns die Hauswirtin vor die Tür. Auch benötigen wir Geld für unseren Lebensunterhalt sowie für einen Arzt, der nach Mama schaut.«

Leutnant von Trepkow machte eine wegwerfende Handbewegung. »Wird schon nicht so schlimm um euch stehen. Meckert die olle Zicke, der diese Hütte hier gehört, sag ihr einfach, sie bekommt die Miete, wenn Mama ihre nächste Rente erhält. Ich kann auf diese Summe nicht verzichten. Kostet verdammt viel, Leutnant Seiner Majestät, des Königs und Kaisers, zu sein!«

»Also Caroline, es ist wirklich nicht recht von dir, deinen armen Bruder so zu bedrängen. Er leidet doch am heftigsten unter den Umständen, die uns beide zwingen, in diesem entsetzlichen Zimmer zu hausen. Wäre unser Gut nicht verlorengegangen, könnte er glücklich und zufrieden leben. So aber hat er nur Kummer und Sorgen! Die solltest du nicht noch mehren.«

Friedrich nickte so selbstgefällig, dass Caroline ihn am liebsten geohrfeigt hätte. Nicht zum ersten Mal wünschte sie sich, dass die Mutter nicht nur an ihren Sohn, sondern auch an sich selbst, an sie und an die alte Fiene denken sollte. Sie drei würden wegen der guten Sachen und des Weines, die für ihren Bruder gekauft worden waren, die nächsten Wochen von Pellkartoffeln mit Stippe leben müssen, falls die Besitzerin der Wohnung sie nicht ohnehin wegen der unbezahlten Miete aus dem Haus warf. An einen Arzt, den die Mutter dringend benötigte, war gar nicht erst zu denken.

Für einen Augenblick überlegte sie sich, ob sie Mary oder Lore um eine kleine Summe bitten sollte, schüttelte dann aber resolut den Kopf, denn sie wollte nicht auch noch zur Bettlerin werden.

Als der Bruder schließlich ging, streckte sie ihm fordernd die Hand entgegen. »Gib mir wenigstens das Geld für den Arzt. Du siehst doch, wie krank Mama ist!«

Friedrich von Trepkow lachte jedoch nur und schritt leichtfüßig davon.

# XI.

Als Lore an diesem Abend nach Hause kam, wartete zu ihrer
Überraschung Fridolin bereits auf sie. Er saß in dem Zimmer,
das sie als gemeinsamen Salon eingerichtet hatten, und las in
einer Ausgabe der Zeitschrift »Der Soldatenfreund«.

Bei Lores Eintreten hob er den Kopf und sah sie lächelnd an.

»Du bist wohl bei Mary gewesen?«

»Ja. Ich will hoffen, du hast nichts dagegen, wenn ich sie wieder
öfter besuche?« In Lores Stimme schwang eine Warnung mit,
es ja nicht zum Streit kommen zu lassen.

»Natürlich habe ich nichts dagegen. Ich freue mich doch, wenn
du mit Mary reden kannst. Sie ist eine kluge Frau und Konrad
unser bester Freund.«

»Gut, dass du das auch so siehst!« Ein zufriedener Ausdruck
huschte über Lores Gesicht.

»Hier ist übrigens ein Brief für dich, den der Postbote gebracht
hat. Er kommt von Nathalia!«, fuhr Fridolin fort.

»Von Nati!«, rief Lore freudig und riss ihrem Mann das Kuvert
aus der Hand. Sie nahm sich nicht die Zeit, einen Brieföffner
zu holen, sondern schlitzte den Umschlag mit dem Daumen-
nagel auf und zog den Brief heraus.

Das Schreiben war erstaunlich lang und berichtete von Nathalias Leben im Schweizer Internat. Sie gab einige bissige
Kommentare zu Mitschülerinnen zum Besten, die ihrer Ansicht nach entweder dumm oder aufgeblasen waren und Scherzen, wie ihren Lehrerinnen tote Ratten oder lebende Frösche
in die Betten zu schmuggeln, nichts abgewinnen konnten. Dafür gab Nathalia stolz zu verstehen, dass sie diese Streiche

trotzdem gemacht und die unweigerliche Strafe stoisch ertragen habe.

Lore lachte immer wieder auf. Wie es aussah, hatte ihre kleine Freundin sich nicht geändert, sondern schien in der Schweiz eher noch zu einigen Unarten zurückgekehrt zu sein, die Dorothea Simmern und sie überwunden geglaubt hatten.

»Ich weiß nicht, ob dieses Internat für Nathalia das Richtige ist«, sagte sie zu Fridolin. »Sie ist zu lebhaft für ein steif geführtes Haus, in dem selbst die gemeinsamen Spaziergänge in Reih und Glied stattzufinden haben.«

»Ich glaube, es tut Nathalia ganz gut, Disziplin zu lernen. Du und Dorothea, ihr habt sie zu sehr verwöhnt!« Fridolins amüsiertes Schmunzeln nahm seinen Worten die Schärfe. Im Grunde mochte er Nathalia von Retzmann gerne, wusste aber, dass diese ihr überschäumendes Temperament zügeln lernen musste, wenn sie nicht überall anecken wollte.

Das war auch Lore klar, und sie beschloss, Nathalia in ihrem Antwortbrief zu bitten, sich besser zu benehmen. Nun aber las sie weiter und stieß kurz darauf einen Jubelruf aus.

»Nati schreibt, dass sie uns in den Ferien besuchen will. Natürlich muss sie auch nach Bremen zu Dorothea und Thomas fahren, doch in den ersten Wochen will sie hier bleiben und mit mir zusammen Berlin erkunden. Sie war nur einmal als kleines Kind hier und hat keine Erinnerung mehr an diese Stadt.«

»Zumal sich Berlin in den letzten Jahren rasant verändert hat«, warf Fridolin ein und fasste dann nach Lores Hand. »Ich freue mich, dass Nathalia dich besuchen kommt. Um die Zeit will ich nämlich mein Freiwilligenjahr beim Heer antreten. Dann bist du nicht so allein.«

Da Lores Stirn sich umwölkte, sprach er schnell weiter. »Ich werde in das Zweite Garde-Ulanen-Regiment eintreten. Das habe ich heute mit Oberst von Scholten, dem Kommandeur, besprochen. Er ist ein angenehmer Mensch, ganz und gar nicht so, wie man sich einen alten Haudegen vorstellt. Er und mein Vater haben im selben Regiment gedient, und beide haben am Sturm auf die Düppeler Schanzen teilgenommen. Bis auf die ersten vier Wochen, die ich in der Kaserne verbringen muss, hat er mir erlaubt, zu Hause zu wohnen. Auch meinte er, da ich kein pickeliger Primaner mehr wäre, sei es wohl am besten, wenn ich gleich im Range eines Kornetts in sein Regiment eintreten würde. Nach einem halben Jahr werde ich zum Unterleutnant befördert und schließlich als Premierleutnant der Reserve entlassen.«

»Wie ich sehe, beschäftigst du dich bereits mit dem Militär«, sagte Lore und wies auf die Zeitschrift, die er in der Hand hielt.

»Ich will nicht als heuriger Hase in die Kaserne kommen. Daher habe ich den ›Soldatenfreund‹ abonniert. Aber freust du dich denn nicht, dass ich elf Monate meiner Militärzeit hier bei dir schlafen kann?«

Lore rümpfte die Nase. »Ich würde mich mehr freuen, müsste ich dich in der Zeit nicht mit Grünfelder teilen. Doch wie ich dich kenne, wirst du fast jeden Tag bei ihm in der Bank oder in seiner Villa sein.«

»Mein Liebling, ich werde schon darauf achten, dass du nicht zu kurz kommst. Außerdem hoffe ich, dich den Damen des Regiments vorstellen zu können. Die sind bestimmt nicht so borniert wie die neureichen Grünfelder-Damen.« Für einen

Augenblick überlegte Fridolin, ob er Lore von seinem Verdacht berichten sollte, Malwine von Trettin könnte hinter den üblen Gerüchten stecken. Da er ihre Abneigung gegen die angeheiratete Verwandte jedoch kannte, befürchtete er, seine Frau würde Malwine aufsuchen und den Skandal durch einen heftigen Streit erst richtig anfachen. Daher schob er diesen Gedanken beiseite und kam erneut auf Nathalia zu sprechen.

Während das Paar friedlich zusammensaß und insgeheim die wiedergefundene Harmonie genoss, musste Jutta sich in der Küche gegen Neles und Jeans Vorwürfe zur Wehr setzen. Die beiden ärgerten sich, weil sie die letzten Stunden allein hatten arbeiten müssen, dabei war nicht einmal das Abendessen vorbereitet.

Als Jutta das Gejammer der beiden zu viel wurde, packte sie einen Kochlöffel und schlug damit auf den Tisch. »Seid jetzt still! Wenn die gnädige Frau mich auffordert, sie zu begleiten, habt ihr das nicht zu kritisieren. Es ist meine Pflicht, mit ihr zu kommen, und die eure, dafür zu sorgen, dass hier alles seinen geregelten Gang geht. Aber wenn ich mich so umsehe, habt ihr euch nicht gerade ein Bein ausgerissen. Und jetzt geht endlich an die Arbeit! Wenn das Abendessen nicht rechtzeitig auf den Tisch kommt, wird die gnädige Frau zu Recht zornig sein.«

»Pah, die Schneiderin soll sich nicht so haben«, sagte Nele bissig und quiekte im nächsten Moment auf, weil Jutta ihr mit dem Kochlöffel einen Schlag auf den Po versetzt hatte.

»Ich sagte, ich will hier keine Schmähworte mehr hören! Weder über den gnädigen Herrn noch über die gnädige Frau oder sonst wen. Und jetzt rühr gefälligst die Spargelsuppe. Wasche aber vorher den Kochlöffel ab. Dein Hintern ist mir zu schmutzig!«

»Das ist …«, fuhr Nele auf.

Doch Jutta baute sich wie ein Engel mit Flammenschwert vor ihr auf. »Noch ein Wort, und ich sage der Gnädigen, dass sie dich rauswerfen und ein neues Dienstmädchen einstellen soll!«

»Du bist so etwas von gemein!«, schluchzte Nele, machte aber, dass sie an die Arbeit kam.

Jean erinnerte sich daran, dass er ja der Diener war und mit der Küche nichts zu tun hatte. Daher fand Fridolin am nächsten Morgen seine Schuhe geputzt vor, ohne dass er dies Jean extra hatte auftragen müssen. Lores Schuhe hingegen ließ der Diener unbeachtet stehen, denn er sah es unter seiner Würde an, die Schuhe einer einfachen Schneiderin zu putzen, mochte diese auch einen echten Freiherrn als Ehemann gewonnen haben.

## XII.

Caroline von Trepkow blickte ihre Zimmerwirtin flehentlich an. »Sie werden die Miete bekommen, sobald Mama ihre nächste Rente erhält, Frau Granzow. Nur jetzt können wir sie nicht bezahlen.«

»Nichts da! Da könnte ja jeder kommen und mir die Miete schuldig bleiben. In fünf Tagen will ich das Geld sehen, sonst setze ich Sie auf die Straße. Immerhin haben Sie meinen besten Salon in Beschlag genommen, den ich jeden Tag fünfmal vermieten könnte, und das für weitaus mehr Geld, als ich von Ihnen bekomme.«

Es drängte Caroline, der Frau zu sagen, was sie von dem sogenannten besten Salon hielt. Das Zimmer war zwar recht groß, aber mit einem schmalen Fenster nur ein dunkles Loch. Toilette, Bad und Küche lagen am anderen Ende des langen Flurs, und diese mussten sie nicht nur mit der Hausherrin, sondern auch mit den anderen Mietern teilen. Wahrlich keine Umgebung, in der es sich gut leben ließ. Vor allem ihre Mutter hatte in dem düsteren Gelass keine Chance, sich zu erholen und gesund zu werden. Nicht zum ersten Mal verfluchte sie den Egoismus ihres Bruders, der sich rücksichtslos alles Geld unter den Nagel gerissen hatte und es ihr überließ, mit der übellaunigen Hauswirtin zu verhandeln.

Da sie in den nächsten fünf Tagen kein Wunder erwartete, würde ihr nichts anderes übrig bleiben, als die wenigen Besitztümer, die ihnen noch geblieben waren, zum Pfandleiher zu tragen. Sie wischte sich über die feucht werdenden Augen und musterte ihre Vermieterin mit all dem Stolz, den sie als Nachfahrin einer altadeligen Sippe aufzubringen vermochte. »Sie werden Ihr Geld in fünf Tagen erhalten, Frau Granzow!«

»Ab dem nächsten Monat werden Sie drei Mark mehr bezahlen! Wie ich schon sagte, habe ich bereits neue Mieter in der Hinterhand und will durch meine Gutmütigkeit Ihnen gegenüber keinen Verlust erleiden!« Damit drehte sich die Zimmerwirtin um.

»Auf Wiedersehen, Frau Granzow!« Es tat der jungen Frau in der Seele weh, diesen Drachen höflich behandeln zu müssen, aber sie hatte keine andere Wahl. Zudem schmerzten sie die drei Mark. In einer Zeit, in der ein Handwerksmeister froh sein konnte, wenn er hundert Mark im Monat heimtrug, von denen er sich und seine vielköpfige Familie ernähren musste, war diese Mieterhöhung Wucher.

Mit müden Schritten kehrte sie in ihr Zimmer zurück, drehte die Gaslampe höher und begann, den alten Schrank, den sie von ihrem Gutshaus hatten mitnehmen dürfen, nach verwertbaren Dingen zu durchsuchen.

Als Erstes holte sie die chinesische Vase heraus, in der sie ihr Geld verwahrt hatten. Jetzt würde sie diese selbst zu Geld machen müssen. Andere Dinge folgten, zumeist kleine Erinnerungsstücke an eine schönere Zeit. Zuletzt nahm Caroline ein kleines Lackkästchen an sich, von dem sie hoffte, es würde auch ein paar Mark bringen. Wertvoller war jedoch der Gegenstand, der darin geborgen lag. Es handelte sich um das letzte Schmuckstück in ihrem Besitz. Da es aus dem Erbe ihrer Mutter stammte, war es nicht der Zwangsversteigerung anheimgefallen.

Als ihre Mutter sah, dass sie die Brosche zu den anderen Sachen in die Tasche stecken wollte, schrie sie auf. »Nein, Caroline! Nein! Dieses Schmuckstück darfst du unter keinen Umständen verkaufen. Es ist das Einzige, das mir von meiner Familie geblieben ist, und für dich bestimmt. Meine Großmutter hat es bei ihrer Hochzeit getragen, dann meine Mutter und schließlich ich. Auch du musst es an diesem Tag tragen.«

Caroline lag bereits die Frage auf der Zunge, wie sie in ihrer erbärmlichen Lage einen standesgemäßen Ehemann finden sollte. Von ihrem Bruder hatte sie keine Unterstützung zu erwarten, da dieser seinen Regimentskameraden verschwieg, wie sie hier leben mussten. Angesichts der Schwäche ihrer Mutter schluckte sie ihren Unmut jedoch hinunter und wandte sich lächelnd zu ihr um.

»Aber Mama, ich verkaufe das Schmuckstück doch gar nicht. Ich will es nur versetzen und später wieder auslösen.«

Frau von Trepkow durchschaute die Lüge. »Nein, das darfst du nicht! Tu die Brosche wieder zurück. Sie wird nicht verkauft und auch nicht verpfändet. Wenn ich tot bin, wird sie dir gehören, und dann wirst du mir dankbar sein, dass ich dich von diesem unbedachten Schritt abgehalten habe.«

Um ihre Mutter nicht noch mehr aufzuregen, legte Caroline die Brosche in den Schrank zurück und musterte die übrigen Dinge, die ihr als wertvoll genug erschienen, um sie dem Pfandleiher anbieten zu können. Für das meiste würde sie nur ein paar Groschen erhalten und musste beten, dass es für die Miete reichte. Dabei hätte sie auch einmal gerne etwas anderes zum Essen gekauft als Kartoffeln. Plötzlich verspürte sie einen Heißhunger auf einen simplen Salzhering, der ihr die Kartoffelmahlzeiten ein wenig erträglicher machen würde, schob die eigenen Bedürfnisse jedoch sofort beiseite. Wenn sie mehr Geld erhielt, als sie hoffte, musste sie dafür Medizin für ihre Mutter kaufen. Lieber noch wäre ihr gewesen, sie hätte einen Arzt rufen können. Doch für Gotteslohn kam keiner, und so überlegte sie, ob sie die Brosche nicht heimlich an sich nehmen sollte, wenn die Mutter schlief. Sie kannte diese jedoch gut genug, um zu wissen, dass sie ihr das Schmuckstück in der nächsten Zeit mindestens einmal am Tag zeigen musste.

Caroline seufzte. Wie es aussah, würde sie sich das Geld für den Arzt von ihrem Nählohn zusammensparen müssen. Aber die Mutter durfte von nun an nicht mehr erfahren, an welcher Stelle sie ihr Geld verbarg. Sonst würde sie es Friedrich bei seinem nächsten Besuch zustecken oder ihm Wein und teure

Delikatessen besorgen lassen, von denen sie selbst nicht einmal mehr wusste, wie sie schmeckten.

Mit dem Gefühl, dass es nicht viel weiter mit ihr bergab gehen konnte als an diesem Tag, packte Caroline die Tasche und verließ nach einem kurzen Gruß das Zimmer.

## XIII.

Für Lenka war es einer der angenehmeren Abende. Bankier Grünfelder hatte sie für die ganze Nacht bezahlt, und er war keiner jener Freier, die einer Hure ihre Manneskraft beweisen wollten. Im Grunde forderte er von ihr nicht mehr, als auch seine Frau im Ehebett zu geben bereit war. Während sie unter ihm lag und darauf achtete, ihm das Vergnügen zu verschaffen, das er sich erhoffte, dachte sie daran, wie ihr Leben verlaufen wäre, wenn ihre Eltern sie nicht leichtgläubig einer Puffmutter überlassen hätten. Wahrscheinlich würde sie daheim bei der Feldarbeit helfen, wäre verheiratet und bereits Mutter.

Manchmal sehnte sie sich so sehr nach einem Kind, dass sie beinahe hoffte, einer der Männer, der sie bestieg, würde sie schwängern. Gleichzeitig aber war sie Hede Pfefferkorn dankbar, weil sie dafür Sorge trug, dies nach Möglichkeit zu verhindern. Ihre Chefin achtete genau auf den monatlichen Blutfluss ihrer Mädchen und bestimmte die Tage, an denen sie nicht arbeiten durften. Außerdem kannte sie einen Apotheker, der unter der Hand Mittel verkaufte, die dafür sorgten, dass so ein Malheur nicht geschehen konnte oder schlimmstenfalls rasch beseitigt wurde.

Das Keuchen des Bankiers riss sie aus ihrem Sinnieren, und sie bemühte sich, so zu tun, als empfinde auch sie Lust. Dabei hatte sie das Gefühl, er stochere nur in ihr herum. Um sich abzulenken, dachte sie an den Zeitungsausschnitt, den sie im Schrank unter ihren Sachen verborgen hatte. Dort stand, dass aufrechte Männer in Kanada brave Ehefrauen suchten, mit denen sie Familien gründen und das Land erschließen konnten. Nun war sie selbst alles andere als eine brave Frau, doch sie träumte von einem Leben, in dem sie nur mit einem Mann das Bett teilen musste, und von Kindern, die sie ihre Vergangenheit als Prostituierte vergessen lassen würden.

In Preußen und im restlichen Deutschland war dies unmöglich, dafür sorgten die amtlichen Einträge in ihren Papieren. Doch jenseits des großen Teichs in der Wildnis von British Columbia mochte es ihr gelingen. Dafür sparte sie jeden Pfennig. Das Geld verbarg sie sorgfältig vor diebischen Elstern wie Elsie. Noch ein Jahr, vielleicht auch zwei, und sie besaß genug, um auf diese Zeitungsannonce antworten und die weite Reise antreten zu können.

Lenka fragte sich, wie es sein würde, wenn sie mit einem Ehemann im Bett lag. Wäre es so wie hier, mit einem Gefühl des Ekels und dem Gedanken, nur eine menschliche Stute zu sein, an der der Mann seinen Trieb auslebte? Dabei träumte sie von ein wenig Zärtlichkeit, von lieben Worten und einer Hand, die die ihre hielt. Dafür, so sagte sie sich, wollte sie gerne das Zusammensein im Bett ertragen und hoffentlich sogar ein wenig Lust mit ihrem Mann teilen.

Diese Vorstellung drängte sich so intensiv in ihre Gedanken, dass sie ein leichtes Ziehen im Unterleib spürte und im selben

Augenblick, in dem der Bankier erschöpft auf ihr zusammensank, zur Erfüllung kam. Das hatte sie noch nie erlebt, und sie nahm es als Beweis, dass ihr Leib trotz aller schlimmen Erfahrungen noch immer bereit zur echten Liebe war.

Lenka küsste Grünfelder und kraulte den grauen Pelz auf seiner Brust. »War es schön für Sie?«, fragte sie.

Der Bankier nickte versonnen. »Es war fast wie in meiner Jugend mit meiner Frau. Ich würde ja immer noch gerne mit ihr schlafen, aber sie fühlt sich zu alt dazu.«

Es klang traurig, und Lenka bedauerte ihn ein wenig. Doch vor allem anderen war sie froh, ihn als Freier gewonnen zu haben. Da er nicht mit dem Trinkgeld geizte, hoffte sie, das Bordell, die Stadt und dieses Land noch früher als erhofft verlassen zu können.

## XIV.

*W*ährend Lenka sich ihren Zukunftsträumen hingab, saß Fridolin bei Hede im Büro. Nachdem das häusliche Wetter in letzter Zeit doch etwas stürmisch gewesen war, tat es ihm gut, sich hier zu erholen. Bei diesem Gedanken empfand er plötzlich Schuldgefühle. Schließlich hatte er nicht viele Abende zu Hause verbracht und Lore praktisch gezwungen, sich enger an Mary anzuschließen. Auch die Tatsache, dass sich bei ihnen nicht mehr viel im Bett abspielte, war nicht Lores Schuld.

Fridolin musterte Hede, die fast ein Jahrzehnt mehr zählte als seine Frau, und nahm nun die Schatten unter ihren Augen und die kleinen Falten wahr, die sie sorgfältig zu verbergen suchte.

Er gab ihr noch fünf, sechs Jahre, dann würde sie dem Alter nicht mehr trotzen können. Dennoch war sie seine beste Freundin und Ratgeberin, und er hätte sich gewünscht, sie Lore vorstellen zu können. Doch das war unmöglich. Außerdem, so meldete ihm sein schlechtes Gewissen, hatte er Lore mit ihr betrogen, auch wenn der Anstoß dazu nicht von ihm, sondern von Hede ausgegangen war.

»So in Gedanken, Fridolin?«, fragte Hede, nachdem er eine Zeit lang geschwiegen hatte.

»Tut mir leid! Ich bin heute ein schlechter Gesellschafter.«

»Ich glaube, du sorgst dich um deine Frau. Allerdings weiß ich nicht, ob es richtig von dir ist, sie zu verstecken.«

»Ich verstecke Lore nicht!«, rief Fridolin empört und brachte Hede damit zum Lachen.

»Natürlich versteckst du sie nicht absichtlich. Doch du gehst nicht mit ihr aus und führst sie auch nicht ins Theater, zu einer Parade, in ein Café oder in einen Biergarten. Das solltest du aber tun, mein Lieber. Wenn die Leute sie an deiner Seite sehen, werden etliche neugierig werden und sie kennenlernen wollen. Stattdessen verbringst du deine Abende bei Grünfelder und lässt dich von diesem auch noch an den Sonntagen einspannen. Du bist aber mit deiner Frau verheiratet, und nicht mit dem Herrn Bankbesitzer oder den Leuten, die er um sich versammelt hat.«

Hede sprach eindringlich, da sie Fridolin helfen wollte, wieder zu sich selbst zu finden. Sein Aufstieg zu Grünfelders Kompagnon war zu rasch geschehen und hatte ihn offensichtlich überfordert. Außerdem war da noch die Tochter des Bankiers. Hede hätte nicht einen Nickel gegen das ganze Geld gewettet, das sie

Fridolin zur Verfügung gestellt hatte, dass Wilhelmine Grünfelder davon träumte, Lore als Freifrau von Trettin abzulösen.

Da sie Durst verspürte, rief sie nach Elsie, die wieder einmal dafür eingeteilt worden war, die anderen zu bedienen. »Bring eine Flasche Wein!«

Dann wandte sie sich mit einer um Entschuldigung bittenden Geste an Fridolin. »Ich hoffe, du hast nichts dagegen, dass ich ab jetzt auf Cognac verzichte. Wenn ich zu viel davon trinke, steigt er mir zu Kopf, und ich vermag nicht mehr zu kontrollieren, was hier geschieht. Außerdem will ich nicht so enden wie andere Puffmütter, die ihr Leben zuletzt nur noch im Rausch ertragen können.«

»Ich bin ganz froh, wenn wir auf Wein umsteigen«, antwortete Fridolin lächelnd. »Auch ich möchte nicht dem Suff verfallen. Lore gefällt es nicht, wenn ich berauscht bin, und mir ehrlich gesagt auch nicht. Ich denke da an Baron Kanter. Wärst du damals nicht eingeschritten, hätte ich diesen Kerl niedergeschossen wie einen tollen Hund.«

»Und wärst für Jahre ins Gefängnis gewandert, da ein Edelmann einen anderen nicht wegen einer lumpigen Hure töten darf«, wandte Hede bitter ein.

Fridolin lachte unfroh auf. »Da war es besser gewesen, dem Kerl ein paar kräftige Ohrfeigen zu verpassen. Danach musste er mich fordern, obwohl ich ein besserer Schütze war als er. Allerdings hätte ich ihn stärker ankratzen sollen, denn er konnte am selben Abend noch seine Frau ins Theater begleiten. Dabei hätte er ein paar Wochen Krankenlager verdient gehabt.«

»Da wir gerade bei Kanter sind: Er lebt immer noch in Berlin, sucht aber meist ein anderes Etablissement auf und lässt sich nur hie und da mit Freunden im *Le Plaisir* blicken. Allerdings frage ich mich, ob er nicht auch zu jenen gehört, die dich und Lore verleumden. Nur aus einer Richtung können diese Gerüchte nicht kommen.«

»Da könntest du recht haben, Hede«, erklärte Fridolin nach kurzem Nachdenken. »Doch wenn dem so ist, werden Herr von Kanter und ich uns bald wieder über den Lauf der Pistolen hinweg betrachten, und diesmal werde ich genauer zielen!«

Hede schüttelte missbilligend den Kopf. »Ich halte es für besser, diese Sache ohne den Knall von Schüssen und Pulverdampf zu lösen! Damit würde der Skandal nur noch weiter angefacht. Einer meiner Kunden berichtete letztens, Baron Kanters Vermögensverhältnisse befänden sich in einer gefährlichen Schieflage. Als Bankier müsstest du mehr erfahren und es vielleicht zu deinen Gunsten ausnützen können.«

»Danke, Hede! Ich werde mich um Kanter kümmern. Aber das klingt ja so, als schliefest du mit mehreren Männern?« In Fridolins Stimme schwang ein Hauch von Eifersucht, für den er sich selbst schämte. Hede war eine freie Frau und konnte tun und lassen, was sie wollte.

»Ich schlafe mit weniger als fünf Männern im Jahr, dich eingeschlossen.« Hede klang amüsiert, doch Fridolin verstand die Warnung, sie nicht als seinen Besitz zu betrachten.

»Und wie oft schläfst du mit diesen Männern?«, fragte er dennoch.

»Das bleibt mein Geheimnis, lieber Fridolin. Im Übrigen sind die Herren für mich wichtig, denn sie sind mir bei verschiedenen Gelegenheiten behilflich, ebenso wie einige andere, die sich dafür eines meiner Mädchen aussuchen können. Du bist der

Einzige, der mich ohne Lohn lieben darf. Ich mag dich nämlich …« Das ›und auch deine Frau‹ verschluckte Hede gerade noch rechtzeitig, Fridolin sollte nicht erfahren, dass sie Lore kennengelernt hatte. Da noch immer kein Wein gebracht worden war, rief sie noch einmal nach Elsie.

Diese kam missmutig herein und stellte eine Flasche auf den Tisch. »Ich bin ja schon da!«

»Wo sind die Gläser? Oder glaubst du, wir trinken aus der Flasche?«, fragte Hede gereizt. Sie hatte ihre Mädchen immer wieder angewiesen, ihre Pflichten zuverlässig zu erfüllen.

»Die bringe ich gleich«, sagte Elsie und verschwand wieder.

Hede sah ihr kopfschüttelnd nach. »Manchmal frage ich mich wirklich, warum ich diesen Trampel nicht zum Teufel jage. Sie hätte es verdient, in einem Soldatenpuff zu arbeiten, vor dem die Männer Schlange stehen! Nur sind Mädchen, die für ausgefallenere Wünsche zur Verfügung stehen, leider dünn gesät.«

Da Elsie gerade mit zwei Gläsern zurückkam, hatte sie die letzten Worte gehört, und ein hasserfüllter Ausdruck trat auf ihr Gesicht. Irgendwann würde sie Hede Pfefferkorn all die Demütigungen heimzahlen, die sie hier ertragen musste. Mehr denn je bedauerte sie, dass sie dabei ertappt worden war, als sie eine der anderen Huren hatte bestehlen wollen. Damals hatte sie Hede und dieses Mädchen auf Knien angefleht, sie nicht den Schutzleuten zu übergeben. Da bereits zwei Diebstähle in ihren Akten vermerkt waren, wäre sie für etliche Jahre hinter Gitter gewandert und hätte nach ihrer Entlassung gerade noch die Wahl zwischen dem Armenhaus oder einem auf unterster Stufe angesiedelten Bordell gehabt. So hegte sie immer noch die Hoffnung, ihr Schicksal wenden zu können.

Das minderte aber nicht ihren Hass auf Hede und ihre Mädchen, denn zur Strafe war sie auf den letzten Platz der internen Rangliste gesetzt worden. Nun musste sie die anderen Huren und deren Gäste bedienen und wurde immer gerufen, wenn Dinge verlangt wurden, die Lenka und die meisten anderen empört zurückwiesen.

»Du kannst die Flasche öffnen und einschenken!«, befahl Hede.

Elsie gehorchte und leckte sich die Lippen, als der Wein in die Gläser floss. Wenn sie die Kunden ihrer Kolleginnen bediente, zweigte sie immer wieder etwas Wein oder Naschereien für sich ab. Diesmal aber war dies nicht möglich. Dabei trank Hede einen Wein, der auch dem Reichskanzler Bismarck oder Kaiser Wilhelm geschmeckt hätte. Ein Klopfen durchbrach ihre Gedanken.

»Herein«, rief Hede.

Hanna öffnete die Tür, mit nichts anderem am Leib als dem Duft ihres Parfüms. »Verzeihen Sie, gnädige Frau, aber der russische Fürst wünscht sich einen Hintern, den er bearbeiten kann, sonst kommt er nicht richtig in Hitze!« Der Blick der Hure wanderte dabei zu Elsie, die sofort begriff und versuchte, sich unauffällig aus dem Zimmer zu stehlen.

Doch sogleich klang die Stimme ihrer Chefin hinter ihr auf. »Das übernimmst du, Elsie! Hanna wird dir dafür ein Drittel des Trinkgelds geben, das sie von Fürst Tirassow erhält.«

Das Angebot war großzügig, denn der Russe zählte zu jenen Kunden, die gerne und reichlich Trinkgelder gaben. Elsie wusste jedoch, dass sie das Geld mit etlichen Striemen am Hintern bezahlen müsste und ein oder zwei Tage danach nicht richtig sitzen würde können.

Doch was blieb ihr übrig? Missmutig folgte sie Hanna in deren Separee und ließ es zu, dass diese sie langsam entkleidete, um die Lust des Fürsten anzufachen. Die ängstliche Miene, die Elsie unwillkürlich schnitt, schien Tirassow zu gefallen. Obwohl auch in Russland die Leibeigenschaft aufgehoben worden war, bestraften seine Verwalter nachlässige Knechte und Mägde noch immer mit der Knute. Er hatte häufig zugesehen, wie die Peitsche auf das zuckende Hinterteil eines Weibes klatschte, und dabei war ihm stets das Blut in die Lenden geschossen. Aus diesem Grund hatte er sich angewöhnt, seine derzeitige Mätresse oder wenigstens eine Hure bei sich zu haben, mit der er sich nach der Bestrafung beschäftigen konnte.

An diesem Tag wollte er selbst derjenige sein, der ein weißes Hinterteil mit roten Striemen zeichnete. Da er ebenfalls nackt war, konnte Elsie sehen, dass sein Glied noch keine Anstalten machte, kämpferisch aufzuragen. Dennoch hätte sie es lieber in den Mund genommen, als ihm jetzt den Hintern zuwenden zu müssen, während Hanna ihr die Hände mit einem Seidenschal zusammenband und an einem Haken befestigte.

»Euer Erlaucht, macht bitte vorsichtig!«, flehte Elsie den Fürsten an, der nun nach seinem Degen griff, ihn aus der Scheide zog und auf die Anrichte legte.

Er schwang die lederne Hülle durch die Luft und ließ sie auf Elsies Hintern klatschen. Sie stieß einen Schmerzensruf aus, der den Mann nur noch mehr erregte. Daher fiel sein nächster Hieb noch härter aus.

Hanna sah dem Ganzen zu und wusste nicht so recht, was sie tun sollte. Für Freier, die es liebten, einem Mädchen ein paar Hiebe zu versetzen, hatte ihre Herrin spezielle Peitschen anfertigen lassen, die zwar echt aussahen, aber nicht besonders schmerzten, wenn man damit geschlagen wurde. Eine metallbeschlagene Säbelscheide war jedoch ein ganz anderes Ding. Hede Pfefferkorn hätte es niemals geduldet, dass eines ihrer Mädchen damit geschlagen wurde. Andererseits vergönnte Hanna Elsie die Schmerzen. Als diese immer lauter zu schreien begann, schob sie ihr ein Tuch in den Mund. »Beiß darauf und wage es ja nicht, noch einmal zu schreien«, herrschte sie Elsie an.

Diese hätte am liebsten so durchdringend gebrüllt, dass die Menschen vor dem Haus zusammengelaufen wären. Aber sie wusste, dass die Behörden die Sache sofort niederschlagen würden, da es sich bei den Kunden des *Le Plaisir* um hochrangige Herren handelte. Statt selbst Ärger zu bekommen, würde Hede Pfefferkorn sie umgehend aus dem Haus jagen, und sie würde jämmerlich in einem Soldatenpuff enden.

Endlich hörten die Hiebe auf, und während Elsie noch hoffte, es wäre vorbei, spürte sie, wie der Fürst sie packte, sie an sich zog und ohne jede Rücksicht von hinten in sie eindrang. Er bearbeitete sie so hart, dass die Striemen unter seinen Stößen brannten. Daher war sie froh, als er nach einer Weile von ihr abließ und sich Hanna zuwandte, die auf dem Bett für ihn bereitlag und einladend die Schenkel spreizte.

Elsie verfluchte ihn und ihre Kollegin stumm, zog die Schleife der Fessel mit den Zähnen auf und zog sich an. Rasch verließ sie das Separee und eilte in den Keller, um sich ein Stück Eis zu besorgen, mit dem sie ihre wunde Rückseite kühlen konnte. Ihr Hass auf ihre Umgebung wuchs ins Unerträgliche, und während sie bäuchlings auf ihrem Bett lag und das Eis erste Linderung brachte, überlegte sie, wie sie sich an Hede Pfefferkorn, an Hanna und Lenka, aber auch an Fridolin von Trettin und Fürst Tirassow rächen konnte.

## XV.

Der launische April mit seinen kalten Regenschauern und den stürmischen Winden war längst sonnigen Maitagen gewichen, als Lore sich wieder auf ihren Vorsatz besann, die Stadt zu erkunden. Daher fuhr sie frühmorgens zu Mary und fragte sie, ob sie mit ihr kommen wolle.

Nach einer ersten begeisterten Zusage schüttelte diese jedoch den Kopf. »Ich würde ja gerne, Laurie Darling, aber es geht nicht. Wenn die Leute dich mit mir, der Schneiderin Mary Penn, zusammen im Wagen sehen, werden sie den bösen Gerüchten über dich Glauben schenken.«

Lore fauchte wie eine gereizte Katze. »Ich habe nicht vor, meine Freundschaft mit dir zu verleugnen!«

»Mary hat recht!«, schaltete sich Konrad ein. »Du hast als Freifrau von Trettin nun einmal deinen Ruf zu wahren. Das tut deiner Freundschaft zu uns gewiss keinen Abbruch, denn es gibt genügend Möglichkeiten, uns gemeinsam zu vergnügen. Aber wenn du in die Stadt fährst, musst du auf Fridolins Ansehen Rücksicht nehmen. Immerhin hat er dir erlaubt, weiterhin Marys Teilhaberin zu sein.«

»Ja, nach hartem Kampf«, antwortete Lore mürrisch, musste sich aber Konrads Argumenten beugen. In Bremen hatten Mary und sie in einem Wagen ausfahren können, doch in dieser Stadt, in der man die Nasen höher trug als an allen anderen Orten Preußens, war dies unmöglich.

»Also gut, dann fahre ich eben alleine«, erklärte sie mit einem leisen Seufzen.

»Das halte ich auch nicht für gut! Es würde dich nur der unziemlichen Aufmerksamkeit fremder Männer ausliefern. Weißt du was? Fräulein von Trepkow wollte heute kommen und das neue Kleid abliefern. Ich werde sie fragen, ob sie nicht Lust hat, morgen mit dir auszufahren! Wenn du willst, wird das Dienstmädchen nun Jonny holen, damit du mit ihm spielen kannst.« Mary hoffte, ihre Freundin damit zur Vernunft zu bringen, denn Lore wirkte heute wie jener störrische Esel, den sie letztens im Tiergarten gesehen hatte.

»Und was ist, wenn es morgen regnet?«

Mary bedachte sie mit einem Blick, als säße ein uneinsichtiges kleines Kind vor ihr. »Dann fahrt ihr eben ein andermal, wenn die Sonne wieder scheint. Oder hängt dein Herz so daran, noch heute zu flanieren? Da wüsste ich ein Gegenmittel. Eine russische Gräfin, deren Mann zur hiesigen Botschaft des Zarenreichs gehört, wünscht sich eine bestickte Bluse. Sie hat mir das Stickmuster hier gelassen. Wenn du Lust hast, kannst du die Arbeit für mich übernehmen.«

Lore überlegte kurz und nickte. »Also gut, ich besticke die Bluse. Kann ich das hier bei dir tun, oder muss ich damit nach Hause fahren?«

»Du kannst gerne bleiben. Ich komme ohnehin zum Mittagessen zurück, dann können wir ein wenig schwatzen. Aber jetzt muss ich ins Geschäft. Frau Pfefferkorn wollte heute früh zur Anprobe kommen.«

»Ich komme mit dir!« Hede Pfefferkorn war eine interessante Frau und strahlte etwas aus, was nicht den gesellschaftlichen Normen entsprach. Eine Bekanntschaft mit ihr zu suchen war daher unmöglich. Trotzdem reizte es Lore, sie wiederzusehen und vielleicht sogar mit ihr zu plaudern.

»Ich weiß nicht, ob das eine gute Idee ist!« Mary wand sich ein wenig, doch wie meist gab sie ihrer Freundin nach. Da die Zeit drängte, eilte Konrad selbst hinaus, um eine Droschke zu besorgen.

Hede Pfefferkorn wartete bereits ein Stück vom Eingang des Modesalons entfernt auf Mary. Auch wenn Mary nicht die gleiche Sympathie für diese Dame aufbringen konnte wie Lore, befleißigte sie sich ihr gegenüber derselben Höflichkeit, die sie allen Kundinnen zuteilwerden ließ. »Entschuldigen Sie, dass es etwas gedauert hat, aber Freifrau von Trettin wollte sich ein paar Modezeitschriften abholen, die ich ihr versprochen hatte. Ich habe sie zu Hause gesucht und dann erst gemerkt, dass ich sie gestern Abend im Laden vergessen habe.«

»Sie müssen sich nicht rechtfertigen, liebe Mrs. Penn. Im Grunde liegt die Schuld bei mir, denn ich bin etwas zu früh!« Hede lächelte ein wenig müde, denn die Nacht war wieder lang geworden, überdies hatte sie einen heftigen Streit zwischen zwei Mädchen schlichten müssen, die sich wegen der Aufteilung eines Trinkgelds in den Haaren gelegen hatten. Allmählich spürte sie die langen Nächte. Zwar versuchte sie jeden Morgen bis in den Nachmittag hinein zu schlafen, doch der Lärm, den die eisenbereiften Wagenräder auf dem Straßenpflaster machten, der Hufschlag der Pferde und die derben Stimmen der Kutscher rissen sie immer wieder hoch.

Während ihr diese Gedanken durch den Kopf schossen, folgte sie Mary und Lore in den Laden. Dabei fragte sie sich, weshalb Fridolins Frau tatsächlich mitgekommen war. Hatte diese vielleicht erfahren, dass ihr Mann in letzter Zeit ein paarmal bei ihr Entspannung gesucht hatte? Wenn dies der Fall war, schien sie es leicht zu nehmen, denn ihre Miene war freundlich, und sie lächelte sie sogar einmal an.

Nein, sie weiß nichts, sagte Hede sich und war erleichtert. Gewiss war es besser, wenn Lore von Trettin nichts von den Ausflügen ihres Mannes ins *Le Plaisir* erfuhr.

Im Anprobezimmer raffte Mary rasch ein paar Modezeitschriften zusammen und reichte sie Lore. Danach holte sie das Kleid, das Hede bestellt hatte, benötigte dann aber Lores Hilfe, um es ihrer Kundin anziehen zu können. Dies war ihr so peinlich, dass sie am liebsten im Fußboden versunken wäre.

»Es tut mir so leid, Frau von Trettin, aber meine Näherinnen kommen erst in einer halben Stunde, und so lange will ich Frau Pfefferkorn nicht warten lassen. Wenn Sie vielleicht hier kurz halten könnten.«

»Gerne!« Lore trat neben sie und griff vorsichtig nach dem Stoff. Dabei musterte sie Hede, die im Unterrock vor ihr stand. Sie hatte eine gute Figur mit einem festen Busen, würde aber einmal zur Hagerkeit neigen und den Falten um die Augen und die Mundwinkel mit dicker Schminke zu Leibe rücken müssen. Trotzdem war sie eine attraktive Frau, die auch weiterhin Männer in ihren Bann schlagen würde.

Zu ihrer eigenen Überraschung war es Hede unangenehm, so entblößt vor der Frau ihres alten Freundes zu stehen. Dabei hätte sie diese selbst einmal gerne im Unterrock oder vielleicht sogar nackt gesehen. Bekleidet schien sie ohne Fehl und Tadel zu sein, und ihr war nun klar, dass Fridolin sie tatsächlich nicht nur aus Mitleid geheiratet hatte. Seine Gattin verfügte noch über den Schmelz der Jugend, der sie selbst bereits verlassen hatte, und war trotz ihrer Größe wohlgeformt. Obwohl Hede sich selbst nicht für klein hielt, reichte sie Frau von Trettin nur bis an die Nasenwurzel. Bis jetzt hatte sie größere Frauen immer für ein wenig ungelenk erachtet, doch nun musste sie diese Meinung revidieren.

»Das Kleid sitzt wie angegossen!« Marys Bemerkung beendete die gegenseitige Musterung und erinnerte sowohl Lore wie auch Hede daran, weshalb sie gekommen waren. Etwas unsicher lächelnd betrachtete Hede sich im Spiegel und schnaufte vor Überraschung. Ihre früheren Schneiderinnen hatten ihre Kleider oft nachlässig gefertigt, als wäre sie es nicht wert, dass man sich ihretwegen Mühe gab. Doch Mary Penn hatte auf jeden ihrer Wünsche Rücksicht genommen, und die Näharbeit war erste Qualität.

»Es ist wunderschön!«, rief sie begeistert.

So hätte Lore das Kleid nicht bezeichnet, denn ihr erschien es zu streng. Es verbarg Hedes gutes Aussehen, anstatt es zu unterstreichen. Doch es passte ihr tatsächlich ausgezeichnet.

»Wäre es möglich, dass Sie mir noch zwei weitere Kleider dieser Art nähen, Mrs. Penn? Eines in einem sehr dunklen Blau und eines in einem ebenfalls dunklen Rot«, fragte Hede.

»Das Rot darf nicht zu dunkel sein, sonst wirken Sie zu düster!« Diesen Kommentar mochte Lore sich nicht verkneifen.

»Auch das Blau darf nicht zu dunkel oder zu matt sein«, setzte Mary hinzu und brachte mehrere Stoffmuster heran.

Hede sah die leuchtenden Farben und wünschte sich, sich darin kleiden zu können. Doch solange sie die Prinzipalin des *Le Plaisir* war, durfte sie sich das nicht erlauben. Ihren Mädchen würden diese Stoffe stehen, aber Kleider in der Art, wie diese sie trugen, konnte sie nicht in einem angesehenen Modesalon nähen lassen.

Sie einigten sich auf ein sanftes Kornblumenblau und ein Bordeauxrot. Dann musste Hede sich beeilen, den Laden zu verlassen, denn schon bald würde die erste vornehme Kundin erscheinen, und von dieser durfte sie nicht gesehen werden.

Auch Lore verabschiedete sich, winkte einem Droschkenkutscher und ließ sich zu Marys Wohnung fahren. Dort verbrachte sie den restlichen Vormittag damit, die Bluse der russischen Gräfin genau nach Vorlage mit feinen Stickereien zu versehen.

# XVI.

Marys Bitte, Lore in die Stadt zu begleiten, stürzte Caroline von Trepkow in Gewissensbisse. Am liebsten hätte sie die Zeit genutzt, um zu nähen und damit das Geld zu verdienen, mit dem sie Lebensmittel kaufen konnte. Zum anderen verlockte es sie, wieder einmal Dinge zu tun, die einer jungen Frau wie ihr angemessen waren.

»Ich weiß nicht, ob ich die Bluse, die ich als Nächstes nähen soll, dann noch rechtzeitig fertigbringe«, sagte sie in dem schwächlichen Versuch, sich Marys Wunsch zu widersetzen.

»Ich habe ein wenig Zeit und kann die Vorarbeiten machen.

Damit wären Sie entlastet!« Trotz aller Freundlichkeit klang Mary drängend. Sie kannte Lore und wusste, dass diese auch alleine ausfahren würde, und das wollte sie unter allen Umständen verhindern.

»Wenn Frau von Trettin die Einladung aufrechterhält, will ich sie nicht enttäuschen!« Caroline senkte den Kopf, denn sie schämte sich, weil sie das Gefühl hatte, mehr ihren eigenen Wünschen nachzugeben, als das Los ihrer Mutter durch ihrer Hände Arbeit zu erleichtern. Dann aber sagte sie sich, dass sie am Abend beim Licht der Gaslaterne nähen konnte, und begann sich auf den Ausflug zu freuen.

Lore erschien kurz nach ihr in einem hübschen Landauer, den sie statt einer einfachen Droschke gemietet hatte. Dieser Wagentyp war bequemer, und man konnte von ihm aus mehr sehen. »Da wäre ich«, sagte sie anstelle eines Grußes und blitzte Caroline unternehmungslustig an. »Ich hoffe, Sie kommen mit. Allein auszufahren empfinde ich als langweilig.«

»Ich begleite Sie gerne, Frau von Trettin!«

»Finden Sie nicht, dass wir diese Förmlichkeiten langsam lassen könnten? Wenn Sie nichts dagegen haben, könnten wir uns auch mit den Vornamen anreden, wie es unter guten Freundinnen üblich ist!«

Lore streckte ihr beide Hände entgegen. »Dann ist es beschlossen, Caroline!«

»Nennen Sie mich Caro, liebste Lore!« Caroline ergriff Lores Hände, umarmte sie und küsste sie auf beide Wangen. Dabei traten ihr die Tränen in die Augen, denn seit dem Verlust ihres väterlichen Gutes hatte sie niemanden mehr Freundin genannt. Nun freute Caroline sich beinahe noch mehr auf die Fahrt im

Landauer durch Berlin als Lore. Damit würde sie den Leuten zeigen, dass es noch immer Menschen gab, die zu ihr hielten.

Da ihr Kleid nicht der neuesten Mode entsprach, lieh Mary ihr eines ihrer eigenen, das mit ein paar Stichen passend gemacht wurde. Um die Damen nicht ohne männlichen Schutz fahren zu lassen, erbot Gregor Hilgemann sich, sie in der Verkleidung eines Lakaien zu begleiten. »Sie würden mir damit einen großen Gefallen tun, denn seit der Sache mit dem Professor wage ich mich nur selten unter Menschen. Doch einem Domestiken werden die Schutzleute wohl kaum einen zweiten Blick schenken.« Caroline sah ihn erschrocken an. »Ich möchte nicht, dass Sie sich meinetwegen in Gefahr begeben!«

»Ich gerate eher in Gefahr, wenn ich mich hier noch länger vergrabe und dann, wenn ich es nicht mehr aushalte, in meiner eigenen Kleidung aus dem Haus gehe.« Gregor klang drängend, und da Konrad und Mary mit ihm einer Meinung waren, ließen sich Lore und Caroline schließlich überreden.

»Sie werden die Tracht eines Lakaien nicht nur zum Spaß tragen, mein Lieber, denn Sie müssen uns all das besorgen, was wir uns wünschen, und uns unsere Einkäufe hinterhertragen«, drohte Lore ihm an, erntete aber bei allen nur Gelächter.

## XVII.

Sie begannen ihre Ausfahrt mit einem Abstecher in den Tiergarten und rollten gemütlich die Wege entlang. Lore schien es, als habe sich halb Berlin hier versammelt, denn sie sah unzählige offene Wagen, in denen Damen ausfuhren, und noch mehr

Reiter, meist Offiziere, die es darauf anlegten, jedermann zu beweisen, wie gut sie zu Pferd saßen. Dabei nahmen sie nur wenig Rücksicht auf die Herren in Zivil, die ebenfalls hier ihre Pferde bewegten, sondern drängten diese ab und lachten über die vorwurfsvollen Blicke, die ihnen zugeworfen wurden.

Steckten bereits die Damen in eleganten und farbenfrohen Kleidern, so wurden diese von den Offizieren in ihren leuchtenden Uniformen noch übertroffen. Husaren trabten in pelzbesetzten Dolmanen an Lores Landauer vorbei, an anderer Stelle tauchten Dragoner in blauen und Gardekürassiere in weißen Uniformjacken auf, und ihre prachtvollen Tressen, Aufschläge und Epauletten schimmerten in der Sonne.

Für Augenblicke verfiel auch Lore dem Glanz der Uniformen, und sie begann zu begreifen, weshalb Fridolin darauf versessen war, zum Militär zu gehen. Der stolze Anblick erlitt jedoch einen herben Schlag, als ein Ulanenleutnant den Querweg herangaloppierte und das Gespann, das vor ihnen fuhr, zu einem abrupten Halt zwang, um nicht mit dem Reiter zusammenzustoßen.

»So ein Lümmel!«, entfuhr es Lore, während Caroline puterrot anlief. Diese hatte ihren Bruder erkannt und schämte sich für dessen Rücksichtslosigkeit. Eine der Damen in dem betroffenen Wagen, ihrer Kleidung nach eine Bürgersfrau, beschimpfte Friedrich von Trepkow, erntete jedoch nur ein höhnisches Lachen.

Der Leutnant drehte sich zu seinem Begleiter von Campe um und streckte in einer fordernden Geste die Hand aus. »Die Flasche Wein gehört mir! Ich habe den Hauptweg vor diesem Wagen gequert!«

Im nächsten Moment entdeckte er seine Schwester und zog verwundert die Augenbrauen hoch. Ihm gegenüber hatte Caroline immer so getan, als habe sie keine Bekannten in Berlin, die noch Kontakt mit ihr halten wollten. Außerdem trug sie ein neues, wenn auch für eine Edeldame arg schlichtes Kleid.

»Und die will auch noch Geld für Miete haben! Soll sich gefälligst selbst einschränken«, murmelte er giftig, lenkte seinen Rappen aber auf den Landauer zu und neigte grüßend den Kopf. Dabei ging es ihm weniger um Caroline als um deren Begleiterin, eine elegante Schönheit, die auf jedem Ball Aufsehen erregen würde.

»Willst du mich nicht vorstellen, liebste Schwester?«, sprach er Caroline an.

Diese schluckte und sah dann Lore an. »Mein Bruder Friedrich von Trepkow, Leutnant beim Zweiten Garde-Ulanen-Regiment, und Rittmeister Hasso von Campe, ebenfalls Zweite Garde-Ulanen.«

Von Trepkows Begleiter war inzwischen herangekommen und berührte seinen Helm mit zwei Fingern. »Angenehm! Bin entzückt«, näselte er in dem Bestreben, Eindruck auf die beiden Damen zu machen.

Caroline nickte nur kurz, denn von Campe hatte ihr, bevor die Schieflage des väterlichen Besitzes bekannt geworden war, für einige Wochen den Hof gemacht, sich dann aber umgehend zurückgezogen. Mit einer eher unbewussten Geste zeigte sie auf Lore, die die beiden Herren kritisch musterte.

»Dies hier ist Freifrau Lore von Trettin, die Enkelin des Freiherrn Wolfhard Nikolaus von Trettin auf Trettin und Gemahlin des Freiherrn Fridolin von Trettin.«

Die beiden Herren riss es beinahe vom Pferd. Verblüfft sahen sie Lore und dann einander an. Das sollte die angebliche Schneiderin sein, mit der Fridolin verheiratet war?

»Sehr erfreut«, brachte von Campe nur mühsam hervor, denn ihm quoll der Neid aus jeder Pore. Wie kam dieser lumpige Zivilist zu so einer schönen Frau?

»Danke, das Vergnügen ist ganz meinerseits!« Lore antwortete freundlich, obwohl ihr die beiden Offiziere nicht besonders zusagten. Doch so wie diese Männer war nun einmal Berlin und wohl auch das neue Reich, das Bismarck mit Blut und Eisen zusammengeschmiedet hatte.

»Bedauere, Gnädigste noch nicht kennengelernt zu haben«, erklärte der Rittmeister und sagte sich, dass er Juliane Grünfelder unbedingt dazu bewegen musste, Trettins Frau zu ihrer nächsten Festlichkeit einzuladen. Auch wenn er sich eine Heirat mit Grünfelders Erbtochter wünschte, war er einem netten, kleinen Flirt mit einer aparten Frau nicht abgeneigt, und Lore von Trettin war ein verdammt appetitlicher Bissen.

Das sagte er, als sie weiterritten, auch zu seinem Begleiter. Carolines Bruder nickte, drehte sich noch einmal um und starrte hinter dem Landauer her.

»Die Trettin ist kolossal, Campe. Würde meine Nächte lieber mit ihr verbringen als mit Hede Pfefferkorns Prachtstück Lenka!«

Hasso von Campe lächelte spöttisch, denn bis jetzt hatte sein Kamerad sich Lenka nicht leisten können, während er nach einem Spielgewinn schon einmal eine Nacht mit der schönen Hure verbracht hatte. Doch auch er musste zugeben, dass Lore von Trettin Lenka in nichts nachstand.

»Wäre einen Versuch wert«, sprach er seine heimlichen Gedanken unwillkürlich laut und deutlich aus.

»Da wirst du hinter mir zurückstehen müssen. Wird mir eine Freude sein, diesem elenden Trettin kolossale Hörner aufzusetzen. So ein tolles Weib hat dieser Bleistiftspitzer doch gar nicht verdient, selbst wenn die Frau nur eine schlichte Schneiderin ist. Wäre gespannt zu erfahren, was sie bei unserem Freund Bankkommis wirklich genäht hat!«

»Die und Schneiderin? Dummes Gerücht!«, widersprach von Campe. »Ist tatsächlich die Enkelin des alten Trettin auf Trettin. Dessen Gut musste als Fideikommiss an seinen Neffen Ottokar fallen. Also hat der Alte eine immense Summe aus seiner Scholle gepresst und seiner Enkelin vererbt. Fridolin von Trettin war ebenfalls sein Neffe. Arm wie eine Kirchenmaus! Hat unerfahrene Provinzler im Spiel ausgenommen und sie in die Sündentempel Berlins geführt. Nach dem Tod des Alten hat er sich das Mädel geschnappt und sich mit ihrem Geld in Grünfelders Bank eingekauft.«

»Wer erzählt dann, sie wäre Flickschneiderin gewesen?«, fragte von Trepkow verwirrt.

Sein Begleiter antwortete mit einem Lachen. »Ottokar von Trettins Witwe! Der musste das mit Schulden behaftete Gut übernehmen. Trauerte dabei all den schönen Talern nach, die an seine Nichte gingen. Jetzt rächt Malwine von Trettin sich durch üble Nachreden. Wird ihr aber nicht viel helfen.«

Von Campe hatte Malwine bei verschiedenen Anlässen getroffen und mit ihr geplaudert. Nun machte er sich über die Witwe lustig und pries im Gegenzug Lores körperliche Vorzüge.

Zunächst ließ von Trepkow ihn reden. Im Gegensatz zu seinem Kameraden wusste er, dass Malwine von Trettin die derzeitige Geliebte ihres früheren Majors war und über ihre Bekannten einen gewissen Einfluss auf die Berliner Gesellschaft ausübte. So einfach würde Fridolins Gattin diesen Verleumdungen nicht entgehen. Da es ihn jedoch ebenfalls reizte, sein Glück bei der jungen Frau zu versuchen, hielt er den Zügel seines Rappen mit der Linken und streckte von Campe die Rechte hin.

»Wollen wir darum wetten, wer als Erster die Gunst der schönen Schneiderin erringt?«

»Aber nicht um eine lumpige Flasche Wein«, lachte von Campe. »Der Verlierer zahlt dem Sieger dessen Anteil am Geschenk für den Prinzen!«

Dieser Vorschlag raubte Carolines Bruder für einen Augenblick die Stimme. Dann sagte er sich, dass er sowieso gewinnen würde, und nickte. »Abgemacht! Wann sollen wir unsere Attacke beginnen?«

»Sobald wie möglich! Werde nicht eher aufgeben, bis ich die Bresche geschlagen habe.«

Angeber, dachte von Trepkow und nahm sich vor, genauso wie bei ihrer letzten Wette mit dem Wagen auf dem Hauptweg den Siegeslorbeer einzuheimsen.

# Vierter Teil

*Schicksalswende*

# I.

$\mathcal{L}$ore blickte verwundert auf das Kuvert, das Jutta ihr gereicht hatte. Der Brief war tatsächlich an sie gerichtet, und auf der Rückseite stand die Absenderin in zierlicher Schönschrift: Juliane Grünfelder. Das war die Ehefrau von Fridolins früherem Chef und jetzigem Kompagnon.

»Wie es aussieht, hat die Dame es aufgegeben, mich zu ignorieren«, sagte sie zu ihrem Mann.

»Aber es ist unüblich, einem Ehepaar getrennte Einladungen zu übersenden«, antwortete dieser mit einem Blick auf die handgeschriebene Karte, auf der er gebeten wurde, am kommenden Sonntag ebenfalls bei dem Fest in Grünfelders Villa zu erscheinen.

»Vielleicht will Frau Grünfelder sich damit bei mir entschuldigen, weil sie mich ein Vierteljahr lang missachtet hat!«
Fridolin blieb misstrauisch. Der Umschwung kam für ihn zu überraschend. Bei seinem letzten Gespräch mit Grünfelders Frau und Tochter hatte er eine starke Feindseligkeit gegenüber Lore gespürt, und nun fürchtete er, die Damen würden die Gelegenheit nutzen, seine Frau zu demütigen. Wenn dies geschah, würde es ihm sehr schwerfallen, weiterhin vertrauensvoll mit Grünfelder zusammenzuarbeiten. Dem Bankier war dies gewiss bewusst, und so hatte dieser ebenfalls großes Interesse daran, einen Eklat zu verhindern.

»Soll ich die Einladungen beantworten und in unser beider Namen zusagen?« Lores Frage beendete Fridolins Gedankengang.
Nach kurzem Zögern nickte er. »Es wird wohl das Beste sein.«

Lore streckte die Hand aus. »Dann musst du mir auch deine Einladungskarte geben! Schicken wir die Antwort mit der Post oder soll Jean sie zu Grünfelders bringen?«

»Wenn der Lakai es macht, wirkt es persönlicher«, antwortete Fridolin und nahm sich vor, an einem der nächsten Tage noch einmal mit Grünfelder zu reden. Dieser musste auf Frau und Tochter einwirken, Lore freundlich bei sich aufzunehmen. Dann aber schob er diesen Gedanken beiseite und nahm die Akte zur Hand, die er aus dem Bankhaus mitgebracht hatte. Konzentriert berechnete er die Höhe des Kredits, den sie einem ihrer Kunden maximal geben durften. Als er einmal aufblickte und zu Lore hinsah, saß diese auf der Chaiselongue und bestickte eine weiße Seidenbluse mit einem aufwendigen Muster.

Da sie solch ein Kleidungsstück selbst nie tragen würde, arbeitete sie sicher wieder für Mary. Fridolin passte es nicht, dass seine Frau immer noch für fremde Leute nähte und stickte, hielt aber, aus Erfahrung klug geworden, den Mund. Ihre Verbindung zu Mary war sehr eng, und es war der Wunschtraum von beiden gewesen, einen eigenen Modesalon zu besitzen.

Bei diesem Gedanken empfand er zu seiner eigenen Überraschung einen Hauch von Neid. Welche Träume hatte er für seine Zukunft gehegt?

Als Knabe hatte er natürlich gehofft, dem Vorbild seines Vaters folgen und Offizier werden zu können. Doch seine Mutter hatte dies mit aller Macht verhindert. Er hatte nicht einmal die Kadettenstelle antreten dürfen, die ihm als Sohn eines tapferen Offiziers, der für sein Vaterland gefallen war, angeboten worden war. Nach dem Tod der Mutter war er auf sich gestellt gewesen und hatte etliche Dummheiten begangen, wie es für so viele junge Burschen ohne festen Halt typisch ist. Sein Onkel Wolfhard Nikolaus von Trettin hatte ihm nicht nur ein Mal aus der Patsche geholfen, sonst wäre er wegen seiner Schulden unweigerlich im Gefängnis gelandet. Und wenn Hede Pfefferkorn sich seiner nicht angenommen hätte, wäre er trotzdem auf Abwege geraten.

Hede hatte sich um ihn gekümmert, als sei er ihr jüngerer Bruder, und ihn auch in das eingeweiht, was zwischen Mann und Frau im Bett geschah. Bis zu diesem Tag wusste er nicht, ob sie das aus eigener Neigung getan hatte oder nur verhindern hatte wollen, dass er eines der billigen Bordelle aufsuchte und sich dort womöglich die französische Krankheit holte.

Träume hatte er in jener Zeit keine gehegt, außer dem einen, stets genug Geld zusammenzubekommen, um sein armseliges Zimmer bezahlen zu können und nicht hungern zu müssen. Fridolin seufzte. In dieser Hinsicht war Lore trotz der drückenden Armut, die Ottokar von Trettin und Malwine ihr und ihrem Großvater aufgezwungen hatten, glücklicher gewesen als er. Sie hatte stets ein Ziel vor Augen gehabt und mit aller Kraft versucht, es zu erreichen.

»Habe ich dir schon gesagt, wie wundervoll du bist?«, entfuhr es ihm.

Lore blickte erstaunt auf. »Was hast du gesagt?«

»Dass ich dich wundervoll finde!«

»Obwohl ich mich nur in Ausnahmefällen deinem Willen beuge und mit Mary zusammen diesen Modesalon betreibe?« Lore lachte leise, fasste dann aber nach seiner Hand. »Ich will dir wirklich keine Probleme bereiten. Später, wenn ich an mehr gesellschaftlichen Anlässen teilnehmen muss, werde ich ohnehin nicht mehr so viel Zeit für Mary aufbringen können.«

Fridolins Ohren entging ihr leises Bedauern nicht. Trotzdem atmete er auf. Da Juliane Grünfelder sich mit einem Mal bereit zeigte, Lore bei ihren Festen zu empfangen, würde sie rasch neue Bekanntschaften schließen und weitere Einladungen erhalten. Die Zeit, weiterhin für fremde Leute zu arbeiten, hatte sie dann sicher nicht mehr.

## II.

Wilhelmine Grünfelder fauchte wie eine Katze, der jemand auf den Schwanz getreten war. »Mama, wie konntest du diese Person nur einladen!«

»Kindchen, bitte, du darfst dich nicht so echauffieren!«, flehte die Mutter und überlegte, ob sie ihren Mann vorschieben und erklären sollte, er habe es von ihr gefordert. Da sie Wilhelmine jedoch zutraute, ihm eine Szene zu machen, fasste sie nach der Hand ihrer Tochter.

»Ich habe mit Rittmeister von Campe gesprochen. Er ist ein prachtvoller junger Mann, wenn du mich fragst!«

Ihre Tochter bedachte diesen Ausspruch mit einem Schniefen. Hasso von Campe sah in Uniform sicher gut aus, kam aber in ihren Augen bei weitem nicht an Fridolin von Trettin heran.

»Herr von Campe wusste mir einige weitere Details über diese Schneiderin zu erzählen«, berichtete die Mutter weiter.

»Welche?«, fragte Wilhelmine sofort.

»Ich komme gleich darauf. Doch noch einmal zu Herrn von

Campe. Er fragte mich, weshalb ich sie nicht zu unseren Festen einlade. Solange sie daheim herumsitzt, gehen die ganzen Gerüchte an ihr vorbei. Käme sie jedoch in Gesellschaft, würden die anderen Gäste ihr zeigen, was sie von ihr halten. Rittmeister von Campe ist sich sicher, dass Frau von Trettin unser Fest noch vor dem Ende beschämt verlassen wird.«

»Nenne sie nicht bei diesem Namen!« Für Wilhelmine Grünfelder gab es nur eine einzige Frau, die das Anrecht hatte, sich Freifrau von Trettin zu nennen, und das war sie selbst.

»Sobald Herr von Trettin erkennt, wie wenig unsere Kreise sich bereit zeigen, seine Frau zu akzeptieren, wird er sich mit dem Gedanken anfreunden, sich von ihr zu trennen. Dann kann dein Papa in deinem Sinne mit ihm sprechen. Vielleicht wirst du noch in diesem Jahr als Frau von Trettin bei uns zu Tische sitzen.« Juliane Grünfelder hoffte, ihre Tochter mit dieser Aussicht so weit zu beruhigen, dass diese sich in Gegenwart der Gäste nicht ungezogen benahm.

»Bedenke den Eindruck, den es auf Herrn Fridolin machen würde, wenn du seine Frau beleidigst«, beschwor sie Wilhelmine. »Er müsste dich für eine Jungfrau ohne jeglichen Edelsinn halten. Damit aber würdest du ihn zurückstoßen, und das willst du doch nicht.«

»Das will ich gewiss nicht.« Natürlich war Wilhelmines erster Gedanke gewesen, Lore bei dem Fest mit spitzen Bemerkungen ihre Verachtung spüren zu lassen. Doch ihre Mutter hatte recht. Ein so perfekter Kavalier wie Fridolin würde dies niemals gutheißen.

»Mama, ich danke dir. Beinahe hätte ich einen verhängnisvollen Fehler begangen. Was nützt es mir, wenn Herr Fridolin sich von seiner Frau trennt und statt meiner Kriemhild von Wesel oder einer anderen Dame den Hof macht.« Wilhelmine glaubte zwar, besser auszusehen als ihre Freundin, und sie hatte auch ein größeres Erbe zu erwarten. Dennoch stellte Kriemhild als Nachfahrin eines altadeligen Geschlechts auch für Fridolin von Trettin eine erstrebenswerte Partie dar.

»Ich freue mich, dass du das einsiehst. Die Herren haben ihre eigenen Ansichten vom Leben. Darauf musst du Rücksicht nehmen. Zudem ist Herr von Trettin ein Mann, der in der Welt herumgekommen ist und dabei etliche Damen kennengelernt hat. Also wirst du auch mit der Erinnerung an all jene kämpfen müssen, mein Kind. Du darfst nicht so frivol wie eine Französin sein und auch nicht so hinterwäldlerisch direkt wie die Amerikanerin, die letztens bei von Wesels eingeladen war. Die Dame war wirklich peinlich!«

Juliane Grünfelder verzog das Gesicht. Dabei gab es gegen die junge Amerikanerin nicht mehr einzuwenden, als dass deren Vater sie mit einem deutschen Adeligen verheiraten wollte und sie dabei mit einer Mitgift ausstatten konnte, die selbst Wilhelmines Erbe mehrfach übertraf. »Würde Herr von Trettin diese Amerikanerin kennenlernen und heiraten, könnte er deinen Vater aus dessen Bankhaus verdrängen und selbst zu einem der größten Bankiers in Berlin werden«, sagte sie und sprach damit ihre heimlichen Befürchtungen aus.

Wilhelmine Grünfelder hatte sich mit der Millionenbraut aus Übersee glänzend unterhalten und sie schon in den engeren Kreis ihrer Freundinnen aufnehmen wollen. Jetzt aber war sie froh, dass ihre Mutter das Mädchen nicht eingeladen hatte, und spottete über deren allzu freizügige Ansichten. Dabei unterzog sie auch ihre restlichen Freundinnen, die ledig und in einem für sie gefährlichen Alter waren, einer Überprüfung und sorgte dafür, dass ihre Mutter die mühsam erstellte Tischordnung umwerfen musste.

Da sie selbst als strahlender Stern am Himmel erscheinen wollte, ließ sie am Nachmittag anspannen und fuhr von ihrer Mutter begleitet zu ihrer Schneiderin, die das Wunder vollbringen musste, innerhalb weniger Tage eine neue Robe für sie zu nähen, in der sie selbst bei Hofe würde erscheinen können. Dagegen kam Fridolins Ehefrau gewiss nicht an, da diese ihre eigene Garderobe, sofern sie sie nicht selbst schneiderte, in ihrem eigenen, doch eher nachrangigen Modesalon fertigen lassen musste.

## III.

Fridolin betrachtete Lore und befand, dass sie perfekt aussah. Sie trug jene Mischung aus Schlichtheit und Eleganz, die ihre Figur und ihre Schönheit unterstrich, statt sie unter einer Fülle von Rüschen und Falbeln zu ersticken. In diesem Kleid würde sie Aufsehen erregen, und so manche der anwesenden Damen würde sich heimlich fragen, ob sie es selbst genäht hätte. Das war zwar der Fall, trotzdem hatten er und Lore sich darauf geeinigt zu sagen, es stamme aus Mary Penns Modesalon. Wahrscheinlich würde diese Antwort einige Damen der tonangebenden Gesellschaft dazu veranlassen, das Ladengeschäft aufzusuchen, um zu sehen, ob die Freifrau von Trettin dort anzutreffen war, oder aber auch, um aus Sensationslust selbst dort Kleider machen zu lassen.

Bei der Vorstellung trat ein Lächeln auf sein Gesicht.

Lore sah ihn fragend an. »Was amüsiert dich, mein Lieber?«

»Ich dachte nur an die Gesichter der Damen, wenn sie dein Kleid sehen!«

»Ist es zu auffällig?« Lore blickte erschrocken an sich hinunter, doch ihr Mann lachte nur.

»Ganz im Gegenteil! Es ist einfach wunderschön. Doch jetzt komm. Wir wollen die Droschke nicht warten lassen. Das wird sonst teuer, musst du wissen.«

Damit brachte er Lore zum Lachen. Die paar Groschen, die sie dem Droschkenkutscher bezahlen mussten, waren wirklich nicht der Rede wert. Ein eigener Wagen mit Kutscher und Pferden würde weitaus stärker zu Buche schlagen. Aber um der Kunden des Bankhauses willen würden sie sich eine Kutsche anschaffen müssen. Welcher der Herren, die oft trotz hoher Schulden geradezu fürstlich lebten, würde den Mitbesitzer einer großen Bank akzeptieren, wenn sich dieser nicht einmal einen eigenen Wagen leisten konnte?

Während sie das Haus verließen, zog Lore Fridolin damit auf.

»Du hast vollkommen recht«, antwortete er. »Vielleicht sollten wir uns gleich zwei besorgen, damit du, wenn ich unterwegs bin, nicht auf die oft recht muffig riechenden Droschken angewiesen bist.«

»Mir macht das nichts aus. Schließlich bin ich keine Bankdirektorin«, erklärte Lore schelmisch. Noch lachend stiegen beide in den wartenden Wagen. Fridolin nannte dem Kutscher das Ziel, dann lehnten sie sich in die Sitzpolster zurück und hingen ihren Gedanken nach.

Als sie Grünfelders Villa erreichten, stand eine stattliche Reihe von Wagen vor dem Eingang, und sie mussten einige Zeit warten, bis auch sie aussteigen konnten. Lore nutzte die Gelegenheit, das festlich illuminierte Domizil des Bankiers von außen zu mustern. Das Haus war mindestens dreimal so groß wie das, welches Fridolin und sie bewohnten, und stand inmitten eines ausgedehnten Gartens, der von hohen Bäumen beschattet wurde. Das Gebäude wirkte auf Lore ein wenig wunderlich, denn durch die vielen angebauten Erker, Balkone und kleinen Türmchen gab es kaum eine gerade Wand. Der Besitzer hatte sich anscheinend von alten Burgen und den Landsitzen hochadeliger Geschlechter inspirieren lassen und das, was ihm gefiel, zu einem Bauwerk gemischt, welches Lore ebenso protzig wie kitschig erschien.

Nun war sie noch neugieriger darauf, Grünfelder und seine Familie kennenzulernen. Nach all dem, was sie von Fridolin gehört hatte, entsprachen diese Leute voll und ganz dem Bild neureicher Menschen, deren Manieren nicht mit ihrem wirtschaftlichen Aufstieg Schritt gehalten hatten.

Ihre Droschke rückte weiter nach vorne, und ein Diener in einer grüngoldenen Livree und mit einer Rosshaarperücke auf dem Kopf öffnete ihnen den Schlag. Um Lores Lippen zuckte ein Lächeln. Grünfelder und seine Damen schienen mit aller Macht feudal erscheinen zu wollen. Sie stieg aus, wartete, bis Fridolin die Droschke verlassen hatte, und folgte ihm zu dem mit Sommerblumen und grüngoldenen Bändern geschmückten Portal.

Die Vorhalle der Villa war ähnlich prächtig ausgestattet wie eine der katholischen Kirchen in Bayern, die Lore im letzten Jahr besucht hatte. Nur gab es hier keine Figuren von Heiligen, sondern von Helden und Kaisern der deutschen Geschichte, die alle gleichermaßen martialisch aussahen und die sie nur durch die Aufschriften auf den Sockeln auseinanderhalten konnte. Neben Karl dem Großen und Friedrich Barbarossa standen da einige Markgrafen der Mark Brandenburg wie der Askanier Otto von Ballenstedt, der Burggraf Friedrich von Nürnberg und der Große Kurfürst Friedrich Wilhelm. Friedrich der Große stand als Büste in einer Nische, die wie ein Altar gestaltet war.

»Beeindruckend, nicht wahr, mein Lieber?«, sagte sie zu Fridolin.

Dieser nickte schaudernd. »Eher entsetzlich! Bei Gott, letztens waren diese Figuren noch nicht da. Die muss Grünfelder erst in dieser Woche bekommen haben.«

»Er dürfte sie nach der alten Kaufmannsweisheit bestellt haben, wonach der Einzelpreis bei einer Abnahme von einem Dutzend Stück billiger wird.« Lore sprach leise genug, damit niemand außer ihrem Mann sie hören konnte. Auf den Gesichtern der übrigen Gäste, die darauf warteten, in den großen Salon geführt zu werden, spiegelten sich widersprüchliche Gefühle. Einige, insbesondere ein bullig wirkender Mann in einem teuren, aber schlecht sitzenden Frack, strahlten Neid aus. Andere rümpften verächtlich die Nase.

»Man erkennt einen Herrn Neureich sofort, wenn man sein Heim betritt«, erklärte Frau von Stenik eben mit ungehemmter Lautstärke.

Du hast es gerade nötig, über andere zu lästern, dachte Lore, als sie die ständig unzufriedene Kundin aus Marys Salon erkannte. Die Sippe dieser Frau hatte mehr Skelette im Keller liegen als nur das Unrechtsurteil, das ihren Großvater das Gut gekostet hatte. Ihrer Abneigung zum Trotz nickte sie der Dame freundlich zu und nahm zu ihrer Zufriedenheit wahr, wie diese bei ihrem Anblick blass wurde.

Die Frau öffnete bereits den Mund, um etwas zu sagen, doch da bat ein Lakai sie, in den Salon zu treten. Dort kündigte er die Dame mit wahrer Stentorstimme an.

Da sie als Nächste an der Reihe waren, legte Lore die Hand auf Fridolins Arm und schwebte an seiner Seite in den blauen Salon, dessen Namen von den mit blauem Damast bespannten Wänden und den gleichfarbigen Polstern der Sessel herrührte.

Grünfelder, dessen Frau und Tochter standen mitten im Raum und begrüßten ihre Gäste. Wilhelmine knickste vor Frau von Stenik, die nicht nur eine bösartige Zunge hatte, sondern auch eine Reihe von einflussreichen Verwandten, die ihr Vater gerne als Kunden seiner Bank gewonnen hätte.

»Ein hübsches Kind, Ihre Tochter«, erklärte Frau von Stenik mit einem spöttischen Blick auf die blasse Gestalt mit den mausgrauen Haaren, die in der Stofffülle ihres übertrieben verzierten Kleides beinahe verschwand.

»Freiherr Fridolin von Trettin und Gemahlin!«, kündigte der gemietete Haushofmeister jetzt Lore und Fridolin an.

Sofort richteten Grünfelder und seine Damen ihre Blicke auf das ankommende Paar. Während es dem Bankier gelang, seine Gefühle zu beherrschen, entgleisten die Gesichtszüge seiner Frau und seiner Tochter. Sie hatten sich Lore als Bauerntrampel vorgestellt, der grobe Hände hatte und breites, ostpreußisches Platt sprach. Stattdessen sahen sie eine elegante Frau vor sich, deren Kleid die Harmonie ihrer schlanken Gestalt perfekt zum Ausdruck brachte.

Lore knickste vor der Dame des Hauses und dem Gastgeber, dann führte Fridolin sie weiter, ehe die beiden Grünfelder-Damen die Sprache wiedergefunden hatten.

»Das ist also Trettins angebliche Schneiderin!« Rendlinger, der vierschrötige Mann in dem schlecht sitzenden Frack, den Lore im Vorraum gesehen hatte, starrte ihr verblüfft nach.

Unwillkürlich verglich er sie mit seinen Töchtern, die eher Wilhelmines bisherigen Vorstellungen von Lore entsprachen. Er konnte sich nicht einmal damit trösten, dass ihm als reicher Industrieller alle Türen offen standen, während Fridolin nur ein verkrachtes Adelsbürschchen war. Diese Zeit lag lange zurück. Mittlerweile war Freiherr von Trettin als Vizebankdirektor nicht weniger angesehen als er. Und in den bestimmenden Kreisen der Stadt galt er seiner langen, altadeligen Ahnenreihe wegen sogar noch mehr.

Auch andere Gäste wunderten sich, und Kriemhild von Wesel, deren spitze Zunge Frau von Steniks Bosheiten in nichts nachstand, kam sofort auf Lore zu, um sie anzusprechen. »Endlich lerne ich Sie kennen, liebe Frau von Trettin! Sie wissen ja gar nicht, wie oft wir Ihren Gatten gebeten haben, Sie uns doch endlich einmal vorzustellen.«

Lore warf einen kurzen Blick auf Fridolin und entnahm seiner Miene, dass die junge Dame nicht die Wahrheit sagte. Daher ließ sie sich von deren falscher Freundlichkeit nicht einlullen, sondern fragte: »Wären Sie so gütig, mir die Dame vorzustellen, Fridolin?«

Die höfliche Anrede, gepaart mit dem Vornamen, verblüffte die

Umstehenden. Während Fridolin Lore und Kriemhild von
Wesel einander vorstellte, drehten sich die meisten Gespräche
der Umstehenden um Lore.

»Über Trettins Frau hat man uns einen gewaltigen Bären aufge-
bunden. Sie ist nie und nimmer bürgerlicher Abkunft und gewiss
auch keine Schneiderin«, sprach ein Herr eben mit Nachdruck.
Seine Ehefrau nickte. »Da haben Sie vollkommen recht, mein
Lieber. Ich habe schon immer gewusst, dass Malwine von Trettin eine Lästerzunge ist. Die Frau soll ihre Familienstreitereien
selbst ausfechten und sie nicht uns aufdrängen. Immerhin ist
Lore von Trettin eine Enkelin des Freiherrn Trettin auf Trettin, und ich glaube auch nicht an einen bürgerlichen Vater.
Fräulein Grünfelder ist die Tochter eines solchen, und der Unterschied zwischen den beiden ist doch offensichtlich. Gewiss
hat Leonore von Trettin damals einen Herrn von Huppach geheiratet. Herr von Trettin hätte seiner Tochter niemals die
Heirat mit einem Bürgerlichen gestattet!«
Andere hörten es und trugen es weiter, und noch bevor Lore
und Fridolin ihre Plätze eingenommen hatten, war sich der
Großteil der Gäste sicher, dass die Gerüchte über sie jeder
Grundlage entbehrten.

## *IV.*

*F*ür Wilhelmine Grünfelder wurde das Fest zur Qual. Zwar
war es ihr gelungen, sich Fridolin als Tischherrn zu sichern,
während Lore an Emil Dohnke abgeschoben worden war. Ihre
Hoffnungen, den jungen Freiherrn so zu beeindrucken, dass

ihm gar nichts anderes übrig blieb, als sich umgehend in sie zu verlieben, verflüchtigten sich jedoch rasch. Fridolin antwortete zwar höflich auf ihre Fragen, suchte aber nicht von sich aus das Gespräch mit ihr, sondern unterhielt sich mehr mit dem russischen Fürsten, der ihm gegenübersaß. Wohl war ihr Vater stolz darauf, dass Fjodor Michailowitsch Tirassow die Einladung angenommen hatte, sie aber wünschte den Russen nach Sibirien, wo er ihrer Meinung nach hingehörte.

Im Gegensatz zur Tochter des Gastgebers unterhielt Lore sich angeregt mit dem jungen Bankangestellten zu ihrer Rechten und einem schon älteren Gutsherrn auf der anderen Seite. Letzterer blühte sichtlich auf, weil eine so schöne Dame sich nicht zu schade war, seine Klagen über die neuen Steuern, die kaum mehr aufzubringen waren, und die Renitenz seiner Knechte und Mägde anzuhören.

»Früher war alles besser. Da wussten die Leute, wo sie hingehörten. Doch wenn ihnen heute etwas nicht passt, verlassen sie die Güter und gehen in die Stadt, um für Leute wie Rendlinger zu arbeiten. Wo aber kommt die Welt noch hin, wenn die Felder nicht mehr bestellt und die Kühe nicht mehr gemolken werden?«, erklärte er mit verbissener Miene.

Lore nickte freundlich, ohne darauf zu antworten. Von Gregor Hilgemann hatte sie erfahren, in welch elenden Verhältnissen jene Arbeiter hausten, die in den wie Pilze aus dem Boden schießenden Fabriken schufteten. Die Tatsache, dass die Menschen dieses Schicksal auf sich nahmen, verriet ihr, wie schlecht die Bedingungen auf dem Land sein mussten. Zudem hatte sie selbst miterlebt, wie etliche Gutsherren in Ostpreußen ihr Gesinde behandelten. Wer da nicht rasch genug die Mütze in der

Hand hielt, musste mit einem Hieb mit der Reitpeitsche rechnen.

Da ihr Nachbar erschöpft innehielt, um sich mit einem Glas Wein zu stärken, wandte sie sich wieder Emil Dohnke zu. »Mein Mann hat mir erzählt, dass er eng mit Ihnen zusammenarbeitet.«

»Herr von Trettin ist zu gütig. Ich versuche ihn natürlich zu unterstützen, so gut ich kann. Doch er ist einer der Direktoren der Bank und ich bin nur ein kleiner Angestellter«, antwortete Dohnke.

»Das sind Sie sicher nicht, sonst hätte Herr Grünfelder Sie nicht eingeladen.«

»Wahrscheinlich tut er das nur, weil mein Vater eine kleine Bank in der Provinz besitzt«, mutmaßte Dohnke, der sich selbst über die Einladung wunderte. Allerdings hatte er unter Fridolins Ägide gute Arbeit geleistet, und dies war Grünfelder nicht verborgen geblieben. Außerdem wollte der Bankier Emils Vater als Partner gewinnen, um sein Bankgeschäft auf das flache Land ausdehnen zu können.

Inzwischen hatte sich der streitbare Gutsbesitzer mit Wein gestärkt und hielt nun einen Monolog über die Banken und deren Direktoren, die in seinen Augen alle Schurken waren, die nur ein Ziel hatten, nämlich den Reichtum ihrer Kunden in die eigene Tasche wandern zu lassen.

Lore enthielt sich jeden Kommentars, während Emil Dohnke ein paarmal zu widersprechen wagte, ohne den Mann auch nur im Geringsten beeindrucken zu können. Als dieser sich endlich wieder seiner eigenen Tischdame zuwandte, beugte Emil sich zu Lore hinüber. »Wenn es nach diesem Herrn geht, müssten wir Bankiers ihnen die Kredite umsonst geben und dürften auch nur die Hälfte der Kreditsumme wieder zurückfordern. Dabei müssen auch wir leben.«

Obwohl er leise gesprochen hatte, hatte der andere ihn gehört und deutete mit einer verächtlichen Handbewegung in die Runde. »Sehen Sie sich diesen Kitsch doch einmal an. Dieser August Protzke weiß gar nicht mehr, was er mit dem Geld tun soll, das er unsereins aus der Tasche zieht. Ich wette mit Ihnen, er wird sich in ein, zwei Jahren den Titel eines Barons von Protzke kaufen und noch mehr angeben als jetzt. Diese Neureichen werden immer mehr zur Plage, denn sie denken, Wunder wer sie sind. Dabei hält nur unser alter Adel unser geliebtes Preußen zusammen. Was wollen wir mit dem Reich, das Bismarck zusammengeschustert hat? Diese Bayern, Sachsen und Schwaben können wegen mir bleiben, wo der Pfeffer wächst! Wir müssen Preußen bleiben, sage ich!«

Da der Herr seiner Stimme keine Zügel anlegte, konnte auch Grünfelder hören, wie er als August Protzke geschmäht wurde, und er ballte in erbitterter Wut die Fäuste. Die Herren und Damen von altem Adel ließen sich von ihm auf seinen Festen durchfüttern und gingen ihn ständig um Kredite an. Dennoch nahmen sie ihn weder ernst, noch luden sie ihn zu ihren Feiern ein. Sein Blick suchte Fridolin, der eben höflich auf eine Frage seiner Tochter antwortete. Er musste diesen Mann unbedingt als Schwiegersohn gewinnen. Einem Freiherrn von Trettin würde niemand vorwerfen, ein neureicher Protzke zu sein.

Grünfelder hatte nun aber auch konkret vor Augen, welches Hindernis seinen Plänen im Weg stand. Es saß zwischen seinem Angestellten Emil Dohnke und jenem ständig meckernden Gutsherrn und war nicht nur schön, sondern auch ausnehmend charmant. Obwohl sein Vaterherz für Wilhelmine schlug, begriff er, dass diese sich niemals mit Lore von Trettin würde messen können. Nun, es musste doch eine Möglichkeit geben, dieses Paar auseinanderzubringen, sagte er sich. Die einzige Lösung, die er sah, war Geld. Damit konnte man heutzutage alles erreichen. Er versuchte, die Summe zu schätzen, für die Lore von Trettin ihren Mann aufzugeben bereit war. Billig würde es nicht werden, das wusste er. Doch Fridolin war der einzige Adelige, dem er seine Bank anvertrauen konnte. Die übrigen Herren, die sich um seine Tochter bemühten, waren Mitgiftjäger, die sich mit seinem schwer verdienten Geld ein faules Leben machen wollten.

Zwar bewunderte Grünfelder Offiziere wie von Trepkow und von Campe und hätte nachgeborene Töchter mit Freuden mit diesen verheiratet. Doch Wilhelmine war seine einzige Erbin, und ihr Gatte sollte einmal sein Lebenswerk weiterführen. Dazu waren diese Herren weder bereit noch in der Lage.

Die beiden Offiziere, mit denen Grünfelders Gedanken sich eben beschäftigten, waren ebenfalls verblüfft. Auch sie hatten Lore trotz ihrer blendenden Erscheinung für einen Landtrampel aus den ostpreußischen Wäldern gehalten und mussten sich nun eines Besseren belehren lassen.

Lore ignorierte die feinen Spitzen, die einige weibliche Gäste anzubringen versuchten, unterhielt sich ausgezeichnet mit Emil Dohnke und dem ältlichen Gutsherrn und wechselte ohne Probleme in die englische Sprache, die Fürst Tirassow besser beherrschte als die deutsche.

Sogar Kriemhild von Wesel, die ihre Ahnen bis vor das Jahr

1000 zurückverfolgen konnte, musste zugeben, eine vollkommene Dame vor sich zu sehen. Trotzdem konnte sie sich einiger kleiner Ausfälle nicht enthalten.

»Haben Sie Ihr Kleid selbst genäht, gnädige Frau?«, fragte sie.

Lore sah sie freundlich lächelnd an. »Es stammt aus Mrs. Penns englischem Modesalon. Ich lasse alle meine Kleider dort herstellen!«

Einige Damen, die Lores hellblaues Gewand schon die ganze Zeit über bewundert hatten, notierten sich in Gedanken diesen Namen. Als Frau von Stenik noch erklärte, ihr Kleid stamme von derselben Schneiderin, war selbst Kriemhild von Wesel überzeugt.

»Kein Wunder, dass die Stenik heute mal nicht so aussieht, als hätte man sie in eine zu enge Wurstpelle gestopft«, raunte sie Wilhelmine zu. Diese musste unwillkürlich lachen und fühlte den empörten Blick der genannten Dame auf sich ruhen, der Kriemhilds Bemerkung nicht entgangen war.

August Grünfelder sah seine Tochter bereits Frau von Steniks spitzer Zunge ausgeliefert und beschloss, den Kredit, den der Neffe der Dame wünschte, auch gegen Fridolins Rat zu genehmigen. Danach hoffte er nur noch, dass die Festlichkeit zu Ende ging, bevor es wirklich zu einem Eklat käme.

# V.

Das Fest bei Grünfelder hinterließ bei den Teilnehmern unterschiedlichste Empfindungen. Während Fridolin zu Recht stolz auf Lore war, zeigte diese sich erleichtert, weil sie ihre Isolation hatte aufbrechen können. Sowohl Kriemhild von Wesel wie auch einige andere Damen hatten sie zu sich eingeladen. Unterdessen haderte Grünfelder samt Frau und Tochter mit ihrem Schicksal.

»Es war eine einzige Demütigung, Papa«, rief Wilhelmine am Frühstückstisch und versuchte, die Tränen zurückzudrängen. Ihre Mutter reichte ihr ein Taschentuch. »Hier, mein Schatz. Du darfst dir diese Sache nicht so zu Herzen nehmen. Wenn du erst einmal Herrn Fridolins Gattin bist, kann dir keine dieser Damen mehr an den Karren fahren!«

»Wenn ich es je werde!«, klagte Wilhelmine. »Die Harpyie, die ihn in ihren Klauen hat, wird ihn gewiss nicht so leicht freigeben.«

»Ich muss zugeben, Frau von Trettin hat auch mich überrascht. Aber selbst eine Frau wie sie kann aus dem Weg geschafft werden.«

»Du klingst ja gerade so, als wolltest du sie ermorden«, tadelte Grünfelder seine Frau, dem das Gejammer der beiden zunehmend auf die Nerven ging. »So, wie ihr euch benehmt, werdet ihr Herrn von Trettin noch vergraulen. Er ist ein Herr mit strengen Prinzipien.«

»Das sieht man schon daran, dass er einen Landtrampel von Schneiderin geheiratet hat«, brach es aus Wilhelmine heraus.

»Ich wünsche solche Worte nicht mehr in meinem Hause zu

hören!«, antwortete der Vater streng. »Herrn von Trettins Gattin ist seine Nichte zweiten Grades, sprich die Tochter einer Base. Soviel ich erfahren habe, hat sein Oheim, der Freiherr auf Trettin, in seinem Testament verfügt, dass Herr Fridolin dessen Enkelin heiraten sollte. Damit wollte er Lore, deren Vater bürgerlicher Herkunft war, wieder einen adeligen Namen verschaffen. Herr Fridolin hat diesem Wunsch entsprochen. Von Zuneigung oder gar Liebe ist in einer solch arrangierten Ehe keine Rede. Dennoch wird Herr Fridolin sich von seiner Gattin erst trennen, wenn er sie gut versorgt weiß und selbst eine für ihn vorteilhaftere Verbindung eingehen kann.«

»Ich wünschte, sie wäre tot oder es hätte sie nie gegeben«, jammerte Wilhelmine weiter.

»Nun, es ist uns nicht möglich, das eine wie das andere herbeizuführen! Daher müssen wir machbare Pläne schmieden. Wir …«

»Welche Pläne?«, unterbrach Wilhelmine ihren Vater erregt.

»Ich sagte, wir müssen erst darüber nachdenken! Zum einen sollte Frau von Trettin klargemacht werden, dass sie dem weiteren Aufstieg ihres Ehemanns im Wege steht. Zweitens muss Herr Fridolin erfahren, dass er in unserem Hause als Brautwerber hochwillkommen ist.«

»Aber wie soll das geschehen?«, wollte seine Frau wissen.

Grünfelder lächelte. »Wenn andere Gerüchte in die Welt setzen können, können wir das auch. Ihr bei den Damen, ich bei den Herren. Wir müssen jedoch vorsichtig sein, damit es nicht auf uns zurückfällt. Bedenkt, Fridolin von Trettin ist ein Ehrenmann, der sich in diesem Falle sofort schützend vor seine Frau stellen wird. Übrigens solltet ihr diese jetzt öfter zu uns einladen und euch dafür entschuldigen, dass ihr sie so lange habt warten lassen.«

»Ich mich bei dieser Pute entschuldigen? Niemals!« Wilhelmine fuhr wie von der Tarantel gestochen hoch, und Juliane Grünfelder zog ein Gesicht, als hätte er von ihr gefordert, sich alle Zähne auf einmal ziehen zu lassen.

»Ist das nicht ein wenig viel verlangt, mein Lieber?«

Allmählich wurde es Grünfelder zu bunt. »Willst du nun Fridolin von Trettin als Schwiegersohn gewinnen oder nicht? Ich weiß, wovon ich rede. Schließlich habe ich mich nicht umsonst vom kleinen Kommis zum reichen Bankbesitzer emporgearbeitet.«

Seine Frau hätte ihm sagen können, dass ihre Mitgift ihm diesen Aufstieg erst ermöglicht hatte, doch sie unterließ es. Zwar war ihr Mann eine Seele von einem Menschen, doch auch er hatte Grenzen, die sie besser nicht überschritt.

»Wenn du es sagst, mein Lieber, werde ich diese Person selbstverständlich empfangen«, lenkte sie ein.

Wilhelmine gab sich nicht so rasch geschlagen. »Aber sie ist doch nur eine einfache Schneiderin!«

Ihr Vater streichelte ihr über das Haar. »Glaube doch nicht jeden Unsinn, mein Kind. Wahrscheinlich hat Frau von Trettin in ihrer Jugend für die armen Kinder des Gutes Kleidung genäht, so wie es bei den besseren Damen auf dem Land Sitte ist. Sie deshalb als Schneiderin zu bezeichnen, vermag nur ein ganz böswilliger Mensch.«

Grünfelder verdrängte dabei, dass er ebenso wie Frau und Tochter diese Unterstellung fleißig weitergetragen hatte. Nun würden sie selbst Gerüchte in Umlauf bringen und dafür sorgen, dass diese einen Keil zwischen Fridolin von Trettin und seine Frau trieben.

Entschlossen schob er die Kaffeetasse zurück und legte die Serviette weg. »Ich muss jetzt in die Bank und komme wie immer um zwei Uhr zum Mittagessen. Ach ja, heute Abend braucht ihr mit dem Diner nicht auf mich zu warten. Ich treffe mich mit einigen Herren, um eine sehr wichtige Angelegenheit zu besprechen.«

»Meinst du dieses ominöse Geschenk für diesen hohen Herrn, von dem du erzählt hast?«, fragte seine Frau neugierig.

»Das ist streng geheim!« Grünfelder hob mahnend den rechten Zeigefinger, lächelte dabei aber so verschmitzt, als wäre er kurz davor, ein ganz großes Geschäft abzuschließen. Die beiden Frauen ließen ihn daher in Ruhe und unterhielten sich leise über Lore, während Grünfelder den Frühstückstisch verließ. Dabei verspritzte Wilhelmine so viel Gift, dass es zuletzt sogar der Mutter zu viel wurde.

»Jetzt sei still! Sonst wirst du es irgendwann einmal in Gesellschaft ausplappern und dich bis auf die Knochen blamieren.«

Auf dem Weg zur Bank nahm Grünfelder sich vor, nach dem Treffen mit den anderen Herren Hede Pfefferkorns Etablissement aufzusuchen. Ein wenig Entspannung hatte er nun wahrlich verdient, und er freute sich auf Lenka und deren schönen, anschmiegsamen Leib, der ihm beim Liebesspiel das Gefühl verlieh, wieder jung zu sein.

# VI.

Auch an diesem Abend stickte Lore an der Bluse für die russische Gräfin, während Fridolin in seinem »Soldatenfreund« blätterte und Entwürfe für Uniformen betrachtete. Nach einer Weile schob er das Heft zu Lore hin und fragte: »Was meinst du, soll ich diese Uniform wählen, oder hältst du sie für einen schlichten Fähnrich für zu auffällig?«

Lore sah von ihrer Stickerei auf. Auf sie wirkte jede der gezeigten Uniformen mit ihren Tressen, Aufschlägen und Epauletten, als fehlten den Trägern nur noch Schwanzfedern, um ein Pfauenrad schlagen zu können. Da sie dies Fridolin allerdings nicht so direkt sagen wollte, zeigte sie auf die schlichteste Version.

»Ich glaube, diese würde dir stehen. Du willst ja kein Berufssoldat werden, sondern nur dein Freiwilligenjahr ableisten.« An Fridolins unwilliger Miene erkannte sie, dass ihm eine prachtvollere Uniform ins Auge stach, und versuchte sogleich einzulenken: »Aber wenn dir diese besser gefällt, solltest du diese wählen!«

Fridolin überlegte kurz und schüttelte dann den Kopf. »Du hast recht. Hier steht sogar, dass die von dir ausgewählte Uniform für Fähnriche des einjährigen Dienstes empfohlen wird. Danke, dass du mich darauf aufmerksam gemacht hast. Mit der anderen hätte ich mich in die Nesseln gesetzt!«

Sein Lächeln wirkte so entspannt, dass Lore erleichtert aufatmete. Wie es aussah, hatte sich die alte Vertrautheit zwischen ihnen wieder eingestellt. Da kam ihr eine Bemerkung in den Sinn, die ihr Mann am Vortag gemacht hatte. »Wolltest du

dich nicht heute mit diesem Kreis um Grünfelder und Rendlinger treffen, Fridolin?«

Ihr Mann schoss hoch. »Bei Gott! Das hätte ich vor lauter Uniformen beinahe vergessen. Der heutige Abend ist äußerst wichtig für unsere Pläne, und die anderen wären zu Recht böse auf
mich, wenn ich ihn versäumen würde.« Mit diesen Worten eilte Fridolin in sein Umkleidezimmer, um eine andere Hose und
ein Jackett auszusuchen. Lore folgte ihm und lehnte sich gegen
den Türrahmen.

»Kommst du heute auch wieder später?«

»Ich hoffe nicht«, antwortete Fridolin, wandte aber den Blick
ab. Die anderen würden mit Sicherheit wieder Hedes Bordell
aufsuchen, und da war es schwer für ihn, sich auszuschließen.

Lore bemerkte seine Verlegenheit und erinnerte sich wieder an
jenes Parfüm, das sie bereits mehrfach an ihm gerochen hatte.
Der Gedanke, Fridolin könnte hier in Berlin eine Geliebte gefunden haben, schmerzte, zumal sie gehofft hatte, die Vertrautheit, die sie in Bremen gefühlt hatte, würde sich nun wieder
einstellen. Doch welchen anderen Grund konnte es für sein
langes Ausbleiben geben?

»Nun, dann wünsche ich euch viel Erfolg«, erklärte sie gekränkt
und kehrte zu ihrer Stickerei zurück.

Da Fridolin rechtzeitig zu Grünfelder kommen wollte, fehlte
ihm die Zeit, über ihre Reaktion nachzudenken. »Jean!«, rief er
nach dem Diener. »Geh rasch hinaus und besorge mir eine
Droschke!«

Jean legte missmutig seine Zeitung beiseite und stand auf. Allerdings dachte er nicht daran, sich in eigener Person auf die
Suche nach einer freien Droschke zu machen, sondern trat in

die Küche, in der Jutta und Nele gerade das Geschirr vom Abendessen wegräumten.

»Eine von euch muss eine Droschke für den Herrn besorgen. Ich habe in seinen Privaträumen zu tun!« Er sagte es, drehte sich um und saß eine Minute später wieder im Sessel, um den Artikel weiterzulesen, den er eben hatte unterbrechen müssen. Jutta sah Nele fragend an, doch die zog sich sofort in Richtung Tür zurück. »Ich glaube, die Herrin hat eben nach mir geklingelt«, rief sie und verschwand wie ein Blitz.

»Arbeitsscheues Gesindel!«, schimpfte Jutta und machte sich selbst auf den Weg. Sie fand gerade noch rechtzeitig eine Droschke, so dass Fridolin nur noch einsteigen und als Fahrziel Grünfelders Villa angeben musste.

Als er dort ankam, hatten sich die anderen Herren bereits eingefunden. Major von Palkow zog seine Uhr aus der Tasche und blickte missbilligend darauf. »Sie kommen spät, Trettin!«

»Er hat sich wohl nicht so rasch von seiner Frau losreißen können«, warf von Campe spöttisch ein.

Er hatte Frau von Stenik dazu gebracht, Lore zu ihrem Besuchsnachmittag einzuladen, und wollte dort seinen ersten Angriff auf sie starten. Sein Wettpartner von Trepkow hatte sich inzwischen den dritten Cognac einschenken lassen und versuchte, zuversichtlich zu erscheinen. Doch ihm brannten die Geldsorgen unter den Nägeln, und er wusste, dass er die Wette mit seinem Kameraden dringend gewinnen musste. Daher hatte er sich in den letzten Tagen mehr im Tiergarten als in der Kaserne aufgehalten, Trettins Frau aber nirgends entdeckt. Als Nächstes plante er, seine Schwester einzuspannen, um mit Fridolins Gattin nähere Bekanntschaft schließen zu können.

Unterdessen hatte Grünfelder einen Diener angewiesen, Fridolin ein Glas Wein einzuschenken, und sah Major von Palkow nun auffordernd an.

»Sie wollten eben berichten, was Sie in Erfahrung gebracht haben!« Der Bankier klang drängend, denn er wollte nicht zu viel Zeit mit dieser Zusammenkunft verlieren, sondern so bald wie möglich ins *Le Plaisir* fahren.

Von Palkow entnahm einer Mappe mehrere Blätter und reichte sie herum. Es handelte sich um die Baupläne kleinerer Dampfyachten, wie sie für die Seen und Kanäle Berlins und des Havellands geeignet waren. Die hatte Delaroux ihm am vorhergehenden Abend gebracht und ihm auch einige Instruktionen gegeben, nach denen er nun handelte.

»Meiner Meinung nach ist Entwurf Nummer drei der beste. Diese Yacht kann nämlich auch die Küstengewässer der Ostsee befahren. Dem Prinzen würde dies sicher gefallen.«

Einer der Herren hob abwehrend die Hand. »Dieses Schiff ist aber fast doppelt so teuer wie das nächstkleinere!«

Der Major maß ihn mit einem vernichtenden Blick. »Wir wollen doch Prinz Wilhelm beeindrucken! Kann sein, dass wir ein wenig mehr ausgeben müssen als geplant. Dafür aber erringen wir die Gunst des übernächsten Kaisers.«

»Der er vielleicht erst wird, wenn wir selbst längst auf dem Gottesacker liegen und zu Staub zerfallen sind«, antwortete der Zweifler mürrisch.

Rendlinger fuhr auf. »Es steht Ihnen jederzeit frei, unsere Runde zu verlassen. Wir anderen kennen solche Vorbehalte nicht. Zudem hat auch Herr Dohnke sich entschlossen, einen Beitrag zu dem Kaufpreis zu leisten.«

Der Industrielle bedachte den jungen Bankangestellten mit einem anerkennenden Blick, ehe er weitersprach. »Prinz Wilhelm wird uns auch als Kronprinz von Nutzen sein. Die Generäle des Heeres und die Herren der Marine hören auf sein Wort! Im Vertrauen gesagt, sogar mehr als auf das seines Vaters. Friedrich ist ihnen zu englisch geworden und wird es schwer haben, sich als Nachfolger unseres jetzigen Kaisers bei der Armee und der Regierung durchzusetzen. Zudem hasst Bismarck ihn bis aufs Blut.«

»Wohl gesprochen, Rendlinger!« Major von Palkow fiel dem Fabrikanten ins Wort, bevor dieser noch ausschweifender werden konnte, und blickte fragend in die Runde. »Sind die Herren meiner Meinung, das ideale Geschenk für Seine Königliche Hoheit gewählt zu haben?«

»Absolut!«, stimmte Grünfelder ihm zu.

Emil Dohnke zögerte, sagte sich dann aber, dass sein Vater ihm freie Hand gelassen hatte, und bekundete ebenfalls seine Zustimmung. Auch Fridolin wollte sich nicht ausklinken, und der Gast, der eben noch den Preis des Geschenks kritisiert hatte, entschloss sich ebenfalls, mitzumachen. Da Rendlingers Teilnahme als gesichert gelten konnte, blieben nun nur noch die beiden jungen Offiziere.

Hasso von Campe und Friedrich von Trepkow waren von der Summe, die sie nun aufbringen mussten, schockiert. Aber jeder von ihnen war davon überzeugt, derjenige zu sein, dem es gelingen würde, Fridolins Frau als Erster zu verführen und so die Wette zu gewinnen.

»Natürlich mache ich mit«, erklärte von Trepkow deshalb großspurig.

Von Campe nickte bekräftigend. »Ich bin dabei!«

»Sehr gut!« Von Palkow warf einen anerkennenden Blick in die Runde. Zwar hätte Delaroux ihm die Summe, die die Dampfyacht kostete, jederzeit zur Verfügung stellen können, doch das wäre aufgefallen. Eine Gruppe Berliner Bürger und Militärs, die sich zusammentat, wirkte authentisch und würde nicht den geringsten Verdacht erregen.

»Jetzt muss nur noch eine kleine Formalität erledigt werden«, fuhr er fort. »Der Werftbesitzer besteht auf einer Anzahlung in Höhe eines Drittels des Betrags. Ich bitte die Herren, diese Summe bei unserer nächsten Zusammenkunft mitzubringen.«

»Ich gebe ungern Geld aus, ohne etwas Schriftliches in der Hand zu halten«, wandte der Mann ein, der zuvor die Höhe des Kaufpreises kritisiert hatte.

Von Palkow sah ihn hochmütig an. »Ich werde selbstverständlich die nötigen Papiere bereithalten!«

Grünfelder hatte es nun eilig, seine Gäste zu verabschieden. »Damit ist alles geklärt. Wir sehen uns heute in einer Woche um dieselbe Zeit hier wieder!«

Rendlinger hob die Hand. »Wenn ich mich recht entsinne, habe ich den Vorschlag gemacht, Seine Königliche Hoheit mit einem außergewöhnlichen Geschenk zu erfreuen. Daher ist es mein Recht zu fordern, dass wir uns das nächste Mal in meinem Haus treffen.«

Grünfelder kämpfte einen Augenblick mit seinem Stolz, gab dann aber nach. »Wenn die anderen Herren sich dieser Meinung anschließen, bin ich einverstanden.«

»In einer Woche bei Rendlinger! Jetzt bitte ich die Herren,

mich zu entschuldigen. Habe dringende Aufgaben zu erledigen!« Major von Palkow stand auf, nickte den Zivilisten in der Gruppe gönnerhaft zu und deutete von Campe und von Trepkow gegenüber einen militärischen Gruß an.

Fridolin wollte sich ebenfalls verabschieden, doch da fasste Grünfelder ihn am Arm. »Sie lassen mich doch nicht im Stich, Herr von Trettin?«

»Natürlich nicht, Herr Grünfelder!« Jetzt musste Fridolin doch über den Bankier lächeln, der es offensichtlich immer noch nicht über sich brachte, das *Le Plaisir* allein aufzusuchen. Andererseits schmeichelte ihm das Vertrauen, das Grünfelder ihm entgegenbrachte, und er wusste, dass dieser, ohne mit der Wimper zu zucken, Hedes teuerstes Mädchen für ihn bezahlen würde. Doch das reizte Fridolin nicht. Er fand es nur angenehm, mit Hede zu plaudern. Anders als Lore stellte sie keine Ansprüche an ihn und er keine an sie. Außerdem kannte sie genug Herren vom Militär, die bei ihr ein und aus gingen, und konnte ihm raten, wie er sich diesen gegenüber verhalten sollte. Das vermochte Lore nicht.

Bei dem Gedanken ärgerte er sich über sich selbst. Lore war wunderbar, und es war ein großes Glück für ihn, mit ihr verheiratet zu sein. Da sie nun endlich Bekannte in Berlin gefunden hatte, würde sich ihr Verhältnis wieder einrenken. Außerdem, sagte er sich, hatte sie ihn mit dem Rat, eine schlichtere Uniform zu wählen, davor bewahrt, sich vor seinen zukünftigen Kameraden zu blamieren. Er mochte sich nicht vorstellen, wie von Campe und von Trepkow ihn ansonsten aufgezogen und verspottet hätten.

Er hielt nicht viel von den Herren und hoffte in Wilhelmine

Grünfelders Interesse, dass deren Vater nicht darauf verfiel, sie mit einem der beiden Offiziere zu verheiraten, nur weil diese einen adeligen Namen in die Waagschale werfen konnten. Seiner Ansicht nach wäre ein junger, aufstrebender Bankierssohn wie Emil Dohnke eine weitaus bessere Wahl. Doch ohne ein Adelsprädikat im Namen würde August Grünfelder ihn niemals in Erwägung ziehen.

Während Fridolin diesen Gedanken nachhing, entschloss Emil Dohnke sich, auf den Besuch im Bordell zu verzichten. Das *Le Plaisir* war ein allzu teures Etablissement, das er sich angesichts des Anteils, den er an der Dampfyacht zu zahlen hatte, besser nicht leistete.

Ebenso wie Dohnke dachten auch von Campe und von Trepkow nicht daran, sich in Hede Pfefferkorns Sündentempel zu begeben, wenn auch aus anderen Gründen. Beide waren von der Forderung des Majors erschrocken, in einer Woche ihren Anteil an der Anzahlung auf den Tisch legen zu müssen. Bis dorthin erschien es ihnen unmöglich, Trettins Frau zu verführen.

Hasso von Campe ging in Gedanken seine Verwandtschaft durch, von wem er kleinere Summen borgen konnte. Dafür würde er viele Klinken putzen und Tante Cölestines Patiencen über sich ergehen lassen müssen. Doch für das Ziel, sich dem nächsten Thronfolger angenehm zu machen, war er dazu bereit.

Anders als seinem Kameraden standen Friedrich von Trepkow keine Verwandten zur Verfügung, die er anpumpen konnte. Am ehrlichsten wäre es gewesen, offen zu bekennen, er sei nicht in der Lage, die Summe aufzubringen. Doch das ließ sein Stolz nicht zu.

»Mama muss mir helfen!«, fuhr es ihm durch den Kopf. Bislang hatte sie es immer getan. Dem Gejammer seiner Schwester, wie schlecht sie und die Mutter leben müssten, schenkte er keinen Glauben. Caroline übertrieb schamlos. Außerdem war es ihre Pflicht, zurückzustehen, wenn es um seine Belange ging. Daher beschloss der Leutnant, Mutter und Schwester bereits am nächsten Tag aufzusuchen. Bei dieser Gelegenheit konnte er Caroline außerdem auffordern, eine Zusammenkunft mit Lore von Trettin in die Wege zu leiten. Seit er dieser Frau im Tiergarten begegnet war, ging sie ihm nicht mehr aus dem Kopf. Den Bleistiftschwinger, der sich ihr Ehemann nannte, fürchtete er nicht. So einen stach er als Offizier mit Leichtigkeit aus.

So schieden die Männer, die sich an der Dampfyacht beteiligen wollten, mit ganz unterschiedlichen Überlegungen und Gefühlen voneinander. Hochzufrieden waren Grünfelder und Rendlinger. Ihnen machte es keine Mühe, den eigenen Anteil zusammenzubringen. Von Palkow war zwar angespannt, rieb sich aber innerlich die Hände. Delaroux wird zufrieden sein, dachte er, als er in eine Droschke stieg. Schon am nächsten Tag würde er den Franzosen treffen und die weiteren Schritte mit ihm besprechen.

Seine Gedanken glitten zu General Tirassow. Dem Russen spukte eine deutsch-russische Waffenbrüderschaft im Kopf herum, die er durch Prinz Wilhelm gefährdet sah, und er war bereit, einen hohen Preis für ein tödliches Attentat auf diesen zu zahlen. Einen solchen Mord plante auch Pierre Delaroux, aber mit einem ganz anderen Ziel, und wenn er nicht aufpasste, geriet er zwischen zwei Mühlsteine, die ihn zermahlen würden.

Schnaubend schob er den Gedanken weg, denn an diesem Abend wartete Malwine von Trettin und damit eine heiße Liebesnacht auf ihn.

## VII.

Lore schlief bereits, als Fridolin nach Hause kam. Am nächsten Morgen stand sie vorsichtig auf und schlich sich in das Ankleidezimmer ihres Mannes. Dort öffnete sie den Kleiderschrank und schnupperte an dem Jackett, das er am Abend zuvor getragen hatte. Zu ihrem Ärger verströmte es wieder dieses feine Maiglöckchenparfüm.

Ihr Gesicht nahm eine abweisende Miene an. Während zwischen ihnen, seit sie in Berlin weilten, nur noch selten etwas im Bett geschah, schämte Fridolin sich nicht, eine fremde Frau aufzusuchen. In ihrer Wut wollte Lore ihren Mann wecken und zur Rede stellen. Da hörte sie Jutta draußen werkeln und würgte ihren Zorn fürs Erste hinunter. Sie wollte ihrem Gatten keine Szene vor den Bediensteten machen.

Während sie ins Badezimmer ging, fragte sie sich, ob sie selbst schuld war, dass ihr Mann eine andere Frau anziehender fand. Vielleicht sah sie auch nur zu schwarz, und er hatte immer wieder neben derselben Tischdame gesessen, so dass seine Kleidung deren Parfüm angenommen hatte. Doch diese Erklärung stellte sie nicht zufrieden. Außerdem wurde sie das Gefühl nicht los, das Parfüm bereits selbst an einer Frau gerochen zu haben. Dies mochte Zufall sein, da sicher auch andere Damen diesen Duft verwendeten. Doch auch der Gedanke überzeugte sie nicht.

Nun erinnerte Lore sich, dass Fridolins Tischdame sich an jenem Abend bei Grünfelder besonders um ihn bemüht hatte. Es war Wilhelmine gewesen, die Tochter des Gastgebers. Leider wusste Lore nicht, ob sie den Maiglöckchenduft tatsächlich an dem Mädchen wahrgenommen hatte. Dennoch sah sie die Ereignisse der letzten Wochen nun in einem anderen Licht. Warum hätten Grünfelders Frau und Tochter jeden Kontakt mit ihr meiden sollen, wenn sie nicht geplant hätten, Fridolin in der Zwischenzeit gegen sie aufzuhetzen? Wahrscheinlich hatte Grünfelder ihren Mann auch aus diesem Grund als Kompagnon gewinnen wollen. Nun arbeitete er darauf hin, ihn auch zu seinem Schwiegersohn zu machen.

Dann aber schüttelte Lore heftig den Kopf. Jetzt fang nicht an zu phantasieren!, befahl sie sich. Fridolin hatte bisher nicht die geringsten Anzeichen erkennen lassen, dass Grünfelder für ihn mehr war als ein väterlicher Freund. Und selbst wenn dessen Tochter sich Fridolin in den Kopf gesetzt hatte, würde der Vater ihr gewiss die Flausen austreiben und einen anderen Ehemann für sie finden. Immerhin machten ihr mit Hasso von Campe und Friedrich von Trepkow zwei Herren von Adel den Hof. Zwar konnte sich keiner der beiden mit Fridolin messen, doch für die Tochter eines emporgekommenen Bankiers reichten diese Männer allemal.

Lore machte eine abschätzige Handbewegung, die ebenso ihren Zweifeln wie ihrer eingebildeten Konkurrentin galt, und kehrte in ihr gemeinsames Schlafzimmer zurück. Als sie wieder unter die Decke schlüpfen wollte, stemmte Fridolin sich auf die Ellenbogen.

»Du bist schon wach, mein Schatz?«, fragte er.

Lore nickte. »Ich konnte nicht mehr schlafen. Weißt du, in meinem Kopf wirbeln alle möglichen und vor allem unmöglichen Gedanken herum. Wenn das so weitergeht, werde ich noch zu einem überspannten Wesen, das vor dem eigenen Schatten erschrickt.«

Fridolin musste lachen. »Das glaube ich nicht! Wahrscheinlich hast du schlecht geträumt. Außerdem war das Fest bei Grünfelder doch ein wenig aufregend für dich, nachdem du wochenlang nur zu Hause gesessen bist.«

»Ich will hoffen, dass es nicht wieder dazu kommt.« Lore überlegte, ob sie aufstehen und sich anziehen sollte, kroch dann aber auf Fridolins Seite und schlang die Arme um ihn. »Musst du jetzt gleich ins Bankhaus, oder hast du noch ein wenig Zeit?«

»Für dich habe ich immer Zeit«, antwortete er und knabberte an ihrem rechten Ohr.

Lore kicherte und schmiegte sich noch enger an ihn.

Fridolins Hand tastete nach ihrem Hemd und zog es hoch. »So lasse ich den Tag gerne beginnen«, flüsterte er, während er sie auszog und dann selbst aus dem Nachthemd schlüpfte. Nachdem sie in der letzten Zeit nur selten im Bett mehr getan hatten, als nebeneinander zu schlafen, war er froh, dass Lore nun die Initiative ergriff. Da die Vorhänge das Licht des beginnenden Tages nicht vollständig fernhielten, sah er sie nackt vor sich liegen und spürte, wie seine Lust auf sie immer größer wurde. Für einen Augenblick verglich er sie mit Hede. Diese war ebenfalls schön, doch der Schmelz der Jugend, der Lore auszeichnete, war von ihr abgefallen, und das nächtliche Leben hatte seine Spuren hinterlassen. Außerdem war er für sie nur einer von einem halben Dutzend Männern, mit denen sie von Zeit zu Zeit schlief, während Lore ihm ganz allein gehörte.

Mit dem Gedanken, dass er keine andere Frau als Lore brauchte, schob er sich zwischen ihre Beine und drang in sie ein. Ein Grünfelder mochte ins *Le Plaisir* gehen, weil dessen Frau ihm die ehelichen Pflichten verweigerte. Er aber hatte so etwas nicht nötig.


# VIII.

Das kleine Liebesspiel hatte zur Folge, dass Lore den Tag mit einer besseren Laune begann, als sie nach dem Aufwachen erwartet hatte. Wie es aussah, war sie immer noch in der Lage, Fridolin zu entflammen und zufriedenzustellen. Weshalb also sollte sie sich vor einem blässlichen Geschöpf wie Wilhelmine Grünfelder fürchten? Das Mädchen mochte mehr Geld mitbekommen, als sie selbst besaß, doch so etwas hatte für Fridolin nie den Ausschlag gegeben. Wenigstens bis jetzt nicht, schränkte sie ein. Ganz so sicher fühlte sie sich nicht mehr, als sie darüber nachzudenken begann. Daher war sie froh, als Caroline von Trepkow gegen zehn Uhr erschien, um bei ihr zu nähen.

Diesmal hatte Mary das Kleid für ein junges Mädchen in Auftrag gegeben, welches in Kürze in die Gesellschaft eingeführt werden sollte.

Caroline ging mit einem scheuen Lächeln auf ihre Gastgeberin zu. »Ich bin Ihnen so dankbar, liebste Lore, dass ich hier arbeiten kann. Zu Hause würde ich mich nicht an so einen edlen

Stoff wagen!« Dabei entfuhr ihr ein Seufzer, denn auch sie hatte einmal Kleider dieser Art besessen. Die aber waren längst beim Altkleiderhändler gelandet und in Kartoffeln, Heringe und ein paar Eier für die Mutter umgesetzt worden. Sie korrigierte sich im Stillen selbst. Tatsächlich hatte die Mutter den Löwenanteil des Geldes aus diesen Verkäufen ihrem Bruder zugesteckt, darunter auch jene Summe, mit der Caroline einen Arzt für sie hatte bezahlen wollen.

Bittere Gefühle zeichneten sich auf ihrem Gesicht ab und gaben Lore einen tiefen Einblick in ihr Seelenleben. Gegen die Probleme, mit denen Caroline zu kämpfen hatte, kamen ihr die eigenen Schwierigkeiten banal vor. Mit einer zärtlichen Geste fasste sie die Hand der anderen und hielt sie fest.

»Ich wünsche Ihnen, dass Ihre Lage sich bald bessert, liebe Freundin.«

»Das hoffe ich auch«, flüsterte Caroline, ohne daran zu glauben. Solange die Mutter lebte, konnte sie von deren geringer Rente wenigstens die Miete und ein paar Lebensmittel zahlen. Doch was war, wenn diese starb und sie allein zurückließ? Der Gedanke war so erschreckend, dass Caroline ihn sofort wieder beiseiteschob und sich verbissen ihrer Näharbeit widmete.

»Sie essen doch hoffentlich mit mir zu Mittag?«

Allein bei dem Gedanken knurrte Carolines Magen so laut, dass sie sich schämte. Die Vorstellung, einmal nicht Kartoffeln mit einer dünnen Stippe essen zu müssen, hatte so etwas Verführerisches an sich, dass sie dafür sogar ihre Jungfernschaft verkauft hätte.

Vielleicht würde ihr dieses und noch Schlimmeres blühen, durchfuhr es sie. Sie schüttelte sich und sah Lore mit einem gekünstelten Lächeln an. »Heute gehen mir die skurrilsten Gedanken durch den Kopf. Achten Sie bitte nicht darauf.«

»Da geht es Ihnen wie mir! Ich bin schon mit seltsamen Vorstellungen aufgewacht und bringe sie nicht mehr los. Aber ich glaube, Juttas gute Suppe und ein Stück Braten mit Klößen und Kohl wird unser Inneres schon wieder in Ordnung bringen.«

Caroline hatte schon einige Male in diesem Haus gegessen und konnte gerade noch verhindern, dass sie sich die Lippen leckte. »Ihre Jutta kann wirklich gut kochen, fast wie eine richtige Köchin.«

»Ich habe ihr angeboten, hier als Köchin zu arbeiten, aber sie wollte es nicht. Für Hausmannskost reiche es, sagt sie. Doch wenn wir einmal Gäste empfangen wollten, müsste schon eine richtige Köchin her.« Lore blickte gedankenverloren zu der Tür, durch die ihr Dienstmädchen eben den Raum verlassen hatte. Juttas Essen konnte man jedem Gast mit gutem Gewissen vorsetzen. Aber da diese nicht kochen wollte, wenn mehr Gäste kamen, würde sie wohl oder übel eine erfahrene Herrschaftsköchin suchen müssen.

»Hoffentlich schmeckt es dann immer noch so gut«, murmelte sie.

»Was haben Sie gesagt, liebe Lore?«

»Ach, nichts! Ich habe wieder einmal eine dieser Grillen im Kopf, die immer dann surrt, wenn man es am wenigsten braucht. Doch nun kommen Sie. Wir wollen schauen, mit welchen Gaumengenüssen Jutta uns heute verwöhnt.«

Carolines Hunger war so groß, dass ihr beim letzten Stich die Hände zitterten. Rasch legte sie das Kleid weg und folgte Lore in das Speisezimmer. Eigentlich wäre es Jeans Aufgabe gewesen, ihnen vorzulegen, doch dieser hatte sich unter dem Vorwand, etwas für Fridolin besorgen zu müssen, aus dem Staub gemacht und die Arbeit den beiden Hausperlen überlassen. Da Jutta Nele zutraute, Soße auf die Kleider der beiden Damen zu schütten, übernahm sie selbst diese Aufgabe und beobachtete zufrieden, wie diese es sich schmecken ließen.

Caroline musste sich zwingen, nicht wie ein Wolf über das Essen herzufallen. Obwohl sie sich fest vorgenommen hatte, sich nichts nachreichen zu lassen, sah sie, als ihr Teller leer war, mit einem bittenden Blick zu Jutta auf. »Kann ich vielleicht noch ein Klößchen und etwas Soße haben?«

»Und ein Stück Fleisch und einen Schlag Kohl dazu!« Jutta hatte schon öfter Frauen gesehen, die zu arm waren, um sich satt zu essen, und konnte sich einen Reim auf Carolines Verhalten machen. Um ihr zu helfen, überschritt sie die Grenzen, die ihr als Dienstbote gesetzt waren. »Ich packe Ihnen gerne auch ein wenig ein, damit Sie es mit nach Hause nehmen können!«

»Ja, tu das!«, forderte Lore sie auf, der Carolines Heißhunger ebenfalls nicht entgangen war.

»Aber das geht doch nicht!«, wehrte diese ab. Dennoch sah sie im Geiste bereits, wie sie die leckeren Sachen zu Hause auspackte und für die Mutter anrichtete.

»Natürlich geht das«, erklärte Lore und befahl Jutta, ihnen Wein nachzuschenken.

»Sie sind viel zu gut zu mir!«, sagte Caroline mit halb erstickter Stimme, während ihr zwei Tränen über die Wangen liefen.

»Sie sind mir eine liebe Freundin geworden, und ich möchte

nicht, dass Sie etwas bedrückt.« Mit diesen Worten streichelte Lore die Hände ihres Gastes. Diese waren kalt und dünn und erinnerten sie an das Märchen von Hänsel und Gretel, das sie vor kurzem in einem Magazin gelesen hatte.

»Meine Liebe, ich will Sie nicht mästen wie die Hexe im Wald den armen Jungen, aber Sie brauchen Kraft, um die Nadel sicher führen zu können. Wenn Sie hier essen, tun Sie auch unserer Freundin Mary einen Gefallen. Diese ist auf Sie angewiesen, denn Sie sind ihre beste Kraft.«

Der Gedanke, irgendwann einmal zu schwach zu sein, um noch gute Arbeit leisten zu können, erschreckte Caroline, und so ließ sie es zu, dass Jutta ihr als Nachtisch noch ein Stückchen Marmorkuchen servierte.

Auch Lore erhielt ein Stück und aß es mit großem Genuss.

»Wir sollten bald wieder einmal zusammen ausfahren und in ein Café einkehren«, sagte sie zwischen zwei Bissen.

»In der Zeit kann ich doch nicht für Mrs. Penn arbeiten«, antwortete Caroline erschrocken. Schließlich brauchte sie jeden Pfennig, um die gestundete Miete zu bezahlen. Außerdem wollte sie Lore bei diesen Ausfahrten nicht auch noch auf der Tasche liegen. Von ihrem Vater wusste sie, wie leicht ein Mensch zum Schnorrer werden konnte, und sie wollte unter allen Umständen vermeiden, den gleichen Weg zu gehen wie er.

# IX.

*E*twa um die Zeit, in der Caroline sich auf den Heimweg machte, betrat Leutnant Friedrich von Trepkow das Haus in der Möckernstraße, in dem seine Mutter und seine Schwester lebten. Beim Anblick das schäbigen, nach Kohl und Zwiebel riechenden Korridors verzog er angewidert den Mund. »Nur gut, dass ich meinen Regimentskameraden und Bekannten erklärt habe, Mama und Caroline würden sich meist bei Verwandten auf dem Land aufhalten. Wäre zu blamabel für mich, wenn sie jemand hier aufsuchen wollte«, murmelte er vor sich hin.

Auf dem Weg nach oben sah er einen Kohlenträger zum Hinterausgang eilen und wartete einen Augenblick, bevor er weiterging, damit der schwarze Staub, den der Mann hinterließ, nicht seine neue Uniform beschmutzen konnte.

Als er das Zimmer seiner Mutter betrat, hatte sein Gesicht jedes Anzeichen von Unmut verloren. »Guten Morgen, liebste Mama. Du siehst heute wieder besser aus!«, grüßte er, wich aber geschickt den Armen aus, die sie ihm entgegenstreckte. Stattdessen drehte er das Gaslicht höher, um mehr sehen zu können.

Als er sich wieder zu seiner Mutter umdrehte, erschrak er. Sie bestand nur noch aus Haut und Knochen, und ihr Nachthemd hing ihr wie ein viel zu weiter Sack am Leib.

Ihre Augen glänzten jedoch vor Freude, ihn zu sehen. »Es ist schön, dass du so bald wieder zu mir gekommen bist, mein Junge. Fiene, besorge etwas zu essen für Friedrich und eine Flasche Wein!«

Die alte Frau verdrehte die Augen. »Das wird nicht möglich sein, gnädige Frau, denn wir haben kein Geld im Haus. Die paar Pfennige, die wir noch besitzen, hat Fräulein Caroline mitgenommen.«

»Dann borge dir etwas von unseren Nachbarn. Sie werden uns gewiss ein paar Mark auslegen, bis Caroline ihnen das Geld zurückgeben kann.«

Da die Kranke von ihrer Forderung nicht abließ, verließ Fiene das Zimmer. Dabei überlegte sie, wie sie dieses Wunder vollbringen könnte. »Ich bin ja nicht unser Herr Jesus Christus, der aus einem Brot fünftausend machen und Wasser in Wein verwandeln kann«, brabbelte sie vor sich hin.

Trotzdem wagte sie das schier Unmögliche. Doch wo sie auch anklopfte und fragte, schlugen ihr die Bewohner die Tür vor der Nase zu.

Unterdessen zog Friedrich von Trepkow den Stuhl in die Nähe des Bettes und setzte ein schmeichelndes Lächeln auf. »Liebste Mama, es ist ganz gut, dass Caroline und unsere gute Fiene im Augenblick nicht hier sind. Ich befinde mich, wie ich zugeben muss, in einer katastrophalen Lage. Habe mich mit einigen anderen Herren verpflichtet, eine größere Summe zusammenzubringen. Lass mich jetzt bitte nicht im Stich! Meine Ehre als Offizier wäre sonst beim Teufel.«

Bis zu diesem Tag hatten solche Reden immer den gewünschten Erfolg gezeigt, doch nun huschte ein abweisender Ausdruck über Frau von Trepkows Gesicht. »Es tut mir leid, mein Sohn, aber ich habe dir bei deinem letzten Besuch alles gegeben, was ich noch hatte. Wir verfügen nicht einmal mehr über genug Geld, um uns satt essen zu können. Bei der schmalen

Kost ist Caroline bereits ganz dünn geworden, und sie näht nun für eine Schneiderin, um die Miete zusammenzubringen.«

Leutnant von Trepkow schüttelte unwillig den Kopf. »Liebe Mama. Ihr habt doch von zu Hause sicher eine Reserve für Notfälle gerettet. Jetzt ist so ein Notfall! Wenn ich mich nicht beteilige, verliere ich meine Ehre und muss das Regiment verlassen! Würde zu einem Linienregiment in Ostpreußen oder gar zum Train abkommandiert werden.«

»Vielleicht wäre das besser für dich!« Die Freude, ihren Sohn zu sehen, war Frau von Trepkow vergangen. Mit einem Mal sah sie klarer als all die Wochen zuvor und begriff, dass Friedrich immer nur gekommen war, um Geld zu fordern. Selbst als Caroline ihn angefleht hatte, ihnen wenigstens so viel zu lassen, damit sie einen Arzt bezahlen konnten, hatte ihn das nicht gerührt.

»Ich kann dir nichts geben, und ich will es auch nicht mehr!«, sagte sie mit Tränen in den Augen. »Da du stets nur kommst, um mich anzubetteln, wäre es besser, wenn du in Zukunft fernbleibst.«

Friedrich von Trepkow glaubte, nicht recht zu hören. »Das meinst du doch nicht im Ernst!« Im nächsten Moment packte ihn die Wut. »Du bist es mir schuldig, mir das Geld zu geben! Wo ist der Schmuck, den du mitnehmen konntest? Werde ihn schätzen lassen und verkaufen.«

»Ich hatte Schmuck!«, antwortete die Mutter gequält. »Den hast du vor einem halben Jahr bekommen, damit du deine Spielschulden zahlen konntest. Jetzt ist nichts mehr da.«

»Das kann nicht sein!« Am liebsten hätte Friedrich von Trepkow seine Mutter gepackt und geschüttelt, bis sie das Versteck ihrer Schätze preisgab. Davor scheute er dann doch zurück und sagte sich, dass diese elende Bleibe kaum Möglichkeiten bot, Wertsachen zu verbergen. Daher trat er auf den alten Schrank zu, öffnete ihn und warf alles, was er darin fand, auf den Fußboden.

»Was tust du denn da?«

»Da du mir nichts geben willst, muss ich mir selbst helfen.«

Ein paar Hemden und das beste Kleid seiner Schwester flogen ebenso auf den Haufen wie die wenige Wäsche, die Caroline sorgfältig im Schrank verstaut hatte. Plötzlich ertastete Friedrich von Trepkow mit den Fingern etwas, das sich wie ein Schmuckstück anfühlte.

»Wer sagt es denn!«, rief er und zog seinen Fund ans Tageslicht. Es handelte sich um eine handtellergroße Brosche aus Gold, die mit edlen Steinen besetzt war. Zwar konnte er nicht sagen, wie viel sie wert war, schätzte aber, dass sie ihm einige hundert Mark einbringen würde.

Während ihr Sohn das Schmuckstück jubelnd hochhielt, richtete Frau von Trepkow sich mühsam in ihrem Bett auf. »Diese Brosche darfst du nicht nehmen, Friedrich! Sie ist in meiner Familie über Generationen von Mutter zu Tochter weitergegeben worden, und so soll es auch weiterhin geschehen! Caroline wird sie zu ihrer Hochzeit tragen.«

Friedrich von Trepkow lachte schallend auf. »Woher soll Caroline denn einen Ehemann nehmen? Es wird das Beste sein, wenn sie in ein Stift eintritt.«

»Ohne Mitgift wäre sie dort nur eine lumpige Magd.« Jetzt wurde die Mutter zornig und forderte ihn auf, die Brosche zurückzulegen.

Ihr Sohn zählte innerlich schon das Geld, das er für das Schmuckstück bekommen würde, und schüttelte den Kopf. »Ich denke nicht daran.«

»Friedrich!« Frau von Trepkows Stimme überschlug sich, und sie brachte das, was sie noch hatte sagen wollen, nicht mehr heraus. Mit unendlicher Mühe kämpfte sie sich aus dem Bett und wollte auf ihn zugehen. Da versagten ihr die Kräfte, und sie stürzte zu Boden.

»Nicht die Brosche! Nicht die Brosche!«, wimmerte sie unter Tränen.

»Mach doch kein solches Gesums um dieses elende Ding! Ihr könnt es ohnehin nicht brauchen. Aber mir hilft es aus einer teuflischen Klemme.«

Friedrich von Trepkow wollte das Schmuckstück wegstecken und nach weiteren Kleinodien suchen, da wurde die Tür geöffnet, und Caroline trat herein.

»Friedrich, du?«, rief sie verwundert, sah dann die Brosche in seiner Hand und die am Boden kauernde Mutter. »Leg die Brosche zurück! Mama hängt an ihr, und wir dürfen sie ihr nicht wegnehmen.«

»Du meinst, du hängst daran! Ich brauche sie und nehme sie mit.« Der Leutnant achtete nicht weiter auf seine Schwester und durchwühlte weiter den Schrank.

Caroline eilte zu ihrer Mutter, um ihr aufzuhelfen. Kaum stand diese auf den Beinen, wankte sie mit unsicheren Schritten auf ihren Sohn zu und versuchte, ihm das Schmuckstück abzunehmen.

Er stieß sie zurück und warf auch noch den restlichen Inhalt des Schranks auf den Boden. Da sich darunter nichts von Wert befand, drehte er sich zu seiner Schwester um, die eben die schluchzende Mutter ins Bett zurückbrachte.

»Wo habt ihr das andere Zeug versteckt? Sagt es, sonst …« Mit geballten Fäusten ging er auf Caroline zu.

»Wir haben nichts mehr! Ich musste unsere letzten Kaffeetassen zum Pfandleiher tragen, um ein paar Kartoffeln kaufen zu können. Wenn es nach dir ginge, wären wir längst verhungert!«

Seine Antwort bestand in einer Ohrfeige, die sie gegen die Wand neben dem Bett prallen ließ.

»Wir haben wirklich nichts mehr«, rief sie, während ihre Wange sich rötete und ihr der Schmerz die Tränen in die Augen trieb.

Da traf sie der nächste, noch härtere Schlag.

»Wird's bald!«, bellte ihr Bruder sie an.

»Erschlag mich! Du wirst trotzdem keine andere Antwort erhalten.« Caroline stand hoch erhobenen Hauptes vor ihm und nahm seine nächste Ohrfeige hin, ohne mit der Wimper zu zucken. Der Leutnant schlug noch einige Male zu. Erst als ihr das Blut aus der Nase und von der aufgeplatzten Lippe rann, begriff er, dass sie sich eher zusammenschlagen lassen würde, als klein beizugeben.

Seine Mutter, die zuerst wie erstarrt dagelegen war, schrie auf, als hätten die Hiebe sie getroffen. »Du bist noch schlimmer als dein Vater, Friedrich! Er hat uns mit seinem Leichtsinn ins Elend gebracht, aber du nimmst uns auch noch das Letzte, das wir zum Leben brauchen, und machst nicht einmal vor der eigenen Schwester Halt. Ich verfluche dich! Von heute an bist du nicht mehr mein Sohn!«

Ihre Stimme klang so laut und klar wie seit Monaten nicht

mehr, und die Augen in dem ausgezehrten Gesicht glühten wie brennende Kohlen. Sie streckte noch die Hand aus, als wolle sie ihren Sohn packen. Doch im nächsten Moment sank sie mit einem unmenschlich klingenden Stöhnen auf das Bett zurück und blieb steif darauf liegen.

»Mama!« Caroline stürzte zu ihr hin und schlang die Arme um sie. »Mama, was ist mit dir? Sag doch etwas!«, flehte sie, während ihr Blut das Nachthemd der Mutter benetzte.

Friedrich von Trepkow starrte auf die beiden Frauen und wich von einem nie gekannten Grauen getrieben bis zur Tür. Hier, das begriff er deutlich, gab es nichts mehr zu holen. Mit einem Fluch drehte er sich um und verließ das Zimmer, in dem seine Schwester um die Mutter weinte, die in ihren Armen zu sterben drohte.

»Ich muss einen Arzt holen, und wenn ich Frau von Trettin anbetteln muss, mir das Geld dafür zu geben«, sagte sie leise.

Da öffnete ihre Mutter noch einmal die Augen. »Ich benötige keinen Arzt mehr, mein Kind! Schon bald wird sich ein Höherer meiner annehmen. Es tut mir so leid, dass ich dich allein zurücklassen muss. Bitte verzeih mir! Ich hätte Friedrich nicht immer dir vorziehen dürfen. Nur deswegen hast du so oft hungern müssen. Wäre ich klüger gewesen, hätten wir angenehm leben können. Mit dieser Last muss ich nun vor den himmlischen Richter treten. Ich …«

Während der letzten Worte wurde ihre Stimme schwächer, dann verstummte sie für immer.

Caroline spürte, wie das Leben die Mutter verließ, und brach über ihr zusammen. Ihr verzweifeltes Schluchzen war das Erste, was die alte Fiene hörte, als sie zurückkam.

»Ich habe nirgends etwas bekommen«, sagte sie noch, stieß dann aber ein leises Jammern aus und trat neben das Bett ihrer Herrin. »Lieber Herr Christus, hilf!«

Sie sah Carolines blutig angeschwollenes Gesicht und erschrak. »Was ist passiert?«

»Mein Bruder hat mich geschlagen, damit ich ihm sage, wo wir unser letztes Geld versteckt haben. Dabei haben wir doch nichts mehr. Selbst vor Mama hat er nicht Halt gemacht! Als ich hereinkam, lag sie vor ihm auf dem Boden.«

»Herr im Himmel! Das hätte nicht einmal ich von ihm erwartet«, entfuhr es der alten Frau.

»Er hat sie umgebracht!«, brach es aus Caroline heraus. »Er hat die Brosche mitgenommen, an der sie so sehr hing, und über ihr Flehen nur höhnisch gelacht.«

Zorn verdrängte Carolines Trauer, und sie wiederholte leise die Worte, mit denen ihre Mutter Friedrich verflucht hatte. Dann blickte sie Fiene rachsüchtig an. »Mein Bruder ist ihr und auch uns beiden zum Verhängnis geworden. Hätte er uns nicht bei jedem Besuch alles Geld abgenommen, wären wir in der Lage gewesen, einen Arzt zu holen, und hätten auch nicht hungern müssen.«

»Was sollen wir nur tun? Wir können die gnädige Frau nicht einmal so begraben lassen, wie sie es verdient«, jammerte Fiene.

»Wir haben auch nichts mehr für uns selbst, weil ich jeden Pfennig unserer Vermieterin für die schuldig gebliebene Miete gegeben habe. Und dabei ist der neue Monat noch nicht bezahlt. Oh lieber Gott im Himmel, wofür bestrafst du uns?«

Caroline brach erneut in Tränen aus, rief sich dann aber zur

Ordnung. »Du kümmerst dich jetzt um Mama und ziehst ihr das Beste von den noch vorhandenen Kleidern an. Inzwischen suche ich unsere Vermieterin auf. Ich hoffe, sie wird uns ihre Unterstützung nicht versagen!«

Fiene hatte von den Bediensteten der anderen Mieter einiges über die Wohnungseigentümerin gehört und glaubte nicht daran. Doch sie hatte nicht den Mut, Caroline zurückzuhalten, sondern riet ihr nur, sich das Gesicht zu reinigen und eine andere Bluse anzuziehen, weil die, die sie trug, voller Blutflecken war.

»Sie sollten auch Ihre Augen kühlen, gnädiges Fräulein, sonst haben Sie morgen ein Veilchen wie ein Preisboxer«, setzte sie hinzu.

»Dafür habe ich keine Zeit.« Caroline trat an das Waschgeschirr und wusch Gesicht und Hände. Als sie sich umgezogen hatte, starrte sie auf das vom Blut verfärbte Wasser und ärgerte sich, weil Fiene jetzt auf ihren alten Beinen bis zum Wasserhahn im Erdgeschoss laufen musste, um frisches zu holen. Sie wollte es schon selbst tun, beschloss dann aber, dass das Gespräch mit ihrer Vermieterin vorging.

Sie deutete auf das Essenspaket, das sie von Lore erhalten hatte. »Hier nimm, Fiene! Es ist etwas zu essen für dich.«

Die alte Frau blickte sie empört an. »Als wenn ich jetzt, wo die gnädige Frau tot hier liegt, ans Essen denken könnte!«

# X.

Frau Granzow runzelte bei Carolines Anblick die Stirn. »Wie sehen Sie denn aus?«

»Ich … ich habe mich am Schrank gestoßen.« Eine andere Ausrede fiel der jungen Frau nicht ein. Niemals würde sie zugeben, dass der eigene Bruder sie verprügelt hatte. »Aber darum geht es nicht«, setzte sie atemlos hinzu. »Meine Mutter – sie ist eben gestorben. Sie müssen uns helfen, damit wir sie anständig begraben lassen können.«

Die Miene der Vermieterin, die für den Hauch einer Sekunde einen gezwungen mitleidigen Ausdruck angenommen hatte, wurde sofort wieder abweisend. »Was soll das heißen?«

»Bitte leihen Sie uns das Geld, das wir für die Bestattung brauchen! Ich verspreche Ihnen, ich zahle Ihnen alles zurück!«

Caroline rang flehend die Hände, doch ihre Hauswirtin lachte ihr ins Gesicht. »Was nicht sonst noch alles? Wie käme ich dazu, das Begräbnis einer mir fremden Person zu bezahlen und vielleicht auch noch den Leichenschmaus dazu. Nein, Fräulein, suchen Sie sich einen anderen Dummen!« Die Frau wollte bereits die Tür zuschlagen, als ihr noch etwas einfiel. »Sie sagten doch, Sie würden die Miete von der Rente Ihrer Mutter bezahlen! Aber wenn die gestorben ist, bekommt sie keine mehr. Woher wollen Sie dann das Geld nehmen?«

Im ersten Augenblick wusste Caroline nicht, was sie darauf antworten sollte. Dann aber schüttelte sie sich und sah ihre Vermieterin mit wehen Augen an. »Ich werde arbeiten, damit Sie Ihr Geld bekommen!«

»Arbeiten? Wo denn? Vielleicht als Nutte auf der Friedrichstraße? Nee, Fräulein, so haben wir nicht gewettet. Jetzt sorgen Sie gefälligst dafür, dass die Leiche aus meiner Wohnung verschwindet, und morgen sind Sie samt der alten Gewitterhexe, die Sie sich als Dienstmädchen halten, ebenfalls weg! Sonst lasse ich Sie durch die Schutzmänner auf die Straße werfen. Ihre Möbel bleiben hier, um meinen Mietausfall zu ersetzen. Und nun auf Nimmerwiedersehen!« Damit schlug die Vermieterin die Tür zu und ließ Caroline auf dem Flur zurück.

Ein paar Augenblicke lang sehnte die junge Frau sich danach, gleichfalls tot zu sein, um das Elend dieser Welt endgültig hinter sich lassen zu können. Dann aber dachte sie an Fiene, die ohne sie auf der Straße stehen würde, und sagte sich, dass es einen Weg geben müsse, das zu verhindern. Vielleicht sollte sie sich doch an Lore von Trettin wenden. Diese hatte ihr schon einmal Hilfe angeboten, aber damals hatte sie sich geschämt, diese anzunehmen. Mittlerweile aber lag ihr Stolz in der Gosse, und dort würde sie selbst enden, wenn sich ihr nicht bald eine hilfreiche Hand entgegenstreckte.

Voller Scham, aber auch mit neuer Hoffnung erfüllt, kehrte sie in ihr Zimmer zurück und machte sich zum Ausgehen zurecht.

Die alte Fiene sah ihr angsterfüllt zu. »Die Frau Raffzahn hat sich also nicht erweichen lassen!«

Caroline schüttelte den Kopf. »Nein! Aber das ist jetzt nicht mehr von Belang. Ich glaube, ich weiß, wer uns helfen wird. Mach du inzwischen hier weiter und iss das, was ich mitgebracht habe, auf. Es wäre zu schade, wenn es verderben würde.«

Das Dienstmädchen nickte unglücklich, denn es hatte wirklich

Hunger. Doch den wollte Fiene erst stillen, wenn ihre Herrin so aufgebahrt lag, dass die junge Herrin sich ihrer nicht zu schämen brauchte.

Unterdessen hob Caroline den Hut auf, den ihre Mutter bei der Beerdigung ihres Vaters getragen hatte. Ihr Bruder hatte diesen ebenfalls auf den Boden geworfen und war auf ihn getreten. Jetzt bog sie ihn sich zurecht, setzte ihn auf und zog den Schleier herab, so dass man ihr zerschlagenes Gesicht nicht sehen konnte.

»Wünsche mir Glück, Fiene. Habe ich es nicht, wird es uns beiden sehr schlecht ergehen.« Mit diesen Worten verließ sie das Haus und eilte zu der Haltestelle des Pferdeomnibusses, um so rasch wie möglich zu Lore zu gelangen.

## XI.

In der Turmstraße wurde Caroline ganz und gar anders empfangen als von ihrer Vermieterin. Jutta sah auf den ersten Blick, dass etwas Schreckliches geschehen sein musste. »Kommen Sie herein, Fräulein, und setzen Sie sich erst einmal. Ich sage unterdessen Frau von Trettin Bescheid.«

»Danke!« Caroline war am Ende ihrer Kraft und konnte sich kaum noch aufrecht halten. Erleichtert nahm sie im Empfangszimmer Platz und stützte den Kopf auf die Hände.

Lore hatte bereits von Jutta gehört, wie aufgelöst das Fräulein von Trepkow sei, und eilte erschrocken auf ihre Besucherin zu.

»Meine liebe Freundin, was ist denn geschehen?«

Caroline hob mit einer müden Bewegung den Kopf. »Meine

Mutter ist heute gestorben. Jetzt bin ich völlig verzweifelt, denn ich habe kein Geld, um sie begraben zu lassen, und muss zudem mit unserer alten Dienerin bis morgen unser bisheriges Zimmer räumen. Ich konnte nämlich die letzte Miete nicht vollständig bezahlen.«

»Sie Ärmste!« Lore schloss Caroline in die Arme, um sie auf die Wange zu küssen, und prallte beim Anblick des geschwollenen Gesichts und der sich immer mehr verfärbenden Augenpartie zurück.

»Heilige Maria, Mutter Gottes! Wer hat Ihnen das angetan?«

»Ich bitte Sie, dies für mich behalten zu dürfen«, wehrte Caroline zunächst ab. Dann sagte sie sich, dass sie keinen Grund hatte, Friedrich zu schonen. »Ich werde es Ihnen berichten, liebste Lore. Nur lassen Sie mir ein wenig Zeit. In meinem Herzen ist nur noch Schmerz. Meine Mutter war gerade erst fünfzig, und sie hätte nicht sterben müssen, wenn …«

Sie brach ab und sah Lore traurig an. »Mein Bruder hat mich geschlagen, weil er mich zwingen wollte, das Geld herauszugeben, das er bei uns vermutete. Dabei hat er eine Brosche in seinen Besitz gebracht, die Mamas letztes Familienerbstück war und die sie an mich weitergeben wollte. Generationen von Frauen ihrer Familie haben die Brosche bei ihrer Hochzeit getragen. Die Aufregung und der Schmerz über ihren Sohn, der ihr dieses letzte Schmuckstück mit Gewalt abgenommen hat, waren zu viel für ihr Herz. Sie hätte dringend einen Arzt gebraucht, müssen Sie wissen, doch mein Bruder hat uns das gesamte Geld weggenommen, auch meinen ersten Verdienst.«

Lore spürte, wie schwer der jungen Frau dieses Geständnis fiel. Sie konnte nichts als Verachtung für den Leutnant empfinden, der ihr bereits im Tiergarten unangenehm aufgefallen war. »Jetzt beruhigen Sie sich, Caroline. Wir werden dafür sorgen, dass Ihre Mama ein würdiges Begräbnis erhält. Und was Sie betrifft, so hoffe ich, dass Sie meine Einladung annehmen, mit Ihrer alten Dienerin hierherzuziehen. Da mein Mann dem Spleen verfallen ist, Soldat werden zu wollen, werde ich in den nächsten Monaten viel allein sein und freue mich über Ihre Gesellschaft.«

Die Worte waren ehrlich gemeint, das spürte Caroline trotz ihrer großen Trauer. Erleichtert ließ sie sich von Lore in eines der bislang unbenutzten Zimmer im Haus führen und blickte erstaunt auf das komfortable Bett, den hübschen Nachttisch und den geräumigen Schrank.

»Das ist unser Gästezimmer. Ich hoffe, Sie fühlen sich hier wohl«, erklärte Lore, die diesen Raum für ihre jugendliche Freundin Nathalia von Retzmann eingerichtet hatte. Doch bis das Mädchen aus der Schweiz kam, würde sie längst eine andere Kammer für sie vorbereitet haben.

Caroline, die über ein Jahr in einem zwar größeren, aber düsteren Zimmer fast ohne natürliches Licht hatte hausen müssen, blickte aus einem der großen Fenster, die durch schwere Stoffvorhänge verdunkelt werden konnten, und vermochte die Tränen nicht mehr zurückzuhalten. »Sie sind so freundlich zu mir! Dabei verdiene ich das gar nicht.«

»Das zu entscheiden, meine Liebe, müssen Sie schon mir überlassen. Ich zeige Ihnen jetzt noch das Badezimmer, damit Sie sich frisch machen können, und danach sehe ich mir die Schwellung in Ihrem Gesicht an. Jutta weiß sicher Rat, was wir gegen diese Blutergüsse tun können.«

Lore hatte das Dienstmädchen, das neugierig vor der Tür stand, bereits entdeckt und übertrug ihr die weitere Sorge für ihren Gast.

»Wenn es Ihnen ein wenig besser geht, werden wir zu Ihrer Wohnung fahren, meine Liebe«, sagte sie schließlich und rief nach Jean.

»Sieh zu, dass du einen Leichenbestatter auftreibst, und sag ihm, er soll in die Möckernstraße kommen«, befahl sie ihm.

»Drittes Hinterhaus, zweiter Stock«, setzte Caroline hinzu. Da ihr jemand die Verantwortung von den Schultern genommen hatte, fühlte sie sich wieder etwas besser und konnte dem Bediensteten auch sagen, zu welchem Pfarrhaus er gehen musste, um geistlichen Beistand einzuholen, und bei welchen Behörden er den Tod ihrer Mutter melden sollte. Danach setzte sie sich ein wenig zu Lore, sprach über ihre Mutter und auch darüber, wie ihr Vater den Besitz der Familie verschleudert hatte. Am Schluss erzählte sie ohne jede Beschönigung, wie ihr Bruder der Mutter neben dem letzten Geld auch die wenigen Schmuckstücke abgeluchst hatte, um als Offizier gut dastehen zu können. »Er wollte sich nicht in die Provinz versetzen lassen, wo sein Sold zum Leben gereicht hätte. Nein, er musste als Leutnant bei den Garde-Ulanen in Berlin bleiben. Nie hat er an Mama oder an mich gedacht, sondern immer nur an sich selbst. Finden Sie es nicht auch schrecklich, wenn man so von dem eigenen Bruder sprechen muss?«

Lore dachte an ihren Onkel Ottokar von Trettin, der ihrem Großvater das Gut abgenommen hatte und nach Aussage seines Kutschers auch schuld am Tod ihrer Eltern und Geschwister gewesen war. Wer würde den Hass der jungen Frau besser nachvollziehen können als sie? Dennoch bemühte sie sich, Caroline gut zuzureden, damit diese nicht von ihren Gefühlen aufgefressen wurde.

Ihre Fürsorge tat Caroline gut, und so konnte sie Lore am frühen Abend in ihr bisheriges Heim begleiten. Dort lernte sie eine neue Seite an ihrer Freundin kennen. Diese kanzelte die Wohnungseigentümerin, die neugierig aus ihren Zimmern gekommen war, mit der Arroganz der Nachkommin eines altadeligen Geschlechts ab, welches bereits mit König Ottokar von Böhmen die Pruzzen in Ostpreußen unterworfen hatte.

## XII.

In den nächsten Tagen wurde Caroline bewusst, dass Lore und sie tatsächlich Welten trennten, obwohl sie im gleichen Jahr geboren waren. Während sie den Dingen hilflos gegenüberstand, bewältigte Lore alle Anforderungen souverän und organisierte nicht nur die Beerdigung ihrer Mutter, sondern auch ihren Umzug aus dem dunklen Zimmer in das schöne Haus, in dem diese sich mit Fridolin eingemietet hatte. Die alte Fiene durfte mit einziehen und erhielt sogar ein eigenes Kämmerchen.

Jean und Nele rümpften die Nase über den Neuzugang. Aber Fiene hatte lange genug auf dem Gut derer von Trepkow gearbeitet, um zu wissen, wie es in einem herrschaftlichen Haushalt zuging, und freundete sich rasch mit Jutta an. Diese erkannte in ihr eine verwandte Seele, die auch immer fröhlich ihre Arbeit tat.

Frau von Trepkows Begräbnis war würdig und pietätvoll. Zwar gehörte der Sarg nicht zu den teuersten, war aber einer Dame ihres Standes angemessen, und die Teilnehmer zeigten zumindest ehrliche Anteilnahme. Neben Caroline und ihrer Dienerin waren Lore, Fridolin, Mary, Konrad und Gregor Hilgemann erschienen, um der ihnen fremden Frau die letzte Ehre zu erweisen. Fiene nahm tief bewegt unter Tränen Abschied von ihrer Herrin, der sie seit deren Heirat mit Major von Trepkow gedient hatte. Jutta stand neben ihr und stützte sie. Nele und Jean hingegen hielten sich im Hintergrund und nahmen das Begräbnis als gute Gelegenheit wahr, sich ein paar arbeitsfreie Stunden zu gönnen.

Der Sohn der Verstorbenen fehlte jedoch, denn Caroline hatte es nicht über sich gebracht, ihren Bruder vom Ableben der Mutter in Kenntnis zu setzen. In ihren Augen hatte er durch sein Verhalten ihren Tod verursacht, und nun wollte sie nichts mehr mit ihm zu tun haben. Zwar wäre er verpflichtet, für ihren Lebensunterhalt aufzukommen, doch wie sie ihn kannte, würde er sie eher verhungern lassen, als ihr auch nur ein Stück Brot abzugeben. Daher musste sie sich offiziell von ihrer Hände Arbeit ernähren. Sie hoffte, dass Lore ihr so lange Asyl gewähren würde, bis sie für sich und Fiene eine Unterkunft mieten konnte.

Nur mühsam fing Caroline ihre Gedanken wieder ein und lauschte den Worten des Pastors, der die Tote als eine Frau pries, die selbst im Unglück nicht den Glauben an Gott verloren habe und nun im Himmel ihre Erfüllung finden werde. Seine Ansprache, so dachte Caroline, hätte ihrer Mutter gefallen. Gewiss wäre sie nicht so lang und so eindringlich ausgefallen, hätte Lore nicht eine ansehnliche Summe für die Pfarrei gespendet. Jedenfalls hatte er sich niemals in Mutters Zimmer im Hinterhaus blicken lassen, obwohl diese sich sicher gefreut hätte, mit einem geistlichen Herrn sprechen zu können.

Du darfst nicht so bitter sein, schalt Caroline sich. Denke lieber daran, wie schlimm es hätte werden können, wenn Lore dir nicht beistehen würde.

Sie schenkte der Freundin einen dankbaren Blick und fühlte gleichzeitig Scham, weil diese so viel Geld für die Beerdigung einer ihr vollkommen fremden Frau ausgab. Hinterher würde es sogar einen kleinen Leichenschmaus geben, zu dem auch der Pastor, die Sargträger und der Totengräber eingeladen waren.

Damit, sagte Caroline sich, war der Ehre der von Trepkows wahrlich Genüge getan. Allerdings würde sie niemals in der Lage sein, Lore all das zu vergelten. Inzwischen wusste sie, dass die Freifrau nicht nur die Freundin der Modesalonbesitzerin Mary Penn war, sondern auch deren Geschäftspartnerin, und nahm sich vor, all ihre Fähigkeiten einzusetzen, damit die Kleider der beiden in Berlin Furore machten.

Lore merkte, wie die Gedanken ihrer Freundin wanderten, und fasste nach deren Hand. »Glauben Sie mir, Caro, es wird alles gut werden!«

Gehorsam nickte Caroline. »Das wird es ganz sicher!«

Als die Sargträger den Sarg vorsichtig an Seilen in die Tiefe ließen, fasste sie das Schäufelchen, um ein wenig Erde in die Grube zu werfen. In dem Moment reichte Gregor Hilgemann ihr einen kleinen Blumenstrauß.

»Sie sagten einmal, Ihre Mutter würde Rosen lieben. Daher habe ich ein paar besorgt!« Es klang ein wenig ängstlich, so als befürchte er, Caroline könnte sein Geschenk zurückweisen.

Sie lächelte jedoch unter Tränen und warf den Strauß auf den Sarg. »Danke, Herr Hilgemann! Meine Mutter hätte sich über Ihre Geste sehr gefreut«, sagte sie und trat zur Seite, damit auch Lore, Fridolin und die anderen an das Grab treten und ein wenig Erde hineinwerfen konnten.

Zwar waren es alles Fremde, doch Caroline sah sie lieber am Grab ihrer Mutter als ihre Verwandtschaft, die sich in dem Augenblick von ihnen losgesagt hatte, in dem der Hammer des Auktionators im Saal des väterlichen Gutshauses gefallen war.

## XIII.

Lore hatte für den Leichenschmaus eine kleine Gaststätte an der Großgörschenstraße ausgesucht, deren Nebenraum der kleinen Trauergemeinde genug Platz bot, und den Wirt angewiesen, ein ordentliches Mahl aufzutragen. Für Caroline hätte sie trockenes Brot und Wasser bestellen können, denn diese nahm in ihrer Trauer kaum wahr, was sie aß. Aber Lore wollte sichergehen, dass Fridolin, Mary und Konrad mit dem Gebotenen zufrieden waren.

Dies schien der Fall zu sein, denn nach mehreren Gläsern Wein und ein paar Schnäpsen begann Konrad, Schnurren aus seiner Zeit bei der christlichen Seefahrt zu erzählen, und der Pastor gab einige lustige Begebenheiten aus seinem Studentenleben zum Besten.

Caroline, die zuerst wie erstarrt auf ihrem Platz gesessen hatte, hörte den beiden aufmerksam zu. Auch wenn es um ihre Mundwinkel noch schmerzlich zuckte, tat ihr die gelöste Atmosphäre gut.

»Was werden Sie jetzt anfangen, Fräulein von Trepkow?«, fragte Gregor Hilgemann unvermittelt.

»Ich habe Caro gebeten, vorerst bei uns zu wohnen, und hoffe, dass sie dies auch tut«, sagte Lore, als ihre Freundin nicht sofort antwortete.

Auf Carolines Lippen erschien ein wehmütiges Lächeln. »Ich danke Ihnen sehr dafür, denn ich wüsste wirklich nicht, wohin ich mit der guten, alten Fiene gehen sollte. Ich werde alles für Sie tun und auch fleißig für Ihren und Mrs. Penns Modesalon nähen. Wenn Sie wollen, arbeite ich sogar dort.«

»Ich glaube nicht, dass dies nötig sein wird«, warf Mary ein. »Nachdem ich eine weitere Näherin und ein Lehrmädchen einstellen musste, ist ohnehin nicht mehr genug Platz für eine weitere Angestellte. Da ist es besser, wenn Sie bei Lore arbeiten. Immerhin sind Sie von Adel und sollten deswegen nicht ins Gerede kommen.«

Caroline seufzte. »Liebe Mrs. Penn, es hat in den letzten Wochen Zeiten gegeben, da hätte ich meinen Adelstitel für eine einzige richtige Mahlzeit für meine Mutter, Fiene und mich hergegeben – oder für einen Arzt, der meiner Mutter hätte helfen können. Da kommt es auf ein paar übelwollende Stimmen wirklich nicht an.«

»Wissen Sie, dass Sie sehr tapfer sind?« Gregor Hilgemann sah Caroline bewundernd an. Gerne hätte er mit mehr als ein paar tröstenden Worten geholfen, doch das wenige Geld, das in seiner Börse gewesen war, hatte er längst ausgegeben, und er lag, wie er bitter feststellte, nun Konrad und Mary auf der Tasche.

Um sich ein wenig nützlich zu machen, führte er die Bücher des Modesalons, spielte mit dem kleinen Jonny und stand auch sonst bereit, wenn das Paar einen Helfer brauchte. Dennoch fühlte er sich als Schmarotzer, und er begriff, dass Caroline ähnlich empfinden musste.

Das Gespräch verflachte, und kurze Zeit darauf verabschiedete Fridolin sich mit dem Hinweis, er müsse zur Bank. »Hinterher werde ich den Kommandeur des Regiments aufsuchen, dem ich beitreten will. Liebe Lore, ich bitte dich daher, heute Abend nicht auf mich zu warten.«

»Weißt du schon, wann genau es mit deinem Dienst losgehen wird?«

»Leider bereits nächste Woche. Einer der Leutnants wurde wegen einer Ehrensache in die Provinz versetzt, und da das Regiment derzeit knapp an Offizieren ist, hat Oberst von Scholten mich gebeten, eher einzutreten. Du weißt ja, der Wunsch eines Vorgesetzten ist so gut wie ein Befehl.«

»Das hättest du mir auch eher sagen können!«, sagte Lore enttäuscht.

»Ich weiß es erst seit zwei Tagen und habe in der ganzen Aufregung um Frau von Trepkows Beisetzung ganz vergessen, es dir mitzuteilen.«

»Dann sei es dir verziehen!« Lore lächelte und sagte sich, dass diesmal die Schuld bei ihr lag, denn sie hatte sich in den letzten Tagen tatsächlich um nichts anderes mehr gekümmert als um Caroline und deren Angelegenheiten.

»Ich wünsche den Damen noch einen angenehmen Nachmittag. Oh Verzeihung! Ich wollte Sie nicht kränken, Fräulein von Trepkow, denn ich weiß, dass diese Zeit für Sie alles andere als angenehm ist. Darf ich Sie noch einmal meiner tiefsten Anteilnahme versichern und Ihnen danken, dass Sie meiner Frau während meiner Zeit beim Militär eine gute Freundin sein wollen?« Fridolin verbeugte sich sowohl in Carolines wie auch in Lores Richtung.

Lore sah mit einem leicht spöttischen Lächeln zu ihm auf. »Ich hoffe, Caro wird mir auch später noch eine gute Freundin sein, wenn du deinen Säbel längst an die Wand gehängt hast und die Uniform nur noch zu besonderen Anlässen wie des Kaisers Geburtstag tragen wirst.«

»Das werde ich, liebe Lore, das werde ich!« Caroline fasste Lores Hände und presste sie sich an die Wangen.

Lore spürte die Feuchtigkeit, die die Tränen auf dem Gesicht der Trauernden hinterlassen hatten, und empfand gleichzeitig eine tiefe Dankbarkeit, die junge Frau kennengelernt zu haben. Mit ihr und Mary hatte sie zwei Freundinnen, mit denen sie reden konnte, und in wenigen Wochen würde Nati zu ihnen stoßen. Dieser würde es gewiss gelingen, Caroline wieder zum Lachen zu bringen. Mit diesem Gedanken verabschiedete sie sich von ihrem Mann und forderte die übrigen Gäste auf, nicht zaghaft zu sein und frische Getränke zu bestellen.

## XIV.

In den nächsten Tagen war Lore froh um Carolines Gesellschaft. Zwar konnte diese sie wegen ihrer Trauer nicht begleiten, wenn sie Einladungen zu Kaffeestunden und Damenkränzchen erhielt. Dafür aber kannte sie einige der Damen aus der

Zeit, in der ihr Vater noch das Gut besessen hatte, und vermochte ihr Ratschläge zu erteilen. Für Lore waren diese doppelt wertvoll, da aus dem Hintergrund immer noch gegen sie und in verstärktem Maß auch gegen Fridolin gehetzt wurde.

Selbst von Seiten ihrer Gastgeberinnen musste Lore etliche spitze Bemerkungen hinnehmen. Die Gelassenheit jedoch, mit der sie auf die Bosheiten reagierte, und einige humorvolle Antworten ließen sie fast immer als Siegerin aus diesen verbalen Duellen hervorgehen. Selbst Frau von Stenik, die sie wahrlich nicht zu ihren Freundinnen zählen konnte, hielt nach einer Weile zumindest in ihrer Gegenwart den Mund.

Als Lore zum zweiten Mal deren Haus in der Markgrafenstraße betrat, sah sie sich unvermittelt Malwine von Trettin gegenüber. Diese starrte sie an und öffnete schon den Mund, um etwas zu sagen, winkte dann aber verächtlich ab. Am Tisch saßen sie sich gegenüber, und Lore konnte an der Miene ihrer Gastgeberin ablesen, dass die Begegnung von Frau von Stenik bewusst in die Wege geleitet worden war.

Einige Damen schienen in deren Plan eingeweiht zu sein, denn Lore meinte bei ihnen die Vorfreude auf einen saftigen Skandal wahrzunehmen. Sie straffte den Rücken und richtete ihr Augenmerk auf Kriemhild von Wesel, die eben das Wort an Malwine richtete. »Ich bin Ihnen wirklich böse, meine Liebe, weil Sie uns nicht darüber informiert haben, dass Ihre verehrte Verwandte ebenfalls in Berlin weilt.«

»Eine verehrte Verwandte?« Malwine vermochte ihren Zorn nicht mehr zu bezähmen. »Diese Person ist nicht nur eine Diebin, die uns um viel Geld gebracht hat, sondern trägt auch die Schuld am Tod meines Mannes!«

Die Anklage schlug wie eine Bombe ein. Bis auf Frau von Stenik kannte keine die Hintergründe des Streits zwischen Lore und ihrer Verwandten, und selbst diese wirkte nun pikiert, weil Malwine so grob reagiert hatte, anstatt gezielte Stiche mit dem Florett zu setzen.

Lore wusste, dass sie etwas erwidern musste, und legte sich schnell die richtigen Worte zurecht. »Sie verwechseln die Tatsachen, Frau Lanitzki! Ich habe dem Gut kein Geld entnommen. Wie hätte ich es auch tun können? Es hat schließlich meinem Großvater gehört. Außerdem habe ich nicht das Geringste mit dem Ableben Ihres Mannes zu tun.«

Die Tatsache, dass sie ihre Widersacherin nicht mit deren erheiratetem Namen, sondern dem Geburtsnamen ansprach, ließ keinen Zweifel daran, dass sie keinerlei verwandtschaftliche Beziehungen zu ihrem Gegenüber wünschte. Gleichzeitig stellte das fehlende »von« in Malwines Namen diese als schlichtes Frauenzimmer ohne Adel hin.

»Du hast sehr wohl Geld gestohlen!«, keifte Malwine zurück. »Dein Großvater hat es dem Gut entzogen und dir zugesteckt! Wie hättest du dir sonst diesen Schneiderladen kaufen und den Lumpen, den du geheiratet hast, bei einem Bankier als Teilhaber einkaufen können?«

Nun spitzten alle die Ohren. Der Kaffee und der exzellente Kuchen, den Frau von Stenik aus der Konditorei Kranzler hatte kommen lassen, waren fürs Erste vergessen.

»Mein Großvater hat mir nur das Geld vermacht, das er aus dem Erlös seines letzten, ihm verbliebenen Besitzes erzielt hat und das mir als seiner leiblichen Nachkommin zustand. Doch die Banknoten sind leider mit dem Schnelldampfer *Deutsch-*

*land* in der Themsemündung versunken. Alles, was mein Ehemann und ich besitzen, haben wir der Güte des Grafen Retzmann zu verdanken, der mich in seinem Testament bedacht hat, weil ich seiner Enkelin auf der *Deutschland* das Leben gerettet habe.« Lore sprach in einem gelassenen, freundlich klingenden Ton, der auf die Damen nicht ohne Wirkung blieb.

»Von diesem Schiffsuntergang habe ich gelesen«, warf Kriemhild von Wesel ein. »Sind damals nicht mehrere Nonnen ertrunken?«

»Sie sind selbst auf diesem Schiff gewesen, liebe Frau von Trettin?« Ihre Tischnachbarin interessierte sich für die Einzelheiten des Unglücks, das bereits mehr als fünf Jahre zurücklag, und bat Lore, davon zu erzählen.

Obwohl Lore nicht gerne an die Katastrophe zurückdachte, tat sie der Frau den Gefallen und berichtete von jenem schrecklichen Dezembersturm, in dem die *Deutschland* auf ihrer Fahrt nach London auf einer der berüchtigten Sandbänke in der Themsemündung gekentert war.

Während die anderen Damen an Lores Lippen hingen, brütete Malwine von Trettin düster vor sich hin und nutzte die erste Gelegenheit, um ihre Verwandte bloßzustellen.

»Wie konnte Graf Retzmann dich in seinem Testament bedenken, wenn er doch selbst auf der *Deutschland* ums Leben gekommen ist?«, fragte sie mit schneidender Stimme.

Lore lächelte. »Graf Retzmann hat sein Testament auf dem Schiff verfasst und es mir für den Fall anvertraut, dass er selbst das Unglück nicht überleben werde. Darin hat er festgehalten, dass ich, falls es mir gelänge, seine einzige Nachkommin, Komtess Nathalia, zu retten, eine ansehnliche Summe erhalten solle.

Thomas Simmern, sein Testamentsvollstrecker und Nathalias Vormund, hat mir das Geld später ausbezahlt. Von Gut Trettin habe ich gar nichts bekommen, und die Summe, die vom letzten Besitz meines Großvaters stammte und die mir von Rechts wegen zustand, ist bei dem Schiffsuntergang verlorengegangen!«

Letzteres stimmte nicht, denn Lore hatte dieses Geld durchaus retten können. Das aber hatte sie bereits damals verschwiegen, weil sie Angst gehabt hatte, ihr Onkel Ottokar und dessen Frau würden es ihr abnehmen. Immerhin hatten die beiden ihren Großvater, Freiherrn Wolfhard Nikolaus von Trettin, mit Hilfe eines windigen Richters um das Gut Trettin gebracht. Deswegen hatten sie und der alte Herr in einem kleinen, verfallenen Jagdhaus leben müssen und kaum das Notwendigste zum Leben gehabt.

Nicht zuletzt deswegen hasste sie Malwine, die sie als die treibende Kraft hinter den Umtrieben ihres Onkels ansah. Sie wusste allerdings, dass sie sich dieses Gefühl niemals anmerken lassen durfte. Solange es ihr gelang, ruhig zu bleiben und Malwine als Verleumderin hinzustellen, konnte sie die Meinung der besseren Gesellschaft zu ihren Gunsten wenden und den Skandal vermeiden, den sich Fridolin als Grünfelders Kompagnon nicht leisten konnte.

Malwine versuchte zurückzubeißen, merkte aber rasch, dass keine der anderen Damen bereit war, ihr beizustehen. Selbst Frau von Stenik interessierte sich mehr dafür, von Lore zu erfahren, wie die Leute in England lebten, als für deren Streit mit ihrer Verwandten.

Daher blieb Malwine von Trettin nichts anderes übrig, als sich zum frühestmöglichen Zeitpunkt zu verabschieden. Das Gefühl, eine Niederlage erlitten zu haben, brannte wie Feuer in ihr, und sie überlegte voller Wut, wie sie es Lore heimzahlen konnte.

## XV.

Am Abend desselben Tages trafen sich die Herren in Rendlingers palastähnlichem Stadthaus am Grunewald, um die vereinbarte Summe für die Anzahlung der Dampfyacht zu übergeben. Der Hausherr hatte den größten Raum für seine Gäste öffnen lassen, so dass diese sich in einer historisierenden Umgebung wiederfanden, die der Einrichtung des Rittersaals einer feudalen Burg nachempfunden war.

Grünfelder fühlte Neid in sich aufsteigen. Mit diesem Prunk konnte er trotz mehrerer Umbaumaßnahmen in und an seiner Villa nicht mithalten. Noch während der Bankier darüber nachdachte, ob er sein Domizil aufgeben und sich ein stattlicheres Haus bauen lassen sollte, trafen die nächsten Herren ein. Auch sie waren von der Pracht beeindruckt, mit der Rendlinger seine Gäste empfing. Leutnant von Trepkow murmelte zwar etwas von peinlichen Neureichen, doch tatsächlich hätte er liebend gern sein Adelspatent und seinen Rang beim Militär gegen das Vermögen des Fabrikanten eingetauscht.

Obwohl Fridolin in Bremen viele Beispiele gediegener Bürgerlichkeit kennengelernt hatte, war auch er beeindruckt. Neid empfand er allerdings nicht, eher den Ansporn, selbst einmal reich genug zu werden, um sich ein ähnliches, aber stilvoller eingerichtetes Palais leisten zu können.

Rendlinger sog die Reaktion seiner Gäste in sich auf und freute sich sichtlich über das »Kolossal!«, das Rittmeister von Campe von sich gab.

Der Einzige, der sich der prachtvollen Umgebung zu entziehen schien, war Major von Palkow. Mit kühlem Blick musterte er die Mitglieder ihres exklusiven Zirkels und begrüßte dann den Hausherrn. »Ich danke Ihnen, dass Sie Ihr Heim für diese Zusammenkunft zur Verfügung gestellt haben. In einem so festlichen Rahmen würde sich selbst Seine Königliche Hoheit, Prinz Wilhelm, wohlfühlen.«

»Wie ich bereits erwähnt habe, war der Prinz schon einmal bei mir zu Gast. Und er war tatsächlich äußerst angetan!«, beeilte Rendlinger sich zu versichern.

»Ich muss sagen, Sie besitzen ein Haus, mit dem nur die ganz großen Geschlechter unseres Reiches mithalten können. So mancher regierende Fürst aus einem der Kleinstaaten dürfte schlichter wohnen.« Der Sprecher war derjenige, der sich bei ihrer letzten Zusammenkunft über die Höhe der Kaufsumme für die Dampfyacht erregt hatte. Nun versuchte er Rendlinger, der ja Prinz Wilhelm persönlich kannte, um den Bart zu gehen, damit dieser ihn dem Enkel des Kaisers empfahl.

Emil Dohnke, der aus seiner Heimat weitaus weniger grandiose Bauten gewöhnt war, zupfte Fridolin am Ärmel. »Können Sie mir sagen, wozu ein Mann wie Rendlinger einen solchen Fuchsbau braucht? Soweit ich weiß, leben seine Töchter bei ihren Gatten, und sein Sohn weilt in England. Damit bewohnen doch nur er und seine Gattin diesen Palast.«

»Seine Gattin lebt in Coburg, da Berlin ihr zu laut und zu groß ist«, antwortete Fridolin leise.

Emil schluckte. »Dann ist dieser Protz ganz für ihn alleine bestimmt? Der Kasten hier ist doch nur dazu gut, einer Kompanie Hausmädchen Arbeit zu verschaffen.«

Fridolin konnte keine Antwort mehr geben, da Rendlinger sie nun bat, Platz zu nehmen. Auch wenn kein offizielles Abendessen anberaumt war, ließ der Industrielle verschiedene Delikatessen auftischen, und die Weine, die in Pokalen aus böhmischem Kristallglas ausgeschenkt wurden, zählten zu den teuersten, die es für Geld zu kaufen gab.

In der Hinsicht war ihr Gastgeber, wie Fridolin fand, noch schlimmer als Grünfelder. Es war, als müssten diese Männer, die aus kleinbürgerlichen Schichten emporgestiegen waren, sich selbst und der Welt beweisen, dass sie sich alles leisten konnten, was ihr Herz begehrte. Auf einmal erinnerte er sich an die Sülze, die Lore ihm vor Jahren in dem alten Jagdhaus ihres Großvaters in Ostpreußen aufgetischt hatte. Jenes Mahl hatte ihm besser gemundet als die von einem gewiss nicht billigen Koch stammenden Spezialitäten.

In diesem Augenblick ergriff Major von Palkow das Wort. »Ich freue mich, dass alle, die sich unserem Kreis anschließen wollten, heute hier erschienen sind.«

Er sagte es in einem Ton, als habe er erwartet, der eine oder andere könne seinen Anteil nicht zahlen und hätte sich daher schamerfüllt zurückgezogen. Doch selbst die beiden jungen Offiziere seines früheren Regiments zeigten selbstzufriedene Mienen. Von Campe war es gelungen, die geforderte Summe Schein um Schein von seinen Verwandten zu erbetteln, während Carolines Bruder die Brosche verkauft und mehr dafür bekommen hatte als erhofft.

Beide zogen nun großtuerisch ihre Brieftaschen und warfen das Geld auf den Tisch.

Die anderen legten ihre Anteile ebenfalls bereit, wenn auch mit weniger übertriebenen Gesten als die beiden Offiziere. Grünfelder zählte die Scheine und nannte von Palkow die jeweilige Summe, die dieser in ein Heft eintrug. Jeder der Herren erhielt eine Urkunde, die mit einem Phantasiesiegel geschmückt war. Mit ihr wurde die Teilnahme an der Geschenkaktion wie auch die Summe bezeugt, die das jeweilige Mitglied bereits bezahlt hatte, sowie jene, die es noch aufbringen musste.

Von Palkow legte nun den Vertrag vor, den er im Namen aller mit dem Besitzer der Werft abgeschlossen hatte und der zu Grünfelders Leidwesen dem Gastgeber zur Aufbewahrung überlassen wurde. Nachdem die Formalitäten erledigt waren, schenkten die Diener die Gläser noch einmal voll, und die Herren prosteten einander zu. Die Stimmung war so feierlich, als stünde die Taufe der Dampfyacht *Prinz Wilhelm* bereits unmittelbar bevor.

Fridolin konnte sich der Magie dieses Augenblicks nicht entziehen und sah sich bereits in seinem besten Frack vor dem Prinzen stehen und das Geschenk überreichen. Nein, nicht in einem Frack, korrigierte er sich, sondern in voller Paradeuniform, wie es sich für einen Reserveoffizier des preußischen Heeres gehörte. Er warf von Palkow einen kurzen Blick zu und sagte sich, dass er demnächst wieder einmal seinen Neffen Wenzel besuchen sollte. Auch das würde er in Uniform tun.

Es drängte ihn, den anderen Herren von seinem Entschluss zu berichten, in wenigen Tagen dem Militär beizutreten. Da erregte eine Bewegung des Leutnants von Trepkow seine Aufmerksamkeit, und er dachte an dessen Schwester sowie die Mutter, die sie vor wenigen Tagen beerdigt hatten. Fridolin wusste nicht, was genau zwischen Caroline und ihrem Bruder vorgefallen war, doch ihm war der Mann schon vorher wegen seiner vielen Sticheleien unsympathisch gewesen.

Mit undurchdringlicher Miene trat er auf den Mann zu. »Verzeihen Sie, Herr Leutnant, dass ich vergessen habe, Ihnen zu Ihrem schweren Verlust zu kondolieren.«

Friedrich von Trepkow starrte ihn verwirrt an. »Von welchem Verlust reden Sie?«

»Sie waren wohl auf Manöver oder anderweitig im Dienste des Regiments unterwegs, so dass das Telegramm Sie nicht erreicht hat. Ihre Frau Mutter wurde zu Grabe getragen.«

Das Gesicht des Leutnants erstarrte. »Meine Mutter? Aber das ist doch sicher nur ein Witz!«

Obwohl von Trepkow so tat, als glaube er ihm nicht, spürte Fridolin seine Unsicherheit. Tatsächlich erinnerte sich der Leutnant nur zu gut an die letzte Szene in dem düsteren Zimmer und an die Verzweiflung seiner Mutter und seiner Schwester. Doch er schob die Schuldgefühle, die in ihm aufkeimen wollten, weit von sich. Schließlich hätte seine Mutter sich wegen eines lumpigen Schmuckstücks nicht so aufregen dürfen. Mit Sicherheit hatte Caroline sie aufgehetzt, da sie sich ihm gegenüber zurückgesetzt fühlte. Doch er war der Sohn der Familie und damit ohne jeden Zweifel im Recht!

Aus dieser Überzeugung heraus sah er Fridolin herausfordernd an. »Sie haben sich gewiss geirrt, Trettin. Als ich meine Mutter das letzte Mal besucht habe, erfreute sie sich bester Gesundheit.«

Mit diesen Worten wandte er Fridolin den Rücken zu und verabschiedete sich von Rendlinger mit einem gewissen Bedauern, weil dessen Töchter bereits vergeben waren. Eine der beiden hätte er mit Freuden geheiratet, denn mit dem Geld des Industriellen hätte er ohne weiteres sein väterliches Gut zurückkaufen können. Nun musste er auf Wilhelmine Grünfelders Hand hoffen, und selbst dafür musste er zunächst noch Hasso von Campe bei der Bankierstochter ausstechen.

Auch andere Herren machten sich zum Abschied bereit. »Passen Sie auf, dass Sie unterwegs nicht überfallen und ausgeraubt werden«, gab Rendlinger Major von Palkow noch mit auf den Weg, nachdem dieser das Geld in seine Ledermappe gesteckt und diese abgeschlossen hatte.

Der Major zog eine spöttische Miene. »Das sollte einer wagen! Er bekommt es dann damit zu tun!« Bei diesen Worten zog er jenen russischen Pryaznow-Revolver unter seinem Rock hervor, den er nach dem Sturm auf die Düppeler Schanzen von Fürst Tirassow als Geschenk erhalten hatte. Die Waffe hatte einen Griff aus Ebenholz, der mit Fischhaut überzogen war und in einer als Löwenkopf mit aufgerissenem Maul gestalteten Griffkappe auslief.

»Glauben Sie jetzt, dass ich mich und das Geld zu verteidigen weiß?«, fragte er in blasiertem Tonfall.

»Sie besitzen eine schöne Waffe, doch für einen Kampf auf engem Raum ziehe ich eine Pistole vor!« Fridolins Hand glitt schnell wie ein Blitz unter seine Jacke und brachte eine zweiläufige Kleinpistole zum Vorschein, deren Läufe kaum über seine Hand hinausragten. »Das ist eine Remington aus Amerika. Dort werden immer noch die besten Pistolen und Flinten ge-

351

fertigt. Bei einem Überfall durch einen Straßenräuber hier in Berlin traue ich dieser Waffe mehr zu als Ihrem schweren Revolver«, erklärte er dem Major.

Von Palkow steckte seine Waffe wieder weg. »Darf ich mir Ihre Pistole mal näher ansehen, Trettin?«

Als Fridolin sie ihm gab, betrachtete er sie und reichte sie dann mit einem verächtlichen Lachen zurück. »Was wollen Sie mit diesem Spielzeug? Da können Sie Ihrem Gegner genauso gut einen Kirschkern ins Gesicht spucken. Ein Offizier braucht etwas Richtiges in der Hand.«

»Ich habe mit dieser Waffe bereits auf Banditen geschossen und getroffen«, sagte Fridolin, während in ihm noch einmal jene Szene an Bord der *Strathclyde* aufstieg, in der er, um Lore zu retten, beide Läufe seiner Pistole abgefeuert und zwei Männer getötet hatte. Selbst nach all den Jahren bereitete ihm das noch Alpträume.

Von Palkow nahm ihn nicht ernst, sondern verließ mit einem abfälligen Laut den Saal.

Nachdem der Major gegangen war, blieben neben Rendlinger nur Grünfelder, Fridolin und Dohnke zurück. Der Gastgeber befahl seinen Dienern, jedem noch einen Cognac zu reichen, und blickte dann die anderen erwartungsvoll an. »Und, wie wollen wir den Abend ausklingen lassen?«

Fridolin sah ihm an der Nasenspitze an, dass er an einen Besuch im *Le Plaisir* dachte. Er selbst hatte wenig Lust dazu, denn er wollte weder mit einem der Mädchen aufs Separee, noch lag ihm an diesem Tag daran, bei Hede im Büro zu sitzen und mit ihr zu reden. Auch Emil Dohnke wollte den Sündentempel lieber nicht aufsuchen. Daher bat er Grünfelder höflich um Entschuldigung und ließ sich von einem Diener hinausbegleiten. Fridolin nutzte den Abschiedsgruß des Angestellten und schloss sich ihm an.

Rendlinger blickte kopfschüttelnd hinter den beiden her und drehte sich dann zu Grünfelder um. »Die heutige Jugend ist nicht mehr das, was wir einmal gewesen sind. Hätte ich damals genug Geld besessen, wäre ich auf jeden Fall mit zu Hedes Palast gegangen. Doch lassen wir diese Duckmäuser laufen. Wir beide werden uns auch ohne sie im *Le Plaisir* amüsieren!«

»Das werden wir gewiss«, antwortete August Grünfelder, obwohl er dieses Etablissement sehr viel lieber in Fridolins Begleitung betrat als mit Rendlinger.

## XVI.

Trotz seiner zur Schau gestellten Zuversicht hatte Major von Palkow Angst, denn er trug mehr Geld bei sich, als er je auf einmal besessen hatte. Es war genug, um einem der Hinterhofganoven, von denen es in Berlin wimmelte, die Chance zu bieten, mit dem nächsten Schnelldampfer in die Neue Welt zu fahren und sich dort Farmland von der Größe eines Fürstentums zu kaufen.

Nur die Tatsache, dass sowohl Fürst Tirassow wie auch der Franzose Delaroux ihm eine weitaus höhere Belohnung versprochen hatten, hinderte von Palkow daran, auf der Stelle aufzubrechen und in die Neue Welt zu reisen. Beim Aussteigen aus der Droschke sah er sich sorgfältig um. Zwar war die Straße vor der Kadettenschule beinahe menschenleer, dennoch war er froh, als er den Posten am Tor passiert hatte.

In seinen Privaträumen aber erwartete ihn eine böse Überraschung. Fjodor Michailowitsch Tirassow stand neben dem gusseisernen Ofen und blätterte im Schein einer Petroleumlampe in einem der Bücher über Militärwissenschaft, die auf von Palkows Bord standen.

»Guten Abend, Herr General«, grüßte von Palkow und drehte in Gedanken seinem Burschen, der den Besucher eingelassen hatte, das Genick um. Der russische Fürst kam ihm wahrlich alles andere als gelegen. Delaroux' Warnung folgend hatte er Tirassows Gesellschaft in letzter Zeit gemieden, obwohl er immer noch unsicher war, ob er sich ganz auf die versprochene Belohnung des Franzosen verlassen oder doch auf das Angebot des Russen eingehen sollte. Immerhin war er von ganzem Herzen Militär, und es kam seinen Vorstellungen weitaus näher, als General des Zaren zu gelten denn als amerikanischer Zivilist.

Tirassow betrachtete den Major mit einem durchdringenden Blick. »Ich habe Sie in letzter Zeit vermisst, mein Freund«, sagte er mit einem schwer zu entziffernden Unterton in der Stimme.

»Ich hatte sehr viel zu erledigen. Daher bin ich nicht dazu gekommen, Sie aufzusuchen.«

Über das Gesicht des Fürsten huschte ein verdrießlicher Ausdruck. »Ich weiß sehr wohl, dass Sie beschäftigt waren und bei einer Werft ein Dampfschiff bestellt haben. Ich wäre sogar mit Ihnen zufrieden, hätten Sie dies in enger Absprache mit mir getan. Aber Sie haben auf eigene Faust gehandelt – oder, besser gesagt, im Auftrag eines anderen.«

»Was für ein Auftrag?« Obwohl der Major kurz auflachte, konnte er sein Erschrecken nicht verbergen.

»Es mag sein, dass man hierzulande und bei den Franzosen der Meinung ist, andere wären blind und taub. Doch der Geheimdienst Seiner Majestät, des Zaren, ist durchaus in der Lage, seine Aufgaben zu erfüllen. Ich habe erfahren, dass ein französischer Agent mehrmals Ihr angebliches Liebesnest in der Potsdamer Straße betreten hat. Ein kluger Plan von Ihnen, so zu tun, als würden Sie dort nur Ihre Geliebte empfangen! Aber nicht klug genug für uns.«

Während Tirassow weitersprach, überschlugen sich von Palkows Gedanken. Er verfluchte Delaroux, der nicht gut genug achtgegeben hatte, und auch jenen unbekannten russischen Spion, dem der Franzose aufgefallen war. Zuerst wollte er jeden Kontakt mit Delaroux abstreiten und es so darstellen, als müsse dieser jemand anderen besucht haben. Doch als er sein Gegenüber musterte, begriff er, dass der General ihm keinen Glauben schenken würde.

Daher beschloss er, sich mit Frechheit zu retten. »Auch die Franzosen haben ein Interesse, Prinz Wilhelm auszuschalten. Warum sollte ich ihre Hilfe nicht annehmen? Ich selbst kann keine Bombe auf der Dampfyacht installieren.«

»Sie hätten diese Hilfe, wie Sie es nennen, auch über mich erhalten können«, konterte der Russe. »Ich dachte, Sie wären ein aufrechter Patriot, dem das Schicksal seines Heimatlands am Herzen liegt! Doch Sie sind auch nichts als eine erbärmliche, käufliche Kreatur wie so viele andere.«

Diese verächtlichen Worte trieben von Palkow die Zornesröte ins Gesicht, und er hätte ihn am liebsten auf Pistolen oder Säbel gefordert. Doch Tirassow war von zu hoher Abkunft, als dass die Richter bei dessen Tod im Duell noch ein Auge zudrücken würden. Eine Verbannung in eine abgelegene Festung an der Reichsgrenze im Osten oder gar Festungshaft aber würden alle seine Pläne zunichtemachen.

»Sie sollten sich daran erinnern, dass auch Sie mich kaufen wollten«, entgegnete er daher mit schneidender Stimme. »Sie haben mir Geld und einen hohen Rang dafür geboten, wenn ich Ihnen den Prinzen aus dem Weg räume. Warum also sollte ich das Angebot der Franzosen ablehnen?«

Tirassow hob die Hand, als wolle er dem Major ins Gesicht schlagen, senkte sie dann aber mit einer verächtlichen Geste. »Es ist ein großer Unterschied, ob man etwas aus Überzeugung und aus Liebe zu seiner Heimat tut oder nur um des schnöden Mammons willen. Mein Ziel ist es, das Bündnis zwischen unseren Reichen, das ich durch Prinz Wilhelm gefährdet sehe, zu bewahren. Ihnen aber geht es nur um Geld und einen höheren Rang. Ich warne Sie! Treiben Sie es nicht zu weit. Die Franzosen versuchen, einen Keil zwischen das Russische und das Deutsche Reich zu treiben. Daher werden sie alles daransetzen, um die Schuld an dem Attentat russischen Agenten in die Schuhe zu schieben. Bevor ich das zulasse, werde ich eher den Prinzen warnen und darauf hoffen, dass seine Dankbarkeit seine Meinung über Russland ändern wird.

Denken Sie also gut darüber nach, von Palkow, und treffen Sie die richtige Entscheidung. Die falsche wird Sie nämlich schnurstracks ins Verderben führen. Und nun leben Sie wohl!« Mit diesen Worten kehrte Tirassow dem Major den Rücken und ging zur Tür.

Von Palkow starrte ihm nach, und seine Rechte glitt unwillkürlich zum Griff des Revolvers, den der Russe ihm vor fast siebzehn Jahren aus Bewunderung für seinen Mut geschenkt hatte. Doch als er ihn ziehen wollte, erkannte er, dass er sich damit nur selbst ans Messer liefern würde. Wenn er den General aus dem Weg räumen wollte, musste diese Tat heimlich geschehen, und dafür war hier der denkbar ungeeignetste Ort. Eines aber war von Palkow vollkommen klar: Schon um seiner eigenen Sicherheit willen durfte Tirassow nicht am Leben bleiben.

## XVII.

Es fiel Lore nicht leicht, Caroline von Trepkow daran zu hindern, sich ganz in sich zurückzuziehen und nur noch für ihre Arbeit zu leben. Wenn sie am Morgen aufstand, saß Caroline bereits über ihre Näharbeit gebeugt und unterbrach diese nur, wenn sie zu den Mahlzeiten gerufen wurde.

Auch Jutta passte es nicht, dass Caroline sich immer mehr abkapselte, und sprach schließlich Lore darauf an. »Sie sollten etwas tun, gnädige Frau, damit das Fräulein wieder an die frische Luft kommt. So geht sie uns noch ein wie eine Primel.«

Lore nickte nachdenklich. »Du hast recht, Jutta! Caro muss aus dem Haus.«

Das Dienstmädchen verstand sie falsch und rief erschrocken: »Sie wollen sie doch nicht etwa auf die Straße setzen?«

»Natürlich nicht! Ich freue mich ja, dass sie bei uns ist. Doch derzeit hängt sie nur ihren trüben Gedanken nach. Das müssen wir ändern. Jutta, kannst du zu Marys Wohnung gehen und Herrn Hilgemann bitten, uns wieder als angeblicher Lakai zu begleiten? Ich wünsche, nach dem Essen zusammen mit Fräulein von Trepkow auszufahren.«

»Die werden Sie wohl zum Wagen tragen müssen«, meinte Jutta seufzend und machte sich auf den Weg. Im Vorzimmer traf sie auf Nele, die lustlos den Flederwisch schwang und so tat, als würde sie abstauben.

»Die gnädige Frau hat mir eben einen dringenden Auftrag erteilt. Kümmere du dich in der nächsten halben Stunde um das Mittagessen. Wehe, es brennt etwas an!« Nach diesen Worten verließ sie das Haus und lief die Turmstraße hoch Richtung Ottostraße.

Unterdessen trat Lore zu Caroline und sah mitleidig auf deren blasses, zuckendes Gesicht. »Liebe Freundin, ich finde, Sie sollten etwas mehr auf sich achten.«

Caroline sah nicht einmal von ihrer Näharbeit auf. »Aber ich muss arbeiten, Lore. Durch den Tod meiner Mutter habe ich viel Zeit verloren. Ich will doch Sie und Mrs. Penn auf keinen Fall enttäuschen.«

»Das tun Sie gewiss nicht! Aber Sie sollten nicht nur an Ihre Arbeit denken, sondern auch an mich. Ich habe mich sehr gefreut, als Sie zu mir gezogen sind, weil ich hoffte, mit Ihnen reden und kleine Ausflüge unternehmen zu können. Ich benötige die frische Luft nicht weniger als Sie und würde Sie daher bitten, mich heute nach dem Mittagessen zu begleiten. Vorhin habe ich nach Herrn Hilgemann geschickt, damit wir nicht ohne männlichen Schutz sind.« Für einige Augenblicke hatte Lore den Eindruck, Caroline würde sich weigern, dann aber senkte diese betroffen den Kopf. »Liebe Lore, es tut mir leid, dass ich Ihnen nicht die Freundin bin, die Sie sich gewünscht haben.«

»Unsinn, Sie sind genau die Freundin, die ich mir wünsche! Im
Augenblick aber sollte ich Ihnen die Freundin sein, die Sie
brauchen. Machen Sie noch diese Naht fertig. Dann setzen wir
uns in meinen Salon und sehen uns die Modezeitschriften an,
die Mary mir gestern mitgegeben hat. Es sind einige wunderschöne Modelle darunter, um die sich die Damen hier in Berlin
bald reißen werden.« Lore setzte sich lächelnd neben Caroline,
zog den Vorhang noch ein wenig zurück, damit diese mehr
Licht erhielt, und sah zu, wie sie mit geschickten Fingern den
Saum des Kleides nähte.

Es dauerte noch eine halbe Stunde, dann war Caroline fertig
und legte das Kleid mit einem gewissen Bedauern beiseite. Sie
sah sich in der Pflicht, unbedingt weiterzuarbeiten, um all das,
was Lore und Mary für sie getan hatten, zu vergelten. Allerdings wollte sie Lore nicht verärgern und sagte sich, dass sie
auch in die Nacht hinein arbeiten könne. In diesem Haus durfte sie die Gasbeleuchtung unbesorgt aufdrehen und hatte damit genug Licht für die kompliziertesten Nähte.

# XVIII.

Gregor Hilgemann kam auf die Minute pünktlich und glich
in seiner Lakaientracht einem Diener aus einem hochherr-
schaftlichen Haus. Auch sein Benehmen entsprach voll und
ganz diesem Bild.

Mit unbewegter Miene verbeugte er sich vor Lore und Caroline. »Gnädige Frau, der Wagen ist vorgefahren!«

Lore zwickte es, ihn zu fragen, wo er sich diese Manieren angeeignet hatte, erinnerte sich aber noch rechtzeitig daran, dass Marys Ehemann einige Jahre bei Thomas Simmern als Kammerdiener gearbeitet und dabei gelernt hatte, mit hochgestellten Herrschaften umzugehen. Daher begnügte sie sich mit einem »Danke!« und forderte Caroline auf, mit ihr zu kommen.

Ganz in Schwarz gehüllt schwebte die junge Frau an Gregor vorbei und schien ihn nicht einmal zu bemerken. Lore jedoch entging der Blick nicht, mit dem der junge Mann Caroline nachstarrte, und sie fragte sich, ob sich zwischen den beiden etwas anbahnen könnte. Allerdings war Gregor bürgerlicher Abkunft und Caroline von Adel. Auch hatte diese nie Andeutungen gemacht, ihr würde der Student gefallen.

Das muss die Zukunft entscheiden, sagte Lore sich und trat ins Freie. Die wartende Droschke war ein noch recht neues und von zwei Pferden gezogenes Gefährt, das aufzutreiben Gregor sicher nicht leichtgefallen war. Lore bedachte den jungen Mann mit einem freundlichen Lächeln, ging auf den Schlag zu und stieg ein. Geduldig wartete sie, bis Caroline ihr gefolgt war und Gregor mangels anderer Möglichkeiten den Platz neben dem Kutscher eingenommen hatte, und befahl dann, in Richtung Tiergarten zu fahren.

In den nächsten Minuten redete nur der Kutscher, der seinen Tieren laute Anweisungen erteilte. Lore spürte, dass es Caroline nicht danach war, mit ihr zu reden, und sie wollte sie auch nicht dazu zwingen. Es war schon ein Erfolg, die Freundin zu diesem Ausflug überredet zu haben.

Als sie den Tiergarten erreicht hatten, trabte das Gespann die Bellevue Allee entlang, überquerte die Charlottenburger Chaussee und hielt auf Schloss Bellevue zu. Mit einem Mal tauchte ein Reiter neben ihnen auf und sprach sie an.

»Liebe Frau von Trettin! Endlich sehe ich Sie wieder.«

Lores Freude hielt sich in Grenzen, als sie Leutnant von Trepkow erkannte. Ihre Begleiterin machte sogar eine abwehrende Handbewegung, als wolle sie den Reiter verscheuchen.

»Leutnant … äh, wie war noch einmal der Name?«, fragte Lore in einem Ton, der jeden anderen zum Rückzug veranlasst hätte. Carolines Bruder jedoch hatte ein dickes Fell. »Von Trepkow, zu Ihren Diensten. Meine Schwester hat uns letztens einander vorgestellt.«

Bislang hatte der Leutnant der schwarz gekleideten Person, deren Gesicht zudem durch einen Trauerschleier verdeckt war, keine Beachtung geschenkt. Doch jetzt hob Caroline den Schleier und funkelte ihn voller Hass an.

»Nenne mich nie mehr deine Schwester! Du hast Mama umgebracht!«

»Mutter ist also wirklich tot?« Für Augenblicke erschien Friedrich von Trepkow erschüttert. Dann machte er eine um Entschuldigung heischende Geste. »Dein Telegramm hat mich nicht erreicht. Ich war auf Manöver in der Mark. Ich bitte zu verzeihen, verehrte Frau von Trettin. Sie sehen mich entsetzt!«

Seine Schwester verzog verächtlich die Lippen. »Wieso glaubst du, ich hätte dir ein Telegramm geschickt? Nachdem du Mama um das Letzte gebracht hast, an dem ihr noch etwas lag, und sie daraufhin in meinen Armen starb, hast du jedes Recht verwirkt, dich ihren Sohn zu nennen.«

Friedrich von Trepkow schob die Gedanken an seine Mutter

fort und dachte an seine Wette mit von Campe. Wie ärgerlich, dass ihn Caroline bei Lore nun in ein schlechtes Licht rückte. Mühsam zwang er sich ein Lächeln auf die Lippen und verneigte sich erneut vor Lore. »Ich muss mich für das Verhalten meiner Schwester entschuldigen, gnädige Frau. Wie es aussieht, hat der schwere Verlust, der uns getroffen hat, ihre Sinne verwirrt.«

»Du kannst nur lügen und betrügen!«, fauchte Caroline ihn an.

Da Lore befürchtete, ihre Freundin würde vollends die Contenance verlieren, fasste sie nach deren Hand. »Bitte beherrschen Sie sich, liebste Freundin. Wir wollen doch keinen Skandal heraufbeschwören!«

Die mahnenden Worte verfehlten nicht ihre Wirkung. Caroline schlug wieder den Schleier vor ihr Gesicht und sah an ihrem Bruder vorbei.

Dieser schalt sie in Gedanken eine dumme Pute, die ihm seine Chancen verhageln wollte, und wandte seine Aufmerksamkeit wieder Lore zu. »Ich danke Ihnen, dass Sie sich meiner Schwester angenommen haben, liebe Frau von Trettin. Sie gestatten sicher, dass ich in Ihrem Haus vorspreche. Will mich erkundigen, wie es Caroline geht.«

»Angesichts der Umstände muss ich Sie auffordern, davon abzusehen. Es würde Caroline zu sehr erregen. Kutscher, weiterfahren!« Lore gab dem Mann auf dem Bock, der beim Erscheinen des jungen Offiziers angehalten hatte, einen Wink und lehnte sich in die Polster zurück, um Friedrich von Trepkow zu zeigen, dass sie das Gespräch als beendet ansah.

Der Leutnant überlegte, ob er dem Wagen folgen sollte, um herauszubringen, wo die Trettins wohnten, doch da befahl

Lore dem Kutscher, am Kronprinzenufer entlangzufahren, um über die Luisenstraße die Allee Unter den Linden zu erreichen. Da er nicht die ganze Zeit wie ein Reitknecht hinter ihrer Droschke herreiten wollte, zog von Trepkow seinen Rappen herum und preschte quer durch den Tiergarten zur Charlottenburger Chaussee zurück.

»Was für eine Unverfrorenheit!«, zischte Caroline ihm als Abschiedsgruß hinterher. Dann klammerte sie sich an Lores Arm. »Sie dürfen ihn nicht empfangen! Niemals!«

»Keine Sorge, meine Liebe! Ich habe Ihr geschwollenes Gesicht und die Hämatome nicht vergessen, mit denen Sie an jenem verhängnisvollen Tag bei uns erschienen sind. Ihr Bruder kommt mir nicht über die Schwelle, das schwöre ich Ihnen.« Lore empfand in diesem Augenblick beinahe ebenso viel Hass auf den Leutnant wie dessen Schwester.

Auch Gregor Hilgemann sah aus, als könne er sich nur mühsam beherrschen. Mehrfach ballte er die Rechte zur Faust, wagte aber wegen des neben ihm sitzenden Kutschers nicht, etwas zu sagen. Doch als sie vor der Konditorei Kranzler anhielten, vermochte er sich nicht mehr zurückzuhalten. »So ein Lump! Tut, als wäre nichts geschehen. Ich bitte die Damen zu verzeihen, dass ich Ihnen diese Begegnung nicht ersparen konnte. Doch wenn ich mit diesem Herrn so verfahren wäre, wie es ihm gebührt, wäre ich unangenehm aufgefallen.«

»Schon gut«, versuchte Lore ihn zu beruhigen. »Sie tragen an dieser Begegnung keine Schuld, und um diesen Herrn in seine Schranken weisen zu können, tragen Sie den falschen Rock. Sie müssten schon als Hauptmann auftreten oder besser noch als Major.«

Bei diesen Worten blitzten Gregors Augen auf. Er hatte nach dem Gymnasium sein Freiwilligenjahr abgeleistet und war im Range eines Oberfeldwebels in die Reserve entlassen worden. Daher kannte er das Militär und glaubte, auch einen Offizier glaubhaft darstellen zu können. Als Lakai verkleidet war es ihm nicht möglich, Lore und Caroline den Schutz zu bieten, den diese benötigten. Er behielt diesen Gedanken jedoch für sich, während er die Damen in die Konditorei geleitete.

## XIX.

Friedrich von Trepkow hatte die Charlottenburger Chaussee beim Großen Stern verlassen und trabte nun die Hofjägerallee entlang. Dabei verspürte er weniger Trauer um die Mutter als vielmehr eine höllische Wut auf seine Schwester, die alles darangesetzt hatte, um ihn bei Frau von Trettin unmöglich zu machen. Er fühlte sich doppelt vom Pech verfolgt. Zum einen würde er wohl kaum noch die Wette gegen von Campe gewinnen, und zum anderen gab es niemanden mehr, der ihm Geld zustecken konnte. Die Vorstellung erschreckte ihn, denn mit seinem Sold kam er nicht aus. Wenn kein Wunder geschah, würde er bald seine Versetzung in die Provinz einreichen müssen.

Da fiel ihm das Geschenk für Prinz Wilhelm ein, zu dem er bereits eine erkleckliche Summe als Anzahlung geleistet hatte. Ich hätte mich niemals auf diese Sache einlassen sollen, fuhr es ihm durch den Kopf. Das Geld, das er für die Brosche erhalten hatte, hätte ihm ein zusätzliches Jahr hier in Berlin verschafft und damit die Zeit, Wilhelmine Grünfelder für sich zu gewinnen. So oder so, in jedem Fall würde er Fridolin von Trettins Frau weiterhin den Hof machen, um sie womöglich doch noch zu verführen oder zumindest von Campe daran zu hindern, zum Ziel zu kommen. Aber selbst dann, wenn die Wette unentschieden endete, war da noch der zweite, größere Teil für die Dampfyacht zu zahlen, und das Geld besaß er ebenso wenig.

»Zum Teufel!«, fluchte er unbeherrscht und hörte im nächsten Augenblick jemanden lachen.

»Bei Gott, Trepkow! Welche Laus ist Ihnen denn über die Leber gelaufen?«

Der Leutnant blickte auf und erkannte Major von Palkow, der zu ihm aufgeschlossen hatte und ihn neugierig musterte. Im ersten Augenblick war ihm die Begegnung unangenehm, er sagte sich dann aber, dass er bei von Palkow immer ein offenes Ohr gefunden hatte. Vielleicht vermochte dieser ihm einen Rat zu geben, wie er aus dieser elenden Situation herauskommen konnte.

»Schön, dass ich Sie treffe, Herr Major. Haben Sie einen Augenblick Zeit für mich?«, sagte er voller Anspannung.

Von Palkow hob die Augenbrauen. »Klingt ganz so, als steckten Sie in Schwierigkeiten, Trepkow. Mein Beileid übrigens. Habe gehört, Ihre Mutter sei gestorben. Wahrlich ein herber Verlust!«

»Das können Sie laut sagen!« Friedrich von Trepkow dachte an das Geld, das ihm seine Mutter bei seinen Besuchen zugesteckt hatte. »Will deswegen mit Ihnen sprechen. Die Sache macht mir Riesenärger. Musste den Pfaffen bezahlen. Außerdem das ganze Drumherum, das zu einer Beerdigung gehört. Jetzt bin ich blank bis auf die Knochen. Das wird auch das ganze Jahr über so bleiben. Überlege mir schon, aus unserem Prinz-Wilhelm-Club auszusteigen. Ich kann mir die nächste Rate nicht leisten.«

»Jetzt werfen Sie die Flinte nicht gleich ins Korn. Sie haben doch sicher Verwandte, die Ihnen beistehen können«, antwortete der Major, während seine Gedanken rasten. »Wissen Sie was? Darüber reden wir in meinem Appartement in der Potsdamer Straße. In der Akademie platzt andauernd jemand ins Zimmer. Ich sage Ihnen eines, Trepkow: Lassen Sie sich nie zum Schulmeister machen. Das ist kein guter Posten!«

Von Palkow nannte dem Leutnant Adresse und Zeitpunkt, an dem dieser zu ihm kommen sollte, tippte sich anschließend mit der Reitpeitsche an die Mütze und ritt mit einem zufriedenen Zug um die Lippen weiter.

Da er von Trepkow kannte, glaubte er, dass einige diskret gereichte Geldscheine ausreichen würden, um ihn dazu zu bewegen, den russischen Fürsten zum Duell zu fordern. Immerhin war der Leutnant ein guter Schütze und würde eine Versetzung an die Memel oder einen anderen abgelegenen Ort leicht wegstecken, zumal er hoffen konnte, dass Prinz Wilhelm sich nach der Überreichung der Dampfyacht für ihn verwenden würde.

Immer noch lächelnd erreichte von Palkow die Kadettenanstalt, übergab sein Reittier einem Pferdeknecht und betrat seine Privaträume. Dort ließ er sich von seinem Burschen die Stiefel ausziehen und setzte sich in Pantoffeln an den Schreibtisch, um seine Post zu lesen. Das meiste bestand nur aus Reklame: Der eine Fabrikant pries seine Schnurrbartwichse als die beste

der Welt an, der andere machte ehrerbietig auf seine Schnupf-
tücher aufmerksam, und ein dritter hatte sogar eine Warenpro-
be von mehreren Zigaretten geschickt. Da von Palkow diese als
Soldatenstengel abtat und selbst Zigarren vorzog, wollte er sie
schon in den Abfallkorb werfen, hielt dann aber inne.

»Hier, die sind für dich«, sagte er zu seinem Burschen und warf
diesem die Schachtel zu.

»Danke gehorsamst, Herr Major!«, antwortete der Mann und
freute sich, weil sein Herr nach einigen Tagen, an denen er die
halbe Welt hätte fressen können, wieder guter Laune zu sein
schien.

Von Palkow hatte bereits den nächsten Brief geöffnet. Dieser
stammte von seiner Geliebten. Wie es aussah, war Malwine bei
einem Damenkränzchen wieder auf Lore von Trettin gestoßen
und hatte erneut den Kürzeren gezogen. Nun ließ sie sich auf
mehreren Seiten in zornigen Worten über das Weib aus. Ganz
zuletzt standen ein paar Zeilen, die ihn aufhorchen ließen.

»Wie ich eben aus sicherer Quelle erfahren habe, wird Lore von
Trettin schon bald von ihrem hohen Ross herabgestoßen. Ihr
Mann will sich nämlich von ihr scheiden lassen, um die Bankierstochter Wilhelmine Grünfelder zu heiraten. Für das
durchtriebene Weib freut es mich. Allerdings erfüllt es mich
mit Gram, dass dieser Lump Fridolin noch reicher werden soll.
Ich wünsche den beiden von ganzem Herzen alles Schlechte
und vergehe bis dahin vor Sehnsucht nach dir.«

Belustigt, weil sie ihr Liebesverhältnis im selben Zug mit den
Verwünschungen für ihre Verwandten genannt hatte, sperrte
der Major den Brief weg. Dabei hinterfragte er seine Gefühle
für Malwine. Sie war eine erregende Frau, und er unterwarf

sich im Bett gerne ihren Launen. Dennoch wünschte er sich, sie würde auch einmal auf seine Vorstellungen eingehen. Das aber verweigerte sie ihm ebenso, wie es jenes Weib getan hatte, das ihm zum Verhängnis geworden war. Sein Verstand sagte ihm, Malwine sei eine Frau um die vierzig, deren Brüste bereits schlaff wurden und die langsam in die Breite ging. Wenn er es genau nahm, wünschte er sich schon längst eine jüngere Gespielin im Bett, bei der er der Herr sein konnte. Ihm fiel das *Le Plaisir* ein, und er beschloss, es noch an diesem Tag aufzusuchen. Keinesfalls durfte er sein Verhältnis mit Malwine von einem Tag auf den anderen beenden, sondern musste so tun, als glaube er weiterhin an eine gemeinsame Zukunft.

Daher nahm er Papier und Schreibstift zur Hand und bestellte sie für den nächsten Tag eine Stunde später als von Trepkow in die Potsdamer Straße. Außerdem setzte er einige schmalzige Komplimente hinzu, von denen er wusste, dass sie ihr gefielen, und endete mit »Sehnsuchtsvoll, dein starker Hengst!«.

Er faltete den Brief, steckte ihn in ein Kuvert und schrieb die Adresse darauf. Als er kurz darauf nach seinem Burschen rief, stürzte dieser mit einer brennenden Zigarette im Mundwinkel ins Zimmer. »Herr Major befehlen?«

»Bring diesen Brief zu seiner Empfängerin. Unterwegs kannst du dir einen Krug Bier gönnen.« Dem Brief folgte ein Markstück, das der Soldat rasch in einer der Taschen seiner Uniform verschwinden ließ.

Dann salutierte er und knallte die Hacken zusammen. »Herr Major können sich auf mich verlassen!«

»Das weiß ich. Jetzt verschwinde!« Als der Bursche die Tür hinter sich geschlossen hatte, ging von Palkow seine restliche

Post durch. Bis auf zwei Rechnungen, die zu bezahlen ihm die Vorsicht gebot, weil er bei den Geschäftsleuten als säumiger Schuldner bekannt war, warf er den Rest weg, brannte sich eine Zigarre an und rief nach seinem Burschen, damit dieser ihm eine Flasche Wein holen sollte. Erst als auf seinen dritten Ruf niemand kam, erinnerte er sich, ihn weggeschickt zu haben, und begab sich selbst in den Keller.

## XX.

Der Abend war bereits fortgeschritten, als Major von Palkow vor dem *Le Plaisir* aus der Droschke stieg und den Kutscher bezahlte. Mit energischen Schritten ging er auf das Portal zu, das wie von Zauberhand aufschwang.

Anton begrüßte den Gast mit einem militärischen Gruß. »Seien Sie uns willkommen, Herr Major«, sagte er und entfernte rasch eine vom Sitzleder der Droschke abgeplatzte Fluse von dessen Uniform. Nachdem er sich vergewissert hatte, dass von Palkow nicht noch durch weitere Staubflocken verunziert wurde, nickte er zufrieden. »So sehen Herr Major wieder präsentabel aus.«

Der Major achtete nicht weiter auf ihn, sondern trat in den Empfangssalon. An diesem Tag schien nicht viel los zu sein, denn einige Mädchen sahen ihm erwartungsvoll entgegen. Sie waren hübsch, doch von Palkow hätte sich eine der beiden Spitzenkönnerinnen des Etablissements gewünscht. Allerdings hatten sowohl Lenka wie auch Hanna bereits ihre Gönner gefunden. Um sich in Ruhe zu überlegen, mit welcher Hure er

369

sich ins Separee zurückziehen wollte, setzte von Palkow sich auf eines der Sofas, ließ sich ein Glas Wein reichen und beobachtete die Männer, die nach ihm eintrafen und rascher als er zu einer Entscheidung kamen.

Zu ihnen zählten auch Grünfelder und Fridolin, welcher von dem Bankier gebeten worden war, ihn wieder zu begleiten. Beide sahen von Palkow und grüßten. Dabei glitt Grünfelders Blick über die anwesenden Mädchen, und auf seinem Gesicht machte sich Enttäuschung breit.

Da Hede den Stammgast nicht verärgern wollte, gab sie einem ihrer Schützlinge den leisen Befehl, Lenka bei dem derzeitigen Kunden abzulösen und diese hierherzuschicken. »Sag ihr aber, sie soll sich kurz waschen und neu parfümieren«, raunte sie ihr noch zu, dann begrüßte sie den Bankier und Fridolin mit einem strahlenden Lächeln.

»Willkommen, meine Herren. Darf ich Ihnen ein Glas Wein kredenzen? Oder wünschen Sie einen Cognac?«

»Fräulein Lenka ist heute nicht hier?«, fragte Grünfelder.

»Sie wird gleich erscheinen. Wenn Sie sich einen Augenblick gedulden wollen.« Hede schenkte dem Bankier eigenhändig ein Glas Wein ein und reichte es ihm. Grünfelders Miene hellte sich auf, und er blickte erwartungsfroh auf den Gang zu den Separees.

Er wurde dennoch überrascht, denn Lenka benützte eine Tapetentür, die ebenfalls in den Salon führte, um nicht den Anschein zu erwecken, sie käme von einem anderen Mann. Lächelnd begrüßte sie Grünfelder und bot ihm den Arm.

»Wollen wir nicht in mein Zimmer gehen? Dort ist es gemütlicher als hier!«

370

»Nimm lieber mich mit, mein Schätzchen«, rief ein neu hinzugekommener Gast Lenka zu. Sein Nuscheln und sein schwankender Gang zeigten, dass er bereits etliches gebechert hatte.

Noch ehe Grünfelder ihn zur Rede stellen konnte, schob Fridolin ihn in Richtung der Separees. »Genießen Sie den Abend und achten Sie nicht auf den unflätigen Kerl«, sagte er leise, während Hede den Neuankömmling kurz abschätzte und dann Anton einen Wink gab.

Der Türsteher hatte den Mann passieren lassen, da seine Kleidung ihn als wohlhabenden Bürger auswies. Jetzt aber kam er heran und fasste ihn am Arm. »Kommen Sie, Sie wollen doch sicher nach Hause!«

»Ich will nicht nach Hause. Ich will eine Hure haben. Hier sind doch lauter Huren!« Der Mann wurde lauter und versuchte, Anton wegzustoßen. Der aber langte nun fester zu, und ehe der Neuankömmling es sich versah, befand er sich auf dem Weg nach draußen. Für einen Augenblick war noch sein Schimpfen zu hören, dann fiel die Haustür hinter ihm ins Schloss, und es wurde still.

»Es ist schon unangenehm, mit welchen Leuten man sich herumschlagen muss«, erklärte Hede mit verkniffener Miene und blickte Fridolin an. »Nach was steht dir heute der Sinn, nach einem Gespräch in meinem Büro, oder willst du mir etwas zu verdienen geben, indem du eines meiner Mädchen auswählst?«

»Eigentlich hat Herr Grünfelder mich mitgenommen, damit ich ihm das Rückgrat stärke«, antwortete Fridolin lächelnd. »Aber ich rede gerne mit dir. Ich habe nämlich einige Fragen.«

»Dann komm mit!« Hede ging voraus und verschwand mit Fridolin in ihren Räumen.

Major von Palkow sah den beiden nach und dachte sich, dass die Besitzerin des Bordells ihm besser gefallen würde als die noch zur Verfügung stehenden Mädchen. Dann richteten sich seine Gedanken auf Fridolin. Wie oft hatte Malwine über diesen Mann geredet, und es war kein gutes Wort dabei gewesen. Die Frau hasste den Vetter ihres Mannes fast ebenso wie Lore von Trettin und hatte schon oft gewünscht, ihn tot zu sehen. Nun empfand auch der Major Neid auf den Kerl. Fridolin von Trettin war auf dem besten Weg, ein bedeutender Mann zu werden, und würde, wenn er Grünfelders Tochter heiratete, auch noch Einfluss in der Berliner Gesellschaft gewinnen.

Bei diesem Gedanken fühlte von Palkow die Missachtung, unter der er zu leiden hatte, doppelt und dreifach. Doch das würde sich bald ändern. Mit den Millionen aus Frankreich würde er in Amerika ein neues Leben beginnen und dort ein bedeutender Mann werden. Dennoch neidete er Trettin dessen Aufstieg. In diesem Moment kam ihm der Gedanke, Malwine ein Abschiedsgeschenk zu machen, indem er ein Duell mit diesem Kerl vom Zaum brach. Es reizte ihn, Trettin mit dem Säbel auf die ihm zustehende Größe zurechtzustutzen und ihm zu guter Letzt die Klinge ins Herz zu stoßen. Doch dann stiegen die gleichen Bedenken in ihm auf wie bei Fürst Tirassow. Er konnte sich schlicht und einfach kein Duell leisten. Wäre der Russe nicht gewesen, der auf jeden Fall sterben musste, hätte er von Trepkow dazu auffordern können, Fridolin von Trettin mit einer Duellpistole ein Loch in die Stirn zu stanzen. Den Leutnant aber brauchte er, damit dieser ihm den Russen vom Hals schaffte.

Mittlerweile waren weitere Gäste eingetroffen. Als von Palkow sich seiner Umgebung wieder bewusst wurde, befand sich nur noch ein Mädchen im Raum. Sie war leidlich hübsch, wirkte aber wie eine Schlampe. Unter normalen Umständen hätte der Major sie niemals ausgewählt, doch jetzt winkte er sie zu sich.

»Wie heißt du?«

»Elsie«, klang es eher missmutig als kokett zurück.

»Kannst du was im Bett?«, fragte von Palkow.

Die junge Frau nickte. »Bis jetzt hat sich noch keiner beschwert.«

»Dann wollen wir hoffen, dass es so bleibt!« Der Major packte das Mädchen am Arm und zog es zu sich heran. »Ich will heute etwas erleben. Werde nicht kleinlich sein, wenn du mir dazu verhilfst!«

Der Gedanke an ein gutes Trinkgeld ließ Elsies Augen aufleuchten. »Sie werden mit mir zufrieden sein, Herr Major! Aber jetzt sollten Sie mich loslassen. Sie tun mir weh.«

»So, tue ich das?« Von Palkow verstärkte seinen Griff und hörte sie stöhnen. Dann erinnerte er sich an den Gast, den der Türsteher vorhin hinausgeworfen hatte, gab Elsie frei und folgte ihr in ein Separee. Es war eine Kammer ganz hinten im Flur, in die kaum mehr als das Bett und ein Kleiderständer passte. Um ein größeres Zimmer zu bekommen, hätte Elsie einen Teil ihrer Trinkgelder an Hede weiterleiten müssen. Dafür aber war sie zu geizig. Irgendwann wollte sie dieses Bordell verlassen und ein neues Leben beginnen, so wie auch Lenka es plante. Wahrscheinlich würde sie bis nach Amerika reisen müssen, weil sie dort niemand kannte. Hier in Deutschland war sie als Hure gebrandmarkt und würde nirgends die Erlaubnis bekommen, sich niederzulassen, geschweige denn einen Mann finden, der sie ernährte.

»Ich habe Durst!« Von Palkow hatte zwar bereits in der Kadettenschule eine Flasche Wein geleert, wollte aber den Abend genießen.

Elsie holte rasch eine Flasche und zwei Gläser, füllte diese bis zum Rand und stieß mit dem Major an. »Auf eine schöne Nacht!«

»Du wirst gleich erleben, wie ein Ulan zu reiten versteht!« Grinsend klopfte von Palkow ihr auf den Po und lachte, als sie kurz aufkeuchte und einen Teil ihres Weines verschüttete. Er selbst trank genussvoll und wies dann mit der freien Linken auf sie.

»Zieh dich aus!«

Elsie gehorchte, stellte sich dabei aber so, dass er ihre Kehrseite nicht sehen konnte. Am Vortag hatte sie wieder Hilfsdienste bei Hanna leisten und Fürst Tirassow ihren Hintern für ein paar derbe Schläge mit einem Lederriemen hinhalten müssen. Auch der Major entkleidete sich jetzt mit der linken Hand, während er in der rechten das Weinglas hielt und immer wieder trank. Daher dauerte es eine Weile, bis er nackt vor Elsie stand und diese mit einer Kopfbewegung aufforderte, sich für ihn bereitzulegen. Kaum war dies geschehen, stellte er das Weinglas ab, wälzte sich auf sie und nahm sie auf eine raue, schmerzhafte Weise. Elsie musste die Zähne zusammenbeißen, da die Striemen auf ihrem Hintern bei seinen harten Stößen gegen die Matratze gepresst wurden. Endlich sank er mit einem zufriedenen Brummen über ihr zusammen.

»War doch nicht schlecht, oder?«, fragte er.

»Herr Major, so wie Sie hat mich noch keiner geritten!« Elsie wusste, was die Männer in diesem Augenblick hören wollten. Auch wenn sie die lausigsten Liebhaber waren, verlangten sie anerkennende Worte für ihre Potenz und die Größe ihres Gliedes. Daher lobte sie auch die Bestückung und das Durchhaltevermögen des Majors, bis dieser zufrieden grinste.

»Das werden wir noch mal machen. Vorher will ich mich jedoch etwas ausruhen. Schenk mir das Glas noch einmal voll!«

»Solange Sie auf mir liegen, kann ich Sie nicht bedienen«, antwortete Elsie und schlüpfte, als er sich auf Ellenbogen und Knien hochstemmte, unter ihm hervor.

Kurz darauf hielt er das volle Weinglas in der Hand und trank gierig. Für einen kurzen Moment überlegte er, ob er versuchen sollte, die Hure gleich noch einmal zu besteigen. Doch da der Alkohol ihn müde gemacht hatte, legte er sich auf den Rücken, und bevor er sich's versah, war er eingeschlafen.

Elsie starrte den Mann an und fragte sich, ob sie wirklich warten sollte, bis er wieder aufwachte und dort weitermachen würde, wo er aufgehört hatte. Da er nicht gerade rücksichtsvoll mit ihr umgegangen war, hätte sie ihn liebend gern einer ihrer Kolleginnen überlassen. Allerdings gab es keine, die im Rang unter ihr stand und der sie befehlen konnte.

»Ich muss hier weg!« Der Klang der eigenen Stimme erschreckte sie, und sie blickte sich ängstlich um. Doch da war niemand außer ihr und dem schlafenden Mann. Eben schnarchte er ein paarmal laut, dann wurden seine Atemzüge ruhiger. Elsies Blick aber wurde wie magisch von seiner Uniformjacke angezogen, in der seine Brieftasche steckte. Schon einige Male hatte sie schlafenden Freiern kleinere Geldbeträge gestohlen. Nun würde sie ihre Reisekasse noch einmal ordentlich aufbessern.

Vorsichtig zog sie die Brieftasche aus der Uniform. Als sie diese öffnete, sah sie ein so dickes Bündel Scheine vor sich, wie sie es noch nie gesehen hatte. Am liebsten hätte sie alles an sich genommen und wäre damit geflohen. Doch als sie die Banknoten nachzählte, war es zu wenig, um damit über den großen Teich zu kommen und drüben ein neues Leben anfangen zu können. Daher nahm sie nur ein paar Scheine an sich und wollte den Rest wieder in die Brieftasche stecken, als ihr Handgelenk mit solcher Kraft gepackt wurde, dass sie alles zu Boden fallen ließ.

Der Major war gerade rechtzeitig wach geworden, um Elsies Diebstahl zu beobachten. Jetzt zerrte er sie hoch und schleuderte sie aufs Bett. »Verdammte Nutte! Dafür kommst du ins Gefängnis!«

Er wollte schon nach der Besitzerin des Bordells rufen, sagte sich aber, dass er im Adamskostüm kein besonders prachtvolles Bild abgeben würde. Daher zog er sich an und sammelte die Geldscheine wieder ein, ohne Elsie auch nur einen Moment aus den Augen zu lassen.

Diese war wie vor den Kopf geschlagen und haderte mit sich, weil sie sich die Zeit genommen hatte, das Geld zu zählen. Was sie nun erwartete, mochte sie sich gar nicht ausmalen. Hede Pfefferkorn würde sie als Diebin den Gendarmen übergeben. Und vor Gericht hatte sie mit zwei einschlägigen Vorstrafen keine Chancen, glimpflich davonzukommen. Sie würde von Glück sagen können, wenn sie nur fünf oder sechs Jahre ins Gefängnis musste.

Verzweifelt kniete sie nieder und starrte von Palkow flehend an. »Bitte, Herr Major, seien Sie gnädig. Ich tue auch alles, was Sie wünschen. Nur verraten Sie mich nicht an meine Chefin!«

»Hast wohl schon öfter lange Finger gemacht«, antwortete von Palkow spöttisch. Für ihn war die Sache erledigt. Er würde die Hure anzeigen und dann … Er runzelte die Stirn und sah Elsie lauernd an. »Du sagst, du tust alles, was ich von dir fordere?« Elsie nickte heftig. »Ja, Herr Major! Auch wenn Sie mich schlagen oder mich auf eine andere Weise benutzen wollen.« Jetzt drehte sie ihm doch das Hinterteil zu, damit er die Striemen sehen sollte.

»Wer hat das getan?«, fragte von Palkow.

»Der russische Fürst, dieser Tirassow!«

»Tirassow also!« Der Major lächelte, doch seine Augen sprühten Blitze. »Wenn der russische Fürst dich schlägt, wirst du ihn wohl nicht mögen!«

»Ganz und gar nicht, Herr Major. Ich bin ja nicht einmal das Mädchen, das er sich für die Nacht aussucht und das das dicke Trinkgeld bekommt. Bei mir schlägt er sich nur in Hitze, um Hanna oder eine der anderen rammeln zu können.«

Elsie wollte noch mehr erzählen, doch da hob von Palkow die Hand. »Wir reden morgen weiter. Vergiss aber nicht, dass du in meiner Hand bist. Brauche nur ein Wort zu sagen, dann holen dich die Schutzleute ab. Hast du verstanden?«

Elsie nickte, obwohl sie im Grunde nichts begriff.

»Dann ist es gut. Bis morgen also!« Der Major nahm Uniformjacke und Säbel an sich und verließ das Zimmer.

Im Salon bezahlte er für die Stunde, die er mit Elsie verbracht hatte, und zählte Hede ein Zehnmarkstück als Trinkgeld für Elsie auf die Hand. »Komme morgen wieder und will die gleiche Hure haben!«

Hede strich das Geld ein und dachte sich, dass von Palkow

noch perverser sein musste als die meisten anderen Kunden, die von den Mädchen einen besonderen Service verlangten. Ihr konnte es gleichgültig sein. Außerdem war es besser, wenn Elsie beschäftigt wurde und keine Dummheiten anstellen konnte.

Der Major schritt zufrieden davon. An diesem Abend hatte er den Schlüssel dazu in die Hand bekommen, sein Schicksal tatsächlich zum Besseren wenden zu können.

# Fünfter Teil

## Mordnacht

# I.

Lore starrte in die riesige Halle des Anhalter Bahnhofs und konnte nicht begreifen, weshalb so viele mit der Eisenbahn verreisen wollten. Ihr war dieser Ort nicht geheuer. Die Dampflokomotiven zischten und stampften so laut, dass die Menschen schreien mussten, um sich zu verständigen, und in diesen Lärm mischte sich das Klappern der Wagen, mit denen das Gepäck der bessergestellten Reisenden zu den Waggons geschafft wurde. Alle Augenblicke fuhr ein Eisenbahnzug in den Bahnhof ein oder verließ ihn.

Lore konnte sich nicht vorstellen, wie man sich hier zurechtfinden sollte. Schließlich wandte sie sich an einen Bahnbeamten, der mit gewichtiger Miene des Weges kam. »Entschuldigen Sie, aber wo finde ich den Zug aus Halle?«

Dort, so hatte Lore Nathalias Brief entnommen, würde Baroness von Retzmann das letzte Mal umsteigen.

Der Bahnbeamte ordnete sie wegen ihres modischen Kleides als Dame von Adel oder des reicheren Bürgertums ein. Daher antwortete er freundlicher, als er es bei einer schlichteren Frauensperson getan hätte. »Der Zug aus Halle fährt auf Gleis sechs ein, gnädige Frau. Aber das wird erst in einer Viertelstunde sein.«

»Danke! Da bin ich doch noch früh genug gekommen!« Lore winkte Jutta, ihr zu folgen, und fand schließlich den richtigen Bahnsteig. Vorsichtig ließ sie sich auf einer der hölzernen Bänke nieder. »Willst du dich nicht auch setzen, Jutta?«, fragte sie.

»Aber gnädige Frau, es gehört sich nicht, dass ich mich zu Ihnen setze!« Auch wenn Lore sie inzwischen mehr wie eine

Freundin behandelte denn wie eine Angestellte, so wollte Jutta daraus keine Forderungen ableiten, die sich in ihren Augen nicht gehörten.

»Du könntest mir einen Becher Limonade besorgen«, bat Lore sie und reichte ihr ihre Geldbörse. Im selben Augenblick rempelte jemand Jutta an, griff nach dem Beutel und bekam ihn zu fassen. Als er damit verschwinden wollte, sah er sich jedoch einem Hauptmann der Artillerie gegenüber. Dieser hielt ihn fest und wand ihm die Börse aus der Hand. Gleichzeitig rief er nach einem Schutzmann, der sogleich eilends heranstürmte und vor dem Offizier salutierte. »Herr Hauptmann befehlen?«

»Verhaften Sie diesen Kerl! Er wollte diese Dame bestehlen. Konnte es zum Glück verhindern.« Die Stimme des Offiziers klang schnarrend und von oben herab. Ohne eine weitere Frage zu stellen, packte der Schutzmann den Dieb und stieß ihn den Bahnsteig entlang.

Der Offizier verbeugte sich vor Lore. »Sie sollten das nächste Mal vorsichtiger sein, gnädige Frau. In Berlin gibt es viel Gesindel, das von Diebereien und Schlimmerem lebt. Daher wird es wohl besser sein, wenn ich Ihnen die Limonade besorge.«

»Sie sind ein Tollkopf, Herr Hilgemann!«, sagte Lore so leise, dass nur der Student sie hören konnte.

Dieser strich grinsend über seinen Uniformrock. »Kleider machen Leute, sagt man, und für Preußen habe ich genau das richtige Gewand an.«

Er deutete einen militärischen Gruß an und ging. Lore sah ihm nach und steckte den Geldbeutel wieder in die Handtasche, die sie nun mit beiden Händen festhielt. Sie machte sich Vorwürfe, weil sie so leichtsinnig gewesen war.

»Ich glaube, da fährt der Zug ein!« Juttas Ausruf riss Lore aus ihren Gedanken. Tatsächlich näherte sich die schnaufende und dampfende Lokomotive in gemächlichem Tempo dem Bahnhof und hielt erst an, als der letzte ihrer Waggons neben den Bahnsteig rollte.

Sofort eilten die wartenden Passagiere auf die Türen zu, mussten aber warten, bis die Ankommenden ausgestiegen waren. Mehrere Dienstleute schoben Wagen mit Gepäck heran und schimpften, weil die Reisenden ihnen nicht sofort Platz machten. Lore hielt aufgeregt nach Nathalia Ausschau, konnte sie aber nirgends entdecken.

Unruhig ging sie auf dem Bahnsteig hin und her und musste dabei ständig aufpassen, nicht mit anderen zusammenzustoßen. Am liebsten hätte sie nach Nathalia gerufen, doch sie hätte brüllen müssen, um den Lärm zu übertönen.

Mittlerweile war Gregor Hilgemann zurückgekommen und hielt drei volle Becher in der Hand. Einen davon reichte er Lore, den anderen Jutta, die ihn erstaunt anblickte. Und auch den dritten Becher hatte er nicht für sich selbst gekauft. »Ihre Freundin wird ebenfalls Durst haben«, sagte er lächelnd zu Lore und bat Jutta, den Becher zu halten.

»Wenn ich Nati nur finden würde!«, entfuhr es Lore. »Ich hoffe nicht, dass sie unterwegs verlorengegangen ist.«

In dem Moment zupfte sie jemand am Ärmel. Sie fuhr herum: »Nati, endlich! Ich habe mir schon Sorgen um dich gemacht.«

»Wie meist ganz unnötigerweise!« Nathalia von Retzmann grinste wie ein Kobold und schlang ihre Arme so heftig um Lore, dass diese einen Teil ihrer Limonade verschüttete.

»Du bist immer noch derselbe Wildfang wie früher. Dabei hatte ich gehofft, deine Manieren würden sich auf dem Schweizer Internat bessern«, sagte Lore lächelnd.

Die frohe Miene ihrer jungen Freundin machte einem gereizten Ausdruck Platz. »Erinnere mich nicht an die Schule! Die Mädchen dort sind strohdumm und die Lehrerinnen noch dümmer. Andauernd heißt es, das ziemt sich nicht und das darf ich nicht. Ich bin doch kein Affe, den man dressieren muss!«

Obwohl Nathalia sichtlich empört war, reizte ihr Tonfall Lore zum Lachen. »Gewiss nicht. Allerdings kann nur eine ältere Dame es sich leisten, als exzentrisch zu gelten. Ein junges Mädchen sollte diesen Eindruck vermeiden, sonst gerät es rasch in einen schlechten Ruf.«

»Pah!«, war Nathalias einzige Antwort.

Dann drehte sie sich um und bedeutete einem Dienstmann, näher zu kommen. »Das ist mein Gepäck«, sagte sie und wies auf drei große Koffer, die eben von einem Schaffner aus dem Waggon gehoben wurden.

»Dürft ihr in eurer Schule so viele Sachen haben?«, fragte Lore verblüfft.

Nathalia zwinkerte ihr fröhlich zu. »Natürlich nicht! Das Zeug habe ich mir unterwegs gekauft.«

»Und das hat deine Reisebegleiterin einfach zugelassen?« Lore sah sich nach der Lehrerin um, die Nathalia ihres Wissens hätte begleiten sollen.

»Welche Reisebegleiterin?«, fragte das Mädchen spitzbübisch. »Weißt du, Lore, es ist schlimm genug, wenn man mich unter dem Jahr am Gängelband hält. Das brauche ich in den Ferien nicht auch noch. Besagte Dame wollte erst mittags losfahren. Daher bin ich auf eigene Faust zum Bahnhof und habe einen früheren Zug genommen. Natürlich musste ich ihr vorher meine Fahrkarten mopsen, aber das war kein Problem. Ich glaube, sie wird sich freuen, mich los zu sein. Sie hatte nämlich gar nicht mitkommen wollen, aber die Direktorin hatte es ihr befohlen. Mir war es auch sehr recht, denn so hatte ich beim ersten Umsteigen mehr Zeit bis zur Abfahrt des Anschlusszugs.«

Nathalia erzählte es, als sei alles nur ein großer Spaß gewesen, und verstummte erst, als Jutta ihr die Limonade reichte. Währenddessen schüttelte Lore ein ums andere Mal den Kopf. Nati war da und mit ihr die ersten Probleme. Nun musste sie an die Direktorin des Internats schreiben, dass ihr Schützling glücklich angekommen war, und sich auch noch dafür entschuldigen, weil das Mädchen ausgebüxt war.

»Ich glaube, wir fahren erst einmal nach Hause«, sagte sie mit einem tiefen Seufzer und hakte sich bei Nathalia unter.

Diese wies neugierig auf Gregor Hilgemann. »Wer ist denn dieser Herr?«

»Ein Freund, der sich erboten hat, mich zu begleiten, und dessen Schutz wir hier bereits dringend nötig hatten«, antwortete Lore und kam auf den Diebstahlversuch zu sprechen. Nathalia hörte ihr aufmerksam zu und schenkte dem als Offizier verkleideten Studenten anschließend ein gnädiges Lächeln.

Auf dem Potsdamer Platz ging Gregor Hilgemann auf einen Kutscher zu, der nach kurzer Zeit eifrig nickte und dann seine Droschke auf Lore und ihre Begleiterinnen zulenkte: »Jnädige Frau wünschen nach Hause jebracht zu werden?«, fragte er in dem Bemühen, nicht zu sehr Dialekt zu sprechen.

Lore nickte. »Das wünsche ich. Kommt, steigt ein! Legt die Koffer auf den Vordersitz. Dort kann Jutta sie festhalten.«

Das Dienstmädchen wartete, bis Lore und Nathalia eingestiegen waren, dann schlüpfte sie hinter ihnen her und nahm die Gepäckstücke entgegen, die ihr der Dienstmann zureichte. Lore gab diesem ein Trinkgeld und forderte den Droschkenkutscher auf, loszufahren. Als sie einen Blick zurückwarf, sah sie, dass ihnen Gregor Hilgemann in einem weiteren Wagen folgte. Seine neue Verkleidung war ein kluger Schachzug, denn als angeblicher Offizier vermochte er mit einer ganz anderen Autorität aufzutreten denn als verkleideter Lakai.

## II.

Während die Droschke vom Potsdamer Platz in die Königgrätzer Straße einbog und schließlich an der Siegessäule vorbeifuhr, sah Nathalia sich mit leuchtenden Augen um. Begeistert zeigte sie auf einen entgegenkommenden Pferdeomnibus. »Damit will ich auch einmal fahren – und auch mit der neuen elektrischen Trambahn in Lichterfelde. Außerdem möchte ich in einen Biergarten gehen und Berliner Weiße mit Schuss trinken. Ich ...« Nathalia äußerte in der folgenden halben Stunde so viele Vorschläge und Wünsche, dass sie für deren Erfüllung ein ganzes Jahr in Berlin hätte bleiben müssen.

Lore ließ sie reden, weil sie das, was ihr auf der Zunge lag, nicht vor den Ohren des Droschkenkutschers äußern wollte. Zu Hause angekommen aber nahm sie sich das unternehmungslustige Fräulein zur Brust. »Jetzt noch einmal zu dir. Du bist also wirklich die ganze Strecke von Lausanne bis hierher allein gefahren!«

Auf Nathalias Gesicht machte sich ein Grinsen breit. »Das war doch gar nicht so schwer. Die Bahnbeamten waren sehr nett und haben mir geholfen.«

»Normalerweise bringen sie ein Mädchen deines Alters, das allein reist, zur Polizei«, antwortete Lore streng.

Nathalias Grinsen verstärkte sich. »Ich hatte doch eine Bescheinigung meiner Direktorin bei mir, auf der stand, dass meine Zofe kurz vor der Abfahrt erkrankt sei und mich nicht begleiten könne. Hier, schau!« Das Mädchen zog ein zusammengefaltetes Blatt Papier aus einer Tasche und reichte es Lore.

Diese schlug es auf und sah oben den Briefkopf der Höheren Töchterschule und darunter fein säuberlich mit der Hand geschrieben den genannten Text. Am Ende anempfahl die Direktorin Komtess Nathalia der ausdrücklichen Fürsorge der Bahnbeamten.

»Gut, nicht wahr? Habe ich selbst geschrieben«, erklärte Nathalia, als Lore ihr das Blatt zurückreichte.

Dieser fehlten für einen Moment die Worte. »Aber wie konntest du unterwegs einkaufen?«, fragte sie schließlich.

Nathalia kicherte. »Ich habe einfach gesagt, die Zofe hätte vergessen, mein Gepäck einzuladen. Daher wurde mir unterwegs zweimal ein Beamter zugeteilt, der mich zu den Kaufhäusern bringen und meine Einkäufe tragen musste.«

»Woher hattest du so viel Geld?«

»Als ich nach den Weihnachtsferien wieder in die Schweiz musste, haben mir Onkel Thomas, Tante Dorothea und auch du Geld zugesteckt. Da wir in der Schule nichts kaufen durften, habe ich es jetzt erst ausgeben können.«

Nathalia sah aus, als wolle sie tatsächlich Lob für ihre Schelmereien einheimsen, doch Lore dachte mit Schrecken daran, was dem Mädchen unterwegs alles hätte passieren können. Um nicht gleich den ersten Tag mit einer Missstimmung zu beginnen, verschob sie die geplante Gardinenpredigt auf später und befahl Jutta, eine Erfrischung zu bringen.

Während das Dienstmädchen das Zimmer verließ, musterte Lore ihre junge Freundin. Nathalia zählte zwar schon zwölf Jahre, war aber für ihr Alter noch recht zierlich. Dunkelblonde Locken lugten unter ihrem Strohhut hervor, und an dem dreieckigen Katzengesicht ließ sich noch nicht erkennen, ob sie einmal eine Schönheit werden oder nur durchschnittlich aussehen würde. Eines aber war Lore klar: Das Wort Angst kannte Nathalia nicht. Und was Disziplin bedeutete, schien sie in der Schweiz ganz und gar verlernt zu haben.

Es würde viel Fingerspitzengefühl erfordern, ihr beizubringen, was sie sich in ihrer Situation leisten konnte und was nicht. Dies war gewiss einfacher, wenn sich einige der Wünsche, die Nathalia mit ihrem Aufenthalt in Berlin verband, erfüllen würden. Daher stellte Lore einen Plan für den nächsten Tag zusammen und stellte erstaunt fest, dass Nathalia sich in dieser Stadt besser auskannte als sie.

»Woher weißt du das alles?«, fragte sie schließlich beeindruckt.

Nathalia antwortete mit einem neckischen Lachen. »Einige meiner Mitschülerinnen stammen aus Berlin und waren gerne bereit, mir die Vorzüge ihrer Heimatstadt haarklein aufzuzählen. Die wichtigsten Sachen habe ich mir aufgeschrieben und den Rest«, sie zeigte mit dem Knöchel des rechten Zeigefingers gegen ihre Stirn, »hier behalten.«

»Da hast du dich gut auf den Aufenthalt hier vorbereitet. Wir werden sehen, wie viel wir von deinen Plänen verwirklichen können. Eines sage ich dir aber gleich: Du wirst kein Bier trinken.«

»Ja, Frau Gouvernante!« Allerdings blitzten Nathalias Augen so, dass Lore beschloss, sie sorgsam unter Kontrolle zu halten. Das Mädchen wäre sonst imstande, allein in einen Biergarten zu gehen und Bier zu verlangen, und würde schließlich auf der Polizeistation enden. Sie hatte wahrlich wenig Lust, ihre kleine Freundin aus einer Verwahranstalt holen zu müssen.

Schnell verscheuchte sie diesen Gedanken und sprach ein anderes Thema an. »Meine ehemalige Zofe hat mich nicht nach Berlin begleiten wollen und deswegen gekündigt. Bislang hat Jutta mir geholfen, und da sie auch zu deiner Verfügung stehen wird, habe ich mich entschlossen, sie offiziell als Zofe einzustellen und ein anderes Dienstmädchen zu suchen. Das ist dir doch hoffentlich recht, Jutta?« Die Frage setzte Lore hinzu, weil ihr eingefallen war, dass das Dienstmädchen bereits die Beförderung zur Köchin ausgeschlagen hatte.

Jutta war eben mit zwei Gläsern und einer Karaffe mit Limonade zurückgekehrt und sah nun ihre Herrin und dann Nathalia an. Ihren vorhergehenden Herrinnen hatte sie oft genug Zofendienste leisten müssen und glaubte zu wissen, was alles dazugehörte. Kochen war jedoch eine Kunst, die vom Kochlöffel auf gelernt werden musste, um es zur Meisterschaft zu bringen.

»Also, gnädige Frau, wenn Sie es mit mir versuchen wollen, soll es mir recht sein. Sie müssen mir aber sofort sagen, wenn Sie nicht zufrieden mit mir sind«, antwortete sie. Ihr wurde bewusst, dass sie als Zofe über dem anderen Personal stehen würde und Nele und Jean somit offiziell Befehle erteilen durfte. Das gefiel ihr fast noch besser als die Zofentracht, die sie in Zukunft tragen würde.

»Dann ist das geklärt«, sagte Lore und bat Nathalia, ihr zu folgen. »Ich will dich einem weiteren Hausgast vorstellen. Halte dich bitte ein wenig zurück. Fräulein von Trepkow hat erst vor kurzem ihre Mutter verloren.« Da sie das Mädchen kannte, wusste Lore, dass es ihre Warnung beherzigen würde. Nathalia konnte einen zwar zur Weißglut bringen, aber wenn es darauf ankam und ihr wichtig schien, war sie auch charmant und bestechend höflich.

Und tatsächlich: Nathalia kondolierte Caroline mit sanfter Stimme und benahm sich in deren Gesellschaft so manierlich, dass ihre Lehrerinnen in der Schweiz sich verwundert die Augen gerieben hätten. Ein Gutes hatte ihre Anwesenheit, denn sie brachte Caroline dazu, sich stärker an den Gesprächen zu beteiligen als in den letzten Tagen. Auch huschte bei Natis Erzählungen sogar der Anflug eines Lächelns über Carolines Gesicht.

# III.

Während Lore mit Caroline und Nathalia zusammensaß, empfing Major von Palkow seinen ersten Gast in der Wohnung in der Potsdamer Straße. Er hatte sich von seinem Burschen Wein und einige Lebensmittel besorgen lassen und ihn dann mit einem weiteren Auftrag fortgeschickt, um allein mit Leutnant von Trepkow reden zu können. Dieser trank bereits sein drittes Glas Wein und stopfte sich dabei mit Schinken und Käse voll, als hätte er seit Tagen nichts gegessen.

»Verteufelte Sache, Ihre Mutter gerade zum jetzigen Zeitpunkt zu verlieren«, begann der Major das Gespräch.

Von Trepkow setzte das Weinglas ab und nickte. »Allerdings! Hätte nie gedacht, dass sie so früh gehen muss. Jetzt fehlt mir der Zuschuss, den sie mir hat zukommen lassen. Ist mir äußerst peinlich, muss ich sagen.«

»Immerhin haben Sie bei dem Bankmenschen Grünfelder einen dicken Stein im Brett. Es würde mich nicht wundern, wenn er Sie als Schwiegersohn willkommen hieße«, fuhr von Palkow fort.

»Ich wollte, es wäre schon so weit. Die Sache mit dieser Dampfyacht hat mich abgelenkt. Wäre sie am liebsten los.«

Von Trepkows Hoffnung, sich mit Palkows Zustimmung aus seiner Verpflichtung davonschleichen zu können, erhielt jedoch einen jähen Dämpfer, als der Major den Kopf schüttelte. »Sie haben Ihr Ehrenwort gegeben! Das können Sie nicht so einfach zurücknehmen. Wenn wir anderen Ihren Anteil mit aufbringen müssten, gäbe es Schwierigkeiten.«

»Wenn ich nur meine Wette mit Campe gewinnen könnte!«, entfuhr es dem Leutnant.

Von Palkow sah ihn interessiert an. »Welche Wette?«

Zuerst wollte sein Besucher nicht so recht mit der Sprache heraus, besann sich dann aber anders. »Es geht um Frau von Trettin. Famoses Fohlen! Sie kennen sie ja. Campe und ich haben gewettet, wer sie als Erster verführen kann. Meine Schwester hat mich jedoch bei ihr verleumdet. Ärgert mich fürchterlich! Ich käme sonst ganz sicher zum Zug.«

»Davon bin ich überzeugt! Weiß aber nicht, ob es so erstrebenswert für Sie wäre, Trepkow. Habe läuten hören, dass ihr Mann sich scheiden lassen will. Wenn Sie ihr den Hof machen, haben Sie sie am Hals und können auf Ehre nicht mehr zurück.«

Friedrich von Trepkow wurde blass. Dann huschte ein höhnischer Ausdruck über sein Gesicht. »Das würde ich Campe gönnen. Wäre mir lieb, wenn er die Scheidungswitwe heiraten müsste und ich bei Grünfelders Tochter freie Bahn hätte. Die ist zwar nicht mein Traumweib, aber meinen Gaul stört es nicht, wenn ein Plebejer wie Grünfelder seinen Hafer bezahlt. Muss den Kerl ja nicht andauernd um mich haben.«

»Fragen Sie sich nicht, weshalb Trettin sich scheiden lassen will?«, antwortete von Palkow.

»Und warum?«, fragte der Leutnant gehorsam, ohne sich dafür zu interessieren.

»Weil er Fräulein Grünfelder zu ehelichen gedenkt. Bei den beiden passt alles. Sie hat Geld wie Heu, er den Freiherrntitel. Außerdem ist er der Kompagnon ihres Vaters.«

Von Trepkow öffnete den Mund, brachte aber kein Wort heraus.

Von Palkow musterte ihn spöttisch. »Verschlägt Ihnen die Sprache, was? Wenn Trettin die Bankierstochter heiratet und Campe bei dessen jetziger Frau zum Zug kommt, sieht es übel für Sie aus. Dann bleibt Ihnen auf Ehre nur noch, Ihre Pistole zu nehmen und sich zu erschießen!«

Friedrich von Trepkow musste dem Major insgeheim zustimmen, so schrecklich der Gedanke auch war: Wenn er weder seinen Anteil an dem Geschenk für den Prinzen noch die Wette bezahlen konnte, war er im Regiment und auch im gesamten preußischen Heer erledigt.

»Ich müsste das Land verlassen und mich anderswo als Offizier anmustern lassen«, sagte er bedrückt.

»Denken Sie an Frankreich und die *légion étrangère*? Vergessen Sie es! Offiziere werden dort nur Franzmänner.«

»Ich hatte eher Russland oder Südamerika im Sinn.«

»Und mit was wollen Sie dort hinkommen?«, fragte von Palkow lachend. »Glauben Sie etwa, die Bahn oder die Schiffe nehmen Sie umsonst mit? Auch wird weder der russische Zar noch einer der südamerikanischen Despoten Ihnen einen Offiziersrang auf dem Silbertablett präsentieren. Nein, Trepkow, wenn Sie die Wette und Wilhelmine Grünfelder verlieren, sind Sie tot! Das wissen Sie genauso gut wie ich.«

Der Major bemerkte zufrieden, dass seine Worte trafen, begriff aber auch, dass Friedrich von Trepkow nicht den Mumm hatte, sich selbst zu erschießen, um seine Ehre zu wahren. Und das würde von Palkow zu nutzen wissen. Denn ihm lag die Tatsache, dass der russische Geheimdienst seine Verbindung zu Delaroux aufgedeckt hatte, schwer auf der Seele. Wenn Tirassow dies an die preußischen Behörden weitergab, sähe er sich einem Erschießungskommando gegenüber.

Es musste ihm unbedingt gelingen, den Anschlag auf Prinz Wilhelm durchzuführen. Versagte er, würde er das Geld nicht bekommen, mit dem er sich in den USA eine neue Existenz aufbauen wollte. Aber zu dem Zeitpunkt wäre das sein geringstes Problem. Denn es gäbe dann wahrscheinlich keinen Ort, an dem er noch sicher war, denn Delaroux würde alles daransetzen, ihn umbringen zu lassen. Im Grunde bewegte er sich genauso auf des Messers Schneide wie von Trepkow.

Er legte dem Leutnant den Arm um die Schulter und senkte die Stimme. »Vielleicht gibt es eine Möglichkeit, Ihnen zu Fräulein Grünfelder zu verhelfen!«

»Ich werde Trettin vor die Pistole fordern und ihn niederschießen wie einen Hund!«, presste von Trepkow hervor.

»Danach zwiebeln Sie in Memel polnische und litauische Rekruten, und Berlin ist für Sie ebenso weit entfernt wie der Mond. So gewinnen Sie gar nichts. Aber wenn Sie auf mich hören …« Von Palkow brach ab, als von Trepkow ihn mit neu erwachender Hoffnung ansah.

»Bitte sprechen Sie, Herr Major! Wäre Ihnen verteufelt zu Dank verpflichtet, wenn Sie mich aus dieser scheußlichen Lage befreien könnten.«

»Das, glaube ich, kann ich«, antwortete von Palkow und sah auf die Uhr. »Wir werden später drüber reden müssen. Ich habe gleich noch eine Verabredung. Muss Sie daher bitten zu gehen. Denken Sie über mein Angebot nach! Wenn Sie tun, was ich sage, wird Grünfelder Sie als Retter empfangen und Ihnen seine Tochter geben. Campe mag sich mit der schönen Trettin begnügen.«

Bevor er Elsie bei ihrem Diebstahlsversuch ertappt hatte, war es von Palkows Absicht gewesen, von Trepkow auf Fürst Tirassow zu hetzen. Nun hatte er seine Pläne geändert, wollte sich aber des Leutnants versichern, falls sein jetziger Plan schiefging und er einen anderen Handlanger benötigte.

»Habe vor kurzem eine kleine Erbschaft gemacht. Es ist nicht viel, aber ich könnte Ihnen das Geld für Ihren restlichen Anteil an dem prinzlichen Geschenk leihen. Falls Sie die Wette mit Campe verlieren, auch mehr. Zahlen Sie mir die Summe zurück, wenn Sie Ihren Goldfisch geheiratet haben.«

Der Major amüsierte sich im Stillen darüber, wie sich die Miene des Leutnants veränderte. Angst und Unsicherheit machten unendlicher Erleichterung Platz. Im nächsten Moment flammten die Augen auf. »Können Sie mir dann nicht vielleicht jetzt schon eine kleine Summe leihen?«

Raffgieriger Narr!, dachte von Palkow, zog aber seine Börse heraus und reichte dem Leutnant ein paar Geldscheine. »Ich will ja nicht so sein. Aber vergessen Sie nicht: Von nun an sind Sie mir verpflichtet. Gehorchen Sie nicht, mache ich Sie hier in Berlin und beim Heer unmöglich. Dann bleibt Ihnen wirklich nur, sich eine Kugel in den Schädel zu jagen.«

Einen anderen hätte die Drohung vielleicht erschreckt oder gar über die Beweggründe des Majors nachsinnen lassen. Friedrich von Trepkow aber steckte unbesorgt die Banknoten ein und salutierte. »Herr Major können sich voll und ganz auf mich verlassen!«

»Das weiß ich, mein lieber Trepkow!« Mit diesen Worten führte von Palkow seinen Besucher zur Tür und ließ ihn hinaus. Ein Blick auf die Uhr zeigte, dass ihm bis zu Malwines Erscheinen noch Zeit für eine Zigarre blieb, und so setzte er sich auf einen Stuhl und brannte sich eine an.

# IV.

Malwine von Trettin erschien beim Stundenschlag, gekleidet in ein elegantes kanariengelbes Kleid und einen krempenlosen Hut mit Federbesatz. Mit einer heftigen Bewegung legte sie die seidene Handtasche und den zierlichen Sonnenschirm auf eine Kommode. Dabei wirkte ihre Miene angespannt und ihr Mund verkniffen.

Von Palkow drückte die fast fertig gerauchte Zigarre aus und umarmte seine Geliebte. Einige Augenblicke lang lag sie steif in seinen Armen, dann endlich entspannte sie sich und erwiderte die zärtliche Begrüßung. »Ich bin glücklich, wenn du da bist!«, sagte sie. »Du gibst mir Kraft und das Gefühl, begehrenswert zu sein.«

»Du bist begehrenswert!«

In diesem Moment bedauerte von Palkow es, Malwine nicht in die Neue Welt mitnehmen zu können. Sie war ihm in den letzten zwei Jahren nicht nur eine leidenschaftliche Geliebte gewesen, sondern hatte ihm immer wieder mit ein paar diskret gereichten Geldscheinen ausgeholfen. Doch das durfte seine Entscheidung nicht beeinflussen, sagte er sich, während er sie langsam auszog. Als sie nackt vor ihm stand, spürte er ihre Anziehungskraft noch stärker. Bis zu diesem Zeitpunkt hätte er nicht zu sagen vermocht, was ihn an dieser Frau so faszinierte, doch nun begriff er, dass es ihre innere Härte war und die Bereitschaft, notfalls über Leichen zu gehen, um ihr Ziel zu erreichen.

»Du bist bewundernswert«, stieß er keuchend hervor und riss sich die Uniform und die Unterwäsche vom Leib.

Malwine schenkte unterdessen Wein in zwei Gläser, reichte ihm eines und trank selbst in einer lasziven Pose. »Komm her und liebe mich, damit ich endlich an etwas anderes denke als an diese verdammte Lore und ihren dreimal verfluchten Ehemann!«

Diesen Gefallen tat von Palkow ihr gerne. Doch als er auf ihr lag und ihren Anweisungen zufolge langsamer oder schneller wurde, dachte er an Elsie, die er ohne jede Rücksicht hatte nehmen können. Das hätte er sich auch einmal bei Malwine gewünscht, doch als er unvermittelt rauer wurde, rief sie ihn sofort zur Ordnung. Selbst im Bett ist sie die Stärkere von uns, dachte er und schämte sich dafür. Bevor er sie hier in Berlin zurückließ, wollte er so mit ihr schlafen, wie er es sich vorstellte. Der Preis dafür würde der Tod eines Mannes sein und das zerstörte Leben eines anderen.

Dieser Gedanke erfüllte von Palkow noch, als Malwine sich wieder anzog, während er sich nackt auf den Stuhl setzte und sich eine Zigarre ansteckte.

»Woran denkst du?«, fragte Malwine.

»An deinen Hass auf deine Verwandten. Ich werde alles tun, um dir zu helfen, sie zu vernichten!«, versprach er ihr in der Hoffnung, sich wenigstens ein Mal in ihrer Beziehung als der Stärkere fühlen zu können. Dabei grinste er verzerrt und blies Rauchringe in die Luft.

»Jetzt rede schon!«, fuhr Malwine ihn an und hob die Hand, als wolle sie ihn wie einen kleinen Jungen züchtigen.

»Du wirst erlauben, dass das mein Geheimnis bleibt!« Dem Major war in dem Moment, als ihm die verhängnisvollen Worte herausgerutscht waren, klar geworden, dass er besser geschwiegen hätte. Malwine war hartnäckig und gab nicht eher auf, bis sie überzeugt war, alles zu wissen. Also musste er ihr eine Geschichte erzählen, die ihr schlüssig schien, das Wichtigste aber verschweigen.

»Es geht um von Trepkow. Er hat erfahren, dass Fridolin von Trettin das Grünfelder-Mädchen heiraten will. Seitdem ist er fuchsteufelswild. Würde mich nicht wundern, wenn er den Burschen vor den Lauf seiner Pistole holt!«

Malwine klatschte begeistert in die Hände. »Hoffentlich tut er es! Wenn dieser Lump erst einmal tot ist, wird die Schneiderin schon merken, wie ihr der Eiswind um die Nase pfeift. Die setzt mich kein weiteres Mal bei den übrigen Damen in ein schlechtes Licht!« In ihrer Erregung achtete sie nicht auf die Miene des Majors, die nun doch schuldbewusst wirkte, weil er ihr die wahren Beweggründe für sein Handeln vorenthielt.

Daher war von Palkow froh, als seine Geliebte sich nach einer guten Stunde verabschiedete. Erst dann zog er sich ebenfalls an, rauchte eine weitere Zigarre und wartete auf den Abend. Dabei berauschte er sich an der Angst, die Elsie am Vortag gezeigt hatte, und freute sich darauf, eine Frau unter sich zu spüren, bei der er den Takt vorgab. Außerdem hielt er Elsie für verkommen genug, sich für seine Pläne benützen zu lassen. Erleichtert, weil er alles im Griff hatte, prostete er seinem Spiegelbild zu und freute sich trotz einer gewissen Wehmut darauf, die schlichte Dienstuniform eines preußischen Majors gegen Frack und Zylinder eines amerikanischen Millionärs eintauschen zu können.

# V.

Nathalias Ankunft brachte Leben ins Haus. Nach den langen Wochen in der Schule, in der sie brav hatte sitzen müssen und nur in Reih und Glied spazieren gehen durften, genoss sie es in vollen Zügen, sich endlich wieder frei bewegen zu können. Für Lore war es nicht ganz einfach, den Übermut ihres Schützlings zu bremsen. Allerdings würde sie mit ihr weitaus öfter aus dem Haus kommen als bisher, denn Nathalia wollte einfach alles in Berlin sehen, was interessant sein konnte. Ihr erstes Ziel war die Straße Unter den Linden. Dort saßen sie zusammen in der Konditorei Kranzler, aßen Windbeutel und genossen die heiße Schokolade.

Hinterher kaufte Nathalia Bratwürste bei einem Straßenhändler, der diese auf einem kleinen Herd briet, den er sich vor den Bauch geschnallt hatte. Da Fridolin in den letzten Tagen, bevor er zum Militär einrücken musste, noch einiges in Grünfelders Bank zu erledigen hatte und zudem mehrmals in der Woche den Uniformschneider aufsuchte, begleitete Gregor Hilgemann die Damen als vorgeblicher Hauptmann der Artillerie. Allein seine Anwesenheit genügte, um Lore und Nathalia unliebsame Zwischenfälle zu ersparen.

Am Nachmittag fasste Nathalia den Beschluss, Marys Modesalon zu besuchen. »Ich brauche noch ein paar Kleider für hier und für Bremen«, erklärte sie Lore. »Mit den Klamotten, die ich in der Schule anziehen muss, will ich in den Ferien nicht herumlaufen.«

»Vielleicht sollten wir das morgen machen, bevor die anderen Kundinnen zu Mary kommen«, schlug Lore vor, um die Gerüchte, die endlich ein wenig im Abklingen waren, nicht erneut anzuheizen.

Damit kam sie bei Nathalia nicht gut an. »Dann verlieren wir einen ganzen Tag, bis ich mein erstes Kleid bekomme. Mary muss es mir sofort schneidern, verstehst du!«

»Wenn du willst, nähe ich dir ein Kleid«, bot Lore an, stieß damit jedoch auf wenig Gegenliebe.

»Dann sitzt du den ganzen Tag zu Hause und stichelst mit der Nadel herum. Ich will aber, dass du mit mir Ausflüge unternimmst! Ich habe nur vier Wochen Zeit, dann muss ich nach Bremen.«

»Du tust gerade so, als würdest du Onkel Thomas und Dorothea nur ungern besuchen.«

Nathalia schüttelte vehement den Kopf. »Natürlich freue ich mich auf die beiden! Aber Bremen kenne ich in- und auswendig. Dort kann ich mich auch mal hinsetzen und für das neue Schuljahr lernen. Aber hier in Berlin will ich etwas erleben.«

»Also gut, dann sorgen wir dafür, dass du dich nicht langweilen musst. Aber pass auf! Du darfst Mary, wenn wir in ihren Salon kommen, nicht wie eine gute alte Freundin begrüßen, sondern wie die Besitzerin eines ganz normalen Modesalons«, begann Lore.

»Und warum?«

Lore dachte einen Moment nach, beschloss aber nach kurzem Abwägen, dass das Mädchen alt genug war, um ihre Situation zu begreifen. »Es geht um Malwine! Sie hat einen Haufen Lügen über mich erzählt, die von den Leuten geglaubt werden. Du weißt ja, dass eine Dame von Adel nicht für eine Schneiderin arbeiten darf, ohne ihr Ansehen zu verlieren. Aus diesem

Grund arbeite ich ja nur heimlich für Mary, doch dieses Biest tut so, als würde ich den lieben langen Tag bei ihr im Atelier sitzen und nähen. Außerdem erzählt sie üble Lügen über meine Vergangenheit. Deswegen hat mich die Frau von Fridolins Bankdirektor etliche Wochen lang nicht empfangen.«

»Dann ist sie eine dumme Kuh!«, urteilte Nathalia und streckte der ihr unbekannten Frau die Zunge heraus.

»Besonders klug finde ich sie wirklich nicht. Dennoch hat mir die Sache sehr geschadet. Ich bin deswegen schon mit Fridolin ins Streiten geraten.« Lore lachte zwar, verspürte aber noch immer eine gewisse Bitternis.

»Aber wird Mary nicht enttäuscht sein, wenn ich sie behandle, als wäre sie nicht unseresgleichen?«, wollte Nathalia nun wissen.

»Du sollst sie so höflich behandeln, wie es ihr als Besitzerin des Modesalons zukommt.« Lore hoffte, dass ihre Mahnung bei dem Mädchen ankam, denn wenn Nathalia wollte, konnte sie sich auf eine so schockierende Weise benehmen, dass Frauen höherer Stände reihenweise in Ohnmacht fielen.

Sie hätte sich jedoch keine Sorgen zu machen brauchen, denn Nathalia spielte die kleine Dame und behandelte Mary und deren Näherinnen mit vollendeter Höflichkeit. Sie stand still, wenn Maß genommen werden musste, wählte genau die Stoffe, zu denen Lore ihr riet, und fiel nur einmal ein wenig aus der Rolle, als sie forderte, das erste der bestellten Kleider müsse am nächsten Tag fertig sein.

Um Marys Lippen zuckte es amüsiert. »Gnädiges Fräulein, ich fürchte, das wird nicht gehen. Sie sollten sich selbst und uns die Gelegenheit geben, das Kleid wenigstens ein Mal anzuprobieren. Morgen Nachmittag könnten wir sehen, ob es passt. Ist dies der Fall, können Sie das Kleid gleich mitnehmen. Sonst müssten Sie ein wenig warten, bis wir mögliche Änderungen gemacht haben.«

»Nun, wenn es nicht anders geht! Wo wollen wir denn jetzt hin, liebe Lore, in den Zoologischen Garten mit seinen Tieren oder doch besser in die Nationalgalerie zu den alten Meistern? Wie Sie wissen, würde ich gerne beides sehen.« Im Allgemeinen sagten Lore und Nathalia Du zueinander, doch jetzt wollte die Kleine beweisen, wie wohlerzogen sie war.

Eine Kundin, die sich ein wenig ärgerte, weil sie wegen des Mädchens hatte warten müssen, wandte sich an Mary. »Wer ist denn dieses Kind, das Frau von Trettin bei sich hat?« Sie sprach leise, aber nicht leise genug für Nathalias empfindliche Ohren.

»Liebste Lore, wollen Sie mich vorstellen, oder muss ich es selbst tun?«, fragte sie lächelnd.

»Natürlich mache ich das!« Lore lächelte die neugierige Dame an. »Frau von Schneider – Komtess Nathalia Sophia Alexandra Elisabeth von Retzmann aus Bremen.«

Das Mädchen knickste anmutig und musste sich dabei das Lachen verkneifen. Die Frau hieß so, wie missgünstige Damen Lore bezeichnet hatten, nämlich Schneider. Nathalia brachte es jedoch fertig, ernst zu bleiben, und wandte sich anschließend an Lore.

»Wir sollten jetzt gehen, meine Liebe. Auf Wiedersehen, Mrs. Penn, auf Wiedersehen die Damen.« Damit fasste sie nach Lores Hand und führte ihre große Freundin zur Tür. Eine der Näherinnen Marys öffnete ihnen, und kurz darauf konnten

die im Modesalon zurückgebliebenen Frauen durch ein Fenster
sehen, wie die beiden mit einer Droschke losfuhren.
Frau von Schneider platzte schier vor Neugierde. »Mrs. Penn,
Sie kennen doch Frau von Trettin von früher. Wissen Sie, wer
dieses Kind ist? Den Namen von Retzmann habe ich noch nie
gehört. Er klingt, als wäre die Familie frisch geadelt worden «
Die Dame hatte den Sohn eines erst kürzlich in den Adelsstand erhobenen Mannes geheiratet, und so empfand Mary
diesen Ausspruch als deplatziert. Daher antwortete sie nicht
ganz so verbindlich, wie es an und für sich ihre Art war. »Ganz
im Gegenteil, gnädige Frau! Meines Wissens entstammt Kon-
tess Nathalia einer uralten niedersächsischen Adelsfamilie, die
früher Retzmann von Steenfleeth genannt wurde. Ein jüngerer
Sohn begründete diese Linie der Retzmanns und verzichtete
auf den Namen des Familiensitzes. Jetzt ist die Komtess das
vorerst letzte Glied dieser Sippe und damit die Universalerbin
des Retzmann'schen Besitzes, der gewaltig sein soll. So ist die
Komtess eine der größten Anteilseignerinnen beim Norddeutschen Lloyd, besitzt ein Gut in Oldenburg und etliche weitere
Liegenschaften im norddeutschen Raum.«
Marys Bericht machte bei ihren Kundinnen Eindruck, und
eine fragte, wie Lore denn zu so einer Bekanntschaft käme.
»Freifrau von Trettin, die damals noch nicht verheiratet war,
rettete der Komtess auf dem vor fünfeinhalb Jahren in der
Themsemündung gesunkenen NDL-Schnelldampfer *Deutschland* das Leben. Ihr Großvater, Freiherr Wolfhard Nikolaus
von Trettin auf Trettin, hatte seinen Freund, Graf Retzmann,
gebeten, sich seiner Enkelin auf der Reise nach Amerika anzunehmen. Bedauerlicherweise kam Graf Retzmann auf der

*Deutschland* um, doch die damaligen Ereignisse haben eine enge Freundschaft zwischen der Freifrau von Trettin und der kleinen Komtess begründet.«

Die fassungslosen Blicke ihrer Kundinnen amüsierten Mary. Doch da sie damit kein Geld verdienen konnte, forderte sie Frau von Schneider auf, mit in das Anprobezimmer zu kommen. Auch dort wollte die Dame mehr über Nathalia und Lore erfahren, und Mary nahm die Gelegenheit wahr, gegen die üblen Gerüchte anzusteuern, die Malwine von Trettin in Umlauf gebracht hatte.

## VI.

Nun war er also Soldat. Fridolin konnte es selbst kaum glauben. Mit leiser Wehmut sah er Jean dabei zu, wie er den Zivilanzug, den er bis eben getragen hatte, ausbürstete, um ihn in den Schrank zu hängen, und wusste nicht so recht, wie er sich zu seiner neuen Situation stellen sollte. Als er vor den Spiegel trat und sich betrachtete, kam er sich in der dunkelblauen Uniform mit dem Kragen, den Aufschlägen und Rabatten in Rot und den gelben Knöpfen und Litzen wie ein Fremder vor. Der lederne Helm mit seinem viereckigen Aufsatz verstärkte diesen Eindruck noch. Nur das Gesicht mit den blauen Augen war seines.

»Daran werde ich mich gewöhnen müssen«, sagte er zu Lore, die mit Nathalia zusammen hereingekommen war, um ihn abzuholen.

Lore verzog das Gesicht. »Es war deine Entscheidung, mein Lieber. Ich habe dich nicht dazu gedrängt.«

»Das habe ich auch nicht behauptet. Aber es ist nun einmal so, dass in diesem Land ein Mann nur dann etwas gilt, wenn er des Königs Rock getragen hat. Außerdem war mein Vater Major …«

»… und ist im Krieg gefallen«, fiel Lore ihm ins Wort.

Fridolin nickte. »Ja, das ist er! Aber die Zeit der Kriege ist vorbei. Laut Bismarck ist das Reich saturiert, und ich wüsste auch nicht, was Preußen sich noch einverleiben sollte. Böhmen vielleicht? Da würde Österreich sich sofort mit Frankreich gegen uns verbünden. Polen zählt bis auf die Provinzen Posen und Westpreußen zu Russland, also ist auch dort für uns nichts mehr zu holen. Dänemark haben wir bereits um Holstein und Schleswig gebracht und die Franzosen um Elsass und Lothringen. Blieben also nur noch Belgien, die Niederlande und die Schweiz.«

»Gegen die Schweiz kann Preußen ruhig Krieg führen. Dann müsste ich nicht mehr zurück ins Internat«, warf Nathalia hoffnungsvoll ein.

Mit einem Lachen wandte Fridolin sich ihr zu und zerzauste ihr das Haar. »Nein, mein liebes Fräulein! Ich für meinen Teil will wahrlich keinen Krieg führen. Ich ziehe die Uniform nur an, um hinterher als Geschäftsmann erfolgreich sein zu können. Wenn mich dann einer fragt: ›Ham se jedient?‹, kriegt er zur Antwort: ›Jawoll, beim Zweiten Garde-Ulanen-Regiment!‹«

»Wieso musstest du eigentlich zu den Ulanen? So ein guter Reiter bist du doch auch wieder nicht?« Lores Frage war berechtigt, doch Fridolin ging munter darüber hinweg.

»Ein Trettin dient nur bei einem berittenen Garderegiment

und sonst nirgends. Außerdem war der jetzige Kommandeur ein Kamerad meines Vaters und hat uns früher oft besucht. Er wollte mich nach dessen Tod in die Kadettenanstalt schicken, um mir die Möglichkeit zu geben, in meines Vaters Fußstapfen zu treten. Das hat Mama jedoch verhindert. Jetzt ist der Mann froh, dass ich mich wenigstens zum Reserveoffizier hochdienen will.«

»Ich wünsche dir auf jeden Fall Glück. Fall nicht zu oft vom Pferd und breche dir kein Bein!« Ein bisschen Spott konnte Lore sich nicht verkneifen. In ihren Augen benahm ihr Mann sich wie ein kleiner Junge, der ein neues Spielzeug geschenkt bekommen hatte und dies nun unbedingt ausprobieren wollte. »Die Droschke steht schon bereit«, setzte sie noch hinzu.

Fridolin legte einen Arm um sie und zog sie an sich. »Dann sollten wir aufbrechen. Nicht traurig sein! Ich muss doch nur die ersten vier Wochen in der Kaserne bleiben, und danach bin ich Heimschläfer. Dann hast du mich wenigstens in der Nacht wieder, es sei denn, ich muss auf Wache.«

»Paradiert ihr auch Unter den Linden?«, wollte Nathalia wissen.

»Von Zeit zu Zeit!«, antwortete Fridolin.

»Du musst uns sagen, wann es so weit ist. Ich würde nämlich gerne zuschauen.« Nathalias Augen leuchteten bei der Vorstellung, Hunderte Soldaten in Paradeuniformen zu Pferd an sich vorbeiziehen zu sehen. Da fiel ihr noch etwas ein: »Die Fußsoldaten paradieren doch im Gleichschritt. Machen das die Pferde auch?«

An der Frage hatte Fridolin zu kauen, während Lore sich das Lachen nicht verkneifen konnte.

»Wir reiten Kavalleriepferde und keine Zirkusgäule«, erklärte er schließlich und trieb Lore und das naseweise Mädchen mit einer energischen Handbewegung zur Tür hinaus. »Jetzt kommt endlich, sonst glaubt Oberst von Scholten noch, ich wäre bereits vor meinem Eintritt ins Regiment desertiert!«

Lore war froh, dass sie ihm den Rücken zukehren konnte, denn sie musste noch immer über ihren Freizeitsoldaten lachen.

Als sie die wartende Droschke erreichten, hatte sie sich weit genug in der Gewalt, um mit einem hintergründigen Lächeln einsteigen und sich setzen zu können. Nathalia folgte ihr und schwankte kurz, ob sie noch als Kind galt, das Erwachsenen den Vortritt lassen musste, oder als Fräulein, auf das die Herren der Schöpfung Rücksicht zu nehmen hatten. Fridolin nahm ihr die Entscheidung ab und schob sie neben Lore, während er gegen die Fahrtrichtung Platz nahm.

»So, jetzt kannst du richtig schauen! Darum ging es dir doch, nicht wahr?« Den Zusatz »du kleine Nervensäge« verkniff Fridolin sich, denn im Grunde war er froh über Nathalias Anwesenheit. Auch wenn das Mädchen recht anstrengend war, hatte seine Frau in den nächsten Wochen jemand, der dafür sorgen würde, dass sie nicht in Trübsal verfiel. Da Caroline von Trepkow sich noch immer in sich selbst zurückzog, weil sie mit dem Tod ihrer Mutter nicht zurechtkam, hätte er Lore ungern mit ihr allein gelassen.

Der Droschkenkutscher bemerkte Fridolins noch ganz neue Uniform und wusste Bescheid. Ohne dass dieser ihm das Fahrziel nennen musste, ließ er die Pferde antraben und fuhr die Turmstraße entlang, bis er über die Rathenower Straße und die Seydlitzstraße die Kaserne des Zweiten Garde-Ulanen-Regiments erreichte.

Vor der Kaserne verabschiedete Fridolin sich von Lore und Nathalia und wandte sich dem prachtvollen Bau zu, der die Größe und die Herrlichkeit des neuen Reiches zum Ausdruck brachte. Am Tor präsentierten die Schildwachen die Waffen, als stünde ein General vor ihnen und kein lumpiger Fähnrich, der bislang noch keinen Schuss Pulver gerochen hatte.

Auf dem Hof wurde Fridolin von einem Wachtmeister in Empfang genommen. »Bitte zu hören, ob der Herr Fähnrich der Neue ist?«

»Fridolin von Trettin, wenn es genehm ist!« So ganz hatte Fridolin sich noch nicht mit den militärischen Begebenheiten vertraut gemacht, so wusste er nicht recht, was für eine Antwort erwartet wurde.

Der Unteroffizier musterte ihn mit schräg gelegtem Kopf und schien unschlüssig. »Bitte erfahren zu dürfen, ob Herr Fähnrich Sohn ist von Major von Trettin oder nur einer von diesen jungen Studenten, die wollen Offizier spielen?«

Mit der Grammatik steht der Gute ja arg auf Kriegsfuß, fuhr es Fridolin durch den Kopf. Trotzdem antwortete er freundlich. »Major Joachim von Trettin war mein Vater. Er ist beim Sturm auf die Düppeler Schanzen in Schleswig gefallen.«

»Bin dabei gewesen! Krysztof Kowalczyk, wenn Herr Fähnrich sich erinnern wollen. War damals Bursche bei Herrn Major. Habe für Herrn Fähnrich, als er klein gewest, Pferdchen gespielt!« Dem alten Soldaten wurden die Augen feucht, und einen Moment schien es so, als wolle er Fridolin umarmen. Er begnügte sich dann aber mit einem militärischen Gruß und rief einen Soldaten herbei, der Fridolins Gepäck zu dessen Quartier bringen sollte.

»Kannst gleich machen Bursche bei Herrn Fähnrich. Mach aber ordentlich, sonst ziehe ich dir Hammelbeine lang!«, rief er dem Mann hinterher und wandte sich wieder mit strahlender Miene an Fridolin.

Dieser rieb sich über die Stirn und schüttelte den Kopf. »Jetzt erinnere ich mich! Sie sind der polnische Bursche meines Vaters gewesen. Damals haben Sie kaum ein deutsches Wort herausgebracht, und jetzt sind Sie Wachtmeister bei den Garde-Ulanen.«

»Freut mich, dass Herr Fähnrich sich erinnert. War schöne Zeit damals. Schade um Herrn Major. War guter Mann!« Kowalczyk wischte sich mit dem Handrücken die feuchten Augen, grinste dann aber fröhlich.

»Freut mich, dass Herr Fähnrich zum selben Regiment gekommen sind, wenn auch nur als Jährling. Aber Herr Fähnrich kann sich verlassen auf mich. Ich mache mit Herrn Fähnrich Privatunterricht als Offizier. Danach Herr Fähnrich kann alles. In einer Woche, wenn große Parade Unter Linden, Herr Fähnrich macht guten Eindruck.«

»In einer Woche ist bereits Parade? Ich kenne da jemanden, der sich darüber freuen wird!« Fridolin dachte dabei nicht nur an Nathalia, sondern auch an Lore, die es gewiss auch genießen würde, wenn er als stattlicher Reiter an ihr vorbeiritt. Außerdem wollte er Hede Pfefferkorn Bescheid geben, in der er keine zu missachtende Bordellbesitzerin sah, sondern eine gute Freundin, deren Rat ihm viel bedeutete.

»Wir kriegen hin, Herr Fähnrich. Wenn Herr Fähnrich jetzt folgen wollen. Ich zeige Herrn Fähnrich Quartier!« Kowalczyk ging voraus und überlegte sich dabei schon, wie er den Privatunterricht gestalten sollte, um Fridolin im Schnellkurs in einen passablen Offizier zu verwandeln.

## VII.

Nachdem Lore und Nathalia Fridolin verabschiedet hatten, wiesen sie den Droschkenkutscher an, sie in die Markgrafenstraße zu fahren, da sie Frau von Steniks Einladung zu deren Besuchsnachmittag folgen wollten. Vor dem Haus mussten sie warten, bis mehrere Damen aus ihren Karossen ausgestiegen waren. Diese waren mit eleganten Wagen vorgefahren, gegen die die Droschke, in der sie und Nathalia saßen, arg schäbig wirkte.

»Wir brauchen wirklich bald ein eigenes Gespann, wenn wir nicht unseren Ruf verlieren wollen«, sagte Lore zu Nathalia.

»In Bremen hatten wir ein schöneres Gespann als die da vorne«, schnaubte Nathalia verächtlich.

»Das Gespann ist noch immer vorhanden. Du wirst es benutzen können, wenn du den Rest deiner Ferien in Bremen verbringst.«

Nathalia sah sie mit einem strafenden Blick an. »Wir werden den Wagen gemeinsam benützen. Oder hast du vergessen, dass du mir versprochen hast, mit nach Bremen zu kommen? Du willst doch nicht, dass ich noch einmal alleine reise!«

Wohl hatte Lore das bei einer der Predigten angedeutet, die sie dem aufmüpfigen Fräulein gehalten hatte, ohne sich dabei etwas zu denken. Jetzt aber spürte sie, wie stark es sie verlockte, mit nach Bremen zu kommen, und sei es nur, um ein Schwätzchen mit Dorothea Simmern zu halten.

»Ich werde dich begleiten. Allerdings nehmen wir auch Fräulein von Trepkow mit. Sie muss dringend etwas anderes sehen, sonst versinkt sie ganz in ihrer Trauer.«

Nathalia strahlte über das ganze Gesicht. »Das werden wir! Ich mag sie nämlich. Die Arme, was muss sie für einen elenden Bruder haben! Wäre ich ein Mann, würde ich diesem Burschen eine Ohrfeige versetzen und ihn dann beim Duell mit dem Säbel in kleine Stücke schneiden.«

»Nati, das ist wirklich nicht besonders damenhaft«, tadelte Lore die Kleine.

Nathalia kicherte. »Da scheinst du bei meiner Erziehung nicht richtig aufgepasst haben. Aber jetzt können wir aussteigen. Die Damen haben das Feld geräumt.«

Lore seufzte. Wie es aussah, hatte Nathalia während der letzten Tage von Fridolin einige militärische Bemerkungen aufgeschnappt oder – was sie für wahrscheinlicher hielt – in dessen »Soldatenfreund« geblättert. Es war zu hoffen, dass sie sich bei diesem Besuch nicht eines Wortschatzes bediente, der bei einem altgedienten Hauptmann hingenommen wurde, aber niemals bei einem Backfisch von nicht einmal dreizehn Jahren. Die Tür des Hauses stand offen, und eine Dienerin führte sie in den großen Raum, in dem Frau von Stenik ihre Gäste empfing. Wie immer hatte sie eine große Zahl an Damen eingeladen. Doch zu Lores Verwunderung befand sich auch einer der jungen Offiziere darunter, der ihr in Grünfelders Villa vorgestellt worden war, ohne dass sie sich seines Namens hätte entsinnen können.

Hasso von Campe war es durch seine verwandtschaftlichen Beziehungen zur Gastgeberin gelungen, eingeladen zu werden.

Auf seine Bitte hin hatte Frau von Stenik ihn am Tisch zur Linken Lores eingeteilt. Kaum saßen sie, begann er auch sofort ein Gespräch. In dem Glauben, ihre adelige Abkunft sei durch ihren bürgerlichen Vater verwässert worden, behandelte er sie allerdings wie ein Mädchen, das er in einem Biergarten kennengelernt hatte.

»Trinken Sie ruhig ein Glas Wein. Davon werden Sie gewiss nicht betrunken!«, forderte er sie auf und griff trotz des Dieners, der dafür bereitstand, nach der Flasche, um ihr einzuschenken.

Gerade noch rechtzeitig verdeckte Lore ihr Glas mit der Hand. »Ich hätte lieber ein Glas Limonade. Sie nicht auch, Komtess?«

Nathalia nickte und bedachte den Offizier mit einem spöttischen Blick. »Sehr gerne, Frau von Trettin. Am liebsten wäre mir eine mit Waldmeistergeschmack!«

Sofort eilte der Diener herbei und brachte das Verlangte. Das leere Weinglas nahm er zu von Campes Ärger mit.

Entschlossen ging der Offizier erneut zum Angriff über. »Sie sollten mit Komtess Retzmann nicht unbegleitet durch Berlin flanieren, Gnädigste. Das ist für eine junge Dame wie Sie nicht ungefährlich. Erlauben Sie mir daher, Sie nach Hause zu geleiten. Stehe Ihnen selbstverständlich auch für andere Ausflüge zur Verfügung.«

Noch während Lore überlegte, wie sie dieses unverschämte Ansinnen zurückweisen konnte, begann Nathalia zu sticheln. »Ist es hier in Berlin wirklich so gefährlich, sich auf die Straßen zu wagen? Die anderen Damen saßen doch auch ohne Leibwächter in ihren Wagen.«

»Wenn man weiß, welche Straßen man benützen kann, ist es selbstverständlich 'ungefährlich. Nur sind Sie und Frau von Trettin neu in der Stadt. Könnten in eine schlecht beleumundete Gegend geraten! In manchen Stadtteilen wimmelt es von Schurken und Räubern«, erklärte von Campe hochmütig.

»Bei Fahrten durch solche Gegenden sind wir immer in Begleitung«, plapperte Nathalia fröhlich weiter. »Es gibt nämlich einen anderen Offizier, der mit uns kommt. Heute ist er nicht bei uns, weil wir in den besseren Straßen Berlins unterwegs sind.«

Lore wollte Nathalia noch bremsen, um die Leute nicht auf Gregor Hilgemann aufmerksam zu machen, sagte sich dann aber, dass es gefährlicher wäre, das Mädchen zu unterbrechen, als es reden zu lassen. Übelwollende Damen, und davon gab es hier wahrlich genug, hätten ihr wahrscheinlich sofort ein Verhältnis mit diesem angeblichen Offizier nachgesagt.

Von Campes Gedanken gingen in eine ganz andere Richtung. Für ihn gab es keinen Zweifel, dass es sich bei Lores Begleiter um Friedrich von Trepkow handelte. Verärgert, weil er glaubte, hinter seinen Wettpartner zurückgefallen zu sein, brauchte er ein paar Minuten, um seine Gedanken zu ordnen.

Dann ergriff er von neuem die Initiative. »Habe gehört, Ihr Mann will zum Garde-Ulanen-Regiment kommen. Guter Entschluss. Ist das beste im ganzen Heer!«

»Wir haben ihn vorhin bei der Kaserne abgesetzt!« Erneut kam Nathalia Lore zuvor.

Vorlautes Gör! Kannst du nicht den Mund halten, wenn Erwachsene reden, fuhr es von Campe durch den Kopf.

Lore las ihm diesen Gedanken von der Stirn ab und verdeckte

ihren Mund mit der Hand, damit der Rittmeister ihr Lächeln nicht sah. Wie es schien, erwies sich Nathalias Anwesenheit als der beste Schutz gegen diesen aufdringlichen Menschen.

»Die Komtess hat recht«, sagte sie zuckersüß. »Wir haben meinen Mann bis zur Kaserne begleitet.«

»Wird vorerst sehr beschäftigt sein. Grundausbildung, Theorie, Manöver, Paraden. Da werden Sie ihn so rasch nicht wiedersehen. Um ein guter Offizier zu werden, ist er zu alt. Hätte als Kadett beginnen müssen.«

Erneut stieß Lore der überhebliche Tonfall des Mannes übel auf, und sie überlegte, wie sie ihn loswerden konnte. Da er der einzige männliche Gast war, beschlich sie der Verdacht, Frau von Stenik könne mit ihm im Bunde sein, um sie erneut in ein schlechtes Licht zu rücken. Eine Freundin konnte sie diese Dame wirklich nicht nennen.

Kurz darauf sah sie ihren Verdacht bestätigt. Frau von Stenik erwähnte ihrer Tischnachbarin gegenüber Fridolins Namen, und sie spitzte die Ohren. Dabei verwünschte sie von Campe, der noch immer auf sie einredete, ins hinterste Pommern. » … habe aus zuverlässiger Quelle gehört, dass Trettin sich scheiden lassen will, um Wilhelmine Grünfelder zu heiraten. Deren Vater hat ihn wohl auch deswegen dazu überredet, sein Freiwilligenjahr beim Militär abzuleisten. Trettin ist sehr strebsam, meine Liebe, und mit dieser Heirat wird er zum Besitzer einer der größten Banken in Berlin. Dafür lässt ein Mann sich gerne scheiden. Außerdem hat er auch so Grund genug. Immerhin ist er bereits mehrere Jahre verheiratet, ohne dass seine Frau ihre Pflicht erfüllen und ihm einen Erben schenken konnte.«

Während Lore sich fragte, ob denn die ganze Welt verrückt

geworden sei, traf diese Indiskretion ihren Belagerer wie ein Schlag. Ebenso wie Friedrich von Trepkow träumte von Campe davon, Wilhelmine Grünfelder selbst zu ehelichen und so an das Vermögen ihres Vaters zu gelangen. Jetzt zu hören, der Bankier wolle seine millionenschwere Tochter mit Fridolin von Trettin verheiraten, war eine Katastrophe für ihn. Nun dachte er nicht mehr an seine Wette mit von Trepkow oder seine Tischnachbarin, sondern überlegte angestrengt, wie er Fridolin als Konkurrenten ausstechen konnte.

Zwar war Lore erleichtert, dass der Offizier sie nun in Ruhe ließ, aber sie brachte Frau Steniks Worte nicht mehr aus dem Kopf. Das ist wieder so eine gemeine Lüge, die Malwine in die Welt gesetzt hat, sagte sie sich. Dennoch spürte sie ein Ziehen in der Brust und wusste zuletzt nicht mehr, was sie denken sollte.


## VIII.


*D*u wirst doch nicht glauben, was diese Gewitterhexe behauptet hat!« Nathalia kochte förmlich vor Wut. Gleichzeitig spürte sie, dass Lore die Sache näherging, als sie es erwartet hatte. Bislang hatte das Mädchen sich wenig Gedanken über die Ehe ihrer großen Freundin gemacht. Für sie hatten Lore und Fridolin genauso zusammengehört wie Thomas und Dorothea Simmern in Bremen. Doch ganz so einfach schien die Angelegenheit nicht zu sein.

Lore kämpfte mit einem bitteren Gefühl, versuchte aber zu lächeln. »Natürlich glaube ich es nicht. Das ist nichts als ein böses Gerücht, das Malwine in die Welt gesetzt hat. Ich könnte die alte Giftspritze erwürgen!«

»Tu es lieber nicht. Die reibt sich noch in der Hölle die Hände, wenn du wegen Mordes ins Gefängnis kommst oder gar geköpft wirst.«

»Nein, diesen Triumph will ich ihr wahrlich nicht gönnen!« Mit ihrer Bemerkung war es Nathalia gelungen, Lore ein wenig aufheitern. Diese winkte jetzt einer Droschke und wies den Fahrer an, sie nach Hause zu bringen.

Doch kurz vor dem Ziel änderte Lore ihre Meinung und ließ den Wagen vor dem Haus anhalten, in dem Mary und Konrad wohnten. Das Dienstmädchen ihrer Freunde öffnete ihr und erklärte, die Herren befänden sich im Wohnzimmer. Als Lore eintrat, fand sie Gregor Hilgemann über ein Schreibheft gebeugt, um ihn herum lagen mehrere dicke Bücher mit verwirrenden Aufschriften. Konrad saß auf dem Sofa, hielt seinen Sohn auf dem Schoß und las Zeitung.

Beim Anblick des Kindes empfand Lore Neid. Hätte sie bereits ein Kind, würden gewiss keine solch üblen Gerüchte aufkommen oder zumindest nicht geglaubt werden. Sie trat auf den Jungen zu und streichelte ihn versonnen. »Na, kleiner Mann, wie geht es dir?«

Das Kind gluckste und langte mit seinem Patschhändchen nach ihrem rechten Zeigefinger. »Das heißt wohl gut«, schloss Lore daraus und begrüßte dann Konrad und Gregor Hilgemann.

»Einen schönen guten Tag! Wenn ihr nichts dagegen habt, würde ich gerne auf Mary warten. Da Fridolin heute zum Heer eingerückt ist, ist es mir zu Hause zu ruhig.«

Während Gregor verständnisvoll nickte, zog Konrad die Stirn kraus. Da Nathalia bei Lore zu Gast war, hielt er diese Bemerkung für eine Ausrede. Außerdem lebte doch Caroline von Trepkow zurzeit bei ihr, mit der Lore ebenfalls hätte reden können. Zu anderen Zeiten hätte er sie offen gefragt, ob etwas vorgefallen sei, doch er wollte ihre Privatangelegenheiten nicht vor seinem Untermieter ausbreiten, auch wenn dieser mittlerweile zu einem vertrauten Freund der Familie geworden war.

»Du wirst noch eine Stunde auf Mary warten müssen. Wollt ihr inzwischen etwas lesen?« Die Frage galt auch der Komtess, denn das Schlimmste, was Konrad sich vorstellen konnte, war eine sich missachtet fühlende oder gelangweilte Nathalia.

»Du kannst mir ein Stück Zeitung geben«, antwortete Lore und wandte sich dann Nathalia zu. »Und du, Nati?«

»Ich mag nicht lesen. Wenn ihr nichts dagegen habt, spiele ich ein wenig mit Jonny!« Nathalia streckte die Arme nach dem Jungen aus und hob ihn auf.

»Du bist ganz schön schwer geworden, seit ich dich das letzte Mal gesehen habe.« Sie setzte den Jungen auf den Teppich und nahm neben ihm Platz. Eine Zeit lang beäugte Konrad sie ein wenig misstrauisch, ob sie das Kind nicht zu grob behandelte. Das Mädchen ging jedoch so sanft mit dem Kleinen um, dass er sich wieder seiner Zeitung zuwenden konnte.

Lore aber hatte das Gefühl, als würden die Buchstabenzeilen sich in windende Würmer verwandeln, und sie vermochte keinen einzigen Absatz zu lesen, ohne den Faden zu verlieren. Zuletzt gab sie es auf und sah zu Gregor hinüber.

»Sie sind aber sehr fleißig, Herr Hilgemann. Was machen Sie denn da?«

Der junge Mann hob den Kopf und wischte sich über die Stirn. »Ich lerne, gnädige Frau. Schließlich will ich mein Studium irgendwann abschließen und meinen Doktor machen.«

»Das ist ein sehr guter Vorsatz. Wissen Sie auch schon, wo Sie studieren werden?«, fragte Lore.

»Sobald meine Familie in der Lage ist, mir Geld zukommen zu lassen, werde ich in die Schweiz reisen und es dort versuchen.«

Nathalia sah auf und schüttelte den Kopf. »Freiwillig würde ich nicht in die Schweiz gehen. Dort gibt es nur Berge und Ziegen, und die Leute reden so seltsam, dass kein Mensch sie versteht!«

Die Erwachsenen lächelten über ihr wenig schmeichelhaftes Urteil, das aus ihrer Abneigung gegen das Schweizer Internat geboren worden war.

»Ich gehe bestimmt nicht freiwillig dorthin«, erklärte Gregor. »Aber da mein Professor mich wegen eines Streiches von der hiesigen Universität verwiesen hat, bleibt mir nichts anderes übrig.«

Der junge Mann fragte sich, wie viel er vor dem Mädchen enthüllen durfte. Laut Mary Penn handelte es sich bei ihr um die beste Freundin der Frau von Trettin, und sie hatte Nathalia vollkommen vertrauenswürdig genannt. Trotzdem war sie nur ein Kind, und er wollte nicht, dass sie von dem Haftbefehl erfuhr, der auf ihn ausgestellt war.

»Wenn Sie nicht freiwillig gehen, sei es Ihnen verziehen!« Nathalia nickte ihm gönnerhaft zu und keuchte im gleichen Augenblick auf, denn Jonny hatte nach ihren Haaren gegriffen und riss daran.

»Das darf man nicht. Es tut furchtbar weh!«, wies sie den Jungen zurecht und versetzte ihm einen leichten Klaps auf die Hand.

»Wenn er dir lästig wird, kann ich ihn gerne wieder nehmen«, bot Konrad an.

Doch Nathalia winkte nur ab. »Jonny und ich kommen ausgezeichnet miteinander zurecht. Nur an den Haaren ziehen darf er mich nicht.«

Unterdessen dachte Lore über Gregors Worte nach. »Wollen Sie nach Ihrem Studium in der Schweiz bleiben?«

»Nein! Ich werde den Spuren vieler Achtundvierziger folgen und nach Amerika auswandern. Dort kann ich unbesorgt ein neues Leben beginnen.«

»Was sind denn Achtundvierziger?«, wollte Nathalia wissen. Auch Lore war nicht im Bilde, und so sahen beide den jungen Mann neugierig an.

Statt seiner übernahm Konrad die Antwort. »Anno 1848 gab es in vielen Städten Deutschlands Unruhen und Aufruhr. Mancherorts wie in Berlin starben sogar Menschen. Es dauerte Monate, bis die Ordnung wiederhergestellt war. Da den Aufrührern schwere Strafen drohten, sind viele von ihnen ins Ausland geflohen, etliche davon auch nach Amerika. Ein Onkel von mir gehörte dazu. Er siedelte mit anderen Deutschen in der Provinz Texas in einem Ort mit Namen Luckenbach.«

Diese Sicht der Dinge wollte Gregor nicht im Raum stehen lassen. »Da möchte ich Ihnen widersprechen, Herr Benecke. Die Achtundvierziger waren keine Aufrührer! König Friedrich Wilhelm hatte in den Befreiungskriegen gegen Napoleon eine Verfassung und eine konstitutionelle Monarchie versprochen, diese Zusagen aber nach dem Sieg nicht eingehalten. Es war das Recht der Menschen, eine Verfassung einzufordern.«

Für Augenblicke sah es so aus, als kämen die beiden Männer ins Streiten. Dann aber winkte Konrad mit einer Handbewegung ab. »So ganz unrecht haben Sie nicht, Herr Hilgemann. Mein Onkel war ein braver Mann und hat sich gewiss nicht ohne Grund gegen den Monarchen aufgelehnt – obwohl man das eigentlich nicht tun darf.«

»Und was ist, wenn der Monarch Unsinn treibt? Es gab in der Geschichte viele Schurken und Verrückte auf Thronen, die ihre Untertanen in großes Leid gestürzt haben. Ist es da nicht besser, wenn die Vertreter des Volkes sich versammeln und den König beraten?« Gregor vertrat mit Vehemenz die demokratischen Ideen der Revolutionäre und zeigte nun einige Beispiele auf, in denen ein unfähiger Herrscher sein Land beinahe in den Untergang geführt hatte.

Die sich entspinnende politische Diskussion zwischen den beiden Männern langweilte Lore ebenso wie Nathalia, die hinter dem Rücken der Männer Grimassen schnitt.

»Hoffentlich kommt Mary bald«, sagte das Mädchen nach einer Weile. Lore blätterte derweil wieder in der Zeitung, konnte sich aber immer noch nicht konzentrieren. Daher atmeten sie und Nathalia erleichtert auf, als die Türe geöffnet wurde und Mary hereinkam.

Diese eilte so rasch, wie sie es mit ihrer Behinderung vermochte, auf sie zu. »Lore! Nathalia! Das ist aber eine Freude. Was sehe ich? Konrad hat euch nicht einmal etwas zu trinken angeboten. Männer, sage ich da nur … Wartet, ich hole euch etwas.«

Bevor sie das Zimmer verlassen konnte, griff ihr Mann ein.

»Lass mal, Schätzchen, das erledige ich. Es tut mir leid, Lore, aber du hättest mir altem Esel auch etwas sagen können.«

»So mag ich es! Fehler begehen und andere dafür verantwortlich machen. Schäme dich, Konrad Benecke!« Da Mary dabei kicherte, verloren ihre Worte viel von ihrer Wirkung.

Ihr Mann schlich dennoch mit schlechtem Gewissen davon und kehrte kurz darauf mit einem Tablett zurück, auf dem mehrere Gläser Limonade und zwei mit Bier standen.

»Ich glaube, wir beide haben auch einen Schluck verdient, Herr Hilgemann«, sagte er zu Gregor.

Dieser nickte zustimmend. »Sie haben wie immer recht, Herr Benecke.«

»Vorhin haben Sie aber nicht so gedacht«, warf Nathalia ein.

Die beiden Männer sahen sich an und grinsten. »Da ging es um Politik, und in der hat man nun einmal verschiedene Ansichten. Doch beim Bier sind wir uns einig. Es muss schön kühl sein und so richtig zischen!« Konrad setzte grinsend das Glas an und trank es bis zur Hälfte leer.

»So, das hat gutgetan«, setzte er hinzu und griff wieder nach seiner Zeitung.

Mary sah ihn kopfschüttelnd an. »Da kann man wirklich nur eines sagen: Männer! Aber was ist, Lore? Wollen wir in mein Zimmer gehen? Dort sind wir unter uns.« Da sie ihre Freundin gut kannte, spürte sie, dass diese etwas bewegte, das nicht für Männerohren bestimmt war. Lore folgte ihr erleichtert, und Nathalia schleppte den kleinen Jonny mit sich.

Als sie sich in ihrem Zimmer gesetzt hatten, musterte Mary ihre Freundin durchdringend. »Erzähle mir, was los ist. Grämst du dich, weil Fridolin Soldat spielen will?«

»Nein! Wenn er daran Spaß findet, soll er es tun. Mir geht es um gewisse Gerüchte.« Lore seufzte tief und begann zu berichten, was sie bei Frau von Stenik gehört hatte. Als sie geendet hatte, stieß Mary einen englischen Fluch aus, der alles andere als damenhaft war.

»Glaubst du, da ist etwas Wahres dran?«, fragte sie.

Lore zuckte mit den Achseln. »Ich weiß es nicht. Ein Teil von mir sagt nein, doch ein anderer hat Angst. Fridolin ist nicht mehr derselbe, seit er wieder in Berlin ist. Er entwickelt einen Ehrgeiz, der mich erschreckt. Außerdem habe ich kürzlich ein blondes Frauenhaar auf seiner Weste entdeckt. Und auch Jutta glaubt, schon eins gefunden zu haben.«

»Du bist auch blond«, mischte Nathalia sich ein.

»Das schon, aber es war nicht von mir.«

»Soviel ich weiß, ist Fräulein Grünfelder brünett«, erklärte Mary. »Das Haar, an dem du Anstoß nimmst, kann also nicht von ihr stammen.«

»Dann eben von einer anderen«, stieß Lore hervor.

Mary bedachte sie mit einem nachsichtigen Blick. »Glaubst du nicht, dass deine Phantasie dir einen Streich spielt, wenn du Fridolin nur aufgrund eines Frauenhaares der Untreue zeihst?«

Ihre besonnene Ruhe blieb nicht ohne Wirkung. Schließlich schüttelte Lore den Kopf. »Eigentlich ist Fridolin kein Mann, der anderen Frauen hinterherschaut.«

»Na siehst du! Dieses Haar kann auf verschiedene Arten auf seine Weste gekommen sein. Vielleicht hat es ihm jemand heimlich angeheftet. Ihr habt hier in Berlin nicht nur Freunde!«

Dieser Ausspruch reizte Lore zum Lachen. »Im Grunde haben wir nur eine Feindin, aber die strengt sich für ein Dutzend an. Da ich Malwine bislang in ihre Schranken weisen konnte, versucht sie es jetzt mit neuen Intrigen!«

»Das sage ich doch die ganze Zeit, aber Lore will einfach nicht auf mich hören!« Nathalia machte sich jetzt wieder bemerkbar und brachte nun ihre Version der Geschehnisse bei Frau von Stenik zum Besten.

Mary hörte ihr aufmerksam zu und winkte verächtlich ab, als sie erfuhr, dass die Gastgeberin die Tante jenes Mannes war, der als Richter Lores Großvater um das Gut gebracht hatte. »Da brauchst du dich nicht zu wundern, wenn die Gerüchteküche dampft. Ganz gewiss ist diese Stenik mit Malwine im Bunde. Immerhin ist sie eine absolut unangenehme Person. Erst vorgestern hat sie mich zuckersüß gefragt, ob denn etwas vorgefallen sei, weil man dich nicht mehr im Modesalon antrifft.«

»Die Stenik ist wirklich eine Hexe«, erklärte Nathalia mit Nachdruck. »Ich glaube, sie hat Lore auch diesen aufdringlichen Offizier an den Hals gehetzt.«

»Ein aufdringlicher Offizier? Das musst du mir erzählen!« Mary rückte näher an Lore und Nathalia heran und spitzte die Ohren.

»Im Grunde handelt es sich um einen lästigen Lümmel«, begann Lore und wurde sofort von Nathalia unterbrochen.

»Ein äußerst lästiger Lümmel!«

»Erzähle jetzt ich oder willst du es tun?«, fragte Lore mit leichter Schärfe.

Ihre junge Freundin nahm ihre Frage jedoch als Aufforderung

und unterstrich ihren Bericht vom Verlauf des Empfangsnachmittags bei Frau von Stenik mit theatralischen Gesten.

Ihre beiden Zuhörerinnen versuchten zunächst, ernst zu bleiben, aber schließlich lachten sie schallend, als Nathalia sich bemühte, Hasso von Campes schnarrendes Näseln nachzuahmen.

Nachdem Lore sich von Mary verabschiedet hatte und Nathalia zur Tür hinausschob, war sie sich zwar immer noch unsicher, was Fridolin betraf, doch ihre Laune hatte sich erheblich gebessert.

## IX.

Etwa zur selben Zeit saß Malwine von Trettin mit nicht mehr als ihrer Haut bekleidet in ihrem Liebesnest in der Potsdamer Straße dem gleichfalls nackten von Palkow gegenüber und lächelte diabolisch, während sie mit Champagner anstießen.

»An diesem Gerücht wird dieses Biest zu kauen haben, zumal die kleine Grünfelder tatsächlich in Fridolin verliebt ist und glaubt, ihn mit dem Geld ihres Vaters kaufen zu können.«

Sie trank mit winzigen Schlucken und berührte dabei mit den Zehen ihres rechten Fußes den Penis ihres Geliebten.

Von Palkow hatte sich an diesem Tag stark verausgabt, spürte aber, wie sein Körper erneut auf die Frau reagierte. Ein Blick auf die Uhr zeigte ihm jedoch, dass er sie unbedingt verabschieden musste, denn in weniger als einer halben Stunde wollte Delaroux erscheinen.

»So gerne ich dir noch einmal zu Willen wäre, es geht nicht. Du hast heute das Mark aus mir herausgesaugt«, sagte er mit einer bedauernden Geste.

Malwine war es inzwischen gelungen, mit ihrer Massage den zögerlichen Wurm in eine angriffsbereite Schlange zu verwandeln. Lachend legte sie sich auf den Rücken und spreizte die Beine. »Komm, einmal wirst du es schon noch schaffen. Danach lasse ich dich in Ruhe.«

»Warst du bei deinem Mann ebenso unersättlich?«, fragte der Major, während er auf sie glitt und in sie eindrang.

»Ottokar habe ich mich nur aus Pflicht hingegeben und kaum etwas dabei empfunden. Bei dir ist das etwas ganz anderes. Ich brenne schon, wenn du mich nur ansiehst!«

Von Palkow beließ es jedoch nicht beim Anschauen, sondern begann nun, sie mit langsamen, kräftigen Bewegungen zu lieben. Für einige Minuten hörten die beiden nur das eigene Atemgeräusch und das des Partners. Dann bäumte Malwine sich vor Lust stöhnend auf und warf dabei ihren Geliebten fast ab. Dieser machte noch ein paar Bewegungen, erlebte einen letzten, schon etwas matten Samenerguss und sank dann keuchend nieder.

Malwine wand sich unter ihm hervor und blickte ihn an. »Das war gut! Aber jetzt zu etwas anderem. Wann wirst du dein Versprechen einlösen und Fridolin und Lore vernichten?«

»Schon bald«, sagte er mit rauer Stimme. Ihm ging es jetzt nicht mehr allein um die Belohnung, die er für den Anschlag auf den Prinzen erhalten sollte. Er musste auch Malwines Rache vollenden, wenn er sich jemals von ihr lösen wollte. Tat er es nicht, würde sie noch jenseits des Ozeans seine Gedanken beherrschen und er sich vor Sehnsucht nach ihr verzehren. Um das zu verhindern, hatte er bereits Pläne geschmiedet. Davon durfte sie allerdings nichts erfahren, denn er traute ihr zu, Andeutungen zu machen und dadurch sein Opfer zu warnen.

»Nein, meine Liebe! Wann und wo es geschieht, ist meine Sache«, antwortete er und ließ sich auch von ihren Überredungsversuchen nicht erweichen.

Nach einer Weile gab sie verärgert auf und begann, sich anzuziehen. »Du solltest mich nicht enttäuschen!«, sagte sie dabei.

Das war eine Warnung. So gut kannte er sie. Wenn sie zornig wurde, würde sie sich ihm verweigern und ihn gleichzeitig reizen, bis er ihr zu Füßen lag und alles versprach, was sie verlangte.

»Ich werde dich nicht enttäuschen, meine Liebe. Schon bald werden Trettins Witwe und Grünfelders Tochter Trauer tragen.«

»Sobald das geschehen ist, werde ich dir das gestatten, was du dir wünschst«, versprach Malwine und forderte ihn dann auf, ihr Kleid zuzuknöpfen.

Von Palkow tat es, sagte sich aber, dass sie ihm den Wunsch, der ihm am meisten am Herzen lag, niemals erfüllen würde, nämlich ihn freizugeben. Nach dem Attentat auf Prinz Wilhelm würde er sich wie ein Dieb davonstehlen und jeden weiteren Kontakt zu ihr und ihren Bekannten meiden müssen. Sonst bestand die Gefahr, dass sie ihm bis nach Amerika nachreiste. Dort aber wollte er ein neues Leben beginnen, bei dem er der Herr war und nicht der Sklave einer Frau.

»Nun sag schon, welche Wünsche hegst du denn?«, fragte Malwine, als er ihr nicht antwortete.

»Etliche! Ich werde darauf zurückkommen, wenn es so weit ist!« Es gelang ihm sogar zu lachen. Da die Zeit drängte, reichte er ihr ihren Hut, wartete, bis sie diesen mit einer Hutnadel befestigt hatte, und öffnete ihr die Tür. Da er noch immer unbekleidet war, stellte er sich so, dass er von außen nicht gesehen werden konnte.

»Bis bald, meine Liebe. Ich küsse dich!«

»Gerade das tust du eben nicht«, antwortete sie beleidigt wegen des überstürzten Abschieds und schwebte von dannen.

Von Palkow schloss aufatmend die Tür und kehrte zu seinem Lieblingsstuhl zurück. Während er sich eine Zigarre anbrannte, versuchte er, die wirbelnden Gedanken zu ordnen. Es lockte ihn, Malwine doch mitzunehmen, auch wenn sein Verstand ihm sagte, dass dies unmöglich war. Sie würde niemals den Kontakt zu ihren Söhnen aufgeben, und über diese konnten die Agenten des Kaisers oder die des Reichskanzlers seine Spur aufnehmen, ihm folgen und ihn für den Tod des Prinzen büßen lassen.

Ein dezentes Klopfen an der Tür beendete sein Grübeln. Von Palkow sprang auf und öffnete. Delaroux kaum herein, musterte ihn und verzog die Lippen. »Haben Sie vielleicht jemand anderen erwartet, Monsieur? Ihre, äh Uniform deutet darauf hin.«

Jetzt erst bemerkte der Major, dass er noch immer nackt war, und schlüpfte rasch in seine Unterhosen. »Es tut mir leid. Ich hatte bis eben Besuch.«

Der Franzose lächelte verständnisvoll. »Ich habe Madame aus dem Haus kommen sehen. Eine hübsche und, wie ich annehme, auch sehr erregende Frau. Für meinen Geschmack aber ein wenig zu indiskret.«

Wie es aussah, hatte Delaroux seine gesamte Umgebung aus-
spionieren lassen. Von Palkow erschrak zunächst, sagte sich
dann aber, dass der Franzose auf Nummer sicher gehen musste. An seiner Stelle hätte er nicht anders gehandelt. Trotz aller
Vorsicht aber war Delaroux seinerseits den Russen aufgefallen.

»Und? Glauben Sie, dass Sie heute ungesehen ins Haus gelangt
sind?«, fragte er.

Delaroux zuckte mit den Achseln. »Vielleicht, vielleicht auch
nicht. Das ist eben das Risiko in unserem großen Spiel. Wenigstens glaube ich, den russischen Spion ausgemacht zu haben. Der Bettler, der letztens an der Hausecke herumlungerte,
hatte den gleichen Schritt wie jener Schutzmann eine Woche
zuvor. Damit Sie wissen, worauf Sie achten müssen: Der Mann
ist etwa eine Handbreit kleiner als Sie, untersetzt und hat blaue
Augen. Seine Haarfarbe kann ich Ihnen nicht nennen, da er
dem Anschein nach Perücken trägt. Im Allgemeinen bewegt er
sich recht unauffällig, doch gelegentlich verfällt er in den Para-
deschritt der russischen Infanterie. Den kennen Sie doch.«

»Selbstverständlich!« Jetzt, da der Franzose ihm das Signale-
ment des russischen Agenten genannt hatte, erinnerte von Palkow sich ebenfalls an den Mann.

»Aber Vorsicht! Lassen Sie den Kerl nicht merken, dass Sie
sich von ihm beobachtet fühlen!«

Von Palkow bedachte den Franzosen mit einem herablassen-
den Blick. »Keine Sorge! Ich weiß, was ich zu tun habe.«

»Dann ist es ja gut. Dieser Russe wird uns ohnehin nicht mehr
lange behelligen. Freunde von mir werden dem Geheimdienst
des deutschen Kanzlers die Nachricht zukommen lassen, die-

ser Mann spioniere insgeheim für die Franzosen. Danach hat er anderes zu tun, als uns aufzulauern.« Delaroux stieß ein hämisches Lachen aus und schenkte sich selbst Wein aus der Flasche ein, die noch auf dem Tisch stand. »Sie sollten Ihren Weingeschmack ein wenig kultivieren, mein Freund. Dieser Sauerampfer mag vielleicht einem Preußen schmecken, beleidigt aber den Gaumen jedes Mannes von Welt«, sagte er, nachdem er probiert hatte.

»Ein schlichter preußischer Offizier kann sich keinen französischen Wein leisten. Den trinkt er nur, wenn er dazu eingeladen wird«, konterte der Major gelassen.

»Wir Franzosen verkaufen viel Wein nach Deutschland. Da sollten auch ein paar Fläschchen für Sie dabei sein.« Delaroux seufzte. In seinen Augen war von Palkow ein steifer, preußischer Kommisskopf, der nur aus verletzter Eitelkeit mit ihm zusammenarbeitete.

Doch er war nicht zum Weintrinken in die Potsdamer Straße gekommen. »Sie sagten letztens, Sie wollten den Fürsten Tirassow durch einen Ihrer Freunde zum Duell auffordern lassen. Wie sieht es damit aus?«

»Ich habe meine Pläne geändert. Ein Duell erscheint mir zu unsicher. Selbst der schlechteste Schütze feuert einmal einen Sonntagsschuss ab. Würde Tirassow das Duell überleben, wüsste er sofort, dass ich ihn aus dem Weg räumen wollte. Er muss ohne Vorwarnung sterben.«

Delaroux krauste die Stirn. »Es gefällt mir nicht, dass Sie warten wollen. Tirassow ist kein schlichter Diplomat, sondern gehört zum Geheimdienst des Zaren. Wenn Sie zu lange zögern, müssen meine Freunde die Sache übernehmen. Aber wenn ich danach Hals über Kopf abreisen muss, würde das auch Ihr Schaden sein.«

Tatsächlich fürchtete der Franzose kaum, dass ein solcher Anschlag bis zu ihm zurückverfolgt werden könnte, sondern er wollte mit seinen Worten von Palkow endgültig auf einen Weg bringen, von dem es kein Zurück mehr gab.

Der Major dachte an das Versprechen, das er Malwine gegeben hatte, und legte Delaroux den Arm um die Schulter. »Ich werde Ihnen Tirassow aus dem Weg räumen. Dafür müssen Sie allerdings noch etwas besorgen.«

»Von mir können Sie alles haben«, antwortete Delaroux und dachte sich, dass dies im Notfall sogar eine Kugel in den Kopf sein könnte. Der Major achtete jedoch nicht auf die Verstimmung seines Besuchers und begann mit zufriedener Miene, seinen Plan zu erläutern.

## X.

Fridolin fiel die Umstellung auf das Soldatenleben leichter, als er erwartet hatte. Allerdings musste er das Verdienst daran vor allem dem Ulanenwachtmeister Kowalczyk zuschreiben, der ihm half, wo er nur konnte. Auch der Offiziersbursche, den dieser ihm besorgt hatte, erwies sich als sehr brauchbar. Der Soldat putzte ihm nicht nur die Stiefel, sondern erledigte auch Botengänge. So hatte er seine Briefe an Lore persönlich zugestellt und die an Hede zur Post gebracht.

Doch eine Sache machte Fridolin zu schaffen, der Leerlauf nämlich, der während des täglichen Dienstes immer wieder auftrat. Während die gemeinen Soldaten in dieser Zeit ihre Uniformen auf Vordermann brachten und ihre Waffen reinigten, saßen die Offiziere im Kasino, tranken Wein und Schnaps und unterhielten sich dabei über Dinge, die ihn nicht im Geringsten interessierten. Da er jedoch wusste, dass er sich nicht ausklinken durfte, wenn er keine zusätzlichen Steine in den Weg gelegt bekommen wollte, ertrug er die Prahlereien Hasso von Campes ebenso wie die Sticheleien des Leutnants von Trepkow. Zum Glück kam er mit den anderen Offizieren des Regiments besser aus.

Zwei von ihnen gingen ihn bereits am ersten Tag um einen kleinen Kredit an. Da er nicht unkameradschaftlich erscheinen wollte, gab er ihnen das Geld und merkte danach rasch, dass er damit Begehrlichkeiten geweckt hatte. Da es sich jedoch nur um geringe Summen handelte, die er leicht verschmerzen konnte, verlieh er weiterhin Geld, sorgte aber dafür, dass er wenigstens einen Teil davon zurückbekam. Auf diese Weise trat er dem Eindruck entgegen, dass man ihn unbesorgt melken könne, verlieh aber gleichzeitig den anderen das Gefühl, er würde ihnen in finanziellen Schwierigkeiten unter die Arme greifen.

Seine Stellung im Regiment war nicht einfach. Zum einen war er älter als die übrigen Offiziersanwärter und einige der Leutnants, zum anderen war er einer der wenigen Einjährigen, denen die Erlaubnis erteilt worden war, in diesem Regiment zu dienen. Die meisten Fähnriche strebten die Laufbahn des Berufsoffiziers an und hatten ihm als Zöglinge einer Kadettenanstalt grundlegende Kenntnisse über das Militärwesen voraus. Vor allem aber waren sie voller Elan und wurden daher von den ihnen vorgesetzten Leutnants dazu benutzt, unangenehme Aufgaben zu erledigen.

Auch an diesem Tag kontrollierte ein Fähnrich die Wachen, während Leutnant von Trepkow, der eigentlich dafür verantwortlich war, im Kasino saß und bereits das dritte Glas Wein trank. Sein Blick haftete dabei auf Fridolin. »Würde mich interessieren, wie viel Sie bezahlt haben, um in dieses Regiment aufgenommen zu werden. Im Allgemeinen akzeptieren wir nur Elite!«

»Dann muss ich wohl zur Elite zählen, denn ich habe nichts bezahlt. Allerdings habe auch ich schon von einem Leutnant reden hören, dessen Vater den ehemaligen Regimentskommandeur geschmiert hat, damit sein Sohn als Fähnrich bei den Garde-Ulanen eintreten durfte!« Fridolin bemerkte zufrieden, wie von Trepkows Gesicht sich dunkel färbte.

Tatsächlich hatte von Trepkows Vater dessen Aufnahme nur mit Geschenken bewirken können. Diese und weitere Informationen verdankte Fridolin dem Wachtmeister Kowalczyk, der das Regiment und seine Offiziere und Mannschaften besser kannte als jeder andere. Auch mit Hinweisen dieser Art sorgte Kowalczyk dafür, dass er sich gegen die anderen Offiziere behaupten konnte.

»Wie war das mit der Elite, Trepkow?«, fragte ein langer, dürrer Rittmeister, dem Fridolin schon einmal mit Geld ausgeholfen hatte.

»Zu der gehören Sie sicher nicht!« Von Trepkows Bemerkung gegenüber einem ranghöheren Offizier war eine Dummheit, doch seine Wut trieb ihn dazu, sich an jedem zu reiben, der ihm nur ein wenig schief kam. Am meisten juckte es den Leutnant in den Fingern, einen Streit mit Fridolin vom Zaun zu brechen und diesen im Duell niederzuschießen. Da er nach dieser Tat jedoch nicht mehr auf Wilhelmine Grünfelders Hand hoffen konnte, musste er darauf verzichten. Allerdings erstickte er fast an seiner Wut und setzte bereits zu einer neuen Attacke an. »Haben Sie sich noch nicht gefragt, weshalb Rittmeister von Campe so selten anwesend ist? Der tröstet gerade die Ehefrau eines sich wichtig nehmenden Fähnrichs!« Von Trepkow wollte noch mehr sagen, doch da legte der hagere Rittmeister ihm die Hand auf die Schulter.

»Es ist gut, dass Sie keinen Namen genannt haben, Trepkow. Sonst müssten Sie sich jetzt jemanden suchen, der Ihnen sekundiert. Nun, wie Sie wissen, haben wir nicht nur einen verheirateten Fähnrich im Regiment. Außerdem kenne ich noch einige in anderen Truppenteilen. Wenn Sie Pech haben, wird einer von diesen Sie fordern.«

»Und wenn schon! Ich blase ihm das Gehirn aus dem Kopf!«

»Oder er Ihnen. Seien Sie froh, dass Trettin sich seiner Gattin vollkommen sicher ist. Ich habe ihn bereits beim Duell erlebt. Kalt wie ein Eisberg, sage ich Ihnen, und treffsicher wie ein Kunstschütze.«

»Wollen Sie sagen, ich hätte keine Chance gegen den Kerl?«, blaffte von Trepkow zurück.

»Woher soll ich das wissen? Ich habe Sie noch in keinem Duell gesehen!« Der Rittmeister lachte und sah den Leutnant dabei so spöttisch an, dass dieser am liebsten ihn vor den Lauf gefordert hätte. Ein Duell mit einem Vorgesetzten hätte ihn jedoch in Teufels Küche gebracht. Eine Versetzung zu einem nachrangigen Regiment in die Provinz wäre noch die mildeste Strafe gewesen. Und selbst diese würde es ihm unmöglich machen, sich weiterhin um Wilhelmine Grünfelder zu bewerben. Daher schluckte er seine Wut hinunter und verließ grußlos das Kasino.

»Ein unangenehmer Kerl«, meinte der Rittmeister zu Fridolin. »Wir wären froh, ihn loszuwerden. Kann Gott sei Dank nicht mehr lange dauern. Nachdem seine Mutter tot ist, fehlt ihm seine wichtigste Einnahmequelle. Wahrscheinlich heiratet er über kurz oder lang Grünfelders Tochter oder eine andere reiche Erbin. Dann kann er nicht länger in unserem Regiment dienen. Ein Offizier der Garde hat eine Dame von Stand zu heiraten, nicht die Tochter eines Emporkömmlings.«

»Wenn das so ist, hätte auch ich diesem Regiment nicht beitreten dürfen. Meine Frau ist die Tochter eines Bürgerlichen.« Fridolin wunderte sich, dass ihn niemand auf diese Tatsache aufmerksam gemacht hatte.

Der Rittmeister winkte ab. »Bei Ihnen ist es etwas anderes, Trettin. Ihr Vater war Major in diesem Regiment. Außerdem entstammt Ihre Frau ja derer von Trettin. Da zählt ein Vater ohne Titel nicht. Sie ist trotzdem eine Trettin. Fräulein Grünfelder kann als Großvater nur einen Grünfelder aufweisen. Das ist uns zu wenig.«

Obwohl Fridolin nickte, als stimme er dem anderen zu, fragte er sich insgeheim, ob dieser Dünkel nicht übertrieben war. Er hatte genug Bürgerliche kennengelernt, die keine schlechteren Offiziere sein würden als jene, die jetzt im Regiment dienten.

»Ich werde nun persönlich die Wachen kontrollieren. Stimmt etwas nicht, erlebt Trepkow ein Donnerwetter. Aber was machen Sie eigentlich noch hier? Sie haben doch den Nachmittag frei.«

»Ich hatte den Herrn Major gebeten, mir freizugeben Aber bis jetzt hat er sich noch nicht geäußert.« Fridolin musste sich zwingen, unbeteiligt zu klingen, denn im Grunde ärgerte er sich, weil sein Vorgesetzter ihn hängen ließ.

»Ihnen wurde der Ausgang genehmigt. Trepkow sollte es Ihnen sagen. Hat er wohl aus Bosheit nicht getan.«

»Ich werde ins Schreibzimmer gehen und nachfragen«, erklärte Fridolin, während er aufstand.

»Und dann fahren Sie wohl schnellstens nach Hause zu Ihrer Frau!« Der Rittmeister grinste.

Fridolin schüttelte den Kopf. »Vielleicht später. Vorher will ich mich meinem Mündel widmen, das in Palkows Kadettenanstalt steckt.«

»Grüßen Sie Palkow von mir!« Damit verabschiedete sich der Rittmeister und verließ das Kasino.

Fridolin bezahlte seine Getränke und ging ebenfalls. Kurz darauf stand er in der Schreibstube, in der ein ergrauter Unteroffizier sich bemühte, den Schreibkram des Regiments genauso zu bändigen wie früher die neuen Rekruten. Von diesem Mann erhielt er ohne Probleme die Urlaubsbestätigung für den Nachmittag und konnte die Kaserne verlassen.

# XI.

Bei seinem ersten Besuch hatte die mächtige Vorderfront der Kadettenanstalt Fridolin ein wenig eingeschüchtert. Nun stellte er überrascht fest, dass die wenigen Tage, die er bereits beim Militär weilte, ausgereicht hatten, ihn den Bau mit anderen Augen sehen zu lassen. Der rote Backstein spiegelte eine gewisse Strenge wider, die durch die Ornamente über den Fenstern und dem großen Portal gemildert wurde. Auch verliehen die Kadetten, die dort in ihren dunkelblauen Uniformen mit weißen Federbüschen auf den Helmen Wache hielten, dem düsteren Hintergrund ein wenig Farbe.

Da Fridolin nun Uniform trug, salutierten sie vor ihm. Ein Unteroffizier empfing ihn auf dem Hof und brachte ihn umgehend zu von Palkows Büro. Der Major rauchte eine Zigarre und las dabei in einer Zeitung. Bei Fridolins Anblick legte er beides beiseite und reichte ihm die Hand.

»Tag, Trettin! Sehe, Sie tragen heute den richtigen Rock. Wollen Sie sich erkundigen, wie es unserer Dampfyacht geht, oder Ihren Neffen besuchen?«

In den letzten Tagen hatte Fridolin nicht mehr an das Geschenk für Prinz Wilhelm gedacht und kniff zuerst fragend die Augen zusammen. Dann schüttelte er lächelnd den Kopf.

»Guten Tag, Herr Major. Ich komme heute einmal nicht wegen der Dampfyacht, sondern um nach meinem Neffen zu sehen.«

»Ich lasse ihn holen! Kann Ihnen aber sagen, mit der Dampfyacht läuft alles bestens. Wir werden sie rechtzeitig erhalten und können sie Seiner Königlichen Hoheit zu gegebener Zeit offerieren.« Bei den Worten musste von Palkow an sich halten, um sich nicht die Hände zu reiben.

»Wenn Sie Trepkow sehen, sagen Sie ihm, er soll mich aufsuchen«, setzte er hinzu und trat ans Fenster. »Sehe, der Junge kommt bereits. Ein gescheiter Kerl und mit seinen fünfzehn Jahren besser in Mathematik als ich. Wird ein famoser Soldat werden!«

»Danke! Das hoffe ich auch.« Fridolin erinnerte sich, dass er als rangniedriger Offizier noch nicht salutiert hatte, und holte das nach. Dann verließ er die Kammer, um Wenzel von Trettin entgegenzugehen.

»Freizeitsoldat«, murmelte von Palkow verächtlich, als sein Besucher es nicht mehr hören konnte.

Fridolin traf seinen Neffen im Flur und streckte ihm die Hand entgegen. Wenzel von Trettin salutierte jedoch und stand stramm.

»Ich glaube, diese Umstände können wir lassen. Schließlich sind wir miteinander verwandt«, sagte Fridolin belustigt.

Der Junge atmete tief durch und gab seine militärische Haltung auf. »Guten Tag, Onkel. Ich wollte nur keinen schlechten Eindruck machen. Immerhin dienen Sie im gleichen Regiment, in das auch ich eintreten will.«

Fridolin zog die Augenbrauen zusammen. »Wir waren uns doch einig, dass du zur Artillerie kommst!«

»Mama besteht darauf, dass ich zu den Garde-Ulanen gehe, und auch Herr von Palkow ist ihrer Meinung«, antwortete Wenzel unglücklich.

»Die endgültige Entscheidung steht nur mir zu!« Fridolins Antwort klang so scharf, dass der Junge zusammenzuckte.

»Mama sagt, allein sie als Mutter hätte das Recht, darüber zu bestimmen. Da Sie als des Reitens ungewohnter Städter zu den Garde-Ulanen gegangen seien, würde ich das wohl auch können. Für einen Trettin sei die Garde zu Pferd nun einmal der einzige Truppenteil, in dem er dienen kann.«

»Das ist doch Unsinn!« Obwohl Fridolin erst kürzlich nahezu wörtlich das Gleiche gesagt hatte, winkte er verärgert ab und befahl Wenzel, mit ihm zu kommen. »Du gehst zu der Waffengattung, bei der du dich wohlfühlst. Außerdem bin ich des Reitens nicht so unkundig, wie deine Mutter meint. Ich war lange Jahre in den Ferien auf Gut Trettin und habe es dort gelernt. Auch bin ich in Bremen immer wieder zu Pferd gesessen und kann daher meinen Posten bei den Ulanen ausfüllen. Du aber bist bei den Kanonieren sehr viel besser aufgehoben, zumal dort ein Offizier nicht nur seinen Säbel, sondern auch den Kopf gebrauchen muss. Mit den neuen Maschinengewehren werden Kavallerieattacken bald der Vergangenheit angehören, auch wenn Männer wie von Palkow dies nicht begreifen wollen. Dagegen wird die Artillerie mehr und mehr an Bedeutung gewinnen.«

Der Junge ließ Fridolins Vortrag mit hängendem Kopf über sich ergehen. Er hatte sich Mühe gegeben, seine Angst vor Pferden zu überwinden, und sich in seinen Träumen schon als schneidigen Reiter gesehen, der zusammen mit seinen Kameraden auf den Feind zuritt, um diesen in Stücke zu hauen. Aber er wagte keinen Widerspruch.

Fridolin klopfte dem Jungen aufmunternd auf die Schulter. »Ich werde mit Palkow sprechen, damit er dir nicht länger diesen Unsinn in den Kopf bläst. Mir ist ein Trettin als guter Artillerieoffizier lieber denn als schlechter Ulan.«

Dabei überlegte er, wie er vorgehen sollte. Niemals würde er zulassen, dass Malwine ihren Willen durchsetzte. In diesem Sinne versuchte er, den Jungen aufzumuntern, aber zu seiner Verwunderung wollte ihm das nicht gelingen. Daher verabschiedete er sich bald von ihm und kehrte in von Palkows Büro zurück.

Als Fridolin eintrat, ließ der Major rasch einen Gegenstand in der Schublade verschwinden. »Da sind Sie ja schon wieder, Trettin. Haben Sie mit dem Jungen gesprochen?«

Fridolin nickte. »Das habe ich, Herr Major, und ich kann nicht sagen, dass mir das, was er zu berichten hatte, gefällt.«

Bei den Worten ruckte von Palkows Kopf hoch. »Was passt Ihnen denn nicht?«

»Wenzel sagte, seine Mutter dringe darauf, dass er den Garde-Ulanen beitritt. Ich halte das Artilleriekorps für geeigneter.«

Da er von dem Jungen gehört hatte, der Major teile Malwines Meinung, gab Fridolin sich keine Mühe, verbindlich zu erscheinen.

»Sie müssen das Ansehen eines Gardekavalleristen betrachten, Trettin. Ein Böllerschütze steht doch weit darunter! Es ist für mich selbstverständlich, dass Frau von Trettin das Beste für ihren Sohn will.«

»Wie Sie sich erinnern können, bin ich der Vormund des Jungen«, antwortete Fridolin eisig.

»Frau von Trettin ist bereit, es auf einen Prozess ankommen zu lassen, und ich bin sicher, das Gericht wird zugunsten der Mutter entscheiden!«

Von Palkow machte es Freude, Fridolin zu ärgern. Immerhin war dieser nicht nur der verhasste Feind seiner Geliebten, sondern auch noch wohlhabend und hatte zudem die Aussicht, wirklich reich zu werden, falls vorher nicht etwas Unvorhergesehenes geschah. Bei diesem Gedanken streifte der Blick des Majors unbewusst die Schublade, in der jenes Ding lag, das diesen Mann zu Fall bringen sollte.

»Am besten, Sie sprechen selbst mit Frau von Trettin. Ich bin nur der Ausbilder des Jungen. Die Entscheidung über ihn steht mir nicht zu.« Diese Worte waren gleichzeitig unmissverständliche Aufforderung an sein Gegenüber, den Raum zu verlassen.

Fridolin wandte sich zur Tür. Im letzten Moment erinnerte er sich daran, dass er sich beim Militär befand und einen höherrangigen Offizier zu grüßen hatte. Er holte dies nach und verließ die Kadettenanstalt mit dem Gefühl, gegen Windmühlen zu kämpfen. Wenn er auf seinem Standpunkt beharrte, würde Malwine alles tun, um ihn vor der Welt ins Unrecht zu setzen. Die Gerichte, die bereits seinen Großonkel um Gut Trettin gebracht hatten, würden ihr wahrscheinlich auch diesmal helfen. Andererseits war er es dem Jungen schuldig, nicht einfach aufzugeben. Was er jedoch tun konnte, um seinen Neffen vor Malwines Dummheit zu bewahren, wusste er nicht.

# XII.

Da er bis zu seiner Rückkehr in die Kaserne noch Zeit hatte, beschloss Fridolin, nach Hause zu fahren, um ein paar Stunden mit Lore zu verbringen. Er winkte eine Droschke herbei, setzte sich hinein und versuchte, an angenehmere Dinge zu denken

als an Malwine von Trettin. Als Nächstes würde er sich ein
eigenes Reitpferd kaufen müssen. Zwar hatte Oberst von
Scholten ihm eines aus seinem Stall geliehen, doch dieser Zustand durfte nicht andauern. Da er sich als Städter nicht zutraute, geschickt kaschierte Fehler eines Gauls zu erkennen,
fragte er sich, wer ihm dabei helfen konnte. Leider kannte er
nur wenige Männer in Berlin, und die meisten davon wussten
über Pferde noch weniger als er.

Fridolin grübelte noch über dieses Thema nach, als die Droschke vor seinem Haus anhielt und der Kutscher ihm die Hand
hinstreckte, um den Fahrpreis zu kassieren. Während Fridolin
bezahlte, betrachtete er das Haus, das er für sich und Lore gemietet hatte. Im Vergleich zu Grünfelders Villa erschien es ihm
winzig, und gegen Rendlingers Palast war es kaum mehr als
eine Hütte. Wahrscheinlich würde er sich demnächst auch ein
Domizil suchen müssen, das seinem Stand angemessen war. Er
schob den Gedanken jedoch beiseite. Solange er beim Militär
weilte, wollte er Lore nicht die Beschwerden eines weiteren
Umzugs zumuten.

An der Tür angekommen, öffnete er mit dem Schlüssel, anstatt
den Klopfer anzuschlagen und darauf zu warten, bis Jean oder
eines der Hausmädchen erschien. Als er eintrat, überraschte
ihn die Stille, die ihm entgegenschlug. Nur aus seinem Schlafzimmer klangen leise Stimmen und unterdrücktes Lachen. Unwillkürlich ging er darauf zu, machte die Tür auf und sah Jean
und Nele auf den Sesseln sitzen, in den Händen Weingläser,
mit denen sie sich eben zuprosteten. Der Diener hatte nur sein
Hemd übergestreift, trug dieses aber vorne offen, während Nele
völlig unbekleidet war.

»Da bin ich aber auf eine Erklärung gespannt!«, herrschte Fridolin sie an.

Die beiden zuckten zusammen und starrten ihn erschrocken an. »Herr von Trettin! Ich dachte, Sie dürften die Kaserne in den ersten zwei Wochen nicht verlassen«, platzte der Diener heraus.

»Und das habt ihr ausnutzen wollen! Wo ist meine Frau?«

»Die gnädige Frau ist mit Komtess Retzmann und Fräulein von Trepkow ausgefahren. Sie wird erst in der Nacht zurückkehren, da sie für den Abend Theaterkarten bestellt hat!« Obwohl Jean die Tatsache verfluchte, dass sein Herr Nele und ihn in einer so verfänglichen Situation ertappt hatte, gab er die Antwort, die sich für einen guten Diener geziemte.

Fridolin kämpfte mit seiner Enttäuschung, denn er hatte sich auf einen Abend mit Lore gefreut. Stattdessen war sie ausgefahren und ging auch noch ins Theater. Sofort schalt er sich einen Narren. Lore hatte nicht wissen können, dass er heute nach Hause kommen würde, und den Tag daher so verplant, wie es ihr richtig erschien. Und hatte er sie nicht darin bestärkt, mehr unter Leute zu gehen?

»Wer begleitet meine Frau? Sie wird sich doch hoffentlich nicht ohne männlichen Schutz in die nächtliche Stadt wagen?«, fragte er.

Angesichts dieser Fragen schöpften die beiden Dienstboten Hoffnung, dem sicher geglaubten Donnerwetter entgehen zu können. »Ein Offizier begleitet die Damen«, antwortete Jean.

»Ein Offizier?« Fridolin dachte an Hasso von Campe und ballte die Fäuste.

Doch das war etwas, worüber er mit Lore unter vier Augen

sprechen wollte. Zunächst galt es zu entscheiden, was er mit
diesem sauberen Pärchen anfangen sollte. Am liebsten hätte er
sie auf der Stelle entlassen und aus dem Haus geworfen. Doch
dann hätte Lore eine neue Dienerschaft besorgen müssen, und
ob die besser sein würde als die beiden hier, war nicht sicher.
Daher entschloss er sich, es bei einem scharfen Verweis zu belassen.

»Ihr werdet jetzt mein Zimmer aufräumen und die Betten neu
überziehen. Solltet ihr es wagen, hier noch einmal ähnlichen
Betätigungen nachzugehen, werdet ihr dieses Haus auf der
Stelle verlassen. Habt ihr mich verstanden?«

Die beiden nickten so erleichtert, dass er sich einen weiteren
Hieb nicht verkneifen konnte. »Solltet ihr Gefallen aneinander
gefunden haben, könnt ihr meinetwegen heiraten und gewisse
Dinge in eurem eigenen Zimmer treiben. Vorher will ich so
etwas nicht mehr sehen! Außerdem solltet ihr für euer Gelage
eine billigere Weinsorte aus meinem Keller holen.« Mit diesen
Worten ließ er das Paar allein und ging ins Wohnzimmer. Dort
traf er auf Jutta, die gerade ein Kleid zuschnitt, das Caroline in
Angriff nehmen wollte.

»Bist du jetzt auch ins Schneiderhandwerk gewechselt?«, fragte er ätzend.

Jutta zuckte zusammen und konnte gerade noch verhindern,
dass sie mit der Schere in den Stoff hineinschnitt. Mit zittern-
den Händen blickte sie Fridolin an. »Gnädiger Herr, haben Sie
mich aber erschreckt! Ihre Frau Gemahlin wird es gewiss bedauern, heute nicht zu Hause geblieben zu sein.«

»Ich bedauere es auch«, sagte Fridolin und dachte, wie unterschiedlich Menschen sein konnten. Während Jean und Nele

wie die Mäuse auf den Tischen tanzten, wenn die Herrschaft außer Haus war, tat Jutta brav ihre Arbeit, obwohl sie das, was sie jetzt machte, im Grunde nicht hätte tun müssen. Offenbar hatte seine Frau alle Weiber hier im Haus mit ihrem Nähfimmel angesteckt. Alle bis auf Nele, dachte er spöttisch. Die hatte lieber für den Diener die Beine breit gemacht. Er fragte sich, ob er nicht doch härter hätte reagieren sollen. Dafür aber war es nun zu spät.

»Ich will dich nicht weiter stören, Jutta. Da ich nicht sofort wieder in die Kaserne zurückkehren will, werde ich etwas Zeitung lesen. Ach ja, kennst du den Offizier, der meine Frau heute begleitet?«

Jutta nickte mit einem Auflachen. »Eigentlich ist es kein echter Offizier, sondern Herr Hilgemann. Er meinte, als Lakai verkleidet habe er nicht die Autorität, um die Damen vor Belästigungen zu schützen. Also hat er sich bei einem Trödler die Uniform eines Hauptmanns der Artillerie besorgt!«

Also doch nicht von Campe. Fridolin wollte schon aufatmen, da merkte er, dass ihm die Vertrautheit, mit der Lore den geschassten Studenten behandelte, ebenfalls nicht behagte. Er tröstete sich jedoch damit, dass Nathalias und Carolines Anwesenheit ausreichen würde, die Schicklichkeit zu wahren.

Während er sich hinsetzte und die Zeitung an sich nahm, holte Jutta eine Flasche Wein aus dem Keller. Als sie zurückkam, wirkte ihre Miene verkniffen. »Verzeihen Sie, gnädiger Herr. Ich mag eigentlich nicht petzen, aber als ich eben die Flaschen abgezählt habe, waren es drei weniger als vor einer Woche. Dabei haben weder die gnädige Frau noch die Komtess, noch Fräulein von Trepkow davon getrunken.«

»Ich habe die tanzenden oder, besser gesagt, trinkenden Mäuse gerade überrascht. Ich hoffe, die beiden werden in Zukunft auf solche Eskapaden verzichten!«

»Das hoffe ich auch«, warf Jutta ein und sagte sich, dass der gnädige Herr viel zu gutmütig war. Sie hätte das saubere Pärchen schon längst auf die Straße gesetzt.

Fridolin ging über Juttas Unmut hinweg und widmete sich der Zeitung. Obwohl etliche Artikel durchaus interessant waren, fühlte er sich unwohl. Es war alles so still um ihn herum. Nur gelegentlich drangen Geräusche von der Straße herein und bewiesen, dass sich dieses Haus nicht allein auf der Welt befand. Unruhig geworden legte er die Zeitung auf den Tisch und blickte auf die große Standuhr, die er als eines der ersten Möbelstücke in Berlin gekauft hatte. Seit er die Zeitung aufgeschlagen hatte, war gerade mal eine halbe Stunde vergangen. Doch ihm kam es wie eine Ewigkeit vor.

Beschämt erinnerte er sich daran, wie oft Lore hier allein hatte sitzen und auf ihn warten müssen. Ob ihr die Zeit auch wie zäher Kautschuk vorgekommen war, der sich dehnte und dehnte, ohne dass ein Ende abzusehen war? Nun wunderte er sich nicht mehr, dass sie sich so verzweifelt an Mary und den gemeinsamen Modesalon geklammert hatte. Anstatt ihr zu helfen und bei Grünfelder auf den Tisch zu schlagen, hatte er einen völlig unsinnigen Streit mit ihr vom Zaun gebrochen und sie zu einem Leben in kaum erträglicher Einsamkeit verurteilt. Da war es kein Wunder, wenn sie Bekanntschaft mit solchen Leuten wie Gregor Hilgemann oder Caroline von Trepkow schloss. Letztere war ja noch akzeptabel, auch wenn sie seit dem Tod ihrer Mutter wie ein schwarzes Gespenst durch das Haus schlich und kaum ansprechbar war. Doch von einem Mann, der von der Polizei gesucht wurde, sollte Lore gefälligst die Finger lassen.

Fridolin ließ dabei ganz außer Acht, dass er selbst Gregor Hilgemann als recht angenehmen Gesprächspartner kennengelernt hatte, der mitnichten zu den kriminellen Kreaturen zählte. Doch die Tatsache, dass der verkrachte Student immer wieder um Lore herumscharwenzelte und für sie auch noch als Hochstapler in Uniform auftrat, ärgerte ihn von Minute zu Minute mehr.

Resigniert legte er die Zeitung beiseite und nahm Papier und einen Schreibstift aus einer Kommode, um Lore einen Brief zu schreiben. Doch als er nach den ersten Zeilen den Satz »War es für mich sehr bedauerlich, dass ich dich nicht zu Hause angetroffen habe« las, fand er, dass es sich wie ein Vorwurf anhörte, und zerriss das Blatt. Schließlich schrieb er nur eine kurze Notiz, dass er hier gewesen war, und erinnerte sie noch einmal an die große Parade, bei der er zum ersten Mal mit dem gesamten Regiment in voller Uniform Unter den Linden entlangreiten würde.

## XIII.

Zur gleichen Zeit fuhr Major von Palkow ins *Le Plaisir* und ging dort zielstrebig auf Elsie zu. Diese saß am Ende des Sofas und rieb sich den Hintern. Diesmal hatte ein anderer Gast ein Mädchen züchtigen wollen, und es war wie üblich an ihr hängen geblieben. Daher atmete sie auf, als von Palkow ihre Dienste für den Rest der Nacht forderte. Nun musste eine andere Hure herhalten, wenn ein neuer Freier seine Perversionen ausleben wollte.

»Wünschen Sie eine Flasche Wein, Herr Major?«, fragte sie.

»In der Tat, die wünsche ich! Dazu Gebäck und zwei Cognac.«

Von Palkows Worte ließen Elsie strahlen. Endlich konnte sie einem anderen Mädchen befehlen, sie zu bedienen. Ihr Blick fiel auf Lenka, die bislang vergebens auf Grünfelder gewartet hatte.

»Könntest du zwei Cognac, Wein und Knabbereien für den Herrn Major besorgen, meine Liebe?«, bat sie mit falscher Freundlichkeit.

Lenka erhob sich und verschwand in Richtung der Küche. Von dort ging es weiter in den Weinkeller, in dem Hede Pfefferkorn etliche ausgezeichnete Tropfen liegen hatte.

Als sie kurz darauf mit einem vollen Tablett das Separee betrat, das Elsie zugeteilt worden war, lag diese nackt auf dem Bett. Auch von Palkow hatte sich bereits ausgezogen und fiel trotz des Eintretens einer anderen Person über die Frau her, als wolle er sie vergewaltigen.

Lenka verzog den Mund. Die meisten Gäste des *Le Plaisir* waren angenehme Kunden, doch der Major zählte zu der kleinen Schar, denen der normale Geschlechtsverkehr mit einem willigen Mädchen nicht genügte. Ihm ging es darum, die Frau, die er sich ausgesucht hatte, körperlich zu demütigen und ihr zu zeigen, dass er ihr Herr war.

»Stell den Wein auf den Schemel«, fuhr von Palkow sie an, ohne in seinem Tun innezuhalten. Lenka gehorchte und verschwand dann so lautlos wie ein Schatten.

»Dumme Kuh!«, fauchte Elsie hinter ihr her, allerdings erst, als die Tür wieder geschlossen war.

»Du magst die schöne Lenka nicht?«, fragte von Palkow keuchend.

Elsie schüttelte den Kopf. »Ganz und gar nicht! Sie ist eine eingebildete Pute, die mich die Drecksarbeit machen lässt und nur ganz besonderen Herren ihre Möse zeigt.«

Doch von Palkow hatte sich schon von seiner Leidenschaft davontragen lassen und bearbeitete Elsie so heftig, dass diese den Himmel anflehte, es bald vorüber sein zu lassen. Zu ihrer Erleichterung sank der Mann kurz darauf über ihr zusammen und presste sie mit seinem Gewicht auf die Matratze. Er keuchte vor Erschöpfung.

»Das war gut! Sobald ich wieder kann, werden wir weitermachen«, stöhnte er zufrieden.

»Könnten Sie dann vielleicht ein wenig sanfter mit mir umgehen?«

Von Palkow setzte sich auf, griff ihr mit der Rechten an die Kehle und drückte langsam zu. »Hör mir gut zu, du Hure! Ich werde dich so reiten, wie es mir gefällt. Hast du mich verstanden?«

Elsie gurgelte und brachte kein Wort heraus. Als sie schon glaubte, ersticken zu müssen, ließ er los. »Ich bin dein Herr! Und was ich sage, wirst du tun. Oder hast du vergessen, dass ich dich jederzeit den Schutzleuten übergeben kann?«

»Nein, natürlich nicht!« Ihre Stimme war so dünn, dass sie kaum zu verstehen war, so groß war ihre Angst, der Mann könnte sie tatsächlich umbringen, wenn sie ihm nicht gehorchte.

Er stand auf und reichte ihr eines der gefüllten Cognacgläser. »Hier, ich glaube, du hast es nötig. Auf dein Wohl!«

»Auf das Ihre, Herr Major«, antwortete Elsie noch immer leicht krächzend. Der Krampf in ihrer Kehle löste sich jedoch, als die ölige Flüssigkeit hindurchrann und mit einem leichten Brennen den Magen erreichte.

»Wir zwei werden jetzt miteinander reden. Und du wirst kein Wort davon weitersagen, zu niemandem, verstanden?«, fuhr der Major fort.

Elsie nickte eingeschüchtert.

»Gut!« Von Palkow schenkte nun Wein in zwei Gläser und stellte eines vor sie. »Wie stehst du zu Fürst Tirassow?«

»Wenn ich könnte, würde ich ihm in die Eier treten«, brach es aus Elsie hervor. Allein bei dem Gedanken an den russischen Edelmann tat ihr der Hintern weh.

»Was hältst du davon, wenn ich dir zu deiner Rache an diesem Mann verhelfe?«, fragte von Palkow weiter.

»Ich verstehe nicht, wie Sie das meinen.«

Von Palkow beobachtete Elsie über den Rand seines Weinglases hinweg, um sich keine Regung entgehen zu lassen. »Du wirst es gleich begreifen. Vorher aber will ich wissen, wie du zu Fridolin von Trettin stehst.«

»Verflucht sollen sie sein, die Trettins! Sie allein sind an meinem Unglück schuld! Wegen denen darf ich hier im Puff für jeden Kerl, der es bezahlen kann, die Matratze spielen.« Ihre Wut brachte Elsie dazu, mehr preiszugeben, als sie eigentlich wollte, und so brach schließlich die ganze Geschichte aus ihr hervor.

»Am schlimmsten ist diese Malwine, die Ottokar von Trettin geheiratet hat. Dieses Miststück hat mich mitten in Berlin auf die Straße gesetzt – und das mit einem Zeugnis, mit dem ich nur noch ins Hurenhaus gehen konnte. Ihr Mann war auch nicht viel besser! Dem musste ich auf jede ekelhafte Weise zu Willen sein, die man sich denken kann. Ich war froh, als der verrückte Kutscher ihm das Gehirn weggeblasen hat!«

Von Palkow musste alle Selbstbeherrschung aufbringen, um Elsie wegen der Schmähung seiner Geliebten nicht zu verprügeln, bis sie wimmernd um Gnade bat. Doch ihr Hass auf die Trettins war ein scharfes Schwert, mit dem er den entscheidenden Hieb führen wollte. »Du hast eben Lore Huppach erwähnt, die Enkelin des alten Wolfhard Nikolaus von Trettin«, warf er listig ein.

Elsie nickte erregt. »Die ist noch schlimmer als Malwine. Wegen der habe ich meinen guten Posten als Zofe bei Frau Ermingarde Klampt aufgeben und Ottokar von Trettin ins finsterste Ostpreußen folgen müssen!«

»An ihr würdest du dich wohl auch gerne rächen, was?«, warf von Palkow ein.

»Und ob! Ich könnte dieses Biest umbringen.«

»Ich weiß etwas Besseres. Am nächsten Sonntag paradiert das Zweite Garde-Ulanen-Regiment in der Allee Unter den Linden. Da Fridolin von Trettin diesem Regiment beigetreten ist, wird sie als seine Gemahlin gewiss zusehen wollen …«

»Lore ist Fridolins Frau?«, stieß Elsie hervor.

Heinrich von Palkow blickte sie verwundert an. »Wusstest du das nicht?«

»Nein! Aber jetzt weiß ich, was ich zu tun habe. Ich werde dieses impertinente Weibsstück während der Parade suchen und ihr ins Gesicht sagen, dass ihr Mann hier im Puff fröhlich ein und aus geht.«

Da der Major Elsie genau das hatte vorschlagen wollen, klopfte
er ihr auf die Schulter. »Tu das! Würze deinen Bericht mit ein
paar netten Anekdoten. Das ist aber noch nicht Rache genug!
Ich werde dir zeigen, wie du die Trettins richtig ins Elend stoßen kannst …«

Auch wenn Elsie vor Hass auf Lore, Malwine und Fridolin
kaum noch klar zu denken vermochte, war sie doch klug genug,
zu begreifen, dass Heinrich von Palkow eigene Pläne verfolgte.
Das musste sie ausnutzen. »Ich hätte nichts dagegen, aber von
der Rache kann ich nicht abbeißen. Es muss sich schon für
mich lohnen!«

Du schmierige, kleine Hure, dachte der Major, sagte sich aber,
dass er sich ihre Gier durchaus zunutze machen konnte. »Wenn
du tust, was ich dir sage, wirst du nicht zu kurz kommen!«

»Es muss genug Geld sein, dass ich aus diesem Puff heraus-
komme und nie mehr gegen meinen Willen die Beine breit
machen muss.« Elsie packte von Palkows Hände. »Ich will weg
von hier! Am besten gleich nach Amerika! Aber dafür brauche
ich einige tausend Mark. Ich will drüben schließlich nicht gleich
dort weitermachen, wo ich hier aufhören will.«

Angst vor der See und den Gefahren, die darauf drohten, hatte
sie zwar immer noch, aber da sie in letzter Zeit schon mehrmals
von den großen Dampfern hatte lesen können, die von Bremerhaven und Hamburg aus nach Amerika fuhren und unversehrt
zurückkamen, schien ihr das Risiko nicht mehr so groß zu sein.
So oder so war es besser, das Wagnis einer Fahrt übers Meer einzugehen, als weiterhin als schlecht bezahlte und miserabel behandelte Hure in Hede Pfefferkorns Bordell arbeiten zu müssen.
Der Major tat so, als müsse er überlegen. »Du verlangst sehr

viel«, sagte er nach einer künstlichen Pause. »Aber es gilt! Du bekommst von mir genug Geld, um nach Amerika auswandern zu können. Doch dafür verlange ich gute Arbeit.«

»Was soll ich für Sie tun?«, fragte Elsie erwartungsvoll.

»Du wirst an dem Abend in Aktion treten, an dem sowohl Fürst Tirassow wie auch Fridolin von Trettin anwesend sind. Da beide als Stammgäste hier ein und aus gehen, wird das bald der Fall sein. Wahrscheinlich wird Tirassow wieder nach dir verlangen. Dann wirst du ihm und seiner Hure einen bestimmten Wein einschenken, den ich dir besorgen werde. Ein Glas davon gibst du auch Trettin zu trinken. Aber du selbst lässt die Finger davon! In dem Wein wird ein starkes Schlafmittel sein. Wenn die beiden Männer und ihre Huren ihm erlegen sind, nimmst du das hier in die Hand, wickelst ein Handtuch so darum, dass der Lauf frei bleibt, und schießt dem russischen Fürsten in den Kopf.«

»Aber das ist ja Mord!«, kreischte Elsie auf.

»Sei still!«, herrschte der Major sie an und versetzte ihr eine Ohrfeige. »Du willst doch hier raus, oder nicht? Dann tu, was ich dir gesagt habe!«

»Aber man wird den Schuss hören und mich verhaften«, schluchzte Elsie.

Heinrich von Palkow maß sie mit einem verächtlichen Blick. »Darum sollst du ja das Handtuch um die Waffe wickeln. Das wird den Knall dämpfen. Ich habe es ausprobiert. Selbst in den Separees nebenan wird man nicht mehr hören als ein leichtes Knallen, als hättest du eine Flasche Champagner geöffnet!«

»Ich kann das nicht!«

»Du kannst es! Wenn du Tirassow erschossen hast, wirst du

dich zu Trettin schleichen. Der hat eine Pistole dieser Art in seinem Jackett stecken. Tausch die beiden Waffen aus! Seine versteckst du und händigst sie mir später aus.«

»Wenn man die Tatwaffe bei ihm findet, wird man ihn für den Mörder halten«, sagte Elsie schaudernd.

»Wolltest du ihn und seine Frau bestrafen oder nicht?«

»Ich will mich ja rächen. Aber ich habe Angst!«

»Wovor denn? Tirassow und Trettin werden betäubt sein. Ebenso ihre Huren. Niemand wird dich bemerken. Hör auf zu jammern und leg dich wieder hin! Ich bin nicht nur hier, um über diese beiden Narren Trettin und Tirassow zu sprechen. Jetzt will ich meinen Spaß haben.«

Elsie legte sich seufzend wieder in Position, hielt aber von Palkow, als er sich auf sie legte, noch einmal kurz auf.

»Ich tu's! Aber nicht allein für Geld. Sie müssen mir helfen, mich bei Hanna und Lenka für die vielen Demütigungen zu revanchieren, die ich von ihnen erdulden musste.«

»Wenn es weiter nichts ist!« Da Heinrich von Palkow nicht länger auf sein Vergnügen warten wollte, drückte er ihr die Beine auseinander und drang in sie ein. Was dann folgte, glich erneut einer Vergewaltigung. Elsie nahm sie jedoch ohne Angst oder Ärger hin, denn sie stellte sich vor, wie sie den Mann dazu bringen konnte, Lenka und Hanna, denen ihre größte Missgunst galt, noch viel rauer zu behandeln. Gerne hätte sie sich auch an Hede Pfefferkorn auf diese Weise gerächt, doch das lag jenseits ihrer Möglichkeiten. Ihre Gedanken wanderten zu der verhassten Lore Huppach. Diese würde endlich dafür bezahlen müssen, dass sie sie damals in Bremen von sich gestoßen und zu einem Leben als Hure verurteilt hatte.

## XIV.

Früh am Sonntagmorgen wurde Lore von einem vorwitzigen Sonnenstrahl geweckt, der ihr durch eine Lücke zwischen den Vorhängen ins Gesicht schien. Im ersten Impuls tastete sie hinüber auf das andere Bett, fand dieses leer und rümpfte enttäuscht die Nase. Wie es aussah, war Fridolin in dieser Nacht gar nicht erst nach Hause gekommen. Dann erinnerte sie sich daran, dass er in der Kaserne schlafen musste und erst ab der übernächsten Woche wieder in seinem Heim übernachten durfte.

Sie bedauerte es, an jenem Nachmittag nicht zu Hause geblieben zu sein, an dem er überraschend aufgetaucht war. Stattdessen hatte sie eine langweilige Theatervorführung über sich ergehen lassen müssen. Mit Fridolin hätte sie diese Stunden viel angenehmer verbracht.

Lore hatte jedoch nicht die Zeit, Trübsal zu blasen, denn ihre Zimmertür wurde aufgerissen, Nathalia stürmte herein und warf sich auf ihr Bett. »Guten Morgen! Müssen wir uns nicht beeilen, um rechtzeitig zur Parade zu kommen? Hauptmann Hilgemann sagte, die Straßen rings um die Allee Unter den Linden wären wegen der vielen Leute, die zusehen wollen, immer verstopft.«

»Wir nehmen uns in jedem Fall noch die Zeit, gemütlich zu frühstücken. Oder willst du mit leerem Magen in die Stadt fahren?«

»Wir könnten in ein Café gehen«, schlug Nathalia vor.

»Und fänden uns bei der Parade unter all den Leuten eingekeilt, die zusehen wollen. Nein, meine Liebe. Wir nehmen eine Droschke und sehen vom Wagen aus zu. Gefrühstückt wird vorher zu Hause.« Lore reckte sich und schlüpfte aus dem Bett. Wieselflink war Nathalia bei ihr und zupfte an ihrem Nachthemd.

»Caroline ... ich meine, Fräulein von Trepkow nehmen wir mit. Ihr hat das Theaterstück neulich auch gefallen.«

»Dir nicht?«, fragte Lore hinterhältig, da Nathalia diese Aufführung unbedingt hatte sehen wollen.

»Doch, doch!«, antwortete das Mädchen nicht ganz wahrheitsgemäß. Zugeben, dass sie von dem Stück ebenfalls enttäuscht gewesen war, wollte sie nicht. Daher wechselte sie schnell das Thema. »Kommt Hauptmann Hilgemann auch mit?«

Lore hatte so ihre Zweifel. So angenehm es war, unter dem Schutz eines angeblichen Hauptmanns der Artillerie die Stadt erkunden zu können, so fürchtete sie doch die Gefahr, dass Gregor Hilgemanns Verkleidung durchschaut und er als Hochstapler verhaftet werden könnte.

»Ich weiß nicht, ob er Zeit hat«, antwortete sie daher ausweichend.

»Er hat! Ich habe ihn nämlich gestern gefragt«, erklärte Nathalia stolz.

Lore beneidete das Mädchen um seine Unbekümmertheit, dort, wo sie zehn Probleme zu sehen glaubte, war für ihre junge Freundin kein einziges vorhanden.

»Hast du schon die Zähne geputzt und dich gewaschen?«, fragte sie, weil ihr nichts anderes einfiel.

»Selbstverständlich, Frau Gouvernante! Wenn Hauptmann Hilgemann mit der Droschke kommt, werde ich fertig sein.«

»Gut, gut. Hast du Caroline schon gefragt, ob sie überhaupt mit uns fahren will?«

Nathalia stieß ein amüsiertes Lachen aus. »Wenn man sie fragt, will sie nirgendwo hin. Die muss man vor vollendete Tatsachen stellen, und das tue ich jetzt. Du findest uns im Frühstückszimmer!« Kaum hatte sie dies gesagt, sprang sie wieder vom Bett herab und eilte mit wippenden Röcken davon.

Seufzend blickte Lore ihr nach. Wie es aussah, hatte das Schuljahr in der Schweiz Nathalia eher wilder als ruhiger werden lassen. Sie benahm sich wie ein Füllen, das endlich aus dem Stall kam und auf der Wiese herumtollen konnte.

Mit wachsender Sorge um die Zukunft ihres Schützlings ging Lore ins Bad und machte sich zurecht. Da ihre Gedanken immer wieder um ein anderes Thema kreisten, dauerte es länger als sonst, bis sie fertig wurde. Im Ankleidezimmer wartete bereits Jutta auf sie, um ihr die Haare aufzustecken und ihr ins Kleid zu helfen. Obwohl das frühere Dienstmädchen und die jetzige Zofe sich geschickt anstellte, fand Lore Nathalia und Caroline bereits am Frühstückstisch vor. Bei ihnen saß Gregor Hilgemann in einer tadellos ausgebürsteten Hauptmannsuniform und trank Kaffee.

Lores Blick flog zu der Uhr auf der Anrichte, doch noch blieb ihnen ein wenig Zeit.

»Guten Morgen, gnädige Frau. Ich hoffe, Sie verzeihen mein verfrühtes Kommen, doch ich hielt es für besser, gleich am Morgen eine Droschke für den ganzen Tag zu mieten, als ewig auf einen Wagen warten zu müssen, weil jeder zu der Parade fahren will.«

»Sie sind ein sehr vorausschauender Mann«, lobte Caroline den Studenten zu Lores Überraschung.

»Leider nicht in allen Fällen!« Gregor verzog das Gesicht, weil er an seinen Steckbrief dachte. In den nächsten Minuten widmete er seine ganze Aufmerksamkeit einem Brötchen, das er fein säuberlich aufschnitt, mit Butter bestrich und mit mehreren Scheiben Schinken belegte.

»Entschuldigen Sie, aber ich bin ohne Frühstück aus dem Haus, da Herr Benecke und Mrs. Penn noch geschlafen haben. Außerdem wollte ich mich auf die Suche nach einer guten Droschke machen. Wir können ja schlecht in einem abgeschabten Wagen, der von einer dürren Mähre gezogen wird, Unter den Linden erscheinen.«

Für einen Augenblick hatte Lore das Gefühl, als blickte Caroline Gregor bewundernd an, sagte sich dann aber, dass sie sich getäuscht haben musste. Oder sollte sich zwischen diesen beiden Menschen tatsächlich etwas anbahnen? Der Standesunterschied dürfte keine große Rolle mehr spielen. Caroline war trotz ihrer adeligen Herkunft so arm wie eine Kirchenmaus und würde niemals einen Mann aus ihren Kreisen heiraten können. Alles, was sie erwarten konnte, war die Ehe mit einem neureichen Emporkömmling, dem mehr an ihrer Abkunft als an ihr selbst lag.

»Soll ich dir Kaffee einschenken?« Nathalias Frage riss Lore aus ihren Gedanken. Sie nickte und sah dann zu, wie das Mädchen graziös mit Kaffeekanne und Tasse hantierte.

»Das machst du sehr geschickt«, sagte sie bewundernd.

»Habe ich in der Schweiz gelernt. Da mussten wir stundenlang mit leeren Kannen üben, um es richtig hinzubekommen.«

»Vorsicht, es läuft gleich über«, warnte Lore sie.

Im letzten Augenblick hob Nathalia die Kanne und verhinderte eine Pfütze auf dem Tisch. Die Tasse war jedoch so voll, dass bereits die kleinste Erschütterung ausreichen würde, sie überfließen zu lassen.

Lore schüttelte lächelnd den Kopf. »Aber Nati, du weißt doch, dass ich den Kaffee nur mit viel Milch trinke. Und nun ist die Tasse zu voll!«

»Kein Problem!« Nathalia schnappte sich die Kaffekanne, nahm den Deckel ab und schüttete ein Drittel des Tasseninhalts hinein.

»Na siehst du – kein Tropfen danebengegangen!«, erklärte sie stolz.

»Du bist unmöglich!«, antwortete Lore lachend.

Nathalia begann zu kichern. »Wissen Sie, Frau von Trettin. Solche Sachen habe ich von meiner früheren Gouvernante gelernt, einem gewissen Fräulein Huppach!«

»Ich sagte ja, du bist unmöglich!« Lore bedachte sie mit einem Blick, der vernichtend sein sollte, stattdessen aber ihre Heiterkeit verriet.

Grinsend goss Nathalia Milch in den Kaffee.

»Soll ich Ihnen ein Brötchen aufschneiden, liebe Lore?«, fragte Caroline, die dem kurzen Wortwechsel mit einem feinen Lächeln gefolgt war.

»Dann geht es nämlich schneller«, warf Nathalia ein und nahm sich rasch das vorletzte Brötchen aus dem Korb.

Caroline sah sie verdattert an. »Aber du hast doch schon zwei gegessen!«

»Das schon, aber so eine Parade dauert lange, habe ich mir sagen lassen. Daher werden wir so schnell nichts zu essen bekommen!« Nathalia ließ sich durch nichts die Laune verderben und steckte die beiden Frauen mit ihrer Fröhlichkeit an.

Auch Gregor wirkte gelöster als sonst. Lächelnd gesellte er sich zu dem Droschkenkutscher. Lore, Caroline und Nathalia zogen sich zum Ausgehen an und folgten ihm wenige Minuten später.

## XV.

In der Straße Unter den Linden standen die Zuschauer bereits so dicht, dass man das Pflaster des Trottoirs nicht mehr erkennen konnte. Daher musste der Droschkenkutscher sein Gefährt am Anfang der Paradestrecke in der Nähe des Brandenburger Tores abstellen. »Näher komme ich nicht ran«, meinte er gemütlich und zog eine Schnapsflasche aus der Jackentasche, um sich zu stärken.

Nathalia stellte sich in der Droschke auf, um zu prüfen, wie die Sicht von dieser Stelle aus war. Befriedigt stellte sie fest, dass ihnen kein anderes Fahrzeug die Aussicht verstellen konnte.

Unterdessen ließ Lore den Blick über die Menschen schweifen, die sich immer dichter drängten, um die Parade zu verfolgen. Dabei fiel ihr ein protzig bemalter Landauer auf, auf dessen Bock ein Kutscher und ein Lakai in grüngoldenen Uniformen saßen. In den Insassen erkannte sie schließlich den Bankier Grünfelder, seine Frau und seine Tochter, die keine zwanzig Meter von ihr entfernt ebenfalls die aufmarschierenden Soldaten erwarteten. Noch hatte die Bankiersfamilie sie nicht entdeckt. Lore drückte sich tief in die Polster, denn Wilhelmine Grünfelder war wohl die letzte Person, der sie an diesem Tag begegnen wollte.

»Ich höre schon was!« Nathalia hielt es vor Aufregung kaum

mehr im Wagen. Auch Lore vernahm jetzt das Spiel einer Marschkapelle und kurz darauf Hufgetrappel. Allerdings bogen nicht die Garde-Ulanen um die Ecke, sondern eine Schwadron Kürassiere in schwarzen Harnischen und mit Adlern statt der üblichen Spitzen auf den Helmen.

Dahinter marschierten die ersten Infanteristen mit klingendem Spiel durch das Brandenburger Tor. Jubel brandete auf, und so mancher Vater rief entzückt, er habe seinen Sohn unter den paradierenden Soldaten entdeckt.

Lore wartete mit klopfendem Herzen auf Fridolin und konnte daher den Blick nicht von den Soldaten lassen. Dabei übersah sie Hede Pfefferkorn, die auf der anderen Seite der Straße Unter den Linden stand. Diese hatte darauf verzichtet, mit einem Wagen zu kommen. Eine Bordellbesitzerin, die das einmal getan hatte, war erkannt worden, und prompt hatte man ihr faule Eier an den Kopf geworfen. Das wollte sie nicht riskieren. In der Menge eingekeilt, bemerkte sie nicht, dass Elsie sich an der Paradestrecke aufhielt, anstatt im *Le Plaisir* sauber zu machen, wie ihr aufgetragen worden war. Zielstrebig bewegte sich die junge Hure Elsie auf Lores Droschke zu.

Ein Trompetensignal kündigte endlich die Garde-Ulanen an. Doch als die ersten Reiter in ihren dunkelblauen Litewken und den langen, bewimpelten Lanzen in der Hand erschienen, blieb Lore sitzen. Nathalia zerrte an ihrem Ärmel, doch ihre große Freundin reagierte nicht. Da sie nichts verpassen wollte, gab Nathalia schließlich auf und bewunderte die Farbenpracht der Offiziere. Diese hatten im Gegensatz zu den einfachen Reitern ihre Säbel gezückt und boten mit ihren Waffenröcken und hohen Stiefeln ein martialisches Bild.

»Dort ist er!« Begeistert winkte Nathalia Fridolin zu. Das Gleiche tat Wilhelmine Grünfelder. Fridolin nahm die Bankierstochter als Erstes wahr und deutete einen militärischen Gruß in ihre Richtung an.

»Dieser stolze Reiter wird bald mein Schwiegersohn sein!« Für einen Augenblick übertönte Grünfelders Stimme sogar die Musik, und die Worte drangen bis zu Lore.

Sie kniff die Lippen zusammen und blieb enttäuscht sitzen. Ihr war nicht mehr danach, Fridolin zuzuwinken. Doch als sie glaubte, es könne nicht schlimmer kommen, zwängte sich eine Frau durch die Menschenmasse, die die Droschke umgab, und blieb mit höhnischem Gesichtsausdruck neben ihr stehen.

Noch während Lore sich fragte, wer dieses Weib war, das ihr vage bekannt vorkam, sprach diese sie an. »So treffen wir uns wieder, Lore Huppach! Oh Verzeihung, ich meine natürlich Freifrau von Trettin. Welch ein Aufstieg aus einer Schulmeisterkate in Ostpreußen bis zur hochgeachteten Dame der Berliner Gesellschaft. Ich aber wurde von dir und deinen feinen Verwandten so lange in den Dreck getreten, bis ich selbst zu Dreck geworden bin.«

»Elsie?«

»Die gnädige Frau belieben, sich an mich zu erinnern? Ja, ich bin es, und ich habe den Tag in Bremen nicht vergessen, an dem Sie gesagt haben, Sie wollten nichts mehr mit mir zu schaffen haben! Stattdessen haben Sie mich unter der Fuchtel dieses bösen Weibsstücks Malwine auf Trettin zurückgelassen. Können Sie sich vorstellen, was die mit mir gemacht hat? Sie hat mich mitten in Berlin auf die Straße gesetzt und mir ein so grauenhaftes Zeugnis ausgestellt, dass ich nur noch in den Puff gehen konnte! Wissen Sie überhaupt, was das ist? Dort gehen Männer hinein, die mehr erleben wollen, als nur zu Hause im Ehebett ihre Frau zu vögeln. Es ist ekelhaft und sündig – und dazu habt ihr Trettins mich verurteilt!«

Empört hob Gregor Hilgemann die Hand, um die unverschämte Person zu ohrfeigen, doch Lore hielt ihn zurück. »Lass sie reden«, sagte sie mit einer Stimme, die nicht erkennen ließ, wie schwer es ihr fiel, ruhig zu bleiben.

Elsie funkelte Lore hasserfüllt an. »Viele Männer kommen ins Bordell, deren Frauen nichts davon ahnen. Einer davon ist Ihr Ehemann Fridolin. Seit der wieder in Berlin ist, ist er jede Woche mindestens zweimal im *Le Plaisir* und hat von der Chefin angefangen bis zu mir jede Hure durchgebumst. Sie sind ihm offensichtlich nicht gut genug im Bett! Daher lässt er Sie jetzt auch sitzen und heiratet die reiche Bankierstochter.«

Die Worte prasselten wie von einem Maschinengewehr abgefeuert auf Lore ein. Diese starrte Elsie an und weigerte sich zu glauben, was dieses Weib da behauptete. Auch wenn eine Dame die Worte »Puff« und »Bordell« nicht zu kennen hatte, wusste sie doch, worum es sich handelte. Konrad war bei seinen Erzählungen über seine Zeit bei der Handelsmarine gelegentlich ein verräterischer Satz über die Lippen gekommen. Jetzt aber war er ein braver Ehemann und trug seine Mary auf Händen. Ein Etablissement dieser Art würde er nie mehr betreten.

Von Elsie zu hören, dass Fridolin Stammgast in einem solchen sein sollte, war für Lore ein Schock. Sie erinnerte sich an das fremde Parfüm. Unwillkürlich schnupperte sie, doch von Elsie ging ein anderer, billiger Duft aus.

Mit einer Ruhe, die ihr alle Kraft abforderte, sah sie auf die

Hure hinab. »Du hast bekommen, was du verdienst. Und jetzt geh uns aus dem Weg! Die Parade ist vorbei, und ich will nach Hause. Du bist immer schon eine Lügnerin gewesen, ich glaube dir kein einziges Wort.«

Da Elsie so aussah, als wolle sie sich an die Droschke klammern, versetzte Gregor Hilgemann ihr einen Stoß und befahl dem Kutscher, zur Turmstraße zurückzufahren.

Bei der nächsten Kreuzung hob Lore die Hand. »Wir haben uns darauf gefreut, heute Nachmittag in einem Biergarten eine Limonade trinken und Eisbein essen zu können. Das werden wir uns von diesem Lügenmaul nicht verderben lassen.«

Ihre Worte, vor allem aber das Lächeln, das diese begleitete, beruhigte den Studenten. Auch Caroline, die wie erstarrt zugehört hatte, atmete auf.

Nathalia aber kannte Lore besser und spürte, dass es in ihr brodelte, sie sich jedoch nichts anmerken lassen wollte. Später würde sie mit Lore reden müssen, damit diese nicht wegen dieses missgünstigen Weibes etwas Falsches tat. Zwar hatte Nathalia Elsie nur wenige Wochen erlebt, sie aber damals schon heftig verabscheut. Sie hätte einen Groschen gegen ein weiteres Jahr im Schweizer Internat gewettet, dass das, was Elsie gesagt hatte, von A bis Z erlogen war, und sie konnte nur hoffen, dass Lore die Sache genauso sah.

# XVI.

Die Falle ist gestellt, dachte Major von Palkow, als nach Fürst Tirassow auch Fridolin von Trettin das *Le Plaisir* betrat. Allerdings sah der Fähnrich nicht so aus, als freue er sich auf eine zärtliche Stunde mit einer Hure, sondern wirkte eher abweisend. Doch das störte von Palkow nicht. Für ihn zählte nur, dass Trettin zum richtigen Zeitpunkt am richtigen Ort war. Er hatte Friedrich von Trepkow in seinen Plan eingeweiht, Trettin zu vernichten, und es so hingestellt, als tue er es, um dem Leutnant zu helfen, seinen Rivalen um Wilhelmine Grünfelders Gunst aus dem Weg zu räumen. Von Trepkow war die Aufgabe zugefallen, die Offiziere des Regiments, die an der Parade teilgenommen hatten, zu einem Besuch im *Le Plaisir* zu überreden. Da diese vollzählig der Aufforderung gefolgt waren, hatte Trettin sich nicht ausklinken können.

Von Palkow zwinkerte Elsie zu. An diesem Abend hatte er sie sanfter behandelt als sonst und ihr zudem hoch und heilig versprochen, ihr zu ihrer Rache an Hanna und Lenka zu verhelfen.

»Du weißt, was du zu tun hast?«, fragte er sie nun und sah die Hure verbissen nicken.

»Gut! Ich werde jetzt gehen. Sorge du dafür, dass Tirassow und Trettin von dem Wein trinken, den ich dir mitgebracht habe.« Da von Palkow Elsie nicht zutraute, die richtige Dosis Betäubungsmittel in eine Flasche aus Hede Pfefferkorns Beständen zu geben, hatte er ihr zwei bereits präparierte hingestellt. Sie musste diese nur noch entkorken und einschenken, dann war die Sache so gut wie gelaufen.

Während der Major sich trotz aller Anspannung beinahe

euphorisch fühlte, bebte Elsie innerlich vor Angst. Doch in dem Bewusstsein, dass dies ihre einzige Chance war, dem Leben im Bordell entfliehen zu können, verabschiedete sie sich von dem Major und verließ das Separee, um ja nicht den Augenblick zu verpassen, in dem Tirassow und Trettin etwas zu trinken verlangten.

Heinrich von Palkow folgte ihr, bezahlte bei Hede die Zeit, die er mit Elsie verbracht hatte, warf dieser noch eine Münze als Trinkgeld zu und verließ pfeifend das *Le Plaisir*.

»Wie es aussicht, hast du in dem Major einen Stammkunden gefunden. Ich hoffe, er bleibt dir eine Weile erhalten!« Hede hoffte, Elsie würde angesichts dieses regelmäßigen Verdienstes endlich ihre missmutige Miene ablegen, die viele Kunden abschreckte.

Lores einstiges Dienstmädchen verzog spöttisch den Mund. Auf einen Freier wie von Palkow konnte sie leicht verzichten. Jedes Mal, wenn der Mann bei ihr gewesen war, hatte sie hinterher etliche neue blaue Flecke an sich entdeckt.

Da sie keine Antwort erhielt, stupste Hede Elsie an. »Steh nicht so herum! Bring eine Flasche Wein in mein Büro. Herr von Trettin hat sicher Durst.«

Elsie durchlief es heiß und kalt, wurde ihr doch die Gelegenheit für den ersten Schritt förmlich auf dem Silbertablett serviert. »Ich bin schon unterwegs«, sagte sie mit vor Erregung rauer Stimme und eilte davon.

Im Keller musste sie sich zur Ruhe zwingen, um die erste der beiden Flaschen, die sicher versteckt gewesen waren, nicht fallen zu lassen. Als sie den Korkenzieher ansetzte, zitterten ihre Hände so, dass sie ihn und die Flasche kaum halten konnte, doch als sie die Gläser aus dem Schrank nahm und auf das Tablett stellte, hatte sie sich wieder in der Gewalt.

Sie trug den Wein in Hedes Büro, schenkte beide Gläser voll und ging wortlos hinaus.

Fridolin blickte ihr nachdenklich hinterher. Der Lebensweg dieser Frau war stetig nach unten verlaufen, und sie würde sich wohl bald in der Gosse wiederfinden. Doch dies war nicht sein Problem. Er griff nach einem der vollen Gläser, aber bevor er trinken konnte, kam Hede herein.

»Ah, du hast gleich für mich mit einschenken lassen. Das ist gut. Ich verdurste nämlich.« Sie nahm ihm das andere Glas aus der Hand und stieß mit ihm an. »Auf dein Wohl, Fridolin!«

»Und auf das deine!«

Sein Unterton ließ Hede aufhorchen. »Was ist dir denn für eine Laus über die Leber gelaufen, mein Lieber?«

»Ach, es ist wegen Lore! Ich hatte gedacht, sie würde wenigstens beim ersten Mal zur Parade kommen.«

»Sie war doch da. Ich habe sie gesehen«, rief Hede verwundert aus. »Eine Passantin hat sie mir gezeigt.«

»Wo?«

»Direkt beim Brandenburger Tor! Sie war mit einer Droschke vorgefahren. Ein junges Mädchen war bei ihr, vielleicht elf, zwölf Jahre alt, dazu eine Dame in Trauerkleidung und ein junger Offizier.«

Hedes Beschreibung war so eindeutig, dass es sich um niemand anders als um Lore, Nathalia, Caroline von Trepkow und Gregor Hilgemann handeln konnte. Jetzt fragte Fridolin sich, weshalb seine Frau ihn nicht auf sich aufmerksam gemacht und ihm zugewinkt hatte. War er ihr schon so gleichgültig geworden?

Während Fridolin diesen trüben Gedanken nachhing, brachte Elsie unaufgefordert Wein in das Separee, in dem Tirassow sich mit Hanna vergnügte, und schenkte ein. Der Fürst griff sofort zu und trank das Glas in einem Zug leer.

Elsies angespannte Miene machte einem Ausdruck der Zufriedenheit Platz. Mehr als ein halbes Dutzend Mal hatte sie von ihm Schläge hinnehmen müssen, die nicht nur schmerzhaft, sondern auch demütigend gewesen waren. Den Hurenlohn und den größten Teil des üppigen Trinkgelds aber hatte Hanna kassiert, so dass für sie nur Brosamen abgefallen waren. Elsie spürte, wie die Wut erneut in ihr hochkochte, und verließ das Separee, bevor das Paar dies bemerken konnte.

Die nächste Stunde verbrachte sie in der Küche. Angespannt lauschte sie auf die Geräusche, die aus dem Empfangssalon und den umliegenden Separees drangen und nach und nach verebbten. Die Freier, die ihr Mädchen für die ganze Nacht gemietet hatten, waren nach ihrer erschöpfenden Tätigkeit wohl eingeschlafen. Nur gelegentlich erschien ein neuer Kunde, wählte eine Frau aus und verschwand mit ihr in einem Zimmer.

Als die Uhr die zweite Stunde des neuen Tages schlug, stand Elsie auf und ging durch das Haus. Hinter der einen oder anderen Tür erklang noch das Gekicher einer Kollegin oder das erregte Keuchen eines Mannes, doch in dem Separee, in dem Hanna sich mit ihrem Kunden aufhielt, war alles ruhig. Als Elsie kurz darauf in Hede Pfefferkorns Büro sah, lehnte diese in ihrem Sessel und schlief. Auch Fridolin schnarchte leise.

Elsie nahm die noch zu einem Viertel volle Flasche an sich und kehrte in die Küche zurück. Dort schüttete sie den restlichen Wein weg und legte die Flasche zu dem Leergut, das morgens weggebracht wurde. Jetzt oder nie, sagte sie sich und schlich in das Zimmer, in dem sie gewöhnlich ihre Kunden empfing. Dort hob sie die Matratze an einer Ecke hoch und zog die kleine Pistole hervor, die von Palkow ihr gegeben hatte. Sie machte die Waffe schussfertig, schlang ein bereitliegendes Handtuch so um die Hand, dass die Waffe nicht zu sehen war, und lief dann den Flur entlang zu Hannas Separee.

Fürst Tirassow lag auf dem Rücken, ebenso nackt wie Hanna, die ihn noch in der Betäubung liebkosend umfangen hielt. Obwohl der Mann wehrlos war, zitterte Elsie wie Espenlaub. Sie musste zweimal ansetzen, bis die Mündung der Pistole seine Schläfe berührte. Mit geschlossenen Augen drückte sie ab. Obwohl der Knall des Schusses durch das Handtuch gedämpft wurde, erschien er ihr so laut, dass sie befürchtete, die ganze Straße müsse zusammenlaufen.

Erschrocken riss Elsie die Augen auf und starrte auf den Mann. Ein gerade mal kirschkerngroßes Loch war an seiner Schläfe zu sehen, umgeben von schwarzem Pulverschmauch. Der Mann war so tot, wie er mit einer Kugel im Gehirn nur sein konnte. Doch jetzt regte Hanna sich, murmelte schlaftrunken ein paar Worte und versuchte sich trotz ihrer Betäubung aufzusetzen.

Elsie geriet in Panik. Wenn Hanna sie sah, würde sie auf dem Schafott enden. Ohne nachzudenken, richtete sie die Pistole auch auf sie und drückte ab. Mit einem letzten Seufzer sank Hanna in sich zusammen und blieb regungslos liegen, während ihr Blut das Laken rot färbte.

Von Grauen erfüllt wandte Elsie sich ab und rannte davon. Erst als sie in der Küche angekommen war, erinnerte sie sich daran, dass sie die Waffe Fridolin von Trettin unterschieben musste.

Daher machte sie noch einmal kehrt und betrat Hede Pfefferkorns Büro. Beim Anblick der Puffmutter bedauerte sie, dass
die Pistole leergeschossen war, sonst hätte sie diese kurzerhand
ebenfalls umgebracht. Rasch wandte sie sich Fridolin zu, griff
unter seine Uniformjacke und holte eine Pistole heraus, die der
Mordwaffe wie ein Zwilling glich, und tauschte sie gegen die,
mit der sie geschossen hatte. Nach einem kurzen Blick in den
Flur rannte sie wieder in Richtung Küche. Dort erst bemerkte
sie, dass sie Fridolins Pistole offen in der Hand hielt, und verbarg sie rasch unter ihrem Kleid.
Bis jetzt war alles gut gegangen, und sie betete darum, dass es
auch so blieb.

## XVII.

Obwohl das Handtuch die beiden Schüsse gedämpft hatte,
waren sie laut genug gewesen, um ein Mädchen im Separee
nebenan zu wecken. Zuerst nahm die Hure an, in der Nähe
würde ein Feuerwerk abgebrannt. Doch als alles still blieb,
stand sie auf und blickte neugierig zur Tür hinaus. Dort schien
alles unverändert. Schon wollte sie wieder zu ihrem schlafenden Freier zurückkehren, da entdeckte sie, dass die Tür von
Hannas Separee offen stand. Dabei verlangte Hede Pfefferkorn
nachdrücklich von allen Mädchen, die Türen aus Gründen der
Diskretion geschlossen zu halten.
Verwundert wollte die Frau ihre Kollegin zur Rede stellen.
Doch als sie in das vom gedämpften Licht der Gaslampe erhell-
te Zimmer trat und die beiden starren Gestalten in ihrem Blut

liegen sah, stieß sie einen Schrei aus, der durch das ganze Haus hallte.

Innerhalb kürzester Zeit sammelten sich andere Huren und deren Kunden um sie. Selbst Hede war durch den Schrei aus ihrem Schlaf erwacht und wankte noch halb betäubt in das Zimmer, aus dem das heftige Stimmengewirr erklang. Fassungslos blieb sie neben dem Bett stehen, auf dem die Toten lagen.

»Was ist geschehen?« Ihre Stimme klang dünn und brüchig wie die einer Greisin.

Einer ihrer Stammkunden, ein erfahrener Staatsanwalt, übernahm das Kommando. »Das werden wir schon herausbringen! Keiner verlässt das Haus, verstanden. Anton, du wirst sowohl das Portal wie auch die Hintertür verschließen und mir die Schlüssel übergeben!«

Dann stellte er die ersten Fragen. Doch keiner hatte irgendetwas gesehen, auch wenn mehrere angaben, zweimal kurz hintereinander einen dumpfen Knall gehört zu haben.

»Ich hätte nicht gedacht, dass es sich dabei um Schüsse handeln könnte. Dabei bin ich Ehrenvorsitzender des Schützenvereins in meinem Heimatort«, erklärte Baron Kanter, der, nachdem er vor Jahren in diesem Etablissement mit Fridolin aneinandergeraten war, das *Le Plaisir* nur noch hin und wieder aufsuchte.

»Ich habe es auch nicht für Schüsse gehalten, sondern dachte, in der Nähe würde ein Feuerwerk abgebrannt«, stimmte ihm das Mädchen zu, das den Mord entdeckt hatte.

Elsie hielt sich im Hintergrund, obwohl alles in ihr danach schrie, den Leuten zu sagen, sie hätte den Freiherrn von Trettin mit der Waffe in der Hand aus diesem Separee kommen sehen. Doch damit hätte die Frage im Raum gestanden, weshalb sie nicht gleich Alarm geschlagen hatte. Daher biss sie sich auf die Lippen und nahm die erste Gelegenheit wahr, die Flasche mit dem Rest des betäubenden Weins aus dem Separee an sich zu nehmen und in der Küche auszugießen. Als sie sich wieder zu den anderen gesellte, stellte Leutnant von Trepkow endlich die Frage, auf die sie gewartet hatte.

»Wo ist eigentlich Fridolin von Trettin?«

»Der war eben noch in meinem Büro und hat geschlafen«, antwortete Hede, die sich selbst wunderte, wieso sie plötzlich so müde geworden war. Dabei war sie noch nie während der Geschäftszeiten eingeschlafen.

»Nun, dann lassen Sie uns mal nachsehen, ob er noch dort ist!« Staatsanwalt von Bucher wandte seine Schritte in Hedes Privaträume und fand Fridolin dort schlafend vor. Als er ihn rüttelte, dauerte es eine ganze Weile, bis Fridolin die Augen aufschlug und verwirrt um sich blickte.

»Voll wie eine Haubitze!«, spottete von Trepkow, während Baron Kanter ein paarmal schnupperte.

»Riechen Sie nicht auch Pulverdampf?«, fragte er den Leutnant.

Dieser sog betont auffällig die Luft ein und nickte. »Sie haben recht, Kanter. Ganz deutlich!«

Mit einem Mal starrten alle Fridolin an, der nicht begriff, was um ihn herum geschah. Er stand auf, musste sich aber sofort am Tisch festhalten, so schwindelig war ihm. Noch während er versuchte, den Kopf freizubekommen, rutschte etwas aus seiner Uniformjacke und fiel zu Boden. Unwillkürlich wollte er sich bücken, doch der Staatsanwalt war schneller und schnappte sich die zweiläufige Taschenpistole.

Er schnüffelte an den Läufen und sah dann Fridolin streng an. »Ist das Ihre Waffe?«

Verwirrt nickte Fridolin.

»Aus dieser Waffe ist vor kurzem geschossen worden, Trettin. Und zwar wurden damit Fürst Tirassow und Hede Pfefferkorns Angestellte Hanna erschossen. Betrachten Sie sich als verhaftet. Sie werden beschuldigt, die beiden ermordet zu haben.« Nach diesen Worten rief der Staatsanwalt den Türsteher Anton zu sich und befahl ihm, Schutzleute zu holen, die Fridolin abführen sollten.

»Danach organisieren Sie einen Arzt. Er soll die Opfer untersuchen und den Totenschein ausstellen. Die anderen Herrschaften bitte ich, sich in eine Liste einzutragen, damit sie als Zeugen dieses unerhörten Vorfalls befragt werden können.«

»Um Gottes willen, nein! Das gibt einen Skandal! Meine Frau lässt sich scheiden, wenn sie erfährt, dass ich in diesem Sündenbabel gewesen bin«, rief ein Mann entsetzt.

Der Staatsanwalt hob begütigend die Hand. »Das ist kein Problem! Wir werden mit der notwendigen Diskretion vorgehen. Wenn Trettin seine Schuld zugibt, müssen Sie gar nicht erst vor Gericht erscheinen.«

»Ich habe niemanden erschossen«, stöhnte Fridolin, außer Hede Pfefferkorn hörte niemand auf ihn, doch auch sie vermochte nicht zu begreifen, was sich in der letzten Stunde in ihrem Haus zugetragen hatte.

# Sechster Teil

∿

*Pflichterfüllung*

# I.

Hede Pfefferkorn tauchte die Hände in eiskaltes Wasser und benetzte sich die pochenden Schläfen. Allmählich gelang es ihr, wieder einen klaren Gedanken zu fassen und über das nachzudenken, was in der Nacht geschehen war. Es hatte zwei Tote gegeben, Fürst Tirassow und eines ihrer besten und hübschesten Mädchen. Ihr Herz zog sich schmerzhaft zusammen, als sie an Hanna dachte. Obwohl man in ihrem Metier keine Gefühle hegen sollte, hatte sie das Mädchen gemocht. Ihr Tod erschütterte sie bis ins Mark, und sie fröstelte unter dem Gefühl, dass auch sie das Opfer des infamen Mörders hätte sein können.

Was Fridolin betraf, so hatte er weder Streit mit dem Russen noch mit Hanna gehabt. Ihres Wissens waren er und der Fürst nicht einmal näher miteinander bekannt. Was für einen Grund hätte er haben sollen, die beiden zu ermorden? Auch war Fridolin kein jähzorniger Mensch. Unter den Gästen des Vortags hatte es genug Männer gegeben, gegen die er weitaus eher Groll hätte hegen können als gegen Tirassow. Baron Kanter zum Beispiel, dem er schon einmal im Duell gegenübergestanden hatte, oder auch die beiden Offiziere von Campe und von Trepkow, die er für einige Äußerungen jederzeit hätte fordern können.

Hede hätte ihre rechte Hand darauf verwettet, dass jemand von Anfang an geplant hatte, den Fürsten und Hanna umzubringen und Fridolin die Waffe unterzuschieben. Darauf deutete auch die Tatsache hin, dass die Pistole einfach herausgerutscht und zu Boden gefallen war. So dumm, Tirassow und

Hanna zu erschießen und sich dann mit nachlässig eingesteckter Pistole schlafen zu legen, wäre Fridolin nie gewesen.

Aber was nutzte es, dass sie von Fridolins Unschuld überzeugt war? Auf sie würde niemand hören, am wenigsten Staatsanwalt von Bucher, der den Fall so rasch und mit so wenig Aufsehen wie möglich über die Bühne bringen wollte. Als Puffmutter galt sie als moralisch verkommen und würde Fridolin keine Hilfe sein können. Doch wer sonst war in der Lage, ihm beizustehen? Bankier Grünfelder gewiss nicht. Der war zwar ebenfalls hier gewesen, hatte sich aber feige im Hintergrund gehalten und kein Wort zu Fridolins Gunsten gesagt.

Da schob sich Lores Bild in ihre Gedanken. Fridolin hatte seine Frau beherzt und klug genannt. Vielleicht fand sie einen Weg, ihrem Mann zu helfen. Von dieser Idee gepackt beendete Hede ihre Morgentoilette, kleidete sich um und trat in den unnatürlich leer wirkenden Empfangssalon. Die meisten Mädchen hatten sich in ihre Zimmer zurückgezogen oder saßen in der Küche zusammen und tauschten sich leise miteinander aus.

Hede stellte missmutig fest, dass immer noch die Reste von Keksen und anderem Knabbergebäck herumlagen und auch die Weingläser und Flaschen nicht weggeräumt worden waren. Daher ging sie in die Küche und fuhr die dort versammelten Mädchen an. »Was sitzt ihr hier herum? Draußen sieht es aus, dass man sich schämen muss! Seht zu, dass ihr sauber macht!«

»Aber nicht das Zimmer, in dem die Toten liegen!«, rief eines der Mädchen aus.

»Bis der Leichenbestatter die beiden geholt hat, dürft ihr es ohnehin nicht betreten. Danach soll Elsie sich darum kümmern.«

Diese wehrte sogleich mit beiden Händen ab. »Nein, das dürfen Sie nicht von mir verlangen!«

»Dann werde ich eben eine Aushilfskraft von einer Vermittlerin holen. Jetzt habe ich etwas anderes zu tun. Wenn ich zurückkomme, will ich hier alles sauber vorfinden!«

Es fiel Hede nicht leicht, so harsch zu sein, denn etliche der Mädchen waren mit Hanna befreundet gewesen. Doch wenn sie jetzt nicht auf Disziplin achtete, würden die meisten sich gehen lassen und waren hinterher nicht mehr geeignet, vornehme Kunden zu bedienen. Sie wünschte jedoch keinem ihrer Schützlinge, auch Elsie nicht, in einem der Arbeiterpuffs in der Friedrichstraße zu enden.

Mit dem Gefühl, dass es schwer werden würde, ihr Bordell weiterhin erfolgreich zu führen, verließ sie das Haus und winkte an der nächsten Straßenecke eine Droschke heran. Sie nannte dem Fahrer Lores Adresse und sann während der ganzen Fahrt darüber nach, was sie Fridolins Frau berichten durfte, ohne diese gegen sich aufzubringen. Wahrscheinlich würde Frau von Trettin sie nicht einmal anhören, sondern umgehend vor die Tür setzen. Doch das musste sie um Fridolins willen riskieren.

Hedes Hände zitterten, als sie in der Turmstraße den Türklopfer anschlug und sich kurz darauf einem Diener in Livree gegenübersah. »Ich hätte gerne Frau von Trettin gesprochen«, sagte sie und ignorierte Jeans hochmütige Miene.

Der Diener musterte ihr streng wirkendes, aber elegantes Kleid und versuchte vergebens, sie einzuordnen. Daher trat er schließlich zur Seite und ließ die Frau eintreten. »Welchen Namen soll ich der gnädigen Frau melden?«

»Pfefferkorn. Hedwig Pfefferkorn!« Wohl zum ersten Mal seit Jahren nannte Hede wieder ihren Taufnamen.

Mit dem Gefühl, dass dies der Gast war, den er seiner Herrin vergönnte, ging Jean voraus, klopfte an Lores Salon und sah hinein.

»Eine Frau Pfefferkorn wünscht Sie zu sprechen, gnädige Frau!« Hede trat ein und blieb vor Lore stehen, die sich höflicherweise erhoben hatte. Nichts an deren Gesicht deutete darauf hin, dass die Ereignisse der Nacht bereits an ihr Ohr gedrungen waren. Das machte es Hede doppelt schwer, zu beginnen.

Lore musterte die Besucherin neugierig. Sie hatte die schöne, aber nicht mehr ganz junge Frau in ihrem und Marys Modesalon kennengelernt und sie als selbstbewusst eingeschätzt. An diesem Morgen aber wirkte diese ebenso ängstlich wie verzweifelt. Gleichzeitig nahm Lore jenes verdächtige Parfüm wahr, das ihr bei Fridolin aufgefallen war. Auch die Haarfarbe stimmte. Sollte diese Person die heimliche Geliebte ihres Mannes sein? Was wollte sie von ihr? War sie vielleicht schwanger und hoffte, sie werde ihren Mann deswegen freigeben? Da würde die Frau jedoch eine herbe Enttäuschung erleben. Fridolin hatte sich längst für Grünfelders Tochter entschieden.

»Sie wünschen?« Lores Stimme klang kalt und hätte jede andere Besucherin veranlasst, wieder zu gehen.

Doch Hede blieb und deutete auf den Diener, der immer noch in der offenen Tür stand. »Ich hätte gerne unter vier Augen mit Ihnen gesprochen, Frau von Trettin.«

»Du kannst gehen, Jean!« Lore setzte sich wieder, ohne der Besucherin einen Stuhl anzubieten, und wartete, bis der Diener die Tür hinter sich geschlossen hatte.

»Also, was wollen Sie?«

Anstatt zu sprechen, huschte Hede auf Zehenspitzen zur Tür und riss diese unvermittelt auf. Draußen stand Jean, der offensichtlich hatte lauschen wollen.

Lore warf ihm einen ärgerlichen Blick zu. »Du hast gewiss Arbeit in den Zimmern meines Mannes!«

Jean verfluchte innerlich das Weib, das es ihm unmöglich gemacht hatte, zu erfahren, was von seiner Herrin wollte, und stolzierte davon.

Hede wartete, bis er in einem anderen Zimmer verschwunden war, schloss die Tür und wandte sich Lore zu. »Es geht um Ihren Mann. Er ist heute Nacht verhaftet worden, weil er angeblich zwei Menschen erschossen haben soll!«

Sie hätte diese entsetzliche Nachricht gerne schonender vorgebracht, doch um den Brei herumzureden brachte nichts und hätte die Freifrau nur veranlassen können, sie vor die Tür zu setzen.

Lore starrte Hede an und versuchte zu begreifen, was die Frau da gesagt hatte. »Aber das ist unmöglich!«

Dann dachte sie an von Trepkow und von Campe, die sie in letzter Zeit arg bedrängt hatten, und fragte sich, ob er mit den beiden Offizieren aneinandergeraten war. »Wen soll mein Mann umgebracht haben?«

»Den russischen Fürsten Tirassow und ein Mädchen, eine Hure aus meinem Bordell!« Hede war auch gegen sich selbst schonungslos. Doch die Gerüchte würden auch vor diesen Mauern nicht Halt machen, und so war es besser, wenn Fridolins Frau von Anfang an alles erfuhr.

»Mein Mann hat sich also in Ihrem Bordell aufgehalten.« Lore erinnerte sich an Elsie und deren Vorwürfe und fragte sich, wo sie nur die Augen gehabt hatte, dass sie nicht bemerkt hatte, auf welchen Pfaden Fridolin wandelte.

»Es war nicht so, wie Sie denken«, beeilte Hede sich ihr zu versichern. »Herr von Trettin ist ein alter Bekannter von mir und hat mir früher oft geholfen. In der letzten Zeit ist er immer nur als Begleiter von Herrn Grünfelder ins *Le Plaisir* gekommen, da dieser nicht allein gehen wollte.«

»Eine sehr bequeme Ausrede, um seinen niedrigsten Gelüsten folgen zu können«, antwortete Lore mit bitterem Spott.

»Das hat er wirklich nicht getan!«, rief Hede verzweifelt aus. »Fridolin ist niemals einem der Mädchen ins Separee gefolgt. Er hat immer nur in meinem Büro gesessen, ein Glas Wein getrunken und sich mit mir über alte Zeiten unterhalten.«

»Und das soll ich Ihnen glauben? Ich habe es anders zugetragen bekommen!«

»Wer das auch immer erzählt hat, wollte Ihren Mann schlechtmachen! Ich schwöre Ihnen bei meiner unsterblichen Seele, dass Fridolin nichts mit den Mädchen aus meinem Bordell angefangen hat. Wer auch immer das Gegenteil behauptet, lügt!«

Hedes verzweifelter Appell blieb nicht ohne Wirkung auf Lore. Diese kannte Elsie gut genug, um zu wissen, dass sie ihr nichts glauben durfte. Trotzdem konnte sie die verräterischen Parfümspuren und das blonde Haar an seinem Revers nicht einfach ignorieren.

»Und was ist mit Ihnen? Haben Sie mit meinem Mann geschlafen?«

Hede verfärbte sich leicht. Nichts war schlimmer als eine eifersüchtige Frau, das wusste sie. Wenn Lore der Zorn packte, würde sie eher zusehen, wie ihr Mann zugrunde ging, als etwas für ihn zu tun. Dennoch musste sie möglichst nah an der Wahrheit bleiben.

»Ja, ich war mit Fridolin im Bett, damals, als er noch in Berlin gelebt hat. Ich sagte doch, dass er mir mehrfach geholfen hat. Da er von mir kein Geld annehmen wollte, war es die einzige Möglichkeit für mich, ihm zu danken.«

»Und jetzt?« Diese Frage hatte Hede gefürchtet. Und doch wusste sie, dass das, was zwischen ihr und Fridolin wirklich geschehen war, unter dem Siegel der Verschwiegenheit gehalten werden musste.

»Ich sagte doch, dass ich mich mit ihm nur unterhalten und ihn ein paarmal getröstet habe, weil er so verzweifelt war. Er ist ein guter Mann, gnädige Frau, und er liebt Sie. Deshalb hat es ihn ja auch so bedrückt, dass die Berliner Gesellschaft Sie geschnitten hat.« Jetzt gilt es, dachte Hede. Entweder weist sie mich aus dem Haus, oder sie tut etwas für ihren Mann.

Lore saß eine Weile starr wie eine Statue da. Doch in ihrem Inneren arbeitete es. Das, was ihre Besucherin ihr erzählte, konnte stimmen oder auch nicht, aber letztlich war das nun zweitrangig. Wichtig allein war die Frage, weshalb Fridolin des Mordes bezichtigt wurde.

»Erzählen Sie mir bitte in allen Einzelheiten, was geschehen ist, Frau Pfefferkorn. Ich halte Fridolin nicht für einen Mann, der ohne Not zwei Menschen erschießt!«

Hede atmete auf. »Fridolins Regimentskameraden hatten darauf gedrängt, ins *Le Plaisir* zu gehen, und da konnte er sich schlecht ausklinken. Wir sind zu zweit in mein Büro gegangen und haben Wein getrunken. Obwohl es nicht viel war, wurden

wir seltsamerweise so müde, dass wir auf den Stühlen eingeschlafen sind. Ich bin aufgewacht, als eines meiner Mädchen
die Toten entdeckt und fürchterlich geschrien hat. Aber Fridolin hat weitergeschlafen und ist erst durch Staatsanwalt von
Bucher geweckt worden.«

»Wieso ist mein Mann überhaupt in Verdacht geraten?«

»Als er aufstand, ist die Pistole, aus der angeblich geschossen
worden war, aus seiner Uniformjacke gefallen. Jemand muss sie
aus seiner Tasche geholt und nach der Tat wieder hineingesteckt haben. Eine andere Möglichkeit gibt es nicht.« Hede
wusste selbst, dass das wenig überzeugend klang.

Deshalb schüttelte Lore auch den Kopf. »Fridolin müsste schon
schwer betrunken gewesen sein, um das nicht bemerkt zu haben.«

»Oder betäubt! Ich sagte doch, dass wir höchstens zwei oder
drei Gläser Wein getrunken haben und trotzdem eingeschlafen
sind. Das ist mir in all den Jahren, in denen ich das *Le Plaisir*
führe, noch nie passiert! Das Ganze ist eine gemeine Intrige,
um Fridolin um seine Ehre und seine Freiheit zu bringen, und
ich habe auch schon einen Verdacht, wer dahinterstecken
könnte.«

Für Hede passten jetzt mehrere Puzzleteile zusammen, die sie
vorher noch nicht beachtet hatte. »Es können nur von Trepkow
oder von Campe gewesen sein. Beide sind hinter Fräulein
Grünfelder her. Da diese jedoch eine Vorliebe für Fridolin gefasst hat, war er ihnen im Weg.«

»Meinem Bruder würde ich das durchaus zutrauen!« Von den
beiden Frauen unbemerkt hatte Caroline den Raum betreten
und sah in ihrem schwarzen Kleid, mit dem bleichen Gesicht

und den vor Hass glühenden Augen wie die Verkörperung einer Rachegöttin aus.

Lore nickte nachdenklich. »Ich auch! Doch wie sollen wir es beweisen?«

Auf diese Frage wusste keine von ihnen eine Antwort.

## II.

Nun hielt Lore nichts mehr in der Wohnung. Sie zog sich um, befahl Jutta, sie zu begleiten, und machte sich auf den Weg zum Kammergericht. Nach stundenlangen Verhandlungen mit nachrangigen Chargen wurde sie endlich zu Staatsanwalt von Bucher vorgelassen.

Dieser begrüßte sie freundlich und bedauerte die unangenehme Situation, in der sie sich befand. »Leider blieb mir keine andere Wahl, als Ihren Gatten festnehmen zu lassen, gnädige Frau. Die Indizien sind eindeutig!«

»Sie werden verstehen, dass ich nicht an die Schuld meines Ehemanns glauben kann«, erklärte Lore so beherrscht, wie sie es vermochte. »Immerhin sind wir seit mehr als fünf Jahren verheiratet, und ich kenne ihn bereits seit meiner Kindheit. Fridolin war immer ein Ehrenmann.«

So ganz teilte von Bucher diese Meinung nicht, denn es gab einige Sachen aus Fridolins Jugend, die ein aufrechter junger Mann besser unterlassen hätte. Doch dieses Wissen wollte er nicht vor dessen Ehefrau ausbreiten.

»Ich achte Ihr Vertrauen in Ihren Mann, gebe aber zu bedenken, dass ich selbst Zeuge dieses Vorfalls geworden bin!«

Lore hob überrascht die Augenbrauen. »Sie haben gesehen, wie mein Mann diese beiden Personen getötet hat?«

»Nein, das natürlich nicht! Doch die Tatwaffe wurde bei Ihrem Mann gefunden, und Frau Pfefferkorn, wie die Besitzerin dieses üblen Etablissements heißt, sagte aus, während der Tatzeit geschlafen zu haben. Daher konnte Ihr Gatte leicht das Zimmer verlassen und die Tat vollbringen.«

»Genauso gut kann jemand anderer die Waffe an sich gebracht und sie meinem Mann wieder zugesteckt haben«, konterte Lore.

Um die Lippen des Staatsanwalts spielte ein nachsichtiges Lächeln. »Gnädige Frau, das scheint mir doch an den Haaren herbeigezogen.«

»Wissen Sie einen Grund, weshalb Fridolin diesen russischen Großfürsten …«

»Fürsten«, korrigierte von Bucher sie.

»… meinetwegen auch Fürsten! Welchen Grund hätte mein Mann, diesen Russen und jene … äh, jenes Mädchen zu töten? Hingegen aber gibt es mehrere Männer, denen mein Gatte im Weg war. Ich sage es ungern, aber er wollte sich von mir scheiden lassen, um Fräulein Grünfelder heiraten zu können. Doch diese hat in den Offizieren von Campe und von Trepkow hartnäckige Verehrer, denen ich solch ein Schurkenstück zutraue.«

Von Bucher konnte ein kurzes Auflachen nicht unterdrücken. »Gnädige Frau, ich bitte Sie! Die beiden Herren sind Offiziere Seiner Majestät und damit über solche – wie Sie es nannten – Schurkenstücke erhaben.«

Es lag so viel Überheblichkeit in seiner Stimme, dass Lore ihn am liebsten geohrfeigt hätte. »Auch Offiziere sind nur Menschen«, antwortete sie stattdessen.

484

»Sie sind Edelleute«, klang es kühl zurück.

»Auch die sind nur Männer! Falls ich Sie erinnern darf: Mein Mann stammt aus einer alten Freiherrenfamilie, und sein Vater hat für Preußen sein Leben gelassen.« Als auch das nicht verfing, begriff Lore, dass es keinen Sinn hatte, länger mit von Bucher zu reden. Der Staatsanwalt hatte sich eine feste Meinung gebildet und würde sie ohne einen durchschlagenden Beweis nicht mehr ändern.

»Sie können gerne die Pistole sehen, die Ihr Mann benützt hat. Es handelt sich um ein amerikanisches Erzeugnis, das man hierzulande selten findet!«

Lore nickte nachdenklich. »Gerne!«

Von Bucher hatte nicht damit gerechnet, dass Lore dieses Angebot tatsächlich annehmen würde, und gab einem seiner Untergebenen verärgert den Befehl, die Waffe zu holen. Als dies geschehen war, legte er sie vor Lore auf den Tisch. »Hier ist sie. Ihr Mann hat zugegeben, dass sie ihm gehört.«

Lore wollte dies bereits bejahen, da zuckte sie auf einmal zusammen und ergriff die Pistole. »Aber das ist nicht die Waffe meines Mannes, nur das gleiche Fabrikat! Bei seiner eigenen ist hier sein Name eingraviert! F. v. Trettin steht da.« Erregt zeigte sie auf den unteren Teil des Schlosses, an dem bei dieser Waffe nur blankes Metall zu sehen war.

Doch von Bucher interessierte sich nicht für ihre Erklärung, sondern nahm ihr die Waffe ab und befahl dem Amtsdiener, sie zum Ausgang zu begleiten. »Ich bedauere, Frau von Trettin, dass ich Ihnen nicht weiterhelfen kann. Die Umstände sprechen nun einmal gegen Ihren Mann!«

»Glauben Sie wirklich, mein Mann würde einen Mord begehen

485

und sich danach einfach wieder schlafen legen, und das, ohne die Waffe beseitigt zu haben?«, rief Lore aus.

Von Bucher sah sie mit einem überheblichen Blick an. »Betrunken tun Männer viel, was sie nüchtern niemals tun würden. Und nun auf Wiedersehen, Frau von Trettin. Ich habe noch einen Termin!«

Mit dem Gefühl, nicht ernst genommen zu werden, stand Lore auf und ging zur Tür. Dort wandte sie sich noch einmal um. »Ich werde Ihnen den Beweis für die Unschuld meines Mannes liefern. Das bin ich ihm als seine Ehefrau schuldig.«

»Auch wenn er Sie für eine andere verlassen will?«, fragte von Bucher spöttisch.

»Gerade deshalb!«

Lore dachte sich, dass es leicht wäre, jetzt die Hände in den Schoß zu legen und zu warten, bis alles vorbei war. Doch Warten war nie ihre Stärke gewesen.

# III.

Während Lore wütend nach Hause fuhr, empfing Major von Palkow seine Geliebte Malwine in seinen Räumen in der Kadettenschule. Obwohl sie in ihrem Liebesnest in der Potsdamer Straße vertrauter miteinander umgingen als die meisten bürgerlichen Paare, traten sie in der Öffentlichkeit als die Mutter eines Kadetten und dessen Ausbilder auf, die persönlich nichts miteinander zu tun hatten.

»Seien Sie mir willkommen, Frau von Trettin. Sie wollen gewiss nach Ihrem Sohn sehen«, grüßte von Palkow und konnte es kaum erwarten, Malwine zu berichten, dass sein Streich gegen Fridolin gelungen war.

»Später, Herr Major! Zunächst will ich mit Ihnen über seine weitere Ausbildung sprechen. Mein Verwandter Fridolin von Trettin, der leider Gottes der Vormund meines armen Jungen ist, will ihn zur Artillerie stecken. Dabei haben die Trettins immer nur in einem Gardekavallerieregiment gedient.«

Für jeden unbeteiligten Zuschauer bot Malwine das Bild einer empörten Mutter, die ihre eigene Meinung und die Familientradition nicht richtig gewürdigt sah.

Von Palkow bewunderte sie für diesen Auftritt. »Ich ehre Ihre Haltung, Madame. Sie ist der Mutter eines preußischen Offiziersanwärters würdig. Leider muss ich Ihnen eine unangenehme Mitteilung machen. Ihr Verwandter Fridolin von Trettin wurde gestern Nacht des Mordes beschuldigt und festgenommen. Er ist daher nicht mehr in der Lage, seine Pflichten als Vormund Ihres Sohnes wahrzunehmen.«

Malwines Augen leuchteten auf, und für einige Augenblicke kostete es sie schier unmenschliche Kraft, ihre Freude nicht laut hinauszuschreien.

Als sie sich halbwegs beruhigt hatte, blickte sie von Palkow scheinbar entgeistert an. »Ihre Nachricht schockiert mich! Doch um meines Sohnes willen bin ich erleichtert. Jetzt kann er in die Fußstapfen all jener Trettins treten, die vor ihm im kurfürstlichen und königlichen Heer von Preußen gedient haben.«

»Es sind bald Ferien, Madame. Soll Ihr Sohn nach Trettin zurückkehren, um dort seine Fähigkeiten als Reiter zu verbessern? Allerdings könnte er diese Wochen auch zusammen mit anderen Kadetten auf einem heereseigenen Gestüt verbringen.«

Malwine überlegte nur kurz. »Mir wäre es lieb, wenn Wenzel diese Möglichkeit erhielte. Im Kreise seiner Kameraden entwickelt er gewiss mehr Ehrgeiz als auf Trettin. Doch nun bitte ich Sie, mir die näheren Umstände mitzuteilen, die zur Verhaftung meines Verwandten geführt haben.«

Obwohl es ihn drängte, die Neugier seiner Geliebten zu befriedigen, beschränkte von Palkow sich auf die Fakten, wie er sie von jemandem erfahren haben konnte, der im *Le Plaisir* Zeuge der Angelegenheit gewesen war. Die genaueren Umstände würde er ihr später in ihrem Liebesnest unterbreiten. In der Kadettenanstalt war die Gefahr zu groß, dass jemand ins Zimmer kam und verfängliche Worte aufschnappte.

Malwine hätte sich am liebsten die Hände gerieben. Endlich war der verhasste Vetter ihres Mannes dort, wo sie ihn schon immer hin gewünscht hatte, und Lore würde als Weib eines Mörders in den besseren Kreisen zur Persona non grata werden.

»Ich danke Ihnen für Ihre Anteilnahme, Herr Major«, sagte sie, als von Palkow seinen Bericht beendet hatte. »Sie werden sicher verstehen, dass ich zu erschüttert bin, um jetzt noch mit meinem Sohn sprechen zu können. Richten Sie ihm meine Grüße aus und sagen Sie ihm, ich erwarte nach den Ferien von ihm zu hören, dass er nun zu den besten Reitern zählt!«

Malwine war weder erschüttert, noch fehlte es ihr an Zeit, ihren Sohn wiederzusehen. Allerdings hatte sie nach dieser Nachricht nicht mehr die Ruhe, sich anzuhören, weshalb er lieber zur Artillerie gehen wollte als zu den Gardereitern. Stattdessen würde sie in einem Restaurant zu Mittag essen und dann das Liebesnest in der Potsdamer Straße aufsuchen, um sich von ihrem Geliebten die genauen Umstände von Fridolins Fall berichten zu lassen.

Von Palkow verabschiedete sie in aller Form, als habe er wirklich nur die ihm flüchtig bekannte Mutter eines Kadetten empfangen. Nachdem Malwine ihn verlassen hatte, widmete er sich eine Viertelstunde lang seinen Akten, stand dann auf und erklärte seinem Burschen, er werde einen Gasthof aufsuchen, um dort zu Mittag zu essen, und später einen Bekannten besuchen.

»Du kannst inzwischen meine Stiefel putzen und meine beste Uniform ausbürsten. Danach besorgst du ein paar Flaschen Wein und eine Kiste Zigarren!«

Der Bursche nickte grinsend. Auch wenn sein Herr ihn von einigen Dingen fernhalten wollte, so wusste er doch genau, wie es um den Major und Malwine von Trettin stand. Ihm selbst wäre die Frau zu alt gewesen und viel zu harsch. Aber die verwitwete Gutsbesitzergattin aus Ostpreußen war gewiss eine weniger gefährliche Geliebte als die Ehefrau jenes hohen Herrn am kaiserlichen Hof, die von Palkow jede Aussicht auf einen weiteren Aufstieg gekostet hatte.

## IV.

Der Major nahm in der Bahnhofsrestauration am Potsdamer Bahnhof eine Kleinigkeit zu sich und machte sich dann zu Fuß auf den Weg zu seiner Wohnung. Dabei achtete er scharf darauf, ob ihn jemand beobachtete. Ihm kamen aber nur ein paar

Kindermädchen mit ihren Schützlingen entgegen, und weiter vorne ging eine Amme aus dem Spreewald, die schon von weitem an ihrer Tracht erkennbar war. Zwei Häuserblocks vor seiner Wohnung bemerkte er noch ein paar Arbeiter, die ein Klavier abluden und durch den Tordurchgang zum Hintereingang des Gebäudes schleppten, obwohl es über das Portal an der Straße einfacher gewesen wäre. Doch dieses war der Eingang für bessere Herrschaften und wurde von dem Portier des Hauses so gut bewacht wie die Goldvorräte in der Reichsbank am Hausvogteiplatz.

Kurz darauf erreichte von Palkow das Haus, das sein Liebesnest beherbergte, ging an dem dortigen Portier vorbei, als wäre dieser nur ein Einrichtungsgegenstand, und schloss die Wohnungstür auf. Als er öffnete, quoll ihm Zigarrenrauch entgegen, der eindeutige Hinweis darauf, dass sein französischer Besucher wieder einmal auf ihn wartete.

»Einen schönen guten Tag«, grüßte er, obwohl er noch niemanden sah.

»Ebenfalls einen guten Tag«, scholl es aus dem kleinen, abgetrennten Teil zurück, der ihm als Vorratskammer diente. Gleich darauf trat Delaroux mit einer geöffneten Flasche Wein in der Hand heraus.

Von Palkow kniff die Augen zusammen, denn der Franzose wirkte untersetzter als früher. Auch trug er einen dichten Schnurrbart und hatte eine rote Knollennase, die aussah, als habe er eine besondere Vorliebe für Schnaps entwickelt.

»Na, wie sehe ich aus? Niemand würde mich so erkennen«, erklärte Delaroux voller Stolz.

»Aber wird dem russischen Agenten, von dem Tirassow gesprochen hat, Ihre Tarnung nicht auffallen? Immerhin kommen nur wenige Besucher zu mir«, antwortete der Major besorgt.

Der Franzose winkte lachend ab. »Der Spion ist abgezogen worden, und sein Nachfolger wird vergeblich nach einem schlanken Mann mittlerer Größe mit einem prachtvollen Backenbart Ausschau halten. Übrigens meine Gratulation! Es war ein brillanter Plan, Tirassow in einem Bordell erschießen zu lassen, und noch dazu von einem preußischen Fähnrich. Wenn der Kerl es überhaupt war …«

Der Major fluchte leise. Wie es aussah, konnte sein Besucher ihm die Gedanken von der Stirn ablesen. Daher wandte er sich halb ab, nahm eine Zigarre aus der Kiste – die letzte, wie er bemerkte.

Mit einem fröhlichen Lächeln trat Delaroux neben ihn. »Ich werde Ihnen als Ersatz für die von mir gerauchten eine Kiste guter französischer Zigarren zukommen lassen.«

»Aber bitte erst, wenn ich mich auf dem Weg nach Amerika befinde«, gab von Palkow unwirsch zurück.

»Selbstverständlich!« Der Franzose klappte die leere Schachtel zu und blickte den Major ernst an. »Tirassow ist keinen Augenblick zu früh gestorben. Wie ich feststellen musste, hatte er bereits auf eigene Faust Recherchen betrieben und war mir schon dicht auf den Pelz gerückt. Zum Glück ist es mir gelungen, seine privaten Aufzeichnungen an mich zu bringen.«

»Sind Sie vielleicht so, wie Sie jetzt aussehen, in die russische Botschaft gegangen und haben sie aus seinem Arbeitszimmer geholt?«

»*Oh non!* So würden nur Deutsche vorgehen. Ein Franzose hingegen weiß sofort, dass ein Mann wie Tirassow diese Unterlagen an keinem Ort deponieren würde, an dem andere sie finden könnten. Er hatte sie selbstverständlich bei sich, als er erschossen wurde.«

Jetzt schnaufte von Palkow vor Verblüffung. »Das ist ja entsetzlich!«

Delaroux hob beschwichtigend die Hand. »Beruhigen Sie sich. Glücklicherweise war der Assistent des vom Staatsanwalt beauftragten Pathologen erkrankt, und ich konnte dessen Stelle einnehmen. Es war kinderleicht, die Blätter zu entwenden, da der Doktor nur Augen für den Toten hatte und nicht für den Inhalt der Brieftasche.«

Bei dem Gedanken an seinen gelungenen Streich begann der französische Agent zu lachen. Gleichzeitig füllte er zwei Gläser, um mit von Palkow anzustoßen. »Auf unseren Erfolg!«

Der Major war zu erschrocken, um antworten zu können. Delaroux ist ein Teufel, dachte er, und ich habe mich ihm verschrieben. Im nächsten Moment kam ihm die Belohnung in den Sinn, die er für seine Mithilfe an dem Attentat auf Prinz Wilhelm erwarten durfte, und das Geld, das er Elsie versprochen hatte.

»Ich benötige umgehend eine gewisse Summe, um die Hure zufriedenzustellen, die Tirassow getötet hat!«

»Sie wollen ihr Geld geben? Ich dachte, ein nächtlicher Spaziergang an der Spree würde diese Angelegenheit ohne Aufwand bereinigen. *Oh non*, keine Sorge! Sie erhalten diese Summe und Ihre eigene Belohnung. Letztere aber erst, wenn es pfff gemacht und Seine Königliche Hoheit, Prinz Wilhelm, sich samt seinem Papa und diesem Bismarck zu seinen Ahnen begeben hat.«

Delaroux amüsierte sich insgeheim über die erschrockene Miene von Palkow, der stets jenen Frauen hörig geworden war, die sich mit ihm eingelassen hatten. Allerdings hatte er sie bald mit dem Wunsch vertrieben, dieses Verhältnis umzukehren und sie wie eine Sklavin zu behandeln. Nun befand er sich anscheinend in den Krallen einer gierigen Hure. Doch solange der Major sich von ihm als Werkzeug benutzen ließ, konnte ihm dies gleichgültig sein.

»Ich hoffe, Sie nehmen mir diesen kleinen Scherz mit dem Spaziergang an der Spree nicht übel. Kein Franzose würde eine Frau, die ihm geholfen hat, auf eine so üble Weise belohnen. Geben Sie ihr genug Geld und den Rat, dieses Land und am besten auch Europa schnellstens zu verlassen«, fuhr Delaroux fort.

Von Palkows eingefrorene Gesichtszüge tauten bei diesen Worten wieder auf. »Das ist auch Elsies Wunsch. Ich habe ihr versprochen, ihr dabei zu helfen.«

»Lassen Sie sich aber nicht mit ihr zusammen in der Öffentlichkeit sehen, sondern geben Sie ihr das Geld und die Fahrkarte nach Hamburg unauffällig im Bordell. Dort lasse ich ein Ticket für ein – sagen wir in vier Tagen in Richtung Amerika auslaufendes Dampfschiff für sie deponieren.«

Von Palkow wedelte mit der Hand. »Besser in acht Tagen! Ich habe Elsie noch etwas versprochen, das vorher erledigt werden muss.«

»Das war töricht, mein Freund! Sie sollten zusehen, dass die Frau so rasch wie möglich von hier verschwindet. Es wird sie keiner vermissen, denn die Behörden haben Madame Pfefferkorn vorerst untersagt, ihr Gewerbe weiter zu betreiben.«

Delaroux bemerkte den abweisenden Gesichtsausdruck seines

Gegenübers und ahnte, dass der Major störrisch werden würde, wenn er zu viel Druck auf ihn ausübte. Daher lenkte er ein.

»Tun Sie, was Sie nicht lassen können. Aber ich gebe Ihnen den guten Rat, diskret vorzugehen, *mon ami*. Es geht um Ihre Zukunft, falls Sie das vergessen haben sollten.«

»Das habe ich gewiss nicht vergessen«, antwortete von Palkow gepresst und blickte auf die Uhr. »Sie sollten jetzt gehen. Ich erwarte Besuch.«

»Die liebenswürdige Madame de Trettin, ich weiß! Ich werde Sie nicht länger aufhalten und wünsche Ihnen erregende Stunden!« Delaroux wandte sich schon zur Tür, als dem Major noch etwas einfiel.

»Einen Moment bitte! Ich werde bald wieder mit den Geldgebern für unser Geschenk zusammentreffen, und dann benötige ich Informationen über den Baufortschritt der Dampfyacht. Die Herren haben höhere Summen investiert und wollen Ergebnisse sehen. Außerdem muss ich meinen Kameraden von Trepkow und von Campe ihre nächste Rate für das Schiff vorstrecken.«

»Wenn Sie morgen Nachmittag in diese Wohnung kommen, wird alles bereit sein, Monsieur. *Au revoir!*«

Von Palkow starrte auf die Tür, durch die der Franzose verschwunden war, und kämpfte gegen das dumpfe Gefühl aufsteigender Furcht an. Delaroux mochte seinen Hinweis auf den nächtlichen Spaziergang an der Spree hinterher als Scherz abgetan haben, doch er begriff ihn als Warnung. Wenn er versagte, würde er ein rasches Ende finden.

Schnell schüttelte er diesen Gedanken ab und erfreute sich an der Vorstellung, was er mit seiner Belohnung in den USA alles anfangen konnte. Er hatte es in seiner Phantasie gerade zum Multimillionär an der Wall Street gebracht, da klopfte es an der Tür, und Malwine schlüpfte herein.

»Da bin ich«, sagte sie und küsste ihn auf die Wange.

Von Palkow zog sie an sich und spürte, dass die Faszination, die er für diese Frau empfunden hatte, im Schwinden begriffen war. Vor seinem geistigen Auge stieg Elsies Bild auf, und er wünschte sich, diese wäre an Malwines Stelle zu ihm gekommen. Am liebsten hätte er erklärt, er wäre jetzt nicht in der Stimmung für ein Gespräch, geschweige denn dafür, sich mit ihr im Bett zu tummeln. Aber die Angst, sich diese durchtriebene Frau kurz vor seinem endgültigen Triumph zur Feindin zu machen, war zu groß. Daher begann er ihr das, was im *Le Plaisir* geschehen war, haarklein zu erzählen.

Später gingen sie zusammen ins Bett, und obwohl Malwine so hingebungsvoll war wie selten, musste er an Elsie denken. Als er nach einem quälend langen Koitus endlich zur Erfüllung kam, stieß er voller Lust den Namen der Hure aus.

»Was sagst du?«, fragte Malwine verwirrt.

»Ach, ich musste nur wieder daran denken, dass deine frühere Zofe Elsie deinen Verwandten vernichtet hat und meinte, sie würde sich damit auch an dir rächen.«

»An mir?« Zunächst begriff Malwine nicht, was er meinte, lachte dann aber schallend auf. »Das gönne ich diesem Biest. Schließlich hat sie sich von meinem Mann zu jeder Tages- und Nachtzeit rammeln lassen – und das in meinem eigenen Haus! Was machst du jetzt übrigens mit ihr?«

»Ich werde sie außer Landes schaffen«, antwortete von Palkow mühsam beherrscht.

»Sehr gut! Soll sie doch woanders huren. Sie hier zu lassen wäre zu gefährlich.« Malwine räkelte sich und tippte das hängende Glied des Majors mit dem Zeigefinger an, um ihm zu zeigen, dass sie sich noch nicht völlig befriedigt fühlte. Von Palkow seufzte, schob sich dann auf sie, und während sein Penis wieder die nötige Härte bekam, dachte er an Elsie und daran, dass er sie im Gegensatz zu Malwine so hart herannehmen konnte, wie es ihm beliebte.

## V.

Im Hause Grünfelder verschwieg der Bankier die Ereignisse der vergangenen Nacht, teils aus Scham, weil seine Frau und seine Tochter nicht erfahren sollten, dass er sich in einem übel beleumundeten Haus aufgehalten hatte, teils aber auch aus Enttäuschung über Fridolin von Trettin. Nie hätte er gedacht, dass dieser Mann ein heimtückischer Mörder sein könnte. Da Trettin mit dieser Tat auch sein Bankhaus besudelt hatte, ärgerte Grünfelder sich, ihn als Kompagnon aufgenommen zu haben. Statt des erhofften Aufstiegs würde er nun alles daransetzen müssen, den Niedergang seines Bankhauses zu verhindern.

Da mit der Verhaftung seines Vizedirektors auch Änderungen im Ranggefüge der Bank nötig waren, lud Grünfelder dessen Stellvertreter Emil Dohnke zum Abendessen ein. Dabei ignorierte er dessen Erstaunen ebenso wie die indignierten Blicke von Frau und Tochter. Wilhelmine machte keinen Hehl aus ihrer Enttäuschung über Fridolins Abwesenheit, und ihre Mutter unternahm ebenfalls nichts, um die frostige Stimmung bei Tisch zu mildern.

Nachdem auch der letzte Gang schweigend genossen worden war, legte Grünfelder Besteck und Serviette beiseite und sah von einem zum anderen. »Was ich jetzt zu verkünden habe, wird euch erschrecken! Doch ich habe heute erfahren, dass Fridolin von Trettin in der vergangenen Nacht in einem Etablissement, in dem ein Herr wirklich nichts zu suchen hat, einen Doppelmord begangen haben soll und daraufhin verhaftet wurde.«

»Nein!« Wilhelmine schlug die Hände vors Gesicht und kreischte, während ihre Mutter fassungslos den Kopf schüttelte.

Emil Dohnke holte tief Luft. »Das glaube ich nicht!«

»Sie werden es glauben müssen«, erklärte Grünfelder mit brüchiger Stimme. »Ich habe es heute von dem Herrn Staatsanwalt von Bucher selbst gehört. Er befand sich zu der Tatzeit in diesem Etablissement, natürlich nur rein dienstlich. Mehr will ich wegen der Damen am Tisch nicht ausführen.«

Dohnke wusste, dass Grünfelder Hedes Bordell regelmäßig aufsuchte, und vermutete daher, dass er am Vortag ebenfalls dort gewesen war. Dennoch schenkte er den Ausführungen des Bankiers nur bedingt Glauben. Es mochte zu zwei Morden gekommen sein, aber mit Sicherheit hatte nicht Fridolin von Trettin diese begangen. Dies sagte er jetzt auch mit Nachdruck, erntete dafür aber nur einen nachsichtigen Blick.

»Ihre Treue in Ehren, Dohnke, doch sie gilt dem falschen Mann. Trettin ist ihrer nicht wert.«

»Das, Herr Grünfelder, werde ich mit Ihrer Erlaubnis selbst

herausfinden. Jetzt denke ich in erster Linie an Herrn von Trettins Ehefrau. Für sie muss das alles furchtbar sein.«

»Ich bin froh, dass ich mich bis zuletzt mit allen Kräften geweigert habe, diese Kreatur zu empfangen, und zuletzt nur der Gewalt gewichen bin!« Juliane Grünfelder warf ihrem Mann einen vernichtenden Blick zu, obwohl dieser an der ganzen Entwicklung vollkommen schuldlos war, und richtete dann ihre ganze Aufmerksamkeit auf ihre Tochter.

»Mein armes Kind! Wie entsetzlich für dich! Mit Gewissheit wirst auch du unter diesem schrecklichen Skandal zu leiden haben. Welcher der Herren, die dir bisher den Hof gemacht haben, wird das unter diesen Umständen noch tun?«

»Da kenne ich einige, die sich davon nicht abhalten lassen werden. Die Herren von Campe und von Trepkow zum Beispiel!« Emil Dohnkes in bitterem Spott ausgesprochene Worte brachten die Hausherrin dazu, undamenhaft zu schnauben. »Diese Herren sind echte Kavaliere und keine zweifelhaften Subjekte wie dieser Trettin!«

Am liebsten hätte Emil Dohnke ihr erzählt, dass dieses zweifelhafte Subjekt in ihrem Haus bis gestern noch als Ehemann und Schwiegersohn hochwillkommen gewesen wäre. Er schwieg jedoch und dachte, dass er sich in seiner Meinung über Juliane Grünfelder nicht geirrt hatte. Sie war weder klug noch besonders taktvoll, und wie es aussah, kam die Tochter ganz nach ihr. Das tat ihm leid, denn trotz seines gelegentlichen Spotts über Wilhelmine hätte er dem Mädchen etwas mehr Verstand und Gefühl vergönnt.

Unterdessen war Grünfelder zu der Überzeugung gelangt, dass er sich vor seinen Damen ausgezeichnet aus der Affäre gezogen hatte, und wies den Diener an, ihm und Emil je ein Glas Cognac zu bringen.

»Leider handelt es sich noch um die Marke, die ich auf Trettins Anraten gekauft habe. In Zukunft werde ich mich wieder auf meinen eigenen Geschmack verlassen«, erklärte er selbstgefällig.

»Sie mögen Trettin für einen Mörder halten, doch von feiner Lebensart versteht er etwas!« Emil verschluckte das »mehr als Sie« gerade noch. Dabei war er so wütend, dass er das Getränk am liebsten ausgeschlagen und sich verabschiedet hätte.

Doch Grünfelder hielt ihm das Glas entgegen. »Auf Ihr Wohl, Herr Dohnke! Ich freue mich, Ihnen mitteilen zu können, dass Sie ab heute mein Stellvertreter sein werden.«

»Sie sehen mich überrascht, Herr Grünfelder. Allerdings hoffe ich, diesen Posten bald wieder an Herrn von Trettin abgeben zu können. Ich glaube einfach nicht, dass er ein Mörder ist.«

Emil trank aus, verneigte sich und bat, sich empfehlen zu dürfen. Während Grünfelders Frau und Tochter ihn nicht einmal eines Blickes für würdig hielten, klopfte der Bankier ihm auf die Schulter.

»Sie sind ein treuer und loyaler Mann, wie man sich einen echten Preußen wünscht. Doch Trettin ist dieser Gefühle nicht wert. Vergessen Sie ihn, so wie mein armes Kind ihn hoffentlich bald vergessen wird.«

So, wie Sie ihn bereits vergessen haben, fuhr es Emil durch den Kopf. Er verließ Grünfelders Haus mit dem Vorsatz, es in Zukunft möglichst wenig zu betreten, winkte auf der Straße einer vorbeikommenden Droschke und wies den Fahrer an, ihn zur Turmstraße zu bringen. Als er vor Lores Wohnung stand und den Türklopfer anschlug, öffnete ihm ein Lakai in Livree und sah ihn hochmütig an. »Sie wünschen?«

»Ich möchte die gnädige Frau sprechen. Hier ist meine Karte!« Emil konnte nur hoffen, dass Lore von Trettin bereit sein würde, ihn zu empfangen. Er hatte Fridolin schätzen gelernt und brauchte dringend jemanden, mit dem er reden konnte, ohne dass sein Gesprächspartner sein Fähnchen nach dem Wind drehte, wie es bei Grünfelders leider Gottes der Fall war.

## VI.

$\mathcal{L}$ore hatte ihre Freunde um sich gesammelt, um mit ihnen zu beraten, was sie für Fridolin tun konnten. Doch weder ihr noch den anderen fiel etwas Sinnvolles ein. Nathalias Vorschlag, nachts in die Justizanstalt einzudringen und Fridolin heimlich zu befreien, ließ sich ebenso wenig durchführen wie die ebenfalls von Nathalia erwogene Entführung einer wichtigen Person, um Fridolin freizupressen.

Zwar setzte Gregor Hilgemann mehrfach zum Reden an, brach aber jedes Mal nach wenigen Worten ab, während Caroline von Trepkow erklärte, dass ihrer Meinung nach nur ihr Bruder für diese Schandtat in Frage käme. Es entspräche seinem Charakter, einen Mord zu begehen und ihn Fridolin in die Schuhe zu schieben.

Ehe jemand etwas auf diese Anklage erwidern konnte, meldete Jean den Besucher. Lore warf einen Blick auf die Karte und sah die anderen fragend an. »Herr Dohnke war Fridolins engster

Mitarbeiter. Was meint ihr, soll ich mich besser mit Unwohlsein entschuldigen lassen oder ihn doch empfangen?«

»Vielleicht weiß er etwas, was uns weiterhilft«, warf Konrad ein. Da auch Mary nickte, forderte Lore den Diener auf, den Besucher hereinzuführen.

Emil Dohnke wunderte sich zunächst über die Tischgesellschaft, die sich hier versammelt hatte, begriff dann aber, dass Trettins Freunde erschienen waren, um dessen Frau beizustehen. Nun kam er sich allzu aufdringlich vor.

Artig verbeugte er sich vor Lore. »Sehr verehrte Frau von Trettin, ich bedaure die Umstände, deretwegen ich heute in Ihr Haus komme. Doch ich habe die schlimme Nachricht eben erst erfahren und wollte nicht versäumen, Ihnen mein volles Mitgefühl zu übermitteln und Ihnen jede Hilfe anzubieten, die zu leisten ich imstande bin.«

Lore musterte den jungen Mann, der ihr bei den wenigen Begegnungen arg steif vorgekommen war, und nahm echte Besorgnis in seinen Augen wahr. »Ich danke Ihnen von Herzen, Herr Dohnke! In meiner Situation kann ich nicht genug Freunde haben. Mein Mann hat immer in den wärmsten Worten von Ihnen gesprochen, und ich freue mich, dass er sich nicht geirrt hat.«

»Sie sind sehr freundlich zu mir, gnädige Frau, ebenso wie Ihr verehrter Gatte es gewesen ist. Er ist ein ehrenhafter Mann und zu einer solchen Tat niemals fähig.«

»Damit haben Sie recht, Herr Dohnke. Der Mörder war gewiss mein Bruder. Er hat bereits unsere Mutter auf dem Gewissen und geht über Leichen, um sein Ziel zu erreichen!« Carolines herbe Anklage verwirrte Emil, der nicht einmal wusste, wen er vor sich hatte.

Lore stellte sie einander vor. »Fräulein Caroline von Trepkow, die Schwester des Leutnants von Trepkow, Herr Emil Dohnke, Angestellter des Bankhauses Grünfelder!«

»Seit heute Vizedirektor der Bank, aber diesen Posten gebe ich gerne wieder auf, wenn Herr von Trettin zurückkommt!« Emil wollte von Anfang an mit offenen Karten spielen. Wenn er Grünfelders Entscheidung verschwieg und Frau von Trettin diese von anderer Seite erfuhr, würde er jedes Vertrauen verspielt haben.

»Nehmen Sie doch bitte Platz. Jean, bringen Sie ein Glas Wein für Herrn Dohnke. Haben Sie bereits zu Abend gegessen?«

Emil hob abwehrend die Hand. »Ich komme gerade aus Grünfelders Haus. Der Bankier hatte mich zum Abendessen eingeladen. Die Atmosphäre dort würde ich allerdings unterkühlt nennen.«

Er schüttelte sich und fragte dann, ob es bereits Neues über Fridolin zu berichten gäbe.

Lore verneinte. »Leider nicht. Ich darf ihn nicht einmal besuchen, bevor ihm der Prozess gemacht wird.«

Gregor Hilgemann meldete sich zu Wort. »Wie es aussieht, wollen die Behörden den Fall rasch und möglichst unter Ausschaltung der Öffentlichkeit über die Bühne bringen, um einen Skandal zu vermeiden. Wahrscheinlich haben sich etliche Herren, die höhere Posten einnehmen, in jenem Bordell befunden, und die wollen natürlich nicht, dass ihre Namen im Zusammenhang mit dem Verbrechen durch die Gazetten gezerrt werden. Da mit Herrn von Trettin ein Beschuldigter zur Verfügung steht, kann die Angelegenheit stillschweigend erledigt werden. Dass dabei die Gerechtigkeit außen vor bleibt, interessiert diese Leute nicht!« Der Student, der selbst das Opfer preußischer Polizeipolitik geworden war, machte keinen Hehl daraus, was er von der Gerichtsbarkeit in diesem Land hielt. In seinen Augen war Fridolin von Trettin bereits verurteilt.

Auch Lore spürte diese Angst, suchte aber zusammen mit den Anwesenden weiter nach Ideen, wie sie Fridolins Unschuld beweisen konnten. Schließlich seufzte sie. »Ich bin nicht einmal in der Lage, meinem Mann einen guten Rechtsanwalt zu besorgen. Zwei Herren, die ich heute Nachmittag darum bat, haben nach kurzer Nachfrage bei Gericht abgelehnt. Der Fall wäre ihnen zu eindeutig.«

»Oder zu heiß! Immerhin handelt es sich bei Fürst Tirassow um einen Diplomaten in russischen Diensten, und man will den Zaren nicht dadurch reizen, indem man dem angeblichen Mörder zu viel Unterstützung zukommen lässt.« Gregor Hilgemann lachte bitter auf, entschuldigte sich dann aber sofort dafür. »Es tut mir leid, ich …«

»Es gibt nur einen Weg, um Herrn von Trettin zu retten. Wir müssten meinen Bruder zwingen, seine Tat zu gestehen!« Carolines Stimme bebte vor Hass. Die anderen begriffen, dass sie ihn sogar foltern lassen würde, um ein Geständnis aus ihm herauszuholen. Nur war es leider unmöglich, Leutnant von Trepkow aus seiner Kaserne zu entführen und einem hochnotpeinlichen Verhör zu unterziehen.

Daher wartete Lore, bis Caroline sich wieder beruhigt hatte, und versuchte, ihre Niedergeschlagenheit zu überspielen. »Wir werden sehr viel Glück und einen gnädigen Zufall brauchen, um etwas bewirken zu können. Bis dahin bleibt uns nur zu beten, dass etwas zu Fridolins Gunsten geschieht.«

# VII.

Als von Palkow sein Liebesnest betrat, erwartete er, Delaroux anzutreffen. Doch der Franzose schien bereits da gewesen und wieder gegangen zu sein, denn auf dem Tisch lag ein großes, mit Packpapier umwickeltes Paket. Als der Major es öffnete, fand er darin zwei Flaschen besten Burgunderweins, zwei Flaschen Champagner, zwei Kisten mit erlesenen Zigarren sowie Käse, Würste und Schinken, alles von einer Qualität, die er sich allenfalls an hohen Feiertagen und niemals in dieser Fülle leisten konnte. Ganz zuunterst lag ein in Ölpapier geschlagenes Päckchen, das ein dickes Bündel Bargeld und einen Bericht über den Fortgang der Bauarbeiten an der Dampfyacht enthielt. Der Major nahm das Geld in die Hand und atmete erst einmal durch. Eine solch große Summe stellte eine Verlockung dar, umgehend aus Berlin zu verschwinden und den Weg nach Amerika anzutreten. Doch er widerstand, denn er wollte als reicher Mann drüben ankommen und nicht im hintersten Westen als Farmer anfangen müssen.

Daher zählte er das Geld und legte sich mehrere Stapel zurecht. Mit zwei davon sollten von Trepkow und von Campe ihren Anteil an der Dampfyacht bezahlen. Ein dritter Stapel enthielt seinen Anteil, den er selbst kaum zusammengebracht hätte, und der vierte die Summe, die für Elsie bestimmt war. Die Hure würde davon die Überfahrt zahlen und konnte in den USA einen Laden oder, wie von Palkow eher annahm, ein Bordell aufmachen.

Bei dem Gedanken verspürte er Unbehagen. Im Grunde wollte er gar nicht, dass Elsie drüben auf eigenen Beinen stehen konnte. Stattdessen sollte sie Malwines Platz als seine Geliebte einnehmen. Dieses kleine, miese Weibsstück war die einzige Frau, bei der er im Bett endlich all die Dinge ausleben konnte, die seine Phantasie ihm vorgaukelte.

»Narr, was willst du denn mit dieser verkommenen Hure?«, sagte er zu seinem Spiegelbild. »Die kannst du doch nicht heiraten!« Vergebens versuchte er, sich zur Ordnung zu rufen. Seine Sehnsucht nach dieser Frau und die Leidenschaft, mit der er für sie entflammt war, überwältigten ihn beinahe. Elsie nahm in seinem Kopf bereits mehr Raum ein als Malwine, und dafür war er ihr sogar dankbar. Nun erschreckte ihn der Gedanke nicht mehr, die alternde Gutsbesitzerwitwe in Deutschland zurücklassen zu müssen. Im Grunde wollte er nichts mehr mit ihr zu tun haben und empfing sie nur noch, um sie nicht gegen sich aufzubringen. Wozu dieses Weib in der Lage war, hatte er bei ihrem hasserfüllten Feldzug gegen ihre Verwandten miterlebt.

Am Vortag hatte von Palkow versucht, sie beim Liebesspiel etwas heftiger zu nehmen, wie er es bei Elsie ungehemmt tun konnte. Daraufhin hatte sie ihn wie einen kleinen Jungen zusammengestaucht und ihn gezwungen, sich ihren Launen zu beugen. Nun schämte er sich dafür, dass er erneut still unter ihr liegen und ihr den männlichen Part überlassen hatte müssen. Für einige Augenblicke erwog er, sie kurz vor seiner Flucht aus Preußen an einen abgelegenen Ort zu locken und sie dort so zu behandeln, wie sie es seiner Meinung nach verdiente.

Bei der Überlegung zuckte er zusammen. Einen solchen Ort gab es sogar. Von Trepkow hatte ihm erzählt, dass ihm nach der Zwangsversteigerung des väterlichen Gutes ein kleines

Haus bei Kleinmachnow geblieben sei, das er gelegentlich Freunden zum Kartenspiel oder für deftige Herrenabende überließ. Da er dafür eine gewisse Summe als Miete erhielt, hatte er die Existenz des Hauses seiner Mutter und seiner Schwester verschwiegen, weil die beiden sonst dorthin gezogen wären.

Er schüttelte den Gedanken an Malwine ab und dachte an das Versprechen, das er Elsie gegeben hatte. Für deren Forderung eignete sich das Haus ausgezeichnet. Er beschloss, noch am gleichen Abend sowohl mit der Hure wie auch mit Leutnant von Trepkow zu sprechen.

## VIII.

Das *Le Plaisir* wirkte ungewohnt düster. Obwohl die Sommersonne warm vom Himmel strahlte, fröstelte von Palkow. Als er den Klopfer anschlug, dauerte es länger als sonst, bis Anton öffnete. Diesmal steckte der Portier nicht in einer Phantasieuniform, sondern in einem schlichten braunen Jackett und längsgestreiften Hosen.

Beim Anblick des Besuchers erschien ein missmutiger Ausdruck auf seinem Gesicht. »Ich bedaure sehr, Herr Major, doch leider ist es uns bis auf weiteres untersagt, Gäste zu empfangen.«

So leicht wollte von Palkow sich nicht abwimmeln lassen. »Ich würde gerne Madame sprechen. Es geht um eines der Mädchen!«

Nun wirkte Anton interessiert. Gelegentlich holte ein feiner

Herr sich eine der Huren, die ihm besonders gefiel, als heimliche Geliebte aus dem Bordell und hielt sie eine gewisse Zeit aus. Da seine Chefin vorerst keine Gäste mehr empfangen durfte, war dies eine Möglichkeit, wenigstens ein wenig Geld zu verdienen.

Daher ließ Anton den Major ein und schloss hinter ihm die Tür ab. »Ich werde Sie Madame melden, gnädiger Herr. Wenn Sie so freundlich wären, hier zu warten!«

Von Palkow nickte, ging aber weiter, als der Türsteher verschwunden war, und blieb am Eingang des Empfangssalons stehen. Da weder Mädchen noch Gäste zu sehen waren und auch keine farbigen Lampen brannten, wirkten die roten Sofas seltsam schäbig. Zudem waren die Bilder der leicht bekleideten Frauen an den Wänden mit schwarzen Tüchern verhängt worden, was ebenfalls auf die Stimmung drückte. Von Palkow kam es so vor, als strömte alles den Geruch des Niedergangs aus, und er hätte die Summe, die er in seiner Innentasche bei sich trug, gegen ein Markstück verwettet, dass Hede Pfefferkorn nicht mehr in der Lage sein würde, ihr Nobelbordell weiterzuführen. Wenn es ihr tatsächlich gelang, noch einmal Gäste zu empfangen, würden statt der Offiziere, der höheren Beamten und der reichen Geschäftsleute nur noch einfache Soldaten, Krämer und Arbeiter hier verkehren. Dann kamen nicht ein oder zwei Kunden auf jedes Mädchen, sondern ein ganzes Dutzend pro Nacht und mehr.

Von Palkow freute sich heimlich an diesem Gedanken, als Hede in einem schlichten Hauskleid auf ihn zutrat. Sie nahm den Spott und die Verachtung auf seinem Gesicht wahr und kniff die Lippen zusammen. Von Palkow war kein Gast gewesen, an dem ihre Mädchen viel verdient hatten, und so sah sie keinen Grund, ihm besonders höflich zu begegnen.

»Guten Tag! Sie wünschen?«

Von Palkows Gesicht verzog sich, und er sagte sich, dass diese hochmütige Frau noch lernen würde, wo ihr tatsächlicher Platz war. »Ich will eine Hure oder zwei, wenn es genehm ist, und zwar für eine Herrengesellschaft über das ganze Wochenende.«

Da Hede wusste, dass Huren, die auf diese Weise ausgeliehen wurden, oft Schwerstarbeit leisten mussten, wollte sie schon ablehnen. Doch da sprach von Palkow weiter. »Mir geht es in erster Linie um die Frau, die hier unter dem Namen Elsie bekannt ist.«

»Die können Sie meinetwegen haben!« Hede wollte schon aufatmen, doch der Major war noch nicht fertig. Immerhin hatte er Elsie versprochen, ihr zu helfen, Lenka, den Star dieses Bordells, zu demütigen.

»Ich hätte gerne auch Ihre schönste Hure mitgenommen. Sie heißt Lenka, glaube ich.«

Das wiederum gefiel Hede weniger. Andererseits würde Lenka einige Zeit nichts verdienen können, und sie hatte Elsie bei sich. Die würde die ausgefalleneren Wünsche des Majors und seiner Freunde befriedigen können. »Ich werde Lenka fragen, ob sie dazu bereit ist. Einen Moment bitte!«

Hede ließ von Palkow stehen und verschwand durch die Tapetentür. Im nächsten Moment kam Elsie von der anderen Seite in den Raum und starrte den Major fordernd an. »Haben Sie mein Geld?«

Sie erhielt ein kurzes Nicken zur Antwort und den Wink, still zu sein. Es war keinen Augenblick zu früh, denn just in dem Augenblick erschien Hede mit Lenka.

Die hübsche Hure war unschlüssig, was sie tun sollte, und musterte von Palkow durchdringend. »Madame sagte, Sie wünschen meine Dienste außerhalb dieses Hauses?«

»Außerhalb Berlins, um es genau zu sagen. Es wäre für ein ganzes Wochenende, und ich zahle gut!«

Lenkas Augen leuchteten auf. Da sie keine Freier im Bordell empfangen konnte, kam ihr ein solcher Nebenverdienst gerade recht. Dennoch blieb sie misstrauisch. »Dürfte ich erfahren, wie viele Herren dabei anwesend sein werden?«

Von Palkow hatte sich überlegt, einige Offiziere seines ehemaligen Regiments einzuladen, diesen Gedanken aber wieder verworfen. Wenn zu viele mit von der Partie waren, würde er Elsie mit ihnen teilen müssen, und das wollte er nicht. Daher strich er auch Hasso von Campe von seiner Liste.

»Außer mir wird nur Leutnant von Trepkow als Besitzer des Hauses dabei sein. Zwei Herren und zwei Huren. Ich halte das für ein ausgewogenes Verhältnis!« Der Major schmunzelte und sah, wie Elsies Gesicht freudig aufglänzte.

»Nur zwei Herren?« Lenka nickte unbewusst. Selbst wenn die Männer sich austoben wollten, würde ihre Manneskraft nicht unerschöpflich sein.

»Wenn Madame einverstanden ist, bin ich bereit, Ihre Einladung anzunehmen. Allerdings muss ich darauf bestehen, dass Sie die Bezahlung für dieses Wochenende im Voraus leisten. Dies sollte Sie allerdings nicht daran hindern, meiner Kollegin und mir auch noch ein Trinkgeld zu reichen, wenn Sie zufrieden sind.«

Statt einer Antwort zog von Palkow seine Brieftasche und zählte Hede die Summe hin, die diese ihm nannte. Vor seiner Zusammenarbeit mit Delaroux hätte sie ihn erschreckt, doch nun entlockte sie ihm nur ein müdes Lächeln.

»Ich lasse die beiden Damen morgen Nachmittag mit einer Droschke abholen. Ich wünsche noch einen guten Tag!« Ohne jede weitere Höflichkeitsformel wandte von Palkow sich zum Gehen und ignorierte dabei Elsies enttäuschte Miene. An diesem Ort durfte er um keinen Preis der Welt den Anschein erwecken, als behandele er sie besser als das andere Mädchen. Waren die beiden Huren erst einmal in von Trepkows Haus, sah die Sache anders aus.

Voller Vorfreude auf die Stunden mit Elsie verließ er das *Le Plaisir* und wurde auf der Straße von einem Mann in einem unmodischen Anzug aufgehalten. »Na, das war aber eine kurze Nummer!«

Von Palkow wandte sich um und zog die Augenbrauen hoch. »Habe ich dir erlaubt, mich anzusprechen?«

»Wer wird denn gleich in die Luft gehen?«, murmelte der andere und ging weiter.

Der Major meinte zu begreifen, was diesen Menschen bewegte. Bislang war Hede Pfefferkorns Bordell zu teuer für seinesgleichen gewesen, und jetzt hoffte der Kerl, die Mädchen zu einem weitaus geringeren Preis zu bekommen. Doch selbst wenn dies der Fall sein sollte, war Elsie dann längst auf dem Weg nach Amerika und er kurz davor, ihr nach dem erfolgreichen Attentat auf Prinz Wilhelm zu folgen.

Zufrieden kehrte er in die Potsdamer Straße zurück und bemühte sich den Rest des Nachmittags, Malwine von Trettin zufriedenzustellen. Da er ihr nach dem Liebesspiel Champagner und französische Delikatessen vorsetzen konnte, gelang ihm dies besser als sonst.

Am Abend suchte er das Kasino der Zweiten Garde-Ulanen auf und blickte in die Runde, bis er Friedrich von Trepkow entdeckte. Er trat auf diesen zu, befahl einem Diener, zwei Gläser Burgunder zu bringen, und stieß mit dem Leutnant an.

»Na, Trepkow? Haben Sie Ihren Sturm auf diesen weiblichen Geldschrank bereits begonnen?«

Von Trepkow verzog das Gesicht. »Ich wollte vorhin bei Grünfelders vorsprechen, doch die Damen ließen mir ausrichten, sie würden heute niemanden empfangen.«

Die Enttäuschung des Leutnants war unverkennbar. Von Palkow, der sich für einen Menschenkenner hielt, sagte sich, dass Wilhelmine Grünfelder sich gewiss rasch über ihren Verlust hinwegtrösten und ihre Hand dem ersten Herrn schenken würde, der um sie anhielt und ihr das begehrte »von« im Namen schenken konnte. Daher klopfte er von Trepkow leutselig auf die Schulter.

»Keine Sorge. Die Damen werden sich nicht ewig vor der Welt verschließen. Wagen Sie morgen noch einmal einen Versuch! Wette mit Ihnen, in spätestens zwei Monaten können wir Ihre Verlobung mit Wilhelmine feiern.«

»Ich kann nicht einmal mit Ihnen wetten, Herr Major, so blank bin ich. Nur gut, dass Campe sich nicht weiter um Trettins Frau bemüht. Hat wohl kalte Füße bekommen. Verstehe ich. Solche Weiber können anhänglich werden. Die wird man ohne Skandal nicht mehr los. Nachdem ihr Mann als Mörder verhaftet worden ist, wird sie sich bestimmt einen suchen, der sie tröstet.«

»Ich sagte Ihnen doch, ich würde Ihnen das Geld für die Dampfyacht leihen. Vorher aber will ich Ihr Haus in Kleinmachnow für ein Wochenende mieten.«

Von Trepkow starrte den Major verwundert an. »Wegen mir können Sie die Hütte kaufen. Ich überlasse sie Ihnen ganz billig. Der Kasten ist verdammt renovierungsbedürftig!«

»Ich benötige das Haus nur für ein Wochenende«, erklärte von Palkow lächelnd.

»Wohl für ein Tête-à-Tête, was?« Aus den Worten des Leutnants sprach Neid.

»Nun, gerne ein Tête-à-Tête zu viert, wenn Sie mit von der Partie sind. Sonst werde ich die Gesellschaft der beiden Mädchen allein genießen!« Der Major grinste anzüglich, denn es war bekannt, dass von Trepkow sich wegen seiner knappen Finanzen nur selten erotische Eskapaden leisten konnte.

Da ihm diese Gelegenheit nun zusammen mit der Miete für das Haus angeboten wurde, griff der Leutnant mit beiden Händen zu. »Ist ja kolossal, Herr Major! Bin selbstverständlich dabei. Wann soll es sein?«

»Morgen! Sie nehmen gegen zwei Uhr nachmittags eine Kutsche und holen die Huren beim *Le Plaisir* ab. Dort weiß man Bescheid!« Von Palkow klopfte dem Leutnant noch einmal auf die Schulter und verabschiedete sich. Auf dem Heimweg zur Kadettenanstalt drehten sich seine Gedanken ganz um Elsie, streiften aber auch Lenka, die er seit langem begehrte und die ihm nun wie ein reifer Apfel in den Schoß fallen würde.

# IX.

Fridolin hatte einen ganzen Tag gebraucht, um seine Betäubung zu überwinden. Als sein Kopf wieder klarer wurde, fragte er sich, welchen Fusel Hede ihm diesmal aufgetischt haben mochte, denn so schlecht hatte er sich selbst nach dem schlimmsten Rausch nicht gefühlt. Erst allmählich kam ihm die Situation zu Bewusstsein, in der er sich befand. Er sollte einen Mord begangen haben – sogar einen Doppelmord, wenn er den Worten von Buchers glauben durfte, der ihn gerade aufsuchte.

Der Staatsanwalt baute sich drohend vor ihm auf. »Sie sollten sich und uns den Prozess ersparen, Herr von Trettin, und Ihrer Ehre Genüge tun! Zu dem Zweck lasse ich Ihnen eine geladene Pistole in die Zelle bringen.«

Kopfschüttelnd starrte Fridolin ihn an. »Glauben Sie mir doch, Herr von Bucher! Ich habe die beiden nicht umgebracht.«

Das Gesicht des Staatsanwalts verzog sich höhnisch. »Alle Indizien sprechen gegen Sie. Die Tatwaffe gehört Ihnen und wurde auch bei Ihnen gefunden. Geben Sie doch um Himmels willen endlich Ihr nutzloses Leugnen auf! Wollen Sie unbedingt Ihre Ehre beschmutzen und zudem einen kolossalen Skandal entfachen, der die ganze Berliner Gesellschaft erschüttern wird? Ein Herr kann ein Bordell besuchen, wenn es nur diskret geschieht. Falls es jedoch zu einer Gerichtsverhandlung kommt, wird die Journaille über die tragenden Stützen unseres Staates herfallen und sie in den Schmutz ziehen. Den Ansehensverlust, den diese Herren, aber auch ihre Ehefrauen und Familien erleiden würden, können Sie sich gar nicht vorstellen.

Denken Sie auch an Ihre reizende Gattin. Wenn Sie ehrenhaft in den Tod gehen, wird kein Schatten auf Frau von Trettin fallen. Lassen Sie es jedoch zum Äußersten kommen, wird sie für immer mit dem Stigma der Witwe eines infamen Mörders behaftet sein!«

Von Bucher redete eindringlich auf Fridolin ein, doch der wehrte mit erregter Geste ab. »Zum Teufel noch mal: Nein! Ich schieße mir keine Kugel in den Kopf, nur damit die Berliner Gesellschaft ruhig schlafen kann, während der wahre Mörder frei herumlaufen darf.«

Nun wurde der Staatsanwalt zornig. »Sie haben die Wahl, Trettin. Sie können als Ehrenmann sterben oder auf dem Schafott! Einen anderen Weg gibt es nicht. Und damit guten Tag!«

Von Bucher befahl dem Gefängniswärter, der wartend neben der Tür stand, diese zu öffnen, und Fridolin blieb allein zurück.

Konsterniert starrte er gegen die kahlen Mauern der Zelle, die nicht mehr enthielt als eine harte Pritsche und einen schlichten Holzkasten mit einem Loch in der Mitte, der als Abtritt diente, und fragte sich, in welchen Alptraum er geraten war. Dabei versuchte er verzweifelt, sich den Verlauf jenes fatalen Abends noch einmal ins Gedächtnis zu rufen. Allerdings gab es eine große Lücke in seiner Erinnerung, die er nicht zu füllen vermochte. Und doch war er sicher, nicht der Mörder zu sein.

Aber wer war es dann? Wer hatte Grund, einen russischen Fürsten zu erschießen und ihm diese Tat in die Schuhe zu schieben? Sosehr Fridolin auch darüber nachsann, er kam zu keinem Ergebnis. Durch das lange Grübeln schlichen sich zuletzt Selbstzweifel ein. Hatte der Wein vielleicht ein narkotisierendes Gift enthalten, unter dessen Wirkung er zum Mörder geworden war?

Dann dachte er an Lore. Wie würde sie es aufnehmen, wenn er des Mordes in einem verrufenen Etablissement beschuldigt wurde? Sie konnte doch nur mit Abscheu und Ekel an ihn denken. Er schämte sich zutiefst, weil er sich dazu hatte hinreißen lassen, ins *Le Plaisir* zu gehen, auch wenn er dort nur Hedes Gesellschaft gesucht hatte.

Eines wurde ihm in diesen Stunden so klar wie ein lichter Frühlingstag: Schon um Lores willen durfte er es nicht zu einer Gerichtsverhandlung kommen lassen. Ganz gleich, wie diese ausging, unter den herrschenden Umständen würde sie von da an von der besseren Gesellschaft geächtet werden, und ihr bliebe nichts anderes übrig, als sich tief in die Provinz zurückzuziehen und dort abseits der Gesellschaft zu leben. Also war es vielleicht doch besser, von Buchers Angebot mit der Pistole anzunehmen.

»Wenn ich nur wüsste, wer mir diesen Schlamassel eingebrockt hat!« Wütend schlug Fridolin mit der Faust gegen die Wand, hielt dann aber inne und dachte angestrengt nach. Im Grunde war die Auswahl nicht besonders groß. Jene Person musste wissen, dass er eine dieser kleinen amerikanischen Taschenpistolen bei sich trug, und war zudem in der Lage gewesen, ihm ein Betäubungsmittel beizubringen. Je länger er darüber nachsann, umso sicherer war er sich, dass ein Gift in dem Wein gewesen sein musste, den er mit Hede zusammen getrunken hatte. Dies bedeutete, dass der wirkliche Mörder von einem der Mädchen unterstützt worden war.

Unwillkürlich dachte er an Elsie. Eine solche Schandtat traute er dieser miesen, kleinen Diebin zu. Wenn von Bucher sie verhaften und streng verhören ließ, würde sie wahrscheinlich gestehen. Schon wollte Fridolin nach dem Wachbeamten rufen, um den Staatsanwalt holen zu lassen. Im nächsten Moment schüttelte er resigniert den Kopf. Von Bucher würde ihm diesen Verdacht niemals abnehmen. Doch wenn er nicht einfach darauf warten wollte, bis man ihm eine Pistole brachte, damit er sich erschoss, musste er etwas tun. Daher klopfte er so lange an die Tür, bis ein Beamter erschien und harsch fragte, was denn los sei.

»Ich muss ein paar Briefe schreiben. Können Sie mir Papier und meinen Füllfederhalter bringen? Der ist mir bei der Verhaftung abgenommen worden. Außerdem brauche ich einen Tisch und einen Stuhl!«, erklärte Fridolin.

»Diesen Wunsch muss ich erst meinem Vorgesetzten mitteilen, der ihn dem Herrn Staatsanwalt vorlegen wird. Dieser wird aber erst morgen darüber entscheiden können, denn heute kommt er nicht mehr hierher!« Nach diesen Worten ging der Mann davon und ließ Fridolin in einem Zustand wachsender Verzweiflung zurück. Dieser eine Tag, den er dadurch verlor, mochte entscheidend sein. Wenn Elsie in das Verbrechen verwickelt war, würde sie gewiss schnellstens verschwinden. Bis sie dann zufällig aufgegriffen wurde, war er wahrscheinlich schon tot.

# X.

Es war Fridolins Pech, dass Lore nichts von seinem Verdacht gegen Elsie ahnte. Daher konnte Leutnant von Trepkow ungehindert vor dem *Le Plaisir* vorfahren und die beiden Huren abholen. Während Lenka nur eine kleine Reisetasche mitgenommen hatte, deren Inhalt für ein Wochenende reichen musste, schleppte Elsie ihren gesamten Besitz mit sich.

»Ihr glaubt doch nicht, dass ich noch einmal in dieses Haus zurückkehre«, erklärte sie den anderen Mädchen. »Ich verdiene mir jetzt noch ein paar Mark und suche mir dann eine andere Beschäftigung.«

»Wahrscheinlich in einem Soldatenpuff!«, höhnte eine Hure. »Übrigens, bevor du verschwindest, sollten wir alle unser Geld nachzählen. Du hast mir nämlich zu klebrige Finger!«

Sofort verlegten einige der Mädchen Elsie den Weg zur Tür, während die anderen in ihre Zimmer eilten und ihre Sparstrümpfe überprüften. Sogar Hede öffnete die Schatulle, in der sie ihr Geld und ihre Wertsachen verwahrte, konnte aber ebenso wie die anderen aufatmen, denn es war nicht das Geringste verschwunden. Sie überlegte kurz, ob sie Elsie die paar Mark abnehmen sollte, die diese ihr noch schuldete, verwarf den Gedanken jedoch wieder. Das hätte nur Streit bedeutet und ihr den Vorwurf eingebracht, Elsie müsse das *Le Plaisir* verlassen, da es hier nichts mehr zu verdienen gab.

Daher reichte Hede dem ehemaligen Dienstmädchen die Hand zum Abschied und wunderte sich über den Ausdruck des Triumphs, der das Gesicht der Schlampe überzog. Wie es aussah, freute dieses Miststück sich, dass sie in Schwierigkeiten steckte.

Auch wenn es nicht leicht sein würde, ein neues Mädchen zu finden, das sich für gewisse Perversionen hergab, war Hede froh, Elsie los zu sein. Das Weib war immer eine Unruhestifterin gewesen und hatte die Arbeit, die ihr aufgetragen worden war, nur schludrig erledigt.

Lenka hingegen war ihr ans Herz gewachsen. Sie umarmte das Mädchen und forderte den Leutnant auf, sie am Montag gesund wiederzubringen.

»Ja, ja! Das mache ich schon«, antwortete von Trepkow, der froh war, nicht in der Droschke mitfahren zu müssen, sondern reiten zu können. Sollte er unterwegs auf Kameraden oder Bekannte treffen, konnte er so tun, als gingen die beiden Huren ihn nichts an.

Er schwang sich in den Sattel, nahm den Zügel entgegen, den Anton ihm reichte, und herrschte Elsie und Lenka an, endlich in den Wagen zu steigen. Dann zog er seinen Rappen herum und legte die nächsten hundert Meter in forschem Trab zurück.

»Auf Wiedersehen! Bis Montag!« Lenka winkte Hede und den anderen Mädchen zu und ließ sich dann auf das Sitzpolster sinken.

Anders als sie schenkte Elsie ihrer bisherigen Chefin und ihren Kolleginnen keinen Blick mehr, sondern grinste in sich hinein. Als Erstes würde sie Lenka all die Schmähungen heimzahlen, die sie von ihr und den anderen Huren hatte erleiden müssen. Ihre Hand stahl sich dabei wie von selbst in ihre Handtasche, in der unter Taschentüchern versteckt Fridolins Pistole steckte. Die Waffe war geladen, und Elsie überlegte, ob sie nicht eine Kugel für Lenka verwenden sollte.

Da ihre Begleiterin verbissen schwieg, blieb Lenka nichts anderes übrig, als stumm in der Droschke zu sitzen und hinauszustarren. Der Wagen erreichte nun die Ausfallstraße nach Potsdam und reihte sich in den Strom zahlreicher Kutschen ein, die in die gleiche Richtung strebten. Leutnant von Trepkow ritt etwa dreißig Meter vor ihnen und drehte sich nur gelegentlich um, als wolle er sichergehen, dass der Wagen ihm noch folgte.

Zunächst musterte Lenka die Kleider der Damen, denen sie unterwegs begegneten, doch schon bald begann sie über ihre persönliche Situation nachzugrübeln. Für sie war der hässliche Zwischenfall mit dem Mord höchst ärgerlich. Wenn sie weiterhin gut verdient hätte, wäre es ihr möglich gewesen, noch vor dem Winter genug Geld zusammenzubringen, um das *Le Plaisir* verlassen und ihren Traum von einer Heirat in Übersee verwirklichen zu können. Nun würde es viel länger dauern, bis es ihr möglich war, ihr Schicksal zum Besseren zu wenden, wenn es ihr überhaupt gelang.

Hede Pfefferkorn würde es schwerfallen, mit ihrem Bordell an die Erfolge früherer Zeiten anzuknüpfen. Vielleicht, sagte sich Lenka, wäre es auch für sie besser gewesen, das *Le Plaisir* zu verlassen und ein anderes Freudenhaus zu suchen, in dem sie arbeiten konnte. Bei dem Gedanken aber würgte es sie. Wenn ein Freier sich ihrer bediente, fühlte sie sich zumeist wie ein Stück Fleisch ohne eigenen Willen. Dabei war sie Hedes Star gewesen. In einem anderen Bordell würde sie wieder ganz unten anfangen und jene Dinge tun müssen, die sie und ihre Kolleginnen an Elsie abgeschoben hatten.

Sie fällte den Entschluss, sobald sie zurück ins *Le Plaisir* kam, ihr erspartes Geld an sich zu nehmen und sich auf die Reise nach Kanada machen. Zwar würde sie sich nur eine Zwischendeckspassage leisten können und als arme Frau drüben ankommen. Dennoch hoffte sie, dort einen Ehemann zu finden, der ihr helfen würde, die letzten Jahre hier in Berlin zu vergessen. Vorher musste sie nur noch dieses eine Wochenende als Hure überstehen.

## XI.

Von Trepkows Haus lag ein wenig außerhalb des Dorfes Kleinmachnow in einem Waldgebiet mit eng zusammenstehenden, hohen Bäumen. Da nur ein schmaler, von Gestrüpp überwucherter Pfad das Haus mit der Straße verband, zügelte der Droschkenkutscher sein Pferd auf der kleinen Lichtung, an der der Weg begann.

»Ne, da fahr ich nicht weiter! Da gehen mir ja die Achsen zu Bruch«, rief er von Trepkow zu.

»Jetzt stell dich nicht so an und fahr zu! Wir sind doch gleich da.« Von Trepkow hob die Reitpeitsche, als wolle er den Mann schlagen.

Der aber packte seine eigene Peitsche und ließ sie knallen. »Das ist mein Wagen und niemand, selbst der Kaiser nicht, befiehlt mir, wie ich fahren muss! Und jetzt raus, ihr Weiber!«

Das ließ Elsie sich nicht zwei Mal sagen. Sie stieg aus, hob ihren Koffer vom Wagen und drehte sich dann zu Lenka um, die keine Anstalten machte, ihr zu folgen. »Kommst du jetzt oder brauchst du eine Extraeinladung?«

Lenka packte ihre Tasche und verließ die Droschke mit einer

Miene, als würde sie am liebsten gleich wieder nach Berlin zurückfahren. Da von Trepkow keine Anstalten machte, Trinkgeld zu geben, und der Fahrpreis bereits bezahlt war, wendete der Droschkenkutscher sein Gefährt und ließ seine Mähre antraben.

Nun löste sich Lenkas Erstarrung, und sie folgte dem Leutnant und ihrer Kollegin, die bereits mit strammen Schritten den Waldweg entlangmarschierten. Die Tatsache, dass Elsie weitaus schwerer zu tragen hatte als sie selbst, versöhnte Lenka nicht mit der ihr unheimlichen Umgebung.

Als sie nach einer guten Viertelstunde das Haus erreichten, musste selbst von Trepkow zugeben, dass es eine Ruine war. Weder sein Vater noch er hatten je einen Pfennig hineingesteckt, und so war es immer mehr verfallen. Auf dem Dach fehlten etliche Ziegel, und einige Fensterscheiben waren so beschädigt, dass sie dem Wind und den Wildtieren Einlass gewährten. Die Tür hing schief in den Angeln und quietschte erbärmlich, als von Trepkow sie öffnete.

Auch im Innern herrschte Verfall. Hereingewehter Dreck bedeckte Boden und Möbel wie ein dickes Polster. Elsie schüttelte es bei dem Gedanken, tagelang in diesem Schmutz hausen zu müssen, und Lenka wähnte sich wie in einem schlechten Traum gefangen.

Major von Palkow erwartete sie bereits, und seine missmutige Miene sprach Bände. »Mein Gott, Trepkow. Konnten Sie nicht ein paar Dienstboten schicken, um die Kate bewohnbar zu machen?«

Der Leutnant grinste verlegen. »Tut mir leid. Dienstboten wären meinen Freunden im Weg gewesen. Die Kerle wollten auf die Hütte achtgeben. Aber das haben sie augenscheinlich nicht getan.« Nachdem er die Verantwortung für den Verfall des Hauses von sich geschoben hatte, wandte er sich an die beiden Frauen.

»Was steht ihr hier herum? Räumt ein wenig auf! Hier sieht es ja aus wie in einem Schweinestall!«

Angesichts des Schmutzes ergriff Lenka bereitwillig einen alten Reisigbesen und begann zu kehren. Elsie half mit, während die beiden Herren sich vor das Haus stellten, Zigarren rauchten und aus einer Weinflasche die mitgebrachten Gläser nachfüllten.

Nach einer Stunde hatten die beiden Frauen die Küche und zwei Schlafzimmer vom ärgsten Dreck befreit. Während Elsie vier Stühlen und dem Tisch mit Natronlauge zu Leibe rückte, die sie in der Vorratskammer gefunden hatte, begann Lenka aus mitgebrachten Lebensmitteln die erste Mahlzeit zuzubereiten. Dabei sagte sie sich, dass sie es in der kanadischen Wildnis wohl kaum schlechter treffen würde als an diesem Ort.

Nach einer Weile kehrten die beiden Offiziere ins Haus zurück und nickten zufrieden, als sie in der halbwegs sauberen Küche standen.

»Ich habe Hunger«, erklärte von Trepkow mit schleppender Stimme. Er hatte dem Wein in stärkerem Maße zugesprochen als der Major. Dabei griff er Lenka, die mit dem Suppentopf an den Tisch trat, zwischen die Beine.

»Vorsicht, Herr Leutnant, die Suppe ist kochend heiß! Wenn ich vor Schreck den Topf fallen lasse, könnte es übel ausgehen«, warnte Lenka ihn, doch von Trepkow lachte nur.

»Du wärst die erste Hure, die erschrickt, wenn man an ihr Betriebskapital langt. Stell den Topf ab, damit wir essen können. Danach steht mir der Sinn nach etwas anderem!« Von Trepkow grinste und fasste sich dabei in den Schritt.

Lenka sagte sich, dass sie und Elsie zu diesem Zweck geholt worden waren, und zuckte mit den Achseln. Allerdings hätte sie sich eine anheimelndere Umgebung gewünscht als dieses vermodernde Haus. Sie füllte die Teller, die sie in einem Schrank gefunden und gesäubert hatte, und setzte sich zu den drei anderen. Während des Essens unterhielten sich von Palkow und der Leutnant über die Heldentaten, die sie bereits im Bett vollbracht haben wollten, und auch Elsie warf die eine oder andere Zote ein. Lenka hingegen löffelte schweigend ihre Suppe und räumte, als alle mit dem Essen fertig waren, den Tisch ab.

»Willst du mir nicht beim Spülen helfen?«, fragte sie Elsie, die bei den Männern sitzen geblieben war und sich gerade ein Glas Wein einschenkte.

Elsie warf ihr einen hasserfüllten Blick zu und sah dann von Palkow an. »Erinnern Sie sich an das Versprechen, das Sie mir gegeben haben, Herr Major?«

Als der Offizier nickte, stand Elsie auf, holte die Reitpeitsche, die von Palkow auf den windschiefen Küchenschrank gelegt hatte, und schwang sie so durch die Luft, dass es pfiff. Dann trat sie mit einem schnellen Schritt hinter Lenka und zog ihr die Peitsche mit einem scharfen Hieb über die Schulter.

Empört schrie Lenka auf. »Bist du verrückt geworden?«

Elsie begann schallend zu lachen. »Ich war nie besser bei Verstand als jetzt, du Miststück! Endlich kann ich dir all die Gemeinheiten heimzahlen, die ich im *Le Plaisir* habe ertragen müssen.«

Ein weiterer Schlag mit der Reitpeitsche traf Lenkas zum Schutz erhobenen Arm.

»Meine Herren, bitte!«, rief sie den beiden Offizieren zu.

Von Trepkow wollte aufstehen und dazwischentreten, doch von Palkow hielt ihn fest. »Lass sie! Das ist ein Teil des Spaßes, den wir hier erleben werden.«

Elsie schlug weiter auf Lenka ein und trieb diese in eine Ecke. In ihrer Not versuchte Lenka, mit bloßen Händen auf ihre Peinigerin loszugehen, doch ein Hagel von Hieben trieb sie zurück. Zuletzt sank sie weinend zu Boden, kauerte sich zusammen und versuchte, wenigstens Gesicht und Brust vor den Schlägen zu schützen.

Da hielt Elsie inne. »Küsse meine Schuhe!«, befahl sie Lenka höhnisch.

»Niemals!«, rief diese. Zwei, drei weitere Hiebe mit der Reitpeitsche brachen jedoch ihren Widerstand. Sie kroch auf Elsie zu und berührte deren Füße mit den Lippen.

»Siehst du, du kannst es!« Triumphierend wandte Elsie sich den beiden Männern zu. »Ihr könnt sie haben! Beide zugleich. Ich sage euch, was ihr mit dieser Hure anstellen könnt!«

»Du bist einfach ekelhaft«, brach es aus Lenka heraus.

Elsie lachte sie aus. »Auch nicht ekelhafter als ihr! Du und Hanna, ihr hattet den meisten Spaß daran, mich diesem Tirassow oder einem anderen Kerl auszuliefern, die ich dann auf die perverseste Art befriedigen musste. Jetzt wirst du erleben, wie es ist, die lumpigste Hure im ganzen Puff zu sein!«

Während Elsie beiseitetrat, kamen die beiden Männer auf Lenka zu und zerrten an ihren Kleidern.

»Schneidet sie ihr vom Leib!«, feuerte Elsie sie an.

Bevor dies geschehen konnte, öffnete Lenka die Knöpfe und streifte ihr Kleid ab. Sie hatte Angst, ansonsten nackt auf die Straße hinaus zu müssen. Von Trepkow, den der Alkohol mittlerweile völlig enthemmt hatte, wollte sie auf den Rücken werfen, doch Elsie hinderte ihn daran. Sie zwang Lenka mit weiteren Schlägen, sich hinzuknien, und erwies sich in den nächsten Stunden als erfahrene Lehrerin für alle möglichen Perversionen, mit denen sie Lenka demütigen und quälen konnte. Als der Abend dämmerte, waren die beiden Männer so erschöpft, dass sie von ihrem Opfer ablassen mussten.

Elsie versetzte der jungen Frau noch einige scharfe Hiebe mit der Reitpeitsche und bleckte anschließend die Zähne in die Richtung, in der sie das *Le Plaisir* vermutete. »Wir hätten Hede Pfefferkorn dazu bringen sollen, mitzukommen. Der hätte ich dieses Erlebnis ebenfalls gegönnt. Noch besser wäre Lore von Trettin gewesen. Aber man kann im Leben nicht alles haben.« Es klang ebenso rachsüchtig wie bedauernd.

»Ich hätte nichts dagegen gehabt!« Leutnant von Trepkow zog lachend seine Hosen wieder an und befestigte die Hosenträger. Erst als er in seinen Uniformrock schlüpfte, begann er zu begreifen, wozu er sich hatte hinreißen lassen. »Was ist, wenn das Weib uns anzeigt? Wir haben sie doch praktisch vergewaltigt!«

Elsie kicherte. »Keine Sorge, Herr Leutnant! Kein Richter würde eine solche Anklage verfolgen. Nach preußischem Recht kann man eine Hure nicht vergewaltigen. Sie verkauft ihre Möse für Geld, und das hat der Herr Major im *Le Plaisir* bereits bezahlt.«

Der Leutnant atmete auf und wies dann auf Lenka, die schluchzend am Boden lag. »Dann können wir sie ja gewiss noch ein paarmal …«

»Sie steht zu Ihrer Verfügung. Machen Sie mit ihr, was Sie wollen«, antwortete Elsie.

»Das Wollen wäre kein Problem, aber das Können. Da muss ich mich erst noch ein wenig erholen!« Von Trepkow grinste wieder, als wäre das, was sie getan hatten, nur ein lustiger Jungenstreich.

Der Major sehnte sich nun danach, Elsie zu besitzen. Doch dafür musste er ebenfalls neue Kraft schöpfen.

Diese genoss die Macht, die sie über die beiden Männer und über Lenka ausübte, und rieb sich unbewusst die Hände. Dann lachte sie höhnisch auf und versetzte ihrem Opfer einen Fußtritt. »Gibt es hier ein Zimmer mit vergitterten Fenstern, in das wir die Nutte einschließen können? Wenn wir sie frei herumlaufen lassen, schlägt sie sich womöglich in die Büsche.«

Ihre Worte machten Lenka klar, dass sie weiter misshandelt und vergewaltigt werden sollte. Entsetzt starrte sie die Männer an, die sie jetzt unter den Armen packten und zur Tür hinausschleiften. In einem kleinen Raum, dessen einziges Fenster mit Gitterstäben versehen war, ließen die beiden sie fallen. Elsie warf ihr die Kleider, die sie aus der Küche mitgebracht hatte, an den Kopf und wandte sich dann lachend ab. Die Tür schlug zu, und Lenka hörte, wie der Schlüssel im Schloss umgedreht wurde.

Wieder war sie eine Gefangene, so wie damals, als sie gezwungen worden war, als Prostituierte zu arbeiten. Die Erinnerung an jene entsetzlichen Stunden überwältigte sie und ließ sie für einige Augenblicke sogar die Schmerzwellen vergessen, die durch ihren zerschlagenen Leib liefen. Dabei war ihre jetzige

Situation im Grunde noch viel schlimmer. Damals hatte die Bordellbesitzerin sie bei weitem nicht so hart geschlagen wie Elsie, und von deren Ehemann war sie zwar vergewaltigt, aber nicht zu perversen Handlungen gezwungen worden.

Draußen wurde es Nacht, und ein kalter Luftzug drang durch das zerbrochene Fenster. Lenka bemerkte es erst, als sie schon am ganzen Körper zitterte. Mühsam zog sie sich an und biss sich dabei auf die Lippen, um nicht bei jeder Bewegung vor Schmerz zu schreien.

Ihr Kleid war schmutzig und zum Teil zerrissen. Wahrscheinlich würde es dieses Wochenende nicht überstehen. Sie ärgerte sich, weil sie an solche Äußerlichkeiten dachte und nicht daran, wie sie von hier fliehen konnte. Mühsam richtete sie sich auf und prüfte die Gitterstäbe. Zwar saßen diese recht locker, ließen sich aber nicht herausbrechen. Auch die Tür war allem Verfall zum Trotz so massiv, dass sie das Blatt aus den Angeln hätte sprengen müssen. Doch der Lärm, der dabei entstand, würde die anderen sofort herbeirufen.

Lenka wollte sich schon mutlos auf den von hereingewehtem Laub und Staub bedeckten Fußboden setzen, als ihr eine letzte Möglichkeit einfiel. Sie eilte zur Tür und tastete in der Dunkelheit nach dem Schloss. Dann zog sie eine Haarnadel aus ihrer aufgelösten Frisur und begann im Schlüsselloch herumzustechern, um das Schloss vielleicht auf diese Weise öffnen zu können. Als sie auf Widerstand traf, begriff sie, dass der Schlüssel noch von außen steckte. Ganz langsam schob sie ihn aus dem Schlüsselloch und hörte ihn zu Boden fallen.

»Lieber Herr Jesus im Himmel, mach, dass der Schlüssel nahe genug an der Tür liegt«, flehte Lenka, während sie sich auf den

Boden legte und die Haarnadel durch den Spalt zwischen Fußboden und Türspalt hinausschob. Ihr Stoßgebet schien zu helfen, denn sie spürte, wie die Spitze der Nadel auf den Schlüssel
traf. Zwar quetschte sie sich die Fingerspitzen in dem schmalen Spalt zwischen Tür und Schwelle, aber es gelang ihr, den
Schlüssel zu sich hereinzuziehen.

So rasch, wie sie es mit ihren wundgeschlagenen Gliedern vermochte, sperrte sie auf und huschte auf den Flur hinaus. Zwar
graute ihr davor, in den dunklen Wald zu fliehen, doch jedes
andere Schicksal erschien ihr besser, als noch einmal von Elsie
ausgepeitscht und von den beiden Schuften auf übelste Weise
vergewaltigt zu werden.

Auf dem Weg zur Eingangstür kam sie an einem der Zimmer
vorbei, die sie vorhin gesäubert hatte, und hörte ein Schnarchen, als wolle der Betreffende die Balken durchsägen. Ein
Raum weiter drang Lichtschein auf den Flur. Lenka erinnerte
sich, dass die Zimmertür verschwunden war, und wagte nicht,
daran vorbeizuschleichen. Stattdessen drückte sie sich an die
Wand und wartete, bis diejenigen, die sich darin befanden,
ebenfalls dem Schlaf Tribut zollen mussten.

Den Geräuschen nach hielten Elsie und der Major sich in dem
Raum auf und waren recht munter damit beschäftigt, das älteste Spiel der Welt miteinander zu treiben.

Endlich wurde es drinnen ruhiger, und Lenka hoffte schon, die
beiden würden endlich einschlafen. Stattdessen begannen sie
ein Gespräch, bei dem die Lauscherin bald den Atem anhielt,
um kein Wort zu verpassen.

## XII.

Elsie musterte von Palkow und wunderte sich, dass er ihr beinahe aus der Hand fraß. Nachdem von Trepkow vom Wein überwältigt eingeschlafen war, hatte er begonnen, sein Leben vor ihr auszubreiten und dabei auch seine sexuellen Vorlieben nicht verschwiegen. Nun wusste sie über jene Liebschaft Bescheid, die seiner steilen Karriere einen ebenso heftigen wie dauerhaften Knick verpasst hatte. Auch hörte sie sich seine Klagen über Malwine von Trettin an, die den Major mit einer Mischung aus Leidenschaft und Kühle beinahe in den Wahnsinn getrieben hatte. Doch bei keiner dieser Frauen hatte er seine heimlichen Wünsche und Begierden ausleben können. Das war ihm erst bei ihr gelungen, und nun schien er ihr ebenso verfallen zu sein wie seinen früheren Geliebten.

Elsie lächelte, als er davon sprach, ihr nach Amerika folgen und dort mit ihr ein neues Leben beginnen zu wollen.

»Aber Sie sind doch ein Offizier des Königs und Kaisers!«, rief sie aus.

Von Palkow antwortete mit einem heftigen Fluch. »Offizier eines Kaisers, der meinen Wert nicht erkennt! Darauf pfeife ich. Bald schon werde ich mir den Staub dieses Landes von den Füßen schütteln und nach Amerika fahren. Aber ich werde dort nicht als abgehalfterter Offizier eintreffen, sondern reich sein. Sehr reich sogar! Warte in New York auf mich, und du wirst in jedem erdenklichen Luxus leben! Vielleicht heirate ich dich sogar.«

Zwar hätte Elsie liebend gern reich geheiratet. Aber sie war auch dafür nicht mehr bereit, jede Nacht mit einem Mann verbringen zu müssen, der seine höchste Befriedigung darin fand, der Frau, mit der er schlief, Schmerzen zuzufügen. Daher würde von Palkow, wenn er tatsächlich nach Amerika kam, vergebens nach ihr suchen. Das verriet sie ihm jedoch nicht, sondern tat so, als wünsche sie sich nichts mehr, als an seiner Seite zu leben.

»Ich werde glücklich sein, Sie jenseits des großen Teiches in die Arme zu schließen. Wir werden ein wundervolles Leben dort führen, Herr Major. Aber wie wollen Sie an so viel Geld kommen, dass Sie in Amerika als reicher Mann auftreten können?«

»Das ist ein Geheimnis, von dem niemand etwas wissen darf! Nicht einmal du. Also sei nicht so neugierig, sondern hol mir ein Glas Wein aus der Küche!«

Die Lauscherin im Flur erschrak. Rasch tastete Lenka sich an der Wand entlang zu dem Zimmer, in dem sie eingeschlossen worden war, und zog gerade noch rechtzeitig die Tür hinter sich ins Schloss. Mit angespannten Sinnen lauschte sie, wie Elsie in der Küche hantierte und dann zu von Palkow zurückkehrte. Erst als es im Flur wieder dunkel wurde, schlich sie hinaus und horchte weiter.

Elsie hatte nicht nur Wein, sondern auch ihre Handtasche mitgebracht und kramte nun darin herum.

»Was machst du da?«, fragte der Major.

Da zog Elsie Fridolins Pistole aus der Tasche. Im ersten Augenblick glaubte er, sie wolle auf ihn schießen, und erstarrte vor Schreck. Doch sie strich nur mit einer verliebten Geste über das kühle Metall und legte die Waffe auf den Tisch.

»Das Gesicht von diesem dämlichen Trettin war zu köstlich,

als von Bucher ihn verhaften ließ. Dabei war es ein Kinderspiel, die Waffe, mit der ich Tirassow und das Miststück Hanna erschossen habe, mit seiner zu vertauschen!«

Elsie lachte höhnisch und übertönte Lenkas überraschtes Schnaufen. Diese glaubte im ersten Moment, etwas falsch verstanden zu haben. Doch da lobte der Major ihre Kollegin überschwenglich für die beiden Morde.

»Du hast mir damit einen sehr großen Gefallen erwiesen. Beinahe hätte dieser verdammte Tirassow mich in elende Schwierigkeiten gebracht. Dabei wollte er im Grunde dasselbe wie ich.«

»Was denn?«, fragte Elsie neugierig.

Lenka hoffte nicht weniger als Elsie, der Major würde sich verleiten lassen, dieses Geheimnis preiszugeben, doch er schüttelte nur den Kopf. »Das erfährst du vielleicht einmal drüben in den USA, aber jetzt noch nicht. Lass uns lieber von dir reden. Du bist eine prachtvolle Frau und genau das Passende für mich. Die anderen Weiber sind immer so zimperlich. Dabei will ich doch nur ein richtiger Mann sein!«

»Das bist du auch«, hauchte Elsie und sagte sich, dass sie den Major in dem Augenblick vergessen würde, in dem sie an Bord eines Ozeandampfers stieg. Was der Kerl brauchte, war keine Frau, sondern eine Stute, die er mit Reitpeitsche und Sporen traktieren konnte.

»Hier ist deine Eisenbahnfahrkarte nach Hamburg, und hier sind die Unterlagen für deine Schiffspassage auf der *Hammonia*. Das Dampfschiff legt übermorgen ab. Morgen früh werde ich dich zum Lehrter Bahnhof bringen.«

»Ich brauche auch Geld für die Reise und für die Zeit, in der ich drüben auf dich warten muss.« Für einen Augenblick befürchtete Elsie, der Major wolle sie um die vereinbarte Belohnung betrügen, damit ihr in New York nichts anderes übrig blieb, als tatsächlich auf ihn zu warten. Doch da steckte er ihr ein dickes Geldbündel zu, bei dessen Anblick ihr beinahe schwindlig wurde.

»Hier! Ich will nicht, dass du drüben in Armut leben und erneut deinen Leib verkaufen musst. Du gehörst mir, verstanden! Mir allein und keinem anderen!«

Von Palkow klang so drohend, dass Elsie Angst vor ihm bekam. Doch mit einigen geschickten Worten gelang es ihr, ihn zu beruhigen, und sie deutete schließlich auf die kleine Pistole, die noch immer auf dem Tisch lag.

»Ist sie geladen? Ich würde Lenka am liebsten genauso erschießen, wie ich Hanna erschossen habe!« Sie streckte die Hand nach der Waffe aus, doch da krallte ihr von Palkow die Finger um den Arm.

»Das wirst du bleiben lassen! Du hast das Weibsstück genug gequält. Morgen verlassen wir diese abscheuliche Absteige. Trepkow sollte sich schämen, das Haus so verkommen zu lassen. Bis er seinen Rausch ausgeschlafen hat, sind wir beide weg. Meinetwegen kann er Lenka noch einmal vögeln und sie dann zu Fuß nach Berlin schicken.«

Der Major wollte nun endlich schlafen, um am nächsten Morgen früh genug den Bahnhof Wannsee zu erreichen. Von dort aus würde er Elsie zum Lehrter Bahnhof bringen, wo sie in den Zug nach Hamburg steigen konnte.

Während es im Zimmer still wurde, überlegte Lenka, was sie tun sollte. Wenn sie jetzt in die Nacht hinaus floh, würden Elsie und der Major wahrscheinlich Verdacht schöpfen, sie könnte sie belauscht haben. Dann war ihr Leben keinen schimmeligen Pfennig mehr wert. Wozu die beiden fähig waren, hatte sie eben erfahren. Es schüttelte sie bei dem Gedanken, dass Fridolin von Trettin für einen Mord verantwortlich gemacht wurde, den Elsie begangen hatte. Zudem hatte das Weib keinen Hehl daraus gemacht, dass es sie am liebsten auch umbringen würde.

»Solange der Leutnant dabei ist, kann sie das nicht tun, und morgen muss sie früh nach Hamburg aufbrechen«, sagte Lenka sich und erschrak dann beim Klang der eigenen Stimme. Lange lauschte sie, ob ihre Peiniger sie vernommen hatten. Doch im Haus blieb alles ruhig. Dafür hörte sie die Geräusche des nächtlichen Waldes und spürte, wie ihre Angst davor wuchs. So nahe an Berlin gab es sicher keine Bären und Wölfe, die sie fressen konnten. Mit diesem Gedanken versuchte sie sich Mut zu machen. Doch die Angst überwog. Allein die Vorstellung, sie könnte über eine Baumwurzel oder einen Kaninchenbau stolpern und sich ein Bein brechen ... Mitten im Wald würde sie so schnell keine Hilfe erhalten und vielleicht elendiglich zugrunde gehen.

Diese Überlegung bewog sie, wieder in ihr Gefängnis zurückzukehren und schlimmstenfalls noch eine Vergewaltigung durch den Leutnant in Kauf zu nehmen. Damit Elsie und der Major nicht sahen, dass sie freigekommen war, steckte sie den Schlüssel von außen ins Schloss und kauerte sich in eine Ecke.

# XIII.

Am nächsten Morgen schreckte Lenka durch ein Geräusch hoch und vernahm Elsies Stimme. Diese schien das Frühstück für sich und den Major zuzubereiten und spottete dabei über von Trepkow, der noch immer mit voller Lautstärke Balken sägte.

Nach einer Weile näherten sich Schritte und endeten vor der Tür. Während Lenka sich bereits verfluchte, weil sie doch nicht in der Nacht geflohen war, rief Elsie nach ihr.

»Bist du schon wach, du Hure? Einen schönen Gruß an Hede Pfefferkorn. Sag ihr, ich bedauere es, dass sie nicht ebenfalls mitgekommen ist. Aber man kann halt nicht alles haben. Die gestrige Nacht sollte ein Vorgeschmack für dich sein, wie du einmal enden wirst. Verrecke in der Gosse! Ich fahre jetzt nach Amerika und werfe, wie du einmal so schön gesagt hast, meinen Bockschein mitten auf dem Ozean ins Wasser. Dann komme ich drüben als ehrbare, bürgerliche Auswanderin an.«

Elsie lachte noch einmal hämisch, dann entfernten sich ihre Schritte. Den Geräuschen zufolge verließ ihre Kollegin zusammen mit dem Major das Haus. Also war nur noch von Trepkow da.

Lenka gedachte nicht so lange zu warten, bis der Leutnant aufgewacht war. Im Stillen dankte sie Gott, dass Elsie die unverschlossene Tür nicht bemerkt hatte, und trat nach kurzem Horchen hinaus.

Das graue Licht des regnerischen Morgens vermochte das Innere des Hauses kaum zu erhellen. Lenka grauste es davor, in die Nässe hinauszugehen zu müssen, doch ihr blieb nichts anderes übrig. Da ihr Magen knurrte, warf sie einen kurzen Blick in die Küche. Elsie hatte nicht mehr aufgeräumt, und so lagen noch Reste des Frühstücks auf dem Tisch. Rasch schnitt sie sich ein Stück Brot und etwas Wurst ab und verließ das Haus. Kauend eilte sie den Waldpfad entlang in Richtung Kleinmachnow. Der Weg kam ihr kürzer vor als bei der Herfahrt, aber es war sehr unangenehm, in einem dünnen, zerrissenen, weit ausgeschnittenen Kleid durch den Regen zu laufen. Ein wenig ärgerte sie sich, dass sie ihre Reisetasche zurückgelassen hatte. Das Schultertuch darin hätte sie gut gebrauchen können. Doch umkehren und womöglich dem Leutnant in die Hände fallen wollte sie auf keinen Fall.

Von Kleinmachnow aus lief sie Richtung Zehlendorf. Unterwegs überholte sie ein Fuhrknecht mit Pferd und Wagen. Als sie ihn bat, sie mitzunehmen, spie er nur aus und fuhr weiter.

Es wäre für Lenka einfacher gewesen, im nächstgelegenen Bahnhof in den Zug nach Berlin zu steigen. Doch da sie davon ausgegangen war, dass die Männer sie nach dem Wochenende wieder zurückbringen würden, hatte sie kein Geld eingesteckt. Schwarzzufahren aber wagte sie nicht. Entdeckte der Kondukteur sie, würde er die Schutzleute rufen, und dann käme sie umgehend als Landstreicherin ins Gefängnis.

Daher ging sie die gesamte Strecke bis zur Stallschreiberstraße zu Fuß und erreichte das *Le Plaisir* kurz vor Einbruch der Dämmerung. Mit letzter Kraft quälte sie sich die vier Stufen zum Eingang hoch und schaffte es kaum mehr, den Klopfer zu bedienen. Als Anton öffnete, taumelte sie ihm halb bewusstlos in die Arme.

Zuerst erkannte er sie nicht und wollte sie wieder ins Freie schieben. Dann starrte er sie an, stützte sie und stieß die Tür mit der Ferse ins Schloss. »Madame!«, rief er. »Frau Pfefferkorn! Rasch, Lenka ist wieder da!«

»Lenka?« Hede steckte verwundert den Kopf in den Vorraum, sah das vor Nässe triefende Mädchen und eilte mit einem Aufschrei zu ihr.

»Bei Gott, was ist denn mit dir geschehen? Rasch, bringt sie in die Küche! Und ihr zwei holt trockene Kleidung und Handtücher! Wir müssen sie frottieren, damit ihr warm wird und sie sich keine Lungenentzündung holt. Außerdem braucht sie dringend einen heißen Grog.«

Hedes befehlsgewohnte Stimme brachte die Mädchen dazu, ihre Anweisungen eilig auszuführen. Dann versammelten sich alle in der Küche und vor der geöffneten Tür auf dem Flur, um möglichst alles mitzubekommen. Als Lenka sich mit Hedes Hilfe aus ihrer Kleidung schälte und nackt dastand, konnten sie die Striemen sehen, die Elsies Hiebe hinterlassen hatten.

Die Empfindsameren unter den Mädchen kreischten auf, doch Hede gebot ihnen zu schweigen und reichte Lenka den Grog. »Wie ist das geschehen? Waren das von Palkow und seine Freunde?«

Lenka schüttelte den Kopf. »Das war Elsie! Sie hat mich mit von Palkows Hilfe in die Falle gelockt, um sich, wie sie sagte, für die Demütigungen zu rächen, die sie hier erfahren hat. Danach hat sie mich den beiden Männern überlassen und sie aufgehetzt, mich wüst zu traktieren. Was ich für die Kerle tun musste, will ich lieber nicht sagen!«

Lenka starrte Hede mit brennenden Augen an. »Ich werde nicht mehr als Hure arbeiten! Eher gehe ich ins Wasser.«

»Jetzt beruhige dich erst einmal. Eine von euch holt das Verbandszeug. Wir wollen doch sehen, wie wir diesen Striemen zu Leibe rücken können. Hast du Hunger?« Die letzte Frage galt Lenka, die eifrig nickte.

»Ich habe heute nur ein Stückchen Brot und etwas Wurst zu mir genommen und bin von Kleinmachnow bis hierher durch den Regen gelaufen.«

»Das sind fast dreißig Kilometer«, raunte eine der Huren ihrer Nachbarin zu.

Hede war außer sich vor Zorn. »Ich würde diesen von Palkow am liebsten verklagen. Doch kein Richter wird die Beschwerde einer Hure annehmen.«

Da brach alles aus Lenka heraus: »Elsie hat den russischen Fürsten und Hanna im Auftrag des Majors von Palkow erschossen und die Tatwaffe mit Herrn von Trettins Pistole vertauscht.«

Hede riss es herum. »Was sagst du da?«

»Ich habe es mit eigenen Ohren gehört. Die beiden hatten mich eingesperrt, aber ich konnte aus dem Zimmer entkommen und sie belauschen. Der Major schickt Elsie nach Amerika. Gestern hat er ihr Geld gegeben und will ihr folgen, wenn er eine große Sache zum Abschluss gebracht hat. Das wird bestimmt nichts Gutes sein!«

Hede nickte nachdenklich. »Da hast du gewiss recht! Elsie hat also Tirassow und die arme Hanna umgebracht. Wir müssen auf jeden Fall verhindern, dass Fridolin von Trettin dafür büßen muss. Anton, rufe eine Droschke und sage dem Kutscher, er soll auf uns warten. Kind, ich streiche noch rasch Salbe auf deine Striemen und verbinde die schlimmsten Wunden. Dann fahren wir zu Frau von Trettin. Ich hoffe, du wirst deinen Hunger bis dorthin bezähmen können.«

Die junge Hure nickte, obwohl sie nicht glaubte, in einem besseren Haushalt auch nur einen Schluck Wasser, geschweige denn ein Abendessen zu erhalten.


## XIV.

Da sie Lore in dieser schweren Zeit nicht allein lassen wollten, besuchten Mary und Konrad sie jeden Abend, während ihr Dienstmädchen auf den kleinen Jonny aufpasste. Im Grunde aber wussten beide nicht, wie sie ihre Freundin trösten sollten. Daher verlief das Gespräch auch bei diesem Besuch schleppend, und die Dämmerung drückte die Stimmung weiter. Als Jean mit versteinertem Gesicht erschien und Besuch ankündigte, schreckten alle Anwesenden wie aus einem bösen Traum auf.

»Wer mag das sein?«, fragte Mary ängstlich, während Lore eher hoffnungsvoll auf die Tür schaute. In dieser elenden Situation war sie sogar bereit, die Unterstützung des Höllenfürsten anzunehmen und ihm ihre Seele zu verkaufen. Als sie Hede Pfefferkorn erkannte, war sie im ersten Augenblick enttäuscht, denn sie konnte sich nicht vorstellen, dass die Frau Neues berichten konnte. Der seltsame Ausdruck auf dem Gesicht der Bordellbesitzerin ließ sie jedoch ebenso stutzen wie die krank und erschöpft wirkende junge Frau, die hinter Frau Pfefferkorn in der Tür erschien.

»Das ist Lenka, bisher meine beste Kraft«, stellte Hede ihre

Begleiterin vor. »Sie und eine weitere Hure aus meinem Haus wurden von einem Herrn für dieses Wochenende angefordert. Doch als sie in Leutnant von Trepkows Haus ankamen …«

»Mein Bruder besitzt kein Haus!«, unterbrach Caroline sie harsch.

Hede wandte sich ihr mit einem verkniffenen Lächeln zu. »Es handelt sich um eine verfallene Kate bei Kleinmachnow südlich von Berlin. Wie Lenka erfahren konnte, hat Leutnant von Trepkow dieses Haus früher an Herrenrunden vermietet, die von der Polizei unbehelligt Karten spielen oder auch nur etwas erleben wollten, von dem man zu Hause nichts wissen durfte.«

»Aber das …« Caroline brach in Tränen aus. »Davon haben Mama und ich nichts gewusst. Mein Gott! Wenn ich daran denke, dass wir gar nicht in Berlin hätten hausen müssen, wo meine Mutter krank geworden ist. In einem eigenen Häuschen auf dem Land wären wir gut ausgekommen. Dort ist das Leben billig, und wir hätten uns keine Sorgen um unser tägliches Brot zu machen brauchen.«

Gregor Hilgemann ergriff ihre Hände. »Beruhigen Sie sich, gnädiges Fräulein! Es war Gottes Wille, dass es so gekommen ist. Er wird Ihnen auch wieder schönere Tage schenken.«

»Das wird er hoffentlich!« Caroline unterdrückte schniefend die Tränen, die in ihr hochstiegen, und wandte sich Lore zu. »Verzeihen Sie, liebste Freundin. Doch diese Nachricht hat mich erschüttert.«

»Es wird Sie alle noch mehr erschüttern, wenn Sie hören, was Lenka weiter in Erfahrung gebracht hat!« Hede forderte nun das Mädchen auf, von ihren Erlebnissen zu berichten. Doch als Lenka begann, kam nur ein Krächzen aus ihrem Mund.

»Dürfte ich vielleicht um ein wenig Wasser für meinen Schützling bitten. Lenka hat Schlimmes durchgemacht«, bat Hede.

Lore wies Jutta an, zwei Gläser Wein zu bringen, und fragte dann, ob Hede und Lenka hungrig wären. Während Erstere verneinte, nickte die junge Hure verschämt. »Ich habe seit heute Morgen nichts zu mir genommen und bin fast vier deutsche Meilen durch den Regen gelaufen.«

»Ein Grog wäre vielleicht auch gut, Lenka ist ganz ausgekühlt«, warf Hede, mutiger geworden, ein.

»Ich kümmere mich darum. Die anderen wissen ohnehin nicht, wie ein richtiger steifer Grog gemacht wird!« Konrad stand auf und verließ das Zimmer. Als er nach wenigen Minuten zurückkehrte, hatte Lenka sowohl ein Glas Wein wie auch eines mit Limonade getrunken und zwei Wurstbrote verdrückt.

»Danke!«, sagte sie und begann nun ihren Bericht.

Lore und ihre Freunde hörten schweigend zu. Bei der Erwähnung des Namens Elsie sog Lore hörbar die Luft ein, und als ihr klar wurde, dass es sich bei dieser Frau um ihr diebisches Dienstmädchen handelte, krampfte sie die Hände um das Limonadenglas, aus dem sie gerade hatte trinken wollen.

»Also war es Elsie, die den Russen und das andere Mädchen erschossen hat«, sagte sie, als Lenka geendet hatte.

Hede nickte. »Ja! Und Fridolin soll dafür büßen. Elsie muss ihm und mir wie auch Tirassow und Hanna ein Betäubungsmittel in den Wein gemischt haben, sonst wäre ihr diese Untat nicht gelungen. Doch wird der Staatsanwalt uns Glauben schenken?«

Sie sah Lore so verzweifelt an, als habe sie keine Hoffnung mehr. Da Lore Herrn von Bucher selbst erlebt hatte, war ihr klar, dass sie mit dieser Geschichte erst gar nicht zu ihm gehen brauchte. »Wir müssen Beweise in die Hand bekommen. Am besten wäre es, wenn Elsie verhört werden könnte. Dann kann sich auch der Staatsanwalt den neuen Erkenntnissen nicht mehr verschließen.«

»Aber Elsie wird übermorgen … – Oh Gott, nein! – … schon morgen an Bord des Dampfers *Hammonia* gehen, um nach Amerika zu reisen«, rief Mary aus.

Lores Augen blitzten kriegerisch auf. »Jutta, pack rasch eine Reisetasche mit den nötigsten Sachen. Wir werden den Nachtzug nach Hamburg nehmen. Beeile dich! Wenn wir diesen Zug versäumen, ist alles zu spät.«

»Was willst du tun?«, fragte Mary.

»Elsie von den Gendarmen verhaften lassen!«

Konrad schüttelte den Kopf. »Wegen der Forderung einer Zivilperson werden sie dieses Miststück nicht daran hindern, das Schiff zu betreten.«

Gregor Hilgemann lachte hart auf. »Aber wenn ein Offizier es verlangt, werden sie es tun! Ich wusste doch, dass ich mir diese verdammte Uniform nicht nur deshalb besorgt habe, um die Damen bei Ausfahrten vor Belästigungen zu schützen. Liebe gnädige Frau, warten Sie bitte auf mich. Ich werde mich beeilen!«

Gregor Hilgemann ärgerte sich, weil er in Zivil erschienen war und damit Zeit verlorenging, bis er die Kleidung gewechselt hatte. Bevor er jedoch loseilen konnte, klang Lores Ruf auf. »Halt, Herr Hilgemann! Wir fahren getrennt zum Lehrter Bahnhof und treffen uns dort. Jutta, bist du schon fertig?«

»Ich warte nur noch auf Sie, gnädige Frau«, antwortete ihre Zofe gelassen.

»Ich komme mit!«, rief Nathalia.

Lore wollte es ihr schon verbieten. Doch da sie befürchten musste, dass ihre kleine Freundin ihr dann auf eigene Faust folgen würde, nickte sie. »Also gut. Beeile dich!«

Mit wehenden Röcken verließen sie den Salon, um sich für die Reise umzuziehen. Währenddessen sah Konrad seine Frau und Caroline an. »Und was machen wir derweil?«

»Ich möchte mir das Haus ansehen, das angeblich meinem Bruder gehört. Wenn es stimmt, was Lenka erzählt hat, ist er ein noch größerer Schurke, als ich bisher angenommen habe.«

»Das ist er auch ohne diesen Beweis. Nach allem, was diese junge Dame«, Konrads Blick streifte Lenka, die sich gerade heißhungrig über das nächste Wurstbrot hermachte, »berichtet hat, war Leutnant von Trepkow in den infamen Plan, Fridolin als Mörder zu verleumden, eingeweiht. Wahrscheinlich wollte er ihn als Konkurrenten bei Wilhelmine Grünfelder ausschalten.«

Lore hörte diese Worte durch die offene Tür und kniff die Lippen zusammen. Der Gedanke, Fridolin an dieses nichtssagende Mädchen zu verlieren, für das nur das Vermögen ihres Vaters sprach, tat weh. Doch noch war er ihr Gatte, und ihre Pflicht als preußisch erzogene Ehefrau gebot ihr, alles zu tun, um ihn vor dem Schafott zu retten.

## XV.

Die Bahnfahrt nach Hamburg verlief nach Plan, auch wenn Lore unterwegs das Gefühl hatte, der Zug krieche wie eine Schnecke dahin. In Hamburg angekommen, ärgerte sie sich, weil Elsie von einer ihr unbekannten Stadt aus nach Amerika aufbrechen wollte. In Bremerhaven hätte sie jeden Stein des Straßenpflasters gekannt, hier aber musste Gregor Hilgemann sich erst bis zu den Landebrücken der HAPAG durchfragen. Dennoch erreichten sie die Abfertigungshalle zu so früher Stunde, dass sie dort nur ein paar Männer antrafen, die gerade den Boden fegten.

»Die haben es aber eilig, aus unserem Deutschland wegzukommen«, meinte einer von ihnen kopfschüttelnd zu seinem Kollegen. Der zuckte nur mit den Achseln und schwang den Besen, um fertig zu werden, bevor weitere Reisende erschienen.

Für Lore, Nathalia, Jutta und Gregor hieß es nun tatenlos dasitzen und warten. Da sie nicht wussten, in welcher Klasse Elsies Schiffspassage gebucht worden war, hielten sie die gesamte Halle unter Beobachtung. Dies war nicht einfach, denn im Grunde kannten nur Lore und Nathalia das ehemalige Dienstmädchen genauer. Die beiden anderen hatten Elsie nur einmal bei ihrem Auftritt während der Parade erlebt.

Eine Weile später erschien ein Schutzmann und schritt die mit Fahnen und farbigen Plakaten geschmückte Halle so gewichtig ab, als müsse er mit seiner ganzen Person die Obrigkeit präsentieren. Dabei wurde er auf die kleine Gruppe aufmerksam. »Kann ich den Herrschaften behilflich sein?«

Lore wollte bereits ablehnen, doch Gregor begriff, welche

Chance ihnen hier geboten wurde. Er zeigte auf die *Hammonia*, die wie ein riesiger, stählerner Wal an der Landungsbrücke lag. »Wir suchen eine Diebin, die mit ihrer Beute auf dem Schiff dort nach Amerika ausbüxen will!«

Jetzt begriff Lore, was ihr Begleiter vorhatte, und schaltete sich in das Gespräch ein. »Die Frau heißt Elsa Röttgers, wird im Allgemeinen aber Elsie genannt und ist bereits früher wegen Diebstahl und Unterschlagung verurteilt worden. Sie war einige Monate in meinen Diensten und hat auch mir Geld gestohlen.«

»Zwischendurch – gnädige Frau mögen meine offenen Worte verzeihen – hat diese Elsa Röttgers in einem Bordell gearbeitet und auch dort lange Finger gemacht.«

Gregors Taktik ging auf, der Beamte stampfte auf den Schalter zu, an dem kurzentschlossene Reisende ihre Passage buchen konnten. Zwar stand noch das Schild »Geschlossen« auf dem Tresen, doch der Reedereiangestellte beantwortete bereitwillig seine Fragen.

Zufrieden nickend kehrte der Gendarm zu Lore und ihren Begleitern zurück. »Diese Elsa Röttgers ist als Passagierin der zweiten Klasse eingeschrieben. Welch eine Frechheit für eine Hure, sich zu ehrbaren Frauen gesellen zu wollen!«

Er schneuzte sich und legte das Gesicht in amtliche Falten. »Ich habe den Mann am Schalter angewiesen, dafür Sorge zu tragen, dass die Diebin nicht an Bord des Schiffes gelassen wird.«

»Herzlichen Dank, Herr Wachtmeister. Das war sehr klug von Ihnen!« Lore überlegte, ob sie dem guten Mann ein Trinkgeld geben sollte, befürchtete aber, er könnte dies als Bestechungsversuch ansehen. Daher beschloss sie, Gregor dieses Problem zu überlassen, und starrte in Richtung des Eingangs, um das Weib ja nicht zu verpassen. Keine Minute später sah sie Elsie auftauchen und zuckte zusammen.

»Dort ist sie!« Sie drängte so rasch in die entsprechende Richtung, dass die anderen kaum Schritt halten konnten. Als sie Elsie erreichte, stand diese am Fuß der Gangway und stritt sich mit zwei Angestellten der Reederei, die sie nicht an Bord gehen lassen wollten.

»Der Zutritt zum Schiff ist erst in einer Viertelstunde gestattet, gnädige Frau. So lange werden Sie noch warten müssen«, erklärte einer der Männer autoritär.

»Wenn es nach mir geht, wird sie erst gar nicht an Bord kommen!« Lore trat auf Elsie zu und funkelte sie zornig an. »So finde ich dich wieder, du diebische Elster!«

»Fräulein Lore! Ich meine, Frau von Trettin!« Elsie sah aus, als hätte sie der Schlag getroffen, drehte sich dann aber flink um und wollte zwischen den beiden HAPAG-Angestellten hindurch zur Gangway schlüpfen. War sie erst einmal an Bord, hoffte sie, sich so lange verstecken zu können, bis das Schiff abgelegt hatte.

Die beiden Männer hatten jedoch Erfahrung mit Ausreißern und blinden Passagieren. Einer stellte Elsie ein Bein, und als sie stolperte, fiel sie dem anderen Angestellten direkt in die Arme.

»So geht das nicht, meine Dame«, rief er und stöhnte im nächsten Moment auf, weil Elsie ihm mit den Fingernägeln ins Gesicht fuhr.

»Ich hoffe, Sie haben Handschellen dabei«, sagte Gregor zu dem Gendarm.

Der nickte. »Die habe ich, und so, wie diese Diebin sich aufführt, sind die auch nötig. Haltet das Weib fest!« Die beiden Männer von der Reederei reagierten sofort. Bevor Elsie sich's versah, waren sie an den Handgelenken gefesselt, und der Beamte wandte sich mit selbstgefälliger Miene an Lore.

»Die Diebin wäre festgenommen. Soll ich sie aufs Revier bringen?«

Lore wollte schon zustimmen, sagte sich dann aber, dass es zu lange dauern würde, bis die Behörden in Berlin von der Verhaftung erfuhren. Außerdem war sie keineswegs sicher, ob von Bucher die Sache wichtig genug nehmen würde, um eine Überstellung nach Berlin anzuordnen. Daher schüttelte sie den Kopf. »Wenn der Herr Hauptmann nichts dagegen hat, würde ich die Diebin gerne nach Berlin mitnehmen und dort den Behörden überstellen. Sie können inzwischen ihr Gepäck sicherstellen und später ebenfalls nach Berlin schicken.«

Der Gendarm sah Gregor fragend an. »Was meinen Herr Hauptmann?«

»Ich stimme Frau von Trettin zu. Wir sind gekommen, um diese Diebin nach Berlin zurückzuholen, da sie dort noch einiger anderer Vergehen beschuldigt wird.«

»Ich bin keine Diebin!«, heulte Elsie auf, die sämtliche Felle davonschwimmen sah.

»Ach nein? Wie kommen Sie dann an so viel Geld?« Der Gendarm hatte ihre Handtasche geöffnet und das dicke Bündel Banknoten entdeckt, das Elsie von Major von Palkow erhalten hatte. Es war so viel, dass selbst Lore schluckte.

»Anscheinend hat Elsa Röttger noch mehr Geld gestohlen, als wir feststellen konnten. Nehmen Sie die Summe auf und melden Sie sie nach Berlin. Hoffentlich können wir die Geschädigten ausfindig machen.«

»Hier ist auch der Bockschein dieser Hure. Na, die soll mal erklären, wie sie an dieses Geld gekommen ist. Auf ehrliche Weise gewiss nicht!« Wenn der Gendarm noch Zweifel gehabt haben mochte, waren diese nun verflogen, und er wandte sich an Gregor. »Wenn der Herr Hauptmann mir bitte seine Visitenkarte geben möchte.«

Gregor klopfte verlegen an seine Taschen und lächelte entschuldigend. »Ich muss sie in der Eile des Aufbruchs vergessen haben.«

»Nehmen Sie die meine, Herr Wachtmeister.« Lore streckte dem Beamten lächelnd ihre Karte hin und atmete tief durch. Der erste Teil ihres Plans war aufgegangen. Nun musste es ihr nur noch gelingen, den Staatsanwalt zu überzeugen. Dies dürfte weitaus schwerer werden, als Elsie abzufangen. Beamte wie von Bucher hatten etwas von störrischen Maultieren an sich, und es war kaum möglich, sie von einer vorgefassten Meinung abzubringen.

Der Gendarm nahm die Visitenkarte entgegen, steckte sie umständlich in seine Brieftasche und bot an, die Herrschaften bis zum Bahnhof zu begleiten.

»Danke! Das ist sehr fürsorglich von Ihnen.« Lores freundliche Worte blieben nicht ohne Wirkung auf den Mann. Er stapfte breitbeinig neben ihr her und hielt Elsie fest, als sei sie ein schleimiger Wurm, der ihm jederzeit entgleiten konnte.

Als diese sich über seinen harten Griff beschwerte, blickte er sie drohend an. »Wenn du nicht den Mund hältst, werde ich dich knebeln!«

# XVI.

Auf der Rückfahrt nach Berlin bedauerte Lore bald, dass der Hamburger Gendarm Elsie nicht den Mund zugebunden hatte. Die Frau jammerte in einem fort, flehte sie einmal an, doch gnädig zu ihr zu sein, um sich im nächsten Moment in wüste Schimpftiraden zu versteigen, die die Passagiere im gesamten Waggon aufstörten.

Von dem Lärm bekam Lore Kopfschmerzen. Die mochten auch der Tatsache geschuldet sein, dass sie in der Nacht zu aufgeregt gewesen war, um zu schlafen. Ihre Begleiter waren ebenfalls erschöpft und hätten sich gerne etwas entspannt. Elsies Gejammer und Geschimpfe ließen dies jedoch nicht zu.

»Wir sollten sie knebeln«, stöhnte Gregor.

Nathalia aber schüttelte spitzbübisch lächelnd den Kopf. »Warum denn? Sie tut uns doch nur den Gefallen und hält uns wach. Würden wir alle einschlafen, wäre unsere Gefangene im nächsten Augenblick entfleucht.«

Nathalias Worte sorgten dafür, dass Elsie auf der Stelle den Mund hielt und die vier nur noch wütend anstarrte. Dabei runzelte sie die Stirn, als dächte sie scharf darüber nach, wie sie ihren Häschern entkommen konnte.

Kurz darauf trat der von anderen Passagieren gerufene Kondukteur zu ihnen und wollte erfahren, was los war. Gregors Hauptmannsuniform und die Aussage, er brächte eine überführte Diebin nach Berlin, reichten ihm als Antwort, und er wünschte ihnen eine gute Heimkehr.

Während der Zug Meile um Meile zurücklegte, stöhnte Gregor auf. »Ich werde froh sein, wenn wir zurück sind und dieses Biest den Behörden übergeben ist!«

»Ich weiß nicht, ob wir das so einfach tun sollten«, antwortete Lore zu seiner Überraschung. »Elsie würde dort zwar als Diebin eingesperrt ...«

»Dabei habe ich gar nichts gestohlen«, fauchte die Gefangene, doch Lore ging nicht darauf ein. »Wir müssen sie zuerst Staatsanwalt von Bucher vorstellen. Nur er kann uns helfen. Wenn Elsie bekennt, Tirassow erschossen zu haben ...«

Erneut unterbrach die Gefangene sie. »Ich soll jemanden erschossen haben? Sie wollen mich doch nur als Sündenbock für Ihren stockgeilen Ehemann opfern. Dabei ist er das gar nicht wert. Wenn ich Ihnen sage, wie oft der in Hedes Puff war! Nur die feinsten Mädel waren ihm gut genug, und die Chefin selbst ist jedes Mal mit ihm in ihren Privaträumen verschwunden. Außerdem will er diese Ziege von Bankierstochter heiraten. Wenn Sie den aus dem Knast herausholen, haben Sie doch gar nichts davon!«

Lore begriff, dass Elsie versuchen wollte, sie gegen Fridolin aufzuhetzen. Doch selbst wenn er täglich ins Bordell gelaufen wäre und sie zudem mit einem Dutzend anderer Weiber betrogen hätte, würde dies nichts an der Situation ändern. Sie war seine Frau und hatte in guten wie in schlechten Zeiten zu ihm zu stehen.

Während Lore Elsie weitestgehend ignorierte, drohte Gregor der Gefangenen mit der Faust. »Wenn du nicht gleich dein schmutziges Mundwerk hältst, vergesse ich, dass ich ein Kavalier bin.«

»Pah, Sie und ein Kavalier! Wer sind Sie denn? Wahrscheinlich der Liebhaber dieser sogenannten Dame. Die ist doch kein Deut besser als ihr Mann. Nein, nicht schlagen! Ich halte schon den Mund!« Elsie kreischte, als Gregor mit der Hand ausholte. Zwar unterblieb der Schlag, doch nun war die Hure so eingeschüchtert, dass sie tatsächlich schwieg.

Die Ruhe, die nun einkehrte, und das durch die Schienenzwischenräume erzeugte rhythmische Klong-Klong der Räder wirkten einschläfernd, und ehe Jutta sich's versah, fielen ihr die Augen zu. Auch Lore und Nathalia spürten eine bleierne Müdigkeit, der sie schließlich unterlagen.

Gregor aber hielt sich mit eiserner Disziplin wach und bewachte die Gefangene ebenso wie den Schlaf der beiden Frauen und des Kindes.

In Berlin besorgte der Kondukteur ihnen einen geschlossenen Wagen, mit dem sie ihre Gefangene wegbringen konnten. Zunächst fuhren sie in das Haus in der Turmstraße. Dort bezahlte Lore den Kutscher und schloss die Tür auf, während Jutta und Gregor Elsie festhielten. Diese hätte zwar am liebsten Zeter und Mordio geschrien, doch da sie Gregor für einen Offizier hielt, der auf die Passanten einwirken und sie als Verbrecherin hinstellen konnte, blieb sie still und wartete angespannt darauf, ob sich ihr ein anderes Schlupfloch bot.

Die Rückkehrer wurden von Mary, Konrad und Caroline bereits erwartet. Lenka war ebenfalls noch im Haus. Sie hatte den Rest der Nacht und den gesamten Tag im Bett verbracht und war, als sie gehört hatte, Lore wäre zurück und hätte die flüchtige Hure gefangen, aufgestanden und kam, gehüllt in einen von Lores Morgenmänteln, ins Zimmer. Bei Elsies Anblick flammten ihre Augen zornig auf, und sie sah sich nach etwas um, womit sie der anderen die Schläge heimzahlen konnte. Doch als sie zum Kamin ging, um den Schürhaken zu holen, schritt Lore ein.

»Halt! Wenn wir sie Staatsanwalt von Bucher übergeben, darf sie keine Spuren einer Misshandlung zeigen.«

»Aber ich bin misshandelt worden! Seht euch nur meine Handgelenke an!« Elsie hielt ihr diese anklagend entgegen. Bei ihren Versuchen, die Handschellen abzustreifen, hatten diese ins Fleisch eingeschnitten und rote Striemen hinterlassen.

»Daran bist du selbst schuld. Und jetzt sperrt sie in den Keller. Du«, Lores Finger wies auf Lenka, »wirst jetzt alles aufschreiben, was du in Kleinmachnow erlebt hast, damit ich es Herrn von Bucher vorlegen kann.«

Widerstrebend legte Lenka den Schürhaken weg und setzte sich an den Tisch. Caroline reichte ihr Schreibpapier und einen Federhalter und blieb neben ihr stehen, um sie auf Fehler aufmerksam zu machen, die ihrer geringen Schulbildung geschuldet waren. Unterdessen gingen Konrad und Gregor auf Elsie zu und wollten diese wegbringen.

Das frühere Dienstmädchen wich vor ihnen zurück und sah Lore an. »Ich muss aufs Klo! Oder darf ich das auch nicht?«

»Geh nur. Aber glaube nicht, dass du durch das Fenster entfliehen kannst. Das ist sogar für eine so schleimige Kreatur wie dich zu klein.« Lore gab den beiden Männern einen Wink, rieb sich dann über die Augen, die sich anfühlten, als hätte sie Sand unter den Lidern, und verschwand in ihrem Zimmer. Jutta, die ihr gefolgt war, befahl sie, sie nach einer Stunde zu wecken. Dann zog sie sich aus und schlüpfte kurzerhand in der Unterwäsche unter die Decke.

# XVII.

Als Lore erwachte, dämmerte bereits der Morgen. Mary und Hede saßen neben ihrem Bett über eine Modezeitschrift gebeugt, legten diese aber weg, als Lore sich rührte.

Bevor sie etwas sagen konnte, hob Mary die Hand. »Schimpfe jetzt nicht mit Jutta, weil sie dich nicht geweckt hat. Ich habe sie zu Bett geschickt, denn sie war nicht weniger erschöpft als du. Außerdem habe ich mir gesagt, dass du für den Besuch bei Staatsanwalt von Bucher frisch sein solltest. Gestern Abend wärst du gewiss nicht mehr zu ihm vorgelassen worden.«

»Danke für die Standpauke. Ich glaube, die habe ich gebraucht. Außerdem habe ich Hunger, denn ich habe gestern vor Aufregung fast nichts gegessen.« Lore versuchte zu lächeln, doch es wurde nur eine Grimasse daraus.

»Möchtest du das Frühstück gleich oder nachdem du aus dem Badezimmer gekommen bist?«, fragte Mary.

»Waschen und Zähne putzen werde ich vorher noch schaffen.« Lore stand auf, fühlte sich aber ein wenig schwindlig.

Sofort war Hede bei ihr, um sie zu stützen. »Entschuldigen Sie bitte, dass ich wieder hier bin. Ich musste unbedingt wissen, ob Sie Erfolg hatten. Als ich dann gesehen habe, wie Lenka ihre Erlebnisse zu Papier gebracht hat, bin ich noch einmal ins *Le Plaisir* zurück und habe dort selbst ein paar Worte über Elsies Verhalten und ihre Diebstahlversuche aufgeschrieben. Meine anderen Mädchen haben dies ebenfalls getan. So muss der Staatsanwalt sich mit diesem Miststück befassen. Passen wird es ihm gar nicht, denn am liebsten wäre diesen Herrschaften, wenn sie sagen könnten: Schwamm drüber! Ich habe immer noch Freunde in entsprechenden Kreisen, die mir gelegentlich Informationen zukommen lassen. Von ihnen habe ich gehört, dass die Staatsanwaltschaft es gar nicht erst zum Prozess kommen lassen will. Die Herrschaften haben Fridolin ans Herz gelegt, sich selbst zu richten, damit es keinen Skandal gibt. Ich frage mich, für wen dieser Skandal peinlicher wäre, für Sie und Fridolin oder für all die ehrenwerten Herren, die zu Hause die braven Ehemänner und Väter mimen und sich gleichzeitig im *Le Plaisir* mit Mädchen amüsieren, die oft genug ihre Enkelinnen sein könnten.«

Aus Hedes Worten sprach Verachtung für die verlogene Moral, die in ganz Preußen und besonders in Berlin herrschte. Dann aber zuckte sie mit den Achseln. »Was soll's! Ich verdiene gut daran – oder, besser gesagt, ich habe gut daran verdient, bis mir diese aufgeblasenen Affen den Laden zugesperrt haben. Mindestens einen Monat soll das noch dauern, und ob ich danach weitermachen kann, ist noch nicht sicher.«

»Warum wollen Sie dieses Gewerbe weiterbetreiben?«, fragte Lore überrascht.

»Weil es das einzige ist, das ich beherrsche. Ich teile nun einmal nicht Lenkas Traum. Sie möchte, wenn sie genug Geld hat, nach Amerika auswandern, um dort einen Farmer heiraten zu können.«

Hede schnaubte, doch bevor sie weitersprechen konnte, unterbrach Mary sie. »Konrad und Caroline konnten gestern ebenfalls einen Erfolg verbuchen. Sie haben das Haus gefunden, in dem Lenka gefangen gehalten wurde, und dort Fridolins Pistole entdeckt. Sie muss unbemerkt vom Küchentisch gefallen und in eine Ecke gerutscht sein. Auf jeden Fall kannst du dem

Staatsanwalt nun beweisen, dass dieser russische Fürst und seine Hure nicht mit Fridolins Waffe erschossen worden sind.«

»Sehr gut!« Lore verschwand mit einem erleichterten Lächeln im Badezimmer, um möglichst schnell zu von Bucher aufbrechen zu können. Als sie frisch gewaschen im Ausgehkleid am Frühstückstisch saß, nahm sie sich die Zeit, Lenkas Bericht und die Aussagen von Hede und deren Mädchen durchzulesen. Diese bewiesen eindeutig, dass Elsie es niemals aufgegeben hatte, lange Finger zu machen.

Von diesen Aufzeichnungen beeindruckt befahl Lore Jutta, ihr Papier, Federhalter und Tintenfass zu bringen, und begann, die Ereignisse im beginnenden Dezember 1875 in Bremerhaven aufzuschreiben. Damals hatte Elsie, die zu jenem Zeitpunkt ihr Dienstmädchen gewesen war, ihr zusammen mit dem Fuhrmannsgehilfen Gustav das Reisegeld und das Gepäck gestohlen.

Als sie fertig war, sah sie mit blitzenden Augen zu Mary und Hede auf. »Jetzt wird Herr von Bucher sich um diesen Fall kümmern müssen, ob er will oder nicht!«

»Wollen wir's hoffen!« Hede seufzte und bat Jutta um ein Glas Wein, um ihre Nerven zu stärken.

»Ich weiß, es ist noch früh am Morgen, und ich sollte auch nicht trinken. Doch manchmal weiß ich das Leben nicht mehr anders zu ertragen«, sagte sie mit einem um Entschuldigung bittenden Lächeln zu Lore.

Diese war gedanklich jedoch schon auf dem Weg zu von Bucher und wartete nur darauf, dass Jean meldete, die bestellte Droschke sei vorgefahren. Dann verabschiedete sie sich von ihren Freundinnen, zu denen sich nun auch Caroline gesellt hatte. Ebenso wie Mary wahrte auch diese einen gewissen Abstand zu Hede, ohne sie jedoch herablassend oder gar beleidigend zu behandeln.

Lore verstaute alle Aussagen zusammen mit Fridolins Pistole in einer Aktentasche und sah dann Konrad, der sich erboten hatte, sie ins Kammergericht zu begleiten, auffordernd an. »Wir sollten aufbrechen!«

Anstelle einer Antwort öffnete Konrad ihr die Tür. »Hoffentlich haben wir Glück«, sagte er, als sie auf die Straße traten.

»Ich würde eher sagen: Hoffentlich haben wir Erfolg!« Für einen Augenblick drohte Lore den Mut zu verlieren. Dann aber straffte sie den Rücken. Wenn der Staatsanwalt es all ihren Aufzeichnungen zum Trotz ablehnen würde, sich noch einmal mit den Mordfällen im *Le Plaisir* zu befassen, würde ihr Kampf weitergehen.

# XVIII.

Als Lore gemeldet wurde, wollte Staatsanwalt von Bucher sie zunächst wegschicken lassen, überlegte es sich dann aber noch einmal anders. »Halt, Porschke! Führe die Dame herein. Ich werde sie doch empfangen!«

Tief durchatmend lehnte von Bucher sich in seinem Stuhl zurück und dachte nach. Wenn es ihm gelang, so auf Frau von Trettin einzuwirken, dass sie ihrem Mann zuredete, sich aus Gründen der Ehre selbst zu richten, würde dieses Gespräch nicht vergebens sein. Doch als er Lores entschlossene Miene sah, begriff er, dass eine unerquickliche Viertelstunde vor ihm lag.

Lore blieb vor dem Schreibtisch des Staatsanwalts stehen und missachtete dessen Aufforderung, Platz zu nehmen. Stattdessen öffnete sie ihre Aktentasche und legte die gesammelten Aussagen über Elsie auf den Tisch.

»Herr von Bucher, hier ist der unumstößliche Beweis, dass mein Ehemann nicht der Mörder dieses russischen Fürsten und seiner Gespielin sein kann!«

Der Staatsanwalt starrte den Papierstapel so angewidert an, als habe Lore ihm Pferdeäpfel auf den Tisch gekippt, und wollte sie schon harsch zurechtweisen. Stattdessen ertappte er sich, wie er das oberste Blatt nahm und zu lesen begann. Es handelte sich um Lenkas Bericht, der trotz Carolines Bemühungen noch etliche orthographische Fehler aufwies und gerade dadurch authentisch wirkte.

»Aber das ist unmöglich!«, rief er aus, als er fertig war.

»Warum sollte es unmöglich sein?«, antwortete Lore mit einer Gegenfrage. »Und lassen Sie mich gleich noch zu einem anderen wesentlichen Punkt kommen, Herr Staatsanwalt. Sie wollten mir nicht glauben, als ich sagte, die Tatwaffe gehöre nicht meinem Ehemann. Dies hier ist die Pistole meines Mannes. Wo sie gefunden wurde, kann Ihnen Herr Benecke berichten.«

Lore wies auf Konrad, der sich bis jetzt im Hintergrund gehalten hatte.

»Wir haben es aufgeschrieben«, erklärte dieser und suchte das entsprechende Blatt. »Wir waren zu dritt, Fräulein von Trepkow, deren Dienstmädchen Fiene und ich. Fräulein von Trepkow bekundet übrigens, nichts von dem Haus ihres Bruders bei Kleinmachnow gewusst zu haben. Wir haben im Dorf nachgefragt und von den Bewohnern gehört, dass sich früher

Herren in Begleitung von schlechten Weibern dort getroffen
hätten. Auch soll um hohe Summen gespielt worden sein.«
Von Bucher rutschte unruhig auf seinem Stuhl hin und her.
Dabei fiel sein Blick auf die Stelle, an der Lenka erklärt hatte,
Major von Palkow habe Elsie gegenüber geprahlt, eine große
Tat vollbringen zu wollen, bevor er ihr als schwerreicher Mann
nach Amerika folgen werde.

»Diese Elsie, wie sie heißt, müsste verhört werden können.
Doch dies wird, da sie bereits gestern von Hamburg aus in See
gestochen ist, nicht mehr möglich sein.« Der Staatsanwalt
überlegte, ob er nach New York kabeln lassen sollte, dass diese
Frau beim Verlassen des Schiffes verhaftet und nach Deutschland zurückgebracht werden sollte. Doch bis dies geschehen
war, würden mindestens zwei Wochen vergehen, in denen er
unter dem Druck seiner Vorgesetzten stand, den Fall so diskret
wie möglich zu beenden.

»Elsie ist nicht an Bord der *Hammonia* gegangen«, erklärte
Lore triumphierend. »Ich bin ihr nach Hamburg gefolgt und
konnte sie mit Hilfe eines freundlichen Schutzmanns dazu
bringen, mit mir nach Berlin zurückzukehren.«

Von Bucher fuhr wie von der Tarantel gestochen hoch. »Und
wo befindet sie sich jetzt?«

»In meinem Haus in einem fest versperrten Keller.«

»Das ist Freiheitsberaubung«, entfuhr es dem Staatsanwalt.

»Sie können mich deswegen ja einsperren lassen«, spottete
Lore.

»Sie wissen genau, dass ich das nicht kann. Wenn die Aussagen
hier stimmen, handelt es sich bei Elsa Röttgers um ein verkom-
menes Subjekt, vielleicht sogar um eine Mörderin. Ich werde

mehrere Vollzugsbeamte in ihr Haus schicken, um sie in die Kriminalanstalt schaffen zu lassen. Doch nun muss ich Sie bitten, zu gehen. Sie haben mir nämlich eine Menge neuer Arbeit eingetragen. Guten Tag!«

Lore verabschiedete sich lächelnd und verließ das Zimmer. Auf dem Flur wandte sie sich feixend an Konrad. »Wie es aussieht, wird der Herr Staatsanwalt jetzt seinen Hintern von seinem Stuhl hochwuchten müssen. Das schadet ihm gar nichts. Warum musste er diesen Fall auch so nachlässig handhaben?«

## XIX.

Von Bucher saß an seinem Schreibtisch und starrte die Unterlagen, die Lore ihm gebracht hatte, mit verbissener Miene an. Nach einer Weile nahm er die kleine Taschenpistole in die Hand. Sie war von derselben Firma in den USA hergestellt worden wie die Mordwaffe. Liebend gerne hätte der Staatsanwalt das Ganze als den Versuch hingestellt, ihm nachträglich ein falsches Beweismittel unterzuschieben. Doch die verschlungene Gravur F. v. Trettin war zu eindeutig und so abgegriffen, dass sie mit Sicherheit schon vor vielen Jahren angebracht worden war.

Mit einer ärgerlichen Bewegung legte er die Pistole wieder zurück und rief nach dem Gerichtsdiener. »Porschke, besorgen Sie mir einen Wagen. Ich muss weg!«

Der schon etwas ältere Beamte salutierte. »Jawohl, Herr Staatsanwalt. Werde einen Wagen besorgen!« Damit verschwand er.

Von Bucher steckte die Beweisstücke in seine Aktentasche und folgte dem Gerichtsdiener. Dieser hatte auf der Straße eine vorüberfahrende Droschke angehalten und die Passagiere zum Aussteigen aufgefordert. Als diese zu protestieren anhoben, erklärte Porschke, der Herr Staatsanwalt benötige dringend den Wagen, schon stiegen die Passagiere hastig aus und grüßten von Bucher ehrerbietig. Dieser beachtete sie jedoch nicht, sondern stieg ein, knallte den Schlag zu und rief: »Zum Palais des Kanzlers, aber rasch!«

Während die Droschke anfuhr, wirbelten die Gedanken des Staatsanwalts wie Blätter im Herbststurm. Immerhin handelte es sich bei dem Fall um einen Mord, der im schlimmsten Fall schwere diplomatische Verwicklungen mit Russland nach sich ziehen konnte. Tirassow war kein schlichter Tourist gewesen, der Berlins verruchte Atmosphäre hatte erkunden wollen, sondern ein hoher Diplomat im Dienst der russischen Botschaft. Da konnten übelwollende Kreise leicht aus einer Mücke einen Elefanten machen. Zudem war von Bucher sich nicht sicher, ob es sich wirklich nur um eine Mücke handelte. Nach den neuen Erkenntnissen schien diese Sache seine Kompetenzen zu übersteigen, und so wollte er sich bei dem einzigen Mann rückversichern, der die dafür nötige Autorität besaß.

Beim Palais des Reichskanzlers angekommen, ließ von Bucher sich bei Bismarck melden, musste dann aber länger als eine Stunde im Vorzimmer warten, bis er vorgelassen wurde.

Otto von Bismarck stand in einer schlichten blauen Uniform am Fenster und blickte auf die Straße hinunter, auf der immer wieder Droschken und andere Kutschwagen anhielten und die Insassen sichtlich ergriffen oder erregt auf das Gebäude zeigten, in dem er residierte. Erst als sein Besucher es wagte, sich leise zu räuspern, wandte er sich um.

»Ah, von Bucher. Was führt Sie zu mir?«

»Es geht um den Mord an Fürst Tirassow«, begann der Staatsanwalt zögerlich.

»Ich dachte, Sie hätten den Mörder?«, fragte der Reichskanzler verwundert.

Von Bucher schluckte kurz, bevor er Antwort gab. »Wie es aussieht, Euer Exzellenz, ist dieser Mörder leider nicht der Mörder!«

»Wie soll ich das verstehen?«

»Ich habe neue Erkenntnisse erhalten, die die Sachlage verkomplizieren. Danach wurden der Fürst und die Hure mit einer Waffe erschossen, die hinterher mit der Pistole des betrunkenen oder betäubten Freiherrn von Trettin vertauscht wurde. Hier ist dessen Pistole!« Von Bucher holte die Waffe heraus und zeigte sie dem Kanzler.

Bismarck musterte sie eingehend und befahl dem Staatsanwalt, alles zu berichten. Während dieser seinen Wissensstand wie einen Vortrag ausrollte, rasten die Gedanken des Reichskanzlers. Doch zunächst hörte er nur zu.

Erst als von Bucher geendet hatte, fragte er nach: »Sie sagen, Major von Palkow wäre darin verwickelt?«

»Zumindest wird das behauptet!« Von Bucher hätte sich in diesem Augenblick lieber vor Gericht einen harten Kampf mit den besten Anwälten geliefert, als dem Reichskanzler Rede und Antwort stehen zu müssen.

»Palkow! War mal ein schneidiger Offizier, hat aber eine fatale Neigung für die falschen Frauen. Das hat ihm damals das Genick gebrochen. Jetzt will er ein ganz großes Ding drehen und dann nach Amerika entschwinden? Warten Sie!«

Bismarck rief nach seinem Sekretär und befahl ihm, eine bestimmte Akte zu bringen. Bis dieser damit zurückkam, murmelte er die Begriffe »Palkow«, »Tirassow«, »große Sache« vor sich hin.

Als der verlangte Akt vor ihm lag, blätterte er mit einem unwirschen Ausdruck um den Mund darin herum. »Tirassow war mit Palkow bekannt. Der Russe hat Palkow von seinen Leuten beschatten lassen. Dann muss es zwischen den beiden eine Auseinandersetzung gegeben haben. Leider wissen meine Informanten nicht, worum es dabei gegangen ist, aber es handelte sich offensichtlich um ein schwerwiegendes Zerwürfnis. Auch ist hier von einem angeblichen französischen Agenten die Rede, der Palkow ebenfalls mehrmals aufgesucht haben soll. Tirassow war ein höchst patriotischer Russe. Weder er noch seine Untergebenen hätten sich jemals mit den Franzosen eingelassen!«

Bismarck schwieg einen Moment und studierte die Akte weiter. »Ah, hier ist es! Die Warnung eines vertrauenswürdigen Mannes aus Paris, dass die Franzosen hier in Berlin einen Anschlag auf eine hochgestellte Persönlichkeit planen. In einem weiteren Dossier ist von einer Dampfyacht die Rede, die Palkow mit einigen anderen Leuten bauen lassen und einem hohen Herrn als Geschenk übergeben will.«

»Davon habe ich gehört. Der Fabrikant Rendlinger und ein Bankier mit Namen Grünfelder sind die maßgeblichen Betreiber dieser Angelegenheit«, fügte von Bucher hinzu, froh, etwas zu der Angelegenheit beitragen zu können.

Der Kanzler sah so grimmig aus, dass der Staatsanwalt befürchtete, umgehend in die hinterste Provinz versetzt zu werden. Doch Bismarck ballte nur die Faust und drohte nach Westen. »Die Herren in Frankreich sollten nicht glauben, dass wir keine Augen zum Sehen und Ohren zum Hören haben! Doch diese Angelegenheit geht Sie nichts an, von Bucher. Ich werde mich persönlich darum kümmern. Setzen Sie inzwischen diese angebliche Mörderin fest und Major von Palkow ebenfalls.«

»Die Armee liebt es nicht, wenn ihre Offiziere von zivilen Dienststellen arretiert werden«, wandte der Staatsanwalt ein.

»Sie erhalten heute Nachmittag den Haftbefehl. Bis dorthin behalten Sie von Palkow unter Beobachtung, damit er Ihnen nicht entwischt. Ein preußischer Offizier, der eine große Sache durchführen und danach in die Neue Welt reisen will – das passt nicht zusammen! Insbesondere, wenn ausländische Spionagedienste sich für ihn interessieren und viel Geld im Spiel ist. Da wird mit Sicherheit eine elende Teufelei vorbereitet! Aber die werde ich zu verhindern wissen.«

Otto von Bismarck klang so entschlossen, dass der Staatsanwalt froh war, nicht zu seinen Feinden zu zählen. Auch wenn ihm davor graute, einen Offizier verhaften zu müssen, so erleichterte es ihn, einen klar umrissenen Befehl erhalten zu haben. Noch während er sich verabschiedete, kritzelte der Kanzler Anweisungen auf einen Zettel und übergab sie seinem Sekretär.

# Siebter Teil

*Vergeltung*

# I.

Heinrich von Palkow stand am Fenster seines Arbeitszimmers und blickte auf den gähnend leeren Appellplatz der Kadettenanstalt. »Ferien!« Der Major stieß dieses Wort wie einen Fluch aus. In dieser Zeit wurde ihm seine zerstörte Karriere stets am stärksten bewusst.

Als er noch im aktiven Dienst gestanden hatte, war er für die Urlaubszeit von seinen Regimentskameraden und anderen Offizieren auf deren Güter eingeladen worden. Seit jenem Tag aber, der für ihn ein so schreckliches Ende genommen hatte, schnitt man ihn. Manchmal luden ihn die Eltern eines Zöglings für zwei, drei Tage ein, doch das taten nur diejenigen, die von jener fatalen Geschichte nichts wussten. Mittlerweile schien sich sein Pech weiter herumgesprochen zu haben, denn in diesem Jahr hatte er keine einzige Einladung erhalten. Das führte ihm vor Augen, dass er nicht nur als Offizier gescheitert war, sondern nun auch von der feinen Gesellschaft geächtet wurde. All dies hatte er jenem Weib zu verdanken, welches er so heiß verehrt hatte und das zu dumm gewesen war, ihre Liaison vor ihrem eifersüchtigen Ehemann zu verbergen.

Mit Mühe schüttelte von Palkow die trüben Erinnerungen ab und richtete seine Gedanken auf die Zukunft. In wenigen Monaten würde die bestellte Dampfyacht fertiggestellt sein. Wenn er das Schiffchen zusammen mit Rendlinger, Grünfelder und den anderen an den Prinzen übergeben hatte, würde er schleunigst aus Preußen verschwinden. Was danach kam, war nicht mehr seine Sache, sondern die des Mannes, den Delaroux angeheuert hatte, um die Bombe zu zünden.

»Gut gemacht!«, lobte der Major sich selbst und sah sich bereits als reichen Mann in New York ankommen. Den Sterbekittel, wie missliebige Elemente die Uniform nannten, würde er dort nicht mehr tragen. Dies erinnerte ihn daran, dass er sich für die Überfahrt einen Zivilanzug anfertigen lassen musste. Das würde er noch zu Beginn der Ferien tun und dann nach Trettin in Ostpreußen reisen, um ein paar Wochen zu jagen, zu trinken und sich mit Malwine zu vergnügen. Ob sie erneut auf Diskretion bestehen oder ihn wie einen zukünftigen zweiten Gatten behandeln würde? Wichtig war ihm das im Grunde nicht mehr, denn seit er Elsie kennengelernt hatte, spielte Malwine für sein Leben keine besondere Rolle mehr.

Letztlich könnte er auch auf die Reise nach Ostpreußen verzichten und anderswo Urlaub machen. Noch während er darüber nachdachte, entschloss er sich, das Kasino seines alten Regiments aufzusuchen. Zwar schmerzte es ihn, wenn er die Offiziere sah, die er, wäre die Welt gerechter, selbst kommandieren würde. Aber vielleicht ergab sich die Gelegenheit, doch noch von einem der Herren eine Einladung zu erhalten.

Von Palkow befahl seinem Burschen, eine Droschke zu rufen, und zog vor dem Spiegel seine Uniform glatt. Wenn sie ihm nur nicht so ausgezeichnet stehen würde! Es gelang ihm kaum, sich mit Gehrock und Zylinder vorzustellen. Vielleicht wäre die Berufung zu einem russischen Brigadegeneral in Sibirien doch die bessere Alternative gewesen. Doch mit Tirassows Tod hatte er sich dieser Chance beraubt.

»Ich hätte besser den Franzosen erschießen sollen!« Er schrak beim Klang der eigenen Stimme zusammen und war froh, dass sein Bursche bereits gegangen war. Allerdings hätte Delaroux'

Tod ihn keinen Schritt weitergebracht, denn ohne die Verbindungen und die Findigkeit dieses Mannes wäre es ihm unmöglich gewesen, das Attentat auf Prinz Wilhelm zu planen und durchzuführen.

Noch während seine Gedanken sich um seine vergebenen und noch existenten Hoffnungen drehten, kehrte sein Bursche zurück und stand stramm. »Herr Oberst, melde gehorsamst, Droschke befehlsgemäß vorgefahren!«

Von Palkow nickte, ohne Antwort zu geben. Dann verließ er die Kadettenanstalt, die ihm heute mehr denn je wie ein Ort der Verbannung vorkam. Auf dem Weg zur Kaserne der Zweiten Garde-Ulanen besserte sich seine Laune. Er freute sich auf ein paar Gläser Cognac und Wein im Kreise seiner Kameraden, auf das Schwadronieren über frühere Feldzüge und Manöver und darauf, sich wieder als Mensch fühlen zu können und nicht wie ein abgeschobenes Möbelstück.

Als er vor der Kaserne den Droschkenkutscher bezahlte, entfuhr ihm ein Seufzer. Eigentlich hätte er als ehemaliger Kavallerist hoch zu Ross hier erscheinen müssen. Doch auch diese Möglichkeit hatte man ihm genommen. Er war zu einer Beamtenkreatur mutiert, die auf ihrem Hintern saß und in Akten blätterte, anstatt vor den Augen des Kaisers und der kommandierenden Generäle mit dem Säbel in der Faust schneidige Reiterattacken anzuführen.

Der Major ärgerte sich, weil seine Gedanken erneut in diese Richtung drängten, und wappnete sich beim Eintreten mit künstlicher Fröhlichkeit. So begrüßte er im Kasino die anderen Offiziere mit einem Lächeln und tauschte Höflichkeiten aus. Doch schon nach kurzer Zeit fand er sich an einem Tisch mit

Hasso von Campe und Friedrich von Trepkow wieder, während die übrigen Offiziere ihn keines Blickes mehr würdigten. Erneut quoll Bitterkeit in ihm auf. Nur die beiden jungen Männer, die unter ihm in seiner Schwadron gedient hatten, erwiesen ihm noch Freundschaft, während er den anderen Offizieren des Regiments eher lästig geworden war.

»Herr Major, dürfen wir Sie um etwas bitten?« Rittmeister von Campe beendete von Palkows Gedankengang.

»Wenn ich es erfüllen kann, gerne.«

»Es geht um eine Wette, die Trepkow und ich abgeschlossen haben. Der Verlierer sollte dem Gewinner dessen Anteil an dieser Dampfyacht bezahlen. Nun haben sich die Umstände aber so verändert, dass es uns als Ehrenmänner nicht möglich ist, diese Wette weiter zu verfolgen.«

»Sie brauchen nicht um den heißen Brei herumzureden, Campe. Trepkow hat mir erzählt, worum es geht. Natürlich können Sie als preußische Offiziere nicht um die Gunst der Frau eines Mörders buhlen. Sie würden Ihre Karriere gefährden!«

»Sie hatten da weniger Hemmungen, Palkow«, warf ein Mann vom Nebentisch ein. »Wenn ich da an die Frau des Adjutanten Seiner Hoheit, des Prinzen Wilhelm, denke. Es war verwegen von Ihnen, ihr überhaupt den Hof zu machen. Ihrem Ehemann dann auch noch im eigenen Haus Hörner aufzusetzen, dafür braucht es wirklich Mut!« Die Worte waren im ganzen Saal zu vernehmen und brachten die Anwesenden zum Lachen.

Von Palkow war durchaus bewusst, dass nicht der gehörnte Ehemann der Schönen verspottet wurde, sondern er selbst. Viele der Offiziere hatten gemeinsam mit ihm in diesem Regiment gedient, und er spürte ihre Erleichterung, dass nicht er, sondern von Scholten ihr neuer Kommandant geworden war. Für sie war er bereits ein Fremdkörper, den sie lieber gehen als kommen sahen. Nicht mehr lange, dann würde man ihm wohl ans Herz legen, dieses Kasino in Zukunft zu meiden. Nun fragte er sich, wie er auf den Gedanken hatte kommen können, einer dieser Männer würde ihn auf die Besitztümer seiner Familie einladen. Für die Herren hier war er nicht weniger ein Paria wie für die Kamarilla um Prinz Wilhelm.

Laute Stimmen am Eingang lenkten von Palkow ab. Er sah auf und entdeckte seinen Burschen, der mit Händen und Füßen auf einen Offizier einredete, welcher ihm den Zutritt verwehren wollte. Schließlich gab der Mann nach, und der Bursche durfte eintreten.

Der Soldat kam aufatmend auf von Palkow zu und nahm vor ihm Haltung an. »Herr Major, habe zwei Sachen zu melden. Einmal ein Telegramm mit sehr traurigem Inhalt.«

»Gib her!« Von Palkow streckte die Hand aus und sah ungeduldig zu, wie sein Bursche in seiner Uniform kramte, bis er ein zerknittertes Stück Papier gefunden hatte.

Der Major breitete es auf dem Tisch aus und starrte darauf. Zuerst wollte er nicht glauben, was ihm seine Augen zeigten, dann knüllte er das Telegramm mit einem Fluch zusammen.

»Ist etwas passiert?«, wollte von Campe wissen.

Da der Major wie erstarrt dasaß und keine Antwort gab, wand er diesem das Telegramm aus den Fingern, strich es glatt und las es vor. »Bedauerliche Meldung – Kadett W. v. Trettin bei erstem Ausritt vom Pferd gestürzt – Genickbruch – tot – Bericht folgt! Gez. v. Hagedorn, Gestütsverwalter.«

Kopfschüttelnd reichte der Rittmeister das Telegramm zurück. »Verteufeltes Pech!«

Für von Palkow war es mehr als das. Er konnte nicht begreifen, warum das Schicksal so hart zuschlug. Malwine würde toben, wenn sie vom Tod ihres Sohnes erfuhr, und ihn dafür verantwortlich machen. Dabei war es allein ihre Schuld! Sie hätte ja nur auf Fridolin von Trettin hören und den Jungen zur Artillerie zu schicken brauchen. Aber nein, ihretwegen hatte Wenzel ja unbedingt Gardekavallerist werden müssen.

»Verfluchte Weiber! He, Ober, einen doppelten Cognac! Den brauche ich jetzt.«

Während der Ober verschwand, um das Verlangte zu holen, meldete sich von Palkows Bursche erneut zu Wort.

»Wenn der Herr Major verzeihen möchte, aber da ist noch etwas. Auf dem Flur warten mehrere Herren, die mit Ihnen sprechen wollen. Sie sind zur Kadettenanstalt gekommen, haben mir aber den Vortritt gelassen, damit ich Ihnen den Tod des Kadetten Trettin melden kann.«

»Und? Was sind das für Leute?«, fragte von Palkow misstrauisch.

Da trat bereits Staatsanwalt von Bucher in Begleitung mehrerer Gendarmen ein und hielt zielsicher auf ihn zu.

»Major von Palkow, ich muss Sie bitten, uns zu begleiten. Sie stehen bis auf weiteres unter Arrest!«

»Und weshalb?«, fuhr von Palkow auf, während ihn die Angst wie eine eisige Hand umklammerte.

»Sie werden beschuldigt, den Mord an Fürst Tirassow angestiftet zu haben«, erklärte der Staatsanwalt.

Von Palkows Gedanken rasten. Außer ihm gab es nur drei

Menschen, die von diesem Plan gewusst hatten. Delaroux hatte gewiss geschwiegen, und er glaubte, sich auch von Trepkows sicher zu sein. Damit blieb nur noch Elsie. Von Palkow stöhnte auf. Also hatte dieses Weib ihn genauso verraten wie alle anderen Frauen, denen seine Liebe gegolten hatte. Doch diese Erkenntnis half ihm jetzt nicht weiter. Er wappnete sich mit Arroganz. »Seit wann gilt in Preußen das Wort einer Hure mehr als das eines Offiziers Seiner Majestät?«

Bis zu diesem Zeitpunkt hatte von Bucher gehofft, das Ganze könne nur ein Irrtum sein. Nun aber blickte er den Major grimmig an. »Wie kommen Sie darauf, dass eine Hure Sie beschuldigt hätte, Herr von Palkow? Das werden Sie mir erklären müssen.«

Der Staatsanwalt gab seinen Begleitern einen Wink. Diese traten auf den Major zu, doch da sprang dieser auf, stieß die beiden Gendarmen zurück und eilte zur Tür. Bevor er diese erreichte, versperrten ihm mehrere Offiziere den Weg und stellten sich ihm mit gezückten Degen entgegen.

»Verfluchte Hunde!«, entfuhr es ihm.

Bevor die Situation eskalieren konnte, waren die Gendarmen bei ihm und packten den Oberst bei den Armen. Einer zog ihm den Degen aus der Scheide und reichte ihn an von Bucher weiter. Dieser klemmte ihn unter den linken Arm, deutete eine Verneigung in Richtung der anderen Offiziere an und verließ mit seinem Gefangenen und den Gendarmen den Raum.

## II.

Im Kasino schlug von Palkows Verhaftung ein wie eine Bombe. Während die Offiziere sich in alle möglichen Theorien verstiegen, sonderte Friedrich von Trepkow sich immer weiter ab und trank mehrere doppelte Cognacs, um seine flatternden Nerven zu beruhigen. Dabei starrte er die meiste Zeit auf die Tür, denn er befürchtete, von Bucher würde jeden Moment zurückkehren und auch ihn in Haft nehmen. Es war ihm ein Rätsel, wie der Staatsanwalt dem Mordplan auf die Spur gekommen sein konnte, doch spätestens wenn der Major redete, würde man seine Beteiligung ebenfalls aufdecken.

Seine Karriere im preußischen Heer war so oder so zu Ende. Als Gefangener konnte von Palkow ihm das Geld nicht mehr geben, das er für diese verfluchte Dampfyacht bezahlen musste. Damit stand er vor Rendlinger, Grünfelder und den anderen Mitgliedern der Gemeinschaft als ehrlos da. Auch wenn es sich nur um lumpige Zivilisten handelte, reichte dies aus, um ihn gesellschaftlich zu ruinieren. Wenn ihm dann auch noch eine Mitschuld an Tirassows Tod nachgesagt wurde, konnte er sich gleich eine Kugel in den Kopf schießen.

Für eine Weile fühlte von Trepkow sich vor Angst wie gelähmt. Dann straffte er sich. Einen Ausweg gab es. Er musste Deutschland und möglichst auch Europa verlassen. In vielen Ländern wurden gut ausgebildete Offiziere gesucht. Vielleicht konnte er in die Dienste des Sultans der Osmanen treten. Oder nach Südamerika gehen. Dort wurde ständig Krieg geführt.

Das Einzige, was ihm dazu fehlte, war das Reisegeld. Aber er wusste bereits, wie er sich das beschaffen konnte. Mit einem wehmütigen Blick musterte er seine bisherigen Kameraden, die sich immer noch über von Palkow und dessen Schicksal unterhielten, und verließ das Kasino ohne Abschiedsgruß.

Auf der Straße fand er sofort eine Droschke und ließ sich zu Grünfelders Villa fahren. Da er nicht zu den üblichen Besuchszeiten auftauchte, blickte ihn der Diener, der ihm öffnete, verwundert an. »Sie, Herr Leutnant? Herr Grünfelder befindet sich leider noch in der Bank. Wenn Sie ihn aufsuchen wollen, müssen Sie dorthin fahren!«

»Ich will nicht zu Grünfelder, sondern zu den Damen«, gab von Trepkow kurz angebunden zurück.

Der Diener schüttelte den Kopf. »Die gnädige Frau ist ausgefahren, und das gnädige Fräulein empfängt jetzt nicht.«

»Mich wird sie empfangen!« Der Leutnant schob den Diener einfach beiseite und trat in das Haus.

Der Mann folgte ihm, wagte aber nicht, handgreiflich zu werden. »Aber Herr Leutnant, Sie können doch nicht so einfach …«, versuchte er von Trepkow zu bremsen.

Dieser blieb kurz stehen und funkelte ihn zornig an. »Du kannst mich auch etwas! Lies es bei Goethes Götz von Berlichingen nach. Und jetzt verschwinde!« Ein Griff zum Degen begleitete diese Worte, und so wich der Diener erschrocken zurück.

Nun kam es dem Leutnant zupass, dass Grünfelder ihm und den anderen Gästen in seinem lächerlichen Stolz das ganze Haus gezeigt hatte. Er kannte den Weg zu den Räumen der jungen Dame und wurde zudem von den Klängen des Spinetts geführt, auf dem Wilhelmine gerade spielte. An der offenen Tür blieb er kurz stehen und betrachtete das Mädchen. Es war hübsch genug zum Heiraten und so reich, dass er sich in einem exotischen Land den Rang eines Generals würde kaufen können.

Mit einem Lächeln, dem jede Wärme fehlte, trat er auf Wilhelmine zu und neigte grüßend das Haupt. »Gnädiges Fräulein, darf ich's wagen?«, sagte er und streckte die Hand nach ihr aus. Heute habe ich es anscheinend mit Goethe, fuhr es ihm dabei durch den Kopf.

Wilhelmine starrte ihn verwirrt an. »Hat Papa Sie geschickt?« Der Leutnant wollte schon verneinen, da kam ihm eine ausgezeichnete Idee. »So ist es, gnädiges Fräulein. Er hat mich gebeten, Sie zu ihm zu bringen. Wenn Sie mir bitte folgen würden!«

»Ich muss noch mein Ausgehkleid anziehen«, wandte Wilhelmine ein.

»Dazu bleibt uns keine Zeit!« Von Trepkow wollte nicht warten, bis die Dienerschaft auf die Idee kam, die Gendarmen zu rufen, oder Wilhelmines Mutter zurückkehrte. Daher packte er das Mädchen am Arm und zog es mit sich.

»Aber Herr von Trepkow!«, beschwerte Wilhelmine sich.

»Jetzt kommen Sie endlich! Oder soll ich Ihrem Vater sagen, Sie hätten sich geziert mitzukommen?« Der Verweis auf Grünfelder zog. Wilhelmine raffte noch eine Stola und einen Hut an sich und folgte dem Leutnant ohne weiteren Widerspruch.

Auf der Straße hielt von Trepkow die nächste Droschke auf. »Bringen Sie uns nach Pankow!«, befahl er lautstark, um den Kutscher zwei Straßen weiter in weitaus leiserem Ton anzuweisen, nach Süden abzubiegen. Es gab nur einen Ort, an den er Wilhelmine Grünfelder bringen konnte, und das war sein Haus in Kleinmachnow. Dort würde er dafür Sorge tragen, dass dem Bankier nichts anderes übrig blieb, als ihm seine Tochter zu überlassen. Da er Nägel mit Köpfen machen wollte, ehe er Verfolger am Hals hatte, befahl er dem Droschken-kutscher, nicht mit der Peitsche zu sparen.

Der gute Mann ließ seine beiden Gäule für einen Augenblick schneller laufen, trieb sie aber nicht weiter an, so dass sie bald wieder in den gewohnten Trott zurückfielen. Am liebsten hätte von Trepkow den Kerl vom Bock geschlagen und selbst die Zü-gel in die Hand genommen. Doch ein Leutnant Seiner Majes-tät, des Königs und Kaisers, auf dem Bock einer Droschke wäre zu auffällig gewesen. Er tröstete sich damit, dass niemand wissen konnte, wohin er mit dem Grünfelder-Mädchen fuhr.

Wilhelmine war inzwischen zu der Überzeugung gelangt, dass irgendetwas nicht stimmen konnte, und blickte von Trepkow ängstlich an. »Wohin bringen Sie mich? Und warum haben Sie vorhin gesagt, Sie wollen nach Pankow, wenn wir jetzt in eine ganz andere Richtung fahren?«

Der Leutnant lächelte von oben herab. »Sie werden früh genug erfahren, wohin die Reise geht. Überlassen Sie ruhig alles mir. Es wird sich schon zum Guten wenden!« Vor allem für mich, setzte er in Gedanken hinzu.

»Also ist das eine Entführung!«, rief Wilhelmine erschrocken.

»Wenn, dann eine Entführung aus Leidenschaft! Sie müssen die Meine werden, meine Liebe. Ohne Sie kann ich nicht mehr leben!« Dies war nicht einmal gelogen, fand von Trepkow, denn ohne Wilhelmine und das Geld ihres Vaters konnte er sich gleich erschießen.

Wilhelmine Grünfelder war geneigt, an die Aufrichtigkeit seiner Leidenschaft zu glauben. Da er zu den Herren zählte, die ihre Mutter ihr als passende Brautwerber genannt hatte, sah sie die Fahrt für eine Weile in einem romantischen Licht und machte ihm bis zu dem Augenblick, an dem sie ihr Ziel erreichten, keine Schwierigkeiten mehr.

## III.

Grünfelders Diener wusste noch immer nicht, was er von Trepkows Erscheinen und dessen raschem Aufbruch mit der Tochter des Hauses halten sollte. Da wurde der Türklopfer erneut angeschlagen. Er schlurfte zum Eingang, öffnete und sah sich Emil Dohnke gegenüber, der von dem Bankier geschickt worden war, wichtige Unterlagen zu holen.

»Verzeihen Sie, Herr Dohnke, aber wissen Sie, ob der gnädige Herr nach dem gnädigen Fräulein geschickt hat?«, fragte der Diener, als Emil nach einer knappen Erklärung an ihm vorbeigehen wollte.

»Nicht, dass ich wüsste! Warum fragen Sie?«

»Weil Leutnant von Trepkow vorhin erschienen ist, um Fräulein Wilhelmine zum gnädigen Herrn zu bringen. Er wollte nach Pankow, wie ich hören konnte.«

»Pankow? Unmöglich! Herr Grünfelder befindet sich in der Bank.« Emil Dohnke schüttelte den Kopf. Als er erfuhr, dass Friedrich von Trepkow sich unter Drohungen Zugang zu Wilhelmine Grünfelders Zimmer verschafft und mit ihr kurz darauf eine Droschke bestiegen hatte, wurde er blass. Er teilte mit

Lore und Caroline von Trepkow den Verdacht, der Leutnant könne an dem Mordkomplott gegen Fridolin von Trettin beteiligt gewesen sein, und befürchtete nun das Schlimmste.

»Das sieht ganz nach einem Schurkenstück aus! Schicken Sie rasch einen Boten zu Herrn Grünfelder, damit dieser informiert wird. Ich versuche, den beiden zu folgen.«

»Nach Pankow?«, fragte der Diener.

Emil schüttelte den Kopf. Nach Pankow war der Leutnant gewiss nicht gefahren. Aber wohin mochte er sich gewandt haben?

»Vielleicht weiß Fräulein von Trepkow, wo ihr Bruder sich verstecken würde«, sagte er sich, während er zur Tür hinausstürmte und fast in eine vorbeifahrende Droschke hineinrannte. Deren Kutscher zügelte sein Gespann im letzten Augenblick und begann zu schimpfen, als Emil sich in den Droschkenkasten schwang.

»He, das geht nicht. Meine Droschke ist bestellt!«

»Das ist ein Notfall! Los, fahren Sie in die Turmstraße.« Mit diesen Worten steckte Emil dem Kutscher eine Banknote zu, die ausgereicht hätte, den Wagen für eine ganze Woche zu mieten. Der Fahrer steckte sie weg, nützte die nächste Möglichkeit zum Wenden und hielt kurz darauf vor Lores Haus.

»Warten Sie hier!«, rief Emil und stürmte zur Tür. Dort schlug er den Klopfer so fest an, dass die Bewohner des Hauses im Vorraum zusammenliefen. Jutta öffnete ihm und war enttäuscht, nicht Fridolin vor sich zu sehen, dessen Freilassung sie alle so sehr erhofften.

»Sie wünschen?«, fragte sie, doch da war Emil bereits an ihr vorbeigestürmt. Er blieb vor Caroline stehen und sah sie flehend an. »Wie es aussieht, hat Ihr Bruder Fräulein Grünfelder entführt. Haben Sie eine Ahnung, wohin er sich gewandt haben könnte?«

Lore verkrampfte die Hände vor der Brust. Wenn Leutnant von Trepkow Grünfelders Tochter derart kompromittierte, dass deren Vater nichts anderes übrig blieb, als sie mit ihm zu verheiraten, würde Fridolin das Nachsehen haben und brauchte sich nicht von ihr scheiden zu lassen. Vielleicht würde dann alles wieder gut.

»Wir wissen nichts!«, rief Nathalia, die den gleichen Gedanken hatte.

Caroline von Trepkow starrte einige Augenblicke zu Boden, atmete dann tief durch und sah Lore mit einem Blick an, der ihren inneren Zwiespalt verriet. »Verzeihen Sie mir, liebste Freundin. Aber ich kann nicht zulassen, dass mein Bruder auch noch das Leben dieser jungen Frau zerstört.«

Lore versuchte zu lächeln. »Sie haben recht, Caroline. Auch das eigene Glück ist es nicht wert, auf dem Leid anderer errichtet zu werden. Ich nehme an, Sie sind ebenfalls überzeugt, dass Ihr Bruder die junge Frau in dieses heruntergekommene Haus bei Kleinmachnow bringt. Herr Dohnke wird Ihre Unterstützung brauchen, um es zu finden. Jutta, begleitest du die beiden, damit es nicht so aussieht, als würde Herr Dohnke mit Fräulein von Trepkow durchbrennen? Ich werde Konrad und Herrn Hilgemann aufsuchen und euch zusammen mit ihnen folgen. Es könnte ja sein, dass Herr von Trepkow sich uneinsichtig zeigt.«

Da Emil die Gerüchte kannte, die sich um Lore, Fridolin und Wilhelmine rankten, ergriff er ihre Hand und küsste sie. »Gnädigste, Sie sind die edelste Frau, die ich kenne.«

»Und Sie lassen Trepkow zu viel Vorsprung! Beeilen Sie sich

gefälligst, wenn Sie den Leutnant daran hindern wollen, vollendete Tatsachen zu schaffen.« Lore verzichtete darauf, sich umzuziehen, sondern warf nur einen leichten Mantel über ihr Hauskleid und schritt zur Tür. »Nati, du kommst mit mir!« Während Nathalia ihr abenteuerlustig folgte, eilten auch Emil, Caroline und Jutta nach draußen.

Lore überließ ihnen die wartende Kutsche und legte, als nicht gleich darauf ein anderer Wagen in Sicht kam, die Strecke bis zu Marys und Konrads Wohnung zu Fuß zurück. Diesmal hatte sie keinen Blick für die Litfaßsäule übrig, auf der noch immer das Plakat klebte, auf dem Mrs. Penn sich beehrte, die Eröffnung ihres Modesalons bekanntzugeben.

## IV.

Konrad war nicht zu Hause. Damit hatte Lore nicht gerechnet. Sie brauchte ihn, da sie die genaue Lage des Waldhauses nicht kannte. Auch Gregor Hilgemann war überfragt und bot sich an, Konrad zu suchen. Doch als er Lore vorschlug, so lange hier zu warten, bis er wieder zurück war, schüttelte diese den Kopf. »Ich sorge mich um Caroline und Herrn Dohnke. Wenn von Trepkow zu allem entschlossen ist, wird er nicht vor Gewalt zurückschrecken.«

»Dann werden auch Sie ihn nicht aufhalten können«, wandte Gregor ein. »Außerdem sagten Sie selbst, Sie wüssten nicht, wo das Haus liegt. Ich halte es für das Beste, wenn Sie hier warten, bis ich Herrn Benecke gefunden habe.«

Lore schüttelte störrisch den Kopf. »Dann kann es zu spät sein.

Holen Sie Konrad und kommen Sie uns so rasch wie möglich nach. Nach dem Haus werde ich in Kleinmachnow fragen. Doch wenn es zum Äußersten kommt, brauche ich eine Waffe. Konrad müsste ein paar Pistolen besitzen.«

»Aber ...« Gregor brach ab, als er Lores entschlossene Miene sah, und überlegte, ob er sie nicht besser begleiten sollte. Dann aber sagte er sich, dass er nicht lange brauchen würde, bis er Konrad gefunden hatte. Wenn der Droschkenkutscher durch eine Belohnung angefeuert die Gäule laufen ließ, kamen sie wahrscheinlich sogar noch vor Lore und Nathalia in Kleinmachnow an.

Daher nickte er und trat an den Schrank, in dem Konrad neben seinen Mitbringseln aus Seemannstagen auch einen amerikanischen Trommelrevolver verwahrte, den er vor Jahren im Hafen von Savannah von einem anderen Seemann erworben hatte. Eine Schachtel mit der Munition lag daneben. Da Gregor nicht glaubte, dass Lore mit einem Colt vertraut war, lud er rasch die Trommel und reichte ihr die Waffe.

»Geben Sie acht! Das Ding ist scharf. Wenn Sie am Abzugbügel ziehen, geht es los!«

Ein mulmiges Gefühl beschlich Lore, als sie den Revolver am Griff fasste und ihn in ihrer Handtasche verstaute. Sie konnte nur hoffen, dass sie dieses tödliche Instrument nicht brauchte. Unterdessen wies Gregor Marys Dienstmädchen an, auf Jonny aufzupassen, und wandte sich dann noch einmal kurz an Lore. »Ich werde mich beeilen!«

»Ich auch!«, antwortete Lore schon im Gehen und bestieg wenige Augenblicke später eine Droschke, die gerade andere Passagiere ablud.

»Nach Kleinmachnow, aber rasch. Ich entschädige Sie, wenn Ihre Pferde sich danach ein paar Tage erholen müssen!«, rief sie dem Mann auf dem Kutschbock zu, noch während Nathalia ihr folgte.

»Sie haben es aber eilig, gnädige Frau!«, antwortete dieser, schwang aber seine Peitsche und ließ sie so knapp an den Köpfen seiner Pferde vorbeisausen, dass diese nervös antrabten. Allerdings verließ der Droschkenkutscher sich nicht nur auf die Geschwindigkeit seines Gespanns, sondern lenkte es über Nebenstraßen, die zwar einen gewissen Umweg bedeuteten, aber weitaus weniger befahren waren als die Hauptausfallstraßen der Stadt. Dadurch näherte er sich Kleinmachnow von einer anderen Seite.

Kurz vor dem Ort bemerkte Lore zwei Droschken, die auf einer kleinen Lichtung neben der Straße warteten, und rief: »Halt!«

Noch während der Kutscher verblüfft seine Pferde zügelte, sprang sie aus dem Wagen. »Du bleibst hier«, rief sie Nathalia noch zu, dann folgte sie dem Pfad, der in den Wald führte.

## V.

Die Fahrt, die sich über mehr als zwei Stunden hinzog, hatte Wilhelmine Grünfelders Sinn für Romantik bereits einen herben Schlag versetzt. Als sie schließlich schier endlos durch einen dichten Forst fuhren und zuletzt auf einer Lichtung zwischen knorrigen, hohen Bäumen anhielten, hatte sich jede Illusion verflüchtigt, dass der fesche Offizier wirklich der Ehemann sein könnte, den sie sich wünschte. Gegen einen Fridolin von Trettin kam er auf jeden Fall nicht an, und selbst sein weniger gut aussehender, aber noch mehr von sich eingenommener Kamerad Hasso von Campe wäre ihr als Begleiter lieber gewesen als von Trepkow.

»Aussteigen!«, blaffte der Leutnant sie an.

Trotz seines Kommandotons blieb Wilhelmine sitzen. »Bringen Sie mich sofort nach Hause!«

Der Leutnant stieß einen Laut aus, der ein missglücktes Lachen sein konnte, packte das Mädchen bei den Handgelenken und zerrte es aus dem Wagen. Dem Droschkenkutscher befahl er zu warten. Dieser überlegte, was er tun sollte. Sein Fahrgast war ein Offizier und Edelmann, und da war es für seinesgleichen nicht gut, sich in deren Belange einzumischen. Daher blieb er auf seinem Kutschbock sitzen und sah tatenlos zu, wie von Trepkow tiefer in den Wald schritt und dabei die junge Frau rücksichtslos mit sich schleifte.

»Lassen Sie mich los, Sie Grobian!«, schrie Wilhelmine ihn an. Unter keinen Umständen würde sie diesen Mann heiraten.

Von Trepkow packte sie noch fester. »Zu spät, meine Liebe! Sie sind in meiner Hand! Was ich einmal besitze, lasse ich nicht mehr los. Wenn ich getan habe, was notwendig ist, werden weder Sie noch Ihr Vater sich gegen eine Ehe mit mir sträuben. Sie werden Ihrem Vater einen Brief schreiben und ihn auffordern, uns eine Summe zukommen zu lassen, die es uns erlaubt, ins Ausland zu reisen und dort standesgemäß zu leben.«

»Ins Ausland? Aber da will ich nicht hin!« Wilhelmine versuchte sich zu befreien, kam aber gegen die Kraft des Leutnants nicht an.

»Als meine Gattin werden Sie das tun, was ich anordne, verstanden? Und jetzt sträuben Sie sich nicht länger. Sie haben keine andere Wahl, als mir zu gehorchen!«

Bald kam das verfallene Haus in Sicht. Wilhelmine starrte entsetzt auf die bröckelnden Mauern, das löchrige, an einer Stelle schon eingesunkene Dach und die zerbrochenen Fensterscheiben. In Romanen hatte sie von romantischen Entführungen gelesen, doch endeten diese stets in prachtvollen Schlössern oder standesgemäßen Gutshöfen, niemals aber in der Ruine einer Kate.

»Sie wollen mich doch nicht etwa da hineinbringen?«, fragte sie entsetzt.

Er stieß sie wortlos durch die Tür und schleppte sie in einen Raum, in dem ein einzelnes, wurmstichiges Bett mit einer nicht besonders sauberen Zudecke stand. An den Wänden webten Spinnen ihre Netze, um die Fliegen zu fangen, die in großer Zahl umherschwirrten.

»Ausziehen!«, herrschte von Trepkow sie an und nestelte an seiner Uniformjacke.

Wilhelmine blieb jedoch stocksteif stehen und schüttelte auch dann noch den Kopf, als er ihr eine schallende Ohrfeige versetzte. »Gehorchen Sie, oder ich reiße Ihnen die Kleider vom Leib! Dann werde ich Ihnen den Hintern mit der Scheide meines Säbels versohlen, bevor ich Sie zu der Meinen mache!«

Dicke Tränen rollten über Wilhelmines Wangen, aber es kam kein Laut aus ihrer Kehle. Wie konnte sie nur so dumm gewesen sein, dem Leutnant vertrauensvoll in die Droschke zu folgen. Nun würde sie ihr ganzes Leben unter diesem Fehler leiden.

Wild entschlossen, ihm die Stirn zu bieten, sah sie ihn an. »Sie werden mich töten müssen, denn ich weigere mich, Ihnen zu willfahren!«

Der Leutnant amüsierte sich über ihre theatralischen Worte. »Ein paar Ohrfeigen und ein schmerzender Hintern werden dir dein Köpfchen schon zurechtsetzen, mein Mädchen. Du wirst schnell lernen, mich nicht zu erzürnen.« Er versetzte ihr zwei Schläge ins Gesicht und nestelte dann die Knöpfe ihres Kleides auf. Ihre Versuche, ihn daran zu hindern, beantwortete er mit weiteren Ohrfeigen, bis sie schließlich schluchzend aufgab und zuließ, dass er ihr das Kleid und die Unterröcke über den Kopf zerrte. Als er ihr das Unterhemd ausziehen wollte, hörte er auf einmal Schritte und den Ruf: »Verfluchter Schuft!«

Emil Dohnke stürmte in den Raum und wollte auf den Leutnant losgehen.

Doch dieser stieß ihm Wilhelmine in die Arme, wich einen Schritt zurück und zog blank. »Du hättest in deiner Bank bleiben sollen, Tintenkleckser! Von dir lasse ich mich nicht aufhalten.«

Er holte mit dem Degen aus und wollte den Störenfried niederstoßen. Caroline, die Dohnke auf dem Fuß gefolgt war, erfasste die Situation und trat mit einem Aufschrei zwischen Emil und ihren Bruder.

»Friedrich! Hast du deine Ehre denn ganz verloren?«

»Geh mir aus dem Weg. Ich bringe den Kerl um!«

»Dann musst du vorher mich töten!«, gab seine Schwester zurück.

»Und mich auch!« Wilhelmine stellte sich neben Caroline und fasste nach deren Hand.

Emils Gesicht wurde weiß vor Zorn und Scham, weil die beiden Frauen glaubten, ihn vor dem Degen des Leutnants beschützen zu müssen. »Geht beiseite! Mit diesem Kerl werde ich auch mit bloßen Händen fertig.«

Er versuchte Caroline und Wilhelmine wegzuschieben, doch die beiden klammerten sich so fest aneinander, dass er nicht an ihnen vorbeikam.

Von Trepkow stieß einen wütenden Laut aus und richtete die Klinge seines Degens auf Caroline. »Stell dich nicht gegen mich! Sonst vergesse ich, dass du meine Schwester bist.«

»Das hast du doch schon längst.« Caroline sah ihn so voller Verachtung an, dass er mit den Zähnen knirschte.

»Du hast es nicht anders gewollt!«, schrie er und holte zum Stoß gegen ihre Brust aus.

Unbemerkt von den vieren war Lore hereingekommen. Als sie sah, dass von Trepkow auf seine Schwester losgehen wollte, riss sie den Colt aus ihrer Tasche und zielte auf ihn. »Halt! Oder ich schieße Sie nieder wie einen tollen Hund!«

Der schwere Revolver zitterte in Lores Hand. Daher ließ sie ihre Tasche fallen und fasste den Griff mit beiden Händen. Ihr rechter Zeigefinger krümmte sich um den Abzugbügel, und der erste Schuss entlud sich krachend.

Die Kugel sauste so knapp an von Trepkow vorbei, dass dieser vor Schreck zur Seite sprang.

Emil begriff, dass die junge Frau nicht in der Lage war, den Mann zu töten. Daher nahm er ihr den Colt aus der Hand und zielte auf den Leutnant. »Sie sind ein elender Schuft, von Trepkow! Am liebsten würde ich Sie über den Haufen schießen. Aber im Gegensatz zu Ihnen bin ich kein Mörder und

will Fräulein Grünfelder den Anblick Ihres Leichnams ersparen.«

»Wie wollen Sie den Skandal verhindern? Ich werde vor Gericht aussagen, bei Grünfelders Tochter bereits zum Ziel gekommen zu sein! Also sollten Sie mich lieber mit ihr zusammen gehen lassen.« Von Trepkow grinste, zufrieden, dass ihm
dieser Ausweg eingefallen war. In einer Gesellschaft, die so viel
auf den Schein gab, würde eine solche Aussage Wilhelmines
Ruf für immer ruinieren.

Das wusste auch Emil Dohnke. Sein Gesicht wurde mit einem
Mal hart, und der Lauf der Waffe zeigte genau auf von Trepkows Stirn. Doch bevor er abdrücken konnte, berührte Wilhelmine ihn am Arm. »Töten Sie ihn nicht. Lieber will ich das
Gerede der Leute ertragen, als Sie als Mörder auf dem Schafott
sehen!«

»Wie edelmütig!«, höhnte der Leutnant, der seine Felle davonschwimmen sah. Mit einem überraschenden Satz war er an
Emil vorbei und rannte auf den Flur hinaus. Jutta, die ihm im
Weg stand, konnte er noch beiseitestoßen. Doch dann traf er
auf Gregor Hilgemann, der gerade mit Konrad und zwei Gendarmen hereinkam.

»Das ist der Entführer!«, erklärte Gregor und zeigte auf den
Leutnant.

Von Trepkow stieß einen Fluch aus, wandte sich dann aber mit
hochmütiger Miene an die Schutzmänner. »Dieser Mann lügt.
Die junge Dame ist freiwillig mitgekommen!«

Seine Haltung machte Eindruck, doch dieser verlor sich rasch,
als Wilhelmine aus dem Zimmer trat. Sie hatte rasch ihre Kleidung übergezogen und dabei ein paar Knöpfe abgerissen. Ihre

Tränen flossen reichlich, und sie klammerte sich an Caroline, als wäre diese ihr einziger Halt.

»Es war so schrecklich!«, jammerte sie. »Er hat mich geschlagen und bedroht! Dann wollte er mich mit Gewalt ausziehen.«

»Verdammtes Biest!«, entfuhr es dem Leutnant.

Die Gendarmen sahen jedoch das ruinierte Kleid und funkelten von Trepkow grimmig an. »Wir bitten den Herrn Leutnant, mit uns zur Wache zu kommen. Die junge Dame und die übrigen Zeugen müssen sich ebenfalls dort einfinden, um ihre Aussagen zu machen.«

Von Trepkow nickte den Beamten hochmütig zu. »Sie haben mein Ehrenwort, dass ich morgen Vormittag auf der Wache vorsprechen werde.«

Die beiden Gendarmen blickten ihn unglücklich an. »Herr Leutnant mögen verzeihen, aber wir müssen auf seiner Begleitung bestehen!«

»Misstrauen Sie dem Ehrenwort eines preußischen Offiziers?«, fuhr von Trepkow auf.

»Ich würde sagen, die beiden Herren misstrauen Ihrem Ehrenwort!« Nathalia hatte es in der Droschke nicht mehr ausgehalten und war nun ebenfalls zum Waldhaus gekommen.

Die Mienen der beiden Gendarmen verrieten, dass diesen Worten nichts mehr hinzuzufügen war. Als einziges Entgegenkommen an den Leutnant verzichteten sie darauf, ihm den Säbel abzufordern und ihm Handschellen anzulegen. Sie nahmen ihn jedoch in die Mitte und führten ihn zu der Lichtung, auf der ihr Wagen stand. Lore, Caroline und die anderen folgten ihnen und sahen zu, wie das geschlossene Gefährt der Beamten ab-

fuhr. Die vier Droschken, die noch bereitstanden, teilten sie
rasch unter sich auf. Da Lore nicht mit Wilhelmine zusammen
in einem Wagen fahren wollte, gesellte sich Caroline zu dem
Mädchen, und Emil Dohnke nahm dort gegen die Fahrtrichtung Platz.

Bevor sie anfuhren, blickte Wilhelmine noch einmal zu dem
Waldweg zurück, der zu dem alten Haus führte. »Er ist nicht
zum Ziel gekommen«, flüsterte sie leise und widerholte es noch
einmal etwas lauter: »Er ist nicht zum Ziel gekommen!«

Emil lächelte ihr beruhigend zu. »Natürlich ist er das nicht.
Wäre er es, hätte er sich uns gegenüber ganz anders verhalten.
Allerdings können wir Frau von Trettin dankbar sein, dass sie
so rasch auf der Bildfläche erschienen ist. Ich weiß nicht, ob es
mir gelungen wäre, den Mann mit bloßen Händen zu entwaff-
nen.«

»Er hätte Sie umgebracht – und mich dazu!« Caroline spürte,
wie die Tränen in ihr hochstiegen, und sie begriff, dass ihr Bruder ihr an diesem Tag den letzten Stolz auf ihren altadeligen
Namen geraubt hatte.

## *VI.*

*F*ür Staatsanwalt von Bucher war die Nachricht, dass Leutnant von Trepkow als Entführer einer reichen Erbin verhaftet
worden sei, äußerst unangenehm. Die Beschuldigungen einer
Hure hätte er noch als unwahrscheinlich und verlogen abtun
können. Aber die Aussage der Tochter eines angesehenen Bankiers wog schwer, zumal diese von Zeugen gestützt wurde, die

ebenfalls zum gehobenen Bürgertum und sogar zum Adel zählten.

Noch während er mit dieser harten Nuss kämpfte, erreichte ihn ein Billett des Reichskanzlers, der sein sofortiges Erscheinen forderte. Wie es aussah, schlug diese Affäre noch höhere Wellen, als der Staatsanwalt erwartet hatte. Innerlich zitternd vor Anspannung machte er sich auf den Weg zu Bismarck und wurde dort sofort in das Arbeitszimmer des mächtigsten Mannes im Reich geführt.

Der Reichskanzler saß mit düsterer Miene auf seinem Sessel, zupfte an seinem Schnauzbart und schien den Staatsanwalt, der von einem Vorzimmerbeamten angekündigt wurde, zunächst gar nicht wahrzunehmen. Erst nach geraumer Zeit richtete er seinen Blick auf von Bucher. »Sie haben Trepkow verhaftet?«

Der Staatsanwalt nickte. »Ja, aber ich weiß nicht, ob wir den Herrn nicht besser wieder umgehend auf freien Fuß setzen und uns für die Unannehmlichkeiten, die wir ihm bereitet haben, um Entschuldigung bitten sollten.«

»Papperlapapp! Ein deutscher Beamter entschuldigt sich nicht. Er macht keine Fehler, verstanden!«

Von Bucher nickte unglücklich. »Ich werde …«

»Gar nichts werden Sie – außer mir gehorchen!«, fuhr Bismarck ihm über den Mund. »Das, was ich Ihnen jetzt sage, ist streng geheim. Sie werden es in dem Augenblick vergessen, in dem Sie diese Tür dort durchschreiten!«

»Jawohl, Euer Exzellenz!« Von Bucher fragte sich, was den Reichskanzler so verärgert haben mochte. Dieser war so schlechter Laune, als hätten Russland und Frankreich dem Reich gleichzeitig den Krieg erklärt.

Bismarck zerbrach einen Bleistift mit einem scharfen Ruck und warf die Bruchstücke auf den Schreibtisch. Dann atmete er tief durch, las die Bleistiftreste auf und ließ sie in den Papierkorb fallen.

»Um es offen zu sagen: Diese Angelegenheit ist eine riesige Schweinerei, und wir müssen zusehen, wie wir heil aus ihr herauskommen, ohne das Gesicht zu verlieren. Tun wir das nämlich nicht, sitzen wir in des Teufels Bratpfanne!« Bismarck verstummte kurz und überlegte, wie viel er dem Staatsanwalt mitteilen sollte.

»Bezüglich des Doppelmords im Bordell werden Sie folgendermaßen verfahren: Offiziell handelt es sich um eine interne Auseinandersetzung zwischen zwei Huren. Dabei hat zu unserem größten Bedauern auch Fürst Tirassow sein Leben lassen müssen.«

»Dann muss ich Oberst von Palkow umgehend freilassen«, rief von Bucher aus.

»Palkow geht Sie nichts mehr an, ebenso wenig Trepkow. Die beiden bleiben unter Verschluss, bis sich die Aufregung ein wenig gelegt hat. Dann wird über sie entschieden. Damit Sie sich nicht zu sehr den Kopf darüber zerbrechen, werde ich Ihnen so viel mitteilen: Palkow ist ein Verräter und hat mit einem französischen Agenten zusammengearbeitet, um Tirassow auszuschalten. Dieser war um ein enges Verhältnis zwischen Russland und dem Reich bemüht und stand daher dem Franzosen im Weg. Bei diesem handelt es sich um einen Mann, der unter dem Decknamen Delaroux aufgetreten ist. Unsere Gendarmerie ist ihm auf der Spur und wird ihn gewiss bald festnehmen. Palkow hat die Hure Elsa Röttgers dafür bezahlt, Tirassow zu erschießen und die Schuld Trettin in die Schuhe zu schieben. Sie können Trettin daher freilassen. Zu entschuldigen brauchen Sie sich aber nicht bei ihm. Wieso musste er sich in einem Bordell aufhalten?« Zum ersten Mal erschien ein leichtes Grinsen auf Bismarcks Lippen. In seiner Jugend hatte er so manche intime Stunde in Gesellschaft käuflicher Damen verbracht. Doch das, fand er, ging weder den Staatsanwalt noch sonst jemand etwas an.

»Ich werde Herrn von Trettin umgehend in Freiheit setzen!« Von Bucher war erleichtert, dass er wenigstens in diesem Fall eine klare Anweisung erhalten hatte.

Bismarck nickte und entließ den Staatsanwalt. Als der das Zimmer verlassen hatte, dachte der Reichskanzler darüber nach, wie er die übrigen Fäden, die jetzt lose im Raum hingen, wieder verknüpfen konnte. Seine Gedanken galten insbesondere dem Neubau jener Dampfyacht, die für Prinz Wilhelm bestimmt war – in seinen Augen eine Narretei, auch wenn dem Prinzen das Schiffchen sicher gefallen würde. Hätte Major von Palkow nicht den Fehler begangen, der mörderischen Hure zu erlauben, sich auch an einem zweiten käuflichen Weib zu rächen, würde Fridolin von Trettin weiterhin als Tirassows Mörder gelten und Delaroux' verbrecherischer Plan wäre mit von Palkows Hilfe aufgegangen.

Kopfschüttelnd nahm der Reichskanzler noch einmal den Bericht des Gendarmenkommandos zur Hand, das die Werft, auf der diese Dampfyacht gebaut wurde, sorgfältig untersucht hatte. Einer der dortigen Arbeiter hatte sich verdächtig benommen und fliehen wollen, war aber von den Beamten gefasst und überwältigt worden. Einem scharfen Verhör unterworfen, hatte er schließlich gestanden, eine Bombe an Bord der Dampfyacht installiert zu haben. Diese sollte er auf Anweisung seines Auftraggebers in Gegenwart des Prinzen Wilhelm und anderer hoher Herren zünden, unter denen sich möglichst auch der Kaiser und der Reichskanzler befinden sollten.

»Welche Schritte sind jetzt vonnöten?«, fragte Bismarck sich selbst.

Eine Möglichkeit wäre, die übrigen Mitglieder der Gruppe, die von Palkow dazu bewegt hatte, die Yacht für den Prinzen zu bestellen, als mögliche Mittäter verhaften zu lassen. Der Reichskanzler war sich jedoch sicher, dass die meisten von den Absichten des Majors nichts gewusst hatten. Für sein Gefühl waren nur noch von Trepkow und vielleicht auch Rittmeister von Campe mit darin verwickelt. Doch ohne einen handfesten Beweis würde es schwer werden, dem Letzteren etwas am Zeug zu flicken.

Mit einer abschätzigen Handbewegung nahm der Kanzler ein Blatt Papier und schrieb ein paar Zeilen. Diese wiesen den zuständigen General der Kavallerie an, Rittmeister von Campe in die hinterste Provinz zu versetzen. Die Sache mit von Palkow und von Trepkow aber musste auf andere Weise gelöst werden, und bis jetzt wusste Bismarck nicht, wie das zu schaffen war.

# VII.

Staatsanwalt von Bucher kehrte mit widersprüchlichen Überlegungen zum Kammergericht zurück. Er hätte seinen rechten Arm darauf verwettet, dass Bismarck ihm nur einen Bruchteil dessen mitgeteilt hatte, was tatsächlich hinter dieser Sache steckte. Für einige Augenblicke erwog er, seine Kontakte spielen zu lassen, um mehr herauszufinden. Doch wenn diese Affäre wirklich so heiß war, wie er annahm, und der Reichskanzler von seinen Nachfragen erfuhr, konnte dies ein rasches Ende seiner Karriere bedeuten. Von Bucher hatte wenig Lust, nach Landsberg an der Warthe oder noch tiefer in die Provinz versetzt zu werden, um dort den Rest seines Lebens zu versauern. Also beschloss er, Bismarcks Anweisungen peinlichst genau zu befolgen und nicht weiter zu hinterfragen.

Kurz vor der Hollmannstraße kam ihm Grünfelders Wagen entgegen. Froh, jemandem zu begegnen, dem er eine gute Nachricht überbringen konnte, befahl er seinem Kutscher anzuhalten und winkte dem Bankier, ebenfalls stehen zu bleiben.

»Einen schönen guten Tag, Herr Grünfelder. Ich freue mich, Sie hier zu treffen. So kann ich Ihnen gleich mitteilen, dass sich die vollkommene Unschuld des Herrn von Trettin herausgestellt hat. Ich bin gerade auf dem Weg ins Gericht, um seine umgehende Freilassung anzuordnen.«

August Grünfelder starrte von Bucher verwirrt an, dann schluckte er und atmete auf. »Das ist wahrlich eine angenehme Botschaft, Herr Staatsanwalt, nicht nur für mich als Bankier, sondern auch als Vater einer Tochter! Ich danke Ihnen. Wann kann Herr von Trettin das Gefängnis verlassen?«

»Die entsprechende Verfügung wird in weniger als einer Stunde ausgestellt sein!« Von Bucher wunderte sich ein wenig über Grünfelders Reaktion, denn er hatte sowohl dessen Tochter wie auch Lore von Trettin kennengelernt und sich über beide seine Meinung gebildet. In seinen Augen reichte Wilhelmine Grünfelder bei weitem nicht an Fridolins Gattin heran. Doch wenn diesem daran lag, Geld zu erheiraten, war das nicht seine Sache. Die mutige, entschlossene Frau des Mannes bedauerte er, denn in seinen Augen hatte sie einen besseren Gatten verdient.

Er winkte Grünfelder noch einmal zu und befahl dem Kutscher weiterzufahren.

Der Bankier saß noch einige Augenblicke wie erstarrt, während seine Gedanken sich überschlugen. Wenn Fridolin von Trettin unschuldig war, stand dessen Heirat mit seiner Tochter nichts mehr im Wege. In dem Augenblick hatte er ganz vergessen, dass sowohl er wie auch seine Frau Fridolin nach dessen Verhaftung verdammt und Wilhelmine zugeredet hatten, sich einem ihrer anderen adeligen Verehrer zuzuwenden.

»Mach kehrt! Wir fahren nach Hause!« Grünfelder tippte seinen Kutscher mit dem Knauf seines Spazierstocks an. Diese Nachricht musste er so rasch wie möglich seiner Frau und seiner Tochter mitteilen. Während der Fahrt dachte er darüber nach, wie lange von Bucher brauchen würde, um den Freilassungsbefehl für Fridolin auszustellen.

»Schneller!«, herrschte er seinen Kutscher an, erntete aber nur ein unwilliges Brummen.

»Ich kann nicht durch die anderen Wagen hindurchfahren, gnädiger Herr!«

»Der Magistrat hätte längst etwas gegen diese verstopften Straßen tun sollen«, schimpfte Grünfelder, der seinen Pferden an
diesem Tag Flügel gewünscht hätte. Als er endlich seine Villa
erreicht hatte, wartete er nicht ab, bis ein Diener ihm die Tritt-
stufe ausgeklappt hatte, sondern sprang aus dem Wagen und
stürmte ins Haus.

»Juliane! Wilhelmine! Kommt rasch«, rief er die Treppe hoch.
Seine Frau trat aus ihren Räumen und sah überrascht auf ihn
herab. »Ist etwas geschehen?«

»Nein! Ich meine: Ja! Wo bleibt das Mädel?«

Etwas pikiert über diesen burschikosen Ausdruck wies Juliane
Grünfelder in die Richtung, in der die Zimmer der Tochter
lagen. »Wilhelmine liest!«

»Sie soll das dumme Buch in die Ecke werfen! Es gibt wichtige
Neuigkeiten, die vor allem sie betreffen«, rief Grünfelder und
genoss die verwunderten Blicke seiner Frau.

»Hat ein repräsentabler Herr um sie angehalten?« Als Mutter
hätte Juliane Grünfelder ihr Seelenheil für diese Nachricht gegeben. Nur eine rasche und vor allem passende Heirat ihrer
Tochter würde den drohenden Skandal wegen der Entführung
durch von Trepkow verhindern. Schon jetzt äußerten Bekannte wie Frau von Stenik oder Kriemhild von Wesel, es könnte
sich um gar keine richtige Entführung gehandelt haben, da
Wilhelmine dem Leutnant ja freiwillig gefolgt und sozusagen
mit ihm durchgebrannt wäre. Die Entführung habe sie doch
nur vorgetäuscht, weil die Verfolger zu früh erschienen wären.
Grünfelder kannte diese Gerüchte genauso gut wie seine Frau
und hoffte daher, Fridolin so rasch wie möglich zu einer Scheidung und der Heirat mit Wilhelmine bewegen zu können. Da-

für aber mussten sie ihn direkt vom Gefängnis abholen und ihm entsprechend um den Bart gehen. Für einen Augenblick dachte er an Fridolins Gattin. Immerhin hatten sie es ihr zu verdanken, dass Wilhelmine Trepkows Entführungsversuch unbeschadet überstanden hatte. Im Geiste erhöhte er die Abstandssumme, die er dieser zu zahlen gedachte, und wandte sich drängend an seine Frau.

»Nein, bis jetzt hat niemand um das Mädel angehalten. Aber jetzt hol sie endlich! Es ist wichtig!«

Nun bequemte seine Frau sich doch, die Tochter zu suchen. Diese lag blass und mit einem parfümierten Tuch in der Hand auf einer Chaiselongue, starrte in ein Buch, ohne darin zu lesen, und leerte gedankenversunken eine große Schachtel Pralinés.

»Steh auf! Dein Vater hat uns etwas Wichtiges mitzuteilen!«Als ihre Tochter nicht sofort reagierte, fasste sie diese am Arm und zog sie hoch. »Willst du Papa warten lassen?«

Es klang ungewohnt scharf, denn nach Ansicht der Mutter durfte eine wohlerzogene junge Dame sich nicht so gehen lassen, wie Wilhelmine es tat.

Ihre Tochter fühlte sich elend und verlangte, dass alle Welt Rücksicht auf sie nahm. Daher stand sie unter etlichen Seufzern auf, naschte rasch noch ein Praliné und folgte dann ihrer Mutter mit müden Schritten hinab in den Salon.

Dort wartete Grünfelder bereits wie auf Kohlen sitzend auf die beiden. »Zieht eure Ausgehkleider an, aber beeilt euch! Die Kutsche wartet bereits.«

Seine Frau kniff verwundert die Augen zusammen. »Du hast nichts davon gesagt, dass wir ausfahren werden. Wolltest du nicht in die Bank?«

»Später! Jetzt gibt es anderes zu tun. Ich habe vorhin Herrn von Bucher getroffen und von ihm erfahren, dass die Mordvorwürfe gegen Herrn von Trettin haltlos sind. Er wird heute noch aus dem Gefängnis entlassen. Daher will ich ihn mit euch zusammen abholen.«

»Fridolin ist unschuldig!« Wilhelmines Miene hellte sich mit einem Schlag auf. Ihre Augen begannen zu leuchten, und sie drängte ihren Vater, mehr zu berichten. Doch Grünfelder befahl ihr, sich schnellstmöglich umzuziehen.

»Ich warte fünf Minuten auf euch, keine Sekunde länger!« Dabei zog er seine Uhr aus der Tasche und klappte demonstrativ den Deckel auf.

»Fünf Minuten? Das ist zu kurz. Eine halbe Stunde sollte es schon sein«, wandte seine Frau ein.

»Wenn ihr wollt, dass Frau von Trettin vor uns beim Gefängnis ist, um ihren Mann abzuholen, dann bitte!« Mit keiner anderen Drohung hätte Grünfelder seine Frau und seine Tochter stärker zur Eile antreiben können als mit diesen Worten. Beide liefen erschrocken davon und kehrten so rasch zurück, dass er in der Zwischenzeit nicht mehr als einen einzigen Cognac hatte trinken können.

Seine Frau trug ein hellbraunes Ausgehkleid mit einem bis zu den Hüften reichendes Fischbeinmieder, einen drapierten Oberrock und einen weiteren Rock aus plissierter Seide und hatte dazu einen steifen, mit Bändern und Blüten verzierten Filzhut aufgesetzt. Wilhelmine erschien mit einem kleinen federgeschmückten Hut, einer auf Figur gearbeiteten Jacke sowie einem Oberrock mit Hüftbahnen. So, hoffte diese, würde sie Fridolin von Trettin gewiss gefallen. Auch hatte sie in der kurzen Zeit die verräterischen Tränenspuren beseitigt und ihren Wangen mit ein wenig Rouge jugendlichen Glanz verliehen.

Ihr Vater musterte die gefällige Erscheinung seiner Tochter und sagte sich, dass jeder Mann, der Augen im Kopf hatte, nicht umhinkam, Wilhelmine hübsch zu finden. Obwohl die Damen länger gebraucht hatten als die genannten fünf Minuten, reichte er seiner Frau lächelnd den Arm und schritt auf die Tür zu, die ein Diener eilfertig aufriss. Ihre Tochter folgte ihnen mit trippelnden Schritten und nahm noch rasch die Gelegenheit wahr, sich in dem großen Spiegel im Flur zu bewundern.

## VIII.

Zusammen mit dem Befehl, Fridolin von Trettin umgehend auf freien Fuß zu setzen, schrieb von Bucher auch einen kurzen Brief an Lore, in dem er ihr die bevorstehende Freilassung ihres Mannes mitteilte. Noch zur selben Stunde machte sich ein Postbote auf den Weg in die Turmstraße und gab den Brief dort ab.

Da Lore zunächst nur auf das Papier starrte, ohne ein Wort hervorzubringen, zupfte Nathalia sie am Ärmel. »Was gibt es? Schlechte Nachrichten?« Dabei reckte sie den Hals, um selbst etwas lesen zu können.

Lore schüttelte den Kopf. »Ganz und gar nicht! Fridolins Unschuld ist erwiesen, und er wird noch zu dieser Stunde freigelassen.«

»Dann sollten wir losfahren und ihn abholen. Oder willst du

warten, bis er mit einer Droschke kommt?« Anders als Lore war Nathalia nicht bereit, die Flinte so einfach ins Korn zu werfen. Sie wusste, dass ihre Freundin ihren Mann liebte, und wollte ihr helfen, den Kampf gegen Wilhelmine Grünfelder und deren Geld zu gewinnen.

Einen Augenblick lang zögerte Lore, dann nickte sie. »Holen wir ihn ab! Jutta, besorg bitte einen Wagen. Ich ziehe mich nur rasch um.«

Nathalia blickte ihr nach und sah dann an sich herunter. Zwar trug sie kein Ausgehkleid, doch das ließ sich durch eine Pelerine aus leichtem Stoff kaschieren. Daher wartete sie, bis Lore zurückkam, und nickte zufrieden. Ihre Freundin trug ein modisches Kostüm, das ihre schlanke Figur betonte, sowie einen schicken, mit künstlichen Blüten verzierten Hut. Wie es aussah, hatte Lore doch noch den Willen, ihren Mann zurückzuerobern.

»Komm! Die Droschke wartet schon«, erklärte Nathalia aufgeregt, packte die Hand ihrer Freundin und zerrte sie hinter sich her.

Lore amüsierte sich ein wenig über Nathalias Eifer, der durchaus ansteckend wirkte. »Ich freue mich, dass du bei mir bist«, sagte sie lächelnd.

»Leider werde ich trotzdem bald nach Bremen weiterfahren müssen. Eigentlich hatten Tante Dorothea und Onkel Thomas mich bereits letzte Woche erwartet.«

Nathalia hätte sich über Lores Begleitung gefreut, war aber bereit, opfermütig darauf zu verzichten, wenn dafür zwischen ihrer Freundin und Fridolin alles wieder in Ordnung kam.

Als Lore mit Nathalia herankam, öffnete Jutta den Schlag einer

Droschke und nickte ihrer Herrin aufmunternd zu. »Viel Glück, gnädige Frau!«

»Danke! Ich kann es brauchen.« Lore setzte sich und knüllte, als der Wagen anfuhr, ihre Handschuhe zusammen. Gerne wäre sie voller Zuversicht und dem Wissen aufgebrochen, dass Fridolin zu ihr zurückkehren werde. Doch immer wieder schob sich Wilhelmine Grünfelders Gesicht in ihre Überlegungen. Das Mädchen war hübsch genug, um einen Mann zufriedenstellen zu können, und würde einmal Millionen erben. Fridolins Wunsch, weiter aufzusteigen und einen möglichst hohen Platz in der Gesellschaft einzunehmen, mochte ihn dazu bewegen, sich um die Erbtochter zu bewerben. Geld, um sie als überflüssig gewordene Ehefrau auszahlen zu können, besaß er in dem Fall genug.

Nathalia ahnte, mit welchen Zweifeln sich Lore quälte, und versuchte, ihrer Freundin Mut zu machen. Tatsächlich hatte sich Lores Miene ein wenig aufgehellt, als die Droschke in die Straße rollte, in der sich das Gefängnis befand. Doch in diesem Moment sahen beide Grünfelders Wagen losfahren. Neben dem Bankier, dessen Frau und seiner Tochter saß Fridolin in dem offenen Landauer.

Lore schluckte. Eines weiteren Beweises bedurfte es nicht. Ohne ihren Mann noch eines zweiten Blickes zu würdigen, wandte sie sich an den Droschkenkutscher. »Fahren Sie uns zurück in die Turmstraße!«

»Wie Sie meinen!« Der Mann zuckte mit den Achseln und sagte sich, dass es ihm gleichgültig sein konnte, wenn die Frau ihr Geld für eine Spritztour ausgab.

Lore kniff die Lippen zusammen und sprach kein Wort, bis sie ihr Haus betreten hatte. Dort befahl sie Jutta, die Koffer vom Dachboden zu holen, und begann zu packen.

Nathalia strich wie ein verängstigtes Kätzchen um sie herum. »Was machst du denn jetzt?«

»Ich werde dich zu Thomas und Dorothea begleiten. Was danach kommt, werden wir sehen.«

Ihr flammender Blick warnte das junge Mädchen davor, weitere Fragen zu stellen. Daher gesellte Nathalia sich zu Caroline, die in ihrem Zimmer saß und nähte.

Doch auch diese wusste keinen Rat. »Männer sind halt so!«, sagte sie bitter. »Herr von Trettin ist zwar bei weitem nicht so schlimm wie mein Bruder, doch auch er geht den Weg, der ihm am leichtesten erscheint. Das ist nun einmal die Heirat mit dieser Erbtochter. Bei Gott, wir hätten das Mädchen doch meinem Bruder überlassen sollen.«

Nathalia lag es bereits auf der Zunge, Caroline darauf hinzuweisen, dass gerade sie dies verhindert hätte. Aber als sie den Schmerz in der Miene der jungen Frau sah, schluckte sie die Worte wieder hinunter. Stattdessen ging sie in das Zimmer, das Lore ihr zur Verfügung gestellt hatte, und begann ebenfalls zu packen. In der nächsten Zeit, das fühlte sie, würde Lore sie so dringend brauchen wie selten zuvor.

# IX.

Für Fridolin war die Freilassung völlig überraschend gekommen. Eben noch hatte er das Mittagessen erhalten, bestehend aus einem Stück fettem Schweinefleisch und Kartoffelpüree, da erschien der Wärter mit einer wahren Leichenbittermiene.

»Herr von Trettin, ich bitte Sie, mir zu folgen!«

Fridolin schob den fast leeren Teller von sich und stand auf. Während er rätselte, ob von Bucher ihn erneut verhören wollte, führte der Beamte ihn in die Amtsstube und häufte seine Besitztümer vor ihm auf.

»Wenn Sie bitte hier unterschreiben wollen, dass Ihnen alles ausgehändigt worden ist.«

»Was ist denn los, Mann?«, fragte Fridolin verwundert.

»Ich habe eben die Anweisung erhalten, Sie auf freien Fuß zu setzen.«

Fridolin wusste nicht, wie ihm geschah. »Heißt das, ich bin frei?«

»Wird wohl so sein. Wenn Sie jetzt unterschreiben wollen!« Der Beamte drückte Fridolin eine Schreibfeder in die Hand und schob ihm den Vordruck hin.

»Hat man den wahren Mörder gefasst?«, fragte Fridolin weiter, während er seinen Namenszug an die entsprechende Stelle setzte.

»Keine Ahnung! Hier hat man ihn jedenfalls nicht eingeliefert!« Der Beamte packte den Zettel, faltete diesen sorgsam zusammen und steckte ihn in eine Schublade.

»Sie können gehen!«, ranzte er Fridolin an, der noch immer wie erstarrt vor ihm stand.

»Danke! Sie wissen gar nicht, wie gerne ich das höre.« Fridolin steckte seine Brieftasche und alles andere ein, das ihm bei seiner Verhaftung abgenommen worden war, und verließ kopfschüttelnd das Büro. Halb erwartete er, auf Staatsanwalt von Bucher zu treffen, um mehr zu erfahren. Doch er sah nur einen weiteren Gefängniswärter vor sich, der ihn zum Tor führte, dieses für ihn öffnete und hinter ihm schloss. Nun stand er geblendet im grellen Sonnenschein und wusste noch immer nicht, wie ihm geschah. Da tauchte auf einmal ein Wagen vor ihm auf, und er hörte eine bekannte Stimme. »Da sind wir ja gerade noch rechtzeitig erschienen. Kommen Sie, Herr von Trettin, steigen Sie ein!«

»Herr Grünfelder!« Fridolin war erleichtert, den Bankier zu sehen, gab ihm dessen Anblick nach den Tagen im Gefängnis doch ein Gefühl von Normalität. Seine Freude sank jedoch, als er auch dessen Frau und Tochter im Wagen entdeckte. Lieber hätte er es gesehen, wenn Lore gekommen wäre, um ihn abzuholen. Doch er schluckte die Enttäuschung hinunter und nahm den angebotenen Platz an. Im Wagen fand er sich neben Wilhelmine wieder, während deren Eltern gegen die Fahrtrichtung saßen, obwohl ihnen die besseren Plätze gebührt hätten.

Wilhelmine blickte ihn aus leuchtenden Augen an und hauchte: »Ich bin so froh, dass Sie wieder in Freiheit sind, Herr von Trettin!«

»Das arme Kind hat sich schier die Augen ausgeweint!«, erklärte Juliane Grünfelder mit Nachdruck.

»Ich wusste sofort, dass es nur ein Irrtum sein konnte, und habe mich an höchster Stelle für Sie verwendet«, log ihr Mann ungerührt.

»Ich danke Ihnen von Herzen, Herr Grünfelder. Sie sehen mich noch ganz erschlagen. Ich weiß wirklich nicht, was geschehen ist.« Fridolin wischte sich mit der Rechten über die Stirn und hob dann in komischer Verzweiflung die Hände. »Man hat mich ohne Angabe von Gründen freigelassen. Dabei weiß ich weder, was wirklich passiert ist, noch, ob der wahre Mörder gefasst werden konnte.«

»Es muss wohl so sein, denn Herr von Bucher hat mir erklärt, dass Ihre Unschuld zweifelsfrei erwiesen sei. Darüber bin ich sehr froh, denn ich bilde mir doch etwas auf meine Menschenkenntnis ein. Ich hätte mich sehr gewundert, wenn ich mich ausgerechnet in Ihnen getäuscht hätte.«

Wie gewohnt betonte Grünfelder in erster Linie die Bedeutung seiner eigenen Person, doch anders als früher lächelte Fridolin nicht darüber. Er war viel zu glücklich, dem drohenden Schatten des Todes entronnen zu sein. Zudem glaubte er den Worten des Bankiers und maß diesem das wesentliche Verdienst an seiner Freilassung zu. Als der Wagen losfuhr, drehte er sich kurz um und warf einen letzten Blick auf das Gefängnis. In dem Augenblick bog eine Droschke um die Ecke, in der zwei Personen saßen, die Lore und Nathalia hätten sein können. Doch bevor er etwas sagen konnte, ließ Grünfelders Kutscher die Pferde antraben, und so blieben das Gefängnis und die Droschke hinter ihnen zurück.

Grünfelder und seine Damen verwickelten Fridolin in ein Gespräch, bei dem mindestens jeder dritte Satz darin gipfelte, wie sehr Wilhelmine sich seinetwegen gegrämt habe und wie froh sie sei, ihn jetzt in Freiheit zu wissen.

Nicht zuletzt deswegen war Fridolin froh, als sie Grünfelders

Villa erreicht hatten. Doch als er erklärte, ungesäumt nach Hause fahren zu wollen, setzte Grünfelder eine beleidigte Miene auf. »Aber mein lieber Trettin! Sie müssen uns wenigstens erlauben, mit Ihnen auf diese glückliche Wendung des Schicksals anzustoßen. Sicherlich werden Sie nach Wasser und Brot im Gefängnis auch einem kleinen Imbiss nicht abgeneigt sein!«

Mit diesen Worten fasste der Bankier ihn am Arm und zog ihn mit sich.

»Es gab schon etwas mehr als Wasser und Brot«, antwortete Fridolin lächelnd und sah kurz auf seine Taschenuhr. Eine halbe Stunde würde er gewiss erübrigen können. Dann aber wollte er nach Hause zu Lore, die sicher vor Sorge um ihn verging.


## X.

Als Fridolin sich endlich von Grünfelder und dessen Damen loseisen konnte, dämmerte es bereits, und sein Kopf schwirrte von der Anzahl der Cognacs, die der Bankier ihm aufgenötigt hatte. Er ärgerte sich darüber, dass er so lange geblieben war, sagte sich aber, dass er Grünfelder, der sich als väterlicher Freund erwiesen hatte, nicht vor den Kopf hatte stoßen dürfen.

Der warme Abend lud dazu ein, gemütlich in einem Biergarten zu sitzen und dabei einem Leierkastenmann zuzuhören. Wenn am nächsten Tag das gleiche Wetter herrschte, wollte er mit Lore so einen Ausflug machen. Mary und Konrad würden sich gewiss für einen Abend Nathalias annehmen, denn er wollte

605

endlich mit seiner Frau allein sein und mit ihr in Ruhe reden können. Es gab Dinge zu klären, bei denen er nicht gerade eine heldenhafte Figur gemacht hatte. Da war allein schon sein Aufenthalt im *Le Plaisir*, in dem man ihn verhaftet hatte. Lore musste dies tief kränken, und es würde ihm sicher nicht leichtfallen, sie davon zu überzeugen, dass er nicht der Mädchen wegen dorthin gegangen war, sondern um sich mit Hede zu unterhalten. Die zwei Mal, die er mit dieser im Bett gelandet war, würde er ihr allerdings verschweigen.

Noch während er darüber nachdachte, was er Lore sagen durfte und was nicht, erreichte der Wagen die Turmstraße, und der Kutscher hielt vor seinem Haus.

Fridolin reichte ihm ein gutes Trinkgeld und stieg aus. In dem Moment wurde die Haustür aufgerissen, und Konrad trat heraus. Sein Gesicht wirkte ernst, und er sah so aus, als habe er Tränen in den Augen. »Da bist du ja endlich!«

Das klang nicht gerade freundlich, fuhr es Fridolin durch den Kopf. Dabei hatte er gehofft, Konrad, der in seiner Zeit als Seemann auch kein Kind von Traurigkeit gewesen war, würde ihn verstehen.

»Guten Abend, Konrad. Du glaubst gar nicht, wie sehr ich mich freue, dich wiederzusehen. Wo ist Lore? Sie hat sich doch hoffentlich nicht in ihrem Zimmer eingesperrt.« Fridolin sah sich in Gedanken schon vor ihrer Tür stehen und verzweifelt auf sie einreden.

Konrad schüttelte den Kopf. »Nein, in ihrem Zimmer ist sie nicht. Um es offen zu sagen, sie ist heute Nachmittag mit Nati und Jutta zusammen nach Bremen aufgebrochen, um Thomas und Dorothea Simmern zu besuchen.«

Diese Nachricht traf Fridolin wie ein Schlag. Im ersten Augenblick war er empört, dann senkte er betroffen den Kopf. »Sie ist wohl sehr böse auf mich, was?«

»Nein, nur schwer enttäuscht. Sie hätte erwartet, dass du ehrlicher zu ihr bist. Doch wie es aussieht, hat Berlin dir nicht gutgetan. Dir geht es hier nur noch um Ansehen und Geld. Wie es um Lore steht, ist dir gleichgültig geworden!«

»Das ist nicht wahr!«, fuhr Fridolin auf.

»Wieso musste sie dann von fremden Leuten erfahren, dass du dich von ihr scheiden lassen willst, um Wilhelmine Grünfelder zu heiraten?« Konrad beherrschte sich mühsam, um nicht laut zu werden, da er den vorbeikommenden Passanten kein Schauspiel bieten wollte.

»Bist du betrunken, dass du solchen Unsinn redest?«, fragte Fridolin und vergaß dabei ganz, dass er selbst nicht mehr ganz nüchtern war.

Konrad fasste ihn am Arm und zog ihn ins Haus. Dabei machte er ein so grimmiges Gesicht, als hätte er eben einen Schwerverbrecher gefangen. Im Salon sah Fridolin sich Mary, Caroline und Gregor Hilgemann gegenüber. Letzterer betrachtete ihn neugierig, während die Mienen der beiden Frauen nichts als Verachtung zeigten.

»Jetzt sagt mir doch endlich, was los ist!«, begann Fridolin. »Wer behauptet diesen Unsinn, ich wolle Grünfelders Tochter heiraten?«

»Nun, das ist doch stadtbekannt. Sogar der Staatsanwalt hat Lore darauf angesprochen«, erklärte Mary mit eisiger Stimme.

»Das war auch das Motiv für den Mord, den du begangen haben solltest. Damit sollte für von Trepkow der Weg zu der kleinen Grünfelder freigemacht werden. Wäre Lore nicht gewesen, hätte dieser sein Ziel erreicht. Aber sie hat alles getan, um deine Unschuld zu beweisen, und die Intrige aufgedeckt, der du zum Opfer fallen solltest. Sie hat eine Nachtfahrt nach Hamburg auf sich genommen, um die wahre Mörderin zu fangen, die mit einem Dampfer nach Amerika entschwinden wollte. Sie war es außerdem, die Friedrich von Trepkow mit meinem Colt in der Hand gehindert hat, Wilhelmine Grünfelder zu entführen und mit ihr zusammen ins Ausland zu fliehen. Ohne Lore, mein Lieber, hätte das Gericht dich auf das Schafott geschickt!« Konrad sprach nicht gerade laut, doch jedes Wort stellte eine Anklage dar.

Fridolin schüttelte sich in dem Versuch, den Nebel zu zerreißen, in den der Alkohol seine Gedanken hüllte. »Verdammt noch mal, ich will Wilhelmine Grünfelder nicht heiraten!«, platzte er heraus.

»Warum hast du dich dann heute von ihr und ihren Eltern abholen lassen? Lore ist extra hingefahren und hat dich mit ihnen wegfahren sehen.« Obwohl Mary saß, hatte Fridolin das Gefühl, dass sie auf ihn herabsah wie auf einen ekligen Wurm.

»Grünfelder war auf einmal da, und ich war froh, ein bekanntes Gesicht zu sehen. Außerdem glaubte ich, es wäre seinem Einwirken zu verdanken, dass meine Unschuld bewiesen wurde.« Noch während er es sagte, begriff Fridolin die Absicht, die der Bankier verfolgt hatte, und stieß einen Fluch aus. »Jetzt fällt es mir wie Schuppen von den Augen. Er wollte die ganze Zeit, dass ich seine Tochter heirate. Deswegen hat seine Frau Lore geschnitten. Aber ich will es nicht, versteht ihr, und ich wollte es auch nie. Ich liebe Lore und niemanden sonst!« Fridolin stand für einige Augenblicke da wie das leibhaftige Elend, raffte sich dann aber auf und rief nach Jean.

»Was willst du jetzt tun?«, fragte Konrad.

»Ich reise nach Bremen, um mich mit Lore auszusprechen. Sie muss wissen, dass ich gar nicht daran denke, mich von ihr scheiden zu lassen.« Fridolin wollte auf sein Zimmer gehen, um sich für die Reise zu rüsten, da hielt Konrad ihn auf.

»Das solltest du lieber nicht tun. Lore hat ihre ganze Nervenkraft dabei verbraucht, deine Unschuld zu beweisen. In dem Zustand, in dem sie jetzt ist, würde sie dich nicht einmal anhören. Lass ihr Zeit, sich zu beruhigen und wieder zu sich zu finden. Jetzt würdest du nur alles zerstören.«

»Aber ich kann nicht …«, rief Fridolin aus.

»Du wirst es können müssen! Außerdem hast du noch etwas vergessen: Du bist immer noch Fähnrich bei den Zweiten Garde-Ulanen. Dein Kommandeur hat heute Nachricht geschickt, du sollst deinen Dienst morgen früh wieder antreten. Wenn du jetzt Lore ohne Urlaub folgst, giltst du als Deserteur, und das kannst du dir nach der ganzen Sache wirklich nicht erlauben.«

Das Militär hatte Fridolin völlig vergessen. Trotzdem drängte ihn alles, das Regiment Regiment sein zu lassen und Lore nachzureisen.

Konrad bemerkte sein Schwanken und wurde grob. »Willst du alles zerstören, was du aufgebaut hast, und damit auch Lores selbstlosen Kampf um deine Freiheit sinnlos machen? Sie hat, wie sie uns sagte, ihre Pflicht getan. Jetzt tu du die deine! Leiste deinen Militärdienst ab, wie es sich gehört. Wenn du wegen angeblicher Fahnenflucht verhaftet und vielleicht sogar erschossen wirst, hat sie nichts davon. Mary und ich werden ihr schreiben, dass du nicht daran denkst, Grünfelders Tochter zu heiraten. Vielleicht wird sie dir dann verzeihen. Garantieren kann ich es dir aber nicht. Dafür hast du sie zu sehr verletzt.«

»Konrad hat recht!«, mischte Mary sich ein. »Du musst Lore Zeit lassen, ihre Gedanken zu ordnen und sich ihrer Liebe zu dir wieder bewusst zu werden. Dass sie dich liebt, hat sie bewiesen, indem sie als Einzige an deine Unschuld geglaubt und dafür gekämpft hat. Von den anderen hat keiner auch nur einen Finger für dich gerührt.«

»Das kann nicht stimmen! Grünfelder sagte …«, begann Fridolin, wurde aber von Mary mit einem harten Auflachen unterbrochen.

»Grünfelder erzählt viel, wenn es ihm in den Kram passt. Von ihm stammt auch die Nachricht, du würdest seine Tochter heiraten. Wir wissen es von Herrn Dohnke. Dieser sagte uns allerdings auch, dass Grünfelder dich nach deiner Verhaftung sofort verdammt und ihn auf deinen Posten gesetzt hat.«

Fridolin mochte das nicht glauben, doch als Konrad, Caroline und Gregor Hilgemann Marys Worte bestätigten, wurde er zornig. »Das hätte ich von Grünfelder nicht erwartet. Dafür wird er mir bezahlen!«

»Jetzt mäßige dich«, riet Konrad ihm. »Grünfelder ist ein Geschäftsmann, der aus kleinen Verhältnissen aufgestiegen ist. Da darf es dich nicht verwundern, dass er sich duckt, wenn der Wind pfeift. Im Grunde meint er es ja gut mit dir.«

»So gut, dass meine Ehe an seinem Gewäsch zerbrochen ist!« Fridolin wollte noch mehr sagen, doch da meldete Jean einen Besucher.

»Es handelt sich um einen Soldaten, aber nicht um einen Offizier«, setzte der Diener überheblich hinzu.

»Führe ihn herein.« Kurz darauf trat Wachtmeister Kowalczyk ein und salutierte vor ihm. »Melde gehorsamst, Herr Fähnrich, dass der Herr Fähnrich provisorisch ist ernannt worden zum Leutnant, wegen fehlender Offiziere im Regiment. Ist doch Herr Leutnant von Trepkow gesetzt worden gefangen und Herr Hauptmann von Campe versetzt worden an russische Grenze. Höchster Befehl, hat General selbst überbracht.«

»Danke!« Mehr brachte der verblüffte Fridolin nicht heraus.

Kowalczyk schüttelte den Kopf. »Melde gehorsamst, Herr Leutnant, bin noch nicht fertig. Herr Oberst bitten Herrn Leutnant, morgen um acht Uhr bei ihm zu erscheinen. Außerdem ich habe zu melden, dass Kadett Wenzel von Trettin sich gebrochen hat Genick, als er gefallen ist vom Pferd.«

»Wenzel ist tot!« Für einen Augenblick trat für Fridolin sogar der Streit mit Lore in den Hintergrund. »Wie ist das geschehen?«

»Melde gehorsamst, Herr Leutnant, ich weiß es nicht. Habe nur gehört von Herrn Oberst, dass ich es Herrn Leutnant soll mitteilen. Herr Oberst bedauert, dass er Herrn Leutnant kann nicht geben Urlaub für Beerdigung, aber anderes ist wichtiger.«

»Was ist wichtiger?«, fragte Fridolin ungeduldig.

»Melde gehorsamst, Herr Leutnant, ich weiß es nicht.« Kowalczyk salutierte erneut und äugte dann sehnsüchtig nach den Weingläsern, die auf dem Tisch standen.

Fridolin fühlte sich von allem, was an diesem Tag auf ihn eingestürmt war, bis ins Mark erschüttert und ließ sich in den Sessel

fallen. »Der arme Wenzel! Früher habe ich ihn einen Teufelsbalg genannt, doch jetzt war er auf einem guten Weg. Warum
musste er vom Pferd fallen? Er hatte doch Angst vor den Tieren. Malwine wird toben. Da bin ich direkt froh, dass ich nicht
zur Beerdigung gehen kann.«

»Schade um den Jungen! Die Besten sterben wohl immer zuerst.« Konrad klopfte Fridolin auf die Schulter und wies Jean
an, dem Feldwebel einen Imbiss und einen guten Trunk vorzu-
setzen.

Mit einer Miene, der anzumerken war, dass er diesen Auftrag
für unter seiner Würde erachtete, zog der Diener ab. An der
Tür blieb er kurz stehen und blaffte Kowalczyk an. »Mitkommen!«

Der Wachtmeister salutierte ein weiteres Mal und folgte dem
Lakaien. Fridolin sah ihm nach, stieß einige Flüche aus und entschuldigte sich dann bei den Damen. »Anders kann ich all das,
was ich in den letzten Stunden erlebt habe, nicht ausdrücken.«

»Das können wir dir nachfühlen«, antwortete Mary lächelnd.
In der Hafenstraße in Harwich, in der sie aufgewachsen war,
hatte noch ein ganz anderer Ton geherrscht. Auch Caroline
nickte verständnisvoll und bat, sich zurückziehen zu dürfen,
weil sie noch eine Stunde nähen wolle.

Während Fridolin nur nickte, lief Gregor Hilgemann erregt im
Raum hin und her. »Es ist eine Schande, dass Fräulein von
Trepkow wegen ihres verbrecherischen Bruders ein so elendes
Leben führen muss.«

»Ihr wäre ein guter Ehemann zu gönnen, der sie versteht und
den sie auch lieben kann«, erklärte Mary mit einem sanften
Lächeln.

»Von diesen Adelsbürschchen – entschuldigen Sie, Herr von Trettin, damit sind nicht Sie gemeint! – wird ihr keiner auch nur einen einzigen Blick schenken, geschweige denn sie heiraten«, brach es aus Gregor heraus.

»Ich glaube nicht, dass Fräulein von Trepkow sich einen Bräutigam von Adel wünscht. Sie würde Deutschland am liebsten verlassen, um anderswo ein neues Leben beginnen zu können. Was sie braucht, ist ein Ort, an dem die Erinnerung an all die schlimmen Dinge nicht ständig aufgewühlt wird.« Mary freute sich über den Eifer, den Gregor im Bezug auf Caroline zeigte. Die beiden passten ihrer Meinung nach gut zusammen, und sie wusste von Lore, dass diese sich bei ihnen gerne als Amor betätigt hätte.

Ihr Mann trat inzwischen zu Fridolin und legte ihm den Arm um die Schultern. »Du solltest besser zu Bett gehen, damit du morgen frisch bist, wenn du vor deinem Kommandeur erscheinen musst. Mach dir keine Sorgen um Lore. Dorothea wird ihr schon den Kopf zurechtsetzen. Ich werde heute noch einen Brief an sie schreiben, damit Thomas und sie nicht nur die Version erfahren, die Lore ihnen erzählen wird.«

»Danke! Ich wüsste nicht, was ich ohne Mary und dich jetzt täte.« Fridolin atmete tief durch und schwor sich, die erste Gelegenheit zu nutzen, um Lore zu folgen. Vorher aber musste er erfahren, was sein Vorgesetzter für so wichtig erachtete, dass er ihm den Wachtmeister schickte, um ihn für den nächsten Tag zu sich zu bestellen.

# XI.

Ihre Rückkehr nach Bremen hatte Lore sich anders vorgestellt. Denn als die Droschke vor dem Palais Retzmann anhielt und sie als Erste ausstieg, verspürte sie nichts als Bitterkeit im Herzen. Nie im Leben würde sie jenen Augenblick vergessen, in dem ihr Mann an der Seite der anderen Frau weggefahren war.

Während der ganzen Fahrt von Berlin nach Bremen hatte sie kaum ein Wort gesagt, sondern nur vor sich hin gegrübelt. Jetzt fühlte sie sich wie ausgebrannt. Auch Nathalia war zutiefst erschöpft und quengelte. Daher waren beide froh, als sie endlich vor Inge Busz standen, die souveräner über die Dienstboten im Palais herrschte als Kaiser Wilhelm über das Reich.

Die Haushälterin sah Lore und Nathalia an und schüttelte den Kopf. »Ach Gottchen, gnädige Frau! Sie hätten uns doch ein Telegramm schicken können, dass Sie heute ankommen. Jetzt haben wir überhaupt nichts vorbereitet.«

»Unsere Abreise ist etwas überraschend erfolgt«, erklärte Lore. »Wenn Sie bitte die Betten in Komtess Nathalias Zimmer und dem meinen überziehen lassen könnten, wären wir Ihnen sehr verbunden! Wir sind furchtbar müde, denn wir sind in der Nacht kaum zum Schlafen gekommen.«

»Ich werde sofort dafür sorgen«, versprach Frau Busz und klatschte in die Hände. Zwei Dienstmädchen erschienen und nahmen die entsprechende Anweisung entgegen. Danach wandte die Haushälterin sich wieder Lore und Nathalia zu. »Wollen die gnädige Komtess und die gnädige Frau inzwischen einen leichten Imbiss einnehmen?«

614

»Ich habe nicht den geringsten Hunger, aber Durst. Ein Glas
Limonade reicht mir«, erklärte Nathalia schläfrig.

Lore nickte. »Ich hätte auch gerne eine Limonade!«

»Kommt sofort! Wenn Sie inzwischen ablegen wollen!« Ein
junger Diener nahm Jutta das Gepäck der Damen ab und auch
Lores und Nathalias Staubmäntel entgegen, in die sie sich während der Reise gehüllt hatten.

Lore fand es jetzt an der Zeit, ihre Zofe der Haushälterin vor-
zustellen. »Das ist Jutta! Bitte weisen Sie ihr ein Zimmer in der
Nähe des meinen zu und kümmern Sie sich ein wenig um sie.
Sie stammt aus Berlin und war noch nie hier in Bremen.«

»Ich komme aus Rathenow, nicht aus Berlin«, korrigierte Jutta.

Die Stadt war der Haushälterin völlig unbekannt, trotzdem tat
sie so, als wäre ihr der Name ein Begriff, und forderte Jutta
freundlich auf, mit ihr zu kommen.

Kurz darauf brachte ein Diener zwei große Gläser mit Wald-
meisterlimonade und stellte sie mit einer Verbeugung auf den
Tisch.

»Danke«, sagte Lore. Dann drehte sie sich zu Nathalia um.
»So, jetzt sind wir wieder zu Hause!«

Nathalia fühlte den Schmerz, der in Lore wühlte, und verwünschte Fridolin. Da sie jedoch nicht an Lores Wunden rühren wollte, nahm sie ihre Limonade und begann in kleinen
Schlucken zu trinken. Als sie das Glas wieder abstellte, schüttelte sie sich, als könne sie damit ihre Müdigkeit vertreiben.

»Wir sollten einen Lakaien zu Tante Dorothea schicken, damit
sie weiß, dass wir angekommen sind.«

»Ich werde es veranlassen!« Inge Busz gab dem Diener einen
kurzen Wink, und dieser eilte sofort los. Mittlerweile hatte die

Haushälterin erkannt, dass Lore sich die Nacht in der Bahn nicht grundlos um die Ohren geschlagen hatte. Darauf deutete ihr schmerzlich verzogener Mund hin, außerdem knetete sie ständig ihre Handschuhe.

Während die unverhofft aufgetauchten Gäste auf Dorothea Simmerns Ankunft warteten, setzte Inge ihnen einen leichten Imbiss vor und berichtete ihnen, was inzwischen im Palais Retzmann so alles vorgefallen war.

»Es ist gut, dass Sie Ihre neue Zofe mitgebracht haben. Ihre frühere hat das Haus gleich verlassen, nachdem Sie abgereist sind, und steht nun in den Diensten von Frau Klampt. Wenn Sie mich fragen, hat die Frau das Mädchen nur deswegen eingestellt, weil sie sich von ihr Informationen über Sie, Herrn Fridolin und Komtess Nathalia erhofft. Das falsche Ding – die Zofe, meine ich – hat auch einige Lügen erzählt, die Frau Klampt und deren Tochter fleißig weitertragen. Erfolg haben sie damit allerdings keinen, denn die bessere Gesellschaft Bremens kennt Sie und weiß, was sie von Frau Klampt und deren Sippschaft zu halten hat.«

In dieser Art ging es in einem fort weiter. Lore spitzte die Ohren, denn sie wusste, dass es Verbindungen zwischen Ermingarde Klampt und Malwine von Trettin gab. Daher hätte sie keinen faulen Hering gegen ein goldenes Zwanzigmarkstück gewettet, dass die beiden jene üblen Lügen gemeinsam ausgeheckt hatten.

Auch Nathalia sah sie mehrmals bedeutungsschwer an und ließ einige bissige Bemerkungen über ihre angeheiratete Großtante fallen. »Die Klampt war schon immer ein widerwärtiges Biest. Wenn ich nur daran denke, wie sie sich nach dem Tod

meines Großvaters hier einnisten wollte! Wäre es nach ihr gegangen, säße ich bereits seit fünf Jahren in der Schweiz. Dabei
reicht mir dieses eine Jahr für das ganze Leben.«

Während Nathalia sich theatralisch schüttelte, fragte Lore sich,
wie sie das Mädchen dazu bringen konnte, wenigstens bis zu
ihrem siebzehnten Geburtstag in dem feudalen Internat zu
bleiben. In den Kreisen des Adels und des gebildeten Bürgertums war es für ein Mädchen unabdingbar, eine Höhere Töchterschule in der Schweiz zu besuchen. Bevor sie darauf zu sprechen kommen konnte, wurde die Tür geöffnet, und Dorothea
Simmern rauschte herein.

»Oh, wie schön, euch zu sehen!«, flötete sie und schloss zuerst
Lore und dann Nathalia in die Arme.

In ihren Augen stand jedoch ein Ausdruck, der im krassen Gegensatz zu ihrer gespielten Fröhlichkeit stand. »Deine letzten
Briefe waren nicht gerade aufheiternd, liebste Lore. Ich hoffe,
mit Fridolin hat sich alles geklärt. Er ist mit Sicherheit kein
Mörder!«

Lore nickte bitter. »Er wurde gestern aus dem Gefängnis entlassen. Den Mord hat Elsie begangen, die ihn Fridolin in die
Schuhe schieben wollte.«

»Das haben wir ihr aber vermasselt«, erklärte Nathalia grinsend. »Wir sind ihr nämlich nach Hamburg gefolgt und haben
sie dort kassiert!«

Dorothea versetzte ihr einen leichten Klaps, bat dann Inge, ihr
eine Tasse Schokolade zu bringen, und setzte sich zu Lore. »So,
jetzt erzählst du mir alles, was in Berlin passiert ist, und berich-
te mir auch, was es mit dieser Bankierstochter auf sich hat, die
dir so schwer auf der Seele liegt.«

»Wenn du es nicht tust, mache ich es«, drohte Nathalia.

Da Lore die überschäumende Phantasie ihres Schützlings kannte, wollte sie das nicht riskieren. Während sie mit matter Stimme zu berichten begann, sagte Dorothea Simmern sich, dass sie noch am selben Tag einen Brief an Mary schreiben und diese um einen unvoreingenommenen Bericht bitten würde. Der Fridolin, von dem Lore sprach, hatte nämlich nichts mehr mit dem jungen Mann gemein, den sie kannte und mochte.

# XII.

Als Fridolin auf das wuchtige Tor der Kaserne zuging, präsentierte die Wache das Gewehr. Einer der beiden Soldaten konnte sich jedoch ein Grinsen nicht verkneifen. Auch wenn Fridolin erst einige Wochen im aktiven Dienst stand, hatten seine Untergebenen erkannt, dass er anders als Leutnant von Trepkow Menschen in ihnen sah und keine Affen, die es zu dressieren galt.

Fridolin erwiderte den Gruß und wunderte sich, am Tor gleich von Krysztof Kowalczyk empfangen zu werden. Dieser salutierte mit leuchtenden Augen. »Wenn der Herr Leutnant gestatten zu sagen, es freut mich, Herrn Leutnant gesund und munter wieder in Kaserne begrüßen zu dürfen!«

»Danke, Wachtmeister!«

Gesund bin ich vielleicht am Leib, sagte Fridolin sich. In seinem Herzen schwärte jedoch eine tiefe Wunde. Konrad hatte ihm am Abend noch einmal erklärt, was Lore unternommen hatte, um ihn aus dem Gefängnis zu holen, und er konnte seine

Frau nicht genug bewundern. Trotzdem kränkte es ihn, dass sie ihn ohne ein Wort verlassen hatte.

Ihm war jedoch klar, dass er mit Engelszungen hätte reden müssen, um ihr all das, was geschehen war, glaubhaft zu erklären. Wahrscheinlich war sie von den bösartigen Gerüchten stark beeinflusst worden, die über ihn verbreitet worden waren. Wie leicht es war, solch dummem Gerede Glauben zu schenken, hatte er in jenen launischen Apriltagen am eigenen Leib erlebt.

»Der Herr Oberst bittet den Herrn Leutnant, umgehend zu ihm zu kommen!«

Kowalczyks Stimme schreckte Fridolin aus seinem Grübeln auf, und er folgte dem Wachtmeister mit angespannter Miene. Dieser führte ihn jedoch nicht in das Büro des Regimentskommandeurs, sondern ins Kasino. Dort hatten sich bereits die übrigen Offiziere des Regiments eingefunden, und er fing einige Satzfetzen auf, die alles andere als zufrieden klangen.

»… eine üble Sache …«

»… ausgerechnet in unserem Regiment …«

»… wirft einen Schatten auf uns alle …«

Noch während Fridolin sich fragte, ob sie damit ihn meinten, trat von Scholten auf ihn zu. »Da sind Sie ja, Trettin. Freue mich, Sie zu sehen. Üble Sache, nicht wahr?«

»Ich verstehe nicht ganz«, antwortete Fridolin verwirrt.

»Trepkow und Palkow, meine ich. Ganz üble Sache. Steckt mehr dahinter, als uns gesagt wurde. Weiß ich von meinem Cousin.«

Fridolin fragte sich, weshalb der Oberst so viel Aufhebens um einen Mord im Bordell machte, doch da fuhr dieser bereits fort: »Wir sollen die Sache unter uns regeln, heißt es. Und zwar so diskret wie möglich! Sonst gäbe es einen fürchterlichen Skandal.«

Während Fridolin noch die Hintergründe zu begreifen suchte, betrat Emil Dohnke den Raum. Auch er trug Uniform und wirkte kaum weniger verstört. Als er Fridolin sah, ging er auf ihn zu und zupfte ihn am Ärmel. »Können Sie mir sagen, Herr von Trettin, was hier los ist? Ich habe gestern den Befehl erhalten, mich heute hier einzufinden.«

Der Oberst wandte sich sofort an Dohnke. »Sie sind also der Mann, der Trepkow daran gehindert hat, die junge Dame zu entführen!«

Dieser nickte zögernd. »Ja, ich und noch ein paar andere, darunter ...«

»Jene Herrschaften tun nichts zur Sache. Hier geht es allein um Sie. Sie haben dieses Schurkenstück verhindert und verlangen gewiss Genugtuung. Wird Ihnen zuteilwerden! Ihnen auch, Trettin. Palkow und Trepkow wollten Sie auf üble Weise aus dem Weg räumen. Dafür werden die beiden bezahlen. Es wird ein Duell geben. Oder besser gesagt zwei. Dohnke wird gegen Trepkow, und Sie werden gegen Palkow antreten. Allerdings werden nur Ihre Pistolen scharf geladen sein, die der anderen nicht! Ist angeblich ein Befehl von ganz oben. Glaube ich aber nicht. Bismarck würde auf unsere Ehre Rücksicht nehmen. War sicher einer der Sesselfurzer in den Ministerien. Habe solche Kerle gefressen!«

Der Kommandeur machte ein Gesicht, als wäre ihm die ganze Welt zuwider, und einer der Offiziere drückte aus, was alle dachten. »Die beiden müssten vor Gericht gestellt werden. Stattdessen zwingt man uns, ihre Henker zu spielen!«

»Ich verstehe immer noch nicht, worum es hier geht«, erklärte Fridolin ungeduldig.

Sein Kommandeur schnaubte und hieb mit der Hand durch die Luft. »Palkow und Trepkow haben etwas ausgefressen und sollen beseitigt werden. Die Anweisung lautet, es wie ein Duell aussehen zu lassen, das beide verlieren.«

Fridolin schüttelte verärgert den Kopf. »Heißt das, ich soll einen Mann niederschießen, der mir mit einer leeren Pistole gegenübersteht? Das wäre kaltblütiger Mord. So etwas mache ich nicht!«

»So ist die Order!«, antwortete der Oberst schnaubend.

»Ich weigere mich trotzdem! Wenn ich mich mit Palkow duelliere, soll dies zu gleichen Chancen geschehen. Meine ganze Reputation wäre beim Teufel, würde ich darauf eingehen.«

»Es soll alles geheim bleiben.«

»Irgendwann wird einer reden! Da Palkow mich durch einen heimtückischen Streich aufs Schafott bringen wollte, habe ich das Recht, ihn wie ein Ehrenmann zu fordern.« Fridolin war über die Anweisung, einen Wehrlosen umzubringen, so erbost, dass er sich keine Gedanken über die Folgen eines ehrlichen Duells machte. In diesem Moment wollte er nur Vergeltung für die Tage im Gefängnis und für all das, was Lore seinetwegen ausgestanden haben musste.

Der Blick des Kommandeurs fiel auf Dohnke. »Wie sehen Sie das?« Seinem Blick war anzumerken, dass er einen Bürgerlichen, auch wenn dieser den Rang eines Leutnants innehatte, nicht als vollwertig ansah. Dennoch musste er befehlsgemäß dafür sorgen, dass dieser Mann als guter Freund der Familie Grünfelder den Entführer des Fräuleins zur Rechenschaft zog.

»Ich sehe die Sache genauso wie Herr von Trettin. Auch ich will nicht den Henker spielen, sondern von Trepkow Mann gegen Mann gegenüberstehen.« Emil Dohnke mochte Grünfelder trotz seiner Schwächen und empfand mittlerweile auch für Wilhelmine eine gewisse Sympathie. Als er an die Angst dachte, die sie bei der Entführung durch von Trepkow ausgestanden haben musste, fletschte er unwillkürlich die Zähne.

»Wenn Sie gestatten, Herr Oberst, wähle ich keine Pistolen, sondern schwere Säbel.«

Der Kommandeur musterte sein Gesicht, das keinen einzigen Schmiss aufwies, wie es bei Mitgliedern schlagender Burschenschaften in der Regel der Fall war, zuckte dann aber mit den Achseln. »Wenn Sie es so haben wollen!«

»Ich wünsche es!«

Fridolin wunderte sich, dass Emil so schneidig auftrat, fragte dann aber neugierig, wie dieses Duell vonstattengehen sollte.

»Es wird in drei Tagen um sechs Uhr morgens am Neuen See im Tiergarten ausgefochten«, beschied ihn der Oberst. »Wenn Leutnant Dohnke bis dorthin noch ein wenig mit dem Säbel üben will, stelle ich ihm meinen Adjutanten zur Verfügung.«

»Das wird nicht nötig sein«, antwortete Emil lächelnd, der schon jemanden im Sinn hatte, mit dem er üben konnte. Da Gregor Hilgemann jedoch noch immer auf den Fahndungslisten der Polizei stand, wollte er dessen Namen nicht erwähnen.

»Auch gut!« Der Kommandeur wandte sich nun Fridolin zu. »Sie erhalten bis dorthin jeden Tag zwei Stunden Zeit, um mit Pistolen zu schießen. Ich würde Ihnen raten, dies auch zu tun, denn Palkow gilt als guter Schütze und vor allem als ein Mann von kaltem Blut!«

»Ich danke Ihnen, Herr Oberst.« Fridolin schlug die Hacken zusammen und hätte sich am liebsten empfohlen, um mit sich und seinen Gedanken allein zu sein. Doch jetzt drängten sich die anderen Offiziere um ihn und prosteten ihm zu.

»Verdammt widerwärtige Sache! Gut, dass Palkow das Regiment nicht bekommen hat. Wären sonst alle entehrt«, erklärte ein Hauptmann erleichtert.

»Na, wie sind die Mädels im *Le Plaisir*?«, wollte ein anderer Offizier wissen, der an jenem verhängnisvollen Abend nicht in der Stadt gewesen war.

»Sie sind die besten von ganz Berlin«, antwortete Fridolin.

»Sie haben sie ja auch kräftig durchprobiert! Das habe ich ebenfalls vor.« Der Sprecher klopfte Fridolin lachend auf die Schulter.

Dieser hoffte für Hede und deren Schützlinge, dass die Schließung ihres Bordells bald aufgehoben wurde und sie wieder etwas verdienen konnten. Nun aber richtete er seine Gedanken auf das bevorstehende Duell. Hatten zunächst Empörung und Zorn in ihm die Oberhand behalten, spürte er jetzt auf einmal auch Angst, bei dem Schusswechsel schwer verletzt oder gar getötet zu werden. Er ließ sich jedoch nichts anmerken, sondern trank ein Glas Wein und entschuldigte sich dann mit dem Hinweis, nach seiner Schwadron sehen zu müssen.

»Kalt wie Eis, dieser Trettin. Wird es hoffentlich schaffen, den Schandfleck auf unserer Ehre zu tilgen«, kommentierte der Oberst, nachdem Fridolin gegangen war.

Emil Dohnke, der Fridolin besser kannte, sagte nichts, sondern bat lächelnd, sich entfernen zu dürfen.

Generös gestattete es von Scholten und dachte für sich, dass die Sitten im Reich auch immer schlechter wurden, wenn einem bürgerlichen Nichts wie Dohnke erlaubt wurde, mit Friedrich von Trepkow den Spross eines adeligen Hauses herauszufordern. Gleichzeitig betete er darum, dass Fridolin und Dohnke ihre Duelle gewannen. Sonst würde er sich in einer Kaserne in der hintersten Provinz wiederfinden, wenn er nicht gleich ganz aus der Armee ausgeschlossen würde.

## XIII.

In den nächsten Tagen hatte Fridolin wenig Gelegenheit, an Lore zu denken. Der Dienst in der Kaserne, in der es nach von Trepkows Verhaftung und der Versetzung Hasso von Campes an Offizieren mangelte, und die Übungen im Pistolenschießen nahmen seine Zeit in Anspruch. Immer wieder überlegte er, ob es richtig gewesen war, auf einem Duell mit gleichen Chancen zu bestehen, gab sich aber jedes Mal die gleiche Antwort: Wenn er je wieder in einen Spiegel schauen wollte, musste er diese Sache so durchstehen, wie es seine Ehre gebot.

Dennoch war ihm am frühen Morgen des dritten Tages mulmig zumute, als er mit Oberst von Scholten, dem Regimentsarzt und zwei weiteren Offizieren den Wagen bestieg, der sie zum Tiergarten bringen sollte. Der Arzt hatte den Kasten mit chirurgischen Instrumenten auf seinem Schoß liegen und einer der anderen Herren den mit den beiden Pistolen.

Über die Kirchstraße und die Brückenallee erreichten sie den Tiergarten und rollten schließlich über die Fasanerie Allee zum Neuen See. Sie kamen als Erste an, was Oberst von Scholten mit einen zufriedenen Brummen goutierte. Auf sein Zeichen hin hielt der Kutscher an, und die fünf stiegen aus.

»Würde lieber hier ausreiten als diesem elenden Duell zusehen«, sagte einer der Offiziere missmutig.

Ich auch, dachte Fridolin, während er sich gegen einen Baum gelehnt die Finger rieb, die sich nicht nur der morgendlichen Kühle wegen steif anfühlten.

Kurz darauf erschien von Scholtens Adjutant mit Emil Dohnke und zwei weiteren Herren. Diese brachten die beiden schweren Säbel, die für Emils Kampf mit von Trepkow bestimmt waren.

»Sie bestehen also tatsächlich darauf, diese Dinger zu benutzen?«, sagte einer von Fridolins Begleitern spöttisch.

Emil Dohnke lächelte nur und lockerte seine Muskeln.

Wenige Minuten vor sechs Uhr näherte sich eine geschlossene Kutsche, die von sechs mit Karabinern bewaffneten Reitern flankiert wurde. Als der Wagen anhielt, sah Fridolin, dass dieser von außen verschlossen war. Einer der Reiter stieg vom Pferd und reichte den Zügel an einen Kameraden weiter. Dann zog er einen Schlüssel aus der Tasche und sperrte die Wagentür auf.

Auf seine Aufforderung hin stieg zuerst von Palkow aus. Ihm folgte Friedrich von Trepkow mit einer Miene, als wolle er jeden erwürgen, auf den er traf.

Oberst von Scholten trat auf die beiden zu. »Sie haben erfahren, worum es hier geht?«

Während von Palkow nur nickte, bleckte der Leutnant die Zähne. »Ich muss nur diesen ungewaschenen Lümmel da in Stücke hacken, dann kann ich dieses Land verlassen!«

»Wenn Sie Ihre Duelle überleben, werden Sie unter Bewachung nach Hamburg gebracht und können dort ein Schiff besteigen, das Sie in die Vereinigten Staaten bringt. Sie sind auf Lebenszeit aus Deutschland verbannt!« Der Oberst rasselte den Text herab, als hätte er ihn auswendig gelernt.

Dieses Zugeständnis hatte die beiden Schurken täuschen sollen, damit diese dem Duell zustimmten. Einer Anweisung höherer Stellen zufolge hatten von Palkow und von Trepkow jedoch chancenlos zu sein. Nun stellte von Scholten sich schaudernd vor, was geschehen würde, wenn beide ihren Zweikampf gewannen. Am liebsten hätte er nun doch darauf bestanden, dass beide Duelle mit Pistolen ausgefochten und die Waffen der Verräter ohne Kugeln geladen wurden. Doch dafür war es nun zu spät. Jetzt blieb ihm nur die Hoffnung, dass von Trettin und Dohnke als Sieger vom Platz gingen. Andernfalls würden seine Vorgesetzten ihm die Hölle heiß machen.

Heinrich von Palkow bedachte Fridolin mit einem höhnischen Blick. Dieser lumpige Freizeitsoldat war ihm doch nicht gewachsen! So konnte er Malwine von Trettin einen letzten Dienst erweisen, indem er ihren verhassten Verwandten tötete. Danach würde er in die USA ausreisen, wenn auch nicht, wie erhofft, als Millionär. Aber da es auch dort eine Armee gab, sah er neue Chancen für sich am Horizont auftauchen.

»Wenn die Herren bereit sind, können wir beginnen!« Auf einen Wink des Obersts maßen zwei Offiziere die zehn Schritte ab, die die Duellanten trennen sollten, und kennzeichneten die Endpunkte mit ihren Helmen. Ein anderer brachte den Kasten mit den Pistolen, öffnete ihn und lud die Waffen vor Zeugen. Dann überreichte er die Waffen, wie es der Zeremonie entsprach, den Sekundanten. Diese überprüften sie und nickten zustimmend.

»Die Formalitäten sind erfüllt. Wenn die Herren jetzt Aufstellung nehmen würden!«, erklärte von Scholten.

Fridolin atmete tief durch, nahm die Pistole von seinem Sekundanten entgegen und stellte sich neben einen der am Boden liegenden Helme. Als er zu von Palkow hinsah, dachte er, dass ihm zehn Schritte noch nie so kurz vorgekommen waren wie in diesem Augenblick.

»Die beiden Kontrahenten sollen jetzt die Waffen anschlagen. Sie schießen in dem Augenblick, in dem ich dieses Tuch fallen lasse!« Oberst von Scholten zog ein rotkariertes Schnupftuch aus der Tasche und hielt es so, dass alle es sehen konnten.

»Lassen Sie sich dabei nicht zu viel Zeit. Ich will den nächsten Dampfer nach Amerika bekommen!«, stieß von Palkow mit einem misslungenen Lachen aus.

Fridolin spürte, dass der Major ihn verunsichern wollte, und dachte unwillkürlich an Lore. Wenn er hier erschossen wurde, erhielte er nie mehr die Gelegenheit, all die Missverständnisse zwischen ihnen zu bereinigen. Damit würde er in ihren Augen immer der Mann bleiben, dem sie ihre Liebe geschenkt und der sie dafür verraten hatte. Bei dieser Vorstellung fühlte er ein geradezu mörderisches Verlangen, seinen Kontrahenten zu erledigen. Er legte die Waffe an und zielte auf von Palkows Stirn. Dann wartete er, bis das Taschentuch fiel.

Sein Gegner hatte den Ruck bemerkt, der durch Fridolin gegangen war, und erstarrte, als er in die Mündung der Pistole sah. Unwillkürlich wollte er einen halben Schritt zur Seite treten, wurde aber durch einen scharfen Ruf des Obersts daran gehindert.

»Stehen bleiben! Bei Gott, sonst schieße ich Sie nieder wie einen tollwütigen Hund!«

Auf von Palkows Stirn erschienen kleine Schweißtropfen. Ich muss schneller sein als Trettin, schoss es ihm durch den Kopf, und er stierte auf das Schnupftuch, um sofort zu schießen, wenn es sich aus von Scholtens Hand löste.

Der Oberst wartete noch einen Augenblick, spürte dann den aufkommenden Morgenwind und ließ das Tuch los.

Im selben Moment knallte von Palkows Schuss. Fridolin verspürte ein Zupfen am Ohr und drückte unwillkürlich ab. Dann sah er, wie auf der Stirn seines Gegners ein schwarzer Fleck erschien und dieser lautlos zu Boden sank.

»Verteufelt guter Schuss. Wie auf dem Schießstand«, kommentierte einer der Zeugen.

Der Oberst nickte. »Ein guter Treffer. Dabei hat Palkow zu früh geschossen. Verdammter Feigling!«

Da er nun keine Duellregeln mehr verkünden musste, verfiel von Scholten wieder in seinen abgehackten Sprachstil.

Die sechs Reiter, die die Kutsche mit den Gefangenen eskortiert hatten, nickten einander zufrieden zu. Zwei von ihnen packten den Toten und schleiften ihn zum Wagen, während die anderen um den Platz Aufstellung bezogen, auf dem Emil Dohnke und von Trepkow ihren Kampf austragen sollten. Dort luden sie für alle sichtbar ihre Karabiner durch.

»Nur für den Fall, dass Leutnant von Trepkow sich dem Zweikampf durch Flucht entziehen will«, erklärte ihr Anführer.

Von Trepkow schnaubte empört. »So eine Unverschämtheit! Den Knaben da schneide ich mit links in Stücke!«

»Dann wünsche ich gutes Gelingen«, antwortete Emil Dohnke und nahm seinen Säbel entgegen.

Auf ein Zeichen des Obersts stellten sie sich in Position und hoben die Waffen. Kaum wurde das Signal zum Kampf gegeben, stürmte von Trepkow auf Emil zu und schwang den Säbel, als wolle er den Schädel eines Büffels spalten.

Emil Dohnke wehrte den Hieb mit einer knappen Bewegung seines Säbels ab und ließ die eigene Klinge vorschnellen. Sein Gegner keuchte auf, als ihm die Schneide durch den linken Oberarm fuhr und sein Ärmel sich rot färbte.

Eine höllische Wut stieg in von Trepkow auf, und er begann, seinen Gegner mit wuchtigen Hieben vor sich herzutreiben. Emil wehrte ihn scheinbar mühelos ab, entdeckte eine Lücke in der Deckung seines Gegners und erzielte einen weiteren Treffer.

Von Scholten gesellte sich zu Fridolin und wies auf den jungen Bankangestellten. »Der Bursche ficht besser als gedacht. Ist aber kein Militärstil!«

»Eher der eines paukenden Studenten«, gab Fridolin zurück, ohne die Kämpfenden aus den Augen zu lassen. Von Trepkow atmete bereits schwer. Er versuchte eine weitere Finte, glitt an Dohnkes Klinge ab und musste den nächsten Treffer hinnehmen.

»Trepkow macht es nicht mehr lange«, kommentierte einer der Zuschauer so laut, dass dieser es hören musste.

Wie von der Tarantel gestochen fuhr der Leutnant auf seinen Gegner zu und hätte diesen beinahe überrascht. Im letzten Moment wich Emil zur Seite, und so zog von Trepkows Säbel nur eine blutige Schramme über seine Wange. Die Verletzung machte Emil klar, dass er nicht auf dem Paukboden stand, sondern ein tödliches Duell ausfocht. Mit zwei, drei Hieben drängte er Trepkow zurück, durchbrach dessen Deckung und stieß ihm die Klinge direkt unterhalb des Brustbeins in den Leib.

Von Trepkow sackte in sich zusammen und blieb auf dem Rasen liegen. Der Arzt kniete neben ihm nieder, untersuchte ihn und schüttelte den Kopf. »Da ist nichts mehr zu machen.«

»Ausgezeichneter Hieb!«, lobte der Oberst erleichtert, weil die Duelle mit dem gewünschten Ergebnis geendet hatten.

Die Männer, die von Palkow und von Trepkow begleitet hatten, trugen den Leichnam des Leutnants zum Wagen, legten ihn hinein und schwangen sich auf die Pferde. Ihr Offizier berührte noch kurz mit der Rechten seinen Helm, dann brachen sie auf.

Fridolin blickte ihnen hinterher und begriff erst nach und nach, was geschehen war. Das Gefühl, einen Menschen getötet zu haben, fraß sich wie Säure in seinen Kopf, und für einen Moment schauderte ihm vor sich selbst.

Unterdessen behandelte der Arzt Emils Verletzung. »Schlimm ist sie ja nicht, aber Sie werden eine sichtbare Narbe zurückbehalten.«

Emil Dohnke stieß ein kurzes Lachen aus. »Jetzt habe ich acht Mensuren ohne Schrammen überstanden, und ausgerechnet heute muss das passieren.«

»Immer noch besser eine Schramme im Gesicht als ein durchbohrtes Herz«, kommentierte der Arzt trocken und sah dann Fridolin erschrocken an.

»Sie sind ebenfalls verwundet, Herr von Trettin!«

Bis jetzt hatte Fridolin nichts gespürt, doch als er darauf angesprochen wurde, schmerzte auf einmal das linke Ohr. Da war auch schon der Arzt bei ihm und betupfte es mit Jod.

»Auf den Tod getroffen sind Sie nicht. Palkows Kugel hat Ihnen zum Glück nur das halbe Ohrläppchen abrasiert!«

Fridolins Aufatmen brachte die anderen zum Lachen, und von Scholten klopfte ihm auf die Schulter. »Damit kann niemand mehr sagen, bei diesem Duell sei es nicht mit rechten Dingen zugegangen. Sie tragen das sichtbare Zeichen mit sich herum, dass von Palkows Pistole geladen war!«

Während der Arzt Fridolin so verband, als hätte von Palkow ihm nicht nur die Spitze des Ohrläppchens, sondern den halben Kopf weggeschossen, versuchte er, seinen Duellgegner aus seinen Gedanken zu verdrängen. Er wusste jedoch, dass er noch lange an diesen Morgen denken und im Traum den Klang der Duellpistolen hören würde.

Wie gerne wäre er jetzt nach Hause gefahren und hätte mit Lore geredet. Da ihm dies jedoch verwehrt war, entschloss er sich, ein Kondolenzschreiben an Malwine aufzusetzen und ihr mitzuteilen, wie sehr er den Tod ihres Sohnes Wenzel bedauerte. Er konnte nicht wissen, dass er Malwine soeben einen Verlust zugefügt hatte, der Wenzels Tod weit in den Schatten stellte.

## XIV.

Lore und Nathalia verbrachten einige angenehme Wochen in Bremen, ohne etwas von den Ereignissen in Berlin zu erfahren. Dorothea Simmern leistete ihnen die meiste Zeit Gesellschaft, und auch deren Ehemann Thomas nahm sich mehrfach frei, um sie auf Ausflügen zu begleiten. Zu Beginn hatten beide noch versucht, mit ihrer Freundin über Fridolin zu sprechen. Aber ihnen war rasch klar geworden, dass Lore allein bei der

Erwähnung des Namens die Stacheln ausfuhr. Da sie befürchteten, Lore könnte, wenn sie zu sehr in sie drangen, Bremen heimlich verlassen, mieden sie dieses Thema und hofften auf die Heilkraft der Zeit.

Als sich Nathalias Ferien dem Ende zuneigten, tauchte ein weiteres Problem auf. Das Mädchen weigerte sich, in die Schweiz zurückzukehren.

»Ich mag nicht!«, rief sie zornig, als Dorothea sie darauf ansprach.

»Aber Kind, wie kannst du nur so uneinsichtig sein? Wenn du eine Dame werden willst, musst du eine Höhere Töchterschule absolvieren. Wie willst du sonst lernen, was richtig ist und was falsch?«, versuchte Dorothea sie zu überreden.

»Lore wird mir alles beibringen, was ich wissen muss!«, behauptete Nathalia.

Dorothea schüttelte mit einem gespielten Lächeln den Kopf. »Aber Kind, du kannst Lore nicht dazu zwingen, ihr Leben aufzugeben und nur noch für dich da zu sein.«

Lore hätte ihr am liebsten gesagt, dass ihr eigenes Leben in Scherben lag und sie sich gerne um Nathalia kümmern würde. Doch im nächsten Moment schalt sie sich für diesen selbstsüchtigen Gedanken, wusste sie doch, wie wichtig eine solide Ausbildung für das Mädchen war. Würde es keine Schule in der Schweiz besuchen, gäbe es immer Gerede, die Komtess Retzmann sei ein unerzogenes Geschöpf.

»Es tut mir leid, es sagen zu müssen, doch ich kann dir nicht alles beibringen, was du dir in unseren Kreisen an Wissen und Fertigkeiten aneignen musst«, sagte sie daher.

Nathalia stampfte mit dem Fuß auf, so wie sie es in ihren frü-

heren Trotzphasen gemacht hatte. »Aber du bist auch nicht auf
eine dieser komischen Schulen gegangen und weißt dich trotzdem so zu benehmen, wie es sich gehört!«

»Meine Eltern, vor allem aber mein Großvater haben mich den
Wert höflichen Wesens gelehrt und alles, was ein Mädchen aus
einer Familie von Landedelleuten wissen sollte. Dennoch habe
ich mir oft gewünscht, ich hätte eine solche Schule besuchen
können, denn bei gewissen Dingen bin ich unsicher, ob ich
richtig handle oder nicht.«

Als weiteres Argument fügte Lore an, dass sie dort Freund-
schaften schließen könne, die das ganze Leben hielten. »Denke
nur daran, was ich dir über meine ersten Monate in Berlin erzählt habe«, fuhr sie fort. »Ich kannte niemanden und wurde
auch von niemandem eingeladen. Stattdessen konnte diese un-
sägliche Malwine mich bei allen Leuten schlechtmachen.«

»Pah!«, war Nathalias Antwort. »Die Gänse, die in diesem Internat sind, will ich nicht als Freundinnen haben. Ich …«

»Schluss jetzt!«, fiel ihr Dorothea Simmern ins Wort. »Du
kehrst in das Internat zurück. Damit es dir leichter wird, werden Lore und ich dich in die Schweiz begleiten. Mein Arzt hat
mir einen längeren Kuraufenthalt dort angeraten, damit ich
meinen Gatten vielleicht doch noch mit einem Kind erfreuen
kann. Ein Aufenthalt in einer angenehmen Gegend und Spaziergänge in freier Natur sind auch das beste Heilmittel für
Lores angegriffene Nerven.«

Lore lag schon auf der Zunge, zu erklären, dass ihre Nerven
keineswegs angegriffen wären. Doch da auch ihr klar war, dass
Nathalia niemals ohne sie in die Schweiz zurückkehren würde,
schenkte sie Dorothea ein verstehendes Lächeln. »Ich würde

mich freuen, dich begleiten zu können, denn ich fühle mich wirklich ein wenig matt. Gewiss wird die Frau Direktorin die Freundlichkeit besitzen, uns Nathalia an den Sonntagen zu überlassen. Es wäre doch schön, wenn wir zuerst gemeinsam den Gottesdienst besuchen und dann einen Ausflug machen könnten. Erinnert ihr euch noch an unseren letzten Aufenthalt in der Schweiz, als uns die Träger mit Sänften zu jener Hütte am Berg hochgetragen haben? Dort gab es Gerstensuppe, Schinken und luftgetrocknete Würste zu essen, und das Bier war köstlich.«

Nathalia begann bei dieser Vorstellung zu kichern, sah die beiden Frauen jedoch misstrauisch an. »Ihr kommt also wirklich mit und bleibt dort?«

»Vielleicht nicht das ganze Jahr, aber doch etliche Wochen«, versprach Dorothea, während Lore durchaus Gefallen an dem Gedanken fand, länger in der Schweiz zu bleiben.

## XV.

*W*ochen vergingen, ohne dass Fridolin Nachricht von Lore erhielt. Seine Sorgen um sie wurden immer größer. Die Angst, sie würde nie mehr zu ihm zurückkehren, drückte ihn nieder. Der einzige Mensch, mit dem er über sie reden konnte, war Marys Ehemann Konrad. Dieser hielt Briefkontakt zu Dorothea und Thomas Simmern und vermochte Fridolin daher zu berichten, dass es Lore gut ging.

»Sie ist letzte Woche mit Dorothea zusammen in die Schweiz gefahren, um Nathalia ins Internat zu bringen. Wie es aussieht,

hat die junge Dame sich gesträubt, dorthin zurückzukehren.«
Konrad grinste bei dem Gedanken, doch Fridolin machte eine
unwirsche Handbewegung.

»Lore ist in der Schweiz, sagst du? Da ist sie ja noch weiter weg
als in Bremen!«

»Da du derzeit weder nach Bremen noch in die Schweiz fahren
kannst, sollte dir die Entfernung gleichgültig sein. Außerdem
würde Dorothea es dir nicht raten. Lore ist immer noch sehr
gekränkt, und das kann ich verstehen. Wäre ich in einen Mord-
fall in einem Bordell verwickelt worden, würde Mary mir den
Koffer vor die Tür stellen.« Konrad lachte über die Vorstellung
und schenkte ihm und Fridolin Wein ein. »Trink einen Schluck,
aber nicht mehr! Oder willst du, dass Lore, wenn sie zurückkommt, einen haltlosen Säufer vorfindet?«

Dieser Vorwurf war nicht unberechtigt, das sah Fridolin ein. In
den letzten Wochen hatte er seinen Kummer nicht nur ein Mal
in Wein und Cognac ertränkt.

»Ich bin nicht wegen der Huren ins *Le Plaisir* gegangen, sondern weil Hede Pfefferkorn eine alte Freundin von mir ist und
mir früher öfter aus der Bredouille geholfen hat«, verteidigte er
sich.

»Bordell bleibt Bordell! Frauen reagieren da arg empfindlich,
das solltest du wissen. Wenn man so ein Etablissement betritt,
muss es mit aller Diskretion geschehen.«

»Ich war seit jenem Tag nicht mehr im *Le Plaisir*«, fuhr Fridolin auf.

»Ich glaube, du hast auch heute schon zu viel getrunken!«
Konrad nahm ihm kurzerhand das Glas aus der Hand und
schüttete den Inhalt in einen Blumentopf. »Du solltest nicht

den Fehler begehen, dich selbst zu bemitleiden. Die Sache hast nämlich du verbockt und kein anderer, am wenigsten Lore. Ohne sie hättest du dich in deiner Zelle erschießen müssen oder wärst auf dem Schafott geendet. Wie sieht es übrigens mit dir und Grünfelder aus? Bist du immer noch so oft bei ihm zu Gast?«

Fridolin schüttelte den Kopf. »Seit jener Sache nicht mehr. Ich schiebe militärische Pflichten vor und vertröste Grünfelder auf später. Wenn ich könnte, würde ich den Kontakt zu ihm ganz abbrechen! Aber ich habe zu viel Geld in seine Bank gesteckt.«

Vor allem Hedes Geld, dachte Fridolin, und es war ihm kein Trost, dass sowohl sein wie auch ihr Kapitel sich im Lauf der Monate angenehm vermehrt hatte.

»Du bist klüger, als ich befürchtet habe. Meide Grünfelders Haus auch weiterhin, bis dieser einen Verrückten gefunden hat, der seine Tochter heiraten will. Wenn Lore von dieser Hochzeit erfährt, wird das wenigstens einen Teil ihres Unmuts vertreiben.«

Konrad sah wenig Veranlassung, seinen Freund zu schonen. Fridolin musste diese Sache durchstehen, bevor er auf eine Versöhnung mit Lore hoffen durfte. Um ihn jedoch nicht weiter zu quälen, lenkte er das Gespräch auf dessen Regiment.

»Und wie ergeht es dir beim Militär? Hast du dort mehr zu tun, als repräsentativ im Kasernenhof herumzustehen und zuzusehen, wie die Unteroffiziere die Mannschaften drillen?«

»So einfach, wie du dir das Leben eines Offiziers vorstellst, ist es nicht«, gab Fridolin nicht sehr freundlich zurück. »Ich habe durchaus Pflichten zu erfüllen, und ohne den braven Kowalczyk wüsste ich manchmal nicht mehr ein und aus. Er war der

Bursche meines Vaters, als dieser noch lebte, und hat mich unter seine Fittiche genommen.«

Fridolin erzählte nun einige Begebenheiten, die er selbst erlebt oder von Kowalczyk erfahren hatte, und gab dabei seiner Hoffnung Ausdruck, irgendwann lange genug Urlaub zu bekommen, um Lore besuchen zu können.

»Warte ab, bis Dorothea dich dazu auffordert. Sie kennt Lores Dickkopf genauso gut wie du und ich. Aber sag, wie ist es eigentlich mit eurer Gesellschaft zur Beschenkung des Prinzen Wilhelm weitergegangen?« Erneut wechselte Konrad das Thema, um von Lore abzulenken.

»Nachdem Palkow als Leiter der Gruppe und Trepkow und Campe als Teilnehmer ausgefallen waren, sah es einige Zeit so aus, als platze die Sache. Doch dann hat Rendlinger die Angelegenheit in die Hand genommen und die restlichen Verhandlungen mit der Werft geführt. Zu meiner Überraschung hat Staatsanwalt von Bucher den Wunsch geäußert, sich anstelle der drei Offiziere beteiligen zu dürfen. Daher sieht es so aus, als könnten wir die Dampfyacht wie geplant an Prinz Wilhelm übergeben – obwohl mich die Angelegenheit im Grunde nicht mehr interessiert.«

Konrad schnaubte. »Es darf dir aber nicht gleichgültig sein! Immerhin bist du Miteigentümer dieser Bank, und da ist es wichtig, die richtigen Kontakte zu knüpfen und hohen Herrschaften aufzufallen. Du willst Lore doch eine gesicherte Heimat bieten, wenn sie zurückkommt!«

»Aber wie erkläre ich den Leuten, dass sie nicht hier ist?«

»Sag die Wahrheit – oder besser gesagt, die halbe. Sie befindet sich nach den aufregenden Ereignissen dieses Sommers in der

Schweiz auf Kur und wird dort bleiben, bis sie wieder völlig hergestellt ist. Ha! Im Verdrehen von Tatsachen bin ich auch nicht schlechter als Malwine von Trettin.«

Konrad zwinkerte Fridolin zu. Doch sein Freund zog ein Gesicht, als hätte er in eine saure Zitrone gebissen. »Erinnere mich nicht an dieses Miststück! Der Brief, den sie mir als Antwort auf mein Kondolenzschreiben zu Wenzels Tod geschickt hat, strotzt nur so vor Schuldzuweisungen und Beleidigungen. Sie hatte sogar die Unverschämtheit, mich einen elenden Mörder zu nennen. Dabei habe ich Wenzel gewiss nicht zugeraten, seine Ferien auf diesem Gestüt zu verbringen und dort gleich am ersten Tag einen als schwierig geltenden Hengst zu besteigen. Ich frage mich, ob die Frau noch ganz bei Sinnen ist.« Fridolin schüttelte den Kopf und machte eine wegwerfende Handbewegung. »Wenigstens bleibt sie jetzt auf Gut Trettin, weil sie wegen irgendeines Vorfalls nicht mehr nach Berlin zurückkehren kann.«

»Dann hat die Sache wenigstens etwas Gutes! So, ich hoffe, ich kann dich jetzt unbesorgt allein lassen. Ich will nämlich Mary von ihrem Atelier abholen.« Konrad wollte sich schon erheben, doch da klang Fridolins Stimme düster auf.

»Geh ruhig und beschütze deine Frau! Ich kann es nicht. Dabei muss ich immer daran denken, dass Lore derzeit ganz ohne Schutz ist.«

»Wenn es dich beruhigt, kann ich in die Schweiz fahren und nach ihr sehen. Vielleicht lässt sie sogar mit sich reden. Übrigens will auch Gregor Hilgemann dorthin reisen. Seine Familie hat inzwischen genug Geld geschickt, damit er dort sein Studium beenden kann.«

»Herr Hilgemann reist ab?« Caroline von Trepkow war unbemerkt eingetreten und hatte Konrads letzte Worte gehört.

»Das wird er, aber gewiss nicht, ohne sich vorher von Ihnen zu verabschieden, gnädiges Fräulein. Wer weiß, vielleicht sagt er sogar noch mehr. Er will nämlich, wenn er sein Studium beendet hat, nach Amerika auswandern. Und ich kann mir nicht vorstellen, dass er diesen Weg allein antreten möchte.«

Eine leichte Röte überzog Carolines Wangen. »Ich wünsche ebenfalls, dieses Land zu verlassen, und Gregor Hilgemann ist ein Ehrenmann, dessen Schutz ich mich gerne anvertrauen würde.«

Leidenschaft sieht anders aus, dachte Konrad. Doch in seinen Augen passten die beiden zusammen und würden eine gute Ehe führen.

»Gregor kann in der Schweiz auch Lore im Auge behalten, wenn dich das beruhigt«, bot er seinem Freund an.

Vor ein paar Wochen hätte Fridolin noch starke Bedenken geäußert, doch mittlerweile hatte auch er Gregors sanfte Werbung um Caroline wahrgenommen.

»Ich würde mich darüber freuen«, sagte er daher und beschloss, bei seinem Regimentskommandeur noch einmal auf Urlaub zu drängen. Immerhin war der Sommer bereits dem Herbst gewichen, und er hoffte, Lore noch vor dem Winter nach Hause zurückholen zu können.

# XVI.

Fridolins militärische Pflichten hinderten ihn jedoch daran, sich auf die Reise in die Schweiz zu machen. Das große Herbstmanöver stand an, danach waren Paraden und festliche Empfänge an der Reihe, und schließlich wartete der große Weihnachtsball des Regiments. Zwar waren inzwischen zwei neue Offiziere als Ersatz für von Trepkow und von Campe zu den Zweiten Garde-Ulanen abkommandiert worden, dennoch hatte Fridolin seinen provisorischen Rang als Sekondeleutnant behalten und musste zusammen mit Wachtmeister Kowalczyk die Reiter ihrer Eskadron drillen.

Mit den Anforderungen stieg auch sein Wille, die Sache durchzustehen, und als das Regiment das nächste Mal Unter den Linden paradierte, war er stolz, dazuzugehören. In der Nähe des Brandenburger Tores entdeckte er Grünfelders Wagen. Der Bankier hob grüßend den Hut, während Frau und Tochter ihm zaghaft zuwinkten. Fridolin dachte an eine andere Parade, bei der ihm die Damen ebenfalls zugewinkt hatten und er ihnen geantwortet hatte. Das hatte Lore völlig missverstanden. Obwohl seine Frau immer noch in der Schweiz weilte, verkniff er sich jede Geste, die als vertraulich gewertet werden konnte, und richtete den Blick starr geradeaus.

Ein Stück weiter entdeckte er Hede Pfefferkorn und hob seinen Degen zum Gruß. Neben Hede stand Lenka, jene Hure, mit deren Misshandlung Elsie unfreiwillig den Schlüssel zu seiner Freiheit geliefert hatte. Inzwischen wusste er, dass Hede in jenen schlimmen Tagen seine Frau aufgesucht und mitgeholfen hatte, seine Unschuld zu beweisen. Er war ihr dankbar, hatte aber dennoch nicht gewagt, ihr Bordell noch einmal zu betreten. Da Wachtmeister Kowalczyk als Bote zwischen Hede und ihm fungierte, wusste er, dass sie das *Le Plaisir* wieder hatte eröffnen dürfen. Zwar kehrte die hochrangige Kundschaft nur zögernd zurück, doch Hede machte nicht den Fehler, dies auszugleichen, indem sie auch Männern der unteren Schichten Zutritt gewährte. Wer als Gast im *Le Plaisir* empfangen wurde, besaß mindestens das Recht, die Mitglieder des preußischen Abgeordnetenhauses wählen zu dürfen.

Erleichtert, dass es seiner alten Freundin wieder besser zu gehen schien, setzte Fridolin die Parade fort und sah bald darauf König Wilhelm am Fenster des Palastes stehen und grüßen. Dessen ältester Enkel Prinz Wilhelm stand in der Uniform eines Majors der Ulanen auf den Stufen des Eingangs und ließ sich keine Einzelheit entgehen. Die linke Hand hatte er auf den Knauf seines Säbels gestützt, während er mit der rechten immer wieder den Rand seines Helmes berührte.

Fridolin fragte sich, ob der Prinz wusste, dass er zu jenen gehörte, die sich auf das Abenteuer eingelassen hatten, ihm ein Schiff zu schenken. Für einen Augenblick dachte er an Oberst von Palkow, der die Idee aufgebracht hatte. Doch welche Pläne der Mann damit insgeheim verfolgt hatte, wusste wohl niemand.

Mit einem leichten Kopfschütteln verscheuchte er diese Gedanken und führte seinen Beritt zur Invalidenstraße zurück. Kurz bevor sie das Tor der Kaserne erreichten, sah er erneut Hede Pfefferkorn und Lenka, die nun in einer Droschke saßen. Nach einem kurzen Blick auf den Oberst, der bejahend nickte, löste Fridolin sich aus der Reihe der Reiter, trabte auf die beiden zu und grüßte Hede.

»Ich freue mich, dich wohlauf zu sehen!«

»Ich bin erfreut, dich zu sehen, nachdem du in den letzten Monaten einen weiten Bogen um das *Le Plaisir* gemacht hast. Allerdings kann ich dir das, nach alledem, was dort geschehen ist, nicht verdenken.« Hede rieb sich mit der Hand kurz über die Augen und schenkte Fridolin ein wehmütiges Lächeln. »Du hast eben eine ausgezeichnete Figur abgegeben. Hätte deine Frau dich so gesehen, wäre sie stolz auf dich gewesen.«

Um Fridolins Mund erschien ein bitterer Zug. »Ich glaube kaum, dass meine Frau sich für das interessiert, was ich derzeit mache.«

»Wenn sie dich liebt, wird sie es, und ich hatte … Ich glaube, sie liebt dich wirklich.« Hede hatte sich gerade noch daran erinnert, dass Fridolin möglicherweise nicht wusste, dass sie Lore persönlich kennengelernt hatte, und setzte noch rasch einen Satz hinzu. »Immerhin hast du mir viel über sie erzählt.«

»Das war in einer anderen Zeit!« Fridolin seufzte und musterte sie dann neugierig. »Du hast doch etwas auf dem Herzen, sonst hättest du mich nicht hier abgepasst.«

»Dir kann man wahrlich nichts vormachen!« Hede lächelte unsicher und wies dann auf Lenka. »Es geht um dieses Mädchen. Du weißt ja, dass du ohne Lenka auf dem Schafott gelandet wärst. Daher meine ich, du könntest dich ein wenig dankbar erweisen.«

»Solange es in meiner Macht steht, gerne«, antwortete Fridolin und musterte die junge Frau. Er hatte sie als berückend schönes Geschöpf im *Le Plaisir* erlebt und später erfahren, dass Elsie sie aus Rachsucht gefoltert hatte. Die Spuren waren inzwischen verschwunden, und sie wirkte immer noch hübsch, aber auf eine seltsame Art und Weise hausbacken. Das mochte an ihrer schlichten Frisur und dem einfachen, hochgeschlossenen Kleid liegen.

»Lenka hat über eine Zeitungsannonce Briefkontakt mit einem Farmer aus der kanadischen Provinz British Columbia aufgenommen, der hier in Deutschland eine Braut sucht, da es im Westen von Kanada zu wenig Frauen gibt. Jetzt würde sie gerne zu ihm reisen und ihn heiraten. Dafür bräuchte sie einen neuen und vor allem unauffälligen Pass ohne gewisse Eintragungen, eine Passage zweiter Klasse und vielleicht tausend oder zweitausend Mark als Mitgift. Ich finde, das sollte dir dein Leben wert sein!« Hede klang ein wenig gepresst, denn sie hasste es, betteln zu müssen. Zwar hatte sie Lenka bereits heimlich ein paar hundert Mark zugesteckt, aber mehr konnte sie sich nicht leisten, weil ihr Bordell nur langsam wieder in Schwung kam. Ihre eiserne Reserve, die sie Fridolin übergeben hatte, wollte sie in einer Zeit, in der sie so stark unter der Beobachtung der Behörden stand, nicht angreifen. Außerdem fand sie, dass Fridolin durchaus Grund hatte, sich erkenntlich zu zeigen.

»Die Überfahrt und die zweitausend Mark gebe ich Lenka gerne und wünsche ihr von Herzen, dass sie drüben ein neues Leben beginnen kann. Nur das mit dem Ausweis ist schwierig«, antwortete Fridolin zögerlich.

»Du kennst doch Herren, die über ihre Verbindungen einen solchen Pass besorgen können. Lenka wird dir ihren Geburtsort und den Namen ihrer Eltern nennen. Sie bittet aber darum, dass ihr Vorname als Helene geschrieben wird, da ihr Bräutigam eine deutsche Frau sucht, während sie selbst kaschubischer Herkunft ist.«

»Ich werde schauen, was ich machen kann. Sobald ich eine Möglichkeit sehe, schicke ich Kowalczyk zu euch!«

Bis jetzt hatte Lenka still im Wagen gesessen und Hede reden lassen. Jetzt fasste sie mit beiden Händen nach Fridolins Rechter und hielt sie kurz fest.

»Ich danke Ihnen, Herr von Trettin, und werde Sie immer in meine Gebete einschließen. Ich habe seit jenem Tag nicht mehr gearbeitet. Frau Pfefferkorn war so freundlich, mir trotzdem Obdach zu gewähren, aber ich wünsche mir nichts sehnlicher, als dieses Land zu verlassen und jenseits des Ozeans ein neues Leben zu beginnen. Dort wird mich nicht mehr alles daran erinnern, dass ich doch nur eine Hure bin!«

»Ich wünsche dir eine gute Reise, Lenka, oder, besser gesagt, Helene. Und noch einmal danke für alles!« Fridolin reichte ihr zum Abschied die Hand, winkte Hede zu und folgte den anderen Ulanen in die Kaserne.

Dabei dachte er mit einem Kopfschütteln daran, wie viele Menschen ihr Glück jenseits des Meeres suchten. Lenka erhoffte sich drüben ein Leben als anständige Frau, Gregor Hilgemann die Freiheit, endlich sagen zu können, was er dachte, und Caroline von Trepkow floh vor dem Dünkel ihres Standes, dessen Mitglieder ihr sowohl ihre Armut wie auch den Skandal verübelten, den ihr Bruder mit Wilhelmine Grünfelders Entführung entfacht hatte. Dann aber wandten sich seine Gedanken unwillkürlich Prinz Wilhelm zu, der die Parade so martialisch abgenommen hatte, als wäre er bereits der Kaiser. Bald würde er ihm zusammen mit den anderen Herren von Angesicht zu Angesicht gegenüberstehen, und er konnte nur hoffen, dass die kleine Dampfyacht dem Prinzen gefiel.

# XVII.

Der Wind pfiff kalt über den Kai und ließ Fridolin von seiner warmen Stube träumen. Er stand in seiner besten Uniform neben der in den preußischen Farben Schwarz und Weiß gestrichenen Dampfyacht, die noch größer war, als er es erwartet hatte. Aus dem ebenfalls schwarz und weiß gestrichenen Schornstein, der mit dem preußischen Adler verziert war, stieg dunkler Rauch, der ihnen Tränen in die Augen trieb.

Neben Fridolin stand Emil Dohnke in der Uniform eines Reserveleutnants der Artillerie, und ihm folgte Staatsanwalt von Bucher. Dieser hatte sich anlässlich des Festtags ebenfalls in den Rock eines Reserveoffiziers gehüllt, während Grünfelder, Rendlinger und die übrigen Herren Frack und Zylinder trugen. Keiner sprach ein Wort, während Seine Hoheit, Prinz Wilhelm, die Yacht besichtigte und sich dabei ausgiebig Zeit ließ.

Matrosen der kaiserlichen Marine bildeten die Mannschaft des Schiffes, und am Top flatterte die Kriegsflagge des Reiches, als wollte der Prinz mit diesem Schiff unverzüglich in eine Schlacht dampfen. Fridolin empfand dies als lächerlich, aber er spürte, dass seine Mitstreiter dies anders sahen.

Endlich tauchte Prinz Wilhelm aus dem Innern der Yacht auf. Er trug die Uniform eines Fregattenkapitäns, hatte die Linke im Gürtel verhakt und hielt in der Rechten einen Stock, der mit etwas Phantasie als Admiralsstab angesehen werden konnte.

Der Prinz überquerte die Gangway und blieb vor der Gruppe stehen. Sein Adjutant wollte ihm einen Mantel über die Schulter hängen, um ihn vor dem eisigen Wind zu schützen, wurde aber mit einer herrischen Geste beiseitegescheucht.

»Kolossal, die Yacht!«, erklärte Wilhelm sichtlich zufrieden. »Kann mit vier Kanonen ausgerüstet werden! Exzellent!«

Fridolin stellte sich unwillkürlich den Prinzen vor, wie er mit diesen Kanonen auf Spatzen schoss, und musste seine ganze Selbstbeherrschung aufbringen, um nicht zu lachen.

Unterdessen schritt Wilhelm von Preußen die Reihe ab und blieb vor Fridolin stehen. »Trettin, nicht wahr? Habe gehört, dass Sie in eine scheußliche Sache verwickelt waren. Haben dabei einen infamen Plan verhindert. Danke Ihnen dafür!« Der Prinz legte grüßend die Hand an seine Kapitänsmütze und wandte sich dann an seinen Adjutanten.

»Wegen seiner Verdienste wünsche ich, dass Herr von Trettin in den Grafenstand erhoben und am Ende seiner Militärzeit als Hauptmann der Reserve entlassen wird!«

Der Adjutant schien peinlich berührt, wagte aber nicht zu widersprechen. Wilhelm ging nach einem militärischen Gruß bereits zu Emil Dohnke weiter, der wie in Stein gemeißelt vor ihm stand.

»Dohnke, nicht wahr? Haben mit Trettin zusammen diese Chose bereinigt. Damit das ›von‹ im Namen verdient.«

Ohne eine Antwort abzuwarten, trat der Prinz auf den Nächsten zu und lobte von Bucher, dem er ebenfalls großes Verdienst an der Niederschlagung dieser Angelegenheit zumaß. Fridolin merkte rasch, dass Wilhelm von Preußen im Grunde kaum mehr über diese Sache wusste als er selbst, außer, dass etwas gegen ihn persönlich geplant gewesen war. Daher sah der Prinz es als sein Vorrecht an, Belohnungen zu vergeben, die im Grunde der Zustimmung seines Großvaters bedurft hätten. Allerdings würde Seine Majestät, der Kaiser, nicht umhinkommen, die Versprechungen seines Enkels in die Tat umzusetzen, wenn er dessen Ansehen nicht beschädigen wollte.

Während der Prinz auch die übrigen Herren seiner Gunst versicherte, fragte Fridolin sich, was Lore wohl dazu sagen würde, wenn sie wüsste, dass sie sich bald Gräfin Trettin nennen konnte. Wahrscheinlich würde sie, wäre sie Zeugin dieses Geschehens hier, schallend darüber lachen. Er hätte sich gerne bei Wilhelm von Preußen bedankt, doch der Prinz ließ keinen von ihnen zu Wort kommen, sondern lobte die Dampfyacht, die er, wie er sagte, unverzüglich zu einem Besuch in Stettin benützen wollte, und schritt dann zu dem Wagen, mit dem er gekommen war. Sein Adjutant folgte ihm, und so blieb nur noch ein frierendes Männergrüppchen am Ufer zurück.

»Ein imposanter junger Herr«, bemerkte Grünfelder, dem der Prinz ebenso wie Emil Dohnke die Erhebung in den Adelsstand versprochen hatte. Rendlinger hingegen freute sich über die Ankündigung Prinz Wilhelms, er werde sich persönlich dafür verwenden, dass seine Fabriken neue Heeresaufträge erhielten.

Trotzdem wandte er sich mit neiderfülltem Tonfall an Fridolin.

»Sie haben ja von uns allen den Vogel abgeschossen. Hauptmann der Reserve und ein Grafentitel, das muss Ihnen erst einmal einer nachmachen.«

»Meinen Glückwunsch, Herr von Trettin. Ich hoffe, Sie finden jetzt doch wieder den Weg in mein Haus!« Grünfelder streckte Fridolin die Hand entgegen. Dieser ergriff sie nach kurzem Zögern.

»Das wird wahrscheinlich noch ein wenig dauern. Der Dienst, wissen Sie ...«

»Aber heute können Sie doch mitkommen! Schließlich haben wir etwas zu feiern.«

Noch während Fridolin überlegte, wie er sich herauswinden konnte, ohne den Bankier zu verletzen, kam Rendlinger ihm zu Hilfe. »Ich habe eine Feier in meinem Palais arrangieren lassen und darf Ihnen mitteilen, dass Seine Hoheit, Prinz Wilhelm, erscheinen und sich zwanglos zu uns gesellen wird. Hinterher sollten wir unsere alten Traditionen wieder aufnehmen und ins *Le Plaisir* gehen. Der Prinz«, Rendlinger senkte bedeutungsvoll seine Stimme, »wird uns begleiten.«

Während Fridolin überlegte, wie er sich diesem Vorhaben entziehen könnte, spürte er, wie sehr es ihn reizte, endlich einmal in Ruhe mit Hede reden zu können. Vielleicht vermochte diese ihm zu raten, wie er Lore wieder für sich gewinnen konnte.

Unterdessen hatte Grünfelder die Enttäuschung, nicht der Gastgeber der Siegesfeier sein zu können, überwunden. »Ich würde mich freuen, Hede Pfefferkorns Etablissement aufsuchen zu können. Eines sei aber gesagt. Dieses eine Mädchen, diese Lenka, ist für mich reserviert.«

Da wird Grünfelder eine herbe Enttäuschung erleben, dachte Fridolin ohne Schadenfreude. Lenka – oder Helene, wie sie sich jetzt nannte – hatte Berlin bereits vor Wochen verlassen und längst kanadischen Boden betreten. Zwar lag noch eine weite Reise vor ihr, bis ihr Bräutigam sie in British Columbia begrüßen konnte, doch Grünfelder würde sie niemals mehr wiedersehen.

Während die Gruppe zu den Wagen zurückkehrte, gesellte

sich Emil Dohnke zu Fridolin. »Von Dohnke – das wird meinem Alten gefallen«, sagte er und strich zufrieden über seinen Schnurrbart.

»Meinen Glückwunsch! Damit hat diese Sache Ihnen also doch etwas gebracht.«

»Sie wirken nicht sonderlich zufrieden. Dabei haben Sie die höchste Belohnung von uns allen erhalten. Aber was glauben Sie, Herr von Trettin: Wäre ich als frisch geadelter Bankierssohn nicht eine passable Partie für Fräulein Wilhelmine Grünfelder?«

»Sie wollen die Tochter unseres Bankiers heiraten?«, rief Fridolin verblüfft.

»Mir ist dieser Gedanke eben gekommen. Das Mädel ist im Grunde nicht schlecht, und bei ihrer Mitgift wird mein Vater Hosianna schreien. Besser könnte ich es gar nicht treffen.«

Emil Dohnke klang so fröhlich, dass Fridolin sich fragte, ob er dessen bissige Bemerkungen über Wilhelmine Grünfelder nur geträumt hatte. Andererseits verstand er den jungen Mann. Das Bankhaus Grünfelder befand sich im Aufstieg, und da es nur diese eine Erbtochter gab, würde Dohnke durch eine Heirat mit ihr auf einen Schlag zum Millionär.

»Ich könnte natürlich sagen, ich tue es nur Ihnen zu Gefallen. Wenn Ihre Frau hört, dass Wilhelmine nicht Sie, sondern einen anderen erhört hat, wird sie Sie vielleicht trösten wollen!« Emil lachte darüber wie über einen guten Witz und klopfte Fridolin auf die Schulter.

»Kommen Sie, Herr Graf, sonst fahren uns die anderen davon, und wir müssen zusehen, wie wir bei dem Sauwetter an eine Droschke kommen!«

Während sie sich den übrigen Herren anschlossen, dachte Fridolin an Lore. Nun war der Hauptauslöser für ihren Zorn auf ihn durch eine Ehe Emil Dohnkes mit Wilhelmine gegenstandslos geworden. Nicht zuletzt deswegen beschloss er, alles zu tun, damit es zu dieser Heirat kam.

# Achter Teil

## *Der weiße Tod*

# I.

Lore öffnete die Tür und sah hoffnungsvoll ins Freie, wurde aber wieder enttäuscht. Vor der Hütte war alles weiß. Ihr schien, als würde der Winter sich in diesem Jahr mit aller Macht gegen den Einzug des Frühlings stemmen. Dabei war der März fast vorbei, und in tiefer gelegenen Landstrichen hatten die Bauern bereits die Pferde eingespannt, um die Felder auf die Frühlingssaat vorzubereiten. Auch die Menschen hier in den Bergen warteten sehnsüchtig darauf, dass die Kälte wich und das erste Grün des Frühlings auf den Viehweiden spross.

»Es wird noch mehr Schnee geben!«, prophezeite Jutta düster. »Dann kann wieder keiner aus dem Dorf zu uns heraufsteigen und neue Vorräte bringen.«

Kopfschüttelnd schloss Lore die Tür und drehte sich zu ihrer Zofe um. »Wir verfügen über genügend Lebensmittel, um eine weitere Woche oder sogar zwei zu überstehen.«

Dabei wusste sie natürlich, dass es Jutta nicht um die schwindenden Vorräte ging. Der Mann, der ihnen einmal in der Woche die Sachen hochtrug, brachte auch Briefe mit, und davon gab es etliche. Nathalia schrieb beinahe täglich, Dorothea Simmern mindestens zweimal in der Woche, und gelegentlich traf auch ein Schreiben von Mary und Konrad ein. Nur von Fridolin hatte sie noch nichts bekommen. Zwar hatte Konrad ihr geschrieben, er habe ihm davon abgeraten, sich mit ihr in Verbindung zu setzen, damit es nicht zu weiteren Missverständnissen kam, dennoch schmerzte Lore das Schweigen ihres Mannes.

Er ist es nicht wert, dass ich mir so viele Gedanken um ihn mache, sagte sie sich und ließ den Blick durch die Hütte schweifen, die ihr schon seit Monaten Obdach gab. Das Gebäude war aus grob behauenen Baumstämmen gezimmert und mit dünnen Steinplatten gedeckt, die auf Brettern lagen, an denen teilweise noch die Rinde hing. Sie umfasste nur einen einzigen Raum, der Küche, Wohnraum und Schlafzimmer in einem war.

Obwohl das nächste Dorf eine Stunde entfernt auf dem Weg ins Tal lag, fühlte Lore sich hier längst nicht so einsam wie während der ersten Wochen in Berlin. Wenn sie ehrlich zu sich war, musste sie zugeben, dass dies hauptsächlich Juttas Verdienst war. Ihre Zofe schimpfte zwar gelegentlich über die primitive Art, hier zu hausen, war ihr aber zu einer guten Freundin geworden. Gegen die Einsamkeit halfen auch die vielen Briefe und die Modezeichnungen, die sie hier in langen Stunden anfertigen konnte und die sie bald Mary schicken wollte.

Nachdenklich nahm sie noch einmal die Briefe zur Hand, die der Mann aus dem Dorf zuletzt gebracht hatte, und las sie durch. Sie kannte sie zwar schon fast auswendig, aber dennoch freute sie sich erneut zu lesen, dass Marys und Konrads kleiner Jonny fleißig neue Worte lernte und bereits recht stramm zu marschieren wusste.

Nathalias Briefe ließen sie jedes Mal von neuem ratlos den Kopf schütteln. Das Mädchen vermochte sich einfach nicht mit dem in seinen Augen stupiden Tagesablauf im Internat anzufreunden und klagte über die Gemeinheiten ihrer Lehrerinnen und etlicher Schulkameradinnen. Mittlerweile machte Lore sich Vorwürfe, weil sie Nati nicht schon in Bremen, als sie noch für ihre Erziehung verantwortlich gewesen war, an andere Kinder gewöhnt hatte.

Dorothea ermahnte sie in ihren Briefen, allmählich ihren Trotz aufzugeben und Fridolin zu verzeihen. Schließlich habe er nichts Ehrenrühriges verbrochen und über einen gelegentlichen Besuch in einem der Häuser, deren Namen man als Dame nicht in den Mund nahm, sollte eine Gattin großzügig hinwegsehen. Lore fragte sich, ob Thomas wohl ebenfalls in solche Etablissements wie das *Le Plaisir* ging. Sie konnte sich das nicht vorstellen. Dabei machte sie Fridolin die Besuche dort nicht zum Vorwurf. Immerhin hatte Hede Pfefferkorn, mit der sie ebenfalls in einem, wenn auch spärlicheren Briefkontakt stand, ihr versichert, dass Fridolin nur gekommen war, weil er mit ihr hatte reden wollen.

Die Sache, um die es ihr tatsächlich ging, wurde in keinem der Briefe angesprochen. Es war, als existierten Wilhelmine Grünfelder und ihr Vater für die Absender nicht. Manchmal war Lore kurz davor gewesen, einen der anderen zu fragen, wie es zwischen Fridolin und Wilhelmine stand, doch das ließ ihr Stolz nicht zu. Dabei wartete sie seit Wochen auf das Schreiben eines Anwalts, in dem ihr für ihre Zustimmung zu einer Scheidung eine entsprechende Summe geboten wurde. Zum Glück war sie nicht auf Fridolins Almosen angewiesen, sondern würde nur das zurückfordern, was sie ihm für den Einstieg in Grünfelders Bank übereignet hatte. Darüber hinaus verfügte sie noch über ein paar Ersparnisse und ihre Beteiligung an Marys Modesalon, aber sie wollte nicht einfach von ihrem Kapital leben. Im Frühjahr, so sagte sie sich, würde sie nach Berlin zurückkehren und tatsächlich das tun, wessen

Malwine und andere böswillige Mäuler sie beschuldigt hatten, nämlich ihr Geld offen als Schneiderin verdienen. Schließlich hatte sie eine Menge Ideen für weitere Entwürfe und hoffte, mit diesen in Berlin Furore machen zu können.

In den Nachtstunden lag sie oft wach und malte sich aus, wie die bessere Gesellschaft reagieren würde, wenn der ehrengeachtete Bankier Fridolin von Trettin eine geschiedene Frau hatte, die sich mit Nähen ernähren musste. Von Wilhelmine Grünfelder würde sie niemals Geld annehmen. Schließlich war ein Ehemann kein Gut, das man wie einen Laib Brot oder eine Wurst erstehen konnte.

»Gnädige Frau, Sie sinnieren zu viel. Ich sage doch, es tut nicht gut, dass wir so lange in der Schweiz bleiben. Sie hätten längst nach Berlin zurückkehren und Ihrem Ehemann ein paar deutliche Worte sagen müssen. So denkt er womöglich noch, Ihnen liege gar nichts mehr an ihm und er könnte dieser Erbtochter ungeniert den Hof machen.«

Jutta machte sich jedes Mal von neuem Sorgen, wenn der Blick ihrer Herrin in die Ferne wanderte und deren Miene einen störrischen Ausdruck annahm. Ihrer Ansicht nach hatte eine Frau sich dem Willen ihres Mannes unterzuordnen. Aber mit dieser Auffassung, das wusste sie aus Erfahrung, brauchte sie ihrer Herrin nicht zu kommen. Daher war sie froh, als von weiter unten am Berg ein lauter Ruf erscholl.

»Wie es aussieht, bringt jemand weitere Vorräte«, erklärte sie und steckte den Kopf zur Tür hinaus.

Im nächsten Moment zog sie ihn verwundert wieder zurück. »Das ist eigenartig! Heute kommen gleich zwei Männer herauf.«

»Ist es jemand, den wir kennen?«, fragte Lore hoffnungsvoll.

Ihre Zofe wusste, dass sie an Konrad dachte oder auch an Gregor Hilgemann, der Weihnachten hier gewesen war und einen kleinen Tannenbaum mitgebracht hatte. Doch zu ihrem Bedauern musste sie verneinen. »Von der Kleidung her sind es Einheimische, die beide schwer zu tragen haben.«

»So viel brauchen wir doch nicht«, rief Lore verwundert und sah nun selbst zur Tür hinaus.

Sofort reichte Jutta ihr ein dickes Schultertuch und einen Schal. »Packen Sie sich warm ein, damit Sie kein Ohrenreißen oder gar eine Erkältung bekommen.«

Lore gehorchte seufzend und ging den beiden Männern ein Stück entgegen. Der eine hatte sich den gewohnten Korb auf den Rücken geschnallt, der Zweite hingegen trug eine in eine Decke gehüllte Person huckepack. Verwundert fragte sich Lore, wer das sein mochte. Endlich hatten die beiden Männer die Hütte erreicht. Während der eine den Tragkorb absetzte, ließ der andere seinen Passagier absteigen.

Lore glaubte, nicht recht zu sehen. »Nathalia! Was um alles in der Welt tust du hier?«

Das Mädchen schlüpfte an ihr vorbei und blieb neben dem Herd stehen. »Draußen ist es ganz schön kalt«, sagte es übermütig grinsend.

»Du hast meine Frage nicht beantwortet!«

Nathalia machte eine verächtliche Handbewegung. »Ich bin für den Rest des Schuljahrs vom Unterricht suspendiert worden und habe mir gedacht, ich komme zu dir. Bis nach Bremen ist es bei diesem Wetter doch ein wenig weit.«

Lore wusste wohl, dass nicht die Entfernung das Mädchen

daran gehindert hatte, nach Bremen zu reisen, sondern die Angst, von Dorothea Simmern kräftig den Kopf gewaschen zu bekommen.

»Was hast du angestellt?«, fragte Lore streng.

»Och, eigentlich nichts … oder zumindest nicht viel«, erklärte Nathalia leichthin. »Im Grunde war ich gar nicht schuld. Hätte sich diese dumme Pute von einem Freifräulein von der Goltz nicht so hysterisch angestellt, wäre überhaupt nichts passiert.«

»Nati, ich warte!« Lores Stimme klang sanft, doch ihr Tonfall konnte weder Nathalia noch Jutta täuschen.

Schließlich zuckte das Mädchen mit den Schultern. »Wie ich schon sagte, war die Goltz selbst schuld. Ich hatte ihr wegen einiger Bosheiten heimlich eine Bürste unter die Bettdecke gesteckt. Als sie mit den Füßen darauf gestoßen ist, hat sie wie am Spieß geschrien und ist im Hemd auf den Flur gelaufen. Unser Fräulein hat das mitbekommen und mich – ohne überhaupt nachzufragen, was geschehen ist! – beim Ohr gepackt, in den Keller geschleppt und eingesperrt.

Dort habe ich am Morgen eine Ratte entdeckt und mit meinem Pantoffel darauf geschlagen. Ich konnte doch nichts dafür, dass sie nur betäubt und nicht tot war. Jedenfalls ist sie wieder aufgewacht, nachdem ich sie dem Fräulein während des Unterrichts unter den Rocksaum gesteckt habe. Zuerst ist die Ratte der Lehrerin unter dem Rock herumgekrabbelt und dann quer durch das Klassenzimmer gesaust. Die Goltz und ein paar andere sind ohnmächtig geworden. Der Hausdiener musste kommen und das arme Vieh jagen. Ich aber wurde umgehend der Schule verwiesen, weil die dumme Pute von der Goltz und zwei andere Schülerinnen mich verpetzt haben.«

Nathalia klang so rechtschaffen empört, dass Lore sich das Lachen verkneifen musste. Gleichzeitig fragte sie sich, was sie mit der kleinen Sünderin anfangen sollte. Sie wegzuschicken und ihr zu sagen, sie solle nach Bremen fahren, wollte sie auf keinen Fall, und das nicht nur, weil ein Schneesturm heraufzog, wie einer der Dörfler Jutta eben erklärte.

Lore schüttelte sich, als sie von dem drohenden Unwetter hörte, denn der Schnee türmte sich jetzt schon beängstigend hoch. So oder so würde sie Nati auch dann bei sich behalten, wenn es das schönste Reisewetter wäre. Vielleicht konnte sie dem verwöhnten Mädchen hier oben beibringen, dass es sich solche Eskapaden nicht mehr leisten durfte.

»Ich bin enttäuscht von dir, Nathalia«, sagte sie daher. »Wie konntest du deiner Lehrerin nur eine Ratte unter den Rock schieben! Selbst wenn es sich um ein totes Tier gehandelt hätte, wäre dies ungehörig gewesen.«

»Ich wollte ihr doch nur zeigen, dass es im Keller Ratten gibt und man kleine Mädchen dort nicht einsperren darf.«

Lore konnte ihre Heiterkeit nur noch mit Mühe unterdrücken.

»Wie es aussieht, habe ich als Erzieherin auf ganzer Linie versagt. Dabei hatte ich deinem Großvater versprochen, aus dir eine wohlerzogene junge Dame zu machen.«

Sie schüttelte den Kopf und sah sich dann zu den beiden Dörflern um. Diese packten gerade mit Jutta zusammen all die Dinge aus, die sie hochgeschleppt hatten. Neben den Lebensmitteln gehörte dazu auch ein Bündel mit Nathalias Kleidern, ihrer Unterwäsche und den Schulbüchern.

Bei diesem Anblick nickte Lore zufrieden. »Zum Glück warst du klug genug, deine Schulsachen mitzubringen. Jetzt werden wir dafür sorgen, dass du am Ende dieses Schuljahrs nicht weniger gelernt hast als deine Klassenkameradinnen. Sei aber versichert, dass kein Fräulein im Internat so streng mit dir umgehen würde, wie ich es tun werde!«

Nathalia grinste über das ganze Gesicht. »Jawohl, Frau Gouvernante. Du weißt wenigstens, wovon du redest. Bei unserer Lehrerin bezweifle ich das. Daher werde ich bei dir auch etwas lernen. Eines aber sage ich ganz offen: In diese Schule kehre ich nicht zurück!«

»Dann werden Dorothea und ich eine andere für dich finden«, erklärte Lore lächelnd, doch diese Drohung vermochte den kleinen Plagegeist nicht zu beeindrucken.

Nathalia reichte den beiden Dörflern, die es längst aufgegeben hatten, sich über die seltsamen Deutschen zu wundern, die unbedingt in ihre Berge kommen wollten, mit großer Geste ein gutes Trinkgeld und forderte dann Jutta auf, ihr ein Schinkenbrot zu machen und eine Tasse Tee einzuschenken.


## II.

August Grünfelder war betrunken. Er schwankte auf Fridolin zu und klammerte sich an ihm fest, um nicht das Gleichgewicht zu verlieren.

»Eigentlich müsste ich Ihnen fürchterlich böse sein, mein lieber Trettin, denn Sie haben mich und mein kleines Mädchen fürchterlich enttäuscht! Jawohl, das haben Sie!«, nuschelte der Bankier. »Andererseits aber sind Sie ein Mann mit eisernen Grundsätzen und ein wahrer Edelmann! Das ist in der heutigen Zeit sehr viel wert. Einen besseren Kompagnon kann ich mir nicht wünschen. Sie müssen mir aber helfen, ein wenig auf meinen Schwiegersohn aufzupassen. Emil ist nämlich ein Schlitzohr, sage ich Ihnen! Hat sich mir nichts, dir nichts als Angestellter in meine Bank eingeschlichen und heiratet jetzt so einfach meine Wilhelmine weg.«

Der Bankier schniefte ein wenig, winkte dann mit einer ausladenden Geste einen der Diener herbei, die Tabletts mit Wein und anderen Getränken reichten. »Zwei Cognacs!«, befahl er und nahm die Gläser entgegen. »Wir wollen auf meine Tochter anstoßen und auf meinen Schwiegersohn. Ist doch ein patenter Kerl! Hat mit seiner Werbung genau bis zu dem Tag gewartet, an dem er die Urkunde in der Hand gehalten hat, dass er sich Emil von Dohnke nennen darf. War ein generöser Zug von Seiner Hoheit, Prinz Wilhelm! Das sagen Sie doch auch, nicht wahr? Hätte ihn ja gerne zur Hochzeit eingeladen, ist aber auf Reisen. Mit unserer Dampfyacht! Jawohl, das ist er.«

Grünfelder trank und wankte dann zu Fridolins Erleichterung weiter, um dem nächsten Gast sein betrunkenes Herz auszuschütten. Fridolin trat mit dem noch vollen Cognacglas auf das Brautpaar zu. »Meinen Glückwunsch, Fräulein Wilhelmine – Verzeihung, Frau von Dohnke!«

Wilhelmines Blick wurde für einen Augenblick düster, denn sie dachte daran, wie sehr sie diesen Mann begehrt hatte. Dann aber lehnte sie sich lächelnd an ihren Bräutigam und hob Fridolin ihr Glas entgegen.

»Ich danke Ihnen, Herr von Trettin, und ich hoffe, Sie und Ihre Gattin bald als Gäste bei uns begrüßen zu können.« Diese kleine Spitze gönnte sie sich, denn Fridolins Ehefrau befand sich nun schon seit etlichen Monaten angeblich auf einem Kuraufenthalt. Ihre Freundin Kriemhild von Wesel hatte ihr jedoch berichtet, die beiden wären im Streit voneinander geschieden und es sei unwahrscheinlich, dass Lore von Trettin zu ihrem Mann zurückkehren werde. Kriemhild hatte dies von Frau von Stenik erfahren und diese von Frau von Bucher, der Gattin des Staatsanwalts.

Was als leichte Bosheit gedacht war, stärkte jedoch nur Fridolins Wunsch, sich möglichst bald mit Lore auszusprechen. Außerdem zeigte es ihm einmal mehr, dass Wilhelmine nicht die Frau war, die er sich als Gattin gewünscht hätte. Dafür war sie doch zu sehr die verhätschelte Tochter ihrer Eltern. Emil war von robusterem Gemüt als er und würde mit ihr zurechtkommen. Er selbst zog eine Frau vor, die sich zu beherrschen wusste. Daher nickte er Wilhelmine lächelnd zu und stieß dann mit dem Bräutigam an. »Auf Sie, Emil, auf Ihre Ehe und auf unsere weitere Zusammenarbeit!«

»Auf die ich mich sehr freue!« Emil von Dohnke grinste Fridolin an, denn ihm war ebenso klar wie seinem Gegenüber, dass Grünfelder zwar dem Namen nach Direktor des Bankhauses bliebe, sie beide aber die Weichen in die neue Zeit stellen würden.

Auch andere schienen so zu empfinden. Der Industrielle Rendlinger gesellte sich zu Fridolin und lotste ihn unauffällig aus der Nähe des Brautpaars. »Wenn es Ihnen recht ist, würde ich Sie morgen gerne aufsuchen, Graf Trettin. Ich könnte nämlich eine Konkurrenzfirma günstig aufkaufen und bräuchte dafür einen Kredit.«

»Wäre es Ihnen morgen um vierzehn Uhr in der Bank genehm,

oder wollen Sie lieber zu mir in die Turmstraße kommen?«,
antwortete Fridolin höflich.

»Am liebsten zu Ihnen, denn ich will nicht, dass mich jemand
in der Bank sieht. Die Konkurrenz schläft nicht, müssen Sie
wissen, und es wäre fatal, würde mir jemand die angebotenen
Werke vor der Nase wegschnappen.« Dabei lachte Rendlinger
vergnügt auf und verabschiedete sich.

Fridolin sah ihm nach und dachte daran, wie er diesen Mann
vor gut sechs Jahren im *Le Plaisir* beim Kartenspielen betrogen
hatte, um an das Reisegeld nach England zu kommen, weil die
*Deutschland*, auf der Lore nach Amerika hatte reisen wollen, in
der Themsemündung gesunken war. Seitdem hatte sich vieles
geändert. Rendlinger, der damals vor Stolz auf seinen Reichtum beinahe geplatzt wäre und auf ihn als Hungerleider herab-
gesehen hatte, tat jetzt so, als seien sie damals schon die besten
Freunde gewesen. Gelegentlich spielten sie sogar noch Karten.
Bei diesen Spielen hatte Fridolin dafür gesorgt, dass die Summe, die er damals unrechtmäßig an sich gebracht hatte, mit
Zins und Zinseszins an den Industriellen zurückgeflossen war.
Er wollte keine Schulden aus alter Zeit mehr haben, weder bei
Rendlinger noch bei sonst jemandem.

Mit diesem Gedanken verließ er die Feier, die Grünfelder zur
Hochzeit seiner Tochter ausgerichtet hatte, und winkte auf der
Straße eine Droschke herbei.

Als er kurz darauf zu Hause eintraf, fand er dort trotz der
späten Stunde einen Gast vor. Es handelte sich um Krysztof
Kowalczyk, seinen Wachtmeister bei den Ulanen. Gewöhnlich
trug der Mann eine heitere Miene zur Schau, doch jetzt sah er
so bedrückt aus, dass Fridolin das Schlimmste befürchtete.

»Ist etwas geschehen, Kowalczyk?«

Der Wachtmeister schüttelte den Kopf. »Nein, Herr Leutnant, nichts Wichtiges, aber ...« Er brach ab und seufzte tief. »Wenn Herr Leutnant erlauben, sprechen zu dürfen. Habe heute erfahren, dass ich im Sommer geschickt werde in Pension! Dabei ich weiß nicht, wohin. Keine Familie, keine Frau. Wenn der Herr Leutnant, wenn er ist Hauptmann der Reserve, einen Diener brauchen könnte ...«

Viel Hoffnung schien Kowalczyk nicht zu haben. Fridolin erinnerte sich jedoch an seine Kinderjahre, in denen der Wachtmeister noch der Bursche seines Vaters gewesen war, und auch daran, wie sehr dieser ihn bei den Ulanen unterstützt hatte. Daher reichte er ihm lächelnd die Hand.

»Ich würde mich freuen, wenn Sie nach Ihrem aktiven Dienst zu mir kommen würden, Herr Kowalczyk. Einen besseren Kammerdiener als Sie kann ich mir nicht wünschen.«

Im Vergleich zu Jean war der Wachtmeister auf jeden Fall ein Gewinn, fuhr es Fridolin durch den Kopf. Außerdem mochte er den Mann, für den der Abschied aus der Armee, mit der er sozusagen verheiratet gewesen war, ein herber Schlag sein musste.

Kowalczyks Miene hellte sich sofort auf, und er salutierte. »Wenn Herr Leutnant erlauben, danke ich recht schön. Jetzt ist mir gefallen ein Stein vom Herzen, groß wie der Mond!«

»Zur Einstimmung auf Ihren Dienst bei mir können Sie uns zwei Cognacs einschenken, Kowalczyk. Denn darauf sollten wir trinken.«

»Wenn Herr Leutnant darauf bestehen, sehr gerne!« Kowalczyk nahm die auf der Anrichte stehende Cognac-Karaffe und

goss ein gewöhnliches Schnapsglas voll. Noch während Fridolin sich sagte, dass er seinem neuen Kammerdiener wohl noch
ein paar Dinge beibringen musste, füllte der Wachtmeister
einen Cognacschwenker, reichte ihn Fridolin und schlug die
Hacken zusammen. »Wenn Herr Leutnant verzeihen, ist ein-
faches Glas besser für mich.«
Auf den Mund gefallen ist er jedenfalls nicht, sagte Fridolin
sich und stieß mit Kowalczyk an.
»Auf Ihr Wohl!« Während er langsam und mit Genuss trank,
fühlte er sich besser als all die Wochen vorher und hegte die
vorsichtige Hoffnung, dass dies auch so bleiben würde.


## III.

*F*ridolin nahm Haltung an, als von Scholten ihm endlich das
ersehnte Papier in die Hand drückte. »Ich danke Ihnen, Herr
Oberst«, sagte er, obwohl er seinen Vorgesetzten am liebsten
erwürgt hätte. Schließlich hatte von Scholten ihm bis zu diesem Tag jeglichen Urlaub verweigert.
Zuerst hatte der Oberst dies mit dem Mangel an Offizieren
begründet, danach damit, dass die Neuen sich erst im Regiment zurechtfinden müssten. Nun war von Scholten endlich
bereit, ihm zwei freie Wochen am Stück zu gewähren. Wenn er
zurückkam, musste er noch zweieinhalb Monate dienen und
konnte anschließend das Militär als Reserveoffizier verlassen.
»Wünsche Ihnen eine gute Zeit! Gerade richtig, um Auerhähne zu jagen«, erklärte der Oberst.
Fridolin legte keinen Wert darauf, ihm mitzuteilen, dass die

Auerhähne ihn während dieser zwei Wochen gewiss nicht zu fürchten brauchten.

»Ich bitte Herrn Oberst, abtreten zu dürfen«, sagte er stattdessen und machte nach einem militärischen Gruß kehrt, nachdem von Scholten sein Einverständnis erklärt hatte. Am Tor der Kaserne erwartete ihn Wachtmeister Kowalczyk. Dieser trug zwar noch Uniform, hatte aber seine Aufgaben bereits an seinen Nachfolger übergeben, um Fridolin auf seiner Reise zu begleiten. Danach würde der Mann nicht mehr in die Kaserne zurückkehren, sondern gleich in der Turmstraße bleiben.

»Na, Kowalczyk, haben Sie noch keinen Zivilanzug gefunden?«, fragte Fridolin gut gelaunt.

Der Wachtmeister verzog das Gesicht, als hätte er etwas Unmoralisches verlangt. »Bitte Herrn Leutnant sagen zu dürfen, noch ich bin Soldat!«

»Ich auch! Trotzdem werde ich diesen Rock heute noch ausziehen und mich als Zivilist auf den Weg machen. Sie sollten das auch tun, sonst muss ich Sie in Berlin zurücklassen.«

»Wenn Herr Leutnant erlauben, habe mir bereits Hose und Rock bei Altkleiderhändler besorgt für Reise!« Kowalczyk strahlte über das ganze Gesicht, während Fridolin sich fragte, mit welchen modischen Verirrungen sein neuer Kammerdiener erscheinen würde.

»Sind die anderen Herrschaften bereit, mit uns aufzubrechen?«, fragte er.

»Melde gehorsamst, jawohl! Herr Benecke befindet sich bereits in Haus von Herrn Leutnant, ebenso die Herrschaften aus Bremen, die heute sind gekommen mit Eisenbahn.«

Fridolin atmete auf. Dorothea und Thomas Simmern waren also gut in Berlin eingetroffen und würden ebenso wie sein Freund Konrad mit ihm kommen.

»Gut gemacht, Kowalczyk!«

Dieser schüttelte den Kopf. »Wenn Herr Leutnant gestatten. Bin nur am Bahnhof gewesen und habe Droschke geholt.«

»Trotzdem gut gemacht!« Fridolin lachte auf und schritt das Trottoir entlang, bis es ihm gelang, eine freie Droschke aufzuhalten.

»Wenn Herr Leutnant erlauben. Als Ulan hätte Herr Leutnant reiten müssen«, wandte Kowalczyk ein.

»Bei dem Wetter?« Fridolin wies nach oben, wo sich die Wolken gerade wieder dicht und schwarz ballten. Fast glaubte er das Grummeln eines fernen Donners zu hören. Was sich dort am Himmel zusammenballte, glich dem Unwetter, welches fast genau vor einem Jahr über Berlin getobt hatte. Damals waren Lore und er während eines überraschend aufgetretenen Aprilgewitters zum ersten Mal hart aneinandergeraten.

»Bis Herr Leutnant ist daheim, es wird gewiss trocken bleiben«, erklärte Kowalczyk und bekam fast im gleichen Moment einen dicken Regentropfen auf die Nase.

»Steigen Sie ein! Umso eher sind wir zu Hause«, rief Fridolin ihm zu.

Der Wachtmeister nickte, schlüpfte in den Wagen und setzte sich Fridolin gegenüber.

»Herr Leutnant bedauern nicht, Militär verlassen zu müssen?«, fragte er.

»Gewiss nicht! Im Grunde tauge ich nicht zum Soldaten, denn ich finde kein Vergnügen daran, auf andere zu schießen. Das gilt selbst dann, wenn es Schurken sind, die wahrscheinlich nichts Besseres verdient haben.«

»Wie Major von Palkow?«, fragte Kowalczyk.

Fridolin schüttelte den Kopf. »Eigentlich meine ich zwei abgefeimte Schurken, die meine Frau und zwei meiner besten Freunde hatten ermorden wollen. Aber manchmal denke ich auch an von Palkow und frage mich, warum es so kommen musste.«

»War gewiss Schuld von dieser Frau aus Ostpreußen, die Mutter vom Kadetten, der im letzten Sommer gefallen ist vom Pferd und war mausetot.«

»Malwine von Trettin?«, fragte Fridolin überrascht.

»Ob heißt ebenfalls Trettin, weiß ich nicht, aber Malwine hat sie geheißen. War Geliebte von Major von Palkow!«

Kowalczyk nickte traurig, während Fridolin ihn verdattert anstarrte. »Woher wissen Sie das alles?«

»Bursche von Major war in unserem Regiment. Gefiel ihm gar nicht wegzugehen. Haben öfter uns getroffen beim Bier, wenn Major mit Frau Malwine zusammen war. Dabei er mir einiges erzählt! Oh, là, là …«

Fridolin sah Kowalczyk an, dass dieser einige schlüpfrige Dinge über von Palkow und Malwine erfahren hatte. Doch die interessierten ihn nicht. Er musste an jenen wirren Brief denken, den er von Wenzels Mutter erhalten hatte. Also war es Malwine gar nicht um ihren Sohn gegangen, sondern um ihren Geliebten, der durch seine Kugel ums Leben gekommen war. Einen Augenblick lang machte sich ein bitterer Geschmack in seinem Mund breit.

Dann aber zuckte er mit den Achseln. Malwine und von Palkow

waren Gespenster der Vergangenheit, an die er gelegentlich noch dachte, die ihm aber keinen Schaden mehr zufügen konnten. Zwar hatte Malwine es kurzzeitig geschafft, Lore in ein schlechtes Licht zu rücken, doch damit war sie schließlich gescheitert. Mittlerweile würde seine Frau in jedem vornehmen Haus Berlins willkommen sein. Er musste sie nur noch dazu bewegen, zu ihm zurückzukehren. Gerade das aber machte ihm Sorgen. Lore war zwar intelligent und einfühlsam, aber auch sehr zielstrebig, was ihr nicht nur Mary als Sturheit auslegte.

»Wir werden es schon schaffen, Kowalczyk!«, sagte er zu seinem Begleiter.

Der wunderte sich zwar, weshalb Fridolin auf seinen Bericht über Malwine und von Palkow auf diese Weise antwortete, richtete denn aber sein Augenmerk auf die Zukunft. Zwar war er während seiner Militärzeit oft auf Manöver gewesen und hatte auch in drei Kriegen gefochten, eine Reise in die Schweiz jedoch war für ihn etwas Neues, und er war gespannt, was ihn dort erwartete.

## IV.

Obwohl Mary in Berlin bleiben würde, hatte sie es nicht versäumt, ihren Mann bis in die Turmstraße zu begleiten. Als Fridolin eintrat, saß sie neben Dorothea Simmern und erteilte dieser ein paar Ratschläge in Modefragen.

Nun blickte sie auf und sah Fridolin lächelnd an. »Soll ich nicht doch besser mitkommen? Immerhin hast du alle zusammengerufen, die einen gewissen Einfluss auf Lore ausüben könnten.«

»Fast möchte man vermuten, du hast Angst, deiner Frau allein gegenüberzutreten«, setzte Dorothea Simmern spöttisch hinzu.

Zu Fridolins Leidwesen war das die nackte Wahrheit. Er fürchtete sich tatsächlich davor, vor Lore zu stehen und von ihr abgewiesen zu werden. Er blies die Luft aus den Lungen und lächelte kläglich. »Nun, ich hoffe, sie wird uns nicht alle vor die Tür setzen.«

»Was du anscheinend fürchtest, sonst würdest du allein fahren. Du bist aber auch ein Schlimmer! Was musstest du dich ausgerechnet in einem verrufenen Haus aufhalten.« Dorothea gluckste, als sie Fridolins schuldbewusste Miene sah. Dabei konnte sie selbst nicht abschätzen, wie Lore sich wirklich verhalten würde.

Nun wandte sie sich wieder Mary zu und fasste nach deren Arm. »Meine Liebe, ich würde Sie gerne als Begleiterin bei uns wissen, doch ich glaube nicht, dass Sie um diese Zeit Gefallen an der Schweiz finden würden. Ich bitte Sie aber, mit mir im Sommer dorthin zu fahren – oder besser gesagt im Sommer nächsten Jahres. In ein paar Monaten wird mein lieber Gatte mich wohl nicht mehr reisen lassen.« Dabei legte sie mit glücklicher Miene die Hände auf ihren Bauch, der sich bereits ein wenig wölbte. Lore würde sich freuen, wenn sie sie in anderen Umständen sah. Da sie zudem wusste, wie sehr sich ihre Freundin nach einem eigenen Kind sehnte, hoffte sie ihr damit einen Grund aufzuzeigen, ihrem Ehemann zu verzeihen.

Fridolin war zu sehr mit seinen eigenen Problemen beschäftigt, um die Geste zu verstehen, doch Mary umarmte Dorothea Simmern strahlend, und auch Caroline reichte ihr herzlich die

Hand. »Ich freue mich für Sie, Frau Simmern. Lore hat mir so viel von Ihnen erzählt, dass ich Sie nur bewundern kann.«

»Lore hat mir ebenfalls von Ihnen geschrieben, Fräulein Caroline. Auch wenn der Tod Ihrer Mutter bereits etliche Monate zurückliegt, will ich Ihnen mein Beileid aussprechen und meine Bewunderung, weil Sie all die Schicksalsschläge so tapfer gemeistert haben.« Dorothea drückte Caroline an sich und strich ihr über die Wange. »Sie sind mutig, mein Kind, so ganz allein nach Amerika auswandern zu wollen.«

Caroline errötete. »Ganz allein werde ich nicht sein, Frau Simmern. Ich werde mich in der Schweiz mit Herrn Hilgemann treffen und ihn heiraten, so seine Neigung zu mir ausreicht. Wenn er sein Studium abgeschlossen hat, werden wir nach Genua reisen und dort ein Schiff in die Neue Welt nehmen.« Bei dem Gedanken, die Heimat für immer verlassen zu müssen, entfuhr ihr ein Seufzer. Dann jedoch erinnerte sie sich an den warmen Blick, mit dem Gregor sich bei seiner Abreise von ihr verabschiedet hatte. Seitdem hatte er ihr jede Woche mindestens einen Brief geschrieben und dabei seine Hoffnung zum Ausdruck gebracht, in Amerika zusammen mit ihr ein neues Leben beginnen zu können.

Fridolin zappelte vor Ungeduld. »Wir sollten aufbrechen, sonst verpassen wir noch den Zug!«

Dorothea warf ihrem Mann, der in ein Gespräch mit Konrad vertieft war, einen amüsierten Blick zu, der in etwa aussagte, dass Männer wohl alle gleich seien, und stand auf. »Dann wollen wir Sie nicht länger warten lassen, Fridolin. Thomas, klingelst du nach dem Diener, damit er zwei oder noch besser drei Droschken besorgt? Wir brauchen Platz für unser Gepäck!«

Bei diesen Worten sah Caroline schuldbewusst auf die fünf großen Koffer, die Nele für sie gepackt hatte. Vieles von dem, was in ihnen steckte, stammte von Lore und Mary, den Rest hatte sie selbst genäht. Der Gedanke an die beiden Freundinnen, die ihr so selbstlos geholfen hatten, würde ihr die Heimat, von der sie nun scheiden musste, im Rückblick angenehmer erscheinen lassen. Es erleichterte sie, dass sie nicht nur mit bitteren Gedanken nach Amerika reisen würde. Voraussetzung dafür war aber auch, dass Lore und Fridolin sich versöhnten.

Unterdessen hatte Thomas nach Jean geläutet und diesem befohlen, die Droschken zu besorgen und das Gepäck hinauszubringen. Anders als früher beeilte sich der Diener, seinen Auftrag zu erfüllen, und Nele half ihm nach Kräften. In einem gräflichen Haushalt hatten beide noch nicht gearbeitet, und dazu war ihr Herr auch noch einer der beiden Direktoren einer großen Bank. Darauf waren sie stolz, und das spornte sie nun an, ihre Pflicht zu erfüllen.

Es dauerte daher nicht lange, bis Jean eintreten und mit einer formvollendeten Verbeugung melden konnte, die Droschken ständen bereit.

»Danke, Jean! Bis ich zurückkomme, solltest du zwei weitere Dienstmädchen und zwei Diener einstellen. Da ich bald aus dem Armeedienst ausscheide, wird es hier demnächst etwas lebhafter zugehen!« Fridolin lächelte dem Mann kurz zu und verließ das Haus an der Spitze der kleinen Gesellschaft, die mit ihm reisen wollte.

Am Potsdamer Bahnhof wartete eine Überraschung auf Fridolin. Kaum hatte er das Portal durchritten, schälten sich Emil von Dohnke und seine Frau aus der Masse heraus und kamen auf ihn zu.

»Ich dachte mir doch, dass Sie den nächsten Zug nehmen würden«, sagte Emil lachend und reichte ihm die Hand. »Viel Glück, und kommen Sie gesund wieder! Die Bank braucht Sie. Weder mein Schwiegervater noch ich haben Ihr Geschick, mit Geld und den Kunden umzugehen.«

Fridolin erwiderte lächelnd den Händedruck. »Jetzt stellen Sie Ihr Licht nicht unter den Scheffel, Emil. Sie wissen genau, dass Sie nicht schlechter sind als ich, und Herr Grünfelder ist es ebenso wenig. Wie hätte er sonst die Bank so erfolgreich aufbauen können?«

Auf Wilhelmines Gesicht erschien ein warmer Ausdruck, als sie ihren Mann und ihren Vater so gewürdigt sah. Doch sie hatte noch ein anderes Ansinnen, und so wirkte sie verlegen, als sie Fridolin ansprach. »Ich wünsche Ihnen auch alles Gute, Herr von Trettin. Sagen Sie bitte Ihrer Frau Gemahlin, wie sehr ich mich für das schäme, was ich getan habe, und wie sehr ich mich freuen würde, wenn sie mit Ihnen nach Berlin zurückkommen und ich sie Freundin nennen dürfte.« Es war Wilhelmine anzusehen, dass ihr diese Worte nicht leichtgefallen waren. Doch ein zufriedener Blick ihres Mannes und eine liebevolle Geste belohnten sie.

Emil scheint einen guten Einfluss auf sie auszuüben, dachte Fridolin und reichte ihr die Hand. »Ich danke Ihnen, Frau von Dohnke, und werde es meiner Gattin ausrichten.«

»Doch jetzt sollten Sie sich auf den Weg machen, Trettin. Sonst fährt der Zug ohne Sie ab.« Emil von Dohnke rief ein paar Dienstmänner herbei, die sich des Gepäcks der Reisegruppe annahmen und es zum Bahnsteig schafften. Nach einem letzten Händedruck folgten Fridolin, Thomas und die anderen den Männern und saßen kurz darauf in dem für sie reservierten Abteil. Die Reise in die Schweiz konnte beginnen.

## V.

Waren sie in Berlin während des erwachenden Frühlings aufgebrochen, so empfing sie in den Schweizer Bergen ein eisiger Winter, und sie waren froh um die warmen Mäntel, zu denen Dorothea ihnen geraten hatte. Vom Bahnhof aus ging es mit zwei Pferdeschlitten das Tal hoch bis zu dem Dorf, in dessen Nähe Lore Unterschlupf gefunden hatte. Der Himmel hing schwer und grau über ihnen, und es schneite. Daher machte Thomas den Vorschlag, im Gasthof einzukehren und sich erst am nächsten Tag auf den Weg zu Lores Hütte zu machen.

»Ich will den Damen nach der langen Fahrt nicht am gleichen Tag einen anstrengenden Aufstieg zumuten«, setzte er mit einem zweifelnden Blick auf den schmalen, nur durch tiefe Fußspuren erkennbaren Pfad hinzu, der vom Dorf zu der Hütte hinaufführte.

Fridolin sah hinauf und schüttelte sich. In dieser Einsamkeit hatte Lore die letzten Monate verbracht. Auch das musste er auf sein Konto schreiben. Hätte er von Anfang an zu ihr gestanden und allen Gerüchten und Anfeindungen gemeinsam mit ihr getrotzt, hätte sie keinen Grund gehabt, sich in der Bergeinsamkeit zu verkriechen.

»Lore muss mich für einen selbstsüchtigen und feigen Burschen halten«, murmelte er vor sich hin.

Konrads feinen Ohren entging das nicht, und er grinste. »Gut, dass du es erkennst. Also bist du schon auf dem Weg der Besserung!« Dann klaubte er etwas Schnee auf, formte einen Ball daraus und warf ihn Fridolin an den Kopf.

Dieser wischte sich mit einer fast unbewussten Handbewegung den Schnee ab und starrte weiter nach oben. Die Hütte war noch gut zu erkennen, aber die Felswand, die direkt dahinter aufragte, verschwand in dichten, grauen Wolken.

»Ich habe kein gutes Gefühl! Ich gehe in jedem Fall heute noch hinauf.« Ohne sich um die anderen zu kümmern, stapfte Fridolin bergan.

Thomas tauschte einen kurzen Blick mit Konrad und drehte sich dann zu seiner Frau und Caroline um. »Wir folgen Fridolin für den Fall, dass er Unterstützung braucht. Geht ihr inzwischen in den Gasthof und wärmt euch auf. Kowalewski soll bei euch bleiben.«

»Kowalczyk, wenn ist genehm«, warf der Pole ein.

»Sagte ich doch!«, antwortete Thomas, dessen Gedanken sich nur um Fridolin und Lore drehten.

»Geht ihr ruhig. Wir kommen schon zurecht. He, hallo, Bursche! Bringe die Koffer auf unsere Zimmer!« Dorothea winkte dem Wirtsknecht, der herausgekommen war, um nach den neu eingetroffenen Gästen zu sehen, und deutete auf die Koffer in den beiden Schlitten. Da ihr Mann und Konrad sich nun ebenfalls an den Aufstieg machten, bezahlte sie die Kutscher und reichte ihnen ein gutes Trinkgeld.

»Guter Mann, wie kommt man als Frau bei so viel Schnee dort

hinauf?«, fragte sie den Knecht, der die ersten Koffer versorgt hatte, und wies auf Lores Hütte.

»Zu Fuß geht da nichts«, antwortete der Mann im schleppenden Tonfall der Bergbewohner. »Mit einem Schlitten wäre es vielleicht möglich. Aber besser ist es, Sie lassen sich hochtragen. Mein Schwager hat letztens das Mädli hochgebracht. Allerdings war das leichter als Sie!«

»Können Sie uns zwei Herren besorgen, die meine Begleiterin und mich hinauftragen, für ein gutes Trinkgeld natürlich?«, fragte Dorothea.

Der Wirtsknecht nickte gemächlich. »Das könnte ich. Ich bringe nur vorher die Koffer ins Haus. Sie können ja derweil eine Tasse Schokolade trinken.«

»Das ist keine schlechte Idee! Was meinen Sie, Caroline?«

Diese nickte, und so betraten die beiden Frauen das Wirtshaus. In der Gaststube wandte Caroline sich an den Wirt. »Ist Herr Hilgemann bereits eingetroffen?«

»Noch nicht, aber er hat sich für morgen angemeldet«, antwortete der Mann.

»Herr Hilgemann kennt Fridolins Ungeduld nicht, sondern hat geglaubt, wir würden, wie ursprünglich geplant, erst morgen anreisen«, warf Dorothea ein, als sie Carolines Enttäuschung bemerkte.

Diese atmete tief durch und versuchte ein Lächeln. »Danke! Ich war schon in Sorge.«

»Das müssen Sie nicht sein, meine Liebe. Männer sind eigenartige Wesen. Fast könnte man glauben, die Uhr und der Kalender seien ihnen wichtiger als alles andere auf der Welt, und trotzdem vergessen sie unsere Geburtstage und den Hochzeitstag. Aber keiner wird je zu spät zu einem Treffen mit Freunden kommen.«

Nun konnte Caroline wieder lachen. »Gut, dass Sie mich rechtzeitig warnen, Frau Simmern.«

»Nennen Sie mich doch Dorothea«, schlug diese vor und nahm die Tasse mit Schokolade entgegen, die die Saaltochter ihr reichte.

»Das tut nach so einem Tag gut«, lobte sie, nachdem sie einen Schluck getrunken hatte, trat dann ans Fenster und blickte hinaus. »Allmählich sollten die Burschen erscheinen, die uns zu Lore hinauftragen wollen.«

»Die sind schon hier«, erklärte der Wirt eifrig. »Sie wärmen sich nur noch rasch mit einem Schluck Enzian auf. Es ist ein harter Weg, müssen Sie wissen!«

»Danke! Dann wollen wir nur hoffen, dass die Herren ihren … äh, Enzian bald getrunken haben.« Dorothea ließ sich ihre Ungeduld anmerken, damit der Wirt ihren beiden Trägern Beine machte. Der Mann verschwand prompt und kehrte nach ein paar Minuten wieder zurück.

»Der Urs und der Gian wären so weit. Aber sie warnen davor, heute noch aufzusteigen. Es könnten Lawinen abgehen, meinen sie. Es hat in der letzten Woche sehr viel geschneit, und der Schnee hat sich noch nicht gesetzt. Ein lautes Wort – und los geht's!«

Die Hoffnung der beiden Männer, an diesem Tag vor ihrem Branntweinglas sitzen bleiben zu können, zerstob jedoch rasch. Erschrocken über die Ankündigung einer möglichen Lawine, dachte Dorothea an ihren Mann, der bereits dorthin unterwegs war, und wollte ihn umgehend warnen. Außerdem er-

schien es ihr nun doppelt wichtig, Lore und das Mädli, bei
dem es sich nur um Nathalia handeln konnte, von dort oben
wegzuholen.

## VI.

Es lag etwas in der Luft. Was es war, konnte Lore nicht sagen,
doch ein beklemmendes Gefühl legte sich ihr wie ein Ring um
die Brust, als sie die Tür öffnete und ins Tal blickte. Es schneite
ununterbrochen, und so konnte sie das Dorf nur wie durch
einen dünnen Schleier erkennen. Beim Wirt schienen Gäste
eingetroffen zu sein, denn dort wurden gerade zwei Schlitten
entladen.

Für Augenblicke hoffte sie, es könnten Freunde von ihr sein,
vielleicht sogar Fridolin. Dann schalt sie sich eine Närrin. Der
hatte sich wahrscheinlich schon längst mit Grünfelder darauf
geeinigt, dessen Tochter zu ehelichen. Wahrscheinlich war
Konrad gekommen, um ihr diese Nachricht zu überbringen.
Vielleicht handelte es sich auch um Gregor Hilgemann, der
seinem letzten Brief zufolge sein Studium im kommenden
Sommer beenden und dann nach Amerika auswandern wollte.
Sie hoffte, er würde Caroline mitnehmen. Zwar glaubte sie,
dass die beiden eher Sympathie und Achtung füreinander emp-
fanden denn himmelsstürmende Liebe, doch das war möglicherweise auch besser so. Wer zu sehr liebte, verlor sich selbst,
das hatte sie am eigenen Leib erfahren.

»Könnten Sie so gütig sein und die Tür wieder zumachen, gnädige Frau? Es wird sonst kalt in der Hütte, und ich müsste

tüchtig einheizen, damit wir nicht frieren. Aber ich weiß nicht, ob unser Brennholz reicht, bis der Schnee geschmolzen ist«, ließ Jutta sich vernehmen.

Lore schloss die Tür und drehte sich mit einem Lächeln auf den Lippen zu ihrer Zofe um. »Wir haben doch nur wenig mehr als die Hälfte unseres Holzvorrats verbraucht.«

»Es sind bereits über zwei Drittel«, rückte Jutta die Tatsachen zurecht. »Dabei kommt es mir so vor, als wolle der Winter in diesen Bergen überhaupt nicht weichen. In Berlin dürften bereits die ersten Blumen blühen. Ich muss sagen, ich wäre froh, wenn wir bald wieder unter Menschen kämen. Die Einsamkeit hier heroben macht mich noch ganz trübsinnig, und Ihnen tut sie auf Dauer auch nicht gut!« Seufzend legte die Zofe ein Scheit nach.

Die Hoffnung, Lore würde auf sie hören und endlich wieder in die Zivilisation zurückkehren, hatte sie schon vor geraumer Zeit aufgegeben. Leider dachte auch Fräulein Nathalia nicht daran, auf die Gnädige einzuwirken. Der Komtess gefiel das Leben auf dem Berg, weil sie sich hier weder mit missliebigen Mitschülerinnen noch mit strengen Lehrerinnen herumschlagen musste. Außerdem freute Nathalia sich, wieder bei Lore zu sein, und hätte mit ihrer großen Freundin selbst in einer Strohhütte am Ende der Welt gelebt.

Während ihre Mitbewohnerinnen ihren Gedanken nachhingen, öffnete Lore erneut die Tür. Diesmal trat sie ganz ins Freie und fröstelte sofort, da sie ihr Schultertuch nicht umgelegt hatte. Sie warf noch einmal einen Blick ins Dorf und entdeckte drei Männer, die sich mühsam den Weg zu ihr herauf bahnten. In dem immer stärker werdenden Schneefall vermochte sie nicht einmal zu sagen, ob es sich um Einheimische oder um Fremde handelte.

Lore wollte wieder in die Hütte zurückkehren, als ein seltsames Geräusch sie innehalten ließ. Angespannt drehte sie sich um und blickte den Berg hoch. Keine zweihundert Meter über ihr verbargen die Wolken die steil aufragende Flanke vor ihren Blicken. Von dort oben ertönte dieses eigenartige Rauschen und Klingeln. Außerdem hatte sie auf einmal das Gefühl, als vibriere der Boden unter den Füßen.

Aufstiebender Schnee an der Wolkengrenze ließ sie zusammenzucken. Zwar hatten die Einheimischen ihr immer wieder von Lawinen erzählt, aber sie hatte noch nie eine erlebt. Erschrocken hoffte sie, die Gewalten der Natur würden sich über die stärker geneigte Seite des Berges ergießen, weit weg von allen menschlichen Behausungen. Doch ein weiterer Blick nach oben ließ ihr das Blut in den Adern gerinnen.

Eine weiße Wand stürzte zu Tal, und sie spürte bereits jenen zu Staub zermahlenen Schnee auf dem Gesicht, der, wie man ihr erzählt hatte, der eigentlichen Lawine vorauseilte.

Lore wollte schreien, brachte aber nur ein paar erstickte Laute heraus. Diese reichten jedoch aus, um Jutta aufschauen zu lassen. Diese sah ihre Herrin mitten in dem aufstiebenden Staubschnee stehen und bemerkte deren Todesangst.

»Wir sind verloren! Wir werden alle sterben!«, flüsterte Lore mit Tränen in den Augen. Vor der Lawine zu fliehen erschien ihr sinnlos. Diese würde sie einholen, bevor sie ein paar Schritte getan hatten.

»Zurück in die Hütte!« Jutta packte Lore am Arm und zog sie herein. Noch in derselben Bewegung schlug sie die Tür zu und schob den Riegel vor. Während Nathalia geistesgegenwärtig die Fensterläden schloss, drehte die Zofe sich so bleich wie der Schnee, der auf die Blockhütte zuraste, zu ihrer Herrin um.

»Sie wollten ja unbedingt in diesem elenden Stall bleiben!« Dann fand sie selbst, dass dies als Vorwurf aufgefasst werden konnte, und setzte schuldbewusst »aber ich verzeihe Ihnen« hinzu.

Lore horchte wie erstarrt auf die Lawine, die nun lauter klang als ein vorbeifahrender Eisenbahnzug, und überlegte verzweifelt, was sie tun konnten. Da fiel ihr Blick in das hintere rechte Eck der Hütte, in dem die Wand zum Teil von dem Fels der hinter ihnen aufsteigenden Bergwand gebildet wurde.

»Los, dort hinüber! Wir hocken uns neben dem Felsen auf den Boden.« Sie packte Nathalia und schleifte sie mit sich. Jutta folgte ihnen, und während sie sich eng aneinanderkauerten, erbebte das Haus unter einem heftigen Schlag, und sie hörten Holz bersten.

Jetzt ist es vorbei, durchfuhr es Lore, und während Schnee auf sie herabfiel, galten ihre Gedanken Fridolin, und sie bedauerte es zutiefst, dass sie sich nicht mehr mit ihm hatte aussprechen können.


# VII.


Fridolin hatte etwa die Hälfte des Weges zurückgelegt, als ihn ein Geräusch innehalten ließ. Zunächst lauschte er verwirrt, ohne feststellen zu können, woher der Lärm kam oder was er zu bedeuten hatte. Da breitete sich auf einmal eine Wolke aus staubfeinem Schnee über der Hütte aus und hüllte deren gesamte Umgebung innerhalb von Sekunden ein. Augenblicke später fegte eine eisige Böe über ihn hinweg, und feinster Schnee drang unter seine Kleidung bis auf die Haut.

Im nächsten Moment begann der Berg zu brüllen. Voller Entsetzen starrte Fridolin nach oben und sah, wie eine weiße Wand mit wachsender Geschwindigkeit zu Tal stürzte, über die Hütte hinwegraste und tief unten in einem Bergwald zum Halten kam.

Für qualvolle Augenblicke nahm der aufgewirbelte Schnee Fridolin die Sicht. Als er wieder etwas erkennen konnte, lag dort, wo vorhin noch das Gebäude gestanden war, ein riesiger Schneehügel.

»Lore, nein!« Fridolin brach weinend zusammen. Erst als Thomas herangekommen war und ihm die Hand auf die Schulter legte, blickte er auf. »Sie ist tot!«

Thomas hätte ihm gerne gesagt, dass dies noch nicht sicher sei, doch ein Blick auf die Unglücksstelle verhieß nichts Gutes. Die Lawine hatte die Hütte vollständig unter sich begraben. Wahrscheinlich war das Haus unter der Macht der Elemente zusammengebrochen, und nun lag Lore unter diesen Schneemassen begraben.

Unterdessen hatte auch Konrad aufgeschlossen und stand wie ein Häufchen Elend neben den beiden. »Ich bin schuld!«, flüsterte er. »Ich hätte dich damals nicht aufhalten dürfen, als du Lore folgen wolltest. Aber ich Idiot habe dir gesagt, du darfst dein Regiment nicht ohne Erlaubnis verlassen. Wenn ich …«

»Sei doch still!«, fuhr Thomas ihn an. »Was geschehen ist, ist geschehen. Keiner von uns kann es rückgängig machen. Es war

Lores Wille, hier zu leben. Sie hätte auch zu uns nach Bremen kommen können.« Er hieb vor Verzweiflung in den Schnee und schüttelte dann den Kopf.

»Mit Graben brauchen wir wohl gar nicht erst anzufangen. Lore und ihre Zofe können überall unter dem Schnee liegen.«

»Und Nathalia auch«, setzte Konrad mit fast unhörbarer Stimme hinzu.

»Gott hat es so gewollt!«, erklärte Thomas mit gepresster Stimme. Der Gedanke, dass dies alles der Wille des Himmels gewesen sei, war der einzige Trost, der ihnen in dieser Stunde blieb.

Während Thomas still trauerte, stand Fridolin auf, ballte die Fäuste und brüllte den Berg an. »Warum? Warum konntest du deinen Schnee nicht hundert Schritte zur Seite in die Tiefe stürzen lassen?«

Konrad legte ihm den Arm um die Schulter. »Komm, steigen wir wieder ins Dorf hinab. Hier können wir nichts mehr tun.«

»Ich will zu Lore!«, antwortete Fridolin verzweifelt und stapfte weiter nach oben.

Konrad warf einen kurzen Blick ins Dorf, folgte ihm aber ebenso wie Thomas. Sie holten Fridolin erst ein, als er bereits am Rand der niedergegangenen Lawine stand. Von dieser Stelle aus konnte man nicht einmal mehr erkennen, wo die Hütte gestanden haben musste.

Fridolin setzte sich mit einer hilflosen Geste in den Schnee. »Ich habe Lore im Stich gelassen!«

»Friss dich nur selbst auf!«, fuhr Konrad ihn an. »Hätte Lore das ebenfalls getan, säßest du noch im Gefängnis oder wärst längst geköpft. Sie hat ihren Schmerz ertragen und trotzdem gekämpft. Das solltest du auch tun!«

»Ich habe nichts mehr, wofür es sich zu kämpfen lohnt.« Fridolin seufzte, legte den Kopf auf die Knie und sah ganz so aus, als wolle er hier warten, bis die Kälte ihn überwältigt hatte und er erfroren war.

»Was machen wir mit ihm?«, fragte Konrad Thomas.

Dieser schüttelte sich, um das Gefühl des Todes, das er hier zu spüren glaubte, loszuwerden, und zuckte dann hilflos mit den Achseln. »Ich weiß es nicht. Mein Gott, wenn Dorothea und ich nicht noch erst nach Berlin, sondern direkt von Bremen hierher gereist wären, hätten wir Lore schon gestern erreicht und sie wäre vielleicht gerettet worden.«

»Oder ihr wärt mit ihr zusammen verschüttet«, setzte Konrad düster hinzu.

Rufe, die von unten heraufdrangen, ließen sie aufschauen. Etliche Dörfler strebten herauf. Zwei von ihnen trugen Dorothea und Caroline auf dem Rücken, übergaben sie dann aber an zwei andere Männer, damit sie rascher vorwärtskamen.

Zu Konrads und Simmerns Verwunderung blickten die Leute nicht zu ihnen hoch, sondern noch ein Stück weiter nach oben. Dabei riefen sie Worte in ihrem für sie unverständlichen Dialekt, und eben gab einer von ihnen einem anderen Mann einen Schubs. Dieser nickte und eilte mehr schlitternd als laufend ins Dorf zurück.

## VIII.

Eine unendliche Stille um sie herum war das Erste, was Lore wieder zu Bewusstsein kam. Sie musste ohnmächtig geworden sein, dachte sie und erinnerte sich dann an die Lawine, die über der Hütte niedergegangen war. Sie versuchte aufzustehen und merkte, dass sie unter Schnee begraben lag. Für einen Moment überschwemmte Panik ihr Bewusstsein. Dann gelang es ihr, den rechten Arm und den Kopf freizubekommen. Um sie herum war es so dunkel, dass man kaum etwas erkennen konnte. Aber sie lebte noch, und die Hütte schien den Ansturm der Elemente halbwegs überstanden haben. Zwar war Schnee ins Innere gedrungen und bedeckte den Boden um sie herum gut kniehoch. Darüber aber gab es freien Raum und Luft zum Atmen.

Diese Erkenntnis ließ Lore die angehaltene Luft ausstoßen. Nun dachte sie an Nathalia und Jutta und durchwühlte den Schnee, um nach ihnen zu suchen. Schon nach kurzer Zeit stieß sie auf die schmalen Schultern des Mädchens und hob es hoch.

»Sind wir jetzt tot?«, fragte Nathalia leise.

»Noch nicht«, antwortete Jutta grimmig. Sie hatte sich selbst befreit, klopfte nun den Schnee von sich und sah sich um. Der Luftzug der Lawine hatte sowohl das Feuer im Herd wie auch die Petroleumlampe ausgeblasen. Noch halb betäubt tastete Jutta sich zur Tür und wollte sie aufmachen, um Licht hereinzulassen. Der Schnee lag an dieser Stelle kaum eine Handbreit hoch, und sie konnte ihn mit dem Fuß beiseiteschieben. Doch als sie öffnete, ertastete sie nur eine feste, eisige Wand.

Rasch schlug sie die Tür wieder zu, suchte nach der Petroleumlampe und den Streichhölzern und schaffte es nach einigen
bangen Augenblicken, Licht zu machen. »Was ist passiert?«

Lore wies mit der Hand nach oben. Dort waren mehrere Bret-
ter durchgebrochen, und man konnte durch das Loch sehen,
dass einige der Steinplatten fehlten, mit denen das Dach gedeckt war. Es drang aber kein Licht herein. Stattdessen rieselte
immer wieder Schnee von oben herab.

»Wie es aussieht, sind wir verschüttet worden!«

»Also müssen wir doch sterben!«, rief Nathalia verängstigt
aus.

Lore versuchte, sie zu beruhigen. »Solange das Dach hält, bleiben wir am Leben. Bestimmt kommen die Leute aus dem Dorf
und graben uns aus.«

»Was ist, wenn sie denken, wir wären alle tot? Dann warten sie
sicher, bis der Schnee taut«, wandte Jutta ein.

Lore trat noch einmal an die Tür. »Vielleicht können wir uns
selbst ausgraben!«

»Dann müssten wir den Schnee in die Hütte schaffen, und so
viel Platz gibt es hier nicht!« Jutta suchte in einem Schubfach
der kleinen Anrichte nach frischen Schwefelhölzchen. Dann
kämpfte sie sich zum Herd durch, um das Feuer zu entfachen.
Nathalia kreischte auf. »Nein, nicht den Herd anschüren! Du
verbrennst den ganzen Sauerstoff in der Hütte. Unsere Lehrerin hat gesagt, man muss ersticken, wenn man in einem abgeschlossenen Raum den Kamin brennen lässt.«

Jutta zeigte hoch zum Dach, in dem es verdächtig knirschte.
»Ob wir jetzt ersticken, erfrieren oder vom Schnee erschlagen
werden, wenn das Dach bricht, bleibt sich gleich«, schnaubte

sie und machte sich daran, den Schnee vom Herd zu fegen. Sie wollte diesen schon wieder in Gang bringen, blickte dann aber doch in den Rauchfang und stieß einen Ruf der Erleichterung aus.

»Ich sehe den Himmel dort oben! Der Schlot ist also nicht verschüttet.«

»Gott sei Dank! Dann bekommen wir Luft.« Lore atmete auf und zog die verängstigte Nathalia an sich. Im nächsten Moment zuckte sie wie elektrisiert zusammen. »Wir müssen den Herd anheizen, dass er ordentlich qualmt. Dann sehen die Menschen im Tal, dass wir noch leben, und kommen herauf, um uns zu retten!«

## IX.

Als die Dörfler Fridolin und dessen Begleiter erreicht hatten und Dorothea Simmern wieder auf eigenen Beinen stand, zeigte ihr Gesicht weniger Trauer als Entschlossenheit.

»Los, wir müssen zu graben beginnen«, forderte sie ihren Mann auf.

»Das hat jetzt auch keinen Sinn mehr«, antwortete dieser.

Dorothea sah ihn kopfschüttelnd an. »Wir müssen rasch machen, wenn wir Lore, Nati und die Zofe retten wollen!«

Fridolin sah mit trauriger Miene zu ihr auf. »Aber die sind doch tot!«

»Sind sie nicht!«, rief Dorothea erregt. »Schaut doch, dort steigt Rauch über dem Schnee auf. Die Leute aus dem Dorf sagen, dies müsse der Schornstein der Hütte sein. Wie es aussieht, ist das Haus nicht zusammengebrochen. Lore und die anderen sind jedoch von den Schneemassen eingeschlossen und machen auf diese Weise auf sich aufmerksam!«

»So ist es«, erklärte einer der Dörfler bemüht, für die deutschen Besucher verständlich zu sprechen. »Das ist schon öfter in unserer Gegend passiert. Erst vor drei Jahren haben wir eine alte Frau ausgegraben, über deren Hütte ebenfalls eine Lawine abgegangen ist. Da hat der Kamin auch aus dem Schnee herausgeschaut, und wir haben den Rauch von ihrem Ofen sehen können.«

»Ihr meint, Lore könnte noch leben?« Fridolin sprang auf und begann mit bloßen Händen zu graben. Doch der Dörfler hielt ihn auf.

»Lassen Sie! Dafür ist der Schnee zu fest zusammengepresst. Sie machen sich bloß die Finger kaputt. Ich habe den Urs ins Dorf geschickt, damit er die anderen Männer zusammenruft und Schaufeln mitbringt. Außerdem benötigen wir Fackeln, denn wir werden bis tief in die Nacht hinein graben müssen!«

Fridolin sah ihn mit wachsender Hoffnung an. »Wenn Sie und Ihre Kameraden meine Frau retten können, bekommen Sie alles von mir, was Sie nur wollen.«

Der Bergler wusste, wie viel von solchen Versprechen zu halten war, aber er hatte nichts gegen ein paar Geldscheine, die die Deutschen anschließend verteilen würden. Mit ausholenden Gesten rief er die anderen Dörfler zu sich und beriet sich mit ihnen, wo sie am besten graben sollten.

»Können wir nicht von oben bis zum Dach graben und dort ein Loch schlagen, um die Eingeschlossenen herauszuholen?«, fragte Fridolin.

Der Dörfler schüttelte den Kopf. »Die Schneelast ist zu groß. Wir würden riskieren, dass das Dach unter uns zusammenbricht und die Frauen erschlägt!«

Fridolin schluckte und trat beiseite. Dabei sah er so aus, als würde er sich statt einer Handvoll Schweizer Bergbewohner einen der modernen Dampfbagger wünschen, der mit einem einzigen Hub seiner Schaufel so viel Schnee wegschaffen konnte wie ein Dutzend kräftiger Männer in der zehnfachen Zeit.

Das Warten wurde zur Qual. Nur die Tatsache, dass immer noch Rauch aus dem Schornstein quoll, ließ Fridolin die sich schier bis ins Unendliche dehnende Zeit ertragen. Thomas und Konrad versuchten, ihn zu beruhigen, dabei fieberten sie nicht weniger der Ankunft der Männer mit den Schaufeln entgegen als Fridolin.

Unterdessen hatten die Einheimischen für Dorothea und Caroline eine Art Schneehütte errichtet, in der sie vor dem scharfen Wind geschützt sitzen konnten. Ihre dicken Mäntel hielten sie warm, doch in ihrer Erregung hätten sie die Kälte wohl ohnehin nicht bemerkt.

»Gebe Gott, dass alles gut geht! Ich werde Nati nicht zu sehr schelten, weil sie von der Schule geflogen ist, und Lore auch nur ein bisschen«, sagte Dorothea zu ihrer Begleiterin.

»Ich würde meines Lebens nicht mehr froh werden, wenn Frau Lore hier sterben sollte. Ganz uneigennützig hat sie Herrn Hilgemann und mir geholfen. Sie ist ein Engel!« Caroline brach in Tränen aus und brachte beinahe auch Dorothea zum Weinen.

Inzwischen waren die ersten Männer mit Schaufeln eingetroffen und verteilten diese. Fridolin, Konrad und Thomas forderten ebenfalls Schaufeln für sich, mussten aber warten, bis die nächsten Männer aus dem Dorf erschienen. Es kamen sogar etliche Frauen mit herauf und beteiligten sich an der Arbeit.

Innerhalb kurzer Zeit gruben sie eine Schneise in den mächtigen Schneeberg und arbeiteten auch in gleicher Geschwindigkeit weiter, als die Dämmerung hereinbrach und Fackeln entzündet werden mussten. Da der Schnee immer weiter weg geschafft werden musste, befürchtete Fridolin, es würde nun langsamer gehen.

Aber kurz darauf erschienen weitere Frauen, die Decken und Säcke mitbrachten. Auf die warfen die Dörfler nun den Schnee, während etliche Frauen sich in einer langen Reihe aufstellten und ihn von einer zur anderen schleiften, bis die letzten den Schnee einen Hang hinabwarfen, der mit dichtem Bergwald bewachsen war.

Kurz vor Mitternacht hielt der Anführer der Dörfler, der ganz vorne gegraben hatte, inne und wandte sich an Fridolin. »Ich bin auf die Hauswand gestoßen. Wollen wir hoffen, dass wir rasch die Tür finden.«

Fridolin nickte und grub nun in die andere Richtung als der Schweizer. Als er kurz darauf den Spaten erneut in den Schnee stieß, hörte er einen dumpfen Klang.

»Da ist Holz!«, rief er und verdoppelte seine Anstrengung.

»Hoffentlich ist es die Tür und kein Fenster. Die sind nämlich vergittert«, rief der Dörfler noch.

Da hatte Fridolin bereits den Türgriff freigelegt. Noch während er den restlichen Schnee vor der Tür entfernte, schwang diese nach innen auf, und Lore sah mit einem Ausdruck kindlichen Erstaunens heraus.

# X.

Lore war durch ein stetes Scharren und Schaben darauf aufmerksam geworden, dass sich draußen etwas tat. Lieber Jesus Christus im Himmel, gib, dass wir gerettet werden!, betete sie still und forderte Jutta auf, Holz nachzulegen.

»Nimm auch ein paar von den feucht gewordenen Gazetten, damit es besonders viel Rauch gibt«, setzte sie hinzu. Dann richtete sie ihre Aufmerksamkeit wieder auf die Geräusche, die zu ihnen hereindrangen.

Nathalia trat an ihre Seite. »Was mag das sein? Leute, die uns ausgraben wollen, oder nur der Schnee, der weiterrutscht?«

Bei diesen Worten schlug Lore das Kreuz. »Heiliger Herr im Himmel, nur das nicht!« Sofort blickte sie besorgt nach oben. Das Dach knackte und knarrte immer stärker, hielt aber seiner Last noch stand.

»Wir müssen uns einen Platz schaffen, der uns Schutz bietet, falls das Dach einbrechen sollte«, sagte sie und versuchte, den schweren Tisch in jene Ecke zu schieben, in der die Felswand einen Teil der Mauer bildete.

Jutta und Nathalia kamen ihr zu Hilfe, aber beiden war anzusehen, dass sie dem Tisch nicht zutrauten, sie vor den hereinbrechenden Schneemassen zu bewahren. Doch alles war besser, als herumzusitzen und den unheimlichen Geräuschen zu lauschen, die zu ihnen drangen.

Da hallte ein leichter Schlag durch die Hütte. Erneut richteten alle drei ihre Augen nach oben. Ein wenig Schnee rieselte herab, doch das war alles. Dafür wurden die Geräusche an der Tür lauter, und jetzt glaubten sie auch Stimmen zu hören.

»Wir werden gerettet!«, stieß Nathalia aus und wollte zur Tür. Lore fasste sie am Kleid und zog sie zurück. »Vorsicht! Die Tür geht nach innen auf. Wenn jemand sie aufstößt, wirst du dich verletzen. Außerdem könnte weiterer Schnee ins Haus eindringen.«

Sie schob das Mädchen Jutta in die Arme und eilte ihrer eigenen Mahnung zum Trotz zur Tür. Hier war deutlich zu hören, dass sich draußen jemand zu schaffen machte. Kurz entschlossen zog sie den Riegel zurück und öffnete.

Vor ihr stand ein Mann, den sie in seiner dicken Winterbekleidung und dem Hut nicht auf Anhieb erkannte.

Er ließ die Schaufel fallen, fasste sie um die Schulter und riss sie an sich.

»Lore, du lebst!«

»Fridolin?«, fragte Lore ungläubig.

Für einen Augenblick gab sie sich ihren Gefühlen hin und erwiderte Fridolins Umarmung. Dann aber schob sie ihn mit einem herben Gesichtsausdruck zurück. Da er ihr nun das Leben gerettet hatte, würde es ihr nicht mehr möglich sein, sich seinem Wunsch nach einer Scheidung zu widersetzen.

»Bringt die Leute heraus! Schnell, das Dach hält nicht mehr lange!«, rief einer der Schweizer von hinten.

Lore fasste sich und drehte sich um. »Nathalia, Jutta, kommt heraus. Aber seid vorsichtig!«

»Lore, ich bin ja so froh!«, sagte Fridolin.

»Ich auch«, antwortete Lore mit einer Stimme, die das Gegenteil zu besagen schien. Es wäre besser gewesen, die Lawine hätte mich umgebracht, fuhr es ihr durch den Kopf. Dann schalt sie sich eine eigensüchtige Närrin. Sie durfte nicht an sich denken, sondern an Nathalia und Jutta. Die beiden hatten es verdient zu leben, und sie musste Fridolin dankbar sein, dass er sie gerettet hatte.

Obwohl ihr das Herz blutete, ließ Lore zu, dass Fridolin sie durch den schmalen Gang, den er und die anderen in die niedergegangene Lawine gegraben hatten, nach draußen führte. Dort legte ihr eine Dörflerin ein Schultertuch um, und eine andere hüllte sie in eine Decke. Sie konnte nicht einmal danke sagen, da fasste einer der Schweizer sie unter und trug sie im Licht der Fackeln in Richtung Dorf. Als sie den Kopf drehte, sah sie Nathalia und Jutta ähnlich eingepackt wie sie auf den Armen kräftiger Bergler ruhen, während Fridolin hinter ihr herlief und aussah, als wolle er unbedingt mit ihr reden. Doch das hatte in Lores Augen Zeit bis zum nächsten Tag.

Irgendwann glaubte sie auch Dorothea und Caroline zu sehen, die ebenfalls von Männern nach unten getragen wurden, während die einheimischen Frauen ohne Hilfe durch den Schnee stapften.

Für welch schwächliche Geschöpfe müssen diese Menschen uns halten, fuhr es Lore durch den Kopf. Dann erinnerte sie sich daran, dass sie im Sommer, als sie zu Fuß zur Hütte aufgestiegen war, bereits auf halbem Weg keine Luft mehr bekommen hatte. Das lag wohl an dem engen Korsett, das für die augenblickliche Mode unabdingbar war. Sie schloss die Augen und war erst einmal froh, dass Nathalia und Jutta gerettet waren. Außerdem war es schön, ihre Freundinnen bei sich zu wissen, waren diese für sie doch ein gewisser Schutzschild. Da Dorothea hier war, konnte auch Thomas nicht weit sein. Nun glaubte sie ihn sogar in der lang auseinandergezogenen Gruppe zu erkennen, die talwärts wanderte. Der Mann hinter ihm war auf jeden Fall Konrad.

Bei diesem Gedanken fühlte Lore, wie ihr die Lider schwer wurden. Die Angst und die Anspannung forderten ihren Tribut, und ihr schwanden die Sinne.

## XI.

Als Lore erwachte, war heller Tag. Sie lag in einem rustikalen Bett mit blaukarierter Bettwäsche. In dem aus Bruchsteinen gemauerten Ofen brannte ein Feuer und kämpfte gegen die im Raum herrschende Kälte. Die Kammer war nicht besonders groß, und ähnlich wie in der Berghütte bestanden ihre Wände aus mit der Hand zugehauenen Balken, in deren Ritzen Moos gestopft worden war. Am Kopfende des Bettes befand sich eine Art Nachttisch, der gewiss nicht seiner Eleganz wegen ausgewählt worden war.

Mehr als das interessierte Lore sich jedoch für einen Nachttopf, denn ihre Blase drückte, und in dem seidenen Nachthemd, das Dorothea gehören musste, konnte sie nicht auf den Flur hinauslaufen, um eine Toilette zu suchen.

Sie wurde unter dem Bett fündig und erleichterte sich aufatmend. Kaum war das geschehen, klopfte es an die Tür.

»Lore, bist du schon wach?«, hörte sie Dorothea fragen.

»Ja! Einen Augenblick!« Schnell ließ Lore den Nachttopf unter dem Bett verschwinden und schlüpfte wieder unter die Decke.

Da ging auch schon die Tür auf, und Dorothea trat ein. Ihr

folgte Caroline, die ein Tablett mit einer riesigen Steinguttasse und einem Teller mit Rührei hereintrug.

»Leider nur Kamillentee. Die Wirtin meint, er wäre für dich das Richtige, nachdem du verschüttet gewesen bist«, erklärte Dorothea, da Lore bei dem Geruch die Nase rümpfte.

Diese nahm die Tasse und trank einen Schluck. »Das Zeug schmeckt wirklich sehr gesund«, sagte sie schaudernd.

Dann suchte ihr Blick Dorothea. »Was ist mit Nati?«

Um Dorotheas Lippen zuckte ein Lächeln. »Der geht es wieder viel zu gut. Ich habe ihr angedroht, sie am Bett festzubinden, wenn sie dir nicht die Zeit lässt, dich zu erholen.«

Jetzt musste auch Lore lachen. »Und? Musstest du es tun?«

»Beinahe! Aber sie hat verstanden, dass ich ohne Zeugen mit dir reden will.« Dorotheas Stimme klang auf einmal ernst.

Wie aufs Stichwort deutete Caroline einen Knicks an und verließ die Kammer.

Dorothea ließ ein paar Sekunden verstreichen, dann musterte sie Lore nachdenklich. »Ich weiß nicht recht, wie ich anfangen soll, aber ich muss es dir sagen.«

»Was?«

»Das mit Fridolin …«

»Will er jetzt die Scheidung?«, unterbrach Lore ihre Freundin erregt.

»Ganz im Gegenteil, meine Liebe! Er wollte sie nie. Das haben nur andere herumerzählt und wieder andere, darunter auch du, haben es geglaubt.«

»Aber …«, begann Lore, um nun ihrerseits von Dorothea unterbrochen zu werden.

»Das Ganze war nichts als ein großes Missverständnis zwischen euch. Malwine, dieses Biest, hat versucht, Unfrieden zu stiften. Dabei hat sie die Schwatzhaftigkeit anderer ausgenützt und über diese eure Umgebung beeinflusst. Und dann war auch noch dieses Gänschen Wilhelmine, die sich in Fridolin verguckt hatte. Die hat diese Gerüchte natürlich sofort geglaubt und ihrerseits weitererzählt. Armes Ding! Durch ihr Geschwätz sind Palkow und Trepkow erst auf den Gedanken gekommen, deinen Mann in eine Falle zu locken und ihn als Mörder hinzustellen. Dazu kam auch noch der Entführungsversuch, der dank deines Eingreifens misslungen ist. Das hat Wilhelmine Grünfelder schließlich doch zu denken gegeben, und sie bedauert die Unannehmlichkeiten, die sie dir bereitet hat.«

Dorothea zeichnete Wilhelmine in einem besseren Licht, als diese es verdiente, doch da Fridolin zusammen mit Emil von Dohnke die Bank weiterführen wollte, war es unabdingbar, dass sich deren Frauen freundschaftlich begegneten.

»Sie ist inzwischen verheiratet«, setzte sie nach einer kleinen Kunstpause hinzu.

»Verheiratet? Mit wem denn?«, fragte Lore überrascht.

»Mit einem Herrn Emil von Dohnke!«

»Von Dohnke? Ist der Angestellte in Grünfelders Bank geadelt worden?«

Dorothea nickte. »Das wurde er, und damit kam er für Grünfelder als Schwiegersohn in Frage. Übrigens wurde auch dein Mann die Rangleiter hochgeschoben. Ob du es glaubst oder nicht, du kannst dich jetzt Gräfin Trettin nennen!«

»Das ist mir vollkommen gleichgültig«, antwortete Lore herb.

»Das sollte es dir nicht sein. Damit haben sich Malwine von

Trettins Lügen nämlich als haltlos erwiesen. Eine Gräfin Trettin kann es sich leisten, ihre Schneiderin zu unterstützen, ohne deshalb selbst als Schneiderin bezeichnet zu werden. Die Leute, die so schlecht über dich redeten, haben nun keinen Einfluss mehr. Doch nun wieder zu Fridolin: Ich will nicht behaupten, dass er ein Engel ist. Die sind nämlich nie männlichen Geschlechts. Aber er liebt dich und will dich nicht verlieren. Natürlich hat er Fehler begangen und sich von Malwines unheilvollem Gerede beeinflussen lassen. Doch diesen Fehler hast du auch gemacht!«

Dorothea hob mahnend den Zeigefinger, als Lore etwas erwidern wollte, und sprach weiter. »Hättest du Fridolin mehr vertraut, wärst du nie auf den dummen Gedanken gekommen, er wolle sich von dir scheiden lassen. Er ist ein Edelmann und hätte mit Sicherheit niemals ein so gewöhnliches Mädchen wie Wilhelmine Grünfelder geheiratet, selbst wenn deren Hochzeitskleid aus lauter Goldstücken zusammengenäht worden wäre.«

Bei dieser Vorstellung musste Lore kichern. Dorothea lächelte. »Für einen frisch geadelten Mann wie Emil von Dohnke mag sie die richtige Frau sein, doch Fridolin verdient etwas Besseres. Ich will zugeben, dass du vielleicht ein bisschen zu schade für diesen Bruder Leichtfuß bist ...«

Dorothea legte nun eine beredte Pause ein und wurde dafür belohnt, denn Lore lächelte unter Tränen. »Fridolin mag früher ein Bruder Leichtfuß gewesen sein, doch seit unserer Heirat ist er solide geworden, vielleicht sogar ein bisschen zu sehr.«

»Trotz gelegentlicher Besuche in diesem ... äh, unaussprechlichen Etablissement?«, fragte Dorothea mit einem spöttischen Unterton.

»Er kennt Hede Pfefferkorn von früher. Damals hat sie ihm so manche warme Mahlzeit spendiert. Ich würde eher schlecht von ihm denken, wenn er die Frau jetzt verleugnen würde.«

Da Lore Fridolin plötzlich verteidigte, erkannte Dorothea, dass sie die richtige Taktik eingeschlagen hatte. Wenn ihre Freundin so für ihren Mann eintrat, würde sich wohl auch noch der Rest einrenken lassen.

»Jetzt sitzt dein Mann wie auf Kohlen im Gastzimmer und würde gerne mit dir reden, um dir alles erklären zu können. Auch will er sich bei dir bedanken, weil du dich so sehr für ihn eingesetzt hast. Sag jetzt nicht, du hättest es nur aus preußischer Pflichterfüllung heraus getan. Wenn es so war, wurde diese Pflicht von der Liebe angetrieben. Darf ich ihn nun zu dir schicken?«

»Ich weiß nicht so recht«, antwortete Lore mit einem Blick auf die arg gewöhnliche Bettdecke und ihre rustikale Umgebung. »Ich würde mich lieber anziehen.«

»Hat dein Mann dich noch nie im Nachthemd gesehen?« Dorothea versetzte Lore einen leichten Nasenstüber und wandte sich zur Tür.

»Wenn du brav bist, bekommst du nachher etwas anderes zu trinken als Kamillentee!« Damit brachte sie Lore endgültig zum Lachen und fiel erleichtert darin ein.

Auf dem Flur wartete jedoch ein Stolperstein auf sie. Nathalia stand mit einem gestrickten Rock und einer Jacke, die sie von einer Tochter des Wirts geliehen bekommen hatte, vor der Tür und wollte zu Lore hineinschlüpfen.

»Halt!«, rief Dorothea und fasste das Mädchen beim Ärmel. »Das wirst du bleiben lassen. Meinetwegen kannst du nach dem Mittagessen zu Lore. Jetzt aber wirst du erst einmal meinem Mann und mir erklären, weshalb du mitten im Schuljahr bei Lore auf der Hütte warst und nicht in deinem Internat.«
Bei diesen Worten wurde Nathalia kleinlaut und folgte Dorothea mit hängendem Kopf in die Wirtsstube. Dort hatten sich Fridolin, Konrad und Thomas eingefunden und tranken Kaffee, während Wachtmeister Kowalczyk sie bediente.
»Mein lieber Fridolin, ich habe Lore so weit, dass sie bereit ist, dich zu empfangen. Herr Kowalewski, ich hätte auch gerne eine Tasse Kaffee!«
»Er heißt Kowalczyk, meine Liebe«, korrigierte ihr Mann sie.
»Sagte ich doch«, antwortete Dorothea und nahm die Tasse Kaffee mit einem so strahlenden Lächeln entgegen, dass Kowalczyk ihr den falsch ausgesprochenen Namen auf der Stelle verzieh.
Unterdessen stand Fridolin auf, zupfte an seiner Weste und sah so aus, als müsste er sich in einen aussichtslosen Kampf stürzen.
»Ein wenig mehr Courage, Herr Leutnant. Sie sind doch ein Ulan! Oder etwa nicht?«, spornte Dorothea ihn an.
Fridolin nickte und machte sich auf den Weg. Vor Lores Tür angekommen, klopfte er so leise, dass sie es beinahe überhört hätte.
Zögernd rief sie »Herein!« und zog, als Fridolin eintrat, die Bettdecke bis unters Kinn.
Für Augenblicke sahen die beiden sich schweigend an. Schließlich ergriff Fridolin als Erster das Wort. »Es tut mir alles so leid!«

»Was?« Nun richtete Lore sich auf, und Fridolin erkannte, dass auch der Schrecken, von der Lawine verschüttet worden zu sein, ihrem Aussehen nicht geschadet hatte. Sie erschien ihm schöner und begehrenswerter als je zuvor. Das, sagte er sich, ist die Frau, für die es sich zu kämpfen lohnte.

»Wegen der Sache damals mit Mary und eurem Modesalon. Ich hätte zu dir stehen müssen, anstatt dir Szenen zu machen.« Fridolin lächelte ein wenig gequält und streckte die Hand nach ihr aus.

Nach einer kurzen Besinnungspause zog Lore ihre Rechte unter der Bettdecke hervor und berührte die seine. »Ich habe mich damals sehr über dich geärgert, das gebe ich zu. Allerdings habe ich dann den gleichen Fehler gemacht wie du und auf dumme Gerüchte gehört, anstatt dir zu vertrauen.«

»Trotzdem hast du alles riskiert, um mich zu retten. Wenn ich nur daran denke, dass du diesen elenden Trepkow mit einem Revolver in Schach gehalten hast. Das, was du getan hast, hätte keine andere Frau für mich getan.«

»Hede Pfefferkorn hatte auch ihren Anteil an deiner Rettung. Ohne sie und ihre Angestellte Lenka hätte ich nichts ausrichten können.«

»Hoffentlich hat niemand gesehen, wie sie unser Haus betreten hat. Sonst gibt es wieder Gerede.«

»Das ist möglich. Dennoch gedenke ich, die Bekanntschaft mit ihr fortzusetzen. Sie ist eine interessante Frau, wenn auch nicht gerade mit einem bürgerlichen Lebenswandel«, antwortete Lore lächelnd.

»Bei Gott, das ist sie wahrlich nicht! Aber ich würde mich in jeder Situation auf sie verlassen.« Fridolin erwog trotzdem, ob er Lore den Kontakt mit der Bordellbesitzerin verbieten sollte, gab diesen Gedanken jedoch sofort wieder auf. Seine Frau würde auch in dieser Beziehung nicht auf ihn hören, aber er war sich sicher, dass sie die Angelegenheit sehr diskret handhaben würde.

Unterdessen galten Lores Überlegungen der jungen Hure, der sie Fridolins Freiheit verdankte. »Oh Himmel, ich habe Lenka ganz vergessen! Dabei hätte sie eine Belohnung so sehr verdient gehabt.«

»Keine Bange! Hede hat dafür Sorge getragen, dass Lenka nicht zu kurz gekommen ist. Die junge Frau ist bereits in Kanada und dürfte inzwischen ihren Farmer geheiratet haben.«

»Dann ist es gut«, antwortete Lore erleichtert und blickte Fridolin unsicher an. »Kannst du mir verzeihen, dass ich damals so Knall auf Fall verschwunden bin?«

»Das Einzige, was ich dir nicht verzeihe, ist, dass ich dir damals nicht auf Knien für meine Rettung danken konnte. Das hole ich jetzt nach.« Fridolin kniete vor dem Bett nieder und führte Lores Hand an die Lippen. »Du bist die mutigste, beste und schönste Frau, die ich kenne. Ich will mit keiner anderen als dir verheiratet sein!«

»Dann bleibt mir wohl nichts anderes übrig, als dir zu verzeihen.« Lores Kichern klang nun amüsiert.

Sie richtete sich auf und holte tief Luft, um den Ring um ihre Brust zu sprengen. »Kannst du mir vielleicht etwas anderes zu trinken besorgen als diesen abscheulichen Kamillentee? Meine Zunge klebt schon am Gaumen.«

»Sofort!« Fridolin verschwand und kehrte kurz darauf mit einer Flasche Wein und zwei Gläsern zurück.

»Ich hoffe, es ist ein guter Jahrgang«, sagte er, während er die Flasche entkorkte. Er füllte die beiden Gläser, reichte eines Lore und hob das andere. »Auf uns, meine Liebe!«

»Auf uns!«, antwortete sie und begann mit kleinen Schlucken zu trinken. Unterdessen spürte Fridolin, wie seine Sehnsucht nach ihr immer mehr stieg.

»Glaubst du, das Bett würde auch mich aushalten?«, fragte er anzüglich.

»Wir können es ja ausprobieren«, antwortete Lore und rückte ein Stück zur Seite. Denn auch sie hatte das Gefühl, dass es für sie beide vieles nachzuholen gab.

## XII.

Der Saal war hell erleuchtet und kunstvoll dekoriert. Lakaien standen an den Wänden und warteten darauf, die Gäste zu bedienen, und Frau von Stenik, die Gastgeberin, versank eben vor Prinz Wilhelm von Preußen und dessen Gemahlin Auguste in ihren tiefsten Hofknicks. Die Befriedigung, den ältesten Enkel des Kaisers zu ihrem Ball begrüßen zu können, ließ ihr Gesicht fast noch heller aufleuchten als die moderne elektrische Beleuchtung, die an diesem Tag ihre erste Bewährungsprobe bestehen musste.

Nach dem Prinzen wurden die nächsten Gäste zu Frau von Stenik geführt, und der Haushofmeister, den sie für diesen Abend engagiert hatte, kündete sie nacheinander an. Da sich die Crème de la Crème der Berliner Gesellschaft hier ein Stelldichein gab, war Lore ein wenig nervös. Doch im Gegensatz zu

Wilhelmine, die wie ein aufgeregtes Hühnchen flatterte, riss sie sich zusammen.

»Oh Gottchen, was sage ich nur, wenn Seine Kaiserliche Hoheit mich ansprechen sollte?«, flüsterte Wilhelmine Lore zu.

»Sie werden Ihren Hofknicks machen und demütig das Haupt neigen. Damit wird der Prinz zufrieden sein.« Zwar war auch Lore Wilhelm von Preußen noch nie von Angesicht zu Angesicht gegenübergestanden, wusste aber von den Damen aus Fridolins ehemaligem Regiment, wie sie sich dem Prinzen gegenüber zu verhalten hatte.

»Graf Trettin und Gemahlin!«, rief nun der Zeremonienmeister mit Stentorstimme.

Fridolin nickte Lore aufmunternd zu. »Bist du bereit?«

»Sonst wären wir ja nicht hier!« Mit erhobenem Kopf schritt Lore neben ihrem Mann her, knickste vor der Gastgeberin und beantwortete deren Begrüßungsfloskel mit einer höflichen Bemerkung.

Als sie weitergingen, sahen sie sich auf einmal Prinz Wilhelm gegenüber. Dieser musterte Fridolin und versuchte sich zu erinnern, wo er diesen bereits gesehen hatte.

»Ah, Trettin!«, rief er erleichtert aus. »Einfach famos, die Yacht! War mit ihr bis Königsberg. Schade, dass Sie Ihr Regiment verlassen haben. Deutschland braucht Offiziere wie Sie. Ihre Gemahlin?«

»Jawohl, Kaiserliche Hoheit!« Fridolin verneigte sich und atmete auf, als der Prinz sich dem nächsten Gast zuwandte. Er zog Lore ein wenig zur Seite und flüsterte ihr ins Ohr: »Verstehst du jetzt, warum etliche den Prinzen Wilhelm den Sprunghaften nennen?«

Lore verkniff sich ein Lachen und nickte. Als sie sich umsah, entdeckte sie mehrere Damen, die stolz ihre neuen Roben zur Schau trugen. Die Kleider stammten aus Marys und ihrem Modesalon, und die meisten davon hatte sie in jener Hütte in der Schweiz entworfen. Damit war nicht nur sie, sondern auch ihre Mode in den höchsten Kreisen angekommen.

Unterdessen klang die Stimme des Zeremonienmeisters erneut auf. »Herr und Frau von Dohnke!«

Kurz darauf kam Wilhelmine auf Lore zu und fasste nach deren Händen. »Es ist hier alles so aufregend. Mein Vater wird glücklich sein, wenn ich ihm davon erzähle. Es war immer sein Traum, dass ich einmal ein Teil dieser Gesellschaftsschicht sein würde.«

»Dein Vater will vor allem, dass du glücklich bist, meine Liebe«, wandte Emil lächelnd ein.

Lore musterte ihn kurz und fand, dass er durchaus zufrieden aussah. Von Wilhelmine wusste sie bereits, dass diese ihren Gatten vergötterte. Wie es aussah, hatte das Schicksal es gut mit beiden gemeint. Für einen Augenblick schweiften ihre Gedanken zu Caroline von Trepkow, die ihren adeligen Namen aufgegeben hatte, um an einem Ort namens Baltimore als schlichte Mrs. Hilgeman zu leben. Ihrem letzten Brief zufolge schien auch sie glücklich zu sein, ebenso die ehemalige Hure Lenka, die in den weiten Prärien Kanadas ihren Lebensinhalt gefunden hatte. Die alte Fiene hingegen hatte den Sprung über den Ozean nicht gewagt, sondern war bei ihnen geblieben und ging nun Jutta zur Hand.

»Du bist so nachdenklich«, sprach Fridolin sie an.

»Ich dachte an unsere Freunde, die in der Ferne weilen«, antwortete Lore leise. »Hast du etwas von Malwine gehört? Es würde mir gar nicht behagen, ihr hier in Berlin begegnen zu müssen.«

»Dies müssen Sie auch nicht befürchten, liebe Gräfin Trettin«, mischte sich da die Gastgeberin ein, die zu Lore und Fridolin getreten war. »Ihre angeheiratete Verwandte Malwine ist hier in Berlin nämlich Persona non grata geworden. Man hat herausgefunden, dass sie die Geliebte dieses Majors von Palkow war, der im Falle Ihres Herrn Gemahls eine höchst unrühmliche Rolle gespielt hat. Und das ist noch nicht alles! Wie ich aus sicherer Quelle weiß, hatte Palkow sich mit einem französischen Spion verbündet, um hier in Berlin Unfrieden zu stiften, und Malwine hat ihn mit ihren Lügen dabei unterstützt. Ich sage Ihnen …«

»Meine liebe Tante, du verrätst gerade Staatsgeheimnisse!« Staatsanwalt von Bucher legte sich den Zeigefinger auf die Lippen und bemühte sich dabei, so streng wie möglich zu schauen. Dabei zwinkerte er Fridolin zu und bot Lore den Arm. »Ich hoffe, Sie haben nichts dagegen, Graf, wenn ich Ihre Gemahlin zum ersten Tanz dieses Abends entführe. Sie können sich in der Zwischenzeit meiner Tante widmen.« Damit verneigte er sich vor Lore und trat mit ihr zu den anderen Paaren, die sich in der Mitte des Saales versammelten und auf den ersten Takt der Militärkapelle warteten, die Frau von Stenik für diesen Abend engagiert hatte.

Es war nicht der letzte Tanz, zu dem Lore aufgefordert wurde, und sie war froh, als die Kapelle schließlich zum Abschluss »Heil dir im Siegerkranz« und die Preußenhymne spielte und danach ihre Instrumente einpackte.

»Wir sollten die Gelegenheit nutzen und uns ebenfalls verabschieden«, raunte sie Fridolin zu und deutete auf bereits dem Ausgang zustrebende Gäste.

»Dein Wunsch ist mir wie stets Befehl«, antwortete Fridolin lächelnd und trat Arm in Arm mit ihr auf Frau von Stenik zu.

»Ich freue mich, dass Sie gekommen sind«, sagte diese und schien es zu Lores Überraschung sogar ehrlich zu meinen. »Auch würde ich mich freuen, Sie in den nächsten Tagen in Mrs. Penns Modesalon treffen zu können. Ihr Geschmack, was Kleidung betrifft, ist einfach unübertrefflich, liebste Gräfin!«

»Ich schicke Ihnen Nachricht, wann ich unsere liebe Mary aufsuchen werde«, antwortete Lore freundlich und folgte dann Fridolin nach draußen. Als sie in ihrem Wagen saßen, konnte sie nicht mehr an sich halten und brach in schallendes Gelächter aus.

»Was ist mit dir?«, fragte ihr Mann besorgt.

»Gar nichts! Ich amüsiere mich nur über die Kapriolen des Schicksals. Wer hätte vor einem Jahr gedacht, dass Frau von Stenik mich als lieben Gast ansieht und Wilhelmine Grünfelder mich als ihre beste Freundin.«

»Die Zeiten wandeln sich«, antwortete Fridolin in Gedanken. »Wer heute noch tief unter uns steht, kann uns morgen bereits überragen.«

»Und wer heute noch oben steht, kann morgen sehr tief fallen«, entgegnete Lore. »Aber daran wollen wir jetzt nicht denken. Auf jeden Fall freue ich mich für Dorothea und Thomas. Die beiden hatten fast schon die Hoffnung aufgegeben, doch noch Eltern werden zu können. Nun liegt bei ihnen eine kleine Lore in der Wiege. Dabei fällt mir ein: Sollten wir eine Tochter bekommen, müssen wir sie unbedingt Dorothea nennen. Wird es aber ein Sohn, weiß ich nicht, ob er nun Thomas heißen soll oder nicht doch besser Wolfhard Nikolaus nach meinem Großvater. In sechs Monaten sollten wir uns entschieden haben.«

Zuerst begriff Fridolin nicht, was Lore damit ausdrücken wollte, dann aber tastete er in dem Dämmerlicht, das die Laternen des Wagens verbreiteten, nach ihr. »Sag bloß, du bekommst ein Kind!«

Lore lehnte sich an ihn und schnurrte wie ein Kätzchen. »Wie es aussieht, ist ein längerer Aufenthalt in der Schweiz diesem Zustand durchaus zuträglich. Dies hat erst Dorothea und Thomas geholfen und jetzt auch dir und mir.«

# Nachwort

Die letzten Jahrzehnte des neunzehnten Jahrhunderts waren eine dynamische Zeit, in der große Erfindungen der Menschheit gemacht wurden. Allerdings waren sie auch eine Zeit des hemmungslosen Nationalismus. Das betraf vor allem Deutschland. Bis 1871 aus einer ganzen Reihe von Einzelstaaten bestehend, wirkte sich die Reichsgründung nach einem militärischen Sieg über Frankreich auf viele Kreise wie ein Rausch aus. Die maßgeblichen Männer des neuen Staates fühlten sich groß und mächtig und strebten nach einem Platz an der Sonne.

In einer solchen nationalen Stimmung wirkte der Deutsche Kaiser Wilhelm I. beinahe wie ein Anachronismus. Bei seiner Kaiserproklamation in Versailles bereits weit über siebzig Jahre alt, fühlte er sich zeit seines Lebens mehr mit seinem Preußen als dem von Bismarck geschaffenen neuen Reich verbunden. Nichtsdestotrotz regierte er noch neunzehn Jahre, überlebte dabei mehrere Attentate und starb hochbetagt im Jahr 1888.

Ihm folgte sein Sohn Friedrich III. (nach preußischer, nicht nach deutscher Zählung) auf den Thron. Friedrich, im Unterschied zu seinem Vater liberal eingestellt, war jedoch bereits bei seiner Thronbesteigung schwerkrank und starb nach nur drei Monaten seiner Regentschaft als Deutscher Kaiser.

Nun war der Weg frei für Friedrichs Sohn Wilhelm II. Jung, ehrgeizig und mit dem Widerspruch aufgewachsen, von Gott für den Thron bestimmt und gleichzeitig körperbehindert zu sein, setzte er alles daran, mit forschem Auftreten seinen fast unbrauchbaren linken Arm vergessen zu machen. Bereits zu Lebzeiten seines Vaters hatte er im scharfen Gegensatz zu diesem und seiner englischen Mutter Viktoria, der ältesten Tochter Queen Victorias, gestanden und sich durch markige Sprüche das Wohlwollen des Militärs und der Großindustrie gesichert.

War Preußen einige Generationen vorher noch ein verhältnismäßig moderner Staat gewesen, zählte es mittlerweile mit seinem Wahlrecht, das nur wohlhabende Bürger ausüben durften, und seinen Gesetzen zu den Schlusslichtern in Sachen Menschenrechte und Demokratie. Studenten konnten wegen geringer Vergehen der Universität verwiesen und vom Studium ausgeschlossen werden. Ebenso konnten missliebige Untertanen aus politischen Gründen in die Provinz verbannt werden. Preußen wurde immer mehr zum Militärstaat, in der die Uniform alles und der Mensch nichts galt.

Die zweite Hälfte des neunzehnten Jahrhunderts war auch eine Epoche überkochender politischer Leidenschaften. Immer wieder wurden Attentate verübt, die gegen Politiker und gekrönte Häupter gerichtet waren. Abraham Lincoln fiel in den USA einem Attentäter zum Opfer, Kaiserin Elisabeth von Österreich in Genf. Auch auf Kaiser Wilhelm I. und Bismarck wurden Attentate verübt, die sie jedoch alle überlebten.

Eine besonders perfide Art des Attentats war das mit Hilfe einer »Höllenmaschine«, also ein Sprengstoffattentat, da diesem nicht nur die Zielperson, sondern auch unbeteiligte Passanten zum Opfer fielen. Bei solchen Anschlägen wurden Schiffe versenkt, Eisenbahnen und Brücken gesprengt und Häuser zerstört. Ein Attentat wie das von unseren fiktiven Personen geplante hätte in jener Zeit durchaus stattfinden können.

Auch war Frankreich nach der Niederlage 1871 sehr um Revanche bemüht und tat alles, um die Beziehungen zwischen Deutschland und dem Russischen Reich zu torpedieren. Bismarck gelang es noch, dies zu verhindern, doch als Wilhelm II. an die Macht kam, wandelten sich die Bündnisse in Europa rasch, und drei Jahrzehnte nach den Ereignissen in diesem Roman kam es zur großen europäischen Katastrophe des Ersten Weltkriegs.

*Iny und Elmar Lorentz, 2010*

# Die Personen

*Anton:* Türsteher im *Le Plaisir*

*Benecke, Konrad:* ehemaliger Seemann

*Benecke, Mary, geb. Penn:* Besitzerin des Modesalons Penn,
    Konrad Beneckes Ehefrau

*von Bucher:* Staatsanwalt in Berlin

*Busz, Inge:* Haushälterin im Palais Retzmann

*von Campe, Hasso:* Rittmeister bei den Zweiten Garde-Ulanen

*Delaroux, Pierre:* französischer Agent

*Dohnke, Emil:* Bankangestellter bei Grünfelder

*Fiene:* Dienstmädchen Caroline von Trepkows

*Granzow:* Caroline von Trepkows Hauswirtin

*Grünfelder, August:* Bankier

*Grünfelder, Juliane:* August Grünfelders Ehefrau

*Grünfelder, Wilhelmine:* August und Juliane Grünfelders Tochter

*Hanna:* Hure im *Le Plaisir*

*Hilgemann, Gregor:* Student in Berlin

*Jean:* Diener bei Lore und Fridolin

*Jutta:* Lores Dienstmädchen und Zofe

*Kowalczyk, Krysztof:* Wachtmeister bei den Zweiten Garde-Ulanen

*Lenka:* Hure im *Le Plaisir*

*Nele:* Dienstmädchen bei Lore und Fridolin

*von Palkow, Heinrich:* Major, Ausbilder an einer Militärakademie

*Pfefferkorn, Hede:* Besitzerin des *Le Plaisir*

*von Retzmann, Nathalia:* Lores jugendliche Freundin

*Röttgers, Elsa, gen. Elsie:* Lores früheres Dienstmädchen,
    Hure im *Le Plaisir*

*Simmern, Dorothea:* Thomas Simmerns Ehefrau

*Simmern, Thomas:* Repräsentant des Norddeutschen Lloyd

*von Scholten:* Kommandeur des Zweiten Garde-Ulanen-Regiments

*von Stenik, Heilgard:* Dame der Berliner Gesellschaft

*Tirassow, Fjodor Michailowitsch:* russischer Fürst und General

*von Trepkow, Caroline:* junge Adelige

*Frau von Trepkow:* Carolines und Friedrichs Mutter

*von Trepkow, Friedrich:* Leutnant, Caroline von Trepkows Bruder

*von Trettin, Fridolin:* Vizedirektor des Bankhauses Grünfelder

*von Trettin, Lore, geb. Huppach:* Teilhaberin des Modesalons Penn, Ehefrau Fridolin von Trettins

*von Trettin, Malwine:* verwitwete Gutsherrin auf Trettin

*von Trettin, Wenzel:* Malwines jüngerer Sohn, Militärkadett

*von Wesel, Kriemhild:* Freundin Wilhelmine Grünfelders

# Glossar

*Beritt:* Teil einer Eskadron

*Chose:* Angelegenheit

*Billett* (1): Fahrkarte

*Billett* (2): kurzer Brief

*Chaiselongue:* Liegesofa

*Droschke:* Mietkutsche (einem Taxi vergleichbar)

*Eskadron:* militärische Reitereinheit

*Fähnrich:* Offiziersanwärter

*Fauteuil:* Sessel

*Garde:* früher Leibwache der Herrscher, zur Zeit des
   Romans Eliteregiment

*Gazetten:* Zeitungen

*Kommerzienrat:* Titel eines bürgerlichen Geschäftsmanns

*légion étrangère:* Fremdenlegion

*Litewka:* Uniformjacke der Ulanen nach polnischem Vorbild

*Magistrat:* Stadtverwaltung

*Pelerine:* leichter Umhang

*Regiment:* militärische Einheit, bei der Kavallerie aus
   mehreren Eskadronen bestehend.

*Rittmeister:* Offiziersrang der berittenen Truppen, bei Infanterie
   und Artillerie Hauptmann

*Separee:* abgetrennter kleiner Raum in Nachtlokalen und Bordellen

*Ulanen:* auch Lancierer, Kavallerieeinheit nach polnischem Vorbild

*Wachtmeister:* Unteroffizier (Feldwebel) bei den berittenen Truppen

Iny Lorentz

# Dezembersturm

Ostpreußen 1875: Die junge Lore lebt nach dem Tod ihrer Eltern bei ihrem Großvater Nikolaus von Trettin. Lore hält diesen für verarmt und ahnt nicht, dass er sein Geld beiseitegeschafft hat, um es ihr nach seinem Tod zu vererben – sehr zum Ärger seines Neffen, der die Rivalin aus dem Weg schaffen will. Um sie zu retten, schmiedet Nikolaus einen tollkühnen Plan: Lore soll nach Amerika auswandern und so ihrem geldgierigen Verwandten entkommen ...

»Iny Lorentz gehört zu den besten Historien-Ladys Deutschlands!«
*Bild am Sonntag*

Knaur Taschenbuch Verlag

Iny Lorentz bei Knaur

## Die Wanderhure

Konstanz im Jahre 1410: Als Graf Ruppert um die Hand der schönen Bürgerstochter Marie anhält, kann ihr Vater sein Glück kaum fassen. Er ahnt nicht, dass es dem adligen Bewerber nur um das Vermögen seiner künftigen Frau geht und dass er dafür vor keinem Verbrechen zurückscheut. Marie und ihr Vater werden Opfer einer gemeinen Intrige, die das Mädchen zur Stadt hinaustreibt. Um zu überleben, muss sie ihren Körper verkaufen. Aber Marie gibt nicht auf …

## Die Kastellanin

Maries Glück mit ihrem Ehemann Michel Adler scheint vollkommen: Sie erwarten ein Kind! Doch dann muss Michel im Auftrag seines Pfalzgrafen in den Krieg ziehen. Nach einem grausamen Gemetzel verschwindet er spurlos. Marie, die nun auf sich allein gestellt ist, sieht sich täglich neuen Demütigungen und Beleidigungen ausgesetzt. Schließlich muss sie von ihrer Burg fliehen. Doch sie hat die Hoffnung nicht aufgegeben, dass Michel noch leben könnte, und schließt sich als Marketenderin einem neuen Heerzug an. Wird sie den geliebten Mann jemals wiederfinden?

Knaur Taschenbuch Verlag

Iny Lorentz bei Knaur

# Das Vermächtnis der Wanderhure

Als Hulda erfährt, dass ihre Todfeindin Marie wieder schwanger ist, schmiedet sie einen perfiden Plan: Marie soll entführt und für tot erklärt werden. Die Rechnung scheint aufzugehen: Michel trauert tief um seine geliebte Frau. Hulda bedrängt ihn, sich wieder zu verheiraten. Marie ist inzwischen als Sklavin verkauft und verschleppt worden. Als ihr unter Einsatz ihres Lebens endlich die Rückkehr in die Heimat gelingt, muss sie feststellen, dass ihr geliebter Michel eine neue Frau gefunden hat …

# Die Tochter der Wanderhure

Mehr als zwölf Jahre sind vergangen, seit Marie ihre letzten Abenteuer bestehen musste. Trudi, die älteste Tochter von Marie und Michel, ist der ganze Stolz ihrer Eltern und träumt von der großen Liebe. Doch auf der Hochzeit von Trudis Freundin geschieht das Entsetzliche: Michel wird ermordet!
Maries Lage wird nach dem Tod ihres geliebten Mannes immer schwieriger, denn niemand traut ihr zu, Kibitzstein erhalten zu können. Allein König Friedrich könnte noch helfen, und so macht sich Trudi heimlich auf den Weg, um seine Unterstützung zu erbitten – ausgerechnet mit Hilfe des Mannes, den sie für den Mörder ihres Vaters hält …

Knaur Taschenbuch Verlag

# Iny Lorentz bei Knaur

## Die Kastratin

Die junge Giulia, Tochter des Kapellmeisters Fassi aus Salerno, hat nur einen brennenden Wunsch: Sie möchte im Chor ihres Vaters singen, denn sie hat eine wunderschöne Stimme. Doch im Italien der Renaissance ist den Frauen das Singen in der Kirche verwehrt. Ein Zufall gibt Giulia die Chance, ihren größten Traum zu verwirklichen, doch sie zahlt einen hohen Preis dafür, denn fortan muss sie als Kastrat verkleidet durch die Lande ziehen ...

## Die Goldhändlerin

Deutschland im Jahre 1485. Für die junge Jüdin Lea endet ein Jahr der Katastrophen, denn ihr Vater und ihr jüngerer Bruder Samuel kamen bei einem Pogrom ums Leben. Um das Erbe ihres Vaters und damit ihr Überleben und das ihrer Geschwister zu sichern, muss Lea sich fortan als Samuel ausgeben. In ihrer Doppelrolle drohen ihr viele Gefahren, nicht nur von christlicher Seite, sondern auch von ihren Glaubensbrüdern, die »Samuel« unbedingt verheiraten wollen. Und dann verliebt sie sich ausgerechnet in den mysteriösen Roland, der sie zu einer mehr als abenteuerlichen Mission verleitet ...

Knaur Taschenbuch Verlag